Yaşar Kemal

Der letzte Flug
des Falken

Zu diesem Buch

Im vierten und letzten Band des Memed-Zyklus will Memed Frieden und Glück finden in einem Dorf, das von Orangen- und Zitronengärten umgeben ist. Unerkannt lebt er in diesem vermeintlichen Paradies, während rings um ihn die Memed-Legenden sprießen. Erst als sein Freund, der Lehrer, getötet wird, der sich als Einziger gegen die reichen Grundherren stellte, wächst wieder der unerbittliche Zorn in Memed, der ihn früher schon zum Rebellen und Rächer gemacht hat. Memed zieht zum letzten Mal in die Berge.

Der Autor

Yaşar Kemal wird der »Sänger und Chronist seines Landes« genannt. Er wurde 1923 in einem Dorf Südanatoliens geboren und lebt heute in Istanbul. Kemals Werke erscheinen in zahlreichen Sprachen und wurden mit internationalen Preisen ausgezeichnet. 1997 erhielt er den Friedenspreis des Deutschen Buchhandels, 2008 wurde er mit dem Türkischen Staatspreis geehrt. Er starb in Istanbul am 28.2.2015.

Von Yaşar Kemal sind im Unionsverlag lieferbar:
Der Memed-Zyklus: »Memed mein Falke«, »Die Disteln brennen«, »Das Reich der Vierzig Augen«, »Der letzte Flug des Falken«.
Die Anatolische Trilogie: »Der Wind aus der Ebene«, »Eisenerde, Kupferhimmel«, »Das Unsterblichkeitskraut«.
Weitere Werke: »Die Ameiseninsel«, »Die Ararat Legende«, »Der Baum des Narren«, »Der Granatapfelbaum«, »Das Lied der Tausend Stiere«, »Salman«, »Töte die Schlange«, »Auch die Vögel sind fort«, »Zorn des Meeres«, »Der Sturm der Gazellen«, »Die Hähne des Morgenrots« und »Salih der Träumer«.

Der Übersetzer

Cornelius Bischoff wurde 1928 in Hamburg geboren, verbrachte seine Jugendjahre in der Türkei und studierte Jura in Istanbul und in Hamburg. Seit 1978 ist er als literarischer Übersetzer tätig und schreibt Drehbücher.

Mehr über den Autor und sein Werk auf *www.unionsverlag.com*

Yaşar Kemal

Der letzte Flug des Falken

Memed IV

Aus dem Türkischen von
Cornelius Bischoff

Unionsverlag
Zürich

Die Originalausgabe erschien 1987
unter dem Titel *Ince Memed 4* im Verlag
Adam Yayınları in Istanbul.
Die deutsche Erstausgabe erschien 2003
im Unionsverlag, Zürich.

Der Übersetzer dankt dem Deutschen Übersetzerfonds e.V.
für die freundliche Unterstützung.

Im Internet
Aktuelle Informationen, Dokumente und Materialien
zu Yaşar Kemal und diesem Buch
www.unionsverlag.com

Unionsverlag Taschenbuch 343
© by Yaşar Kemal 1987
© by Unionsverlag 2005
Neptunstrasse 20, CH-8032 Zürich
Telefon +41 44 283 20 00
mail@unionsverlag.ch
Alle Rechte vorbehalten
Reihengestaltung: Heinz Unternährer, Zürich
Umschlagmotiv: Avni Arbas
Druck und Bindung: Clausen & Bosse, Leck
ISBN 978-3-293-20343-3
2. Auflage, August 2018

Der Unionsverlag wird vom Bundesamt für Kultur mit einem
Verlagsförderungs-Strukturbeitrag für die Jahre 2016–2020 unterstützt.

Auch als E-Book erhältlich

Auf hohen Gipfeln
ein riesiger Adler streckt seine Flügel über die Welt

1

Ich kam in die Stadt Calindra, nahe an unseren Grenzen. Diese Stadt liegt an den Abhängen jenes Teils des Taurusgebirges, der durch den Euphrat geteilt wird, und erblickt die Hörner des großen Taurusgebirges im Westen. Diese Hörner sind so hoch, dass sie den Himmel zu berühren scheinen; denn in der ganzen Welt gibt es nirgends einen Landteil, der höher ist als dieser Gipfel, und er wird immer schon vier Stunden vor Tagesanbruch von den Strahlen der Sonne im Osten getroffen. Da er aus blendend weißem Gestein besteht, strahlt er stark wider und leistet den Armeniern in der Finsternis den gleichen Dienst wie das holde Mondlicht, und infolge seiner riesigen Höhe ragt er in senkrechter Richtung 4 Meilen weit über die höchsten Wolkenschichten hinaus.

Dieser Gipfel wird von einem großen Teil des Westens noch im Schein der Sonne gesehen, nachdem sie untergegangen ist, und zwar während des dritten Teils der Nacht. Er ist das, was wir an klaren Tagen, nach eurer Meinung, für einen Kometen gehalten haben, und uns scheint, dass er in der Dunkelheit der Nacht verschiedene Gestalten annimmt, manchmal in zwei oder drei Teile zerfällt, manchmal lang und manchmal kurz ist. Und das kommt von den Wolken, die am Himmelshorizont zwischen einen Teil dieses Gebirges und die Sonne treten; denn da die Sonnenstrahlen durch sie abgeschnitten werden, so wird die Beleuchtung des Berges unterbrochen durch verschiedene Wolkenräume, und daher ist er von veränderlicher Gestalt in seinem Glanz.

[...] Dieser Taurusgrat ist so hoch, dass sein Schatten Mitte Juni, wenn die Sonne im Mittag steht, bis zum Anfang von Sarmatien reicht, d. h. zwölf Tagesreisen weit, und Mitte Dezember erstreckt er sich sogar bis zu den Hyperboräischen Bergen, die eine Monatsreise weit gen Norden liegen. Seine dem brausenden Wind zugekehrte

Seite ist immer in Wolken und Nebel gehüllt, weil der Wind, der beim Anprall gegen den Fels geteilt wird, sich hinter diesem Fels wieder sammelt, also die Wolken auf allen Seiten mitreißt und sie dann beim Anprall zurücklässt. Und wegen der großen Menge von Wolken, die dort aufgehalten werden, ist diese Seite auch immer Blitzschlägen ausgesetzt, sodass das Gestein überall zersplittert und voll gewaltiger Abstürze ist.

Am Fuß dieses Gebirges wohnen sehr reiche Völker, und es ist voll herrlicher Quellen und Flüsse, auch fruchtbar und reich an allerlei Schätzen, insbesondere in den Teilen, die nach Süden blicken. Aber nachdem man ungefähr 3 Meilen gestiegen ist, gelangt man allmählich zu Wäldern aus mächtigen Tannen, Kiefern, Buchen und andern ähnlichen Bäumen. Weiter oben, im Bereich von weiteren 3 Meilen, findet man Wiesen und unermessliche Weiden, und alles übrige, bis zum Anfang des Taurusberges, besteht aus ewigem Schnee, der hier zu keiner Jahreszeit schwindet und bis zu einer Höhe von ungefähr 14 Meilen im Ganzen reicht. Von diesem Anfang des Taurus bis zur Höhe einer Meile weichen die Wolken nie; denn hier haben wir 15 Meilen [hinter uns], was ungefähr 5 Meilen Höhe in senkrechter Richtung bedeutet, und ebenso hoch sehen wir die höchsten Spitzen des Taurus ragen. Man merkt dort oben, wie die Luft, von der Mitte an, allmählich wärmer wird, und spürt dort nirgends einen Windhauch. Aber hier kann nichts auf die Dauer leben; hier wird auch nichts geboren, ausgenommen einige Raubvögel, die in den tiefen Spalten des Taurus nisten und durch die Wolken herabstoßen, um ihre Beute auf den grasbewachsenen Bergen zu machen. Er besteht überall aus nacktem Fels, d. h. von den Wolken an, und der Fels ist blendend weiß; aber den höchsten Gipfel kann man wegen des steilen und gefährlichen Aufstieges nicht erklimmen.*

---

*Aus: Leonardo da Vinci: *Tagebücher und Aufzeichnungen*. Nach den italienischen Handschriften übersetzt und herausgegeben von Theodor Lücke. Leipzig: Paul List Verlag, 1940.

Wie eine Mondsichel umringt der Taurus die Çukurova. Weit gestaffelte Bergketten schließen das Tiefland ringförmig ein, ihre Farbe wechselt von einem hellen Blau in ein dunkles, vom dunklen Blau ins Violett, das sich schließlich fernab in der unendlichen Weite des Himmels verliert.

Die Gebirgstäler liegen im Dämmer der Schatten, die sich nach Westen dehnen, wenn der Tag anbricht, und sich nach Osten kehren, wenn er sich zu neigen beginnt. Bei großer Hitze scheint von hier ein Hauch von Frische in die Ebene hinabzusteigen. Keinen Tag, keinen Augenblick sind die Berge die gleichen. An manchen Tagen sind sie bei Sonnenaufgang in Goldgelb getaucht, das in Rot, dann in milchiges Weiß, danach in ein zartes Blau oder auch in kräftiges Violett übergeht. In starker Mittagshitze überzieht sie oft ein dunstiges Orange, während ringsum alles verbrennt und aschgrau daliegt.

Später leuchten sie himmelblau oder – besonders in den Frühlingmonaten – so lila wie Stiefmütterchen. Die Hänge scheinen mit goldenen Nägeln bespickt. Wie in einem Strom von Licht gleiten sie sanft über das Violett und das helle Blau hinweg in die Unendlichkeit.

Der majestätische Berg Düldül erhebt sich hinter den gestaffelten Kämmen der Bergketten. Er scheint sich kreisend zu wiegen, wenn er schneeweiß leuchtend seine Umgebung erhellt. Sein Gipfel ist die meiste Zeit frei von Wolken. Sommers schimmert er wie eine himmelblaue Wolke, aber auch in dunstigem, bläulichem Kupferrot, oder er glüht auf in einem mit Rosa durchsetzten Himmelblau. Und über ihm funkelt ein prächtiger Stern.

Die felsigen Gipfel des Taurus sind durchgehend aus weißem, rosarotem, braunem, orangefarbenem und grünem Feuerstein. Über ihnen kreisen Adler mit mächtigen Schwingen. Unterhalb der Gipfel aus Feuerstein beginnen die Wälder. Sie sind dicht, und die kräftigen Bäume bieten Wildtieren Unterschlupf und Schutz. Tannen, Zedern, Buchen und Platanen recken sich in den Himmel, Quellen sprudeln in jeder Schlucht, am Fuße jeder Felswand, von jedem Hang. Ihr Wasser duftet nach Minze, nach Tannenharz und Blumen. Forellen tummeln sich in Wasserläufen, die über Baum und Fels schäumen und sich rasend schnell über die Hänge hinunter in die Bäche ergießen.

Der Taurus schuf die Çukurova. Vor sehr langer Zeit begann das Mittelmeer schon am Fuße dieses Gebirges. Die Flüsse Ceyhan und Seyhan, viele kleinere Wasserläufe und Bäche schwemmten die fruchtbare Erde der Hänge mit sich, lagerten sie in den immer weiter vordringenden Mündungen ab, und so entstand die Çukurova. Eine Ebene voller Sonne und Licht, in der zahllose Gewässer plätschern und wo der überquellende Segen der Erde dem Reichtum des Meeres in nichts nachsteht.

Die Mutter des Seyhan ist die Zamanti. Ihre Quelle entspringt in der Hochebene Uzunyayla, ihr Oberlauf führt durch dieses weit gestreckte Gebiet, bevor sie den Taurus erreicht. Dort prallt sie auf die Felsen aus Feuerstein, sie sind lilafarben und sehr hart. Aufschäumend stürzt sie in Schwindel erregende Schluchten, höhlt tief unten in schnellem Lauf die Erde aus, stößt wieder auf Felsen, die sie aber nicht übersteigen kann. Sie bohrt sich in die Erde und lässt sich eine ganze Weile nicht mehr blicken. Doch irgendwann schießt sie wieder an die Oberfläche, schnellt mit rasender Geschwindigkeit von einem Felsblock gegen den andern, bis sich wieder eine Wand aus Feuerstein auftürmt und sie sich wieder in die Erde gräbt, versinkt, auftaucht – und so geht es fort. Während sie den Taurus überwindet, nimmt sie zahllose Quellen, Bäche und Nebenflüsse auf. Darunter auch den Göksu, der den Tahtali-Bergen im Taurus entspringt und selbst viele Quellen und Bäche verschluckt, bevor er in die Zamanti mündet. Vereint werden diese beiden Flüsse Seyhan genannt, ein mächtiges Gewässer, so klar, als ströme darin kein Wasser, sondern Licht. Läge ein Buch auf dem Grund, es ließe sich lesen.

Die Quelle des Ceyhan wiederum liegt mitten in den Binboğa-Bergen. Der Oberlauf heißt Horman. Dieser Bach vereint sich mit dem den Nurhak-Bergen entspringenden Bach Söğütlü zu einem ungebärdigen Wildwasser, dessen Bett den Taurus von einem Ende zum andern durchschneidet und dabei die Flüsschen

Aksu, Körsulu, Çayir, Savrun, Handeresi, Cerpece und unzählige Quellen und Brünnlein mit sich nimmt ins große Mittelmeer. Seyhan und Ceyhan kommen mit tausenden, ja, hunderttausenden Tonnen Erdreich zum Mittelmeer, schwemmen tonnenweise Schlamm an seine Ufer. Jedes Jahr wächst die Ebene, wird sie ein Stück größer, werden die Felsen im Taurus ein bisschen mehr ausgewaschen, ragen die hellen Felswände ein bisschen spitzer hervor. Und vielleicht wird es eines Tages im Taurus gar keine Erde, gar keine Bäume mehr geben, wird der mächtige Taurus nur noch als Felsgestein zwischen Himmel und Erde emporragen. Der schroffe Stein wird wie glühendes Kupfer leuchten, und es wird in diesem nackten Taurusfelsen vielleicht keinen Tropfen Wasser geben, in diesem messerscharfen Gestein vielleicht kein Grashalm wachsen, vielleicht kein einziges Geschöpf mehr leben.

An den Küsten des Mittelmeers schäumt und wellt sich die Erde wie das Meer. Auch die weite Ebene und der mächtige Taurus sind wie das Mittelmeer so blau, wie das Mittelmeer so licht. Und so hell wie das Licht über dem Mittelmeer schimmert, so hell funkelt es auch über der Ebene und dem Taurus. Und wie die Berge nach Fels, Harz, Minze und Blumen duften, so duftet die weite Ebene nach Meer, Apfelsinen, Zitronen und Pomeranzen. Und an jedem Tag des Jahres öffnet die schwangere Erde gierig ihren Mund und fiebert rasend vor Fruchtbarkeit dem Frühling und dem Regen entgegen, den ihr der Taurus schicken wird.

Eines guten Tages bedeckt dann eine pechschwarze Wolke den Himmel überm Berg Aladağ und ein lindes Lüftchen beleckt sanft die weite Ebene. Danach fallen große, warme Tropfen und kurz darauf stürzt Wildbächen gleich der Regen hernieder. Kaum hört es auf zu regnen, überquillt die Ebene von Gräsern, Blumen, Vögeln und Insekten, summt und singt sie weich und zärtlich Wiegenlieder vor sich hin. Wie Schaumkronen bedecken Blüten die Pomeranzen-, Apfelsinen- und Zitronenbäume, sanfte Brisen tragen ihren Duft über die weite Ebene zu den Bergzügen des Taurus. Mit den Wassern kommen auch die Adler hinunter in die Ebene. Zwölf Monate im Jahr sind Sümpfe und Feuchtwiesen

Paradiese für Vögel jeder Art und Farbe. Die von Osten nach Westen, von Süden nach Norden ziehenden, können nicht weiter, bevor sie die Sümpfe der Çukurova nicht aufgesucht haben.

In der Çukurova ist alles licht und klar: Felsen, Erde und Bäume, Vögel, Käfer, Schlangen und Menschen sogar ... Der Himmel ist klares Blau, die Nächte sind sternenklar. Läge der Koran auf dem Grund eines Gewässers, er ließe sich lesen.

2

Geduckt jede Deckung nutzend, glitt Memed zwischen den Felsen des Anavarza im Schutze riesiger Kakteen bergab und landete in einem Feld von Kardendisteln, die hier ein undurchdringliches Dickicht bildeten. Der Frühling war mit aller Kraft ausgebrochen, die gelben Krokusse schossen nur so aus der rötlichen Erde zwischen den Felsen hervor. Auch die baumstarken Kakteen hatten ihre roten, gelben und weißen Blüten weit geöffnet. Hornissen, Honigbienen und Wespen drängten mit glitzernden Flügeln in die Kelche und flogen wieder auf. Das satte Grün breitete sich bergab vom felsigen Kamm und den Burgruinen so rasch aus, als glitte es berauscht zu Tal. Memed hatte die Nacht in einer Nische an der östlichen Ringmauer verbracht und aus Angst vor Klapperschlangen bis zum ersten Hahnenschrei keinen Schlaf gefunden. Als er aufwachte, war schon später Morgen. Eine leichte, laue Brise wehte. Schwärme von handtellergroßen, weißen Schmetterlingen senkten sich auf Blumen und Gräser hinunter, hoben wieder ab. Zu seinen Füßen lag der Sumpf von Akçasaz unter dichtem Dunst, nichts war zu sehen. Im Süden, wo das Wasser des Ceyhan die Felsen leckte, flogen unter einer einzelnen geballten Wolke elf Adler. Sie hatten die Flügel gestreckt, sich in den aufbrisenden Südwind gedreht und standen am klaren, blauen Himmel so still, als bewegten sie sich nicht.

Memed verhielt einen Augenblick, heftete den Blick auf den Anavarza-Felsen. Ein Schwarm winziger Fliegen ließ sich auf seinen Wangen nieder. Er hatte sie kommen hören und wischte sie sich sofort aus dem Gesicht. Dann behielt er beide Hände oben und scheuchte die Quälgeister, kaum dass sie sich wieder näherten. Plötzlich merkte Memed, dass sein Kopf über die Disteln hinausragte. Was, wenn ihn jemand gesehen hatte? Und Hunger hatte er auch! Seine Mundhöhle war pelzig und hatte einen bitteren Geschmack. Er ging in einer nahen Senke weiter, wo sein Kopf nicht mehr über den Disteln zu sehen war. Ein Schwarm klitzekleiner Vögel, hellgelb und rötlich grün mit geringelten Hälsen, landete auf den lila Blütenköpfen, schwirrte hoch, senkte und hob sich immer wieder. Eine lange schwarze Schlange mit schillerndem Rücken schlängelte gemächlich an ihm vorbei. Langsam glitt Memeds Hand zum Revolver. Die Schlange schien ihn nicht gesehen zu haben, oder sie tat nur so und kroch ohne Hast weiter. Die Hand auf seinem Revolver, wartete Memed ab. Das Auftauchen einer Schlange bedeutet Glück! fiel ihm ein. Die Altvorderen sagten so etwas nicht ohne Grund. Die Schlange hob etwa eine Handbreit den Kopf, und beider Blicke begegneten sich. Sie streckte ihre gespaltene Zunge heraus und zeigte ihre Zähne. Behutsam zog Memed seinen Revolver aus dem Halfter. Seine Hand zitterte. Und wenn sie ihn nun angriff? Auf eine Schlange war sorgfältiges Zielen nicht erforderlich. Es heißt doch, ob du zielst oder nicht, ist eine Schlange da, findet die Kugel sie von selbst. Auch das war eines der Wunder Gottes. Doch Memeds Hand mit der auf die Schlange gerichteten Waffe zitterte noch immer, und Herzklopfen hatte er auch. Schließlich wendete die Schlange ihre Augen ab, hob den Kopf eine weitere Handbreit und tat so, als wolle sie sich Memed zudrehen. Ihre Zunge schien jetzt viel länger und leuchtete rot. Memed spannte die Muskeln, er war auf der Hut. Ließe sie von ihm ab, würde er ihr nichts tun! Wie lange er der Schlange so gegenüberstand, weiß er nicht. Plötzlich senkte sich ein Schwarm dieser klitzekleinen knallgelben Vögel auf das Dornengestrüpp, die Schlange drehte den Kopf dorthin, doch kaum waren die Vögel niedergegangen, schwirrten sie prrr! zu einer stärkeren Ranke, im selben Augenblick löste sich der Schuss, und die riesige schwarze Schlange fiel mit letzten Zuckungen Memed vor die Füße.

Verdammt!, schoss es ihm durch den Kopf. Er war wie gelähmt, wurde aschfahl, sein Herz hämmerte. Verdammt, wir haben unser Glück getötet! Angst beschlich ihn, wie er sie noch nie verspürt hatte. Der Schwanz der Schlange, den die Kugel gespalten hatte, trommelte wie rasend vor Wut noch auf die Erde.

Memed schaute um sich. Ob jemand den Schuss gehört hatte? Unter den fernen Wolken kreisten jetzt mehr Adler als vorhin. Rückwärts entfernte er sich, ging dann um einen Schwarzdornbusch herum und tiefer in die Senke hinein. Die Angst in ihm stieg, ihn schwindelte. Ihm war, als breche das Dunkel der ganzen Welt über ihn herein. Als er gestern Nacht den Anavarza-Felsen erreicht hatte, war er außer sich vor Freude gewesen, hatte er sich noch leicht wie ein Vogel gefühlt, und jetzt war ihm, als stoße sein Kopf gegen eine dunkle, schreckliche Wand. Plötzlich war er sicher, dass die Gendarmen ihn von allen vier Seiten eingekreist hatten. Er kauerte sich in das ausgetrocknete Wildwasserbett und nahm den schwarzen Umhang ab, unter dem das Gewehr verborgen war. Memed nahm es von der Schulter, entsicherte es behutsam. Eine Patrone steckte im Lauf. Vom Rand des Bachbettes erstreckte sich eine blühende Brombeerhecke bergab zum Ceyhan. Memed schlich zur Hecke, und als er den alten, halb in der Erde steckenden, eigenartig beschrifteten Steinblock entdeckte, schöpfte er wieder ein bisschen Mut, der sogar in Freude umschlug, als er den Quader erreichte. Denn Stufen führten in eine tiefe Senke, auf deren Grund dicke Säulen aus lila schimmerndem Granit lagen. Sie bildeten einen hervorragenden Unterstand, wo er es mit einer Kompanie Gendarmen aufnehmen würde. Vielleicht konnte er sich im Schutz der Dunkelheit sogar davonschleichen und seine Haut aus dieser unheilvollen Çukurova retten. Erschöpft hockte er sich am schützenden Stein nieder und lehnte seinen Rücken bequem an den weißen Quader.

Doch die Angst wollte nicht weichen. Könnte er doch den Revolver abschnallen, das Gewehr aus der Hand legen und wie jeder andere auch über die Landstraße in jenes Dorf schlendern und sorglos links und rechts den Leuten einen Gruß zurufen! Aber er hatte sich von seinem Gewehr nicht trennen können. Er hatte es ja zuerst bei Ferhat Hodscha zurückgelassen, doch war dann in eine unendliche Leere gefallen. Er hatte sich so hilflos und verlassen gefühlt, dass er voller Scham umgekehrt war und das Gewehr zurückverlangte. Auch als er von den Bergen in die Çukurova hinabgestiegen war, hatte er wohl fünf Mal seine Waffen versteckt, war aber jedes Mal zurückgekehrt und hatte sie unter seinem Umhang wieder umgeschnallt. Den verräterischen Fez gegen eine andere Kopfbedeckung zu tauschen, war ihm auch nicht leicht gefallen. Doch zuletzt hatte er sich an diese gestreifte Schirmmütze so gewöhnt, dass er, wie eigenartig, den jahrelang getragenen Fez sehr schnell vergaß. Im Rücken spürte er die Kühle des Steins. Argwöhnisch suchte er die Umgebung ab. Die großen, violett leuchtenden Blütenköpfe der Disteln bewegten sich sacht im sanften Windhauch. Der Himmel, die Felsen unter der Burgmauer, die hohen Bäume von Akçasaz, das Tageslicht – alles schimmerte in diesem Violett, das die Disteln über die ganze Ebene verbreiteten. Auch der östlich gelegene Berg Hemite und der ferne Taurus im Norden hatten sich violett gefärbt.

Als Memed heute Morgen aufwachte und seine Augen über das Sumpfgelände von Akçasaz schweifen ließ, hatte er die hohe Pappel, wo Müslüm auf ihn warten wollte, gleich entdeckt. Richtete er sich jetzt auf, könnte er sie sogar von dieser Senke aus sehen, so hoch war sie geschossen! Hoffentlich war dem Jungen nichts passiert, diesem Plagegeist Gottes, der die Flinte nie aus der Hand legte. Geschickt war er ja, und voller Hass auf den Hauptmann und den Gefreiten Ali die Echse. Rachsüchtig wie ein Kamel, der Junge. Komme, was wolle, Hauptmann Faruk und Ali die Echse werden durch seine Hand sterben, da lässt er nicht locker! Einen Menschen wie Müslüm hatte Memed noch nie erlebt, von so einem noch nie gehört. Er wird Memed in

Abdülselam Hodschas Dorf bringen, denn er wusste, wo es lag. Irgendwo an der Küste, am Fuße der Gavurberge, in der Nähe der Burg Payas.

Als er an das Dorf dachte, wurde er ruhiger, huschte ein Lächeln über sein Gesicht. Schon immer hatte er sich vorgenommen, dieses Dorf aufzusuchen, und manchmal konnte er an gar nichts anderes denken. Sich dort als Hirte niederlassen, das Meer entdecken, unter Orangenbäumen spazieren, sich am Duft ihrer Blüten berauschen! Wo Dursun wohl abgeblieben war? Vielleicht ist er ja in dieses Dorf zurückgekehrt. Wer weiß! Könnte Abdülselam Hodschas Dorf nicht auch Dursuns Heimatdorf sein? Schließlich liegen an der Küste ja nicht tausend Dörfer ... Und Dursun sagt: »Willkommen, Memed, mein magerer Junge«, und er streicht ihm wie früher übers Haar, tätschelt ihm die Schulter, umarmt ihn und hebt ihn hoch, ruft: »Willkommen, magerer Junge, mein Memed. Wie findest du mein Dorf? Sieh, ist es nicht schön? Schau aufs Meer, wie es schäumt! Ein Wunder Gottes. Sieh dir die Schiffe an, wie sie schimmern, schneeweiß wie lichtdurchflutete Wolken gleiten sie dahin, gleiten und gleiten ...« Und wie schön er lachen kann, der Dursun, mit seinen leuchtenden Augen ... seinen hellen, traurigen Augen, in denen sich Freude und Schwermut mischen. Dieses Gesicht, so ausdrucksvoll. Kein anderes strahlt so viel Wärme aus, und kein anderes schaut einen so herzlich an. Du bist zum Räuber geworden, mein Memed? Hast Abdi getötet? Dein Ruhm verbreitete sich über Berg und Tal bis nach Ankara zum weltberühmten Mustafa Kemal Pascha. Sicher hat er sich gefreut, als er von deinem Ruhm hörte. Denn auch er ist der Sohn einer armen, verwitweten Frau, und auch er liebt wie du die Armen. »Geht hin und findet mir diesen Jungen! Findet ihn und bringt mir diesen Jungen, den sie den Falken nennen! Bringt ihn mir ...« Violette Schlangen gleiten die violetten Felsen hinunter, strömen wie rauschendes Wasser. Violette Felsen schwanken über den Wassern, versinken nicht, Lichtfontänen schießen aus ihnen hervor ... Dursun kreist inmitten violetter Fontänen, Disteln und wirbelnder Schlangen ...

Memeds Kopf sank auf eine in den weißen Stein gemeißelte fünfblättrige Blume. Kaum war er eingeschlafen, näherte sich wieder ganz langsam eine der vorigen zum Verwechseln ähnliche schwarze Schlange. Dicht vor ihm hob sie kurz den Kopf, musterte ihn mit eigenartigem Blick, glitt lautlos weiter und verschwand. Gleich danach kam eine dritte. Diese verharrte eine Weile neben Memed, tat so, als schnuppere sie, streckte den Kopf aus, dass es schien, sie belecke seine Hand. Dann zog sie den Kopf wieder ein, ringelte sich und blieb, den Kopf Memed zugewandt, zusammengerollt liegen. Wer weiß, wie lange sie dort döste. Erst als noch eine schwarze Schlange gekrochen kam, hob sie den Kopf, blickte sich absichernd um, hängte sich an die vorbeigleitende Schlange und folgte ihr durch die Brombeerbüsche die Stufen hinunter zu den liegenden Säulen. Mitten auf Memeds Stirn malte die Sonne, die durch die dicht stehenden Disteln schien, einen Sonnenkringel. Vom Anavarza-Felsen tönten die kurzen Rufe eines Vogels.

Große violette, gelbe und weiße Schmetterlinge, im Sonnenlicht aufblitzende Bienen, hunderte klitzekleine bunte Vögel gingen auf die Distelköpfe nieder, flogen gleich wieder auf, wandernde Staubsäulen leuchteten am jenseitigen Ufer des Ceyhan und verlöschten.

Als sich im Süden über dem Mittelmeer weiße Wolken blähten und Westwind aufkam, erwachte Memed. Er war schweißnass. Noch während er sich die Augen rieb, entdeckte er entsetzt das riesige Knäuel der zusammengerollten schwarzen Schlange. Ihre gespaltene Zunge schaute ein bisschen hervor. Beider Augen trafen sich. Auf Kopf und Rücken der Schlange schimmerten grünliche Schuppen. Memed griff zum Revolver und sprang wütend auf die Beine. »Hier sind Himmel und Erde voller Schlangen«, schimpfte er, »Gott verfluche sie!«

Er folgte geduckt dem Bachbett, in dem Kletten wucherten. Sie waren noch grün und blieben an den Hosenbeinen nicht hängen. Aus Angst vor Schlangen im Klettengestrüpp setzte er vorsichtig einen Fuß vor den andern. Er hatte schon eine ganze Strecke hinter sich gebracht, als das Bachbett in eine tiefe Senke mündete. Hier überragten ihn die Disteln, sie standen dicht wie ein Wald. Tausende klitzekleine Vögel brodelten in allen Farben. Bei jedem Schritt, den er tat, wirbelten sie aufgeregt in die Höhe. Schwärme von Schmetterlingen glitten von hier nach da, färbten milchweiß die Disteln, auf die sie sich niederließen.

Plötzlich musste Memed an Hatçe denken. Die Karden verströmten einen bitteren Duft, den er noch nie gerochen hatte. Seyran fiel ihm ein. In jener Nacht war es ihm nicht gelungen, sich ins Dorf durchzuschlagen. Wenn er daran dachte, bekam er noch immer Gänsehaut. Beinahe wäre er in die Falle gegangen. Die Gendarmen hatten mit ihm gerechnet und die Umgebung lückenlos eingekreist, ließen keinen Spatz unbeobachtet durchschlüpfen. Nur das unterdrückte Husten eines Gendarmen und das Scheuen und Zurückpreschen seines Pferdes hatten ihn vor dem sicheren Tod bewahrt. Unzählige Kugeln waren hinter ihm hergezischt, lange Zeit noch hallten die Schüsse über die Ebene. Erst am Fuße des Anavarza-Felsens hatte er das Pferd gezügelt und war so schnell wie er konnte die Felswände hochgestiegen. Er hatte damit gerechnet, dass sie in Scharen auch den Felsen einkreisen und ihn früher oder später erwischen würden. Dennoch war er so müde, so erschöpft und ausgelaugt gewesen, dass er eingeschlafen war, kaum dass er sich an die Burgmauer gelehnt hatte. Umso größer sein Erstaunen, als er, aufgewacht, weit und breit keine Menschenseele ... Beim Abstieg quälte ihn ein leerer Magen, er starb fast vor Hunger. Auch jetzt starb er fast vor Hunger. Die lassen diese Gegend doch nicht aus den Augen, sagte er sich, sie werden den Sumpf von Akçasaz einkreisen! Und aus Akçasaz gab es kein Entkommen ... Je weiter er ausschritt, desto mehr schwitzte er. Arme Seyran! Auch sie hat mit mir keinen glücklichen Tag erlebt. Wie auch Hatçe und wie meine Mutter. Wer auch immer mit mir verbunden war, hat Schweres durchleiden müssen! Dann fiel ihm Mutter Hürü ein, und ein freudiges Gefühl durchströmte ihn. Nur ihr hatte er Glück gebracht. Von weitem kam der Ruf eines Frankolin. Der Westwind frischte auf, fuhr durch die raschelnden Disteln, drückte sie nieder. Vielleicht kam ihm der Herrgott wieder zu Hilfe! Wie aus dem Boden gestampft tauchte plötzlich eine Weide vor ihm auf. Er lief dorthin. Jetzt bereute er wieder, den Raubzügen abgeschworen zu haben. Was hatte ihn nur geritten, einem Trugbild nachzujagen und in die Ebene hinabzusteigen! In den Bergen wäre er früher oder später getötet worden, das war sicher. Aber er wäre im Kampf gefallen. Doch was hatten die armen Gendarmen denn verbrochen, gegen die er kämpfte? Und was hatte er verbrochen? Er verteidigte doch nur sein Leben. Was wollten diese Menschen denn von ihm? Er hockte sich unter der Weide auf eine Bodenwelle, nahm den Brotbeutel von der Schulter und schnürte ihn auf. Er klaubte einen Laib Brot hervor und ein Tuch, in dem drei runde Klumpen Käse eingeschlagen waren. Im Beutel lagen noch drei Eier und ein Dutzend Walnüsse. Memed sah sich um, konnte in der Nähe kein Wasser entdecken. Äße er jetzt, käme er um vor Durst. Er packte alles wieder in den Beutel, verschnürte ihn und hängte ihn über die Schulter. Das Gewehr drückte, er nahm es ab und legte es griffbereit vor sich hin. Die Kutte hatte er schon abgelegt und über die Disteln ausgebreitet. Während er überlegte, wie er aus dieser Falle entwischen konnte, suchten seine Augen die Umgebung nach Schlangen ab. Ob er sich schon zur Pappel aufmachen sollte? Und wenn sie Müslüm erwischt hatten, Ali die Echse ihn gefoltert und der Junge ihm den Treffpunkt bei der Pappel verraten hatte? Zorn gegen sich selbst packte ihn, seine Muskeln verkrampften sich schmerzhaft. Dreh nicht durch, Mann, dreh nicht durch, Memed, dreh nicht durch, Feigling! Und wenn sie Müslüm mit Zangen zerfleischen, ihm die Augen ausstechen und ihm die Haut abziehen – er wird unseren Treffpunkt nicht verraten. Dreh nicht durch, Mann, dreh nicht durch! Gnade Gott, wenn Mutter Hürü wüsste, wie er eben über Müslüm gedacht hatte! Aber woher sollte sie Müslüm schon kennen! Vielleicht hatte sie ihn im Nomadenzelt gesehen. Wirre Gedanken schossen ihm durch den Kopf. Die aufgeblähten Wolken über dem Mittelmeer standen schon ziemlich hoch. Der Westwind blies mit Macht, wirbelte Staub vor sich her, türmte ihn zu Tromben, die zu Hunderten nach Akçasaz kreiselten und dort in sich zusammenfielen. Ununterbrochen kamen Reiter und Pferdegespanne über die Landstraße, die unten am Ufer des Ceyhan entlangführte, und das Rattern der Speichenräder hallte von den Felsen des Anavarza wider.

Memed erhob sich, ging zu den nahen Disteln, nestelte an seiner Pluderhose und pisste. Erst als er sich wieder umdrehte, sah er in den Felsen des Anavarza etwas wie eine Glasscherbe aufblitzen. In Abständen wiederholte sich dieses kurze Funkeln. Danach krachte es. Das sind die metallenen Sterne an den Mützen der Gendarmen! Das Krachen hörte nicht auf, steigerte sich, in den Felsen widerhallend, zu höllischem Lärm. Um Gottes willen, murmelte Memed, ob sie Müslüm in die Zange genommen haben? Sein Herz hämmerte. Regungslos stand er neben dem Baum, unschlüssig, die Augen auf den Anavarza-Felsen geheftet. Sollte er Müslüm zu Hilfe eilen? Doch bis er dort wäre, hätten sie Müslüm schon längst erledigt! Und wenn er hier bliebe … hier bliebe … Das hieße, eine Hand voll Kind dem Wolfsrachen vorwerfen! Das könnte er sich bis an sein Lebensende nicht verzeihen, dieses Zaudern würde in ihm so lange nagen, bis von ihm nur eine leere Hülse übrig bliebe. Hastig nahm er seine Kutte, hängte sich das Gewehr über die Schulter und rannte los. Rannte, bis er die große schwarze Schlange über die Disteln hinweg auf sich zufliegen sah und am Schenkel einen so schmerzhaften Stoß verspürte, als sei ihm ein Brecheisen gegen das Bein gesaust. Unbekümmert die Disteln teilend, schoss die Schlange zwei Handbreit über dem Boden davon. Memed schaute ihr nach, dann begannen seine Beine zu zittern, und er sackte zusammen. Eine Zeit lang konnte er sich nicht von der Stelle rühren. Er horchte auf die Schüsse in den Felsen. Plötzlich sprang er wieder auf und eilte weiter. Noch während er lief, verstummten die Schüsse abrupt. »Mein Gott, Müslüm ist hinüber«, schrie er, seine Beine versagten wieder, er sackte zu Boden. Wie lange er dort gelegen hatte, weiß er nicht mehr. Schwalben schwirren vor seinen Augen blitzschnell hin und her. Ein großer blauer Schmetterling mit weißen Punkten umkreist seinen Kopf, geht auf seine Hand nieder und bleibt dort mit hoch gestellten Flügeln hocken ...

Damit er nicht davonflog, wagte Memed weder die Hand zu bewegen, noch laut Luft zu holen. Mit gespitzten Ohren horchte er auf jedes Geräusch in den Felsen. Der Schmetterling auf seinem Handrücken hockte mit gefalteten Flügeln ruhig da. Plötzlich hallten vom Fuß des Anavarza wieder Salven. Memed betrachtete den Schmetterling. Sieh dir diese Plage an, lächelte er in sich hinein, was hat er doch für einen schönen Landeplatz gefunden! Verpiss dich, rief er im Aufstehen, schüttelte ihn ab, der Schmetterling flog auf, stieg sehr hoch, ließ sich dann, als hielten ihn seine Flügel nicht, taumelnd ins Leere fallen, landete auf einer voll in gelben Blüten stehenden Königskerze und blieb dort, wie kurz zuvor auf Memeds Handrücken, hocken. Memed lief hin, schüttelte die Königskerze, der blaue Falter flog auf, kreiste diesmal lange in der Luft, kam zurück und setzte sich auf eine andere Königskerze. Jetzt scherte sich Memed nicht mehr um ihn, schaute nicht einmal mehr in seine Richtung. Mal erstarben die Schüsse am Anavarza, dann hallten sie umso lauter von den Felsen herüber. Auf dem Lauf seines Gewehrs entdeckte Memed einen großen Marienkäfer. Der bringt viel Glück, dachte er. Der Marienkäfer flog davon. Nach zwei, drei Schritten sah Memed auf einem Dornbusch Marienkäfer wimmeln. Verwundert ging Memed in die Hocke und betrachtete das Gekrabbel der Käfer. Der Dornbusch war rot von ihnen. Diese Schlangen, dieser Schmetterling und diese Marienkäfer, das bedeutet doch etwas, etwas Gutes, hoffte er. Also auf zum Pappelbaum! Er stieg in das Wildwasserbett und schritt eilig aus. Ausgepumpt kam er zur Pappel. Disteln, Brombeerranken und eng stehender Schwarzdorn hatten ihn zerkratzt, seine Pluderhosen und die Schöße seines Umhangs zerrissen, das Blut gerann an seinen Beinen und alle Glieder schmerzten. Er zog seinen zweischneidigen tscherkessischen Handschar aus dem Gurt und ging zum zehn

Schritt entfernten Röhricht. Hier am Sumpfufer stand das Wasser noch schlammfrei auf kieseligem Grund. Obwohl er so durstig war, beherrschte er sich und grub mit dem Handschar eine Mulde, bis eiskaltes Wasser emporsprudelte. Er öffnete seinen Brotbeutel, holte den Proviant hervor und legte ihn auf den ausgebreiteten Umhang. Dann kniete er sich am Wasserloch nieder und trank aus der hohlen Hand. Doch bald schon legte er sich bäuchlings lang, tauchte die Lippen ins Wasser und saugte so gierig, dass sein Bauch wie eine Pauke anschwoll. Eine Weile blieb er so liegen. Sein ganzer Körper schmerzte, als sei er im Mörser gestampft worden.

Als vom Anavarza-Felsen wieder eine Salve herüberhallte, sprang er auf und musterte die Felswände. Die Sonne stand tief, war kurz vorm Untergehen. Die Schüsse verstummten so abrupt wie sie begonnen hatten. Auf einmal verspürte er Heißhunger. Er hockte sich auf den Umhang und schaufelte das Brot nur so in sich hinein. Und während er hastig aß, eilte er immer wieder für einen Schluck zum Wasserloch.

Satt geworden, legte er die Reste in den Brotbeutel zurück und hockte sich, den Rücken an den Stamm der Pappel gelehnt, nieder. Mit zusammengekniffenen Augen musterte er die Umgebung. Am Rande des Sumpfes sonnten sich Schildkröten. Hin und wieder glitt eine von ihnen ins Wasser. Mit langen Beinen sprangen Frösche aus dem Schilf über die Blätter der Seerosen hinweg auf ihre mächtigen Blüten und weiter ins Wasser, wo sie das Weite suchten. Zu seiner Rechten stand eine Reihe kräftiger Weiden. Nach Süden hin wuchs undurchdringliches Dorngestrüpp und dichtes Röhricht. Die fast halb pappelhohen bläulichen Stauden rauschten und ächzten wie ein Wald im Westwind. Nach Westen, in Richtung Anavarza, erstreckte sich das leuchtend grüne Röhricht bis zum Fuße der Felsen. Hätte ich mir bloß Opanken angezogen, haderte Memed, denn seine Schuhe waren nicht mehr zu gebrauchen, und die Füße schmerzten. Klar, sagte er sich, die Armen waren schließlich tagelang über Gestrüpp, Fels und Unterholz gelatscht!

Als die Sonne unterging, war ihm, als habe er im nahen Röhricht einen Pistolenschuss gehört. Ihm folgte ein leises Stöhnen. Memed schnellte auf die Beine und horchte. Außer dass es mehrmals klatschte, blieb es still. Es hört sich an wie springende Fische, dachte er, doch er horchte weiter, bis es ganz dunkel geworden war. Schließlich ging er zur Pappel zurück und setzte sich hin. Vielerlei Gerüche stiegen ihm in die Nase, vermischten sich. Es roch nach Sumpf, nach berstend grünem Schilf, nach Poleiminze, Pfeilkraut und staubigen Getreidefeldern. Summen und Zirpen erfüllte die Nacht, im endlosen Moor quakten alle Frösche dieser Welt und in den umliegenden Dörfern bellten die Hunde. Wenige Schritte entfernt heulte in kurzen Abständen ein Schakal drei Mal, doch kaum hatte er Memed entdeckt, verschwand sein Schatten im Dickicht der Disteln. Ein zweiter Schakal tauchte auf, heulte ebendort, wo der andere gestanden hatte. Ihm folgten noch mehrere, heulten und verschwanden so geschwind wie ihre Vorgänger. Mit fortschreitender Dunkelheit rumorte es dumpfer im Sumpf, schien er in der Tiefe zu atmen, und bei jedem Atemzug schwankte der Boden mit. Auch der Westwind war heftiger geworden. Er rüttelte die Pappel, drückte sie in die Schräge, fegte durchs Ried und schob die Kolben ineinander. Vom Anavarza-Felsen hallte der Ruf des Uhus, schemenhaft kreisten eigenartige Vögel unter den helleren Stellen des Himmels. Verwundert beobachtete Memed ihren Flug. Ob ich mit meiner Flinte einen herunterhole? fragte er sich. Aber dann würden sich alle Dörfler und Gendarmen der Umgebung hier einfinden. Die Gendarmen, na ja, aber die hier so grausamen Dörfler? Gibt es auf dieser Welt ein grausameres Volk als das der Dörfler? Besonders gegen seinesgleichen? Fürchte dich vor nichts auf der Welt, nicht vor Schlangen und Drachen, Beys und Paschas, Löwen, Tigern und Nashörnern, aber hüte dich vor Dörflern! Traue nicht ihrer Freundschaft noch Feindschaft. Wie aus heiterem Himmel werden sie vom Freund zum Feind, vom Feind zum Freund! Was sagt Ferhat Hodscha immer? Diesem Volk der Dörfler ist nicht zu trauen. Nun gut, aber ist Ferhat

Hodscha nicht selbst einer? Sind Ali der Hinkende, Ümmet der Blonde, der Recke Köroğlu, Dadaloğlu mit der schönen Stimme, Osman der Junge, Gizik Duran und Vogelfänger, der dem Reichen nimmt und dem Armen gibt, nicht auch Dörfler? Und die in den Kreis der Vierzig aufgestiegenen, die Weisen und die Heiligen, sind sie nicht alle Dörfler? Bin ich nicht auch einer? Aber wir sind anders. Ja, manche Dörfler sind anders, sagte er sich ... Ist der gottbegnadete Sänger Karacaoğlan, der das Geheimnis von Leben und Tod, von Liebe und Grausamkeit kennt, nicht ein Dörfler? Nein, sie alle sind keine Dörfler, schrie er in sich hinein ... Sie sind etwas anderes, sie sind andere Menschen. Dörfler haben Zeit ihres Lebens die Unterdrückung ertragen, sie konnten Grausamkeit, Armut, Erniedrigung, Verachtung, Gefangenschaft und Tod, jahrzehntelangen Wehrdienst und den Krieg im Jemen widerstandslos hinnehmen, die andern aber konnten es nicht! Hüte dich also vor denen, die am grausamsten gequält wurden. Finden sie die Gelegenheit, quälen sie umso grausamer ...

Fernes Wiehern von Pferden, Hahnenschreie, das Bellen der Schakale und der wiegende Atem des Moores lullen ihn ein. Regen fällt auf ihn herab. Mal regnet es, dann scheint wieder die Sonne. Da sitzt jemand auf einem Stein. Er hält die Zügel eines schwarzbraunen Pferdes in seiner Hand, auf deren Rücken ein Greif hockt. Mit verhängten Zügeln preschen Reiter die felsigen Hänge herab, dass die Funken sprühen. Müslüm stellt sich den Reitern in den Weg, deckt sie mit Kugeln ein, die Reiter flüchten in alle Richtungen, die Funken der Hufe stieben. Züngelnde Schlangen gleiten unaufhörlich vorbei, blutrot ihre gespaltenen Zungen, gleiten in einem fort vom Anavarza herüber ... Mit korallenroten Augen gleiten sie über lila Disteln. Memed klettert in den Pappelbaum, hinauf bis zum Wipfel. Blutrot wie eine Flamme nähert sich in diesem Augenblick eine Trombe wirbelnden Staubes, höher als die Pappel, höher auch als die Felsen des Anavarza. Aus der Trombe löst sich ein siebenköpfiger Drache mit sieben roten, gespaltenen Zungen, richtet sich einer Mauer gleich vor den Schlangen auf, verjagt sie von der Pappel … Wie im Fluge gleiten vom Anavarza noch immer Schlangen, stoßen an den Drachen, bleiben liegen. Memed hält Hatçes Hand. Mit ihrer anderen bedeckt sie ihre Wunde. Das Blut tropft auf die Erde. Hatçe ist staubbedeckt. Sie sagt kein Wort, setzt sich auf einen Stein, der Stein beginnt schneeweiß zu schimmern. Kurz darauf färbt er sich rot. Blut schießt aus dem Stein. Ein klitzekleiner blauer Vogel am fernen Himmel taucht seine Umgebung in tiefes Blau, er fliegt im Licht, und wohin er auch fliegt, das Licht folgt ihm, gleitet mit ihm hin und her. Er kreist über Memeds Kopf und um ihn herum, färbt seine Haare und seinen Körper tiefblau. Der Vogel hat einen tiefblauen, buschigen Schwanz. Der rote Schnabel ist sehr lang, die Brust ganz gelb, sonnengelb … Die Augen korallenfarben … Er kreist auch um Seyran, der blaue Vogel, und ihre Haare, ihr Gesicht, ihre Augen, ihr ganzer Körper färben sich blau … Blitzschnell kreist der Vogel um ihren Kopf. Ganz außer Atem läuft Seyran in den Vorhof der Moschee … Die Wachen tauchen vor ihr auf, eine Wand von Gendarmen … Der Vogel überfliegt sie, flattert zurück zu Seyran, zwitschert fröhlich: dschik, dschik, dschik, dschik!, färbt die Gendarmen blau. Die Moschee, die Wache, das Ladenviertel, das Pflaster vom Marktplatz, das abseits plätschernde Wasser, alles färbt sich blau. Seyran bahnt sich einen Weg durch die Reihe der Gendarmen, am Fuße der Mauer liegen die Leichen von neun Briganten. Sie tragen über Kreuz geschnallte Patronengurte und sind von Kopf bis Fuß pechschwarz gekleidet. Ihre Gewehre liegen in ihren Armbeugen. Keiner der Räuber hat einen Kopf. Der Vogel setzt sich auf die Schulter des ersten, und – oh Wunder! – ein blauer Kopf sprießt hervor, und genau so geschieht es mit den andern, nach und nach neun Köpfe, die Seyran dank des Vogels mustern kann. Der klitzekleine Vogel beginnt zu lachen. Er schlägt die Flügel und lacht. Setzt sich auf die Köpfe der toten Räuber und lacht in einem fort, laut und klingend. Fliegt über die kleine Stadt zum Fluss, zur Brücke, zu den Bergen, färbt alles tiefblau, kommt zurück und lacht und lacht. Das Lachen des klitzekleinen Vogels bringt die ganze Stadt, bringt die Welt – tschin, tschin – zum Klingen. Er setzt sich aufs Minarett, es färbt sich tiefblau. Der Vogel lacht und lacht, lacht so sehr, dass er platzt und vom Minarett fällt. Neben ihm singt Seyran ein Klagelied ... Mahmut Aga der Blonde eilt herbei, zieht blank und schlägt Seyran den Kopf ab, und Hatçe, die Hand auf der Wunde, stimmt bei Seyran und dem Vogel die Totenklage an ... Da setzt Mutter Hürü auf dem Brandfuchs über die Mauer des Vorhofs, packt Hatçes Arm, schwingt sie mit den Worten »Erblinden sollen sie, erblinden sollen sie!« hinter sich auf die Kruppe des Pferdes, ruft: »Mit euren Totenklagen werdet ihr meinen Memed noch umbringen! Er ist nicht tot. Wer da im Vorhof der Moschee liegt, ist nicht Memed, es ist ein toter Vogel, der vor Lachen platzte.« Hatçe, daneben ebenfalls auf einem Pferd Seyran und über ihren Köpfen der kreisende blaue Vogel, beginnen zu lachen. Ihr Gelächter hallt von den Felsen des Anavarza wider. Auch Mutter Hürü beginnt zu lachen, lacht und lacht. Und während sie lachend davonreiten, taucht Memed vor ihnen auf. »Dass euer Herd nicht verlösche, was lacht ihr so, und was soll der Vogel da bei euch!«, ruft er. »Wir lachen eben«, antworten sie, »und Gott walte, dass wir immer lachen können!« Mutter Hürü zügelt das Pferd. »Was ist denn, mein Sohn? Sieh doch, sogar der Brandfuchs unter mir, der sein Leben lang nicht einmal gelächelt hat, lacht. Bre, mein Sohn, ich bin schließlich die Mutter von Memed dem Falken, wer sollte denn lachen, wenn nicht ich? Wer sollte denn lachen, wenn nicht seine Seyran, sein Brandfuchs, seine Dörfler, sein ganzes Dorf Çiçeklidere!«

»Gendarmen haben Memed am Fuße des Anavarza eingekreist, Mutter, haben ihm seinen Fünfschüssigen abgenommen, ihm Handschellen angelegt, eine Schnur aus Rosshaar um seinen Hals geknotet und das Ende Ali der Echse in die Hand gedrückt. Hast du gehört, Mutter?«

»Hätte ichs doch nicht gehört, mein Sohn! Wer bist du? Deine Zunge verdorre, die mir diese pechschwarze Nachricht brachte!«

Mutter Hürü, der Vogel, Seyran und Hatçe verhalten im Gedränge. Die Menschenmenge wird immer größer, immer bedrohlicher. Mittendrin an einer Schnur aus Rosshaar um den langen dürren Hals Memed mit unbedecktem Kopf, nackten Füßen und starren Augen. Seine Handgelenke sind blutig, er beißt die Zähne zusammen. Durch die zerfetzte Pluderhose schimmern seine bloßen Beine blutverschmiert, und auch von seiner Stirnlocke tropft das Blut. Es herrscht ohrenbetäubender Lärm. Die Menschenmenge johlt und bewirft Memed mit allem, was sie in die Hände bekommt. Schalen von Melonen, Eier und faule Tomaten, Pferdeäpfel, Kuhfladen, Kaktusfrüchte, Lehm, Steine und Felsstücke prasseln auf ihn. Memed taumelt, stürzt; die Gendarmen schleifen ihn über den Boden. Er verschwindet unter Schlamm, Dreck und Staub. Spuckend steigt die Menge über ihn hinweg. Mein Gott, wie viel Speichel sie doch haben! Memed versinkt im weißen Schaum der Geiferer. Vom Scheitel bis zur Sohle bebend vor Zorn, schreit Mutter Hürü: »Das sind Städter! Dem Landvolk ist vieles zuzutrauen, Memed, aber einen Menschen so zu bespucken? Nein, Memed, da irrst du dich in ihnen. Mag ein Dörfler auch die Blutschuld von Tausenden auf sich laden und sie allesamt sogar häuten; aber einen Menschen so zu erniedrigen? Niemals!«

Ihr Aufschrei hallt über die Stadt, und der blaue Vogel, der um ihren Kopf kreist, taucht alles in leuchtendes Blau. Der Brandfuchs unter Mutter Hürü stürmt auf Ali die Echse zu, schnappt ihn sich mit den Zähnen und schleudert ihn gegen die Mauer der Moschee. Blut bedeckt die Mauersteine und Ali die Echse rutscht wie ein leerer Sack auf die Erde. Das Pferd drängt sich in die Menschenmenge, beißt jeden weg, der vor ihm steht, und tritt nach jedem, der hinter ihm ist. Im Nu ist keiner mehr zu sehen, ist in der Stadt kein Laut mehr zu hören. Seyran hockt neben dem daliegenden Toten und wiegt sich trauernd hin und her. Mutter Hürü lenkt das Pferd zu ihr. »Steh auf, Mädchen!«, ruft sie. »Ihr trauert um einen Menschen, noch bevor er tot ist. Der da ist nicht Memed. Memed trägt am Finger den Ring von Mütterchen Sultan. Ihn kann niemand weder töten noch fesseln. Nicht einmal Schlangen können ihm etwas anhaben.«

»Den Ring trägt er nicht, den habe ich«, sagt Seyran und zeigt Mutter Hürü den Ring.

»Ich bin verloren«, jammert da Mutter Hürü, springt vom Pferd, geht zum bäuchlings daliegenden Toten und dreht ihn auf den Rücken. »Sieh doch, Seyran, Mädchen!«, schreit sie, »der da ist nicht Memed, schau ihn dir doch an!«

Sein Blau ausgießend fliegt der Vogel herbei, kreist über dem Toten und beginnt zu lachen. »Hör auf zu lachen!«, sagt Mutter Hürü zornschnaubend, »hör auf damit, Vogel, mögen dich geölte Kugeln treffen! Man lacht nicht in Gegenwart von Toten, nicht einmal, wenn sie unsere Feinde waren. Schluss damit!«

Im Nu verstummt der Vogel und fliegt davon.

Memed stand auf, reckte und dehnte sich, dass die Gelenke knirschten. Blaue Kreise ziehend, flog der blaue Vogel um ihn herum. Von weit her hörte er ein Knacken und horchte angestrengt. Das Knacken verstummte, begann erneut und kam näher. »Hoffentlich ist es Müslüm, der da kommt!«, seufzte er. »Ich werde meinem allmächtigen Gott ein Opfertier schlachten, sobald Müslüm mich in jenes Dorf gebracht hat.«

Noch immer kreiste der Vogel um ihn. Schlangen hatten ihre flammenden Zungen herausgestreckt, glitten über Distelgestrüpp bis zur schimmernden Wand aus klitzekleinen blauen Vögeln und blieben dort lauernd liegen. Ihre korallenfarbenen Augen funkelten vor dieser in einem Lichtkreis schwankenden Wand. Plötzlich schnappte sich jede Schlange einen der blauen Vögel, die, zu Tode erschrocken, ohrenbetäubend zu zwitschern begannen.

Memed war, als habe er einen Pfiff gehört. Der Westwind schob Äste und Schilf ineinander und sacht rauschten die Ähren auf den Feldern. Memeds scharfe Ohren konnten auch das leiseste Geräusch unterscheiden.

»Es ist Müslüm, der da kommt«, freute er sich. Dann hörte er noch einen Pfiff, der wie der Ruf eines Vogels klang. Jetzt hatte er keine Zweifel mehr.

Mit gestreckten Flügeln landeten Störche. Jeder packte eine Schlange am Schwanz und flog mit ihr wieder auf. Noch im Aufflug ließen die Schlangen die klitzekleinen blauen Vögel aus ihren Fängen, wanden sich in den Schnäbeln der Störche, versuchten vergeblich, sich um sie zu schlingen, krümmten und ringelten sich in der Luft. Befreit, flogen die blauen Vögel zurück zu Memed, kreisten um ihn herum und bildeten wieder eine laut schwirrende, fröhliche Vogelwand.

Wieder ertönte ein Pfiff, jetzt nahebei aus den Disteln.

»Bist du es, Müslüm?«, fragte Memed leise.

»Ich bins«, antwortete Müslüm mit ebenso verhaltener Stimme. »Ich bins, Memed, mein Aga, ja, ich bin da.«

Die um Memed kreisenden Vögel zwitscherten fröhlich.

Vorsichtig kam Müslüm hinter den Büschen hervor. Memed lief auf den Schatten zu, die beiden umarmten sich und blieben umschlungen eine Weile so stehen.

»Sag mal, Müslüm, haben die Schüsse, die seit heute Morgen vom Anavarza kamen, dir gegolten?«

»Ich sterbe vor Hunger«, entgegnete Müslüm. »Nachher erzähle ich dir alles, Memed Aga. Nimm erst einmal deinen Ring!«

»Hast du dich mit Seyran denn nicht getroffen?«

»Zuerst lass mich essen! Hätte ich diesen Ring nicht getragen, ich läge schon lange tot auf schwarzer Erde. Welch ein Ring, kann ich nur sagen, mein Gott, welch ein Ring! Solange du ihn am Finger trägst, können dir auch Kanonenkugeln nichts anhaben. Es lebe Mütterchen Sultan!«

Memed nahm ihn bei der Hand und ging mit ihm zum Wasserloch. »Setz dich hierher, ich bringe dir gleich Proviant!«

»Ich habe auch welchen«, sagte Müslüm, »bewahre dir deinen auf!« Er löste seinen Brotbeutel vom Gürtel, schnürte ihn auf und breitete sein Essen vor sich aus.

»Diesen Brunnen hab ich selbst gegraben, das Wasser ist eiskalt. Trink!«

Müslüm beugte sich nieder und trank aus der hohlen Hand. »Eiskalt«, nickte er. Während er aß, sagte er kein Wort, und Memed wartete ungeduldig darauf, dass er sein Mahl beendete und ihm danach berichtete.

Nachdem Müslüm sich satt gegessen hatte, wusch er sich am Wasserloch Gesicht und Hände, ging zu Memed und setzte sich neben ihn. »Hier können wir nicht sitzen bleiben«, sagte er dann, »hier sind viele Schlangen. Diese Distelfelder sind bis zum Rand voll schwarzer Schlangen. Sie sind nicht giftig, aber jede von ihnen ist, na, fünfmal länger als ich, manche sogar fast halb so lang wie diese Pappel. Weißt du, was wir jetzt tun werden, Memed, mein Aga? Aber nimm erst einmal deinen Ring und streif ihn dir über den Finger!«

»Warum diese Eile?«

»Streif du ihn über, dann sag ichs dir.« Er reichte Memed den Ring, den dieser über seinen Finger schob. »Hast du ihn übergestreift?«

»Ja, ich habe ihn übergestreift. Und was jetzt?«

»Jetzt werden wir auf eine dieser Weiden klettern. Ihre Kronen sind die Betten flüchtiger Jürüken. Die Äste sind bequem wie ein Thron. Bleiben wir hier unten, kommen die Schlangen. Sie sind nicht giftig, aber sie würgen. Schlingen sich um den Hals eines Menschen und ersticken ihn. Außerdem streifen hier auch Wildschweine, Hyänen, Wölfe und Schakale durch die Gegend.«

Er griff Memeds Arm, neigte sich an sein Ohr und flüsterte: »Und in diesem Röhricht haust auch ein Drache. Ein siebenköpfiger mit Feuer speienden Augen. In jedem seiner sieben Köpfe hat er eine tausendfach gespaltene Zunge. Er hat noch keinen Menschen, dem er begegnete, verschont, sondern sie alle in sein Serail verschleppt. Aber du brauchst ihn nicht zu fürchten. Zum einen trägst du diesen Ring, dem sich ein Drache nicht einmal nähern kann, zum andern … Los, gehen wir zu den Bäumen und klettern wir hinauf!«

Der Westwind hatte Sturmstärke erreicht, das Röhricht ächzte, Äste schlugen aneinander, die schwankende Pappel bog sich immer tiefer.

»Was für ein Sturm! Und der Himmel voller Sterne.«

»Und bei solch sternklarem Himmel wagt sich der Drache nicht aus seinem Schloss. Vor Sternen hat er eine Heidenangst …

Warte, Memed Aga, lass mich zuerst auf den Baum, ich weiß, wo die Äste sind, auf die wir uns betten können!« Und schon war Müslüm hinaufgeklettert. »Sieh her!«, freute er sich, »sieh her, Memed, mein Aga, unser Närrischer Osman hat sich hier ein Lager gemacht, ein Bett, sage ich dir! Komm und schau dir das an! Eine Matratze aus Gras, sogar ein Kissen ist da. Fehlt nur noch die Decke aus reiner Seide!«

Memed kletterte den Stamm der Weide hoch, den auch drei Mann mit ausgestreckten Armen Hand in Hand nicht umfassen könnten. Dann beugte er sich über die niedergedrückten Zweige und betastete sie prüfend. »Wie ein weiches Bett«, nickte er.

»Leg dich hin und ruh dich aus!«, sagte Müslüm. Memed bettete seinen Kopf auf den Umhang. Am Himmel wimmelten die Sterne, dehnten sich dicht an dicht weit hinein in die Tiefe des Firmaments. In ihrem Licht konnte Memed Müslüms Gesicht erkennen. »Und nun erzähl!«

»Was soll ich schon erzählen, mein Aga. Ferhat Aga ist ganz von Sinnen, er raubt aus, wer ihm über den Weg läuft, nimmt von den Reichen und verteilt es an die Armen. Hast du es auch so getan?«

»Genau so.«

»Er gab mir einen Brief für Abdülselam Hodscha, den du ja kennst. Seine Zaubersprüche in seinen Talismanen sind ja so wunderkräftig, hänge sie einem Toten um den Hals und er wird wieder lebendig! Ein mutiger Mann soll er auch sein, der Hodscha. Ich steckte mir den Brief unters Hemd, suchte Mutter Hürü auf und erzählte es ihr. Und sie sagte mir: Geh zu meinem schwarzäugigen Memed, er soll mir in Orangengärten ein sehr schönes Haus bauen lassen. Ich werde, um die Dörfler und die Gendarmen zu täuschen, den Weg zum Berg Düldül einschlagen und dann hinunter in die Çukurova kommen. Geh du jetzt schon zu Seyran und sag ihr, ich erwarte von ihr ein schwarzäugiges Kind, das aussehen soll wie mein Memed. Es soll von Mutter und Vater großgezogen werden und von Mutter Hürü! Also machte ich mich auf zu Seyran. Die Gendarmen hatten das Dorf umstellt, sie ließen nicht den kleinsten Vogel durch. Doch eines

Morgens, vor Sonnenaufgang, konnte ich sie überlisten und zu Seyran laufen. Sie flog vor Freude! Sag meinem Memed, trug sie mir auf, auch ich will dieses Haus unter Orangenbäumen, ein schneeweißes mit zwei Stockwerken und fünf Zimmern. Die Sonnenstrahlen sollen auf verglaste Fenster fallen, und kein Tag soll ohne Sonne sein! Und dieses Andenken schickt sie dir.« Er reichte Memed ein perlenbesticktes Beutelchen. »Ich weiß aber nicht, was drin ist.«

»Ich danke dir, Müslüm, mein kleiner Bruder und Recke«, sagte Memed.

»Und ich hab ihr gesagt, Seyran, Schwägerin, hab ich gesagt, hab du keine Angst in der Çukurova! Anstelle von Memed werde ich jetzt über dich und die Dörfler wachen. Auch ich werde von den Reichen nehmen und alles an die Armen verteilen. Es ist doch schade um die Armen, sehr schade. Sie haben überhaupt kein Geld. Hab ich nicht Recht, mein Aga?«

»So ist es«, antwortete Memed.

»Nachdem ich Schwägerin Seyran verlassen hatte und mich aus dem Dorf schlich, konnte ich die Gendarmen wieder täuschen. Bis auf einen. Der entdeckte mich, obwohl noch vor Sonnenaufgang, und begann gleich auf mich zu schießen. Aber ich, nicht faul, ballerte zurück. Dann entwischte ich und flüchtete zum Anavarza-Felsen. Doch sie waren schon vor mir dort, und kaum dass sie meinen Kopf zwischen den Felsen entdeckten, oh, mein Gott, ob du es glaubst oder nicht, deckten sie mich von allen Seiten so mit Kugeln ein, als führten sie Krieg gegen ein ganzes Heer. Es knallte, dass Himmel und Erde dröhnten. Ich fing ein Zicklein ein und band es an einen Dornbusch. Kaum streckte es seinen Kopf hervor, regnete es Kugeln. Ich ließ die Gendarmen gegen das Zicklein kämpfen, krabbelte zur Festung hoch. Hier wäre keiner von ihnen durchgekommen, ich hätte jeden von ihnen aufs Korn nehmen können. Gott sei Dank, sie führten weiterhin ihren Krieg gegen das Zicklein, und ich schaute ihnen zu. Das Tier hielt sie zum Narren. Kaum stellten sie das Feuer ein, hüpfte es auf einen Stein, schossen sie ihre Salven, sprang es wieder hinunter. Gott ist mein Zeuge, Memed Aga, und meine Augen sollen auslaufen, wenn ich lüge! Die konnten nicht erkennen, ob es ein Ziegenlamm oder ein Mensch war, worauf sie schossen. Ich schlich mich hinunter zu den Stufen in der Felswand, und da sah ich etwa fünfzehn Gendarmen am Fuß des Anavarza stehen. Sie hatten mich entdeckt.«

Die Gendarmen warfen sich sofort auf den Bauch und eröffneten das Feuer. Der listige Junge ließ sich sofort zu Boden fallen und rührte sich nicht. Und während er regungslos zwischen alten Grabsteinen lag, marschierten die anderen Gendarmen, die gegen das Zicklein eine Schlacht geschlagen hatten, dicht an ihm vorbei den Hang hinunter. Aus der Ebene kam noch eine Abteilung Gendarmen und gesellte sich zu den andern. Und Müslüm kroch davon. Er sah viele Adler am Himmel. Aufgeschreckt von den Schüssen, hatten sie die Felsen verlassen und kreisten dort oben Flügel an Flügel.

Auch am Ali-Pass traf Müslüm wieder auf Gendarmen. Mit einem Satz verschwand er zwischen dicht wachsenden Aphodillen und schmiegte sich so eng an den Boden, dass ihn sogar die scharfäugigen Adler da oben nicht ausmachen konnten. Die Gendarmen schossen aufs Geratewohl, während Müslüm in ein Weizenfeld glitt. Das Korn stand hüfthoch, die Ähren rauschten im Wind. Wie in einem Kelim mischte sich das Rot der Mohnblumen unter die dunklen Grannen. Als Müslüm gleich einer Schlange zum Fluss Ceyhan kroch, stieß er auf ein Büschel Kamillen und geriet vor Freude außer sich. Samt Wurzeln riss er die duftenden Pflanzen aus der Erde, und während er sie heißhungrig verzehrte, spürte er, wie sein Körper mit Haaren, Händen und Augen nach Frühling roch. Hinter ihm schossen die Gendarmen noch immer. Kaum hatte er sich satt gegessen, drehte er sich auf den Rücken und schoss fünfmal in die Luft. Die Gendarmen, die noch in den Felsen lagen, stürmten in die Ebene, doch Müslüm war schneller. Er kletterte die Böschung am Ceyhan hoch und kroch unter die Disteln. Als er das Flussbett zu fassen hatte, wusste er, dass er gerettet war und jubelte.

»Denn die Gendarmen und die Dörfler wagen sich nie in die Disteln. Weil sie die schwarzen Schlangen fürchten. In diesen Monaten erwürgen sie Jahr für Jahr mindestens fünfzehn Menschen.«

»Wenn es so ist, wieso wagst du dich da hinein?«

»Ich habe ein Amulett, mir können sie nichts anhaben. Außerdem habe ich niemals Angst. Und die Schlangen kennen mich. Sie haben mich im vorigen Jahr so oft gesehen …«

»Vielleicht haben sie dich vergessen?«

»Schlangen sind nicht wie Menschen. Sie vergessen weder ihre Feinde noch ihre Freunde. Ich habe ihnen im vorigen Jahr eimerweise Milch gegeben! Schlangen lieben Milch, besonders die von Schafen. Die Gendarmen können auch nicht von Westen her kommen, denn sie wissen, dass der Drache dort seinen Palast hat und jeden verschlingt, der in seine Nähe kommt. Wenn ab und zu das Röhricht, die Felsen des Anavarza und die Erde beben, dann ist es der Atem des Drachen gewesen. Nein, hier kommt keiner her. Auch der Drache tut uns nichts. Voriges Jahr hat meine Mutter für ihn einen großen Kessel Milch hingestellt. Der war so groß, dass drei Mann ihn nur mit Mühe tragen konnten. Und außerdem, der Drache kennt mich auch. Ich bin so oft tief ins Distelfeld hinein, und er hat mir nichts getan. Und du hast den Ring, dir kann sowieso kein Geschöpf, ob Wolf, Vogel oder Mensch, etwas antun. Sag, warum konnten die Gendarmen, die dauernd auf mich geschossen haben, mich denn nicht treffen? Nun sag schon, warum konnten sie mich nicht treffen?«

»Weil du Mütterchen Sultans Ring hattest, darum.«

»Ja, darum«, sagte Müslüm fest überzeugt, »ja, darum.«

»Und jetzt trage ich den Ring.«

»Und dieses Moor ist umstellt. Die Dörfler und die Gendarmen lassen es nicht aus den Augen.«

»Wir müssen mindestens drei Tage hier ausharren. Länger bleiben sie nicht, wenn sie so lange nichts von uns hören.«

»Aber ich habe sie doch in die Irre geführt«, sagte Müslüm. »Ich bin zuerst dort hinunter und habe erst dann einen Haken hier herauf geschlagen. Bestimmt haben sie jetzt die Senke umstellt, dort sind die Bäume höher, das Unterholz und das Dornengestrüpp dichter, und außerdem gibt es dort keinen Drachen und keine schwarzen Schlangen.«

»Lass uns dennoch warten«, beharrte Memed. Besser hier hocken als im offenen Gelände überrascht werden.«

Sie wogen eine lange Zeit das Für und Wider ab und legten ihre Flucht sorgfältig fest. Obwohl sie so müde waren, konnten sie nicht einschlafen, und je länger sie plauderten, desto wacher wurden sie. Müslüm erstaunte Memed. Er war arglos wie ein Kind und klug wie ein Weiser. Er hatte eine so kindliche Angst vor Drachen und Schlangen. Ganz allein und ohne Wissen seiner Mutter muss er zitternd vor Angst eimerweise Milch herangeschleppt haben, um sich die Freundschaft des Drachen und der Schlangen zu bewahren. Vor Menschen fürchtete er sich am wenigsten. Und wo hatte er nur gelernt, so gut mit Waffen umzugehen?

»Hast du den Drachen schon einmal gesehen?«

»Nein. Noch nie«, antwortete Müslüm.

»Vielleicht gibt es gar keine Drachen.«

»Versündige dich nicht mit solchen Reden! Wenn es doch so viele schwarze Schlangen gibt, und die sollen ohne Drache sein? Und wer hat denn die Milch getrunken, wenn nicht der Drache?« Er triumphierte wie ein siegreicher Feldherr.

»Ich werde dich etwas fragen«, sagte Memed und griff seinen Arm.

»Frag!«, entgegnete Müslüm.

»Aber du musst mir die Wahrheit sagen, die reine Wahrheit. Nur was du gesehen hast und was du sagen hörtest!«

»Einverstanden. Ich lüge doch nie!«

»Sie sagen, als Seyran zu Fuß in die Stadt gegangen sei, meine Leiche zu holen, habe sie ein blauer Vogel begleitet. Er sei dicht über ihrem Kopf um sie herum geflogen bis Seyran erkannt habe, dass ich gar nicht der Tote war, der da lag. Sag mir, war es so?«

»Kann sein. Ferhat Hodscha und alle Dörfler wollen den Vogel gesehen haben. Er hat sich nie von Seyran getrennt und kreiste immerfort eine Hand breit über ihrem Kopf. So ist er mit Schwägerin Seyran in die Stadt gekommen und ins Dorf zurückgekehrt. Wann auch immer Schwägerin Seyran das Haus verlässt, kommt er angeflogen, und wohin sie auch geht, fliegt er dicht über ihrem Kopf mit. Die Dörfler sehen es jeden Tag, heißt es. Ich habe es nicht selbst gesehen.« Seine Stimme klang, als müsse er sich dafür entschuldigen. »Nur soll der Vogel nicht blau sein, sondern gelb.«

»Er ist blau«, sagte Memed harsch.

»Er ist gelb«, erwiderte Müslüm nicht minder bestimmt.

»Er ist blau.«

»Schwägerin Seyran sagte mir, der Vogel ist gelb.«

»Schluss damit!«, befahl Memed. »Ich weiß es, der Vogel ist blau.«

»Blau, dann also blau«, lenkte Müslüm ein und senkte den Kopf.

Im Osten hellte es ganz langsam auf. Die ersten Sonnenstrahlen tasteten sich über den Gipfel des Hemite. Drei Mal atmete das Moor und die Erde bebte. Bald schon würden Vögel auffliegen und Insekten sirren. Die Welt erwachte in ihrer ganzen Pracht von Licht und tausenderlei Farben. Mit ihren schimmernden Felsen, ihren Blumen, ihren leichten, über den Sümpfen aufsteigenden Nebelschleiern. Zuerst nickte Müslüm ein, danach Memed.

3

Von Schüssen geweckt, strömten die Einwohner der Kleinstadt in Unterzeug, Schlafanzügen und halb nackt auf die Straßen. Aneinander stoßend, taumelten sie zunächst stumm wie Schlafwandler umher. Dann, ganz plötzlich, füllte berstender Lärm die Stadt, alle riefen durcheinander. Bis der Morgen graute, war von acht bis achtzig die ganze Stadt auf den Beinen, und das Tohuwabohu dauerte an. Bei Tagesanbruch wurden scheppernd die Rollläden hochgeschoben, bildeten sich an den Straßenecken, vor Kaffeehäusern und Geschäften dichte Trauben palavernder Menschen, die über den nächtlichen Vorfall ihre Meinung zum Besten gaben, während von den Hügeln über der Stadt noch immer Schüsse hallten.

Seitdem Murtaza Aga Memed erblickt und sich entsetzt die Decke über den Kopf gezogen hatte, war er stocksteif im Bett liegen geblieben. Seine Frau war herbeigeeilt, hatte ihm die Bettdecke vom Kopf gerissen und vergeblich versucht, ihn zum Aufstehen zu bewegen. »Um Gottes willen, Murtaza, steh auf! Ich flehe dich an, mein Aga mit dem Gesicht einer Rose! Sieh doch, überall Blut! Es ist schon Tag, steh auf! Bald wird die ganze Welt herbeiströmen und sich in diesem Zimmer einfinden. Sie dürfen dich doch hier nicht so von Angst gelähmt antreffen! Wir werden zu Narren dieser Stadt, und jedermann wird das Maul über uns aufreißen. Ich flehe dich an, steh auf!«

Doch wie sehr sie sich auch abmühte, es gelang ihr nicht, die Muskeln des stocksteifen Murtaza zu lockern. Und damit ihr geliebter Recke von seinen Männern und Mägden nicht in diesem Zustand gesehen würde, rief sie auch niemanden zu Hilfe. Schließlich blieb ihr keine Wahl, und sie schüttete einen Eimer kaltes Wasser über ihn. Murtaza Aga antwortete mit leisem Wimmern. Einen zweiten, dritten, vierten Eimer ... Und Murtaza Aga gab mit seinem Finger ein Zeichen. Hüsne Hanum beugte sich über ihn, packte ihn am Arm, aber das Wasser schien die erhoffte Wirkung nicht erzielt zu haben, sie konnte Murtaza Aga trotz aller Mühe nicht einmal bewegen. Am Ende blieb ihr nichts anderes übrig, als um Hilfe zu rufen.

Das überall im Konak verteilte Gesinde war schon auf dem Sprung. Die Leute eilten sofort herbei, hoben Murtaza Aga aus dem Bett und trugen ihn ins Wohnzimmer.

»Heizt das Dampfbad!«, befahl Hüsne Hanum.

War Murtaza Aga mittlerweile auch zu sich gekommen, seine Zähne bekam er noch immer nicht auseinander. Auch sein Gesicht blieb fahlgelb. Mit allen Mitteln versuchte Hüsne Hanum ihn zum Reden zu bringen, und immer wieder rieb sie seine Wangen mit Kölnischwasser ein.

»Hanum, das Bad ist bereit!«

Unterstützt von zwei Dienern, schleppte die Hanum Murtaza Aga ins Dampfbad, legte ihn auf die Fliesen und begann ihn auszuziehen. Kostete es auch einige Mühe, den Stocksteifen zu entkleiden, am Ende schaffte sie auch das. Sie packte den nackten Mann am Arm, schleifte ihn auf die erhöhten Marmorplatten und begann ihn eimerweise mit lauem Wasser zu begießen. Schon bald bewegte Murtaza einen Arm, danach ein Bein. Schließlich öffnete er die Augen und schaute Hüsne Hanum angstverstört an. »Wie sieht meine Wunde aus, kommt noch viel Blut?«

»Dir fehlt nichts, mein Ein und Alles«, antwortete Hüsne Hanum. »Nicht ein Flohbiss auf deinem Rosenleib.«

»Wirklich?«

»Wirklich, mein blauäugiger Sultan. Der Allmächtige hat dich vor den Kugeln dieses Unholds bewahrt.«

Gleich nach dem nächtlichen Vorfall waren die Menschen vor dem Hof des Konaks zusammengelaufen. Inzwischen füllten sie die Straße zum Hoftor von einem Ende bis zum andern.

»Ali der Hinkende!«, stieß Murtaza Aga hervor. »Um Gottes willen, koste es, was es wolle, bringt mir Ali den Hinkenden, diesen Besten aller Menschen, den Heiligsten der Heiligen! Er rettete mein Leben. Wäre er nicht gewesen, ich läge jetzt neben Mahmut Aga in meinem Blute. Wie geht es Mahmut Aga?«

»Er liegt in einem Meer von Blut. Mein Gott, wie viel Blut er hatte. Das ganze Zimmer von oben bis unten voller Blut.«

»Und mir ist nichts geschehen?«

»Tausendmal Dank, nicht ein Piks, nicht eine Schramme.«

»Und wem verdanke ich mein Leben?«

»Wem?«, fragte Hüsne Hanum zurück.

»Ali dem Hinkenden, meine Rose, Ali dem Hinkenden. Als dieser Unhold, dieser Memed, dieser Löwe, ins Zimmer kam und schoss und die Lampe erlosch und ich ihm zurief, was tust du da, mein Sohn Memed – denn Mahmut Agas Blut war noch nicht auf mich geflossen und ich noch nicht in Ohnmacht gefallen –, da kam die süße Stimme unseres Recken Memed an mein Ohr, er sagte: ›Geh du unbehelligt, Murtaza, bleib du am Leben, Murtaza, obwohl du ebenso gut auch hättest sterben können. Aber ich gebe dich in die Obhut Ali des Hinkenden, bedanke dich bei ihm tausendmal!‹«

»Wirklich? War es auch keine Einbildung, kein Traum?«

»Bei Gott, ich habs mit diesen meinen Ohren gehört! Als ich dann auf meiner Hand Blut fühlte, dachte ich, es sei mein eigenes, und da bin ich fast gestorben. Bis jetzt war ich wie tot. Und ich habe wirklich nichts, nicht das Geringste an meinem ganzen Körper?«

»Nichts«, antwortete Hüsne Hanum, »Gott dem Allmächtigen sei Dank, dem Schöpfer von Vögeln und Wölfen, der uns aus leblosem Lehm erschuf ... Ihm sei Dank!«

»Was kann ich für Ali den Hinkenden nur tun, irgendeinen Gefallen, um seine Zuneigung zurückzugewinnen. Sieh doch, Hanum, mit welch edler Tat er mir das Leid, das ich ihm zufügte, vergolten hat!«

»Du hättest unserem namhaften und einflussreichen Ali Efendi dem Hinkenden nichts antun sollen«, seufzte die Hanum.

»Ich hätte es nicht tun sollen«, seufzte auch Murtaza Aga. »Aber kein Geschöpf ist ohne Fehl.«

»Ja, kein Geschöpf ist ohne Fehl, aber mach du dir wegen Ali dem Hinkenden keine Sorgen! Wir werden uns mit ihm versöhnen. Ein Mann seines Ansehens vergibt einem Aga wie dir leichten Herzens.«

»Leichten Herzens ... «, wiederholte lächelnd Murtaza Aga.

Hüsne Hanum wusch ihren Ehemann, der noch immer benommen war, sorgfältig mit duftender, schäumender Seife und trocknete ihn mit leichter Hand vorsichtig ab.

»Gott sei Dank, ich bin wieder wohlauf«, sagte Murtaza Aga plötzlich und erhob sich. »Gelobt sei dieser Tag!«

Währenddessen brachte die Hanum frisch duftende Unterwäsche herein.

»Hol mir auch meinen Festanzug aus der Truhe; und meinen Kalpak … Und mein rotes Hemd, das ich im Freiheitskrieg getragen habe … Jenes blutrote, kragenlose Hemd, das ich auch an der Front von Mercin beim Sturm gegen die Franzosen trug … Es wurde mit dem Blut gefallener Helden und mit meinem eigenen getränkt. Oh, Memed, mein Falke, mein Recke! Weißt du, Hanum, dass er gegen Kugeln gefeit ist?«

»Um Gottes willen, mein Aga, sag das nicht überall, und nenne ihn nicht Memed mein Falke!«

Als Murtaza Aga die Kleider der Miliz des Freiheitskrieges anlegte und seine gewienerten Stiefel anzog, schwoll ihm die Brust. »Hat er mich etwa nicht verschont? Was hätte es ihm ausgemacht, mir auch eine Kugel zu verpassen? Hat er mir also nicht das Leben gerettet? Ist er damit nicht mein Falke?«

»Es stimmt schon, er ist ein Falke, ein Adler, der Tiger der Berge, all das ist die reine Wahrheit. Sie hat nur einen Haken.«

»Was für einen, Hanum?«, donnerte Murtaza Aga, während er sich den Kalpak aufsetzte.

»Wird Mustafa Kemal sich nicht gekränkt fühlen, wenn ihm zu Ohren kommt, dass du Memed *deinen* Falken nennst? Ist Memed für ihn nicht ein Rebell, mein Aga? Was wird unser berühmter Mustafa Kemal Pascha der Siegreiche denn dazu sagen? Wird er nicht sagen, warum hebt unser Murtaza denn diesen Memed in den Himmel?«

»Ja, das wird er. Ich werde also meine Zunge im Zaume halten und für mich behalten, wie ich in Zukunft jenem Memed meine Freundschaft bezeugen und meine Hilfe angedeihen lasse. Ob Waffen, Munition oder Freunde, es wird ihm an nichts mangeln. Und diesen Ali den Hinkenden werde ich auf Händen tragen. Kannst du ihn für heute Abend zum Essen einladen?«

»Geduld, mein Aga, nicht so hastig! Es wird nicht leicht sein, den so tief verletzten Ali den Hinkenden in unserem Haus begrüßen zu können. Das Herz ist ein Kristallpalast, einmal zerbrochen, lässt es sich nur schwer zusammenfügen.«

»Ja, das ist schwer«, nickte Murtaza und verzog den Mund.

»Und niemand wird es erfahren. Kein Wort mehr darüber!«

»Worüber?«

»Über unsere Freundschaft zu Memed.«

»Kein Wort mehr darüber«, lachte Murtaza Aga. »Nur Gott wird es wissen. Und ich und du und ...« Er stockte und überlegte. »Und ... Und Ali der Hinkende.«

»Aber ist er nicht Memeds Feind?«

Murtaza Aga machte ein bestürztes Gesicht. Nachdenklich schwieg er eine Weile.

»Diese Menschen sind rätselhaft, Hanum«, sagte er dann. »Wenn er Memeds Feind ist, wie kann Memed mich dann ihm zuliebe verschonen? Irgendetwas spielt sich da doch zwischen den beiden ab. Und außerdem, Hanum ...« Er runzelte die Brauen und zog die Stirn in Falten, »und außerdem, warum sollte Ali der Hinkende von ihm denn verlangen, mich nicht zu töten? Habe ich die Ehre des Hinkenden nicht mit Füßen getreten, habe ich ihn denn nicht vor aller Welt zum Narren gemacht, ihn vor allen in den Dreck gezogen? Seit es diese Welt gibt, hat noch kein Mensch einen Menschen so erniedrigt wie ich den Hinkenden. Dass wir da nur keine böse Überraschung erleben ... irgendeine Teufelei, an die wir noch gar nicht gedacht haben.«

Beide wagten nicht zu sagen, woran sie dachten.

Hüsne Hanum schluckte. »Vielleicht«, sagte sie, »überkam ihn auch Reue, als er sah, wie du ihn so reuevoll angefleht hast. Vergiss nicht, diese Leute bleiben einem Menschen, den sie einmal ins Herz geschlossen haben, ergeben bis an ihr Lebensende.«

»Dein Wort in Gottes Ohr, mein Liebes!«, erwiderte Murtaza Aga, umarmte Hüsne Hanum und drückte sie an seine Brust. »Schauen wir mal nach Mahmut Aga!«

Hüsne Hanum vorweg, hinter ihr Murtaza Aga, so gingen sie hinüber. Mahmut Agas, auf dem Kissen ruhender Kopf war zur Seite gerutscht, sein Gesicht war aschfahl, die Augen starrten weit aufgerissen gegen die Wand. Einen Spaltbreit nur stand sein Mund offen, grad so, als sei sein letztes Wort noch auf seinen Lippen gefroren, bevor es als entfesselter Schrei durchs Haus wirbelte, die gegenüberliegenden Hänge emporglitt und barst. Zimmerwände, Kissen, Bettdecke und Matratze waren blutbesudelt.

»Wie viel Blut doch so ein Spatz von Mensch in seinem Körper hat«, murmelte Murtaza Aga, wandte sich dann Hüsne Hanum zu und sagte: »Mehr Blut fließt bei einem Büffel nicht.«

Hüsne Hanum musterte sein Gesicht, das zusehends bleicher wurde, hakte sich schnell bei ihm ein und ging mit ihm hinaus. In diesem Augenblick kamen hintereinander der Landrat, der Staatsanwalt, der Arzt und der Hauptmann durchs Hoftor. Kurz darauf folgten der Oberbürgermeister, hinter ihm Zülfü mit Halil dem Überschwänglichen, Molla Duran Efendi und dem Lehrer Rüstem Bey. Der Hinkende war an der Wand des gegenüberliegenden weiß getünchten Hauses stehen geblieben. Seine Beine steckten in gewichsten Stiefeln, den Kopf bedeckte ein Hut aus weichem Filz, den Hals umschlang ein rotes Tuch. In seinem nagelneuen Anzug und seinem weißen, kragenlosen Hemd stand er mit ernstem, traurigem Gesicht regungslos da, nur die hängenden Spitzen seines Schnauzbarts bebten von Zeit zu Zeit.

Wer ins Zimmer kam, schreckte zuerst zusammen, blieb dann wie angewurzelt stehen. Schon bald füllte sich der Raum mit Besuchern.

»Wir sollten auf eine Autopsie verzichten!«, schlug Halil Bey der Überschwängliche vor. »Er ist ja ein Nationalheld.«

»Ja, ein Held«, pflichtete ihm der Hauptmann bei. »Er trägt den Freiheitsorden. Eine Autopsie ist nicht erforderlich.«

»Ist nicht erforderlich«, meinte auch der Doktor. »Der Befund ist eindeutig. Ich stelle gleich die Urkunde aus. Doch vorher muss ich ihn mir einmal ansehen.«

»Auch das ist nicht nötig«, sagte Murtaza Aga. »Ich habe die Einschüsse, einen nach dem andern, gezählt, es waren genau drei.«

Der Doktor ging ans Bett und legte den Toten frei. Das Nachthemd war ihm bis zu den Oberschenkeln hoch gerutscht, die verdrehten Beine waren gespreizt.

»Würden Sie bitte einen Augenblick hinausgehen!«

Die Anwesenden verließen das Zimmer. Der Doktor, die

Hände voller Blut, das stellenweise noch nicht geronnen war, zog dem Toten das Nachthemd aus und musterte die splitternackte, blutige Leiche von allen Seiten. Die Einschüsse dreier Kugeln lagen jeweils nur einen Finger breit auseinander.

»Was für ein Scharfschütze, dieser Hundesohn!«, murmelte der Doktor beim Hinausgehen.

Gegen Mittag strömten die Frauen, die Familienmitglieder, die Verwandten und das Gesinde von Mahmut Agas Landgut ins Städtchen. Wohl die Hälfte der Dörfler von Çiçekli waren auch zum Ort der Trauer gekommen. Nachdem der Doktor die Todesurkunde ausgestellt und der Hauptmann seinen Bericht aufgesetzt hatte, überließen sie den Toten der Familie.

Und nachdem Mahmut Agas Angehörige den Leichnam in Murtaza Agas Dampfbad gewaschen hatten, zogen sie ihn an und trugen ihn auf Bitten des Landrats zum öffentlichen Platz der Stadt, wo sie ihn auf einem Tisch aufbahrten und ihn mit einer bestimmt nagelneuen Nationalflagge bedeckten, denn sie war weder ausgefranst, noch fehlten Stücke vom Halbmond oder Stern. Als Erster trat der Hauptmann ans Rednerpult: Großer Held des Freiheitskrieges, sagte er, an dessen eherner Brust sich gleich unserer rotfarbenen Fahne das Band des Tapferkeitsordens wellt. Du bist unsterblich, brüllte er, denn so lange dieses Vaterland und diese Taurusgipfel sich erheben, so lange wirst du in unseren Herzen leben. Erst an dem Tag, an dem die Sonne nicht mehr aufgeht, wirst du nicht mehr sein. Dein heiliger Leichnam ruht schon jetzt im Herzen des türkischen Volkes. Im Angesicht der gesegneten Erde unseres gesegneten Vaterlandes schwöre ich, noch bevor deine Haut erkaltet, werde ich dein Grab mit dem Blut dieses infamen Rebellen Memed benetzen! Du Adler des Taurus, du Patriot von edlem Geblüt, deine eherne Brust hast du den Feinden entgegengereckt. Aber die Franzosen konnten dein aus der Mitte Asiens stammendes Blut nicht vergießen. Erst dieser Vaterlandsverräter, dieser treulose Bauernlümmel, den du so mitleidsvoll ernährt hast, hat es auf dieser unserer gesegneten Erde vergossen. Aus dieser blutgetränkten Erde werden Sonnen aufsteigen, werden Monde und Sterne leuchten. Und dieses Blut werde ich nicht ungesühnt versickern lassen. Ich werde für dich Rache nehmen an Memed und allen anderen Feinden!«

Der Hauptmann hatte so verzückt gebrüllt, so viel Feuer lag in seiner kunstvollen Rede, dass die Zuhörer sich hingerissen in die Fingerkuppen bissen. Als er stolzgeschwellt das Rednerpult verließ, war er in Schweiß gebadet. Ein leichtes Lächeln umspielte unmerklich seine Lippen. Aus vollem Herzen beglückwünschten ihn zuerst der Landrat, dann der Staatsanwalt und danach die anderen. Ja, so muss eine Rede sein!

Neben dem Pult hatten in ihren Uniformen aus dem Freiheitskrieg auch die alten Kämpfer Aufstellung genommen. Sie trugen die Kalpaks schräg wie Napoleon einst den Dreispitz. Murtaza Aga, mit geschultertem Gewehr und über Kreuz geschnallten Patronengurten, sprang von seinem Pferd, eilte zum Hauptmann und umarmte ihn. »Mein Leben für einen Recken wie dich!«, rief er. »Deine Worte gehen sogar Wolf und Vogel zu Herzen! Da bleibt kein Auge trocken. Du, mein Bruder, hast damit unseren edelblütigen Mahmut Aga unsterblich gemacht. Steine und Erde bebten bei deiner Rede.«

Nach dem Hauptmann sprach der Landrat, dann der Bürgermeister und nach dem Bürgermeister die andern … Aber keiner der Redner konnte so wie der Hauptmann die Herzen entflammen.

Nach der Feier trugen Gendarmen den Toten zu Onkel Hamza des Einwanderers Auto, dem einzigen in der Stadt. Bis zur Brücke fuhr Onkel Hamza im Schritttempo. Die Menge, vorweg der Landrat Seite an Seite mit dem Hauptmann, danach die Richter, der Staatsanwalt, die Städter und am Schluss die Dörfler, folgten mit gesenkten Köpfen und gemessenen Schritten wie zu den Klängen eines Trauermarsches.

Als der Trauerzug die Brücke am Stadtrand erreicht hatte, gab Onkel Hamza Gas. Die Menge machte kehrt und ging traurig, ehrfürchtig und gemessenen Schritts zurück in die Stadt.

Einige Tage lastete Stille über der Stadt. Memeds Verfolger

kamen unverrichteter Dinge heim, der Hauptmann schloss sich in seinem Hause ein, ließ sich weder auf der Kommandantur noch im Geschäftsviertel blicken. Dies war inmitten der Stadt, dazu noch in unmittelbarer Nähe der Gendarmerie, schon der zweite Mord. Und dieser Memed tat es absichtlich, er forderte ihn heraus, konnte wohl den Tod seiner Frau nicht verwinden und hatte die Blutfehde gegen einen Hauptmann des Staates, ja, gegen den Staat selbst aufgenommen. Nun, er wird es diesem Kerl schon heimzahlen! Außer sich vor Wut knirschte er mit den Zähnen und brüllte: »Unteroffizier Asim, dieser Mann lässt sich nicht mehr im Zaum halten, wir müssen ihn erledigen oder wir werden selbst draufgehen!«

Auch Unteroffizier Asim war außer sich. Solange Memed noch lebte, gab es für sie keine Ruhe in diesem Städtchen. »Entweder Memed oder Tod, mein Hauptmann!«, sagte Unteroffizier Asim.

»Oder Tod!«, bekräftigte der Hauptmann. »Er hat die Blutfehde aufgenommen, gegen mich, gegen den Staat. Tötet nicht mehr in den Bergen, sondern kommt her und bringt Mahmut Aga vor unserer Nase um.«

»Will uns vor aller Welt bloßstellen«, sagte Unteroffizier Asim.

»Um meine Zukunft zu verbauen, meine Laufbahn zu vernichten«, sagte der Hauptmann.

Murtaza Aga hatte die Angst und den Schrecken überwunden und wieder zu sprechen begonnen. Ob in einem Laden oder einem Kaffeehaus, wo immer er eine Menschenansammlung erblickte, steuerte er darauf zu und ergriff das Wort. Zwei, drei Mal begegnete er Ali dem Hinkenden, überwand seinen Stolz, biederte sich bei ihm an, katzbuckelte, versperrte ihm den Weg, doch der andere, wie versteinert, schlängelte sich mit gesenktem Kopf an ihm vorbei und würdigte ihn keines Blickes. »Stellt euch vor, was dieser ans Bein geschissene Hinkefuß mit mir treibt! Rettet mir das Leben und sieht mich nicht. Verdammt, schaut einer einem Menschen, dem er das Leben gerettet hat, denn nicht einmal in die Augen?« Murtaza wurden jedes Mal vor panischer Angst die Knie weich, wenn er Ali erblickte. »Die Hand dieses

Mannes wird mir den Tod bringen«, klagte er. »Jeder seiner Blicke tötet mich tausend Mal.« Dann traten ihm wieder die Vorfälle jener Nacht vor Augen. Er musste sie jemandem erzählen, denn träfe er keinen, der ihm zuhörte, müsste er platzen.

»Als sich die Tür öffnete, wachte ich auf. Die Wandlampe mit dem großen, golddurchwirkten rosa Schirm brannte und erleuchtete das Zimmer taghell. Ein Hüne von Mann kam herein. Sein Kopf ragte in den Himmel, die Arme streckten sich wie die Äste einer Platane, und seine Augen glühten wie die eines Drachen. Auch Mahmut Aga war aufgewacht. Als er den Eindringling erblickte, griff er nach seiner Pistole unter dem Kissen und richtete sie auf ihn. Wirf die Waffe weg, brüllte der Mann, ich bin Memed der Falke. Beim Namen Memed fiel Mahmut Aga die Pistole aus der Hand auf die Bettdecke. Seine Hände zitterten wie Espenlaub, seine Lippen liefen blau an, das Gesicht wurde leichenblass. Murtaza Aga, sagte der Hüne zu mir, schon oft wurde mir in deinem Hause Brot und Salz gereicht – ich kann mich allerdings gar nicht erinnern, wann ich ihn bewirtet haben soll –, und ich bedaure sehr, dass ich dieses schöne, ehrbare und gastliche Haus mit Blut besudeln muss. Dann wandte er sich wieder Mahmut Aga zu. Und du Heide mach dein Gebet, auch wenn Gott es nicht erhören wird, weil du ein vom Glauben abtrünniger, die Armen quälender, ganze Dörfer verbannender, blutrünstiger Mörder bist! Wärst du ein so guter Aga wie Murtaza Aga, hätte ich dich verschont. Aber du bist Mahmut Aga aus Çiçekli! … Dann schwenkte er den Lauf seines Gewehrs auf mich und brüllte laut: Zieh dir die Decke über den Kopf! Der Konak bebte. Kurz danach knallte es, peng, peng, peng, drei Mal. Von Mahmut Aga kam kein Laut. Ich hörte nur Schritte die Treppe hinuntereilen, steckte meinen Kopf unter der Decke hervor und sah Mahmut Aga in seinem Blute liegen. Der Tote blutete und blutete, so viel Blut hat man noch nirgends gesehen, aus Mahmut Aga floss mehr Blut als aus drei Büffeln. Ja, so ist er gestorben.«

Seitdem ließ Murtaza Aga Memed in Frieden, hob ihn, ohne dass es jemandem auffiel, wie er meinte, sogar heimlich in den

Himmel, sagte gelegentlich: »Den kann keiner töten, kein Sterblicher zur Strecke bringen. Denn Memed trägt einen Ring vom Hort der Vierzig Augen, und Memed schleudert stählerne Blitze. Ich öffne also die Augen, und was sehe ich? Durchdringenden Schein, gleißendes Licht. Und ich sehe einen bis zur Zimmerdecke ragenden Mann mit einem Gewehr in der Hand. Und ich sehe an seinem Finger einen Ring, der so funkelt, dass es in den Augen brennt. Ich wusste sofort, wer vor mir stand. Auch Mahmut Aga hatte ihn erkannt, der Arme, Gott gebe ihm ewige Ruhe! Er hob seine Pistole, wollte auf Memed zielen, da fiel sie ihm aus der Hand. Dann verschwand der Mann, der in einer Kugel von Licht gekommen war, in einer Kugel von Licht. Ich verfolgte ihn, bis er aus der Stadt hinaus war. Er schritt umgeben von Licht den Bergen zu. Und da sehe ich, auch der Berghang ist taghell erleuchtet. Eine Lichtkugel gleitet von dort zum Rat der Vierzig Auserwählten auf dem Berg Düldül. Mir hatte er gesagt: Murtaza Aga, dir kann keiner etwas antun, weder Menschenkind noch Todesengel ... Der Hinkende ist mein Herzensfreund, auch wenn wir uns jetzt ein bisschen böse sind, aber das kommt auch zwischen Brüdern und zwischen Vätern und Söhnen vor. Nun, wir haben beide unsere Fehler eingesehen ... Denn unser Bruder Ali Bey der Hinkende ist ja auch kein gewöhnlicher Mann, auch er trägt auf seiner Stirn das Mal des Horts der Vierzig Heiligen.«

Der Schreck über das Erscheinen Memeds war inzwischen allen Beys und Agas in die Glieder gefahren. Außer Murtaza Aga bangten sie jetzt alle um ihr Leben. Und wieder traten die Gesuchschreiber in Aktion, fuhren Herren nach Ankara, wurden die Schwellen in den Ministerien abgetreten. Diesmal waren die Bittschriften viel geschickter und formvollendet aufgesetzt. Doch Arif Saim Bey zeigte den Bittstellern die kalte Schulter. Er kam weder in die Kleinstadt, noch bekam einer der Herren, die in Ankara vorstellig wurden, ihn zu Gesicht. Ob er ihnen hinter ihrem Rücken gar einen Strick drehte? Vielleicht hielt er sogar zu Memed, hatte ihn unter seine Fittiche genommen, ihm verziehen und holte ihn von den Taurusbergen nach Ankara. Schließlich hatte jeder Aga und jeder Bey seinen Banditen in den Bergen. War Memed vielleicht Arif Saim Beys oder eines noch wichtigeren Mannes Handlanger geworden?

Doch dann kam vom Dorf Vayvay am Fuße des Anavarza-Felsens die gute Nachricht, und in der Stadt breitete sich im Nu Festtagsstimmung aus. Gendarmen hätten Memed aufgelauert, nur schade, dass dieser Verdammte, dieses Schlangengezücht sich im Schutze der Dunkelheit in die Burgruinen über den Felsen des Anavarza habe flüchten können. Und während diese Neuigkeiten in der Stadt brodelten, sprang ganz außer Atem ein Reiter vor dem Rathaus von einem schweißtriefenden, fast zu Tode gerittenen Vollblut und stürzte wie der Blitz ins Zimmer des Oberbürgermeisters, wo sich der Hauptmann Faruk, der Landrat, der Staatsanwalt, die Richter, die Agas und Beys mit Ausnahme von Murtaza Aga versammelt hatten und die Lage besprachen.

»Wir haben ihn umstellt«, rief der junge Reiter, »wir haben ihn umstellt. Jeder hat ihn gesehen, jeder Dörfler, Frauen und Männer von genau achtzehn Dörfern. Mit zwei Regimentern Gendarmen haben wir ihn im Sumpf von Akçasaz eingekesselt.

»Wen?«, fragte der Landrat.

»Memed den Falken«, antwortete der Jüngling. »Dass er flüchten kann, ist unmöglich. Mit Pferd und Hund, Frau und Stute, Kind und Kegel aus achtzehn Dörfern haben wir Akçasaz umstellt. Und noch immer kommen Dörfler hinzu. Wer davon hört, schnappt sich Sense, Sichel, Revolver, Handschar, Messer oder irgendeine andere Waffe und kommt. Aus Kozan, aus Ceyhan, aus den Flecken um Osmaniye kommt herbei, wer davon hört, um diesen Blutsäufer einzufangen. Es wimmelt so von Menschen, dass keine Stecknadel auf die Erde fallen könnte.«

»Woher wollt ihr denn wissen, dass es wirklich Memed ist?«

»Alle haben ihn gesehen«, antwortete der Bote.

»Und woher kennen alle Memed?«

»Veli der Pfiffige kennt ihn«, sagte der Bote. »Er stammt aus Memeds Dorf, und er ist Landarbeiter in Anavarza.«

»Und wer hat dich geschickt?«

»Der Unteroffizier hat mich geschickt. Gib meinem Hauptmann Bescheid, hat er gesagt, er soll schnell kommen! Entweder werden wir Memed gefangen nehmen, oder er wird sich selbst im Sumpf von Akçasaz begraben. Dank zuerst des Allmächtigen und dann meines Hauptmanns werden wir Memed lebendig ergreifen, hat er gesagt.«

»Das werden wir«, lachte der Hauptmann. »Aber wer hat ihn denn in den Sumpf hineingehen gesehen?«

»Zuerst hat der Unteroffizier ihn mitternachts auf dem Weg in das beobachtete Dorf Vayvay entdeckt und ihn ins Flussbett getrieben. Memed wollte zu seiner Frau Seyran. Er hat sie geheiratet. Als der Unteroffizier ihn in die Enge getrieben hatte, begann der Kampf. Memed schoss, und während er sich zurückzog, pflockte er Ziegenlämmer mitten im Flussbett an. Und die Gendarmen schossen unentwegt auf diese Zicklein. Und so gelangte Memed gegen Morgen zu den Anavarza-Felsen, nachdem er noch sieben Gendarmen in die Beine geschossen und sie zertrümmert hatte. Ein Zicklein hat er dann am Fuß der Ringmauer auf dem Anavarza angepflockt, und als die Unsrigen auf das Zicklein geschossen haben, ist er unbemerkt in die andere Richtung davongeschlichen. Sie haben weiter auf das Zicklein geschossen, bis es Hackfleisch war. Memed ist durch die Disteln ins Bachbett gekrochen und verschwunden. Und Veli der Pfiffige hat ihn in den Felsen des Anavarza hocken sehen, hat ihn erkannt und es den Gendarmen gemeldet. Und die Gendarmen hatten Angst.«

»Warum sollten so viele türkische Soldaten vor einem einzigen Mann Angst haben? Das kann nicht sein, nein, das kann nicht sein.«

»Nein, nein, mein Hauptmann«, der junge Mann schwitzte Blut und Wasser, »nicht vor Memed hatten die Soldaten Angst.«

»Vor wem hatten sie denn Angst?«, fragte der Hauptmann in strengem Ton. »Der türkische Soldat fürchtet nichts und niemand auf der Welt.«

»Ich weiß«, sagte der schwitzende Bursche, »ich war auch bei den Soldaten, der türkische Soldat fürchtet sich vor nichts und niemand, aber das Bachbett dort ist bis zum Rand voll schwarzer Schlangen, eine jede so groß«, er breitete die Arme aus, »mindestens fünf Ellen lang. Und deswegen geht da kein türkischer Soldat und kein türkischer Bauer, nein, da geht niemand hinein.«

Wütend sprang der Hauptmann auf, und nachdem er in seinen blank geputzten Stiefeln dreimal gewippt hatte, fragte er: »Wenn da keiner hinein kann, wie ist denn dieser Blutsäufer da hineingekommen?«

»Der kann da hinein, er trägt den Ring vom Hort der Vierzig Augen an seinem Finger. Und er soll auch gegen Schlangen gefeit sein. Er packt die Schlange, die sich auf ihn stürzt, am Schwanz und schlägt sie auf die Steine … Der Drache selbst hat ihn empfangen.«

»Schluss jetzt!«, brüllte der Hauptmann. »Reite zum Unteroffizier und sag ihm, ich komme sofort, er soll nicht locker lassen und die Dörfler um Akçasaz herum aufstellen. Hand in Hand!«

Mit stramm militärischem Gruß stürzte der Bursche hinaus, sprang in den Sattel und preschte wie der Wind über den Marktplatz. Er strahlte vor Glück, weil er vor den Augen der Städter auf seinem prächtigen Pferd mit verhängten Zügeln durch die Ladenstraßen jagen konnte.

»Dieser junge Mann ist vom Tiger des Anavarza Talip Bey der jüngste Sohn«, sagte Halil Bey der Überschwängliche.

»Ach, lebte der Tiger des Anavarza doch noch, er würde diesem Memed jetzt das Loch des Drachen schon zeigen!«, meinte Zülfü Bey.

»Auch der Hauptmann zeigt es ihm«, sagte der Landrat und reichte dem Hauptmann die Hand. »Gott segne Ihren Feldzug! Ihr Erfolg wird ein unvergesslicher Sieg unserer unsterblichen Republik sein. Und Ihr Name wird mit goldenen Lettern in die türkische Geschichte eingehen, weil Sie uns und unser edelblütiges Vaterland von dieser Plage befreien.«

Auch die andern standen zusammen auf und wünschten nacheinander dem Hauptmann einen glorreichen Sieg.

Die rechte Hand am Koppel, federte der Hauptmann mit ausholenden Schritten ins Freie. In seinem Gesicht konnte man jetzt schon das Glücksgefühl des siegreichen Kommandanten nach geschlagener Schlacht erkennen.

Nachdem der Hauptmann die Stadt verlassen hatte, herrschte drei Tage lang völlige Stille. Sogar Murtaza Aga brachte kein Wort mehr über die Lippen. Die Gesuchschreiber stellten ihre Arbeit ein, nach Ankara wurde kein einziges Telegramm mehr geschickt. Die ganze Stadt verlegte sich auf geduldiges Warten. Am Abend des dritten Tags kam jener junge Bursche, der jüngste Sohn von Talip Bey dem Tiger vom Anavarza, wieder mit verhängten Zügeln auf seinem rassigen Ross durchs Ladenviertel zum Rathaus galoppiert, und der Oberbürgermeister empfing ihn schon vor dem Portal.

»Was hat sich getan?«, fragte er, während sich auch die anderen Ortsgrößen, allen voran der Staatsanwalt und die Richter, hinter ihm aufstellten.

»Der Hauptmann hat ihn gefangen«, rief der Reiter, »hat ihm einen Strick um den Hals gebunden und bringt ihn her.«

»Wer hat es dir gesagt?«

»Der Ortsvorsteher vom Dorf zum Mandelbaum. ›Reite in die Stadt und bring ihnen die Nachricht!‹ befahl er mir.« Lachend schwang sich der junge Mann wieder aufs Pferd und preschte mit dem Ruf »Auf zu Memed!« davon.

Diese Nachricht ließ bei den Zurückgebliebenen noch keine rechte Freude aufkommen. Sie schickten weder nach Adana noch nach Ankara die üblichen Erfolgstelegramme. Gemäß dem Wahlspruch: Wer sich einmal das Maul verbrannt hat, der pustet auch in den Joghurt, sagten sie nur: »Gott gebe, dass stimmt, was er berichtet hat!«, und zogen weder Fahnen hoch noch ließen sie die Pauke schlagen.

Nur Murtaza Aga ging herum und schrie hitzig: »Den nimmt niemand gefangen, diesen Löwen Gottes, diesen Falken Mohammeds! Wisst ihr überhaupt, wer ihm diesen Ring schenkte? Mütterchen Sultan, die letzte Schutzpatronin des Horts der Vierzig Augen. Dieser Ring an seinem Finger sprüht ein Licht, das die Augen verbrennt, wer ihn betrachtet, erblindet.«

Tag für Tag beobachtete Ali der Hinkende Murtaza Aga, konnte sich aber keinen Vers auf dessen verändertes Verhalten machen. Erst als er von irgendwoher erfuhr, was Memed gesagt hatte, als er auf Mahmut Aga schoss, kam er dahinter. Demnach hatte er also diese Plage Murtaza wieder am Hals. Wer weiß, was dieser jetzt alles anstellen würde, um sich mit ihm zu versöhnen.

Und was über Memed nicht alles erzählt wurde!

»Der Padischah der Schlangen, der Drache, ist sogar aus seinem Serail herausgekommen und hat Memed auf goldenen Hörnern ins Serail getragen.«

»Aber diesmal ist sein Gegner kein geringerer als Hauptmann Faruk, und da wird Memed lebend oder tot …«

»Und wäre Memed diesmal ein Vogel, könnte er Hauptmann Faruk nicht entkommen. Ja, tot oder lebendig …«

»Und er wird ihn sich vom Drachen holen, und seien dessen Hörner nicht aus Gold, sondern aus Diamanten.«

»Zertrümmern wird er das Serail und ihn herausholen.«

»Und müsste er Akçasaz samt Sumpf, Moor, Bäumen, Schlangen und Vögeln verbrennen, er holt ihn da heraus.«

»Entweder der Hauptmann oder Memed, heißt es diesmal.«

»Aber wohin er auch geht, der Ring funkelt an seinem Finger, blendet die Augen, und niemand kann ihm nahe kommen.«

Zur Belagerung von Akçasaz waren so viele Menschen gekommen, dass Laubdächer und Lauben aufgestellt werden mussten. Bis morgens brannten die Lagerfeuer. Schafe, Kälber und Ziegen wurden geschlachtet, Verkaufsstände eingerichtet, und fliegende Händler drehten ihre Runden. Sie machten gute Geschäfte mit Brot, Käse, geröstetem Mais und Weizen, gekochten Eiern, Joghurt, Milch und Honig. Der Strom zum Moor eilender Menschen nahm kein Ende. Sie kamen mit hechelnden Jagdhunden, schnellen Windhunden und riesigen Hirtenhunden, suchten mit ihnen Busch für Busch, Staude für Staude, Baum für Baum in ganz Akçasaz ab, ließen kein Loch, keine Senke, keinen schummrigen Winkel aus.

Am Ende meinten jene, die jede Hoffnung, ihn zu finden, aufgegeben hatten, dahinter müsse ein geheimnisvoller Zauber stecken. Die Erde hat sich aufgetan, damit er da drinnen verschwinden könne. Er hat sich in einen Vogel verwandelt und ist davongeflogen, oder in eine Schlange, um mit den anderen davonzukriechen. Was ist aus diesem Mann geworden? Irgendetwas Ungewöhnliches hat sich da zugetragen, Gott möge es am Ende zum Guten wenden!

Ob er noch immer zwischen den Schlangen im Distelgestrüpp hockt? Der Hauptmann, die Gendarmen und die Dörfler lauerten noch eine ganze Zeit am Rande des undurchdringlichen Gestrüpps. Hineinzugehen fürchteten sie sich. Schließlich zog der Hauptmann seinen Revolver, straffte die Zügel, brüllte: »Angriff, marsch, marsch!«, und trieb sein Pferd in die Karden, die dem Tier bis an die Flanken reichten und scharf wie Messer waren. Zum Glück schützten die Langschäfter des Hauptmanns Beine. Nach ihm schlugen sich die Gendarmen ins Kardengestrüpp, hinter ihnen die Dörfler. Bis abends fand ein hundertfaches, tausendfaches Massaker an den schwarzen Schlangen statt. Wie viele es doch nach Gottes unerforschlichem Ratschluss zwischen diesen Karden gab! Die Männer töteten unzählige, die meisten aber entwischten. Als wuchsen ihnen Flügel, kaum dass sie Gendarmen oder Dörfler witterten, entschwanden sie im Nu.

Danach suchten sie Stein für Stein, Baum für Baum, Strauch für Strauch jeden Winkel im dornigen Gestrüpp der ganzen Umgebung ab. Als sich die Nacht senkte, streckte sich jeder lang aus und konnte sich vor Erschöpfung eine Zeit lang nicht rühren. Die Beine waren von den Dornen zerstochen, die Haut blutig geschrammt.

Am nächsten Abend hob der Hauptmann die Belagerung von Akçasaz auf und kehrte gegen Mitternacht still und leise in die Stadt zurück. Seine Gendarmen blieben unter dem Befehl des

Unteroffiziers noch in der Gegend. Sie sollten jeder Spur nachgehen und Dorf für Dorf, Haus für Haus nach Memed absuchen. Denn dieser blutrünstige Räuber musste noch in der Gegend sein und würde, da gab es keinen Zweifel, über kurz oder lang schon irgendwo seinen Kopf herausstrecken.

4

In der Weidenkrone lag es sich bequem. Vorgänger hatten sie mit weichem Gras ausgepolstert. Memed schlief, kaum dass er sich ausgestreckt hatte, und schreckte ebenso schnell wieder hoch. Unruhe hatte ihn gepackt. Von Müslüm war kein Laut zu hören. Der Westwind hatte sich gelegt, dicke Wolken waren aufgezogen, undurchdringliches Dunkel hatte sich über den Sumpf gesenkt. Die Nacht war drückend schwül.

»Los, Müslüm, wir brechen auf, mir kommt es so vor, als haben sie uns eingekreist.«

»Woher willst du das wissen?«

»Ich weiß es. Spitz doch mal die Ohren! Von irgendwo kommen leise Stimmen, sie sind kaum zu hören.«

Eine Weile herrschte Schweigen zwischen den beiden.

»Ich höre gar nichts«, sagte Müslüm.

»Kannst du auch nicht. Und fragst du mich, warum: weil dein Ohr nicht das Ohr eines Briganten ist.«

»Und wie ist das Ohr eines Briganten?«

»So wie meins. Es hört vierzig Tagemärsche weit ein Blatt rascheln. Los, steh auf, wir machen uns sofort auf den Weg, wir sind umzingelt!«

»Und wie sollen wir entkommen, wenn wir umzingelt sind?«

»Durchs Dornengestrüpp, durchs Wildwasserbett, durchs Schlangengewimmel. Dort wird niemand auf uns lauern. Außerdem fürchten sie sich. Los, steh auf!«

»Die Schlangen werden uns fressen, Aga. Nachts sind sie ganz wild. Sie werden uns in Stücke reißen.«

»Hast du nicht gesagt, alle Schlangen kennen dich, weil du ihnen eimerweise Milch bringst? Hast du das nicht gesagt?«

»Wie sollen sie mich denn in dieser Finsternis erkennen?«

»Und ist der siebenköpfige Drache, der dich wie seinen Bruder kennt, nicht auch der Anführer der Schlangen, und hat er dich nicht auf seinen goldenen Hörnern in sein Serail getragen?«

»Verspotte mich nicht, mein Aga!«

»Dann steh auf! Wir gehen.«

»Wir können jetzt nicht aufbrechen, Memed Aga. Um Mitternacht ist die wildeste Zeit der Schlangen. Sie sind jetzt so wild, dass sie sich gegenseitig fressen. Und sie lieben sich mitternachts, werden feuerrot wie das glühende Eisen in der Esse, umschlingen einander und richten sich auf ihren Schwänzen auf wie Säulen. Und wenn sie so glutrot einen Menschen entdecken, werden sie so wildwütig, dass sie sich kugelschnell auf ihn stürzen, ihn zweiteilen und dann scheibchenweise …«

»Was du da erzählst, geschieht erst zur Granatapfelblüte. Dann werden die schwarzen Schlangen so rot wie Granatäpfel und lieben sich. Die Granatbäume blühen aber noch nicht.«

»Sie blühen doch«, entgegnete Müslüm. »In der Çukurova blühen sie sehr früh.«

»Sie blühen erst im Juni«, sagte Memed, »und bis Juni ists noch lange hin. Los, auf mit dir und geh vorweg!« Er sprang von der Weide und wartete, während Müslüm Gebete murmelnd sich am Stamm hinunterhangelte.

»Zieh deinen Handschar! Wenn die Schlangen angreifen, wird nicht geschossen«, flüsterte Memed in Müslüms Ohr. »Wir haben keine andere Wahl, Müslüm, die Ränder der Röhrichte und die Hänge des Anavarza-Felsens sind jetzt voller Menschen. Mit Köter und Karren, Mädchen und Muli, Alt und Jung haben sich die Dörfer der Çukurova aufgemacht und uns umzingelt. Wenn wir nicht in dieser Nacht durchkommen, finden wir morgen früh kein stecknadelgroßes Versteck mehr. Und die Dörfler werden uns so auseinander nehmen, dass die Gendarmen kein Stückchen mehr von uns vorfinden. Los, weiter!«

Memed vorweg, dicht dahinter Müslüm, so erreichten sie mit schnell ausgreifenden Schritten schon bald die Disteln.

»Warte, Memed Aga!«, bat Müslüm. »Ab hier finden meine Füße den Weg von selbst, und die Schlangen kennen mich. Lass mich vorausgehen! Bringe ich ihnen nicht eimerweise Milch? Wenn sie mir etwas antun, können sie in Zukunft lange nach Milch suchen.«

Er eilte so schnell voraus, dass Memed kaum mit ihm Schritt halten konnte. Dornen zerstachen ihm die Beine, ab und zu auch das Gesicht. Müslüm aber wurde immer schneller. Lautlos wie eine Schlange glitt er durch das Gebüsch.

Zu ihrer Rechten, wo die dahinfließenden Wasser des Ceyhan an die Ausläufer des Anavarza-Felsens leckten, brannte ein großes Feuer, erhob sich lautes Stimmengewirr, und sie verhielten einen Augenblick.

»Hab ichs dir nicht gesagt?«, flüsterte Memed. »Heut Nacht ist die ganze Çukurova auf den Beinen. Bei Tagesanbruch wollen sie auf Memedjagd!«

»Was haben wir ihnen denn getan?«, empörte sich Müslüm.

»Wir haben ihnen nichts getan. Sie werden Memed fangen, ihn in Stücke reißen und ihren Spaß daran haben. Und bis zum Jüngsten Tag werden sie in aller Munde sein. Das muntert auf!«

»Schau, da ist ein Stern zu sehen!«, sagte Müslüm. »Ach, ein bisschen Helle nur!«

»Um Gottes willen, Müslüm! Helle bringt uns um.«

»Hier erwarten sie uns nicht, und sie fürchten die Schlangen. Wenn wir jetzt diesem Bach folgen, kommen wir zum Ceyhan.«

»Ist es noch sehr weit?«, fragte Memed. »Bekommen wir den Fluss noch vor Morgengrauen zu fassen?«

»Das schaffen wir«, antwortete Müslüm.

»Wo sind sie denn? Ich sehe keine Schlangen.«

»Nachts schlafen sie. Besonders in kühlen Frühlingsnächten liegen sie zusammengerollt unter den Disteln und schlafen.«

»Sagtest du nicht, sie werden feuerrot?«
»Dann fürchte ich mich vor ihnen.«
»Jetzt auch?«
»Auch jetzt habe ich Angst.«
»Geh weiter, es ist viel stiller geworden.«
»Ja, viel stiller«, nickte Müslüm.

Memed staunte über den geräuschlosen Gang des Jungen vor ihm, über sein lautloses Dahingleiten in dieser nächtlichen Stille, und er versuchte, sich ihm anzupassen.

»Hier wimmelt es von Schlangen«, sagte Müslüm, als sie an eine Geröllhalde kamen. »Die wildesten sind hier. Unter ihnen Hornvipern, eine jede mindestens drei Klafter lang und nicht dicker als mein kleiner Finger. Sie schnellen durch die Luft und beißen, was sie finden. Auch ein Wasserbüffel kann sich danach nicht mehr bewegen. Noch vor dem nächsten Schritt haucht er mit einem Seufzer seine Seele aus. Sie sehen aus wie Gold, diese Schlangen, und sie sprühen goldgelbe Glitzer, wenn sie in der Sonne rastlos von einem Ort zum andern gleiten. Und diese Pfeilschlangen, wie wir sie nennen, rollen sich auch nicht wie die anderen Schlangen zusammen, wenn sie schlafen.«

»Und wie schlafen sie?«

»Ausgestreckt in voller Länge liegen sie wie ein goldener Stab am Boden. Meistens mitten auf einem Weg. Unterwegs siehst du da einen funkelnden goldenen Stab liegen, bückst dich, willst ihn aufheben, und kaum hast du ihn berührt, spürst du auch schon den Giftzahn in deiner Hand, krümmst dich auf der Stelle und hauchst im selben Augenblick deine Seele aus. Jetzt schlafen sie, und ihr Schlaf ist Gott sei Dank so tief, dass sie nicht einmal aufwachen, wenn du ihnen auf den Schwanz trittst.«

Je weiter sie kamen, desto lauter wurden der Lärm und das Stimmengewirr zu beiden Seiten, flammten rechts und links, nördlich und südlich immer mehr vereinzelte Feuer auf.

Müslüms plötzliches »Ach!« und sein Sprung waren eins. Memed sah vor sich Müslüms Umriss hochschnellen und zusammensacken. Im selben Augenblick hörte er etwas vorbeizischen.

Als er mit einem Satz Müslüm erreicht hatte, war dieser schon wieder auf den Beinen. »Eine Schlange«, sagte der Junge. »Eine schwarze Schlange, wohl hundert Klafter lang. Sie hat mich getroffen. Mein Bein hält mich nicht, es ist wie gelähmt. Es tut sehr weh.«

»Dann nehme ich dich auf den Rücken!«

»Nein, nein, mein Aga. Das Bein ist ja nicht abgerissen.« Er schritt wieder aus, doch Memed sah jetzt, wie sich der Umriss vor ihm krümmte und streckte.

»Müslüm, wie fühlst du dich?«

»Ich fühle mich gut.«

Müslüms schwankender Schatten entfernte sich immer schneller. Doch plötzlich wurde er langsamer, schließlich hielt er an.

»Was ist, Müslüm?«

»Lass uns einen Augenblick verschnaufen, mein Aga, ganz kurz nur! Ich kann mein Bein nicht bewegen.«

»Ob sie dich doch gebissen hat?«

»Nein, nein. Dann wäre ich längst im Jenseits gelandet. Sie hat mich nur hart getroffen und hoffentlich nicht den Knochen gebrochen!«

Eine Weile stützte er sich auf Memed. Dann richtete er sich wieder auf. »Reisende gehören auf die Straße, mein Aga!«, keuchte er. »Und wenn wir bis Morgengrauen noch nicht davon sind, werden sie uns, wie du schon sagtest …« Und dabei zeigte er auf die Lagerfeuer.

Sie horchten auf den Lärm, der von allen Richtungen herüberhallte.

»Als haben sich alle Menschen der Çukurova mit Wolf und Vogel, Pferd und Hund hier versammelt«, meinte Müslüm, »und wenn sie uns morgen nicht aufstöbern …«

»Werden sie doch viele Fahnenflüchtige finden«, warf Memed ein.

»Stimmt«, bestätigte Müslüm, »Akçasaz ist nie ohne Flüchtlinge.« Er glitt immer schneller dahin, und Memed konnte bald nicht mehr mit ihm Schritt halten. Nach einer Weile röchelte er mit hängender Zunge wie ein Vogel in der Mittagshitze. »Ich komme nicht mit, Müslüm!«

»Du musst dich beeilen, mein Memed Aga! Es tut sehr weh. Mein Herz steht fast still vor Schmerz. Beeile dich, mein Aga!«

Memed quälte sich ab, konnte ihn aber nicht einholen. Der Abstand zwischen ihnen wurde immer größer, der von den Felsen widerhallende nächtliche Lärm immer lauter.

»Wir laufen geradewegs auf sie zu, Müslüm.«

»Vor uns ist doch keiner. Dort am Flussufer, am Fuße der Felsen, haust ein Drache, das weiß hier jeder. Ein Drache mit hundertzwanzig Hörnern, feuerrot. Sein Rachen speit pausenlos Flammen. Keiner, nicht ein einziger kann sich dieser Gegend nähern.«

Kurz bevor sich im Osten das erste Licht über die dunklen Gipfel der Gavurberge tastete, gelangten sie durchs Wildwasserbett hinunter ans Ufer des Ceyhan. Und kaum unten, warf Müslüm sich wimmernd auf die Kiesel am Strand und blieb lang ausgestreckt liegen.

»Gehts dir sehr schlecht, Müslüm?«, fragte Memed bestürzt.

»Nein, mein Aga, ich wollte mich nur ein bisschen sammeln, es geht gleich vorbei. Das Bein schmerzt immer mehr. Auwei, was war das doch für eine Schlange! Vielleicht zehn Klafter lang.«

Memed wartete eine Weile neben ihm. Er sah, die Dämmerung stand kurz bevor, schon streckte sich ein dünner weißer Streif über die Gavurberge.

»Steh auf, Müslüm!«, rief er, ergriff seine Hand und zog ihn mit Schwung auf die Beine. »Nachdem wir mitten durchs Gewimmel der Schlangen bis hierher gekommen sind, können wir uns jetzt doch nicht schnappen lassen. Los, auf zu den Dörfern da oben!«

»Zu den Dörfern?«

»Ja, zu den Dörfern!« Jetzt marschierte Memed vorweg, fast im Laufschritt machte er sich über die Kiesel davon.

»Du machst zu viel Lärm«, keuchte Müslüm, der ihn eingeholt hatte. »Und renn nicht so, dicht vor uns ist ein Dorf!« Er zwängte sich an Memed vorbei. »Nicht über die Kiesel! Halte dich dicht hinter mir; und hinein in die Senke! In den Senken liegen keine Kiesel.«

Der Morgen graute schon, als sie ein Gebüsch Tamarisken erreichten. Der Fluss lag spiegelglatt, er sah aus, als sei er gerade erst erwacht. Die Lichtstrahlen schossen von einem Ufer zum anderen.

»Das Dorf«, sagte Müslüm, schlich sich in die Tamarisken bis zu einer kleinen Lichtung und streckte sich auf den Kieseln aus.

»So schlecht gehts dir also.«

»Ja, es geht mir sehr schlecht.« Müslüm biss die Zähne zusammen, seine Gesichtszüge spannten sich.

»Dann warte hier, bis ich mich im Dorf umgesehen habe!«

»Nein, warte du hier, ich gehe!«, sagte Müslüm. »Ich lasse mein Gewehr hier. Warte auf mich drei Zigarettenlängen, und sollte ich bis dahin noch nicht zurück sein, mach dich davon! Und nimm das!« Er reichte Memed einen mit blauen Perlen bestickten Geldbeutel, schnallte seine Patronengurte ab, legte sie auf das Gewehr, humpelte durch die Senke zur Landstraße hoch, überquerte sie und schlug den Weg zum Dorf ein.

Als er zurückkam, brannte die Sonne schon, strahlte bis auf den Grund des Wassers, dass die Kieselsteine glitzerten. Müslüm humpelte jetzt noch mehr, und tiefe Falten durchfurchten sein schmerzverzerrtes Gesicht. »Das Dorf ist gähnend leer«, rief er beim Abstieg in die Senke. »Weit und breit keine Menschenseele. Ich habe außer Hühnern und Schwalben und einer gelben Schlange kein Lebewesen gesehen.«

»Hättest wenigstens die Schlange töten sollen!«

»Friedliche Schlangen töten gehört sich nicht.«

Memed streifte seine Kutte über. »Schau dir das an, Müslüm, wie wir aussehen. Keine Stelle ohne Fetzen und Schrammen!«

Durch das Wildwasserbett kletterten sie den steilen Hang hoch. Mit seinen Häusern aus Schilfrohr, Reisig und Binsengeflecht ähnelte das Dorf einem regungslos in der Ebene liegenden ausgestorbenen Ungetüm aus grauer Vorzeit.

»Was meinst du, Müslüm, gehen wir ins erstbeste Haus hinein?«, fragte Memed.

»Gehen wir hinein, mein Aga, mal sehen, was Gott für uns bestimmt hat«, lächelte Müslüm mit schmerzverzerrtem Gesicht.

Als sie den Vorhof des lang gestreckten, schilfbedeckten Hauses betraten, kam ihnen eine alte Frau entgegen und begrüßte sie. Sie war hoch gewachsen, hatte ein ovales, freundliches Gesicht, ein spitzes Kinn, mandelförmige schwarze Augen und trug ein weißes Kopftuch mit paillettenbesetztem Rand. Ihre Füße steckten in rotledernen, absatzlosen Pantoffeln aus Maraş.

»Willkommen, willkommen, Hodscha Efendi«, rief sie. »Ist der humpelnde Kleine hinter dir dein Schüler? Was hat er denn, der Arme, oder ist er so geboren? Seid willkommen! Der Hausherr ist gerade nicht da, aber kommt erst einmal herein!«

In der Tür stand ein schönes Mädchen, das sofort wieder ins Haus ging, als es die beiden erblickte, zwei Sitzkissen auf die Wandbank legte und mit verschränkten Händen abseits wartete. Kaum war Memed über die Schwelle getreten, kam sie zu ihm, nahm seine Hand, küsste sie und führte sie an die Stirn.

»Seien Sie willkommen, Hodscha Efendi!«

»Ich danke dir, meine Tochter.«

Aus einem Nebenraum kam eine junge Frau mit drei Kindern, zwei Mädchen und einem Jungen, heraus, und nachdem auch sie Memeds Hand geküsst und Müslüm willkommen geheißen hatte, zog sie sich in eine Ecke des Zimmers zurück.

Nachdem Memed sich auf dem Wandsofa niedergelassen hatte, sagte er lächelnd: »Mutter Hanum, ich bin kein Hodscha«, und legte seinen weitärmeligen, knopflosen Umhang ab.

»Ich sehe schon, ich sehe, geehrter Gast, und nehme an, du warst auf der Jagd nach Memed dem Falken. Auch der Herr des Hauses hatte sich wie du gekleidet und gegürtet, sich die Patronen kreuz und quer umgeschnallt und ist mit seiner Mauser davongezogen, Memed zu töten. Und so wie er haben sich von sieben bis siebzig alle Männer des Dorfes bewaffnet, um den Falken zu jagen. Sogar Frauen sind losgezogen.«

»Was hat ihnen Memed denn getan?«

»Was weiß ich, Bruder, was weiß ich? Wahrscheinlich hat Memed ihre Väter getötet, ihre Mütter geschändet, ihre Häuser zerstört, ihre Herdfeuer gelöscht und ihre Dörfer niedergebrannt. Was weiß ich, Bruder. In den Dörfern dieser Gegend ist keiner, dessen Hand eine Waffe tragen kann, zurückgeblieben. Die Dörfer sind leer, alle sind aufgebrochen, ihn in Stücke zu reißen, Hackfleisch aus ihm zu machen, ihn durch den Wolf zu drehen. Was weiß ich, Bruder, was weiß ich.«

»Welchen Schaden hat Memed ihnen denn zugefügt? Was wollen sie von ihm?«

Die Frau machte einen stampfenden Schritt auf Memed zu, und ihre Stimme überschlug sich fast, als sie mit geschwollener Halsader und hochrot angelaufenem Gesicht schrie: »Was wolltest du denn von ihm, was hattest du denn mit Memed zu begleichen, dass du dir sieben Gurt Patronen umgeschnallt, dich mit einem tscherkessischen Handschar gegürtet, einen schwarzen Feldstecher um den Hals gehängt, deine deutsche Flinte in die Hand genommen hast und in die Ebene von Anavarza und die Sümpfe von Akçasaz gelaufen bist? Was hat Memed dir denn getan, mein Junge, dass du auch noch dieses hinkende Kind mitgenommen hast? Schaut euch doch an! Ihr seid mir Helden! Und was werdet ihr mit Memed machen, wenn ihr ihn überwältigt habt? Ihn töten? Ihm seine Haut abziehen und in der Sonne trocknen? Ihm die Augen ausstechen und nach Ankara schicken? Ihn zerhacken und zu Kebap rösten oder ihn dem Hauptmann übergeben oder Ali der Echse, dieser Wildsau mit den Augen eines Frosches? Was hat Memed euch denn getan? Euch die Frau genommen, eure Schwester bedrängt? Er hat Abdi Aga getötet, diesen grausamen Feind aller Dörfer. Was verbindet euch denn mit diesem Blutsäufer Abdi Aga, dass ihr ihn rächen wollt? Als Abdi tot war, hat da nicht der ganze Taurus aus Freude, von einem Gottlosen befreit zu sein, die verdorrten Hänge angezündet und gefeiert? Und konnten nicht die Vertriebenen vom Dorf Vayvay zu ihren heimischen Herdfeuern zurückkehren, nachdem

Memed auch Ali Safa getötet hatte? Und war nicht die ganze Çukurova froh und glücklich, als er den Blutschuldner von Hunderten, diesen Blutsäufer und Henker der Armen, Mahmut Aga aus Çiçekli, erschossen hatte?«

»Halt ein Mutter, halt ein, meine schöne Schwester, ich muss dir etwas sagen!«

Die Frau war in Schweiß gebadet. »Ich halte nicht ein«, schrie sie. »Sieh dich doch an! Vor Patronen bist du nicht zu sehen. Patronengurte bis an die Zähne! Und dieses Kind, das du zu deinem Ebenbild gemacht hast! Sag mir, was hat er dir getan, was hat Memed der Falke dir getan?«

Sie schrie, und Memed lachte.

»Er hat mir nichts getan, Mutter, und ich ihm auch nichts.«

»Lach nur, lach!«, schimpfte die Frau noch zorniger. »Ach, wärst du nicht Gast in meinem Hause, dir würd ichs zeigen!« Sie stürzte hinaus, stürmte aber genau so schnell wieder herein.

»Ha, schau dir den an, der da auszieht, Memed den Falken zu töten! Hat sich als Imam verkleidet, meint, ihn so zu überlisten, meinen Memed. Wollen ihn fangen und ihrem Aga Ali die Echse übergeben … Einsalzen werde ich euch, damit ihr nicht stinkt! Und der Hauptmann und der Kriegsheld Mustafa Kemal in Ankara werden meinem Efendi von Sohn einen Orden mit rotem Schwanz anhängen.«

»Aber Mutter, liebe Schwester, Ali die Echse ist nicht mein Aga.«

»Ali die Echse ist dein Meister. Dieser Henker, dieser Blutsäufer. Dein Pascha und der Pascha des Herrn des Hauses, meines Sohnes, auf den Kopf möge er fallen! Wenn diesem Memed Böses widerfährt, kann er was erleben. Ich lasse ihn nicht mehr in dieses Haus. Soll er mit Weib, Kind und Kegel zum Grund der Hölle fahren! Und sollte ich ihn jemals wieder über diese Schwelle lassen, will ich nicht mehr Zeynep die Dunkle heißen, werde ich mir diese Haare scheren und den Eseln zum Schwanz binden.«

Sie hielt inne, streckte sich und blickte mit verächtlichem Spott in die Runde: »Unsere Helden haben Memed den Falken in

Akçasaz in die Enge getrieben, heißt es, die Helden von dreißig Dörfern und fünf Kompanien Gendarmen seien drauf und dran, ihn gefangen zu nehmen und zu töten ... Ha, ha, seht euch unsere Helden an!«

Dann verging ihr der Spott, der Zorn hatte sie wieder gepackt. »Ist ja sehr bequem, einen einzigen Mann mit Tausenden Dörflern samt Pferden, Kötern und Kindern zur Strecke zu bringen. Doch Memed der Falke wird ja nicht sterben.« Sie dämpfte ihre Stimme. »Es ist schwer, meine Kinder, Memed der Falke zu werden. Und du hast gut getan, mein Junge, aufzugeben ihn zu jagen.« Sie beugte sich zu Memed hinunter, dessen Augen feucht schimmerten. »Schau, mein Sohn, dieser Memed ist ein Heiliger, wer ihm etwas antut, ihm nur Böses wünscht, bleibt gelähmt, sein Herd verlöscht, sein Geschlecht stirbt aus und in seinen Mauern schreien nur noch Eulen. Wie gut, mein Kind, dass du es aufgegeben hast und umgekehrt bist.« Sie sprach jetzt leise, ihre Empörung schien verflogen, und als wolle sie ihm ein Geheimnis verraten, neigte sie sich noch näher über ihn. »Hör mir zu, ich weiß es, weiß es aus sicherer Quelle, Memed dem Falken kann gar nichts geschehen. Er besitzt das Siegel des Horts der Vierzig Augen. Unser Mütterchen Sultan gab ihm das Siegel und auch das Schwert des Horts, jenes Schwert, das außer Memed dem Falken niemand heben kann. Auch das mit tausend Koranversen beschriebene Hemd hat sie ihm geschenkt. Und deswegen kann ihm nichts geschehen. Bestimmt hat er sich längst in einen Vogel verwandelt und ist aus Akçasaz davongeflogen, oder er ist zur Schlange geworden und davongeglitten oder als Wolke zum Gipfel des Düldül gesegelt. Ihm kann gar nichts geschehen. Du bist unversehrt zurückgekommen, Gott sei Dank, deine Glieder sind nicht gelähmt. Hoffentlich schickt mir der Allmächtige auch meinen Sohn zurück!«

Die Frau hatte ihnen ihr Herz ausgeschüttet und fühlte sich sichtlich erleichtert. Langsam hellte sich ihr hochrotes, in Schweiß gebadetes Gesicht auf. »Nimm es mir nicht übel, mein Sohn, dass ich dich so traurig gestimmt habe!«, grämte sie sich, als sie die

Tränen in Memeds Augen gewahrte. »Gott strafe mich, so bin ich nun mal! Empfängt so der Mensch denn einen gottgesandten Gast? Wie gut, dass du dich denen, die Memed jagen, nicht angeschlossen hast. Nimm es mir nicht übel!«

Zwei Tränen rannen von Memeds Augen und tropften auf das Gewehr in seiner Armbeuge.

Darüber grämte sich die Frau noch mehr, sie wusste nicht, wie sie ihren Gast trösten konnte und begann kasteiend ihre Knie zu schlagen. »Oh, weh, was habe ich nut getan! Mögen meine Augen auslaufen, mögen mir Schlangen, mögen mir geölte Kugeln den Garaus machen, tut der Mensch denn seinem gottgesandten Gast so etwas an!« Sie legte ihre Hand auf Memeds Schulter. »Mein lieber Gast«, rief sie, »ich küsse dir Hände und Füße, mein Leben für deinen abgeschnittenen Fingernagel, verzeihe mir und weine nicht!«

Memed will antworten, aber immer wieder schnürt es ihm wie eine Faust die Kehle zu, während die Frau ratlos im Kreis irrt und um Entschuldigung bittet.

»Mutter«, stößt Memed endlich hervor, »ich bitte dich, quäl dich nicht länger. Ich muss dir die Hände küssen. Ich bin Memed, den sie den Falken nennen.«

«Wie?«, schrie die Frau auf. »Was sagst du da?«

»Mein Aga hier ist der, den sie Memed den Falken nennen«, warf Müslüm, jedes Wort einzeln betonend, mit erstickender Stimme ein.

Verblüfft und getroffen sank die Frau in sich zusammen, hockte sich auf den Boden und starrte Memed eine Weile wortlos an. »Gott sei Dank!«, murmelte sie schließlich, »Dank meinem Gott, der mich diesen Tag erleben ließ. Tausend Dank!« Sie erhob sich, ging hinaus, kam herein, wanderte durch die Zimmer und lachte in einem fort. Dann kam sie gefasst und still zu Memed, berührte seine Schulter: »Woran soll ich denn erkennen, dass du Memed der Falke bist, lieber Gast? Du bist ja ein klitzekleines Kind. Kann so etwas denn Memed der Falke sein? Und der Mund deines Freundes riecht auch noch nach Muttermilch. Kann so etwas ein

Freund von Memed dem Falken sein? Und wie ein Weib vergießt du Tränen, mein lieber Gast! Soll ein Memed denn weinen?«

Müslüm wurde ein bisschen böse. »Muttchen, schau doch auf seinen Finger! Erkennst du das Siegel des Horts der Vierzig Augen?«

»Ich erkenne es«, rief die Frau, ergriff Memeds Hand, betrachtete den Ring, beugte sich nieder, küsste immer wieder das Siegel und Memeds Handrücken. »Dank meinem Gott, Dank diesem Tag, Dank meinem Glück, dass Memed den Falken in mein Haus führte!« Plötzlich schreckte sie hoch. »Erblinden sollen meine Augen!«, schrie sie, »da rede ich ununterbrochen papperlapapp, aber dass ihr vor Hunger ja sterben müsst, fällt mir nicht ein! Mädchen!«

Das Mädchen und die Schwiegertochter eilten herbei und blieben vor Zeynep der Dunklen stehen.

»Bringt mir sofort Wasser, damit sich unsere Gäste Gesicht und Hände waschen können! Und ich werde ihnen ein Essen zubereiten.«

Im Nu brachten das Mädchen und die Schwiegertochter Kanne, Schüssel, bestickte Gästetücher, nach Minze duftende Seife und stellten sich mit Kanne und Handtüchern vor Memed auf. Memed zog Schuhe und Strümpfe aus, wusch sich sorgfältig die Füße und wischte sich das verkrustete Blut von den Beinen. Anschließend wusch er sich das Gesicht. Der erfrischende Duft der Seife verscheuchte seine dunklen Gedanken. Auch Müslüm wusch und reinigte sich. Ein eigenartiger Mann, dieser Memed, dachte er, weint aus heiterem Himmel wie ein siebzehnjähriges Waisenmädchen. Was für ein Mann ist so ein Mann? Und er musterte ihn voller Neugier.

»Was schaust du mich so an, Müslüm, erkennst du mich nicht mehr?«

Müslüm senkte den Kopf, sagte sich, Heilige sind nun einmal so, und ließ es gut sein.

Zeynep Hanum trug das Esstablett, darauf gerollte dünne Fladen, herein und stellte es zwischen die beiden aufs Wandsofa.

Danach brachte sie einen Napf goldgelben, nach Heide duftenden Honig, Käse, frisch geschlagene, noch mit Bläschen behaftete Butter, Rahm und Joghurt.

»Nimms mir nicht übel, mein Junge Memed, aber in der Eile ...«

»Gesundheit deinen Händen, Zeynep Hanum, es ist alles bestens.«

»Ich muss dich etwas fragen, Memed. Wie geht es dem Mädchen Seyran?«

»Es geht ihr gut, Mutter Zeynep, sie küsst deine Hände.«

»Mögen zahlreich sein, die deine Hände küssen, mein Memed! Hattest du Gelegenheit, sie zu heiraten, mein Junge?«

»Wir haben geheiratet, Mutter.«

»Gott lasse euch gemeinsam alt werden!«

»Und eine Hochzeit war es«, ereiferte sich Müslüm mit vollem Mund. »Drei Tage, drei Nächte wurde die Pauke geschlagen. Sogar sieben Pauken. So eine prachtvolle Hochzeit hat es in der Çukurova noch nicht gegeben.«

»Und dann soll es da noch deine Mutter Hürü geben, sie holte dir Mütterchen Sultan vom Hort der Vierzig Augen, deine Wunden zu heilen, als du daniederlagst ... Sie ist nicht deine leibliche Mutter, nicht wahr?«

»Nein, Mutter Zeynep, sie ist auch nicht meine Verwandte. Sie war unsere Nachbarin.«

»Gott gebe ihr ein langes Leben! Beherzt ist sie wie der heilige Ali.«

»Ja, beherzt wie ein Recke, meine Mutter Hürü.«

»Ich werde dich noch etwas fragen, mein Memed. Was ist aus dem Kind der armen Hatçe geworden? Hast du Neues von Iraz Hanum gehört? Sie stammt aus unserem Nachbardorf. Hast du sie noch mal gesehen?«

»Nein, große Schwester Zeynep, ich war ja immer auf der Flucht.«

»Der Herr, der Joseph aus dem Brunnen rettete, wird eines Tages auch dich mit deinem Kind zusammenführen.«

Memed seufzte. Den nächsten Bissen schon in der Hand, hielt er inne, sah Zeynep Hanum nachdenklich an und sagte: »Zeynep Hanum, auch ich werde dich etwas fragen. Wo hast du von all dem, von Seyran und Mutter Hürü, gehört?«

»Allmächtiger!«, lachte Zeynep. »Gibt es denn noch jemanden auf dieser Welt, der nichts von dir weiß? Von sieben bis siebzig weiß die ganze Welt von deinem Woher, Wohin und Warum. Du sollst auch ein Pferd haben, wie Köroğlu seinen Grauschimmel, der heilige Ali seine Mauleselstute Düldül und der Prophet mit dem schönen Namen Mohammed das geflügelte Reittier Burak. Ein Zauberpferd soll es sein. Nicht einmal mit vereinten Kräften sollen alle Völker dieser Erde es einfangen, geschweige denn töten können. Sie sagen, deine Seele sei mit ihm verbunden, solange das Pferd nicht eingefangen, nicht getötet ist, kann auch dir niemand etwas anhaben. Dieses Pferd hat wie der Grauschimmel Köroğlus vom Quell der Unsterblichkeit getrunken und soll bis zum Jüngsten Tag am Leben bleiben. Die ganze Welt, Arm und Reich, Jung und Alt, spricht von dir, und da fragst du … Wir wissen von Unteroffizier Recep, von Durdu dem Tollen, von Ferhat Hodscha mit dem Siegel des Propheten in den Handflächen, und da fragst du …«

Sie ließen sich Zeit beim Essen und verputzten, was aufgetragen worden war. Die Schwiegertochter und das Mädchen kamen mit Kanne und Schüssel, schütteten den beiden frisches Wasser in die Hände, und sie wuschen sich mit der duftenden Seife und spülten sich die Münder aus.

»Ich habe euch Betten ausgerollt, wer weiß, wie viele schlaflose Nächte schon hinter euch liegen. Euch fallen ja die Augen zu.« Sie öffnete die Tür zum Nebenraum. »Da sind eure Betten, legt euch schlafen!«

»Gott schütze dich, Zeynep Hanum!«

Kaum ausgestreckt, war Memed auch schon eingeschlafen. Müslüm dagegen schmerzte das Bein, als werde es ihm ausgerissen, doch er schämte sich, es zu zeigen. Das Leinen war weiß wie das Harz des Mastixbaumes und duftete leicht nach Seife und Holzäpfeln. Bald übermannte auch Müslüm der Schlaf.

Die Sonne stand schon tief, es war später Nachmittag, Memed und Müslüm schliefen noch immer. Im Süden begannen über dem Mittelmeer weiße Wolken zu quellen, in den Schluchten der Berge, die das weite Rund der Ebene umgaben, streckten sich die Schatten immer weiter nach Osten, ein leichter Westwind flüsterte, und die Dörfler, die, bewaffnet mit Gewehren, Sensen, altertümlichen Säbeln, Pallaschen, Äxten und Hippen, ausgezogen waren, Memed einzufangen, kehrten vereinzelt oder zu mehreren mit langen Gesichtern und erschöpft von ihrem Feldzug heim.

Zeynep Hanum wartete am Wegrand auf ihren Sohn und betrachtete mit klammheimlichem Spott die Vorbeiziehenden. Bald schon sah sie ihren Sohn vornüber gebeugt auf seinem Pferd schwankend des Weges kommen. Drei Patronengurte trug er, zwei davon gekreuzt über die Schultern geschnallt. Seine nagelneue deutsche Flinte ruhte in seiner Armbeuge. Das Pferd, ein arabisches Vollblut, hatte er sich aus Urfa bringen lassen, als es noch ein Fohlen war. Langsam lenkte er es in den Vorhof, wo es unter dem großen Maulbeerbaum stehen blieb. Zeynep Hanum hieß ihn freudig willkommen. Sie hatte die Hände in die Hüften gestemmt und lachte ihn fröhlich an. Die Schwiegertochter und das Mädchen standen etwas abseits, und wie Zeynep Hanum lachten auch sie ihn an. Die Kinder hatten sich ein Spiel ausgedacht und rannten mit irgendwelchen Sprüchen um das Pferd herum.

»Yunus, mein Sohn, sei willkommen! Dein Feldzug möge erfolgreich verlaufen sein! Habt ihr Memed den Falken gefangen? Wie ich sehe, seid ihr alle missgelaunt, eure Lippen fest verschlossen.«

Yunus, verwundert über die gute Laune seiner Mutter, saß ab, seine Schwester eilte herbei, nahm ihm die Zügel aus der Hand und führte das Pferd in den Stall.

»Yunus, mein Junge, wie ich sehe, machen alle Gesichter, als sei ihnen der Feldzug verhagelt. Oder seid ihr traurig, weil ihr Memed diesem gelben Skorpion von Hauptmann und Ali der Echse übergeben musstet, mein tapferer Sohn?«

»Mutter, was ist los, um Gottes willen, warum machst du dich lustig über mich?«

»Was ist mit Memed dem Falken? Oder haben ihn die schwarzen Schlangen verschluckt, dass ihr mit leeren Händen daherkommt?« Doch dann lachte und spottete Zeynep Hanum nicht länger. »Bist du sehr erschöpft, mein Sohn, mein Yusuf? Hatte ich dir nicht gesagt, gehe nicht, Memed den Falken könnt ihr nicht fangen! Hab ich das nicht gesagt?«

»Woher weißt du, dass wir ihn nicht erwischt haben?«

»Ich sehe es. Schaut euch doch an! Die Fahnen gestrichen, die Waffen gestreckt. So kommt ihr daher.«

»In Akçasaz haben wir Schilfrohr für Schilfrohr, Busch für Busch, am Anavarza jeden Winkel, jeden Fels, jede Spalte mit den Männern von dreißig Dörfern abgesucht und ihn nicht gefunden«, jammerte Yusuf. »Wohl hundert Augen haben gesehen, wie er sich durch die Karden des Bachbetts nach Akçasaz geschlichen hat. Ob er sich in ein Schlangenloch verkrochen, unter den Flügeln eines Vogels versteckt oder die Erde sich aufgetan und ihn aufgenommen hat, wir haben ihn jedenfalls nicht gefunden.«

»Vielleicht hat ihn der Drache versteckt, noch bevor ihr in Anavarza angekommen seid«, lachte Zeynep Hanum lauthals.

»Mutter, was lachst du so, um Gottes willen, ist irgendetwas vorgefallen?«

»In der Tat, mein Schwarzäugiger. Ein Falke hat sich in unserem Haus niedergelassen, ein Glücksvogel, ganz unerwartet.«

»Was ist niedergegangen, Mutter, was für ein Falke?«

»Ein schöner, prächtiger Falke mit einer schwarzen Schlange in den Fängen ist auf unserem Dach gelandet, und ich habe diesen schönen Falken in unser Haus gebeten, habe ihn mit Rahm und Honig bewirtet … Und ich werde am Weg, auf den er seinen Fuß setzt, einen Widder opfern.«

»Mutter, ihr verheimlicht mir doch etwas, so fröhlich wie ihr seid. Seit dem Tod meines Vaters habe ich dich nicht mehr so voller Freude erlebt.«

Zeynep Hanum kam dicht an ihn heran, legte ihre Rechte auf seine Schulter, tätschelte sie und dämpfte die Stimme: »Weißt du, wer dieser prachtvolle Falke ist, der sich unter unserem Dach niedergelassen hat?«

»Nun, Mutter, wer?«

»Memed der Falke, mein Yunus. Er ist zu uns gekommen, dieser schöne Diener Gottes und Heilige, dieser Recke, rettende Elias und den Grauschimmel reitende Köroğlu.«

»Und wo ist er, Mutter?«

»Er schläft drinnen.«

»Sie ist von Sinnen, diese meine Mutter! Der Mann, von dem du redest, kann Memed der Falke gar nicht sein. Die ganze Welt ist hinter ihm her, die ganze Çukurova dürstet es nach seinem Blut, und er legt sich in deine Schilfhütte schlafen?«

»Ja, mein Junge, er schläft.«

»Er hat dir vertraut und schläft?«

»Er hat mir vertraut und schläft, mein Junge. Dieser menschlichste, beherzteste der Menschen, einfältig wie ein Kind, klug wie der heilige Ali, wundertätig wie der grün gewandete, weißbärtige heilige Hizir, schlau wie Köroğlu, die Menschen achtend wie der schöne Mohammed, er vertraut den Menschen. Denn wer dem Menschen nicht vertraut, in jedem nur das Schlechte sieht, der ist kein Mensch, der ist ein Hurensohn.«

»Mutter, woher wusstest du denn, dass der Mann, der da drinnen schläft, Memed der Falke ist?«

»Zuerst hab ich es ja selbst nicht geglaubt, doch als ich an seinem Finger den Ring mit dem Siegel des Horts der Vierzig Augen sah, glaubte ich ihm und war verrückt vor Freude.«

Yunus' Gesicht hellte sich auf, auch er freute sich wie seine Mutter, wanderte auf und ab, murmelte: »Das heißt doch, da drinnen, in unserem Haus, in meinem Bett schläft Memed der Falke, ha?« Und er lachte und jubelte. »Was für ein Mann ist er,

Mutter? Wie groß, wie breit? Hat er ein freundliches oder ein strenges Gesicht? Wenn er um sich blickt, sollen eigenartige Funken aus seinen Augen sprühen. Sag, Mutter, hast du ihn auch empfangen, wie es sich gehört? Und wann wacht er auf, Mutter, und wann kann ich ihn mir anschauen, Mutter?«

»Einen Schlafenden schaut man nicht an«, antwortete Zeynep Hanum streng. »Schon gar nicht, wenn er dein Gast ist. Einen schlafenden Menschen anschauen ist so, als töte man ihn. Hab Geduld! Wenn er aufwacht, kannst du ihn sprechen. Er ist ein sehr zart fühlender Mann, der auch wie ein Kind weinen kann.«

Ungeduldig wanderte Yunus im Vorhof wieder von einer Ecke zur anderen. »Oh Gott, Mutter, beinah hätte ich es vergessen! Gehört es sich nicht, für Memed den Falken einige Opfertiere zu schlachten?«

»Es wird sogar höchste Zeit! Wäre Memed der Falke noch zu Lebzeiten deines Vaters in diesem Hause abgestiegen, er hätte ihm zu Ehren nicht einen, nein neun Widder geopfert. Ja, so ein Mann war dein Vater. Männer wie Memed der Falke, Recke Köroğlu, heiliger Hizir oder die Vierzig Glückseligen kommen alle tausend Jahre einmal auf die Welt, und gesegnet ist das Dach, unter dem sie verweilen.«

»Mutter, ich hole einen Widder von der Weide. Und lass Memed ja nicht fort, wenn er aufwacht!«

»Ich lasse ihn schon nicht fort, mein Kind. Hol zwei Widder und lade das ganze Dorf zu unserem Festessen mit Memed ein!«

Yunus lief zum Stall, schwang sich aufs Pferd und lenkte es in gestrecktem Galopp zum flachen Ufer des Ceyhan, wo die Dorfherde weidete. »Den, den und den da!«, sagte er zum Hirten und zeigte auf drei Schafböcke. »Bring sie gleich zu uns, Memed der Falke ist unser Gast! Du bist auch eingeladen und mit dir das ganze Dorf.«

»Ist das wahr?«, schrie der Oberhirte mit schwellender Halsader.

»Es ist wahr«, antwortete Yunus. »Und beeile dich, noch vor Sonnenuntergang muss alles bereit stehen!«

Memed und Müslüm waren schon aufgestanden und wuschen sich, als er nach Hause kam. Er sprang vom Pferd, lief zu ihnen und umarmte sie. »Willkommen, willkommen, Memed der Falke, unser Bruder, du bringst Freude und Segen in unser Haus. Nehmt bitte Platz!«

Er betrachtete Memed vom Scheitel bis zur Sohle, musterte ihn voller Bewunderung, konnte den Blick vom Siegelring des Horts der Vierzig Augen nicht wenden. Mit dem Oberhirten kamen auch mehrere junge und ältere Frauen in den Hof, und während der Hirte die Widder schächtete, fegten die Frauen den Hof und das Rund unter dem Maulbeerbaum, breiteten Bastmatten und Planen aus, bedeckten sie mit Kelims, Teppichen und Sitzkissen, die von Frauen, die nach und nach kamen, mitgebracht wurden. Sie stellten Kohlebecken am Fuße der Hofmauer auf, setzten Kessel auf, einige Frauen schälten Kartoffeln, andere lasen Reis, andere schnitten das Fleisch.

Kurz vor Sonnenuntergang fanden sich die Männer des Dorfes ein. Jeder ging zu Memed dem Falken, blieb bewundernden Blickes eine Weile vor ihm stehen und umarmte ihn. Als Letzter kam Avsaroğlu Memed Aga, ein hoch gewachsener Mann mit lang hängendem Schnauzbart im roten, freundlichen Gesicht, dessen stetes Lächeln dem bedächtigen, ernsten Wesen des Mannes keinen Abbruch tat. Yunus empfing ihn schon am Tor. Als Memed ihn erblickte, erhob auch er sich und ging ihm entgegen. Avsaroğlu umarmte ihn und küsste ihm die Stirn.

»Sei willkommen, Memed der Falke«, sagte er lachend, »du beherzter Adler der Binboğa-Berge!«

»Ich danke dir, mein Aga.«

»Dein Besuch ehrt uns.«

»Und dein Empfang ehrt mich, mein Aga.«

Als Avsaroğlu seinen Ehrenplatz am Fuße des Baumes einnahm, zog er Memed mit sich, setzte ihn neben sich, erst danach setzten sich auch die Dörfler.

Das Essen wurde aufgetragen, sie aßen und plauderten bis Mitternacht. Immer wieder sprach Avsaroğlu lachend von der

»Niederlage des Hauptmanns beim Feldzug gegen die Schlangen auf dem Anavarza«.

»Memed, mein Junge«, sagte Avsaroğlu, als er sich erhob, um seinen Konak aufzusuchen, »übernachte heute bei mir, falls Zeynep Hanum es erlaubt!«

»Nein, nein«, rief Zeynep Hanum und stellte sich ihnen in den Weg. »Heute Nacht ist er mein Gast und darf nirgendwohin. Die Knochen von Yunus' Vater würden ihm noch im Grabe schmerzen!«

»Du hast Recht, Zeynep Hanum, Memed bleibt heute bei dir und morgen Nacht bei mir. Lass ihn nicht gehen! Denn die beiden sind Briganten, da weiß man nie. Auf einmal sind sie davongeflogen.«

»Mein Leben für dich, mein Aga. Morgen bringe ich dir Memed den Falken eigenhändig in deinen Konak.«

5

Schnaufend und stöhnend wälzte sich Murtaza Aga die ganze Nacht in seinem Bett. Seit Mahmut Aga in seinem Schlafzimmer getötet worden war, schlief er in einem anderen Raum. Dennoch – das Bild von Mahmut Aga in einem Meer von Blut wollte nicht weichen. So sehr er sich auch drehte und wendete, immer sah er den in seinem Blut schwimmenden Mahmut vor sich.

Dennoch hatte er Memed den Falken, diesen Blutsäufer, ohne rot zu werden vor Gott und der Welt in den Himmel gehoben. Er hatte diesen blutbefleckten Mörder in den Rang eines Heiligen erhoben, ihn mit dem Sultan Selim dem Strengen, mit Sultan Memed dem Eroberer, ja, mit dem heiligen Hizir verglichen und ihn zum Vorsitzenden des Rates der Vierzig auf dem Berg Düldül erhöht – aber niemand hatte »Halt ein, Murtaza!« gerufen. Ein Volk von Schafen ist das! Und du, Murtaza, du Trottel, wie konntest du annehmen, dass dieser Blutsäufer dir ausgerechnet dann verzeiht, wenn er dich vor seiner Flinte hat? Was hatte er gesagt? Ich überlasse dich Ali dem Hinkenden, hatte er gesagt. Das heißt doch, Ali der Hinkende ist sein Mann, und gemeint hatte er, ich töte dich jetzt nicht für das, was du mir angetan hast, aber Ali der Hinkende wird es tun. Ich habe dich an ihn weitergereicht. Ja, tausendmal ja, mich wird Ali der Hinkende töten! Und bei diesem Gedanken sah er sich schon in einem Meer von Blut. Mit gebrochenem Genick, den Kopf zur Seite geneigt auf dem Kissen, über den Bettrand baumelnd. Die heraushängende, blutige Zunge, sie streckt sich, wird länger und länger. Dann spaltet sie sich wie die Zunge einer Schlange. Das Blut quillt, seine Leiche schwillt fürchterlich an, tausende grüne Fliegen bedecken ihn, schwimmen mit ihm in einem Meer von Blut. Das Blut schäumt, Murtazas Leiche mit heraushängender Zunge im aschfahlen Gesicht schäumt, fette Schmeißfliegen bedecken ihn. In Wolken stürzen sie sich auf den Toten, heben und senken sich. Hunde entreißen den Fliegen Murtazas aufgedunsenen Körper. Und unaufhörlich schäumt Blut, unaufhörlich … Murtazas Leiche liegt inmitten einer Ebene voller Rosen, Narzissen und Veilchen. Hunderttausende violette Schmetterlinge landen auf der aufgedunsenen Leiche, bedecken sie. Der Leichnam glimmt im lila Licht. Das lila Licht schraubt sich zu einer Säule, die sich neigt und sich knickt, sich kugelrund zusammenrollt und von einem Ende der Ebene bis zum andern über die Erde streift, mittendrin der aufgedunsene Tote. Erde und Felsen knistern vor Hitze, der Tote liegt auf der endlos ausgedehnten knisternden Erde. Die Sonne glüht. Der Tote schwitzt, der Schweiß versiegt, und pechschwarz spannt sich die ausgetrocknete Haut auf dem Gerippe. Ali der Hinkende erscheint, er hält sich die Nase und brüllt: Er stinkt, dieser Murtaza stinkt. Hätte ich gewusst, dass er so stinkt, ich hätte ihn nicht getötet. Die ganze Ebene, alle lila Schmetterlinge, die Erde und das Himmelszelt hat er mit seinem Gestank verpestet!

Murtaza hielt es im Bett nicht länger aus, stand auf und zog sich eilig an. Seitdem Mahmut Aga getötet wurde, schläft doch kein einziger Aga in seinem eigenen Haus! Keiner außer dem Trottel Murtaza Aga! Bin ich denn lebensmüde?

»Hüsne Hanum, bist du schon wach?«

»Ich habe gar nicht geschlafen, mein Murtaza, Wie soll ich denn Schlaf finden, wenn dir dies Ungemach ins Haus steht?«

»Du hast himmelhoch Recht, Hanum. Mein Hals steckt in der Schlinge, ich spüre schon die Kugeln in meinem Herzen. Was soll ich nur tun, Hanum? Ich habe dich Ali dem Hinkenden überlassen, hat er gesagt. Heißt das nicht, dich wird Ali der Hinkende töten?«

»So ist es«, antwortete die Hanum.

»Entweder muss ich Ali den Hinkenden wie früher zu meinem Bruder machen oder ihn aus der Welt schaffen. Ist denn bei deinen Besuchen gar nichts herausgekommen?«

»Mir kommt es so vor, als stecke hinter all dem Molla Duran Efendi. Wie ich gehört habe, kommt Memed der Falke so manchen Abend zu ihm ins Haus.«

»Kein Wort mehr, Hanum, kein Wort!«

»Es stimmt, was ich sage; aus erster Hand … Der es mir steckte, sah Memed mit eigenen Augen. Erst nachdem Memed der Falke sich drei Tage und Nächte in dem Haus versteckt hatte, ging er hin und erschoss Mahmut Aga aus Çiçekli. Und den Weg zu unserem Haus hatte ihm Ali der Hinkende gezeigt. Er soll ihm sogar die Zimmertür eigenhändig geöffnet haben.«

»Schweig, Hanum, das kann nicht wahr sein! Wenn das stimmt, dann wird dieser Hinkende meine ganze Sippe ausrotten. Mit Stumpf und Stiel.«

»Möglich, Aga; was du ihm angetan, war schlimmer als der Tod.«

»Was habe ich denn getan, Hanum, was habe ich denn getan, dass er mich so foltern muss? Kein Wort mehr, Hanum! Ich will mal Bayramoğlu aufsuchen, um die Sache mit Ali dem Hinkenden zu regeln. Oder vielleicht kann Rüstem der Kurde ihn zur Strecke bringen? Ich gehe jetzt zu Rüstem dem Kurden!«

»Ja, mein Lieber, geh unser süßes Leben zu retten, aber pass auf dich auf! Nimm die dunkleren Gassen, vielleicht hockt der Hinkende jetzt schon in einem Hinterhalt und wartet auf dich.«

Langsam und leise stieg Murtaza Aga die Stufen hinunter, die Ohren gespitzt um sich blickend, denn hinter jedem Stein, in jedem Winkel konnte ja jener wahnsinnige Hinkende auf ihn lauern. Er öffnete das Tor, ging im nächtlichen Schatten längs der Mauern und Wände die Straße hoch. Keuchend hetzte er durch einen Garten, setzte über drei Hecken und eine niedrige Mauer hinweg und wäre fast von einem Hirtenhund gebissen worden, der ein mit metallenen Dornen bewehrtes Halsband trug. Murtaza stürzte in einen Graben und wartete eine ganze Weile, bis sich der Hund trollte. Er lief weiter, und nachdem er den Friedhof durchquert hatte, tauchte Rüstem des Kurden Blechhütte vor ihm auf. Der weit verzweigte Ast einer großen Platane streckte sich über das kleine Dach.

Noch außer Atem blieb Murtaza Aga am Fuße des Baumes stehen, räusperte sich einige Male und rief: »Rüstem Aga, Rüstem Aga!«

Fast gleichzeitig kam die Antwort: »Willkommen, Murtaza Aga, ich bin gleich bei dir.«

Mit einer Hand noch am Pluderhosenbund nestelnd, kam kurz darauf Rüstem Aga heraus und hielt Murtaza Aga einen brennenden Span vors Gesicht. »Hab ichs doch gewusst«, lachte er. »Ich finde, Aga, du siehst sehr gefasst aus. Zumal ich ja weiß, was für einen Kummer du hast.«

»Was für ein Kummer ist es denn?«, fragte Murtaza Aga, während er sich keuchend auf einen Quader setzte.

Rüstem setzte sich ihm gegenüber auf einen Steinblock und legte den Kien daneben.

»Lösche ihn erst einmal!«

Mit einem einzigen Atemzug blies Rüstem die züngelnde Flamme aus. »Du hast viel Verdruss. Memed der Falke war gekommen, dich zu töten, und was tat er? Er tötete Mahmut Aga, der neben dir lag … Dann richtete er den Lauf seines Gewehrs auf dich, überlegte, sagte dann: Dich gebe ich in die Obhut von Ali dem Hinkenden, drehte sich um und ging. Denn er hatte Ali dem Hinkenden versprochen, dich nicht zu töten, weil der dich umbringen will. Und Memed der Falke war nicht Manns genug, dich umzubringen, sonst wäre er mit Ali dem Hinkenden aneinander geraten. Und nun wird dich der Hinkende in aller Ruhe richtig schön drannehmen.«

»Und woher weißt du das alles?«

»Schau doch mal ins Ladenviertel, gibt es da auch nur einen einzigen, der das nicht weiß? Jedem, der Ali dem Hinkenden über den Weg läuft, ruft er zu: Niemand wird diesen Murtaza töten, ich kann es niemandem erlauben, und käme auch Memed der Falke daher, er dürfte es nicht. Denn dieser Mann gehört mir, er ist mein Schicksal. Und ich werde ihm mitten auf dem Markt, nicht einfach so in seinem bequemen Bett, wie einem Ochsen die Kehle mit einem stumpfen Messer durchschneiden. Gibt es denn noch einen in dieser Stadt, der es nicht gehört hat? Geh hin und frag ein siebenjähriges Kind und eine hundertjährige alte Frau, und sie werden dir Wort für Wort dasselbe erzählen. Nun sag schon, mein Aga, welches ist der tiefere Grund deines Besuches?«

Von Murtaza Aga kam kein Laut.

»Murtaza Aga, Murtaza Aga, was ist mit dir?«

Von Murtaza aber war nur ein leises Ächzen zu hören.

Rüstem stand gelassen auf, tastete sich zum Baumstamm und schöpfte einen Napf Wasser aus dem Krug. »Trink das, und dir geht es gleich besser! Schwirig, schwirig; es geht um deine Haut. Gott bewahre jeden vor deiner Lage! Ali der Hinkende ist ein hartnäckiger Mann. Hättest du ihn doch nicht so nackt ausgezogen auf den Markt gejagt! So hat die Sache einen schlimmen, einen sehr schlimmen Lauf genommen. Sogar ein siebenjähriger Knabe, geschweige denn Ali der Hinkende, dieser Brigantenführer, würde dich dafür ins Jenseits befördern. Weißt du, warum Ali der Hinkende dich bis heute nicht getötet hat? Wohin er auch kommt, verkündet er: Ich töte ihn tausendmal, bevor er stirbt. Er wird jeden Tag tausend Tode sterben, bevor ich ihn mitten im Ladenviertel hinlegen und wie einen Ochsen mit einer stumpfen Säge schächten werde.«

»Wir müssen ihn daran hindern! Können wir Ali Aga denn gar nicht zur Vernunft bringen?«

»Alle Menschen dieser Welt können zur Vernunft kommen, jedermann kann eines Tages auch dem vergeben, der ihm den Vater, die Mutter, sogar das Kind getötet hat. Aber nicht Ali der Hinkende, er kann dir nie verzeihen. So hartnäckig ist nur noch ein Zweiter: Bayramoğlu.«

Murtaza Aga, der bis jetzt nur einen Schluck Wasser getrunken hatte, setzte den Napf an die Lippen und leerte ihn auf einen Zug.

»Deine Toten ruhen in Frieden!«

»Leben sollst du, mein Aga!«

»Wie du siehst, ich bin heute Nacht zu dir gekommen.«

»Ich wusste, dass du kommen wirst.«

»Woher wusstest du es?«

»Von Ali dem Hinkenden natürlich. Er sagte: Murtaza Aga findet keinen Ausweg mehr, er wird zu dir kommen und dir Grund und Boden für ein Gehöft und Beutel von Gold anbieten, wenn du mich tötest.«

»Genau. Ich biete dir Grund und Boden für ein Gehöft, dazu drei gelbe Osmanische Goldstücke an. Töte ihn! Und ich werde dafür sorgen, dass du nicht einen Tag einsitzen musst.«

»Ich töte keine Menschen. Menschen töten ist Sünde. Zerstört der Mensch denn Gottes schönstes Werk?«

»Hältst du Ali den Hinkenden etwa auch für das schönste Werk Gottes?«

»Das weiß allein der Allmächtige. Wer weiß schon, wer in Gottes Augen wer ist? Ich jedenfalls kann für weltliche Güter Gottes Werk nicht vernichten. Der Mensch ist ein Wunderwerk, mein Aga, ein weinendes, lachendes, liebendes, ja, besonders ein liebendes …«

So stritten sie, bis der Morgen graute. Als Murtaza zurück im Konak war, stand die Sonne schon pappelhoch.

»Wie wars?«, fragte die Hanum. »Konntest du den Kurden überreden?«

Nur im Flüsterton kamen Murtaza die Worte über die Lippen: »Nein, Hanum, nein.« Und angekleidet wie er war, warf er sich aufs Bett und war auch schon entschlummert.

Mit leichter Hand zog Hüsne Hanum ihren Ehemann aus und deckte ihn zu. Sie verspürte großes Mitleid für diesen guten Mann mit dem so kindlich durchschaubaren Gemüt, der jetzt um sein Leben bangte, und aus ihren graugrünen Augen tropften zwei Tränen auf das Leinen der Überdecke.

Am späten Nachmittag kam ein Angestellter von Halil Bey dem Überschwänglichen. Der Bey erwarte den Aga umgehend im Büro!

»Der Aga möchte sofort kommen!«, bat der Mann. »Es ist dringend.«

Hüsne Hanum ging hinein, Murtaza Aga war schon wach und sah sie erwartungsvoll an. Er schien noch völlig durcheinander, sein Gesicht war schweißnass.

»Halil Bey wartet auf dich.«

Augenblicklich glätteten sich Murtaza Agas Gesichtszüge. Er sprang aus dem Bett und zog sich in Windeseile an. »Die Barthaare sind schon ziemlich lang, nicht wahr? Ich lasse mich bei Salih dem Blinden rasieren. Es tut sich viel in dieser Stadt Hanum, da tun sich viele wichtige Dinge.«

»Was soll ich dir zum Abendessen machen, Bey?«

»Mach ein Hühnerfrikassee, ein Hühnerfrikassee! Das habe ich schon so lange nicht gegessen.«

Er nahm im Laufschritt die Stufen, war im nächsten Augenblick schon zum Tor hinaus und im Nu im Ladenviertel, grüßte keinen, der ihm entgegenkam, auch nicht die Händler, die aufsprangen, als er vorbeieilte, und war nach wenigen Minuten schon vor dem Büro des Helden des Freiheitskrieges.

Halil Bey begrüßte ihn schon in der Tür. »Willkommen, Murtaza Aga, du bringst Freude ins Haus!«

Halil der Überschwängliche drückte Murtaza in den violetten

marokkanischen Sessel, den einzigen in dieser Stadt, wenn nicht gar im ganzen Bezirk von Adana. Halil Bey hatte damals alles zusammengekratzt und den Sessel von einem deutschen Fachmann für Baumwolle gekauft, der ihn mit seinem Mobiliar weither aus Deutschland mitgebracht hatte. Halil Bey war der Sohn eines verarmten Beys der Turkmenen. Auch jetzt hatte er nicht viel, aber dank dem Grundbuchverwalter Zülfü und der Fürsorge Arif Saim Beys hatte er vor kurzem Ackerland bekommen, das für sieben Generationen ausreichte. Murtaza Aga behandelte ihn zwar ein bisschen von oben herab, aber Halil Bey zollte ihm doch großen Respekt. Murtaza Aga war nicht nur in dieser kleinen Stadt, er war von Antakya bis Mersin wohl der reichste Mann der Çukurova.

»Ich danke dir, mein Aga, dass du dich herbemüht hast. Verzeih, dass ich dir so viel Mühe verursacht habe, aber da ist eine dringende Sache ... Trinkst du einen Tee?«

»Aber gern. Ich danke dir.«

Dass der Überschwängliche ihm heute noch ein bisschen freundlicher als sonst entgegenkam, war Murtaza nicht entgangen. Halil Bey ging zur Tür, rief lauthals »Zwei Tee!« zum Kaffeehaus hinunter und nahm wieder auf dem Lehnstuhl hinterm Schreibtisch Platz. Der Aga hatte es sich mit übereinander geschlagenen Beinen im marokkanischen Sessel bequem gemacht.

Bis der Tee gebracht wurde, sprachen sie nicht, schauten sich hin und wieder nur freundlich an.

»Ja, Efendi, mein Murtaza Aga, verzeih mir, aber der Anlass, dich zu stören, ist äußerst wichtig. Die Sache interessiert mich allerdings nur, weil sie dich, meinen Bruder, betrifft, sonst geht sie mich nichts an.«

»Nun erzähl schon, Halil Bey, und spanne mich nicht länger auf die Folter! Von welcher wohl für mich lebenswichtigen Angelegenheit sprichst du?«

»Das hast du gut gesagt, Murtaza Aga, lebenswichtig ist in diesem Fall das rechte Wort ... Also, ein Ausspruch von dir auf dem Marktplatz ist jetzt in der Stadt und der ganzen Çukurova in aller

Munde. Du hast dich ausgerechnet dort über den Hauptmann lustig gemacht und damit deinen Spott an die große Glocke gehängt. Und der Hauptmann grämt sich zu Tode. Musste Murtaza Aga mir so etwas antun, sagt er in einem fort.«

»Was habe ich denn gesagt und ihn damit verspottet? Ich bitte dich, sag du es mir!« Er schnellte hoch, doch als er sich gleich wieder setzte, war sein Gesicht glatt vor Anspannung.

Wort für Wort betonend, antwortete Halil Bey: »Du sollst tagelang jedem, der dir über den Weg lief, gesagt haben: Dieser Feldzug von Hauptmann Faruk Bey gegen die schwarzen Schlangen des Anavarza! Und: Welch eine Niederlage, sollst du auch noch gesagt haben.«

»Ja, das habe ich gesagt«, donnerte Murtaza Aga. »Ist er denn nicht zum Anavarza gezogen, um Memed den Falken zu töten? Zum wievielten Mal? Und hat er nicht statt Memed neunundneunzig Schlangen massakriert? Und da habe ich, ohne mir ein Urteil anzumaßen, gesagt: Der siegreiche Feldzug des Hauptmanns gegen neunundneunzig Schlangen wird ehrenvoll wie der Freiheitskrieg in die türkische Geschichte eingehen. Was ist denn dabei?«

»Der Hauptmann hat es sehr übel genommen.«

»Soll er doch! Hör nicht hin! Ich werde sein Wohlwollen schon bald wieder zurückgewinnen.« Er lachte schallend, und Halil Bey fiel in sein Gelächter ein.

»Als mein Hauptmann sah, dass dieser Teufel namens Memed der Falke als Schlange davongeglitten war, zog er die Männer von dreißig Dörfern und drei Kompanien voll ausgerüsteter Gendarmen zusammen und stürzte sich ohne Furcht in die Schlacht gegen die Schlangen. Allein der Hauptmann erschlug fünfhundert, was sage ich da, mindestens tausendneunundneunzig von ihnen. Es war ein gigantisches Ringen. Und als es Abend wurde, waren alle Schlangen, die kleinste von ihnen drei Klafter lang, niedergestreckt. Unser heldenhafter Faruk!«

»Still, Murtaza, bring mich nicht zum Platzen!« Der Überschwängliche hielt sich seinen erst seit kurzem sichtbaren Bauchansatz vor Lachen. »Auch wenn du himmelhoch Recht hast, sollten wir vorerst unsere Zunge hüten. Ja, er ist ein unfähiger und feiger Mann, der es allenfalls mit ungiftigen schwarzen Schlangen aufnehmen kann, und das auch nur, wenn er die Männer aus dreißig Dörfern um sich schart ...«

»Dank ihm wird Memed der Falke uns mit Stumpf und Stiel ausrotten können. Und was diesen Ali den Hinkenden anbelangt ... Es heißt, Überschwänglicher, du seist jetzt an der Reihe, getötet zu werden.«

»Ich hab davon gehört. Sogar aus sicherer Quelle. Natürlich ist die Reihe an mir, Murtaza Aga, kann dieser Brigant denn über diese Stadt seine Herrschaft errichten, ohne mich vorher zu töten?«

»Das kann er nicht«, brüllte Murtaza Aga. »Lass mich deine Lippen küssen, über die wie Honig süße Worte fließen! Aber Ali der Hinkende wird mich töten.«

»Um Gottes willen, Murtaza Aga, mach ja keinen Fehler! Er ist unser Mann. Sollte es uns eines Tages gelingen, Memed den Falken zur Strecke zu bringen, dann einzig und allein dank Ali Bey dem Hinkenden.«

»Nenne diesen Hund nicht Bey!«, grollte Murtaza Aga und verzog das Gesicht, als sei ihm ein übler Geruch in die Nase gestiegen. »Er wird mich töten.«

»Wird er nicht.«

»Ich werde ihn töten lassen, und müsste ich dafür meine Millionen, ja, wenn erforderlich, mein ganzes Vermögen hergeben.«

»Du machst einen großen Fehler.«

»Wenn ich ihn nicht aus dem Wege räume, macht er mir, da bin ich sicher, den Garaus.«

»Macht er nicht.«

Sie stritten laut und lange, doch keinem gelang es, den anderen zu überzeugen.

»Wie viel Geld wirst du geben können, um Ali Bey den Hinkenden töten zu lassen?«, fragte am Ende Halil der Überschwängliche und sah Murtaza Aga dabei fest in die Augen.

»Sag du, wie viel!«, entgegnete dieser. »Ich gebe, was verlangt wird.«

»Ich werde es ja nicht einstecken«, lachte Halil Bey verächtlich. »Lass uns erst einmal überlegen. Ali den Hinkenden zu vernichten ist kinderleicht.«

Murtaza Aga stand auf und ergriff Halils Hände. »Du rettest mein Leben, Freund.«

Halils Gesicht wurde ernst, seine Lippen zuckten, was Murtaza jedes Mal auffiel, wenn es Halil um eine wichtige Sache ging.

»Ja, Ali Bey den Hinkenden zu töten ist leicht. So leicht, wie ein Haar aus der Butter zu ziehen. Ich könnte ihn heut Nacht schon töten lassen … Aber da ist noch ein wichtiger Punkt.«

»Und der wäre?«, fragte Murtaza Aga aufgeregt. »Sag es mir, und ich will dein Diener sein!«

»Wenn wir Ali Bey den Hinkenden aus dem Weg räumen, wird Memed der Falke uns, also dich und mich, nicht am Leben lassen, er wird diese Stadt mit Stumpf und Stiel ausrotten und niederbrennen. Denn er weiß ja nicht, dass Ali Bey der Hinkende unser Mann ist. Erfährt er es, wird er ihn eigenhändig töten.«

»Dann schicken wir Memed dem Falken doch eine Nachricht zu, dann sucht er sofort Ali den Hinkenden auf und …«

»Und wer überwältigt für uns Memed den Falken, wenn Ali der Hinkende tot ist? Um Gottes willen, lass ja nicht irgendwo verlauten, dass Ali Bey der Hinkende unser Mann ist!«

Brüllend sprang Murtaza Aga wieder hoch, doch Halil der Überschwängliche ließ ihn gar nicht erst zu Wort kommen.

»Denn wüsste Memed der Falke, dass Ali der Hinkende unser Mann ist, er wäre längst hier gewesen und hätte ihn sogar in einem eisernen Käfig umgebracht. Erinnerst du dich nicht an die Tage des Freiheitskrieges? Die Briganten haben für diejenigen, die ein doppeltes Spiel trieben, überhaupt nichts übrig. Du kennst die Briganten, kennst Memed den Falken nicht.«

»Ich kenne ihn«, donnerte Murtaza Aga, »und wie ich ihn kenne. Molla Duran kann sagen, was er will, dieser Hahnrei Ali der Hinkende ist Memeds ergebener Mann. Und auch Molla

Duran. Der tut nur so, als sei er auf unserer Seite, aber ich lese es in seinen Augen, er ist unser aller Erzfeind. Wenn er könnte, würde er uns alle in einem Löffel Wasser ertränken. Memed ist gemeinsam mit Ali dem Hinkenden aus seinem Haus gekommen, um Mahmut Aga aus Çiçekli zu töten. Aber das willst du ja auch nicht glauben.«

»Still! Versündige dich nicht an Ali dem Hinkenden. Um Gottes willen, Murtaza, dass nur niemand hört, was du da sagst!«

Erschrocken schwieg Murtaza Aga. Er war erschöpft und verstört. Der Gedanke schoss ihm durch den Kopf, Memed den Falken aufzusuchen, um diesen mutigen, einem ganzen Land die Stirn bietenden Mann kennen zu lernen und ihn zu bitten, einem einsamen, von allen verlassenen Aga zu verzeihen.

»Und da ist noch ein Problem. Du sollst Memed den Falken zum segensreichen Heiligen erklärt haben. Dass du ihn so in den Himmel gehoben hast, ist über Adana und Ankara sogar dem Kriegshelden Ghasi Mustafa Kemal Pascha zu Ohren gekommen.«

»Was ich über Memed den Falken gesagt habe, ist richtig. Ich furze keine Gerüchte in die Gegend, mein Herr!«

»Es heißt, du sollst gesagt haben, im Zimmer sei eine Kugel von Licht explodiert, als Memed der Falke hereinkam ...«

»So war es. Weder Memed der Falke noch irgendwer war im Zimmer, außer einer Kugel blendenden Lichts ... Dann ist diese Kugel dreimal explodiert! Und dann sah ich Mahmut Aga in einem Meer von Blut. Wie viel Blut dieser klitzekleine, spatzengroße Mann doch hatte.«

»Der Mensch hat viel Blut.«

»Er hatte Blut wie drei Ochsen.«

»Und, mein Efendi, du sollst behaupten ... Den wie eine Sonne an seinem Finger schimmernden Ring soll ihm Mütterchen Sultan vom Hort der Vierzig Augen geschenkt haben. Und dass den, der diesen Ring trägt, keine Kugel trifft, und wenn sie trifft, dringt sie nicht ein, und wenn sie eindringt, tötet sie nicht. Dann sollst du noch gesagt haben, diesen Mann trifft kein Schwert, verletzt kein Dolch. Dann sollst du noch gesagt haben, diesen Mann verbrennt kein Feuer, reißt kein Wildwasser mit, ertränkt kein Meer.«

»Richtig. Und es ist die reine Wahrheit.«

»Murtaza Aga, hast du den Verstand verloren?«

»Es ist wahr, es ist wahr! Seit tausend Jahren geschehen im Hort der Vierzig Augen Wunder.«

»Da kommen also Hirschkühe von den Bergwäldern zum Hort der Vierzig Augen, um sich melken zu lassen … Sie strecken ihre Hälse hin, um geschlachtet zu werden; und das soll wahr sein?«, spottete Halil der Überschwängliche.

Gefasst und kühl antwortete Murtaza Aga: »Es ist wahr, Halil Bey, und verbürgt seit tausend Jahren. Dann ist da noch jenes duftende Hemd in der Truhe von Mütterchen Sultan der Gesegneten, auf dem neunhundertneunzig Koranverse und dreitausenddreihundertdreiunddreißig Gebete geschrieben stehen. Auch dieses Hemd wollte Mütterchen Sultan Memed dem Falken geben, dazu noch das Schwert, das neunhundertneunundneunzig Ringkämpfer nicht von der Wand heben können, und mit dem Saladin ganz allein die Heere der Kreuzritter zurückgeschlagen hat. Jenes Schwert, das sogar ohne Schwertträger ein ganzes Heer niedermachen kann. Und das mit Koranversen beschriebene Hemd? Wer es anzieht, wird zum Vogel und fliegt davon, wer es trägt, wird unsichtbar oder zum dahingleitenden Licht.«

»Schweig, schweig, du hast den Verstand verloren, Murtaza Aga! Das ist Aberglaube! Nichts als Legenden.«

»Legenden können es gar nicht sein, denn alles ist seit tausend Jahren nachgeprüft, mein Herr, und zwar vor aller Welt. Hältst du dieses Volk, diese Menschen denn für blöd, Halil Bey, denkst du denn, diese Menschen glauben an etwas, das sie nicht gesehen haben? Wir, und mit uns die ganze Welt, haben die Wunder des Horts der Vierzig Augen nachgeprüft.«

»Lügen und Legenden. Und diese hysterische Hure, Mütterchen Sultan …«

Entsetzt sprang Murtaza auf die Beine. Und mit verstörtem, ratlosem Ausdruck schrie er: »Was redest du da? Bereue sofort, bevor der Blitz in dein Haus einschlägt und deine Wurzeln ausgerottet werden, um Gottes willen! Bevor dein Stammbaum ausgelöscht wird und Schlangen deinen schönen Körper zerfressen. Sag, dass du bereust, ich bitte dich! Es wäre schade um dich, hörst du. Ich bereue in deinem Namen und rufe: Meine Schuld, meine Schuld, meine Schuld! In deinem Namen bitte ich den Heiligen Hort um Gnade.«

Auch Halil der Überschwängliche war aufgestanden. Kaltblütig lächelnd sagte er: »Wenn diese hysterische Hure auch nur eine Spur von Wunderkraft besitzt, dann soll sie mich doch auf der Stelle lähmen! Und schau her, ich scheiße sogar mitten in ihren Hort hinein, und zwar krachend!«

Dabei öffnete er die Arme, spreizte die Schenkel und federte einige Male.

»Du siehst, ich bleibe quicklebendig. Ich weiß schon, wie ich mit dieser Hure umspringen muss. Gepfählt muss sie werden. Denn sie hat Memed den Falken unter ihre Fittiche genommen und im ganzen Taurus und der Çukurova verbreitet, wie heilig er ist. Ich werde ihr mit eigener Hand den Pfahl reinstecken!«

Murtaza Aga wollte gegen diese schreckliche Gotteslästerung etwas einwenden, wand sich und brüllte Unverständliches. Sein Gesicht war schweißüberströmt und puterrot angelaufen, seine Halsader fingerdick geschwollen, die rollenden Augen sprangen fast aus ihren Höhlen.

Halil der Überschwängliche reichte ihm ganz ruhig ein Glas Wasser aus dem Krug auf seinem Schreibtisch. »Trink das, mein Aga, und reg dich nicht so auf, mein Lieber.«

Ohne abzusetzen stürzte Murtaza das Wasser hinunter. »Bitte Gott um Vergebung, Halil, sprich es aus, es wäre schade um dich!« Erschöpft setzte er sich, zog sein Taschentuch hervor und wischte sich das Gesicht.

Herablassend lächelte Halil der Überschwängliche ihn an. »Deine Propaganda für Memed den Falken ist für deine Zukunft gar nicht gut. Die Geheimpolizei berichtet alles, was du sagst, nach Ankara! Du weißt doch, Mustafa Kemal Pascha hält überhaupt nichts von Aberglauben und Rückschritt. Wie er dieses Land vom Griechen befreit hat, so auch aus den Händen der Frömmler und Fortschrittsfeinde. Ihm haben wir unseren Glauben geweiht.«

»Hüte deine Zunge!«, rief, wieder aufspringend, Murtaza Aga. »Bitte um Vergebung! Ein Moslem weiht seinen Glauben Gott allein.«

»Aber du hast Memed den Falken zum Heiligen erhoben, du und diese Hure von Mütterchen Sultan. Und der arme Hauptmann kann ihn nicht aufstöbern, weil die Dörfler ihn beschützen.«

»Das stimmt nicht! Weder ich noch Mütterchen Sultan die Gesegnete haben Memed den Falken zum Heiligen gemacht. Er war ja schon immer ein Ausgewählter Gottes!«

Bei diesen Worten konnte Halil der Überschwängliche, dieser sonst so kaltblütige und besonnene Mann, nicht mehr an sich halten. Er sprang auf und packte Murtaza Aga am Kragen. Dieser, auch nicht faul, krallte sich in des anderen Jacke. So standen sie sich Aug in Aug gegenüber, brüllten sich an, dass keiner den andern verstand, schüttelten und schubsten sich. Am Ende waren sie von ihrem Geschrei und Geraufe so erschöpft, dass sie innehielten, sich anstarrten und dann zu ihren Sesseln wankten.

»Ich bitte dich um Verzeihung, Murtaza Aga, deswegen habe ich dich bestimmt nicht hergebeten!«, bat Halil der Überschwängliche, nachdem er wieder zu Atem gekommen war.

»Vergib du mir!«, entgegnete Murtaza. »Ich hätte einen brüderlichen Freund wie dich, mein Augapfel, nicht einen Ungläubigen nennen dürfen.«

»Wir sind eben beide zu aufgeregt. Du hast ja Recht. Unser Volk, dem wir dienen, hat Memed den Falken zum Heiligen erhoben und glaubt an ihn. Doch wir müssen um unser Leben bangen.«

»Ja, dieses Ungeheuer. Als die drei Kugeln Mahmut aus Çiçekli durchbohrten, oh Gott, ist so viel Blut geflossen, das Zimmer wurde zum See.«

»Ja, so werden wir alle sterben.«

»So ist es. Und was ist mit Ali dem Hinkenden?«

»Den überlass nur mir! Das erledige ich so glatt, wie ich ein Haar aus der Butter ziehe.«

»Leben sollst du! Und ich werde nach deinem Rat Memed den Falken und Mütterchen Sultan die Gesegnete jetzt mit anderen Augen betrachten und anders von ihnen reden.«

»Wie du von ihnen geredet hast, bevor Mahmut Aga aus Çiçekli getötet wurde.«

»So werde ich von ihnen sprechen, aber nie werde ich Mütterchen Sultan die Gesegnete eine Hure nennen. Sonst gerinnt mein Blut, verlöscht mein Herdfeuer, stirbt mein Geschlecht aus. Über diese gesegnete Frau kann ich nichts Schlechtes sagen.«

»Dann eben nicht. Aber um es mit Memed dem Falken aufzunehmen, müssen wir zuerst das Volk gegen ihn aufhetzen. Denn solange es zu ihm hält, ihn zum Heiligen erhebt, können wir ihm kein Haar krümmen, und er wird einen nach dem andern von uns töten, bis kein einziger Aga in dieser Stadt übrig bleibt. Du kennst doch Ali die Echse besser als ich, der bringt mit seiner Folter sogar Steine, Eisen, Stahl und Erde zum Reden. Er ist Gefreiter auf Zeit. Weißt du, was ein Gefreiter auf Zeit ist?«

»Ja, ich weiß.«

»Es gibt auf der ganzen Welt keine grausameren als sie. Dass die Axt ihren Stiel nicht spaltet, wie es heißt, ist eine Lüge. Denn der Stiel der Axt, die den Baumstamm spaltet, ist aus demselben Holz. Und dieser Dörfler, Ali die Echse, ist mit drei Kompanien Gendarmen Monate über die Dörfer des Taurus hinweg gewalzt, hat rücksichtslos Dörfler gefoltert und zu Krüppeln geprügelt. Doch über Memed hat er ihnen nicht ein Wort entlocken können. Und wenn wir jetzt in den Taurus ziehen, uns von sieben bis siebzig alle Menschen vornehmen, sie prügeln, ihre Hoden unter Strom setzen, ihr Fleisch mit Zangen zu Gulasch zerstückeln, denkst du, wir werden irgendetwas über Memed den Falken erfahren?«

»Wir werden nichts erfahren.«

»Wir haben also nicht nur Memed den Falken gegen uns, sondern auch die Dörfler des riesigen Taurus, die Dörfler der riesengroßen Çukurova, ja, von ganz Anatolien. Memed der Falke ist ein Symbol … Dieses Vaterland, das wir von unseren Feinden befreit haben, wurde unterhöhlt, die Dörfler sind uns zu Feinden geworden.«

»Wie Recht du hast, Feinde sind sie uns geworden!«

»Ein einziger Memed der Falke unter ihnen, und sieh, zu welcher Plage sie für uns geworden sind!«

»Was werden sie erst tun, wenn aus einem Memed fünf, zehn oder hundert werden?«

»Oder tausend oder eine Million.«

»Hab ich es nicht gesagt, Halil Bey, hab ich es nicht immer gesagt, und habt ihr nicht gelacht, wenn ich sagte, der Kopf der Schlange muss zertreten werden, solange sie klein ist?«

»Ja, wir haben es damals nicht begriffen und dieses Ungeheuer gewähren lassen … Was können wir aber jetzt noch tun, bevor der Pfeil von der Sehne schnellt?«

»Eine Armee muss her«, sagte Murtaza Aga und schlug sich mit der rechten Faust in die linke Handfläche.

»Das ist nicht so leicht«, meinte Halil Bey, »und Arif Saim Bey ist über uns auch noch verärgert. Wir müssen also versuchen, uns selbst aus der Patsche zu ziehen.«

»Wie Recht du doch hast. Ach, sie sind vorbei, die Zeiten, als ich euch beschwor und Memed der Falke noch kein Heiliger war, ach!« Murtaza Aga seufzte so tief, als wolle er seine Lunge ausspeien.

»Jetzt stehen wir dir zur Seite. Von Anfang an schon war jedem klar, dass es in dieser Stadt und in dieser Angelegenheit keinen Klügeren gibt als dich.«

»Aber ich bitte dich!«

»Doch, doch, nur nicht so bescheiden, Murtaza Aga!«

Als Halil Bey ihn so rühmte, schwoll Murtaza Aga die Brust, und er fühlte sich wieder wohl in seiner Haut wie in alten Zeiten.

»Ich bitte dich!«

»Zuerst müssen wir die Sache mit dem Pferd von Memed dem Falken in Angriff nehmen. Der Hauptmann und der Landrat, auch Zülfü, besonders Zülfü, und der Trottel von Bürgermeister, der Richter und der Staatsanwalt, sie alle sind derselben Meinung. Bevor dieses verrückte Pferd nicht eingefangen, hergebracht und auf dem Marktplatz hingerichtet worden ist, können wir gegen Memed den Falken überhaupt nichts ausrichten.«

»Dieses Pferd ist wahnsinnig.«

»Du hast Recht, es ist verhext.«

»Und wie Memed den Falken haben die Dörfler auch dieses Pferd unter ihren Schutz gestellt.«

»Es ist unsterblich wie Köroğlus Pferd. Niemand kann es einfangen, niemand ihm etwas anhaben. Stand es eben noch dicht vor dir, hat es sich im nächsten Augenblick schon in eine Flamme, einen Vogel, einen Hirsch verwandelt oder schießt als Falke in den Himmel.«

»Ein Teufel, dieses Pferd.«

»Für uns ein noch größeres Unheil als Memed der Falke. Außerdem ist auch Memeds Seele in ihm. Wie in dem Märchen, wo die Seele des Kamels im Innern des kleinen Vogels wohnt, und das Kamel sie im selben Augenblick aushaucht, als der Vogel getötet wird.«

»So ist es, genau so!«

Dass dieser ungläubige, dieser gottlose Halil wenigstens an das Wunder glaubte, in diesem Pferd wohne auch die Seele Memeds, freute Murtaza Aga so sehr, am liebsten wäre er aufgesprungen und hätte ihm beide Wangen geküsst.

»Erst einmal werden wir uns dieses Pferdes bemächtigen und es hinrichten. Auch wenn Memed der Falke dadurch nicht sterben sollte, er wäre dann so gut wie tot. Und dann werden wir mit Mütterchen Sultan abrechnen. Danach kann Memed der Falke, und wäre er mächtig wie der heilige Ali oder wie Köroğlu, in den Bergen nicht mehr lange leben. Das Pferd ist ein Symbol, und Mütterchen Sultan ist ein Symbol. Sieh doch, Köroğlu ist schon längst gestorben, sein Pferd aber lebt nach Meinung dieser verdammten Dörfler immer noch und wird, uns zur Plage, angeblich bis ans Ende aller Tage leben.«

»Was heißt da angeblich! Köroğlus Grauschimmel lebt. Jedes Jahr wird er von neuem auf dem Markt von Aleppo an einen Armen verkauft. Ja, er wird auf allen Märkten dieser Welt verkauft. Und dann regnen Glück und Überfluss auf das Haus des armen Käufers.«

»Ich rede doch von den Mythen, die sich das Volk schafft, von den Symbolen der Auflehnung. Immer wenn ihre Kraft gegen uns nicht reicht, machen sie ein Pferd oder einen Köter, eine Fliege oder einen Käfer, Wolf oder Schakal unsterblich.«

»Köroğlu ist auch nicht gestorben.«

»Was ist aus ihm denn geworden?«, fragte Halil mit ahnungsloser Miene.

»Er ist zu den Vierzig eingegangen«, erläuterte Murtaza Aga, »weißt du das denn nicht? Also, der Sohn des Schmieds, weißt du denn, wer das war?«

»Ich weiß es nicht.«

»Wie ist das möglich, mein Halil Bey? Eine tolle Geschichte. Also, eines Tages trafen Köroğlu und der Sohn des Schmieds einen Hirten, an dessen Schulter ein Rohr aus Eisen hing. Was ist das da an deiner Schulter, fragte der Sohn des Schmieds, und der andere, der Hirte, antwortete: Es ist eine Waffe, die ich da trage.«

Eine Geschichte über Köroğlu zu erzählen, freute Murtaza Aga über alles, seine Augen leuchteten, er flog vor Glück.

»Was kann diese Waffe denn bewirken? Diese Waffe tötet den Menschen. Dann gebrauche sie gegen mich, mal sehen, ob mich dieses kleine Ding tötet. Der Hirte beschwor ihn und Gott und die Welt, doch er konnte ihn nicht überzeugen. Schließlich stellte er sich ihm gegenüber, drückte ab, und der riesengroße Mann kippte um wie eine gefällte Platane. Köroğlu aber sah dies und sagte: Das Eisen mit dem Loch wurde erfunden, nun ist die Tapferkeit dahin, für unsereiner ist kein Platz mehr auf dieser Welt. Er ließ seinen Grauschimmel frei, ging und gesellte sich zu den Vierzig Auserwählten.«

»Das wusste ich nicht. Sehr schön. Er gesellte sich also zu den Vierzig Unsterblichen.«

»Und Memed der Falke wird es ihm gleichtun.«

»Jetzt noch nicht. Zuerst müssen wir sein Pferd einfangen und erschießen, dann müssen wir Mütterchen Sultans Lippen ein Fetwa entlocken, in dem Memed der Falke zum Gottlosen erklärt wird.«

»Das wird sie nicht tun.«

»Abwarten! Lass uns erst einmal die Sache mit dem Pferd regeln.«

»Ich meine, die Dörfler sollten das Pferd einfangen und uns bringen.«

»Ja, es wäre das Beste, wenn wir die Dörfler da mit einbeziehen«, nickte Murtaza Aga.

»Gut, aber wie bringen wir sie dazu?«

Murtaza ließ den Kopf sinken, kratzte sich am Kinn und dachte nach. Nach einer Weile schaute er auf, blickte Halil Bey in die Augen, ließ den Kopf wieder sinken, dachte nach, erhob sich, wanderte durchs Zimmer, kam zurück, setzte sich wieder und stützte das Kinn in die Hände. Doch einfallen wollte ihm nichts.

Halil Bey der Überschwängliche kannte Murtaza Aga nur zu gut und wusste, wie er es anstellen musste, um sein Gegenüber auf den Gedanken zu bringen, den er ihm vorschlagen wollte.

»Was wollen wir tun, mein Aga Murtaza, fällt dir zum Kopf dieses Pferdes auch nichts ein?«

Murtaza Agas Gesicht strahlte. »Ich habs«, brüllte er, »im Augenblick, als du Kopf sagtest, ist es mir eingefallen.«

»Und was ist dir eingefallen?«, freute sich Halil Bey der Überschwängliche und klatschte in die Hände.

»Ein Kopfgeld für das Pferd demjenigen, der es uns lebend bringt, nicht dem, der es erschießt. Denn wir werden es im Rahmen einer großen Zeremonie hinrichten und seinen Kopf von Dorf zu Dorf tragen und ausstellen lassen. Ein hohes Kopfgeld.«

»Wie hoch zum Beispiel?«

Murtaza Aga überlegte. »Etwa, etwa, etwa …« Er kraulte seinen Bart, klatschte auf sein Knie … »Zum Beispiel, zum Beispiel …«

»Was kostet denn heutzutage das schönste, wertvollste, reinrassigste Pferd, Murtaza Aga, zum Beispiel dein eigenes?«

»Meins ist ein arabisches Vollblut von reinster Rasse. Würde ich es verkaufen, verlangte ich hundert Lira.«

»Also dann?«

»Du fragst, wie viel wir auf das Pferd aussetzen sollen.«

»So ist es«, antwortete Halil Bey.

Diesmal überlegte Murtaza Aga nicht lange. »Lass uns tausendfünfhundert Lira aussetzen. Wenn wir dem, der uns das Pferd bringt, tausendfünfhundert zahlen, kannst du sicher sein, dass wir es im Nu in unserer Gewalt haben.«

»Ganz sicher. Aber das ist viel Geld für ein Pferd. Ein so hohes Kopfgeld setzt man nicht einmal für Memed den Falken aus.«

»Ich würde für Memed des Falken Kopf tausend Lira bezahlen.«

»Hör zu, mein Aga, mein Recke und Bruder, dessen Augen ich küsse, wir können auf ein Pferd, nur weil es das eines Briganten ist, doch kein Kopfgeld zum fünfzehnfachen Preis eines Vollbluts aussetzen!«

»Du hast ja so Recht … Aber was tun? Denn die Dörfler werden sich nicht zu so niedrigem Preis auf die Jagd eines geheimnisvollen, heiligen Pferdes begeben und ihr Hab und Gut, ihr Leben und das ihrer Familie in Gefahr bringen. Also setze ich für die Ergreifung des Pferdes ein Kopfgeld von tausendfünfhundert Lira aus. Für tausendfünfhundert fangen diese Dörfler nicht nur so ein Pferd ein, für tausendfünfhundert verkaufen sie sogar ihren Herrgott.«

»Setzen wir doch tausend Lira aus!«

»Ich setze tausendfünfhundert ein, Bey!«

»Dann tu es, auch wenn dieses beschissene Pferd keine tausendfünfhundert Lira wert ist!«

»Ich weiß, ich weiß. Ali Sefa Bey hatte es damals aus Urfa kommen lassen. Es ist ein altes Pferd, und ich würde es auch im Dunkeln erkennen. Der arme Ali Sefa war sehr stolz auf das Tier und setzte alles daran, es jedem, der ihm über den Weg lief, vorzuführen. Es hat nicht zuletzt auch seinen Tod verschuldet. Ja, es ist ein altes, mittelmäßiges Pferd, verglichen mit meinem nur ein Karrengaul ... Aber es ist nun einmal berühmt, denn es ist das Pferd von Memed dem Falken.«

Halil der Überschwängliche erhob sich, ging zu Murtaza Aga, der sofort aufsprang, und legte ihm die Rechte auf die Schulter: »Komm, lass uns tausend Lira Kopfgeld aussetzen!«, sagte er. »Sollten wir das Pferd dafür nicht bekommen, können wir den Preis ja auf tausendfünfhundert erhöhen.«

»Auf tausendfünfhundert, zweitausend, ja, zehntausend. Macht euch wegen der Geldsumme nur keine Sorgen. Und was ist mit Ali dem Hinkenden?«

»Um Gottes willen, Murtaza Aga, sei nicht so hartnäckig, ich hab es dir doch gesagt, überlass mir die Sache mit Ali!«

»Ich überlasse also Ali den Hinkenden dir und deinem Gewissen und gebe mein Leben, meine Zukunft und das Schicksal meines Stammbaums in deine Obhut.«

»Also werden wir heute Abend zu Ehren dieses verrückten Pferdes zusammenkommen, um diesen weisen Ratschluss zu feiern. Und morgen früh geben wir bekannt, dass wir für das Pferd ein Kopfgeld ausgesetzt haben.«

»Und ich sage noch einmal, wir gehen auf tausendfünfhundert! Hör du auf mich, Bey! Ich weiß nur eins, mit diesem Pferd kaufen wir den Dörflern ihre Götter ab. Es ist ein hoher Preis für ein Pferd, aber ein niedriger für einen Gott.«

»Auch darüber können wir heute Abend noch reden. Wenn wir wollen, gehen wir auch auf dreitausend.«

»Das können wir«, freute sich Murtaza Aga.

Schon früh am Abend versammelten sie sich im Hause von Halil Bey dem Überschwänglichen. Gebratene Wachteln wurden aufgetragen. Sie tranken ausgiebig Raki, aßen sehr viel, sprachen über Memed den Falken und sein Pferd, über Arif Saim Bey und Ankara, tratschten über die Agas und Beys von Kozan, Osmaniye und Ceyhan und wurden so betrunken, dass sie die Spitzen ihrer eigenen Nasen nicht mehr sehen konnten.

Am nächsten Morgen zeichnete der Lehrer Sami Turgut einen Pferdekopf auf ein großes Pappschild, schrieb darunter: Für das Pferd von Memed dem Falken sind tausendfünfhundert Lira Kopfgeld ausgesetzt, und eilte damit zu Halil dem Überschwänglichen.

Halil Bey beugte sich zurück, betrachtete das Bild sehr lange, nickte und sagte: »Es ist sehr schön geworden, sehr schön. Murtaza muss jeden Augenblick kommen. Auch er soll es sich ansehen!« Dann nickte er wieder ganz stolz.

Kurz darauf kam schallend lachend Murtaza Aga. Er hatte gar keine Ähnlichkeit mehr mit dem erschöpften, niedergeschlagenen Mann vom Vortag. Die dunklen Augenränder waren verschwunden, die Stirnfalten geglättet, und das Blut pulsierte wieder im verjüngten Gesicht. »Schön, sehr schön«, jubelte er, als er den Pferdekopf erblickte. »Aber du wirst sie nicht alle so schwarz zeichnen. Manche malst du weiß, manche rot, und die Ziffern tausendfünfhundert viel größer. Von diesen Schildern wirst du zweihundertfünfzig herstellen und an jeder Landstraße, an jeder Straßenecke und in jedem Dorf aufhängen lassen! In wie viel Tagen kannst du damit fertig sein?«

»In einer Woche, mein Aga.«

»Wie viel Geld willst du dafür haben?«

»Das wird mein Aga schon wissen. Er hat eine freigebige Hand.«

Murtaza Aga zog seine Brieftasche hervor, beugte sich darüber und zählte mit mürrischer Miene einen Packen in seine Rechte und reichte ihn Sami Turgut. »Nimm!«, sagte er. »Sogar das ist für einen so geschickten Freund wie dich zu wenig. Wenn das Pferd eingefangen ist und wir es hingerichtet haben, werde ich dich noch viel zufriedener stellen. Eine Bitte habe ich noch.«

Nachdem Sami Turgut das Geld eingesteckt hatte, nahm er Haltung an und sagte: »Um Gottes willen, mein Aga, was heißt hier bitten? Zu Befehl!«

»Worum ich dich bitte: Wenn das Pferd eingefangen ist, werde ich in der Mitte dieses Platzes ein Pult aufstellen und von oben bis unten mit roten Fahnen schmücken lassen. Und dann werde ich das Volk von siebzig Dörfern, fünf Städten und drei Bezirken hierher rufen. Es wird so voll werden, dass in der ganzen Stadt keine Nadel zu Boden fallen kann.«

»Keine Nadel, mein Efendi.«

»Richtig, keine Nadel. Und dann wirst du zum Rednerpult hinaufsteigen und dich so in die Brust werfen!«

»Mich so in die Brust werfen, Efendi.«

»Und wenn du dich in die Brust geworfen hast, wirst du loslegen und wir, wir brüllen: Vom Altai bis zu den Toren Wiens haben wir sechzehn Staaten gegründet.«

»Werde ich, Efendi.«

»Die ganze Welt hat unter den Hufen unserer Pferde gewimmert, wirst du sagen. Wir haben unsere Hufe in den Bauch der Erde gestampft, wirst du brüllen. Ströme unseres roten Bluts haben wir über die Erde geschüttet, haben die Fahnen mit unserem roten Blut gefärbt, haben das Symbol unseres Grauen Wolfs gleichwertig den Sonnen, Monden und Sternen mitten ins Himmelszelt geschlagen.«

Sami Turgut, zu Stein erstarrt, stand stramm. Man hätte ein Schwert zücken können, er hätte nicht mit der Wimper gezuckt.

»Unsere Fahnen haben wir mit unserem Blut gefärbt. Schon immer sind wir in Seen von Blut, in einem Meer von Blut geschwommen. Sogar Männer so groß wie ein Spatz haben bei uns das Blut dreier Ochsen. Deswegen konnten wir es in jedem Winkel des Erdenrunds vergießen, nein, ausschütten.«

»Zu Befehl, Efendi, ausschütten.«

»Und vergiss nicht den letzten türkischen Staat!«

»Wie könnte ich, Efendi. Unseren letzten türkischen Staat, der uns verblieben ist, werde ich sagen, werden wir niemals von solchen Pferden zerstampfen lassen.«

»Nicht zerstampfen lassen – sehr gut. Und sei es das Pferd Köroğlus, das Muli unseres Herrn Ali, das Reittier Mohammeds,

Burak, oder das Vollblut des Jungen Osman. Nein, von keinem werde ich den letzten türkischen Staat zerstampfen lassen. So wirst du es sagen! Und auch gegen die heimtückischen Klepper und Esel, die sich als Pferde tarnen und es auf unser Land abgesehen haben, wirst du vom Leder ziehen!«

»Ich weiß, Efendi.«

»Ja, ja, du weißt alles besser als jeder andere, Herr Lehrer, und ich will dir noch etwas von den sechzehn türkischen Staaten und unserer blutgetränkten Fahne erzählen! Aus deiner Rede muss jedem klar werden, welcher Art diese grausamen, ungeheuerlichen Pferde sind, die als Symbol des Aufstandes unser Vaterland gefährden. Ach was, mein Lieber, du weißt es ja besser als wir alle und wirst es als heißblütiger Mittelasiate mit deiner feurigen Rede noch zum Abgeordneten, ja, zum Vorsitzenden Abgeordneten bringen.«

»Dank Euch, mein Aga.«

»Dann an die Arbeit! Das Vaterland erwartet noch deine Dienste, bevor du Abgeordneter wirst.« Und Murtaza Aga klopfte Sami Turgut auf die Schulter, als dieser hinausging.

»So, Halil Bey, es ist alles im Lot. In Kürze schon wird der Ausrufer Ahmet der Bucklige durchs Ladenviertel dröhnen. Auf ins Kaffeehaus, um dem machtvollen Klang dieser prächtigen Türkenstimme zu lauschen, jeder wird feststellen, dass es bei keinem anderen Volk so eine kraftvolle Stimme gibt!«

Halil der Überschwängliche und hinter ihm Murtaza Aga gingen vom Glücksgefühl der Erfolgreichen erfüllt zur Ladenstraße, als schon die Stimme von Ahmet dem Buckligen an ihre Ohren schlug.

»Höre, Halil Bey, höre! Gesegnet sei diese schöne Stimme eines echten Türken!«

Ahmet der Bucklige war sehr klein. Der untere Teil seines Körpers war spindeldürr, der obere breit. Sein Kopf ruhte so tief zwischen den Schultern, dass der Hals nicht zu sehen war. Er hatte einen eigenartig schwankenden, mehr rollenden Gang.

»Eeey, Leute, eeey Leute, eeey, und sage keiner, er habe es nicht gehört! Ich habe Wichtiges bekannt zu geben! Wie ihr wisset, haust in den Bergen der blutrünstige Memed der Falke, jener Memed, der unsere Mädchen schändet, schwangeren Frauen das Ungeborene mit dem Bajonett aus dem Leibe schneidet und pfählt, jener Räuber Memed, der den Menschen die Haut abzieht, sie rücklings auf einen Esel setzt und sie mit dem Eselsschwanz in ihrer Hand davonjagt, jener allbekannte Räuber Memed, dessen Untaten nicht zu zählen sind, jener Memed der Falke, der einem Kind, der jedem Kind, das ihm über den Weg läuft, die Augen aussticht, sodass es kein Kind mehr in diesen Bergen gibt, das nicht blind! Jener Gottlose namens Falke, jener grausame Staats- und Menschenfeind!«

Mit seiner kräftigen Stimme zog er gegen den Falken vom Leder, was das Zeug hielt.

»Eeey, Leute, jener Räuber namens Memed der Falke besitzt ein Pferd, in dessen Innern auch Memed des Falken Seele haust. Ein wahnsinniges, sich um sich selbst drehendes, plötzlich auftauchendes, gleich wieder verschwindendes, sich in Flammen stürzendes und nicht verbrennendes, meist auf steilen Felsgipfeln geisterndes, vor deinen Augen unsichtbar werdendes Pferd. Eeey, Leute, und auf dieses Pferd wurde ein Kopfgeld von tausendfünfhundert Lira ausgesetzt. Wer auch immer dieses Pferd einfängt und bei der Gendarmerie abliefert, dem werden tausendfünfhundert Lira ausgezahlt. Wohlverdiente tausendfünfhundert Türkische Lira! Eeey, Leute, tausendfünfhundert Türkische Lira! Eeey, Leute, und wer dieses Pferd bringt, wird nicht nur wohlverdiente tausendfünfhundert Türkische Lira bekommen, sondern obendrein öffentlich zum Volkshelden ausgerufen werden, gleichgestellt den Helden des Freiheitskrieges. Eeey Leute, und keiner sage hinterher, er habe es nicht vernommen!«

Auch an den drei folgenden Tagen rief Ahmet der Bucklige diese Neuigkeit aus, während Sami Turgut Straßen und Kreuzungen, Kaffeehäuser und Baumstämme mit seinen grün, blau, weiß, rot und orangefarben gemalten Pferdeköpfen schmückte.

6

An den Ufern des Mittelmeers schäumt wie die See auch die Erde. Und so schäumen auch die goldgelb blühenden Apfelsinen- und Zitronengärten und die gemächlich über dem Meer zum Himmel aufsteigenden, sich mit Licht aufblähenden weißen Wolken.

Memed und Müslüm fanden sich auf den Kieseln am Fuße einer steil aufragenden Böschung wieder. Der Morgen war noch fern, das Meer, pechschwarz, schien ein einziges Ächzen und Dröhnen, das, ans Ufer schlagend, die Erde erbeben ließ. Verängstigt tauchte Memed seine Hand hinein, es fühlte sich lauwarm an, ganz anders, als das Quellwasser in den Bergen. Eine riesige, endlose Finsternis rauschte da. Über dem Meer blitzten da und dort Sterne durch das Dunkel, blitzten auf und verlöschten. So wie über den in der Dunkelheit verschwindenden Gipfeln des Taurus, der Düldül- und der Dibekberge auch Schwärme von Sternen aufblitzen, von einer Bergspitze zur nächsten gleiten. Und ein völlig unbekannter Duft stieg Memed in die Nase, salzig, etwas bitter, ein eigenartiger, den Menschen sogar ein bisschen fröhlich stimmender Geruch. Er starb fast vor Erschöpfung und Schlaflosigkeit und hielt sich dennoch wach. Müslüm dagegen hatte sich am Fuße des steilen Hangs zusammengerollt und schlief schon längst. Memed deckte ihn mit der Kutte zu, lehnte sich mit dem Rücken gegen die Böschung, zog die Beine an den Bauch und dachte nach, obwohl die Schmerzen in den Schenkeln und im Rücken ihn missmutig stimmten und den Fluss seiner Gedanken hemmten. Er war wie benommen. Hin und wieder erschien Zeynep Hanum die Dunkle vor seinen Augen, danach tauchten schwarze Schlangen auf. Verschreckt schossen sie zu Hunderten zischend herbei und flüchteten. Vor langer Zeit hatte er einen Waldbrand erlebt. Während, vom steifen Nordwind geschürt, die Flammen sich über den Bäumen berghoch türmten, versuchten die Tiere des Waldes in panischer Angst dem Feuertod zu entkommen. Nur ein langschwänziger Fuchs, dessen buschige

Rute bereits brannte, hatte die Flucht aufgegeben und sprang vor der nahenden Feuerwand in einem fort nur noch in die Höhe. Im nächsten Augenblick schon hatten ihn die Flammen eingekreist. Geschmeidig schossen drei Schlangen davon, wahnsinnig vor Angst hetzten Schakale, Hirsche, Marder und Eichkätzchen vorbei, ihre Schreie mischten sich in das knisternde Krachen des brennenden Waldes, und wie dieses Meer dröhnte es aus seinen Tiefen so dumpf und brachte die Erde zum Beben. Memed erinnert sich auch an den angenehm brandigen Geruch. Und wie vor der Feuersbrunst flüchteten die schwarzen Schlangen des Anavarza jetzt vor den Dörflern und Gendarmen. Wohl an Memeds Stelle hatte der Hauptmann als Ausgleich tausende von ihnen töten lassen. So viele wie damals das mörderische Feuer, vor dem unter allen Tieren die Schlangen als Letzte flüchteten, sich von den Fluten des Flusses mitreißen ließen und mit der Strömung davonglitten.

Von sehr weit her kam der Ruf eines Vogels. Was habe ich denn Großes getan, dass mich Zeynep Hanum und mit ihr das ganze Dorf Kesikkeli so empfangen hatte? Was hatte ich ihnen denn Gutes getan? Ich habe den alten Abdi Aga, später Ali Safa Bey und schließlich Mahmut Aga aus Çiçekli ... Was haben diese Dörfler davon, dass ich diese drei Männer getötet habe, was haben sie dadurch gewonnen? Und dieser schlafende Knabe Müslüm! Nimmt eine Woche lang unter Lebensgefahr alle erdenklichen Entbehrungen auf sich, schwitzt Blut und Wasser, um zu mir zu stoßen. Bin ich überhaupt der, den sie Memed den Falken nennen? Vielleicht gibt es so einen Propheten, so einen Heiligen, so einen Recken wie Köroğlu, wie Jung Osman, wie den Heiligen Hizir oder den Heiligen Ali, mit dem sie mich verwechseln. Ich, ich bin hier, am Ufer des Mittelmeers, klitzeklein wie ein Spatz, ein Schmetterling, eine Ameise, verwaist und einsam. Aber der sagenhafte Memed der Falke ist in aller Munde. Jeder, ja, jeder liebt ihn. Doch einerseits strömt die ganze Çukurova mit Ross und Hund dem Hauptmann zu Hilfe, um Memed in Akçasaz zu überwältigen und hinzurichten, und andererseits im Dorf Kesikkeli, kaum werden die Dörfler seiner ansichtig … Mein Gott, wie eigenartig ist doch dieses Wesen Mensch … Wir haben ihn!, hätten sie bei meiner Festnahme gejauchzt, um anschließend bei meinem Tod am Galgen mitten in der Stadt in tiefste Trauer zu verfallen und Klagelieder anzustimmen. Gedankenversunken war ihm, als schimmerten vor seinen Augen Glühwürmchen, die sich auf seinen Handrücken niederließen. »Flieg, Glühwürmchen, flieg, schöne Schuhe werde ich dir kaufen, Pluderhosen und ein Kleid … Flieg, Glühwürmchen, flieg, die ganze Welt werd ich dir schenken, dich schmücken mit Granatblüten und nickenden lila Veilchen … Flieg, Glühwürmchen, flieg!« Was habe ich denn Großes getan? Für wen halten sie mich? Gleich einem Dieb habe ich Veli dem Raben das Geld gestohlen! Ich bin zu nichts nütze, grad wie mein Vater Ibrahim. Streck ihm die Hand hin und nimm ihm den Bissen aus dem Mund, wie es heißt. So einer bin auch ich. Wie gut, dass ich der Räuberei abgeschworen habe und mich hier am Mittelmeer, im Dorf Akyali, unter der Obhut dieses heiligen Mannes Abdülselam Hodscha, gemeinsam mit Mutter Hürü und Seyran in meinem Haus niederlassen und mich den Teufel um irgendetwas scheren werde! Denn ich bin ein friedliches Wesen, gegen niemand, nicht einmal gegen den Hauptmann, der Hatçe getötet hat, habe ich Hassgefühle. Und nicht nur ich, alle Dörfler, Bergler und Leute der Çukurova sind so eigenartig weiche, unterwürfige Geschöpfe, die unter dem kleinsten Druck zu Untertanen werden, zu Sklaven gepresst, zehn Jahre und mehr zum Kriegsdienst gezwungen, die gequält, gehäutet und vergewaltigt werden, ohne zu murren.

Der bittere Geruch einer Pflanze zu seiner Rechten stieg ihm in die Nase. Er kannte diesen Duft sehr gut. Auch mit dem Geruch des Meeres vermengt, erkannte Memed den Duft von Heidekraut. Ganz in der Nähe musste ein Bachbett sein, denn diese Heide wuchs an Ufern von Flussläufen oder wasserreichen Quellen. In seinen Bergen war der Geruch so durchdringend, dass man ihn schon von sehr weit wahrnahm. Er stand auf und ging ihm mit geweiteten Nasenflügeln über Kiesel tappend entgegen. Sein Geruchssinn führte ihn geradewegs zu den Heidebüschen. Sie mussten hier in einem ausgetrockneten Wildwasserbett stehen. Sträucher schlugen an seine Beine. Er bückte sich, strich mit der Hand darüber hinweg, beschnupperte seine Finger, nichts. Gebückt suchte er eine Weile weiter, bis er schließlich im Schutz der Böschung auf einen Heidebusch stieß und vor Freude darüber ganz aus dem Häuschen geriet. Er kauerte sich daneben, das Kraut war weich wie Gras und ganz frisch. Vielleicht lag es am nahen Meer oder am Frühling in der Çukurova, dass diese Heide so scharf duftete. Er steckte seine Nase in die Blüten und sog den Geruch ein. Je länger er daran roch, desto wohler fühlte er sich. Der Schmerz in den Beinen ließ nach, seine Niedergeschlagenheit und die dunklen Ahnungen wichen einer hoffnungsvollen Freude. Hier und jetzt, in dieser Finsternis, diesem ungewohnten Dunkel, diesem Dröhnen, unter dem die Erde bebte, kam er durch den Geruch der Heide wieder zu sich, verflog das Gefühl seiner Einsamkeit in der Fremde. Wer und was war dieser Abdülselam Hodscha, fragte er sich. Als Ferhat Hodschas naher Freund musste er diesem ja ein bisschen gleichen. Was heißt ein bisschen, er musste genau so sein wie dieser, genau so lachen wie Ferhat Hodscha und genau so wie dieser im Zorn die Welt aus den Angeln heben wollen, musste genau so tapfer sein und sich genau so selbstlos ins Feuer stürzen. Ja, genau wie Ferhat Hodscha! Doch trauen kann man einem Hodscha nie, und was, wenn er nicht wie Ferhat Hodscha ist, sondern ein Denunziant, ein Feigling, ein Doppelzüngiger? Doch wenn dieser Abdülselam Hodscha mir auch Böses antun sollte, ist immer noch Müslüm da, und Müslüm würde ihn nicht am Leben lassen. Memed beroch noch einmal die Heide, erhob sich, ging zu Müslüm zurück, setzte sich neben ihm auf die Kiesel und lehnte sich mit dem Rücken an die Böschung. Der Knabe schlief tief und fest, schien wie ein Toter gar nicht zu atmen. Gesunde Menschen schlafen so, dachte Memed, wie Säuglinge so leise. Auch Mutter Hürü schlief in ihrem Alter noch so. Diesen ruhigen, stillen Schlaf ohne den kleinsten Schnarcher nannten die Dörfler den Schlaf ohne Sünde.

Auf einmal hellten sich die Berggipfel auf, dehnte sich das Meer in endlosem Weiß vor Memeds Augen. Im Osten wiegten sich über der Ebene weiße Quellwolken, und weiße Möwen mit gelben Schnäbeln flogen überm Wasser in einem fort auf und nieder. Eine leichte Brise kam auf, erfüllte Memed mit unbändiger Freude.

Er stand auf, wandte sich nach Osten, wo sich die Bergkämme wie ein weißes Band streckten, über dem die Gipfel in den Himmel ragten, umgeben von golddurchwirkten Wolken, die sich abwechselnd orange, rot, und rosa-violett färbten oder so feuerrot wie glühende Kohlen in einer Esse. Kurz darauf fielen die ersten Sonnenstrahlen auf eine weit entfernte Bergspitze.

Und dieses Meer, von dem sie behaupten, es sei blau, überlegte Memed, dehnte sich wie eine milchweiß quellende Wolke unendlich weit, überzog die Ufer mit einem dunstigen Schleier und hatte die Schwere, die sich wie ein dröhnender Alb über die erbebende Welt gelegt hatte, verloren. Gestern Nacht noch brausende Finsternis, leckten die Wellen in großen Abständen an den Strand, schäumten jetzt sachte über die Kiesel und flossen mit versiegendem Schaum gemächlich ins Meer zurück.

Memed sah, wie bei aufhellendem Tageslicht das Meer immer blauer wurde, die Wellen sich höher wölbten und schneller rollten. Auch die übereinander geballten Wolken im Westen blähten sich mehr und mehr, stiegen höher und höher. Als die Sonne aufging, veränderten sich schlagartig Meer und Erde, Berg und Ebene. Nichts blieb, wie es eben noch war. Die Welt erwachte. Möwen flogen aufgeregt auf und nieder, Glitzer legten sich über das weite Blau, blendeten Memeds Augen. Er eilte zum Wildwasserbett. Heidekraut wucherte überall, in der Sonne rochen die Blüten noch stechender. Auch das Meer roch jetzt anders, und von den Bergen wehte ein leichter Geruch nach Erde vermischt mit dem harzigen Duft der Wälder, der sich immer stärker herausschälte, je höher die Sonne stieg.

Nach einer Weile richtete sich Müslüm auf, rieb seine Augen, schaute um sich, versuchte sich zu erinnern, wo er sich befand.

»Wir sind am Meer«, lachte Memed, »und du brachtest uns her.«

Müslüm warf die Kutte beiseite, lief ans Wasser, kniete sich auf die Kiesel und wusch sich sorgfältig das Gesicht. »Hast du denn gar nicht geschlafen?«

»Nein«, antwortete Memed. »Ich konnte nicht einschlafen, war so neugierig auf das Meer, denn gestern Nacht fiel es wie ein finsteres Dröhnen über mich her.«

»Ja, es erschreckt einen Menschen, wenn er es zum ersten Mal sieht«, sagte Müslüm altklug. »Ob am Tag oder bei Nacht, erblickt der Mensch das Meer zum ersten Mal, überkommt ihn Angst, fühlt er sich einsam, hilflos, fremd und verlassen.«

»Sieh an, so weise, mein Müslüm!«

»Mach dich nicht lustig über mich, mein Aga! Schon als Kind habe ich an diesen Ufern Lämmer gehütet. Als ich damals zum ersten Mal das Meer erblickte, lief es mir kalt über den Rücken. Nach und nach wurde mir der Anblick vertraut, aber mir ist immer noch zum Weinen zu Mute, wenn ich ans Meer komme. Wärst du jetzt nicht bei mir, so allein hätte ich hier geweint.«

»Du sagst es, Junge«, rief Memed. »Auch mir war zum Weinen, als die Sonne aufging und ich das hier sah. Schon einmal erging es mir so, als an einem Nachmittag der Berg Düldül vor meinen Augen auftauchte.«

»Ich bin hungrig«, sagte Müslüm. »An diesen Küsten bekomme ich immer Hunger.«

»Gibt es hier Wasser?«

»Hast du schon beim Bachbett da vorne nachgeschaut?«

»Es ist ausgetrocknet.«

»Dann schlucken wir unser Essen eben trocken hinunter.«

Müslüm band seinen Brotbeutel vom Gürtel, legte ihn auf den Boden, doch dann nahm er ihn wieder auf, schnallte ihn fest, kletterte die Böschung hoch und schaute sich eine ganze Weile um. »Wenn wir bis Mittag nichts essen, sterben wir ja nicht«, rief er.

Memed nickte. Er wurde nicht müde, diesen rosabäckigen, beherzten und koboldklugen Knaben zu beobachten. So einen Bruder hätte ich gern, dachte er. Dieses Kind ist mir sogar näher als Bruder, Mutter und Vater zusammen. Auch näher als Mutter Hürü, lag ihm auf der Zunge, die er vor Schreck beinah verschluckt hätte. Wenn sie auch nur ahnte, was ihm da eben durch den Kopf geschossen war, sie würde den Himmel über ihm einstürzen lassen!

Er drückte Müslüm, der zurückgekommen war und ihm etwas sagen wollte, fest an sich. »Mein kleiner, kluger, leidgeprüfter Recke«, sagte er, während dieses stecknadelgroße, stählerne Glitzern in seinen Augen aufblitzte und wie ein heiligenscheinartiger Hof ein Leuchten sein Gesicht einzubetten schien, »du wirst kein Räuber werden!«

Gerührt von so viel Liebe, Anteilnahme und Lob, wurden Müslüms Augen feucht und er reckte er sich vor Stolz.

»Und ich werde dir neben meinem auch ein Haus kaufen«, fügte Memed hinzu. Kaufen? Mit dem Geld von Veli dem Raben?, schoss es ihm schamvoll durch den Kopf. Doch dann sagte er sich, na und? Hauptsache, Müslüm bleibt in meiner Nähe und wird kein Räuber. »Ja, das werde ich tun! Und was machen wir jetzt?«

»Du wirst am Ufer dieses riesigen Gewässers bleiben und kannst sooft du willst in Tränen ausbrechen, wirst deine Imam-Kutte überziehen und unsere Gewehre darunter verbergen. Sollte jemand dich fragen, wirst du antworten: Ich bin der Wächter dieses Meeres, der Wächter aller Meere. Mein Name ist Memed der Falke Wächter des Weltmeeres. Ich aber werde Abdülselam Hodschas Dorf aufsuchen. Den Weg dahin habe ich schon ausgemacht. Ich werde Abdülselam Hodscha berichten und ihm diesen Brief geben.«

Müslüm reichte ihm ein Blatt Papier. Memed betrachtete es, drehte und wendete es und sagte: »Da steht doch nichts geschrieben. Ich sehe nur einen sonderbaren Baum, die Wurzeln in der Luft.«

Müslüm nahm das Blatt, drehte es um und lachte. »Schau, Memed Aga, wenn du es so drehst, sind die Wurzeln unten.«

Memed nahm das Papier, betrachtete es. »Wie du es auch drehst und wendest, die Wurzeln hängen in der Luft.«

Nach langem Hin und Her gab Müslüm schließlich nach: »Meinetwegen, die Wurzeln hängen in der Luft.«

»Und was will Ferhat Hodscha ihm mit diesem Baum, dessen Wurzeln in der Luft hängen, mitteilen?«

»Irgendetwas wird es schon bedeuten. Vielleicht ein Talisman oder ein Geheimnis zwischen den beiden.«

»Ein Talisman«, nickte Memed. »Der Hauptmann und die Dörfler haben in den Karden alle Schlangen getötet, hast du davon gehört?«

»Sie haben sie ausgerottet, es gibt keine Schlangen mehr in der Çukurova«, seufzte Müslüm, »dabei gehörten die schwarzen Schlangen zur Çukurova, sie waren ihr Glück und ihr Segen. Nun, ich gehe jetzt und werde Abdülselam Hodscha sagen, da kommt ein Molla zu dir, werde ich sagen, ein Molla mit einer Kutte, na, so lang.«

»Gibt es hier auch Schlangen, Müslüm?«

»Gibt es. Auch Skorpione und Tausendfüßler kannst du hier finden. Zum Zeitvertreib. Bleib gesund, ich bin bald wieder zurück!« Im Laufschritt eilte er ins Wildwasserbett und verschwand. Memed hockte sich vor die Böschung und schaute aufs Meer hinaus. Mit prallen Segeln zog weit draußen ein Schiff vorbei.

Am Nachmittag war Müslüm zurück. Die Augen aufs Meer gerichtet, saß Memed noch immer so da. Erschrocken sprang er auf, als er Müslüm erblickte. »Müslüm«, rief er verstört, »vor diesem Meer wird der Mensch kleiner und kleiner, bis er so winzig ist wie die Spitze einer Stecknadel.«

»So geht es jedem, der das Meer zum ersten Mal sieht.«

»Auch in den Bergen ist es so.«

»Das kann ich nicht wissen«, sagte Müslüm. »Ich bin ja in den Bergen aufgewachsen.«

»Wozu Mühsal, Kampf, Flucht und Verfolgung, wenn der Mensch sich am Ende so winzig wie die Spitze einer Stecknadel fühlt?«

»Darauf kann ich dir auch nichts sagen«, antwortete Müslüm. »Wenn du aber irgendwann ein bisschen nach Abdülselam Hodscha fragen solltest, er lässt dich grüßen. Und weißt du, was der Baum bedeutet?«

»Nun, was bedeutet er?«

»Die Wurzeln ragen wirklich in den Himmel. Als Abdülselam das Blatt in die Hand nahm, hab ich genau aufgepasst, er hielt es so, dass die Wurzeln nach oben und die Äste nach unten zeigten.«

»Und was soll das bedeuten?«

»Der Hodscha hat mir alles vorgelesen. In dem Brief sagt Ferhat Hodscha ihm: Der da zu dir kommt, ist mir lieber als mein Leben. Und er wird dir auch lieber werden als dein Leben. Und so lange die Erde sich nicht spaltet, die Welt sich nicht verkehrt herum dreht, die Berge sich nicht auf ihre Gipfel stellen und die Bäume nicht vom Himmelszelt zur Erde sprießen, wird diesem Mann, deinem Gast, in jenem Land, Çukurova genannt, niemand auch nur ein Härchen krümmen! Und jeder Wunsch wird ihm erfüllt! Klar?«

»Klar«, antwortete Memed.

»Wir werden also hier warten, bis der Tag sich neigt. Nach Einbruch der Dunkelheit werden wir uns zum Haus von Abdülselam Hodscha auf den Weg machen.«

»Ich sterbe schon vor Hunger.«

»Ich habe mir den Bauch mit Honig und Pasteten voll gegessen.«

»Was für ein Mensch ist dieser Hodscha?«

»Er ist ein hoch gewachsener, schlanker, gut aussehender, freundlicher Mann. Eine Kutte trägt er nicht. Er sieht genau so aus wie Ferhat Hodscha. Sie sind wie ein zweigeteilter Apfel. Die eine Hälfte ist Ferhat Hodscha, die andere Abdülselam. Sie sind doch nicht etwa Brüder?«

»Alte Freunde sind sich sehr ähnlich.«

»Sehe ich dir auch ähnlich?«

»Geduld, Geduld! Lass uns erst ein bisschen älter werden, dann ähneln wir uns auch.«

»Wenns doch so wäre!« Müslüm musterte Memed voller Bewunderung. »Wäre ich doch so wie du!«

»Warum warten, bis es dunkel wird? Los, gehen wir!«

»Du trägst ja eine Kutte. Sieht uns jemand, hält er dich für einen Hodscha. Uns kann gar nichts geschehen.«

Sie kletterten die Böschung hoch. Wie aus dem Meer gestiegen, türmten sich am Ende der Ebene plötzlich die Gavurberge. In der Nähe ihrer Hänge, auf die Memed und Müslüm zusteuerten, erhob sich ein großes Gebäude, links davon dehnten sich Apfelsinen-, Pomeranzen- und Zitronenbäume. Wilde Tulpen, hier Pambal genannt, bedeckten die Ebene, wucherten in allen Farben. Wellen von Schmetterlingen schaukelten über den Blüten auf und ab, flogen weiter, landeten zu Hunderten auf einem Busch, strömten wie Wildwasser gleich wieder davon, wirbelten im milden Licht der Sonne hoch in den Himmel hinein.

Vor den beiden breitete ein schneeweiß in Blüte stehender, blattloser Baum gleich einer Wolke seine mächtige Krone über den Teppich von Tulpen aus, änderte im schwankenden Licht immer wieder die Schattierungen, ging von hellem Weiß in ein dunkleres, von blendend hartem in ein weicheres über, bündelte mit seinem Geäst die Sonnenstrahlen, streckte, verkürzte, zerstückelte sie, löste sie auf in gleißenden Flitter. Von diesem Baum drang dumpfes Summen an ihre Ohren, das lauter wurde, je näher sie kamen.

»Er summt, Müslüm«, rief Memed. »Ich habe noch nie einen summenden Baum erlebt. Als stünden tausend Bienenkörbe beieinander. Auf dem Gipfel des Berges Deliktaş weiß ich eine Nische so tief wie eine in den Stein gehauene Höhle. Dort summen die Felsen auch so, wenn du dich ihnen näherst. Und aus der Nische rinnt Honig in ein Wildwasserbett. Was kriecht und fliegt und Honig liebt, strömt dort zusammen. Kein Mensch wagt sich näher heran, und wer es dennoch tut, den bedecken Bienen im Nu von

Kopf bis Fuß, sodass er sich nicht mehr rühren kann. Ahnungslose kommen dann nur schwerlich mit dem Leben davon.«

»Ich kenne viele solcher Nischen voller Bienen«, sagte Müslüm. »Wer von dem Honig kostet, gerät ganz aus dem Häuschen und meint, er fliegt in den Himmel hinein.«

»Ich weiß. Ich bin schon oft so in den Himmel geflogen.«

»Was solls«, seufzte Müslüm. »Fürs Erste wirst du jetzt die Berge nicht mehr sehen, wirst nicht mehr von dem Honig essen und darum auch nicht mehr fliegen können.«

»Du bringst mir welchen!«, lachte Memed. »Mein Bruder, mein Gefährte Müslüm, worauf wartest du eigentlich noch?«

»Ja, ich bringe dir so viel von diesem Honig, dass du davon auch Abdülselam Hodscha genügend abgeben kannst«, begeisterte sich Müslüm. »Er scheint ein guter Mensch zu sein, drum soll er auch fliegen, der Arme.«

»Verdammt, ja, das soll er!«, rief Memed und schlug Müslüm auf die Schulter.

»Der gute Mann soll Honig essen, bis er so dick und rund geworden ist, dass er auf den Gipfel dieses Gavurberges fliegt, dorthin, wo die Sonne aufgeht.«

Etwa zehn Schritte vor dem summenden Baum hielten sie an. In den voll in Blüte stehenden Zweigen waren Unmengen von Bienen zusammengeströmt, abertausend sirrende Flügel sprühten blaue, rosafarbene und rote Funken, deren Geglitzer so blendete, dass die beiden eine Zeit lang ihre Blicke immer wieder abwenden mussten.

»Mein Gott!«, stieß Müslüm hervor. »Himmel und Erde nichts als Bienen.«

»Nichts als Bienen«, wiederholte nicht weniger verwundert Memed.

Eine kaum merkliche Brise fächelte ihnen ein Duftgemisch von Bienen und Blumen zu, dass ihnen ganz schwindlig wurde.

Nachdem sie mehrmals diesen blütenschäumenden Baum umrundet hatten, gingen sie weiter und gelangten zu den Orangenhainen. Auch sie standen in schneeweiß schäumender Blüte, dazwischen blühende Pomeranzen- und Zitronenbäume; und überall Bienensummen. Die in Wellen anbrandenden Düfte berauschten die beiden so, als hätten sie Felsnischen-Honig geschlemmt und meinten, vor Freude davonfliegen zu können.

»Mir ist, als hätt ich Honig gegessen«, sagte Müslüm. »Dazu diese vielen Bienen. Auch sie duften.«

»Ja, sie duften«, nickte Memed.

Sie hockten sich inmitten der Zitrusgärten auf die sonnenwarme Erde. Kaum dass Memed saß, landete ein schwarz gepunkteter, roter Marienkäfer auf seinem Handrücken. »Schau, schau!«, jubelte Memed, »ein Glückskäfer. Sie finden mich jedes Mal. Flieg, Glückskäfer, flieg! Schöne Schühchen kauf ich dir, flieg, Glückskäfer, flieg!«

Sie sangen beide: »Flieg, Glückskäfer, flieg!« Der Marienkäfer blieb mit geöffneten Flügeln eine Weile auf Memeds Hand hocken, dann flog er davon. Als er abschwirrte, sprangen die beiden auf die Beine und klatschten hinter ihm her. Der Käfer flog auf eine Pomeranzenblüte, krabbelte in ihren Kelch und war verschwunden.

Nachdem sie noch eine Weile auf der warmen Erde geruht hatten, hielt es sie nicht länger. Sie erhoben sich und wanderten durch diesen Wald von Zitrusbäumen weiter. Am Rand einer Quelle auf frischem, grünen Rasen trafen sie auf eine grüne Schlange. Sie hob ihren Kopf, musterte sie und glitt gemächlich weiter. Nahebei paarten sich laut klappernd zwei Schildkröten. Mit hervorquellenden Augen und weit hörbarem Keuchen schob das Männchen das unter ihm kauernde Weibchen mit kräftigen Stößen. Ein Fuchs schaute neugierig zu, wedelte mit seiner roten, buschigen Rute und flüchtete.

Als der Tag sich neigte, schrillten die Schreie der Möwen vom Meer herüber. Hoch über der Dämmerung, gebadet in Licht, kehrten aus fernen Himmeln die Vögel zurück.

Bei Einbruch der Dunkelheit verließen die beiden die schäumenden Gärten. Von Kopf bis Fuß dufteten sie durchdringend nach Zitronen-, Pomeranzen- und Orangenblüten.

»Ich dufte, mir wird ganz schwindlig, ich fliege«, rief Memed überglücklich. »Wenn doch nur …« Er seufzte, wollte hinzufügen: … Seyran und Mutter Hürü hier wären, brachte es aber nicht über die Lippen.

Auch Müslüm seufzte: »Wenn doch …«

»Wenn doch was?«

»Wenn Seyran doch auch hier wäre und wie wir nach Pomeranzenblüten duftete!«

»Ja, auch so duftete«, sagte Memed, die Stimme voller Gram.

Abdülselam Hodscha empfing sie am Hoftor. Schon lange hatte er nach ihnen Ausschau gehalten.

»Seid willkommen, ihr bringt Freude ins Haus! Memed, mein Sohn, als ich Ferhats Brief erhielt, war ich außer mir. Mir ist also vergönnt, Memed den Falken mit eigenen Augen noch zu sehen.«

Die zum oberen Stockwerk führende Treppe knarrte unter ihren Schritten. Sie führte in die Mitte eines Salons, der in sechs große Zimmer überging. Am Treppenabsatz wurden sie von des Mollas Ehefrau, die ein weißes Kopftuch trug, seinen beiden Töchtern und seinem Sohn willkommen geheißen. Im Salon brannten drei Lampen mit langen Schirmen. Die Gäste wurden gebeten, auf den Wandsofas Platz zu nehmen.

»Die Bäder sind geheizt«, sagte Abdülselam Hodscha, nachdem sie sich ein bisschen ausgeruht hatten. »Dich, Müslüm, wird mein Sohn ins Bad im Parterre führen.« Eines der Mädchen drückte dem Sohn des Hauses einen Beutel frischer Wäsche in die Hand. »Bitte, Bruder!«, sagte der Junge und geleitete Müslüm zur Treppe. Auch Memed hatte sich erhoben, ihn führte Abdülselam Hodscha in den nahen Baderaum, wo neben einer mit Wasser gefüllten Wanne aus Marmor eine Kerze brannte. Neben der Wanne lag in einer marmornen Schale ein großes Stück rosa Seife. Memed setzte sich auf einen Schemel, übergoss sich mit warmem Wasser, seifte sich mit der duftenden Seife ein und schüttete mit einem silbernen Napf genüsslich das warme Wasser über seinen Körper. Seit Jahren hatte er sich nicht mehr mit so warmem Wasser und duftender, schäumender Seife in einem

Dampfbad waschen können. Selbstvergessen wusch er sich lange, vergaß darüber Hunger, Müslüm und Abdülselam Hodscha.

Draußen hustete der Hodscha immer wieder, Memed aber hörte es nicht, und wenn, kam er nicht darauf, dass es ihm galt. Bis schließlich Müslüm schüchtern an die Tür pochte und mit gedämpfter Stimme rief: »Memed Aga, Memed Aga, was ist mit dir, wir machen uns Sorgen.« Entspannt, fast im Halbschlaf, kam Memed wieder zu sich und stand auf. »Ich trockne mich nur noch ab und komme.« Etwas so Weiches wie diese duftenden Badetücher hatte er noch nie angefasst. Weicher als Hasenfell! Noch bevor er ins neue Haus einzieht, muss er sich beim Einrichten unbedingt um solche Badetücher kümmern!

Auf einer verzinnten Kupferplatte warteten die dampfenden Speisen schon auf ihn. In der Mitte aufgehäufter Reispilav, daneben geschmortes Rind, gesiedetes Huhn, gefüllte Frikadellen und anderes mehr. Abdülselam Hodschas Frau und Töchter hatten die Tafel reich gedeckt, da fehlte nur noch Vogelmilch! Nachdem der Hodscha das Gebet gesprochen und sein Sohn sich erst danach neben ihn gesetzt hatte, griffen sie zu. So gut hatte es Memed noch nie geschmeckt. Oder kam es ihm nur so vor, weil er so ausgehungert war? Nein, auch wenn er satt gewesen wäre, würde es ihm nicht minder munden, da war er sicher. Müslüm, mit aufgerissenen Augen vornübergebeugt, schlang in sich hinein, was er konnte.

Sie tafelten sehr lange. Nach der Hauptmahlzeit wurden Honig, Rahm und Walnusskerne aufgetischt. Heller Wabenhonig, der nach Limonen duftete. Kaum hatte Memed davon gekostet, schien dieser Duft seinen ganzen Körper so zu durchdringen, als habe er einen ganzen Wald schäumend blühender Zitronenbäume verschlungen. Mit jedem Bissen kreiste eine neue Duftwelle durch seine Adern. Nach dem Essen wurde Mokka serviert, der Kaffeeduft verschmolz mit dem der Limonen.

»Stock und Stein, Mensch und Meer, Bäume, Blätter, Blumen, hier duftet alles nach Zitronen, mein Hodscha«, meinte Memed ein bisschen verwirrt, nachdem sie den Kaffee getrunken hatten.

»Ich habe mich auch gewundert, als ich zum ersten Mal hierher kam und mir dieser durchdringende Duft in die Nase stieg«, sagte lächelnd der Hodscha. »Bei Vollmond besonders ist es auf einmal der Geruch des Meeres, gegen Abend oft ganz plötzlich der Duft des wilden Majoran, der Poleiminze und der Tannen, der von den Bergen herüberweht, im Frühling riecht die Çukurova nach Zitronen, im Sommer nach gelbem Weizen und zur Erntezeit nach brandigem Getreide. Und nach dem Regen duftet die Erde dieser Ebene so berückend, dass einem ganz schwindlig wird. Wer auf dieser Erde geboren ist oder sich hier einmal niedergelassen hat, kann nirgendwo anders mehr leben und stirbt, wenn er es dennoch muss.«

»Ich rieche jetzt noch nach Zitronenblüten, mein Hodscha, obwohl ich mich so lange gebadet habe. Bevor wir hierher kamen, rasteten wir in den Zitrusgärten.«

»Auch ich rieche von oben bis unten nach Limonen«, sagte Müslüm.

»So ergeht es jedem, wenn er zum ersten Mal herkommt. Nun geht aber schlafen, ihr seid bestimmt sehr müde, über alles weitere reden wir morgen!«

»Danke, mein Hodscha, ich küsse deine Hände«, sagte Memed mit staunenden Augen. »Wie sehr du doch Ferhat Hodscha ähnelst. Wären da nicht deine langen, schlanken Finger, sogar ich hätte dich nicht von ihm unterscheiden können.«

Abdülselam Hodscha strich sich über den Bart und lachte.

»Seid ihr Brüder?«

Der Hodscha gab keine Antwort. Er lachte wieder und öffnete die Tür. »Morgen reden wir darüber«, sagte er, »dann haben wir viel Zeit. Solltest du bei Licht nicht schlafen können, puste die Lampe am Kopfende deines Bettes aus. Gute Nacht!«

»Gott segne dich, mein Hodscha!«

In einem so weißen, duftenden Nachtlager hatte Memed auch noch nie geschlafen. »Müslüm!«

»Mein Aga?«

»Auch das Bett duftet.« Er entkleidete sich, blies das Licht aus, kroch unter die Decke und war auch schon eingeschlafen.

Am nächsten Morgen wachte er sehr spät auf, eilte zur Toilette, wusch sich, zog sich an, betrachtete sich lange im großen Spiegel und wandte sich erschrocken ab.

Müslüm war schon längst auf, er saß auf dem Wandsofa dem Hodscha gegenüber, sie unterhielten sich, warteten auf Memed, den sie jetzt fröhlich begrüßten. »Nimm es mir nicht übel, mein Hodscha!«, entschuldigte sich Memed, »bis zum heutigen Tag bin ich noch nie so spät am Morgen aufgestanden!«

Sie setzten sich an den reich gedeckten Frühstückstisch. Honig, Rahm, noch Bläschen schlagende Butter, frische Milch, verschiedene Käsesorten, Brot und dünn ausgerollte Brotfladen ... Memed nahm sich Zeit. Er strich die Fassbutter auf einen Fladen, träufelte Honig darüber, rollte alles ein und biss mit halb geschlossenen Augen hinein, ohne dass auch nur ein Tropfen Honig herunterleckte. Abdülselam Hodscha freute sich, den so entrückt kauenden Memed zu erleben.

»Memed, mein Junge, der Barbier ist unterwegs. Dein Bart braucht einen Schnitt. Jedermann hier hält dich für meinen Neffen, lass dich darüber nicht aus! Wie ich sehe, scheinst du sowieso kein redseliger Mann zu sein. Mach dir also keine Sorgen. Das Zeug meines Sohnes wird dir passen, zieh es an! Nach der Rasur gehen wir in die Stadt einkaufen. Ich habe eure Waffen geölt und an einem sicheren Ort verwahrt, wo sie nicht rosten. Wenn sie gebraucht werden ...«

»Gott gebe, dass wir sie nicht brauchen!«

»Gott gebe es!«, sagte auch der Hodscha, »aber in dieser Welt weiß man nie ...«

»Ja, diese Welt ...« Memed senkte den Kopf.

»Wenn wir jetzt in die Stadt kommen und ich auf dich zeige: Das ist Memed der Falke, und auch noch tausend Zeugen aufbiete, wird mir niemand glauben. Ein Glück, dass du Memed dem Falken gar nicht ähnlich siehst.«

»Nein, mein Hodscha, ich sehe ihm nicht ähnlich. Kein Mensch wird mir das abnehmen.«

Sie frühstückten noch, als der Barbier mit einer großen Ledertasche und einem Wassernapf in Händen hereinkam, auf dem Wandsofa Platz nahm und das Ende des Frühstücks abwartete. Dann setzte er Memed auf einen Stuhl, zog einen blitzsauberen, duftenden Leinenumhang aus seiner Ledertasche, band ihn Memed um den Hals, seifte das Barthaar mit reichlich Schaum ein und rasierte ihn mit scharfer Klinge, die er immer wieder auf einem Lederriemen abzog. Nun fühlte sich Memed leicht wie ein Vogel. Er zog eine Pluderhose, eine Jacke aus geschmuggeltem englischem Stoff und ein paar Stiefel von Abdülselam Hodschas Sohn an, bekam noch eine Schirmmütze verpasst, dann schwangen sie sich auf die Pferde und ritten los.

Die Kleinstadt erhob sich zwischen Pflanzungen und Weingärten. Umringt von Apfelsinen-, Zitronen- und Pomeranzenbäumen standen gepflegte Häuser, viele von ihnen weiß getüncht. Dazu gab es eine ansehnliche Moschee mit säulenschlankem Minarett. Auch der große Platz, daneben das neu errichtete Ladenviertel und die gepflasterten Straßen rundum machten einen gepflegten Eindruck. Die Reiter banden ihre Pferde am Stall eines Hauses an, das von Zitronenbäumen umringt war, und gingen ins Ladenviertel. Beim Schneider entdeckten sie für Memed einen passenden Schalwar aus englischem Stoff, die Nähte mit Silberfäden durchwirkt. Beste Schmuggelware aus Syrien! Dann kauften sie noch ein paar Schuhe, gleichfalls aus Syrien geschmuggelt.

Auf der Suche nach einer Jacke gingen sie in ein großes Geschäft, wo die Stoffe direkt aus England importiert wurden. Der Inhaber empfing sie schon auf der Straße. »Wer sind denn diese Jungmannen, die Gott segnen möge?«

»Dieser da ist mein Neffe, der da sein Freund. Der Vater meines Neffen lebt in der Anavarza-Ebene. Er ist ein wohlhabender Mann.«

»Ich kenne diese Ebene, sie ist die fruchtbarste in der Çukurova, und die Menschen dort sind reich.«

»So ist es«, bestätigte Abdülselam Hodscha. »Und mein Löwe von Neffe hat alles hinter sich gelassen und ist zu mir gekommen, zu seinem Onkel mütterlicherseits. Er hat noch sieben Brüder, aber ihn liebe ich von allen am meisten, und Memed liebt mich.«

»Welcher Mensch liebt einen so heiligen Mann und Weisen, den er auch noch zum Onkel hat, denn nicht?«

»Ich bitte dich! Nun werde ich dafür sorgen, dass er hier heimisch wird. Auch seine Angetraute und ihre Mutter werde ich nachkommen lassen. Allein lebt es sich nicht gut in der Fremde. Der Mensch muss die Seinen bei sich haben!«

Zeynullah Efendi war der älteste Geschäftsmann im Ort, sein Laden war der Mittelpunkt des Marktgeschehens. Hier lief der gesamte Tratsch der Ebene zusammen, und von hier aus verbreitete er sich wieder über die ganze Ebene. Unmöglich, dass sich irgendwo – und seis auf dem einsamsten Gipfel des Taurus – etwas ereignet, das nicht in Zeynullah Efendis Laden aufgefangen und je nach Inhalt nach Adana, Mersin, Osmaniye, Kozan und Kadirli oder – wenn besonders wichtig – bis Ankara gar weitergeleitet wird und dort sogar Ghasi Mustafa Kemal Pascha zu Ohren kommt. Eben deswegen erzählte Abdülselam Hodscha ausführlich alles über seinen Neffen Memed.

»Und du hast also noch sieben weitere Neffen!«

»Ja, Neffen habe ich viele«, lachte Abdülselam Hodscha, »Kein Wunder, bei so vielen Schwestern.«

»Gott erhalte sie alle!«

Zeynullah Efendi hatte eine schnabelförmig gebogene Nase, ein schmales Gesicht, einen langen Hals und kleine schwarze Augen. Er war hoch gewachsen, hatte das Gebaren eines Fuchses, dem die List aus allen Poren trieft, was er aber keineswegs verbarg, sondern in offensichtlicher Eintracht mit sich selbst eitel zur Schau stellte.

Die vier Sessel in seinem Laden waren aus Saffianleder, in ihrer Mitte stand ein mit Schnitzereien verzierter Tisch aus Mahagoni. Die überall im geräumigen Laden verteilten Stühle waren ohne Lehne.

»Nun, mein lieber Zeynullah Efendi und Bruder, mein Neffe Memed braucht ein schönes Jackett aus englischem Stoff. Wie wir ja wissen, gibt es das nur hier und sonst nirgends in der Türkei, nicht einmal in Ankara. Deswegen hatte ich unseren Memed vorher gebeten, sich dort nichts zu kaufen.«

»Da hast du gut getan!« Zeynullah Efendi wandte sich an Memed: »Dein Onkel ist zwar ein Hodscha, aber pfiffig wie ein Dschinn und gewieft wie ein Politiker. Wäre er kein Hodscha geworden, er hätte die ganze Türkei erobert und unter seine Herrschaft gebracht. Er wäre jetzt der Padischah der Çukurova und hätte schon längst die Unabhängigkeit der Çukurova ausgerufen. Er weiß auch, dass ich in meinem Geschäft alles habe, womit die Geschäfte in London die Lords ausstatten. Und was die Aristokraten in Paris anziehen, das kannst du bei mir auch bekommen.«

Er schickte seinen Lehrling ins Untergeschoss, der kurz darauf mit einem Arm voll Jacken zurückkam, die an blitzenden Bügeln hingen.

»Steh auf, Memed, mein Junge!«, sagte fordernd Zeynullah Efendi, nahm von einem Bügel ein Jackett und zog es Memed an. Es passte nicht, er nahm das nächste, bis er schließlich alle Jacken Memed anprobiert und wieder ausgezogen hatte.

»Alles nicht gut genug für den gertenschlanken Neffen meines Bruders! Nimm sie wieder mit und bring mir die aus der Truhe!«

Nachdem Memed zahllose Jacken aus drei Truhen anprobiert hatte, schrie Zeynullah plötzlich auf: »Gefunden!« Er bebte vor Freude. »Schau doch, sitzt wie angegossen!« Er hob Memeds Kinn, blickte ihm in die Augen und rief: »Wenn dir auch die Farbe gefällt, sind wir uns einig.«

»Sie gefällt mir sehr gut«, sagte Memed. »Ich danke dir, Zeynullah Efendi, du hast dir große Mühe gegeben.« Er zog eine große Geldbörse aus seiner Brusttasche: »Wie viel? Banknoten habe ich nicht bei mir, aber dafür Goldstücke.«

»Goldstücke geht auch«, sagte Zeynullah Efendi.

»Halt, Neffe!«, gebot da Abdülselam Hodscha, »steck deinen Geldbeutel wieder ein und erlaube deinem Onkel, diese kleinen Dinge zu begleichen!«

»Richtig«, bekräftigte Zeynullah, »greift der Mensch, und mag er noch so reich sein, denn zur Geldbörse, wenn er so einen Onkel hat?«

Memed errötete wie ein Mädchen. Verwirrt steckte er seinen Geldbeutel wieder in die Tasche. Er zog das Jackett aus, sie machten es sich in den Sesseln bequem, der Tee wurde gebracht.

»Und noch ein paar Hemden ...«

»Führen wir«, nickte Zeynullah Efendi, »sogar englische. Erst vorgestern brachte sie mir Kapitän Roberto.« Er rief nach unten, von den zuletzt gebrachten Hemden drei Stück nach Memeds Maßen auszusuchen. Schon ungeduldig, begannen sie unverzüglich mit dem Tratsch.

»Was gibts Neues über Dulkadiroğlu Şakir Bey, hat er seinen Konak schon zu Ende gebaut?«

»Der wird nie fertig«, lachte schallend der Hodscha. »Kaum ist ein Teil gerichtet, stellt Şakir sich mit prüfendem Blick davor, vergisst darüber Essen und Trinken, und nach drei Tagen oder einer Woche beginnt er an den fertigen Teil einen neuen, noch schöneren anzubauen.«

»Stimmt es, dass er aus Istanbul Architekten und aus Mardin und Diyarbakir Steinmetze hat kommen lassen?«

»Ich weiß es nicht, traue es ihm aber zu.«

»Und wie steht es zwischen ihm und dem Lehrer Zeki Nejad?«

»›Früher oder später werde ich ihn töten‹, soll er tagaus, tagein schwören.«

»Wie ich Şakir Bey kenne, würde er, wenn er wollte, nicht nur diesen armen Lehrer, sondern auch Fevzi Pascha, ja, sogar Ismet Pascha töten lassen.«

»Der Lehrer ist aber auch nicht von schlechten Eltern. Ein jähzorniger Mann. Der gibt sich nicht so schnell geschlagen.«

»Er will unten in der Ebene wieder tausend Morgen Reis anpflanzen ... Diesmal will er neun Dörfer unter Wasser setzen.«

Memed begriff kein Wort von ihrer Unterhaltung über das Anpflanzen von Reis, das Überschwemmen der Dörfer, den Streit zwischen dem Bey und dem Lehrer.

Zeynullah Efendi und Abdülselam Hodscha leerten ein Glas Tee nach dem andern und sprachen bis zum Mittag von Şakir Bey und dem Lehrer Nejad.

Kurz nach Mittag, noch hatte der Imam nicht zum Gebet gerufen, zog Abdülselam Hodscha seine an einer massiven Goldkette hängende Uhr hervor, ließ mit unverhohlenem Stolz den mit Email verzierten Deckel aufspringen und sagte: »Noch viel Zeit bis zum Gebet, los, Kinder, gehn wir zum Kebapgriller!«

Schon von weitem schlug ihnen der Duft auf offener Glut röstenden Lammfleisches, von Sumach, rotem Pfeffer und Zitronenblüten in die Nasen. Mit Respekt empfing sie ein blitzsauber gekleideter Kellner und geleitete sie an einen Tisch. Als Memed bald danach den Kopf hob und um sich blickte, gewahrte er, wie ihn zwei erstaunte Augen anstarrten, und er wurde aschfahl. Dieses Gesicht kannte er von irgendwoher, und er stellte fest, dass der Mann da drüben ihn so genau erkannt hatte, dass er vor Verwunderung seinen Mund nicht mehr schloss und krampfhaft zu überlegen schien, wie er sich verhalten solle. Aber wer war dieser Mann? Memed konnte sich nicht erinnern. Indessen stand der Mann auf und ging unter Memeds verwunderten Blicken eilig hinaus. Auch Memed erhob sich, und wie gebannt folgte er ihm. Der Mann wendete sich zuerst zum Ladenviertel. Noch nie hatte Memed einen Menschen erlebt, der so mächtig ausholen konnte. Als er am Tor der Moschee anlangte, musste er entdeckt haben, dass Memed ihm folgte, er schaute sich unauffällig um und bog dann in eine Nebengasse ein, die mit einem von Weinranken bewachsenen Spalier überdacht war. Memed heftete sich an seine Fersen. Der Mann nahm die nächste Nebengasse, danach umrundeten sie einen kleinen Platz, landeten in einem von Zahnwurz und Brombeergestrüpp überwuchertem Gehölz, wateten durch einen Bach, umgingen ein sumpfiges Gelände bis zu einem Röhricht, wo Memed die Spur des Mannes verlor. Erschöpft hockte er sich am Rand eines Grabens nieder.

Ganz zerzaust kam er in die Stadt zurück und fand Müslüm und den Hodscha in der Moschee.

»Was ist, Memed, wie siehst du denn aus?«
»Er hat mich erkannt.«
»Wer hat dich erkannt?«
»Ich kenne ihn, kann aber nicht herausfinden, wer er ist.«

7

Der Lehrer Sami Turgut hatte viele Pferdeköpfe gemalt. Pferdeköpfe in allen Farben hatten auch noch das letzte Dorf im Taurus erreicht, hingen in jedem Kaffeehaus, in jeder Moschee, an zahllosen Bäumen.

In der Stadt war Markttag. Schon seit alters her, noch bevor es diese Stadt gab, wurde am Fuße dieses Hügels, am Ufer dieses Baches der Wochenmarkt abgehalten. Nomaden, die von der Hochebene zurückkehrten, und Turkmenen hielten auf diesem mit Kopfstein bepflasterten, breit angelegten Platz seit jeher ihre Erzeugnisse feil. Als darüber aus Kalksteinquadern die Brücke, die sich bis zum Hügel erstreckt, gebaut wurde, nannte man diesen Platz »Am Brückenpfeiler«. Mit ihren hohen Bögen aus weißen Steinen war diese wie in den Hang getriebene Brücke in der Ebene schon von weitem zu sehen.

Und von alters her brachten Afscharen, Turkmenen und Jürüken dieselben Waren auf den Markt: Schafe, Ziegen, Rinder, Pferde und Esel, Butter, Fette, Käse, Honig, Mastix von Mastixsträuchern oder Karden, Becher, Wiegen, Brotteller, Nudelhölzer und Butterfässer aus Tannenholz, Säcke, Tragetaschen, Kelims und Teppiche.

An den Ständen herrschte immer dichtes Gedränge. Kelims aus Ciğcik wurden über die weiße Brüstung längs der Brücke gehängt. Im Licht der Sonne funkelte ein berückendes Freudenfest bunter Farben, das jedermann entzückt betrachtete.

Jenseits vom Anavarza-Felsen, unterhalb der Dörfer Bozkuyu

und Ciğcik erstreckt sich eine flache, irdene Erhebung, die in ihrer ganzen Länge und Breite mit Mosaiken verziert ist. Auch sie ein Rausch von Farben. Seit Urzeiten sind in der ganzen Çukurova die Formen und Farben dieser Mosaike eine nie versiegende Quelle von Inspirationen. So haben die Dörfler Ciğciks Muster entwickelt, die mit den traditionellen schon längst gebrochen haben. Aus ihren Kelims leuchtet ein Zauber, dessen Geheimnis sie niemandem preisgeben. Wie ihren Augapfel hüten und verbergen sie die Mosaike auf der weißen Erde. Denn sie sind die Quellen ihrer Webmuster. Aberhundert Ornamente sind aus ihnen in ihre Teppiche geflossen. Rebhühner, schwarze Schlangen und Gazellen sind in den Mosaiken abgebildet. Oder auf blauem Grund ein galoppierendes braunes Pferd, den Schweif gestreckt, die Mähne wie eine Wolke gebläht. Ein lila Hirsch steht hoch gereckt auf einem Felsen, ein Skorpion, orangerot, hält seinen Stachel angriffig in die Höhe, eine rote Schlange gleitet zwischen die Beine eines langhaarigen Mädchens, ein Fuchs mit flammend rotem Schwanz verfolgt in früher Morgenstunde mit listigen blauen Knopfaugen einen fern vorbeifliegenden Frankolin, eine glühende Sonne schüttet ihr strahlendes Licht auf nickende, mit langen roten Schnäbeln über Felder staksende Störche; einer von ihnen, groß im Vordergrund, schnappt mit tief gestrecktem weißem Hals nach einem Frosch, der ins Röhricht springt. Würden wir im Umkreis der Ruinen am Anavarza nur eine halbe Armlänge tief graben, kämen noch viele solcher Mosaike in allen Größen und Farben zum Vorschein. Desgleichen in Misis und in der Nähe von Dumlukale. Um sie als Webmuster zu benutzen, haben die Jürüken gelernt, nach diesen Mosaiken zu graben. Sie übertragen die Bilder, die unter der Erde im Laufe der Zeit verblasst sind, in vollem Glanz in ihre Teppiche. Ganz schwindelig wird dem Betrachter.

Der Marktplatz brodelte, an den Brücken hingen Kelims und Teppiche, wie geschnitzte Skulpturen reihten sich am Flussufer hölzerne Becher und Wiegen aneinander, keine Stecknadel fiele in diesem Gedränge bis auf die Erde. An den Bäumen und Brückenpfeilern klebten die farbigen Pferdekopfbilder von Sami Turgut. Im Vorbeigehen blieben die Dörfler stehen und betrachteten eingehend den Pferdekopf. Auf dem Markt ging es nicht mehr um Kauf und Verkauf, es wurde nur noch über das Pferd von Memed dem Falken geredet.

»Für das Geld bringen Dörfler nicht nur Memeds Pferd, dafür liefern sie sogar ihn selbst der Regierung aus«, riefen einige. »Für so viel Geld schaffen sie auch den Grauschimmel Köroğlus, Jung Osmans arabischen Vollblüter und des Heiligen Alis weißen Maulesel Düldül herbei.«

»Köroğlus Grauschimmel, ja«, behaupteten andere, »aber Memeds Pferd kriegen sie nie und nimmer. Und Düldül ist noch auf den Schlachtfeldern hinterm Jemen. Zugegeben, auch dort würden sie ihn aufstöbern, aber Memeds Pferd – niemals! Und würde Jung Osman mit seinem Kopf unterm Arm vor Bagdads ehernen Toren noch immer seinen Säbel schwingen, sie zögen ihm das Vollblut unterm Hintern weg. Aber Memeds Pferd finden sie nie, und wenn sie es finden, fangen sie es nicht, und wenn sie es fangen, bändigen sie es nicht, und wenn sie es bändigen, tragen Erdbeben, Blitze und Wildwasser die ganze Welt samt Memeds Pferd hinweg, und schon ist der Brandfuchs wieder frei.«

Während auf dem Markt noch ein Wort das andere gab, glitt wie eine Welle eine Nachricht durchs Gedränge und die Menschenmenge brandete vor die Gendarmerie. Schon vor ihnen hatte sich das Stadtvolk dort eingefunden und starrte einander schiebend und stoßend auf ein Pferd, das im Vorhof neben einem mit Schriftzeichen und dem erhabenen Bild einer sehr schönen Frau mit schnurgerader Nase verzierten weißen Marmorblock stand. Klapprig, die rechte Hinterhand zur Hüfte hin eingeknickt, nur Haut und Knochen, mit spindeldürrem Hals, triefenden Augen und wundgescheuerten, von Schmeißfliegen bedeckten Stellen auf dem Rücken stand es da, hatte nicht mehr die Kraft, den Schweif zu bewegen noch den bis zu den Knien herabhängenden Kopf zu heben, und es schien, als hole der nächste kräftigere Windstoß es von den Beinen.

Wer das Pferd sah, rührte sich bestürzt nicht von der Stelle, und wer davon hörte, eilte herbei. Verwundert blickte jeder auf das Pferd und auf das wachsende Gedränge um sich herum, aus dem kein Laut zu hören war.

Zuerst bahnte sich Murtaza Aga einen Weg in den Vorhof. Sein Gesicht strahlte. Als der Kommandant der Gendarmen ihn wahrnahm, eilte er im Laufschritt die Treppe hinunter auf ihn zu, hakte sich bei ihm ein, führte ihn zu dem ausgemergelten Gaul am Marmorblock und zeigte mit beiden Händen auf den tief herabhängenden Kopf. Murtaza Agas lachende Miene gefror, als er das Pferd erblickte. Er musterte es von allen Seiten, und je länger er es betrachtete, desto finsterer blickte er drein. Prüfend hob er den Schwanz des Pferdes, schaute ihm anschließend in das auseinander gedrückte Maul; dann runzelte er die Stirn und eilte wütend und enttäuscht die Treppe zu den Diensträumen hoch, der Hauptmann lief hinterher. Bald danach bahnten sich mithilfe von Gendarmen der Landrat, hinter ihm Halil Bey der Überschwängliche, die Richter und Zülfü, gefolgt vom Oberbürgermeister und seinem Tross, einen Weg durch die Menge, blieben am weißen Stein vor dem Pferd stehen, zeigten mit lautem Gelächter auf das Tier, indes Murtaza Aga, der sie von oben entdeckt hatte, im Laufschritt wieder herunterkam. Den ums Pferd Versammelten verging das Lachen, als Murtaza Aga ihnen etwas zurief. Wortlos machten sie sich auf zum Dienstgebäude, wobei Murtaza Aga wild gestikulierend auf die Männer einredete, die mit gesenkten Köpfen auf ihre Schuhspitzen starrten. Als sie die Treppe hochgestiegen und in den Diensträumen verschwunden waren, ging ein Ruck durch die Menschenmenge, jeder erhob seine Stimme, brüllte, schimpfte, stieß und drängte.

»Hör dir das an!«

»Das soll Memed des Falken Pferd sein?«

»Lass dich einsalzen, damit du nicht stinkst!«

»Lässt sich das Pferd von Memed denn einfangen?«

»Sein Pferd ist ein Dschinn, ist eine Fee!«

»In seiner Pracht strahlt es wie die Sonne.«

»Und schau dir dieses räudige Pferd an, diese räudige Mähre!«
»Es ähnelt aber dem Pferd von Köroğlu.«
»Seinem Grauschimmel?«
»Auch sein Grauschimmel ist so mager.«
»So, als könntest du es umpusten?«
»Dass dein Herd nur nicht verlösche, Meister Haydar!«
»Das Pferd war auf freier Wildbahn ausgesetzt.«
»Und er bekommt von Murtaza Aga die Tausendfünfhundert.«
»Und Tausendfünfhundert von Murtaza Aga sind Geld und keine Kieselsteine.«
»Gibt er denn für so ein räudiges Pferd Tausendfünfhundert aus?«
»Meister Haydar der Einäugige hat ihm dieses Tier nicht als Memeds Pferd, sondern als tausendjährige Antiquität angeboten.«
»Wenn Memed der Falke erfährt, dass diese Mähre ...«
»Dieser räudige Klepper ...«
»Dieses wundgescheuerte, schwärige Tier ...«
»... von Haydar dem Einäugigen als des Falken Pferd hergebracht worden ist, macht er ihm mit geölter Kugel den Garaus.«
»Mit einer einzigen.«
»Eine zweite Kugel braucht er nicht.«
»Schaut euch doch einmal dieses Pferd von Memed dem Falken an!«
»So etwas nenne ich Pferd!«
»So etwas nenne ich Vollblut! Nimmt es mit der wehenden Brise auf.«
»Ein Vollblut, sage ich dir, fliegt, als seien ihm Flügel gewachsen.«
»Ein Vollblut, sage ich dir, nimmt Meister Haydar den Einäugigen zwischen die Zähne und trägt ihn auf den Zauberberg Kaf.«

Reglos stand das Pferd mit tief gebeugtem Kopf und hängender Mähne am weißen Stein, während die wogende Menge heftigst debattierte, ob Meister Haydar der Einäugige tausendfünfhundert Lira bekommen werde oder nicht. Manche wurden sogar handgreiflich.

Währenddessen bahnten die Gendarmen noch jemandem eine Gasse durchs Gedränge. Pferdewirt Seydi war es, der da kam. Er war der Pfleger von Memeds Pferd gewesen, als es noch Ali Safa Bey gehörte. Seydis Name ging von Mund zu Mund, und auch das Gerücht, Memed der Falke habe Ali Sefa Bey nur wegen dieses Pferdes erschossen, wurde geraunt.

»Memeds Seele lebt in diesem Pferd.«

»Wenn Pferdewirt Seydi sagt, dieses Pferd ist das Pferd …«

»Werden sie es hinrichten.«

»Und wenn die Kugel es hier unten trifft, haucht mit ihm auch Memed der Falke oben in den Bergen seine Seele aus.«

»Ich salze dich ein, damit du nicht stinkst!«

»Lebe tausend Jahre mit diesem Verstand, du Pfeife!«

Da scheuchte das Pferd mit seinem Schweif ganz sacht eine Fliege, und gleich einem Gewitter brach in der Menge schallendes Gelächter aus.

»Es ist Memeds Pferd, seht doch, es hat sogar seinen Schwanz bewegt!«

»Bei Gott! Es hat ihn bewegt.«

»Wäre es nicht des Falken Pferd …«

»Hätte es dann so mit dem Schwanz wedeln können?«

»Ein klarer Beweis!«

»Sie sollen die Tausendfünfhundert herausrücken …«

»Und Haydar dem Einäugigen in die Hand drücken.«

»Und der kann mit so viel Geld …«

»Auch weiterhin das Unterste zuoberst kehren.«

»Weiter in der Erde nach irgendetwas wühlen.«

»Bis ers findet, dieser Blinde.«

Im Vorbeigehen warf Pferdewirt Seydi einen kurzen Blick auf das Pferd und ging langsam zur Treppe weiter. Die Menge hatte den Atem angehalten und sich auch nicht die kleinste Bewegung Seydis entgehen lassen.

Drinnen aber schien die Welt aus den Fugen zu geraten. Murtaza Aga brüllte, das Pferd sei nie und nimmer Ali Sefa Beys Ross, und Meister Haydar der Einäugige hielt wacker dagegen.

Meister Haydar der Einäugige stammte aus einem der Dörfer am Rande der Çukurova, wo der Ceyhan den Bergen entrinnt. In der Nähe des Dorfes steht eine alte Festung, und vom Fuße dieser Festung dehnen sich bis ins weite Flachland hinein Ruinen einer Stadt. Das Theater dieser Stadt ist erhalten geblieben, steht da, als sei es erst gestern gebaut worden. Das Bühnenrund wird von den Dörflern als Dreschplatz genutzt. Steinplatten aus violettem Granit, verziert mit blauen Blumen, die noch zu duften scheinen, schimmern zwischen Feldern und Ruinen. Zu beiden Seiten einer langen Straße reihen sich aus blauem Granit gehauene hohe Säulen, nur drei davon sind umgestürzt. Bruchstücke von Skulpturen aus Marmor und Granit, auch ganze Köpfe, Beine und Arme darunter, Scherben von Keramiken und Reste von Mosaiken liegen überall verstreut.

Haydar der Einäugige war Steinmetz und wie schon sein Großvater ein Meister im Behauen und Formen von Mühlsteinen, die in Blöcken aus blauen und weißen Granitfelsen herausgeschlagen und bearbeitet wurden. Gemeinsam mit seinem Vater arbeitete er im Steinbruch, und er war erst Siebzehn, als beim Schleifen eines Mühlsteins ein Splitter absprang und ihm das linke Auge ausschlug. Zum Glück lebte in einem nahen Dorf angesiedelter Nomaden ein Heilkundiger, den sie Idris Hodscha nannten und der das andere Auge retten konnte. Sonst hätte Meister Haydar sein Augenlicht ganz verloren, und seine Welt wäre im Dunkel versunken. Danach hat Haydar der Einäugige nie mehr zu Hammer und Meißel gegriffen. Er machte sich auf und davon, wanderte verstört unstet von einem Ort zum andern, bis eines guten Tages ein Zufall seinen weiteren Lebensweg bestimmte. Schlangenhäute hatten seine Neugier geweckt, und wo auch immer er in den Bergen eine fand, stopfte er sie in seinen Beutel. Denn was hatte Idris Hodscha ihm gesagt? Deine Sehkraft verdankst du einer Schlangenhaut, hatte er ihm gesagt. Denn die heilende Salbe war ein Extrakt aus neunundneunzig

Schlangenhäuten und hatte schon so manchem das Augenlicht gerettet.

Und als er wieder einmal in der alten Festung nach Schlangenhäuten Ausschau gehalten hatte, sah er am Fuße eines Strauchs etwas schimmern. Zwei aneinander gehefte goldene Ohrringe! Er war ganz aus dem Häuschen, und nicht einmal der Herrgott hätte ihn davon abhalten können, sich ab sofort auf Schatzsuche zu begeben. Und so wurde er nach und nach zum berühmtesten Schatzgräber der Çukurova. Er kam viel herum, wälzte dicke Bücher, durchlöcherte die Çukurova von einem Ende zum andern, und in der Ebene gab es bald keine Stelle, auf die er seinen Fuß nicht gesetzt, keine Ruine, in der er nicht seine Hacke geschwungen hatte. So hatte er zahlreiche Statuen, Edelsteine, Gold-, Silber- und Kupfermünzen, Armbänder, Halsketten, Ringe, Fußreife, Perlen und in allen Farben Mengen von geschliffenen Steinen gefunden, hatte nach dem Serail des Königreichs Lavi und den Schätzen der Hethiter, Perser, Seldschuken und Assyrer gesucht.

Im Vergleich zu seiner Statur sind seine Hände und Füße sehr groß. Er färbt seinen ausladenden buschigen Schnauzbart mit Henna und raucht pausbackig seine Zigaretten in einer langen Bernsteinspitze. Von den Früchten seiner mühsamen Arbeit waren ihm nur noch sein kleines, wenn auch palastartiges Landhaus im Heimatdorf und ein fünf Morgen großer Acker geblieben. Alles aus dem Verkauf der Antiquitäten stammende Geld hatte er durchgebracht. Es gab in Istanbul, Antakya, Damaskus und Aleppo wohl keine Kneipe, wo er nicht eingekehrt, keine schöne Frau, bei der er nicht zu Gast gewesen war. Von seinen antiken Schätzen nannte er nur noch eine kleine Vogelfigur von unschätzbarem Wert sein Eigen. Kopf, Hals, Brust und Beine des Vogels waren aus Gold, der Rest aus Lapislazuli. Nach Meister Haydars Ansicht war sein schöner Vogel mindestens fünfunddreißig Jahrhunderte alt. Er hütete ihn wie seinen Augapfel, verriet niemandem, wo er ihn aufbewahrte, und zeigte diesen Schatz auch nicht jedem.

»Aber meine Herren, dieses ist das von Ali Sefa Bey auf Memed den Falken übergegangene Pferd. Ich selbst habe es eingefangen, denn es hat einen so starken Zauber, dass es nur wenigen gelingt, es zu bändigen. Ja, dies ist das von Ali Sefa Bey auf Memed den Falken übergegangene, verzauberte Pferd.«

»Das von Memed dem Falken geraubte Pferd! Nachdem er Ali Sefa Bey getötet hatte!«

»Ich habe es nach langem Suchen über Stock, Stein und Hang auf dem Felsen der Vierzig Augen, dem höchsten Gipfel des Berges Düldül, entdeckt. Welches Pferd, so frage ich euch, kann es auf dem zwei Fuß breiten weißen Felsen aus Feuerstein am Gipfel des Düldül bei Wind und Wetter und einem Bora, der die Erde erzittern lässt, aushalten?«

Murtaza Bey war schier am Verzweifeln, weil er diesen Haydar nicht überzeugen konnte. »Haydar, dieses Pferd ist nie und nimmer Ali Sefa Beys Pferd. Bruder, ich kenne sein Pferd seit dem Tag, als es aus Urfa gebracht wurde. Wenn ich dieses Pferd nicht erkenne, dann erkenne ich überhaupt kein Pferd! Du hast mir ein wund geriebenes Lasttier eingefangen, und dafür kann ich keine tausendfünfhundert Lira bezahlen. Ich klaube das Geld schließlich nicht wie Strandgut am Meeresrand zusammen. Das da ist jedenfalls nicht Memed des Falken Pferd.«

»Ist es aber! Denn als es mich auf dem Gipfel des Düldül witterte, wieherte es, dass der Berg vom Gipfel bis zum Fuß bebte, sprang vom schroffen Fels herunter und kam zu mir. Verzauberte Pferde nähern sich einem Menschen nur, wenn sie ihn kennen. Du willst mir bloß das Geld nicht geben!«

Der Hauptmann konnte die Wut nur mit Mühe unterdrücken. »Kann Memed denn so ein räudiges und altersschwaches Pferd gehören?«, fragte er mit zusammengebissenen Zähnen.

»Mein lieber, verehrter Hauptmann, wenn der da mich ausreden lässt und ich die Staatsgewalt dennoch nicht überzeugen kann, werde ich das Pferd von Memed dem Falken wieder dorthin bringen, woher ichs geholt habe, und dann sollen diejenigen, die da behaupten, es sei nicht Memeds Pferd, doch einmal versuchen, ich sage nicht, es einzufangen, sondern sich ihm nur auf einen Kilometer zu nähern!«

Haydars ehrerbietige Anrede besänftigte den Hauptmann. »Aber Haydar Bey, dieses Pferd ist so verhärmt, es scheint jeden Augenblick zu verenden.«

»Verehrter und furchtloser Hauptmann, ein heldenhafter, blonden Wölfen gleichender, edler türkischer Sohn der Republik wird mich verstehen, wenn ich sage: Diese reinrassigen, unsterblichen Pferde sind so. Das älteste noch lebende Pferd ist Bukefalos, das Pferd Alexanders des Großen. Es hat zwei Köpfe. Und Alexander wird auch der Doppelhörnige genannt, denn er soll aus dem Schoß seiner Mutter schlüpfend, die Welt mit zwei langen, geschwungenen Hörnern beehrt haben, wobei die von ihm tief eingerissene Mutter gleich nach seiner Geburt gestorben ist.«

»Das reicht!« Murtaza Aga maß ihn mit verächtlichem Blick. »Was schert uns dieser Alexander mit seinen Hörnern. Haydar, du nervst.«

»Lass Haydar Bey doch ausreden!«, maßregelte ihn der Hauptmann. »Sein Wissen kann uns nur nützen. Von Pferden versteht er etwas.«

Meister Haydar warf mit seinem einen Auge Murtaza Aga so einen Blick zu, dass dieser den Kopf wenden musste.

»Gerne, verehrter, edler Sohn unserer türkischen Nation, ich werde es euch erklären. Auch Alexander der Doppelhörnige hatte ein Pferd, das ihm von der Vorsehung bestimmt war wie der Brandfuchs Memed dem Falken, der Grauschimmel dem Recken Köroğlu, die Düldül unserem Herrn Ali und all die anderen unsterblichen Pferde ihren auserkorenen Herren. Er war erst Sechzehn, als dieses Pferd vor dem Serail seines Vaters stand, sich aber von niemandem einfingen ließ, bis Alexander kam. Kaum hatte es ihn erblickt, trabte es lammfromm zu ihm und leckte ihm die Hand. Alexander der Doppelhörnige wusste sofort, dass dieses Pferd ihm von der Vorsehung geschickt worden war wie seinerzeit Düldül unserem Herrn Ali, der auf ihrem Rücken mit einem Schwerthieb den felsigen Anavarza an der Stelle spaltete, die heute noch Schlucht des Ali heißt. Als Alexander der Doppelhörnige sah, dass sein Pferd zwei Köpfe hatte, nannte er es Bukefalos, was so viel heißt wie Doppelkopf. Dann bestieg er das Pferd mit den vier Augen, vier Ohren, zwei Mäulern und vier Nüstern, schwang sein Schwert wie der heilige Ali und ritt zu seinem Vater. Als dieser das doppelköpfige Pferd Bukefalos erblickte, fragte er Alexander den Doppelhörnigen, ob er wisse, was dieses bedeute, und als Alexander verneinte, sagte sein Vater, von dem Punkt, wo die Sonne aufgeht, bis zu dem Punkt, wo sie versinkt, wirst du die Welt erobern. Und gäbe es noch eine zweite Welt, würdest du sie auch erobern. Darüber hat sich Alexander sehr gefreut. Und ich habe dieses Pferd mit den zwei Köpfen am Rand der Sümpfe von Akçasaz gesehen, konnte es aber nicht einfangen. Es war ein Grauschimmel, und seine vier Augen funkelten wie Sterne. Wenn ich es einfange und an das Deutsche Museum verkaufe, geben sie mir dafür alles Geld dieser Welt. Denn es ist Alexanders Pferd, mit Hufeisen aus Rubinen, Mähne aus Goldfäden, Sattel aus grüner Jade, Perlen und Diamanten ... Wie schade, denn als ich mich ihm näherte, näher und näher kam und es berührte – ja, ich habe mit dieser Hand das berühmte Pferd Bukefalos berührt –, da wurde es zu einer lila Wolke und schwebte in den Himmel hinein. Und in der Wolke barsten Lichter, brodelten Sterne, und ein Stern wurde zum feuerroten Rubin, blieb hoch am Himmel stehen und färbte die Nacht rubinrot, nicht nur die Nacht, sondern auch das riesige Mittelmeer ... Und so ein Pferd ist auch der Brandfuchs von Memed dem Falken. Sind daher tausendfünfhundert Lira für so ein Pferd überhaupt der Rede wert? Als voriges Jahr am Sumpf von Akçasaz jenes Pferd stand, fiel es mir zuerst gar nicht auf, es schien ein Gaul zu sein, wie jeder andere auch. Aber dann kam es mir doch sonderbar vor, und wie ich genauer hinsehe, entdecke ich, dass es zwei Köpfe hat, und ich laufe sofort zu ihm. Der Grauschimmel war so mager und klapprig wie Memeds Pferd da unten im Hof ... Und es flog davon. Ich kann Ihnen aufrichtig und ehrlichen Herzens versichern, dass auch dieses Pferd genau wie Bukefalos noch heute

Nacht davonfliegen kann und schlage Ihnen vor, es mir abzukaufen und auf der Stelle zu erschießen. Es könnte sonst zu spät sein. Wäre ich damals doch so schlau gewesen und hätte mich gleich auf jenes Pferd geschwungen! Es wäre dann auch davongeflogen, aber mit mir auf dem Rücken, in seine Mähne gekrallt, hinein ins Sternenzelt ... Es wäre mit mir von Stern zu Stern gewandert und schließlich, hungrig geworden, zur Erde zurückgekehrt.«

Ja, so war es, der doppelhörnige Alexander ritt auf dem doppelköpfigen Bukefalos zum Taurus und blieb vor einem mächtigen Felsen stehen. Über diese Berge und Felsen hinwegzureiten, schien unmöglich. Seine Kommandanten und seine Soldaten suchten lange einen Durchgang, überlegten tagelang, wie sie diese in den Himmel aufragenden schroffen Felsen aus Feuerstein bezwingen konnten, doch vergebens. Also gingen sie zum Doppelhörnigen und riefen: Alexander, es ist unmöglich, dieses Gebirge zu überwinden, kehren wir zurück! Was heißt zurückkehren, schäumte Alexander vor Zorn, beugte sich zum doppelköpfigen Bukefalos hinunter, flüsterte ihm etwas in alle vier Ohren, küsste ihm alle vier Augen, zog sein Schwert, das siebenmal grell aufzuckte, gab Bukefalos die Sporen und glitt blitzschnell auf den Berg, wo das Schwert wieder sieben Mal blitzte, woraufhin der Berg zu donnern begann und sich in zwei Hälften teilte. Und so öffnete Alexander mit der Kraft seines Pferdes den Bergpass Gülek und ritzte diesen Namen mit der Spitze seines Schwertes in die Felsen. Diese Inschrift steht noch heute an der engsten Stelle des Passes, und seitdem kommt Bukefalos jeden Frühling, wenn in den Felsen Blumen sprießen, zum Gülek-Pass, streicht mit den Nüstern über die in den Fels gestanzte Schrift und wiehert dann so laut, dass es von Felsenschlucht zu Felsenschlucht durch den ganzen Taurus hallt.

»Dummes Gerede!«, rief Murtaza Aga, der sich das Lachen nicht verkneifen konnte. »O weh, Einäugiger, mit deinen faustdicken Lügen, da verlösche doch dein Herd samt deiner gehörnten Stuten!«

Meister Haydar tat, als höre und sehe er Murtaza Aga nicht. »Alexander der Doppelhörnige ist und bleibt ein berühmter Mann«, sprach er ins Leere.

Nachdem dieser Alexander die Çukurova, Indien, China und danach Ägypten erobert hatte, kam er nach Babylon. Nie saß er ab, er aß, trank und schlief sogar auf dem Rücken seines Bukefalos. War zu jener Zeit Babylon auch die größte Stadt der Welt, wurde sie doch wie unser Adana auch heimgesucht von Malaria, Schlangen und Skorpionen. Grad wie unser heutiges Anavarza. Denkt ja nicht, dass Anavarza immer so war wie heute! Wo heute kein Stein mehr auf dem andern ruht, war Anavarza zu Alexanders Zeiten eine Stadt wie Babylon. Denn auf dieser Welt ist alles vergänglich, auch der große Alexander. Im Anavarza war seinerzeit sogar jener redselige Cicero Präfekt, was sagt ihr nun? Große Heilkundige, geboren in Anavarza, haben dort im Schlangengift ein Mittel gegen den Tod entdeckt. Wie Efendi ja wissen, behaupten manche, Alexander sei in Babylon an Malaria, andere wiederum, an Magenkrämpfen gestorben. Nach Meister Haydar dem Einäugigen jedoch ereilte ihn der Tod nach dem Stich eines Skorpions. Denn Babylon war wie unser Diyarbakir eine von schwarzen Mauern umgebene Stadt, wo es auch von Skorpionen wimmelte. Die Kommandanten konnten es nicht über sich bringen, den Leichnam Alexanders zu begraben, zu verbrennen oder den Fluten des Euphrat zu übergeben, und so setzten sie ihn auf sein Pferd und ließen es frei. Das Pferd brachte seine wertvolle Last in den Taurus, übergab den Leichnam den Vierzig Auserwählten und begann im Taurus umherzuziehen. Nicht anders taten es die Pferde von Köroğlu, Jung Osman, Ali und Mohammed ...

»Ja«, sagte Meister Haydar der Einäugige, »ich schulde euch Dank, weil ihr mir zugehört habt. Diese unsterblichen Pferde, es mag an ihrem Alter liegen, vielleicht auch an ihrer Natur, sind immer so, nur Haut und Knochen, als brächen sie zusammen, wenn du nur pustest. Wäre mir auf dem Gipfel des Düldül nicht ein zum Gerippe abgemagertes Pferd aufgefallen, sondern eines wie von Murtaza Aga in Saft und Kraft stehendes, ich hätte es nicht für eine Million hergebracht.«

Erschöpft nach Luft ringend, hielt er eine Weile inne, bis er wieder zu Atem gekommen war.

»Sollte ich mich in allen Einzelheiten verständlich gemacht haben, bitte ich euch, mir die auf das Pferd ausgesetzten tausendfünfhundert Lira zu geben, und ich mache mich davon! Sollte ich das mir zustehende Geld nicht bekommen, werde ich bis nach Ankara ziehen und dort mein Recht suchen.«

»Und ich werde dich in Ankara als Betrüger in den Kerker werfen lassen.«

Murtaza und Haydar setzten ihren Streit fort, der sogar in gegenseitige Beleidigungen mündete, und hätte Halil der Überschwängliche sie nicht beschwichtigt, es wäre wohl noch böse ausgegangen.

Doch bevor es zu Schlimmerem kam, erschien zum Glück Seydi der Pferdewirt.

»Na endlich!«, fuhr ihn Murtaza Aga an. »Vor lauter Ausschauhalten habe ich schon vier Augen. Noch dazu muss ich mich mit Leuten gemein machen, an die ich sonst nicht ein Wort verschwende.«

Meister Haydar der Einäugige tat, als habe er diese Missachtung nicht gehört und blickte mit seinem einen, weit aufgerissenen Auge gespannt auf Seydi den Pferdewirt, dessen eingefallenes Gesicht selbst an ein Pferd erinnerte.

Seydi der Pferdewirt begann zu lachen und sagte dann prustend: »Als es alt und klapprig geworden war, haben wir dieses Pferd aufs Altenteil in die freie Wildbahn geschickt. Es hat nicht die geringste Ähnlichkeit mit dem von Memed dem Falken unserem Aga Ali Sefa Bey weggenommenen Pferd.«

Puterrot angelaufen, erhob sich Meister Haydar der Einäugige, baute sich vor Seydi dem Pferdewirt auf und brüllte: »Lügner, Lügner! Mit all deinen Lügen wird Gott dich verdammen, ja, verdammen!« Dann drehte er sich den andern zu und sagte mit milder Stimme: »Ihr glaubt diesem lügenden Knecht, nicht wahr?

Ich werde jetzt das Rassepferd von Memed dem Falken mitnehmen. Wie gut, dass ihr mir nicht geglaubt und das Pferd nicht erschossen habt. Sonst hätte ich in der Hölle schmoren müssen. Ich werde dieses Pferd jetzt dorthin bringen, woher ich es geholt habe: auf den Berg Düldül.«

Er ging hinaus, machte aber sofort wieder kehrt, blieb in der Tür stehen und fragte: »Wisst ihr, warum sie dem Berg Düldül diesen Namen gaben? Nun, warum?«

Niemand wusste Antwort.

»Weil sich Düldül, die Stute unseres heiligen Ali, dort niedergelassen hat. Am Fünfzehnten jeden Monats steht sie auf dem schroffen Felsen des Düldül, während gleich strömendem Regen das Mondlicht auf ihre Mähne fällt. Jetzt werde ich auch Memeds Pferd dorthin bringen, und die beiden werden bis ans Ende aller Tage gegen die Bösen, die Grausamen und Ungerechten kämpfen. Wie gut, dass ihr keinen Gefallen an dem Pferd gefunden, es nicht hingerichtet und mir somit keine unverzeihliche Schuld aufgeladen habt. Meine Mutter muss mich in der Glück bringenden Nacht der Offenbarung geboren haben … Und nun wollen wir doch mal sehen, ob ihr den Brandfuchs noch ein Mal in eure Hände bekommt! Ja, meine Mutter muss mich in der Nacht der Offenbarung geboren haben.«

Fröhlich lachend eilte er die Treppe hinunter zum Pferd, drückte mit der Rechten dessen Kopf in Augenhöhe und streichelte zärtlich die Mähne. Dann nahm er es beim Halfter, zog es ganz gemächlich durch die Menschenmenge, die ihm bereitwillig eine Gasse frei gab, und verschwand mit einem Lächeln auf den Lippen.

Hinter ihm drängten sich die Menschen wieder zusammen, ein jeder ließ seinen Gedanken freien Lauf.

»Gott ist mein Zeuge, es war das Pferd von Memed dem Falken.«

»Vollblüter benehmen sich in manchen Monaten des Jahres immer so.«

»Nur gut, dass sie das Pferd nicht erkannt haben.«

»Nicht erkannt und nicht erschossen haben.«

8

In tiefe Andacht versunken, nahm Ferhat Hodscha die Waschungen vor, beugte und streckte sich dann im rituellen Gebet, öffnete die Hände gen Himmel, während sich flüsternd in einem fort seine Lippen bewegten. Die Bande lagerte im Dämmer der rot geäderten Felsbuchten und wartete geduldig. Doch kaum hatte er sein Gebet abgeschlossen, hing er wieder mit mürrischem Gesicht und gerunzelter Stirn seinen Gedanken nach, nahm beim gemeinsamen Essen zerstreut einige Bissen zu sich, stand sofort wieder auf, um mit gesenktem Kopf bis zur Stunde des nächsten Gebets wieder auf und ab zu wandern.

So ging das schon seit drei Tagen.

Es wurde Abend, die Sonne war kurz vorm Untergehen, als sich die Miene Ferhat Hodschas, der sich eben noch grübelnd den Bart strählt hatte, plötzlich aufhellte und er Kasim zu sich winkte. »Macht euch bereit!«, befahl er. »Esst und trinkt, ruht euch danach ein bisschen aus, wir haben Schweres vor uns!«

Lagerfeuer wurden entfacht, die Reste des geschächteten Hammels in bratfertige Stücke geschnitten, gesalzen und in die flammende Glut gelegt.

Nach dem Essen und kurzer Ruhe machten sie sich marschbereit, schulterten die Gewehre, stellten sich vor Ferhat Hodscha auf und warteten ab.

»Jungs, wir werden ein schwieriges Unterfangen in Angriff nehmen. So lange diese Berge stehen, hat noch kein Brigant Ähnliches gewagt. Wir werden es versuchen, und das bedeutet entweder Memeds Ende, oder sein Ruhm wird größer sein als je zuvor. Dabei können wir bis auf den letzten Mann draufgehen. Wir brechen auf, Sultanoğlu den Blonden in seinem Haus zu berauben. Der Konak ist wie eine Festung und wird Tag und Nacht von Scharfschützen bewacht, die immer ins Schwarze treffen. Wir machen uns also auf, um zu sterben. Wer unter uns Angst vorm Tod hat, soll uns jetzt verlassen! Falls jemand Hemmungen hat, sich von seinen Kameraden bei Tageslicht zu trennen, bei Anbruch der Dunkelheit kommen wir durch einen Wald, da kann sich jeder ungesehen in die Büsche schlagen.«

Dann nahm er den nächsten Pfad und marschierte in Windeseile davon. Er war schon immer behände auf den Beinen, doch jetzt hatten die Männer Mühe, mit ihm Schritt zu halten. Und schnell war er auch im Denken. Noch nie in seinem Leben hatte er sich einen so tollkühnen Raubzug vorgenommen. Das Haus von Sultanoğlu dem Blonden stand in einem Garten außerhalb des Bergstädtchens und war mit einer hohen Hofmauer aus Quadersteinen umgeben. Es war zweistöckig, hatte vierzig Zimmer und viele Fenster, und der Salon war so groß, dass man darin herumreiten konnte. Es heißt, der Konak sei Sultanoğlu dem Blonden von seinem Großvater hinterlassen worden.

Der Trampelpfad führte sie durch einen Wald, vorbei an mehreren Quellen und schließlich über einen Berghang in eine weite Ebene, wo ihnen brandiger Geruch in die Nasen stieg.

Erst hier hielt Ferhat Hodscha an, drehte sich um und zählte ab. Es waren alle da.

»Wir sind also alle bereit für den Tod. Und jetzt hört mich an! Kasim und Şahan kommen mit mir. Und du, Temir, wirst mit den andern dicht vor der Hofmauer in einem Graben in Deckung gehen. Sollte uns da drinnen etwas zustoßen, werdet ihr dafür sorgen, dass im Konak kein Geschöpf am Leben bleibt. Ihr werdet sogar die Katzen und Hunde, die Vögel in ihren Käfigen und die Schwalben in ihren Nestern unter den Vordächern nicht verschonen! Wehe, wenn euch auch nur ein Lebewesen entkommt! Klar?«

»Klar«, antwortete Temir.

Sie sprangen über die Hecke und gingen zum Hoftor.

»Mach das Tor auf, mein Junge!«, forderte Ferhat Hodscha in strengem Ton den Torwächter auf. »Wir sind die Bande von Memed dem Falken und mein Name ist Ferhat Hodscha.«

»Ich muss es erst dem Bey melden, warte dort!«

Schon bald kam er zurück und schob einen der schweren Torflügel einen Spalt auf. »Bitte!« Nachdem er das Tor wieder verriegelt hatte, setzte er sich an ihre Spitze und führte sie zum offenen Zimmer seines Beys. »Sie sind da, mein Bey.«

»Sei willkommen, Memed der Falke!«, rief der Bey und erhob sich. »Wer von euch ist Memed der Falke?«

Ferhat zeigte auf Kasim, und Sultanoğlu der Blonde drückte diesem die Hand. »Ich wollte dich schon immer kennen lernen, Memed der Falke.« Dann begrüßte er auch Ferhat Hodscha und Şahan mit Handschlag und bat alle, auf dem Wandsofa Platz zu nehmen. Im Raum brannten drei Lampen mit großen, grasgrünen Schirmen.

Sultanoğlu der Blonde war ein hoch gewachsener, schlanker Mann mit großen schwarzen Augen und einer markanten Hakennase. Er hatte einen lang gezwirbelt hängenden Schnauzbart. Sein schmales Gesicht wirkte nachdenklich, ja schwermütig. Er trug einen hellblauen Schalwar mit dunkler abgesetzten Streifen, die Taschenränder, Nähte und Hosenschläge waren golddurchwirkt, dazu eine Weste nach Aleppoer Mode mit vierzig goldenen Knöpfen und einem handbreiten, ebenfalls golddurchwirkten Kragen. Etwa fünfzehn dünne Goldketten seiner Taschenuhr baumelten quer über seinem Bauch.

»Ihr seid willkommen. Habt ihr schon gegessen?«

»Gott gebe es dir im Überfluss, wir haben gegessen.«

»Wie wünscht ihr den Kaffee?«

»Wir trinken nicht den Kaffee eines Hauses, das wir berauben wollen. Wäre es nicht ungehörig, Sultanoğlu der Blonde!«

»Es wäre ungehörig«, lachte Sultanoğlu. »Aber andererseits darf auch niemand mein Haus verlassen, der nicht vorher seinen Kaffee getrunken hat!« Er klatschte in die Hände und sagte zu dem jungen Mann, der hereinkam: »Kaffee für die Agas!«

»Ohne Zucker!«, fügte Ferhat Hodscha hinzu.

»Ohne Zucker!«, wiederholten Kasim und Şahan.

»Bewegt euch, die Agas sind in Eile!«, befahl Sultanoğlu der Blonde.

Im Wohnraum stach als Erstes ein wunderschöner Kamin aus gelblichem Flint ins Auge. Die Zimmerwände waren mit Nussbaum getäfelt, die Türen der eingelassenen Wandschränke von Meisterhand mit feinen Schnitzereien versehen. Desgleichen auch die Zimmerdecke. Große Fermans in goldenen Lettern mit blauen und rosafarbenen Namenszügen verschiedener Sultane hingen an den Wänden, und über dem Kamin, wiederum geschnitzt und goldverziert, ein weit verzweigter Stammbaum. Stamm und Zweige waren aus Blattgold, und auf den grünen Blättern an den Zweigen standen in goldenen Lettern verschiedene Namen.

Schweigend verfolgte Sultanoğlu der Blonde, wie Ferhat Hodscha gedankenversunken die Schnitzereien und Fermans an den Wänden, die Schönheit der Zimmerdecke und die Pracht des Stammbaums bewunderte.

»Was geht dir durch den Kopf, mein Hodscha?«

»Wunderschön«, entgegnete Ferhat Hodscha. »Ich wusste nicht, wie schön dieser Konak ist. Diese Fermans, dieser Stammbaum ...«

»Es ist der Konak des Dulkadiroğlu«, sagte Sultanoğlu bescheiden mit gesenktem Blick.

Ja, vierhundert Jahre lang hatten die Dulkadiroğlus über dieses Bergland bis hinunter nach Maraş und Adana und weiter über Kayseri und Niğde bis hinein nach Mittelanatolien geherrscht. Auch die Mutter von Sultan Memed dem Eroberer war die Tochter eines Dulkadirli gewesen, und daher brüsten sich die Menschen vom Taurus noch heute mit dem Spruch, die Osmanen sind unsere Neffen.

Auch Sultanoğlu der Blonde behauptete, von den Dulkadiroğlus abzustammen, doch wer sich hier auskannte, wusste, dass er Kurde war, die Dulkadiroğlus dagegen Turkmenen. Wie auch immer, die Sultanoğlus konnten einem Vergleich mit den Dulkadiroğlus durchaus standhalten. Ihr Machtbereich erstreckte sich von der endlosen Hochebene Uzunyayla bis zu den dicht bewaldeten Binboğa-Bergen. Sie züchteten Vollblutpferde und

Stiere, besaßen riesige Herden von Schafen und Rindern. Der Ruf ihrer Pferde und hennagefärbten Schafe war weit über die Wüsten Arabiens hinaus, ja, bis ins Land der Franken gedrungen.

»Die Dulkadirlis«, sagte der Hodscha, »sind edler noch als die Osmanen und können auf ein älteres Geschlecht als diese zurückblicken. Und aus diesem Geschlecht stammen die gerechtesten Sultane der Welt.«

»Du kennst dich in unserer Geschichte gut aus, mein Hodscha.«

»Ein bisschen Tinte habe ich schon geleckt, mein Sultanoğlu Bey.«

Sultanoğlu lächelte glücklich.

Der Kaffee wurde gebracht, die Gäste schlürften ihn leise mit anerkennendem Genuss und stellten dann die Tassen auf ein geschnitztes Tischchen ab.

Der Bey erhob sich. »Zu Diensten, Ferhat Hodscha, wie lautet dein Befehl?«

»Befehl? Ich bitte dich! Ein Ersuchen.«

»Dann heraus damit, wie viel?«

»Tausend Goldstücke, mein Bey!«

»Zu Diensten, mein Hodscha.«

Er klatschte wieder in die Hände, und der junge Mann, der den Kaffee aufgetragen hatte, kam herein.

»Bitte die Hanum um den Geldkasten und bring ihn her!«

Der junge Mann verschwand und kam bald darauf mit einem reich geschnitzten, mit geschliffenen Goldstücken und Edelsteinen verzierten Kasten zurück. Sultanoğlu der Blonde zog ein Schlüsselbund aus seinem Gurt, fingerte gezielt einen Schlüssel heraus und steckte ihn ins Schloss, das mit einem leichten Klingen aufsprang. Dann zog er einen samtenen Beutel aus dem Kasten und reichte ihn Ferhat Hodscha mit den Worten: »Bitte, mein Hodscha, es sind genau tausend Goldstücke!«

Der Hodscha ergriff den Beutel, öffnete ihn und schüttete das Gold zu einem schimmernden Haufen. »Eins, zwei, drei«, zählte er laut. »Vier, fünf, sechs, sieben, acht …« Bei fünfzehn wurde er leiser, war fast nicht mehr zu hören, und bald bewegte er nur noch die Lippen.

Sultanoğlu der Blonde hatte sich im Schneidersitz auf die Wandpritsche gesetzt und verfolgte vornüber gebeugt und verwundert lächelnd den zählenden Hodscha, der eine Hand voll Münzen nach der andern in die Linke nahm und klick, klick mit der Rechten in den Samtbeutel warf.

Nachdem auch die letzte Münze gezählt war, knüpfte Ferhat Hodscha den Beutel zu, erhob sich, schulterte sein Gewehr und sagte: »Leben sollst du, Sultanoğlu, du bist ein ehrenwerter Mann! Hätte ich das nur eher gewusst … Doch nein, wir hatten keine Wahl.«

»Du weißt es bestimmt, Ferhat Hodscha, die ersten Briganten, die diesen Konak ausrauben, sind die von der Bande Memed des Falken. Seit dieser Konak steht, seid ihr die Ersten, die diesen Mut hatten.«

»Wir hatten ihn«, entgegnete Ferhat Hodscha.

Der als Memed der Falke vorgestellte Kasim meinte nun, dazu auch etwas sagen zu müssen: »Nimms uns nicht übel, Bey, aber wir waren bereit, alles zu wagen. Doch du bist ebenfalls ein beherzter Mann.«

»Augenblick mal«, rief da Sultanoğlu der Blonde, »dieser Mann ist doch nicht Memed der Falke?« Und an Kasim gewandt: »Du bist Jürüke. Du sprichst wie ein Jürüke.« Dann sprang er von der Wandpritsche und ergriff Ferhat Hodschas Arm: »Ich weiß, du bist Ferhat Hodscha, aber dieser Mann ist nicht Memed der Falke. Wenn ihr die Unwahrheit sagt, und dieser Mann ist nicht Memed der Falke, kommt keiner von euch lebend aus diesem Konak heraus!«

»Ich bin es aber, mein Bey«, sagte da Kasim kaltblütig. »Mehr als die Hälfte von uns wurde später in unserem Dorf angesiedelt. Ursprünglich sind wir Jürüken und noch immer erinnert unsere Aussprache ein bisschen daran.« Und während er sprach, lächelte er so gelassen, dass der Bey sich beruhigte.

»Du bist also wirklich Memed der Falke. Ja, du siehst so aus, wie man dich mir beschrieben hat.« Er ging zu Kasim, hakte sich bei ihm ein und ging so die Treppe hinunter und weiter zum Hoftor, dessen schwere Flügel vom Torwächter weit aufgeschoben wurden.

»Geht in Frieden und viel Glück!«, wünschte ihnen der Bey, doch kurz darauf rief er so laut: »Memed der Falke, Memed der Falke«, dass sich Kasim aus Angst, aufs Korn genommen zu werden, blitzschnell umdrehte. »Bitte, mein Bey!«

»Die Dörfler werden dein Pferd doch nicht einfangen und den Behörden ausliefern?«

»Das werden sie nicht.«

»Auf das Pferd wurden immerhin tausendfünfhundert Lira Kopfgeld ausgesetzt. Das ist viel Geld.«

»Auch dafür tun sie es nicht.«

»Warten wir erst einmal ab, wie viel Menschlichkeit sich unsere Dörfler bewahrt haben.« Er drehte sich um, und während er durch das Dunkel zum Konak ging, schlossen sich hinter ihm die schweren Torflügel.

Am Himmel wimmelten die Sterne, der felsige Gipfel des hohen Berges vor ihnen lag im Schimmer lichtdurchfluteter Nebelschleier.

Ferhat Hodscha vorweg, die andern dicht hinter ihm, marschierten so schnell sie konnten, weil sie noch vor Sonnenaufgang den Wald, die Quellen und die steinige Ödnis hinter sich lassen und die Steilfelsen im Westen erreichen wollten.

»Rasten, Freunde!«, rief der Hodscha, als sie bei Tagesanbruch am Fuße der Felsen angelangt waren. Aus rot geädertem Stein floss Quellwasser in eine Rinne. Ferhat Hodscha tauchte seine Lippen hinein und trank in tiefen Zügen. Dann strich er sich mit dem Handrücken über seinen triefenden Bart, krempelte die Ärmel hoch, zog Schuhe und Strümpfe aus, setzte den Fes ab und nahm in aller Ruhe seine Waschungen vor. Anschließend ging er zu einer nahen Grasnarbe, legte den Fes vor sich hin und stellte sich zum rituellen Gebet auf, das er erst beendete, als die Sonne schon pappelhoch am Himmel stand. Danach hockte er sich hin, ließ in stiller Andacht seine Gebetskette durch die Finger gleiten, setzte dann den Fes wieder auf, nahm sein Gewehr, das griffbereit zu seiner Rechten im Grase lag, und erhob sich.

»Bis Mittag müssen wir die Felsen da oben zu fassen kriegen!« Er zeigte auf die schroffe Wand über ihnen, die auch eine Bergziege nicht erklimmen konnte. Ohne zu murren folgten sie ihm und hatten sich bald Hände und Knie blutig gerissen.

Kurz vor Mittag erreichten sie die von Ferhat Hodscha angezeigte Stelle, ein kleines, von Felsen wie eine Ringmauer eingeschlossenes, grasgrünes Plateau, wo eine Quelle in eine lange, aus Kiefernholz gezimmerte Rinne sprudelte.

»Gott im Himmel!«, wunderte sich Ferhat Hodscha und hob seine Hände in die Höhe, »wem mag es nur eingefallen sein, hier eine so schöne Rinne aufzustellen?« Er ließ sich im Schneidersitz neben der Quelle nieder, die andern hockten sich dazu.

»Nun, Freunde, es war kein Geringerer als Sultanoğlu der Blonde, den wir in seinem Haus beraubt haben. Und wie ein Sultan hat er sich uns gegenüber benommen. Kasim und Şahan werden es euch unterwegs erzählt haben. Doch machen wir uns nichts vor, Sultanoğlu der Blonde ist nicht der Mann, der uns dieses Geld freiwillig überlässt. Wahrscheinlich sind schon hundert seiner Männer hinter uns her. Sehen wir uns also vor. Betrachten wir von nun an die Hälfte von uns schon als tot, vielleicht mehr als die Hälfte. Haben wir den Mann denn in seinem eigenen Haus beraubt, um zu sterben, werdet ihr fragen. Im Gegenteil. Gerade darum können wir in diesen Bergen überleben. Da wir uns einen so mächtigen Mann zum Todfeind gemacht haben, sind uns die Bergler hier zu Freunden geworden.«

»Wie du es für richtig hältst, so wirds getan, mein Hodscha, also ist es recht getan«, sagte Temir.

»Gott erhalte dich uns, Temir! Und nun lasst uns essen und ruhen, wer weiß, wie lange wir es noch können.«

Hadschi der Stummel war der Proviantmeister der Bande. Er war untersetzt, breitschultrig, sehr stark und zäh und trug außer einem Revolver keine weiteren Waffen.

»Was hast du uns anzubieten, Hadschi der Stummel?«

Hadschi der Stummel holte die am Fuß der Felsen abgelegten Proviantbeutel und warf sie in die Mitte der Runde. »Zuerst Honig und Pasteten, anschließend Vogelmilch, mein Hodscha«, scherzte er.

»Bleib uns erhalten, mein Hadschi, so wie du uns umsorgst!«

Hadschi der Stummel öffnete einen der Beutel, holte dünne, weiche Teigfladen hervor, legte sie auf den Rasen, bedeckte sie mit Schafs- und Ziegenkäse, rollte sie zusammen und drückte sie den Männern in die ausgestreckten Hände. Kaum hatte jemand seine Rolle aufgegessen, bekam er, noch bevor er die Hand hob, schon die nächste gereicht. Und anschließend gab es, wie von Hadschi angekündigt, wirklich ein großes Stück einer aus einem Bogen Ölpapier ausgewickelten, gleichmäßig aufgeteilten Honigpastete.

»Honig und Pastete hast du uns gegeben, und wo bleibt die Vogelmilch?«, rief Ferhat Hodscha.

»Die besorge ich euch später«, lachte Hadschi der Stummel mit stolzgeschwellter Brust. Und nachdem er sich auch ein Stück von der Pastete genommen hatte, wickelte er den Rest wieder ins Ölpapier, das er von Schleichhändlern ergattert hatte, die darin ihre geschmuggelten Tabakblätter verpackten.

»Jungs, dass ihr euch nicht auf offenem Gelände und nebeneinander hinlegt. Haltet Abstand und gebt kein leichtes Ziel! Und Temir übernimmt die Wache. Schlaft gut!«

Einschlafen und durch lautes Geknatter aufwachen waren eins.

Temir hatte die heraufkletternden Männer sehr schnell entdeckt und den blonden jungen Mann an ihrer Spitze mit einem Schuss niedergestreckt. Aus allen Richtungen regneten jetzt die Kugeln, und die Einschüsse zeigten, dass die Angreifer zahlreich und gute Schützen waren.

»Ihr seid von hundert Mann umzingelt, Memed der Falke«, rief eine kräftige Stimme, »und dir steht diesmal nicht der Ziegenhirte Abdi Aga gegenüber, dein Gegner ist der mit dem Ferman des Padischah geadelte Sultanoğlu. Ergebt euch! Sonst schicke ich in Kürze eure Seelen in die Hölle!«

»Ergeben? Niemals! Denn keiner von uns hat vor, deinem Vater Gesellschaft zu leisten«, brüllte Ferhat Hodscha und schoss sein Magazin auf den Felsblock leer, woher die Stimme gekommen war. Danach setzte ein wütendes Feuergefecht ein. Der Mann mit der kräftigen Stimme schrie in einem fort, doch wegen der Schüsse und laut splitternden Felsstücke war er nicht zu verstehen.

Tief geduckt robbte Ferhat Hodscha zu Temir. »Wir kriechen weiter nach oben! Entdecken sie uns nicht, sind wir bald außer Gefahr, und sie verlieren hinter den Felsen mindestens die Hälfte ihrer Männer.

Den Hang auf allen Vieren erklimmen war schwer. Ferhat Hodscha wäre drei Mal fast getroffen worden und ein Mal beinah in eine tiefe Schlucht gestürzt, wenn er sich im letzten Augenblick nicht an eine starke Wurzel hätte klammern können. Temir dagegen glitt mühelos wie eine Schlange bergauf.

Oben angelangt blickten sie in eine so steile Schlucht, dass ihnen ganz schwindelig wurde.

»Robbt zu uns herauf«, befahl Ferhat Hodscha den andern, »wir geben euch Feuerschutz!«

Und dann ließen sie auf Sultanoğlus Männer Kugeln hageln. Wer auch nur den Kopf hervorstreckte, wurde getroffen und stürzte mit einem schrillen, von den Steilwänden widerhallenden Schrei in die Tiefe.

Als die Sonne unterging, verstummte unter ihnen das Gewehrfeuer.

»Schießt weiter!«, befahl der Hodscha. »Lasst sie nicht entkommen, gebt gezielte Todesschüsse auf sie ab! Dies ist hier unser erstes und letztes Gefecht. Denn danach werden sich weder Gendarmen noch Briganten, noch Sultanoğlus an uns heranwagen.« Schon ganz außer Atem, lud er ununterbrochen seine Waffe nach, und fast keiner seiner Schüsse ging ins Leere.

Jede Deckung nutzend, stiegen sie dabei langsam wieder bergab. Keine Schüsse, keine verdächtigen Geräusche waren mehr zu hören. Nach und nach verschwand die Sonne hinter den Bergen.

Sie hatten das Plateau, wo die Quelle sprudelte, fast erreicht, als ein leises Wimmern zu ihnen heraufdrang.

»Steigt sofort hinunter und tötet den Mann!«, befahl Ferhat Hodscha. Kasim machte sich auf den Weg, und bald schon erstarb das Wimmern.

»Heute Nacht noch müssen wir fort von hier. Möglichst weit weg, mindestens bis zu jenem Alevitendorf, wie war noch der Name?«

»Dorf der Veilchen«, antwortete Temir.

»In dieser Zeit duftet dort sogar die Milch der Kühe nach Veilchen«, sagte Hadschi der Stummel. »Sie blühen überall, und alles, ob Mensch oder Tier, Erde oder Baum, Wolf oder Vogel, trägt ihren Duft. Nicht nur die Milch der Kühe, auch das Wasser der Quellen …«

»Also los!«, rief Ferhat Hodscha und setzte sich an die Spitze. Von seinen Schultern troff der Schweiß, Körper und Kleider waren klitschnass. Seine aufgescheuerten Arme und Knie bluteten noch, schienen aber nicht zu schmerzen, und den andern ging es ja auch nicht besser.

Eng abgeschirmt von Kasim und Şahan, führte Ferhat die Männer an, eilte mit ihnen von Fels zu Fels, von Busch zu Busch, von Bach zu Bach wie im Fluge dahin.

Im Osten graute es gerade, als sie das Dorf der Veilchen erreichten, und nicht einmal die Kinder des Dorfes hätten ihnen geglaubt, dass sie die Strecke in einer Nacht bewältigt hatten.

Am Dorfrand fragten sie nach Vater Dursun, und ein sehr schön gekleidetes, liebliches Mädchen mit rosa Wangen und schwarz funkelnden Augen führte sie bis vor seine Tür.

Vor Vater Dursuns Haus herrschte schon dichtes Gedränge, verwundert starrte jedermann auf die zerschundenen, blutbefleckten Briganten.

Trotz Ferhat Hodschas Zustand hatte Vater Dursun ihn sofort erkannt und mit der Rechten auf der Brust begrüßt. Ferhat Hodscha verneigte sich mit derselben Geste, anschließend umarmten sie sich. Danach begrüßte mit der Hand auf dem Herzen Vater Dursun auch die anderen, zeigte dann auf die Tür und sagte: »Tretet ein, Männer!« Ferhat Hodscha vorweg, nach ihm die anderen Briganten, gingen sie ins Haus. Der Raum, in den sie gebeten wurden, war in ganzer Länge und Breite mit Kelims ausgelegt, an den Wänden prangten kalligrafische Schriften, hingen Langhalslauten und über dem Kamin ein Säbel mit breit gegabelter Doppelspitze. Erschöpft ließen sie sich auf die bequemen Wandpritschen nieder.

»Was ist euch zugestoßen?«, fragte Vater Dursun.

»Frag nur nicht, Mitbruder!«, antwortete Ferhat Hodscha. »Wir sind da in Schlimmes hineingeraten.«

Und der Hodscha erzählte das Erlebte von Anfang an.

»Er wird von euch nicht ablassen«, meinte danach Vater Dursun. »Seine Männer haben das Dorf bestimmt schon eingekreist. Er ist kein Dulkadiroğlu, wie du weißt. Von dem Geschlecht der Dulkadir-Sultane ist außer Hadschi dem Sattler niemand übrig geblieben. Hadschi der Sattler, der so schön singt und für Vollblüter niellierte, mit Gold- und Silberfäden bestickte Sättel und Zaumzeug herstellt. Ist ihm ein Pferd nicht edel genug, rührt er keinen Finger, und böte man ihm auch alle Schätze dieser Welt. Jeder seiner Sättel wird zu einem Meer von Farben, zu einem Feld von Blumen, zu einem Garten des Paradieses. Ja, Sultanoğlu der Blonde wird dir bis zum Jüngsten Tag auf den Fersen bleiben. Doch jetzt sorge dich nicht! Auch wenn sie das Dorf bereits eingekreist haben sollten, unsere Jungmänner werden es ihnen schon zeigen.«

Kaum dass sie zu Atem gekommen waren, wurde, den Salon mit herrlichem Duft füllend, der Kaffee hereingebracht.

»Welch eine Mühe«, sagte Ferhat Hodscha.

»Ich bitte dich! Nachdem ihr einen so weiten Weg hinter euch habt.«

»Der Kaffee duftet nach Veilchen«, wunderte sich Ferhat Hodscha beim ersten Schluck.

»Er duftet nach Veilchen«, nickten die andern.

»Sie blühen überall in unserem Dorf«, lächelte Vater Dursun geschmeichelt. »Am Fuße der Felsen, im Gehölz, am Bach, sie wuchern in jedem Winkel. Der liebe Gott hat hier so viel Veilchen regnen lassen, dass Reisenden oft schwindlig wird von ihrem Duft.«

»Vater Dursun, nimms mir nicht übel«, sagte Ferhat Hodscha unvermittelt, »wenn wir in einem Dorf rasten, bleiben wir nicht zusammen, sondern verteilen uns zu zweien in verschiedene Häuser. Also zwei von uns nehmen im Haus am äußersten Dorfrand bei den Felsen Quartier, zwei am südlichen Dorfrand, zwei im Norden …«

Vater Dursun klatschte in die Hände, und einige hoch gewachsene, dunkelbraune junge Männer mit buschigen Schnauzbärten kamen herein, denen der Alte auftrug, in welche Häuser sie die Briganten führen sollten, und er fügte hinzu: »Ihr werdet ihre Wunden behandeln und verbinden lassen. Außerdem soll ihr Zeug geflickt und, wenn erforderlich, durch neues ersetzt werden!«

»Zu Befehl, gesegneter Vater!«, sagten die Männer und gingen bis auf Ferhat Hodscha und Kasim mit den Briganten hinaus.

»Und ihr entledigt euch eurer Fetzen!«

Zwei Kleiderbeutel wurden hereingebracht, vor den beiden abgestellt, und Vater Dursun zeigte auf eine Tür mit den Worten:

»Nebenan könnt ihr baden, eure Wunden einsalben und verbinden und blitzsaubere Kleider anziehen!«

Nach einer ganzen Weile kamen Ferhat Hodscha und Kasim frisch gebadet und nagelneu eingekleidet in den Salon zurück.

»Gott segne dich, Mitbruder! Ich fühle mich wie neugeboren«, rief Ferhat Hodscha und nahm seinen alten Platz wieder ein.

Seit ihrer Ankunft hatte sich Vater Dursun vor Neugier gewunden, aber auch jetzt brachte er es nicht über sich, Fragen zu stellen. Ferhat Hodscha, der es wohl mitbekommen hatte, schaute ihm schließlich mit aufmunterndem Lachen in die Augen: »Du willst bestimmt etwas über Memed den Falken wissen, nicht wahr, Mitbruder?«

»Ich mache mir Sorgen, mein Sultan, hoffentlich ist ihm nichts Schlimmes widerfahren!«, antwortete Vater Dursun verschämt.

»Er ist nicht mitgekommen«, beruhigte ihn Ferhat Hodscha. »Er will die Bande nicht mehr anführen, will überhaupt nicht mehr in den Bergen leben und ist mit neuem Namen zum einfachen Bauern unter vielen geworden. Seinen alten Namen aber hat er uns hinterlassen, und bis zum Jüngsten Tag wird die Bande von Memed dem Falken die Berge nicht verlassen.«

»Und nichts wird sie aus den Bergen vertreiben können«, nickte Vater Dursun. »Keines Menschen Macht. Nicht meine, nicht deine, nicht einmal die Macht Memed des Falken«, fügte er nachdenklich hinzu und strählte dabei die kräftigen Barthaare im schmalen, blassen Gesicht.

»Sag, mein Hodscha und Sultan«, fragte er dann, »hast du von der Sache mit dem verrückten Pferd von Memed dem Falken gehört?«

»Mir ist etwas zu Ohren gekommen, was soll denn mit dem Pferd sein?«

»Sie haben tausendfünfhundert Lira darauf ausgesetzt.

»Und was wollen sie mit dem Pferd?«

»Sie wollen es erschießen.«

»Wie ich die Dörfler kenne, werden sie es nicht einfangen und ausliefern, sie fürchten sich.«

»Sie fürchten sich«, wiederholte Vater Dursun.

»Sie werden ihnen jedes Ross, das sie in den Bergen finden, einfangen und ausliefern, aber an dieses verrückte Pferd wagt sich niemand heran. Und jetzt schon gar nicht.«

»Flügel haben sie ihm schon angedichtet, mit denen es morgens und abends ins Paradies fliegen soll.«

»Wer ist denn auf den Gedanken gekommen, dieses Pferd einzufangen und hinzurichten?«

»Wer auch immer darauf gekommen ist, es war wohl überlegt. Nach meiner Ansicht ein Test. Fangen die Dörfler das Pferd und liefern es aus, tun sie es auch mit Memed dem Falken.«

»Mir scheint, Memed und auch sein Pferd werden bis ans Ende aller Tage kämpfen müssen, Vater Dursun.«

»Und ich bin gespannt, wie es mit Memed dem Falken jetzt weitergeht, mein Hodscha. Ich kenne ihn gut, und du kennst ihn noch besser, er ist ein Mensch wie jeder andere. Und ein Haufen Briganten haben wie er Menschen getötet, sich in die Berge geschlagen, sich gegen Unterdrückung und Unrecht aufgelehnt und die Häuser der Agas und Beys überfallen. Und viele waren verwegener und geschickter noch als er, doch warum das Volk gerade ihn auserwählt hat, dieses Rätsel habe ich bis heute nicht lösen können. Wäre jetzt Memed der Falke nicht bei dir gewesen …«

«Wäre ich verloren gewesen«, ergänzte Ferhat Hodscha. »Denn wäre ich ohne einen Memed der Falke an meiner Seite zum Konak Sultanoğlu des Blonden gegangen, ich wäre nicht einmal bis zur Tür gekommen, und nie hätte ich nach dem Raub das Haus unbeschadet verlassen können.«

»Es ist ein Mysterium … Etwas, das wir nicht verstehen, irgendein Geheimnis, das diese Menschen in sich tragen … Wir sehen es nicht, aber die Massen sehen es.«

»Du, ich, wir sind einzelne Augen«, sagte Ferhat Hodscha und strählte seinen Bart, »Massen von Menschen aber sind tausend, zehntausend, hundert Millionen Augen. So schauen mit tausendjährigen Augen hundert Millionen Menschen auf all diese Memed der Falke.«

Bis zum Abend sprachen sie so weiter. Als die Sonne unterging, wurde eine große Kupferplatte hereingetragen, und schön gekleidete junge Mädchen und Jungmänner legten ihnen darauf verschiedene Speisen vor.

»Bediene dich, mein Hodscha!«

»Gott segne dich, mein Sultan! Und überall duftet es nach Veilchen.«

Wortlos nahmen sie ihr Abendmahl ein.

Nach dem Essen kamen einzeln oder zu zweit, die Hände grüßend auf der Brust, Dörfler mit buschigem Schnauzbart herein und hockten sich achtungsvoll auf die Wandpritschen. Dörflerinnen kamen hinzu und bald war der Raum voller Menschen.

Ein junger Mann nahm eine der Langhalslauten von der Wand und legte sie vor Vater Dursun hin. Dieser strählte seinen Bart, nahm die Laute, stimmte sie, und ganz plötzlich wurden seine Gesichtszüge träumerisch, wie verzaubert begann er zu spielen und zu singen. Sein aufwühlender Gesang klang wie ein Ruf aus tausendjährigem Gestern in ein tausendjähriges Morgen.

»Irgendwo jenseits vom Jemen ist Düldül noch im Krieg, ist Ali noch in der Schlacht. Und hinterm Berge Kaf kämpft Köroğlus Grauschimmel beherzt für Freundschaft und Recht und gegen alle Bedrücker der ganzen Welt. Auch mein helläugiger Ahne Pir Sultan kämpft hinter den sieben Erdteilen gegen die Grausamkeit, und die Vierzig Gerechten, die Heiligen und die Guten stehen mit ihm im Kampf«, sang Vater Dursun. »Seit das All erschaffen, befindet sich die schöne Welt in einem Krieg gegen die schlechte, die hässliche. Und jeden Morgen beginnt ein neuer Tag, bedecken neue Sterne das Himmelszelt, blühen neue Blumen, kommen Kinder auf die Welt, gesünder als die am Vortage geborenen. Jeden Morgen, jeden Morgen, jeden Morgen, wenn die Sonne aufgeht, häutet sich die Welt, wird taufrisch von Neuem. Der Mensch, jeder Mensch, der wirklich Mensch ist, wird morgens, wenn es im Osten lichtet, neu geboren. Jedes Saatkorn, das zur Erde fällt, jeder Schössling, der sie durchstößt, ist neu. Mit jeder Morgendämmerung erschafft sich neu das Himmelszelt, mit jedem Morgenrot neu die Welt, wirbelt neu die Saat, fließen neu Gewässer und Licht, schlägt das Menschenherz von Neuem. Die Blume wird Liebe wie das Herz, wie auch das gleitende Licht. Es gibt keinen Tod ...« So sang Vater Dursun. »Es gibt keinen Tod des Menschen. Er ist für die Liebe, die Freundschaft geboren, sonst ist er kein Mensch, dann erst würde er sterben ... Für den Menschen wird der Mensch geboren.«

Die Laute an die Brust gedrückt, wiegte Vater Dursun sich mit geschlossenen Augen, sang mit einem Ausdruck von Liebe und

Zärtlichkeit, als hocke er glücklich und in Frieden mit sich selbst schon mitten im Paradies. »Gott schuf die Welt nicht in sieben Tagen, die Schöpfung dauerte einen Lidschlag nur, und dieser Funke war Liebe. Liebe hat das All erschaffen, die Erde und den Himmel. Deswegen ist das All unendlich, die Erde so reich und fruchtbar, das Himmelszelt ein sprudelnder Quell von Licht. Liebe schuf den Menschen, deswegen ist er schöpferisch und schön. Und er wird schöner mit jedem Tag«, sang Vater Dursun, »wird jeden Tag ein bisschen liebevoller, ein bisschen glücklicher, ein bisschen kämpferischer gegen Unterdrückung und das Böse, denn Liebe war es, die ihn schuf.«

Er war erschöpft. Der Morgen dämmerte. Vater Dursun öffnete die Augen, ließ die Laute in die Armbeuge gleiten, stand auf, lächelte und hängte das Instrument an die Wand.

Als er sich setzte, stand Ferhat Hodscha auf, ergriff Vater Dursuns Hand und drückte sie sich ans Herz.

Auch die Menge hatte sich erhoben und ging, die Rechte zum Gruß auf der Brust, still hinaus. Es war schon hell, als der Hodscha in den Hof ging, um die rituellen Waschungen vorzunehmen.

Mit eigener Hand hatte Vater Dursun ihm im Salon einen Gebetsteppich ausgebreitet, und nachdem Ferhat Hodscha die Ärmel wieder heruntergekrempelt hatte, stellte er sich zum Gebet auf. Vater Dursun hatte es sich derweil auf der Wandpritsche bequem gemacht und verfolgte aufmerksam, wie der Hodscha sich niederbeugend und sich aufrichtend die Lippen unentwegt bewegte. Am Ende des Gebetes rollte Ferhat Hodscha den Teppich wieder ein. Scherzend rief er: »Wie schön ihr Rotmützen es habt! Kein rituelles Gebet, kein Fasten … Wie bequem und leicht ist das Leben der Aleviten.«

Vater Dursun lachte. »Mensch sein ist schwer, mein Sultan. Ist vieles auf der Welt auch leicht, Mensch sein ist schwer.«

Die Kupferplatte wurde hereingetragen, auf der reichlich gefüllte Schüsseln standen. Als Ferhat Hodscha darunter auch dampfende Joghurtsuppe entdeckte, konnte er nicht an sich halten. »Schau dir diese Joghurtsuppe an, wie sie dampft und auch noch nach Veilchen duftet!« Wie ein kleines Kind nahm er den Stiel des Holzlöffels in die ausgestreckte Faust.

»Sie duftet auch nach Veilchen«, freute sich Vater Dursun.

»Bei Gott, ja, sie duftet auch nach Veilchen«, sagte Kasim, der seit dem Abend kein Wort gesprochen hatte.

Die Sonne war schon aufgegangen, als einer der jungen Männer hereinkam.

»Vater Sultan«, begann er, »wir waren zu neunt vorm Dorf auf Wache und haben die Männer von Sultanoğlu dem Blonden entdeckt. Sie liegen unten am Bach hinter den Felsen auf Lauer, etwa sechzig Mann.«

»Haben sie euch gesehen?«

»Nein, Vater Sultan.«

»Wie habt ihr sie denn gezählt?«

»Die Köpfe am Boden, die Hintern in der Luft – sie sind leicht auszumachen, besonders wenn man auf einen Baum klettert.«

»Danke, mein Junge«, sagte Ferhat Hodscha. »Kannst du meine Männer herrufen?«

Der junge Mann ging hinaus. Im Hof stand eine wohl dreihundert Jahre alte Platane, die ihre Wurzeln weithin in die Erde zwischen den Felsen gegraben hatte, und badete die bis zum Felshang ausgestreckten Äste in einer Flut von Sonnenlicht. Ferhat Hodscha, Kasim und Vater Dursun standen in ihrem Schatten.

»Hodscha, eine Bitte!«, begann Vater Dursun. Das Gesicht des Alten, auf dem vor Verlegenheit der Schweiß perlte, legte sich in tiefe Falten, als er Ferhat Hodscha ein kleines Kästchen reichte.

»Nimm es!«, bat er mit gesenktem Blick. »Ein Talisman unserer Gemeinde. Er schützt dich vor Unbill, bösem Blick, Krankheiten und Kugeln. Wir glauben jedenfalls daran.«

»Gott segne dich, Vater Sultan!«, sagte Ferhat Hodscha und umarmte ihn. Er öffnete das Kästchen, darin lag ein grünlich schimmernder, fast Funken sprühender Stein in Form eines eigenartigen Tieres, wie es Ferhat Hodscha noch nie gesehen hatte. »Ich danke dir, Vater Sultan!«

Die verstreut untergebrachten Briganten sammelten sich.

»Verlasst ihr uns jetzt, mein Hodscha?«

»Du weißt ja, wir werden erwartet, aber einen Wunsch habe ich noch.«

»Dein Wunsch ist mir Befehl, Hodscha.«

»Lass alle heiratsfähigen Mädchen kommen, deren Väter vom Felde nicht zurückgekommen, oder die sonst verwaist sind.«

Vater Dursun flüsterte dem jungen Mann an seiner Seite etwas zu, der daraufhin mit einigen anderen, die unter der Platane standen, pfeilschnell im Dorf verschwand.

»Wir werden ein Weilchen warten müssen, mein Hodscha.«

»Die da unten werden sich gedulden, bis wir bei ihnen sind.«

»Sie werden sich gedulden müssen, mein Hodscha.«

Doch schneller als von Vater Dursun gehofft, kamen die jungen Männer mit sechzehn Mädchen, deren Väter im Freiheitskrieg gefallen waren, zur Platane zurück.

Ferhat Hodscha ging zu Vater Dursun, neigte sich zu ihm und sagte leise: »Vater Sultan, sag den Mädchen, sie sollen es mir nicht verübeln, aber auch ich bin ihnen ein Vater und werde ihnen daher ein Hochzeitsgeschenk machen, und ich bitte sie, mich nicht zu kränken, indem sie es zurückweisen!«

Vater Dursun war puterrot geworden, und wieder perlte ihm der Schweiß, doch er wiederholte Ferhats Worte mit lauter Stimme.

Auch der Hodscha schien verlegen, als er mit gesenktem Blick zu den Mädchen ging und ihnen aus dem Samtbeutel Goldstücke in die Hände zählte.

Mittlerweile drängten sich die Dörfler unter der Platane. Hoch gewachsene Menschen mit hellbraunen Augen und weizenheller Haut.

»Erlasst mir, was ich euch schuldig blieb!«, rief Ferhat Hodscha, als er durch die Menge ging, und die übrigen Briganten folgten ihm.

»Sei guten Mutes, Hodscha!«

»Gott bewahre dich vor allem Übel!«

»Möge der Talisman unserer Gemeinde dich beschützen!«

»Aus vollem Herzen erlassen wir es dir, falls du in unserer Schuld!«

Als sie zum Tor hinausgingen, rief Vater Dursun: »Ferhat Hodscha, Ferhat Hodscha, wartest du einen Augenblick? Ich hätte es beinah vergessen.«

Die Briganten warteten dicht beieinander.

»Auseinander!«, befahl der Hodscha. »Und seis im Hause eures Vaters, immer Abstand halten, immer!«

Mit Beuteln in den Händen kamen Vater Dursun und einige Dörfler im Laufschritt herbeigeeilt. »An den Talisman haben wir gedacht, das Wichtigste aber haben wir vergessen«, keuchte Vater Dursun kopfschüttelnd. »Nehmt diese Beutel, die Patronen haben sie gestern Abend noch vorbereitet, sie passen in eure Waffen!«

»Ich danke dir, wir werden sie bald schon nötig haben.«

Kaum waren sie aus dem Dorf heraus, kamen sieben bis an die Zähne bewaffnete, gleich große, drahtige junge Männer in Umhängen mit goldbestickten Kragen nach Maraşer Art, grob gewebten Pluderhosen und gemusterten Kniestrümpfen hinter den Felsen hervor. Allesamt hatten sie große, hellbraune Augen und lockiges braunes Haar.

»Hier sind wir, mein Hodscha«, rief ihr Anführer.

»Willkommen, ihr bringt Freude ins Haus«, sagte Ferhat Hodscha überrascht mit leicht spöttischem Lächeln.

»Seit gestern Nacht warten wir hier auf euch. Wir haben den Wunsch, uns der Bande von Memed dem Falken anzuschließen.«

»Schön, schön, aber warum wollt ihr in die Berge?«

»Aus denselben Gründen, die Memed der Falke hatte.«

Der Hodscha kräuselte die Lippen, krauste die Stirn, strählte seinen Bart. Die Jünglinge standen in Reihe, starrten ihn an und warteten ab.

»Warum auch du Brigant geworden bist, mein Hodscha.«

Der Hodscha brummte, hob den Kopf und blickt einem nach dem anderen in die Augen, und keiner wich seinem strengen, durchdringenden, forschenden Blick aus.

»Wie heißt du?«, fragte er den Ersten.

»Memed«, antwortete der Jüngling.

Ein strahlendes Lächeln huschte über des Hodschas Gesicht. Er ging zum Nächsten: »Und du?«

»Memed.«

Alle hießen sie Memed!

Der Hodscha setzte sich auf den nächsten Stein, stützte das Kinn in die Hände und dachte nach. Dann rief er nacheinander Kasim, Temir, Şahan und die andern zu sich und beriet sich mit ihnen. Die Memeds ließen ihn nicht aus den Augen und warteten. Schließlich erhob sich der Hodscha.

»Kommt her!«, rief er. »Heraus mit euren Gewehren!«

Wie vom Bogen geschnellt flogen gleichzeitig die gezogenen Gewehre hervor. Der Hodscha nahm das Gewehr des ersten Memed in die Hand und musterte es. »Schon mal ausprobiert?«

»Es trifft den Hinterlauf des flüchtenden Hasen.«

Alle Gewehre waren gleich.

»Meine lieben Memeds, leider habe ich jetzt keine gute Nachricht für euch. Zwischen den Felsen da unten am Bach liegen sechzig Mann im Hinterhalt und warten auf uns. Diese Knechte Sultanoğlus des Blonden dürsten nach unserem Blut.«

»Wir wissen es, mein Hodscha«, sagten die Memeds. »wir haben sie ausgemacht und auch das Versteck von jedem Einzelnen, als hätten wir ihn eigenhändig dort hingelegt.«

»Temir, komm her!«, rief der Hodscha. »Nimm dir diese Memeds und besetze mit ihnen den gegenüber liegenden Hang. Ihr werdet mitleidlos auf die Knechte Sultanoğlus des Blonden zielen, dass von diesen Trotteln, die sich selbst verkauft haben, möglichst keiner entkommt. Wohlgemerkt, es sind keine Gendarmen, die auf Befehl handeln müssen, sondern Freiwillige von Sultanoğlu!«

Die Männer drangen getrennt ins Gehölz. Ferhat Hodscha kannte die Gegend wie seine Westentasche. Gleich hinterm Wald würden sie auf schroffe Felsen stoßen, dahinter lag zwischen steilen Wänden eine schmale Schlucht. Sultanoğlus Männer hielten beide Seiten dieses Passes. Die Bande musste auf Schleichwegen durch das trockene Bachbett, und dann, ohne einen einzigen entkommen zu lassen …

»Nicht wahr, Kasim, wir lassen keinen entwischen!«

»Keinen einzigen.«

»Auf Sultanoğlu bin ich gar nicht so wütend. Ein Sultanoğlu ist so, und so wird er immer bleiben: grausam, verrückt, blutrünstig. Aber auf die schmarotzenden, für ihren Herrn heulenden Hunde, die ihre Seelen der gelben Goldstücke willen dem gelbblonden Sultanoğlu verschreiben! Auf sie bin ich fuchsteufelwild. Leute wie sie verderben unsere Welt. Vielleicht erschieße ich Sultanoğlu den Blonden nicht einmal, wenn er vor mir auftaucht. Aber für die feigen Kettenhunde empfinde ich kein Erbarmen. Gott ist mit uns, er war noch nie aufseiten dieser Peitschen der Tyrannen!«

»Und keine dieser Peitschen des Unterdrückers wird uns entkommen!«

»Keiner dieser Knechte, die ihre Seelen Sultanoğlu dem Blonden verschrieben haben.«

»So soll es sein!«, baten alle mit gemeinsam zum Himmel erhobenen Händen.

Der Hodscha hatte seine Männer so geführt, dass die Gefolgsleute von Sultanoğlu dem Blonden genau unter ihnen lagen. Er hatte seine Briganten, hinter Felsblöcken gedeckt, gut verteilt. Mit Kasim verschanzte er sich hinter einem dunkelbraunen Fels, an dessen Fuß Sträucher gewachsen waren, zwischen denen dicht an dicht lila leuchtende Veilchen blühten.

»Ferhat Hodscha, Ferhat Hodscha, schau doch!«, flüsterte Kasim und zeigte tief geduckt auf die Blumen. »Veilchen, nichts als Veilchen.«

Er hatte noch nicht ausgesprochen, als am Hang gegenüber die Salven der Memeds krachten. In ihre Schüsse mischten sich Schreie, Gebrüll, Flüche und Stöhnen.

»Los, Kasim!«

Wie Kolben einer Maschine bewegten sich Kasims Arme, und er verschonte treffsicher auch jene nicht, die ihm ein nur knopfgroßes Ziel boten. Und mit grollendem Gemurmel drückte der Hodscha wütender als sonst seinen Finger auf den Abzug.

9

Das Heidekraut, das Memed in der Nacht seiner Ankunft im Wildwasserbett entdeckt hatte, ging ihm nicht aus dem Kopf. Als er ein Kind war, stopfte die Mutter Heideblüten in sein Kissen, streute unter und um seine Matratze Minze, Majoran, Thymian und Veronika. In einem Traum von Duft schlief er ein, wachte er auf. Und noch bevor der Morgen graute, vermischte sich mit dem Duft der Blüten und Kräuter der brandige Geruch knisternden Holzes, mit dem die Mutter den Herd heizte. Berauscht von den Gerüchen blieb er dann noch eine ganze Weile im Bett liegen, betrachtete die vom Rauch verrußten Stützbalken und Streben des Lehmdaches, bis ihm auch noch der Schwindel erregende Duft der gesottenen und zischend über die dampfende Joghurtsuppe gegossenen Butter in die Nase stieg.

Vom Hause Abdülselams aus machte er seinen ersten Rundgang durch das Wildwasserbett zum Meeresufer. In der Çukurova war der Frühling außer Rand und Band. In der milden Sonne brodelten Gräser, Blumen, Bienen, Schmetterlinge, Vögel und Düfte in einem wilden Durcheinander. Anders als im Taurus spross das Grün hier nicht gemächlich aus der Erde, es schoss nur so hervor.

Dicht am Ufer hockte Memed sich zwischen einige Büschel Heidekraut. Spiegelglatt lag das weite Meer vor ihm, und je länger er seine Augen darauf ruhen ließ, desto entspannter fühlte er sich. Gedankenverloren schaute er auf diese blaue Leere, deren Salzgeruch sich mit dem Heideduft vermischte. Hier, auf diesem

Stückchen Heide am Rande der See, fühlte er sich unendlich sicher, flog er vor Glück, war er berauscht von Sonne, Meer, Erde, Blumen und all den Düften – wie von Sinnen.

Bis in den Abend hinein, ohne einen Gedanken nicht einmal an Seyran, Mutter Hürü und Ferhat Hodscha zu verschwenden, saß er nur so da und starrte mit leerem Blick in das Blau vor ihm. Schon immer konnte er jedes Stück Natur am Geruch erkennen. Bäume, Vögel, Ameisenhaufen, Bienenwaben, Felsen, Quellen, Gewässer, Vogelnester, auch welche Vögel darin nisteten und welches Gras darunter wuchs, Memed erkannte alles schon an den Gerüchen. Ging er im Dunkel der Nacht auf einem Weg, durch einen Wald oder über ein Feld, erkannte er am Geruch, was in der Gegend gewachsen, was gepflanzt war. Berge hatten ihren eigenen Geruch und auch die Çukurova einen ihr eigenen. Und wie die Felswände in den Bergen ihren eigenen Geruch haben, so auch das Flachland, der Wald, die Quellgebiete, die Uferregion der Çukurova, die Äcker, die Dörfer und Provinzstädte. Am Meer riecht die Heide, duften die Zitronen, Apfelsinen und Pomeranzen anders als im Innern des Landes. Hier haben sogar die Wolken und der aus den Wiesen steigende weiße Nebel einen anderen Geruch als anderswo.

Kurz vor Sonnenuntergang stand er auf. Die Wolken im Westen färbten sich von hellem Orange in dunkles Grün, gingen dann in orange getöntes Blau über und bekamen goldglänzende Ränder. Das Abendrot war ein farbenfrohes Gefunkel, und die Sonne, eben noch kreisrund und dunkelrosa auf der Erde thronend, sank ganz langsam ins Meer hinein.

Als Memed sich umdrehte, sah er den Mann. Er stand, mit verschränkten Armen der untergegangenen Sonne zugewandt, am Rande des Wildwasserbetts, und sein Schatten streckte sich über die Kiesel des trockenen Wasserlaufs hinweg zu dem unter lila Blüten verschwindenden Busch an der gegenüberliegenden Böschung. Sofort schlug Memed das Herz bis zum Hals, schienen ihm die Glieder wie gelähmt; dann stieg ihm zwischen all den Gerüchen der Duft der Heideblüten in die Nase und plötzlich freute er sich. Endlich hatte er diesen Mann und er schnellte wie ein Pfeil von der Sehne in seine Richtung, streckte die Hand nach ihm aus – und griff ins Leere. Der Mann war verschwunden. Ratlos stand Memed da, schaute um sich, sah niemanden. Sehe ich Gespenster, fragte er sich. Dann ging er hinunter zum Ufer. Über der Kimm war noch ein blutrotes Stück der untergehenden Sonne zu sehen, die Berggipfel, die Wolken und das Meer am Horizont leuchteten in dunklem Rot. Ein sanft aufkommender Westwind kräuselte ganz sacht den Meeresspiegel. Memed sah die Spitzen der hohen Gavurberge in hellem Licht glitzern. Die weißen Blüten der Apfelsinen, Zitronen und Pomeranzen wiegten sich fast unmerklich in der Brise. Als Memed den Blick zum Dorf schweifen ließ, sah er beim Stamm des von Blüten schneeweiß getünchten Baumes, aus dessen Krone das Gesumm der Bienen bis hierher zu hören war, den Mann stehen. Er war vom Scheitel bis zur Sohle pechschwarz gekleidet. Memed kannte diesen Mann, erinnerte sich sogar, mit ihm gesprochen zu haben. Doch wer war er, was wollte er? Memed rannte auf den Baum zu, der Mann rührte sich nicht. Erst als Memed dicht vor ihm war, flüchtete der Mann hinter den Baum. Memed folgte ihm, versuchte den sehr schnell um den Stamm kreisenden Mann zu erwischen. Wohl drei Mal gelang es ihm, ihn am Arm zu packen, doch jedes Mal konnte der Mann ihn abschütteln. Der Baum dröhnte, als summe es aus tausend Bienenkörben, die Zitrusblüten dufteten bitter, der Mann war schweißnass, und auch seine Ausdünstung war Memed nicht fremd. Noch einmal versuchte Memed ihn zu packen, griff wieder ins Leere, der Mann glitt davon und war verschwunden. Kopfschüttelnd blieb Memed unterm Baum stehen. Es war hoffnungslos! Hätte er doch nur seinen Revolver dabeigehabt! Nein, nicht töten, nur ins Bein schießen und gefangen nehmen! Er kam um vor Neugier. Wer war dieser Mann, den er so nahe kennen gelernt hatte, und wann hatten sie sich getroffen? Irgendwie fühlte er sich diesem Mann sogar verbunden. War er ein Dschinn oder ein guter Geist? Was wollte er von ihm? Oder hatte er irgendetwas auf dem Herzen, was er nicht sagen mochte?

Plötzlich sah er seinen Kopf über den Karden im Wildwasserbett auftauchen. Wütend stürmte er mit zusammengebissenen Zähnen auf ihn zu. Der Mann lief vor ihm weg, rannte mal aus dem Flussbett heraus und hinein in die Gärten, mal zwischen die Karden, mal wieder ins Wildwasserbett, wurde mal so langsam, dass Memed meinte, ihn gleich greifen zu können, doch kaum bei ihm, wurde er wieder schneller, entfernte er sich immer mehr.

Gewöhnlich konnte Memed stundenlang laufen und tagelang ausschreiten, ohne zu ermüden. Jetzt war er völlig außer Atem, während der Mann vor ihm mal langsamer, mal schneller wurde. Dazu fiel die Abenddämmerung, und bald war nur noch der Umriss des flüchtenden Mannes zu erkennen. Schon dicht vor dem Dorf, wurde der Mann wieder sehr langsam, doch als Memed noch einmal zugriff, glitt er ihm durch die Hände und war nicht mehr zu sehen. Das ist kein Mensch, das ist ein Dschinn, ein Kobold, einer Nachtschwalbe gleich, die den Hirten zum Narren hält, sagte sich Memed und kehrte müde und erschöpft ins Haus zurück. Die große runde Kupferplatte war schon gedeckt, der Hodscha hockte auf der Wandpritsche und wartete auf ihn.

»Vom Ausschau halten hab ich schon vier Augen!«, rief er, stand auf und kam ihm entgegen. »Setz dich, bitte! Wo warst du so lange? Du scheinst erschöpft.«

»Ich war am Meer«, antwortete Memed und versuchte zu lächeln.

Sie hockten sich an der Tafel nieder.

»Dieses Meer, diese Erde, diese Düfte des Frühlings, sie bringen den Menschen ganz durcheinander. Wie eine Schlange scheint er sich hier zu häuten und ein Anderer zu werden. Besonders wenn in der Ebene randvoll wilde Tulpen stehen, die Zitrusbäume blühen, die Bienen in ihren Zweigen wimmeln, von den Hängen sanfte, nach Minze duftende Lüftchen wehen, im Osten sich der Himmel lichtet, das Meer sich in seiner unendlichen Weite aufhellt und ganz leicht nur seinen Duft verströmt ... Ja, dann fühlt der Mensch sich sonderbar berührt. Du wirst dich schon daran gewöhnen.«

»Besonders wenn dem Menschen der Duft der Heideblüte in die Nase steigt«, fügte Memed nachdenklich hinzu.

Sie waren beide sehr hungrig und machten sich wie Wölfe über das Essen her.

»Und erst recht, wenn man so hungrig ist«, lachte Abdülselam Hodscha.

»Und wenn auf der Tafel so herrlich duftendes Essen steht.«

Noch während sie aßen, entspannte sich Memed völlig, kam er wieder zu sich. Seine Augen bekamen ihren alten Glanz, und diese Veränderung entging auch Abdülselam Hodscha zu seiner Freude nicht.

»Memed, mein Sohn«, begann nach dem Essen kopfschüttelnd der Hodscha, »du fragst gar nicht, was ich heute erledigt habe. Da hat sich vieles getan, und ich habe gute Nachricht für dich.«

»Erzähl, mein Hodscha!«

»Ich habe ein Haus für dich gefunden. In einem Garten mit Pomeranzen, Orangen und Zitronen. Ein Haus so hell wie eine weiße Taube. Gleich morgen schauen wir es uns an.«

In jener Nacht fand Memed keinen Schlaf. Noch vor Tagesanbruch verließ er das Bett, ging barfuß ganz leise nach unten, hockte sich behutsam auf die Wandpritsche und begann ungeduldig auf den Hodscha zu warten. Durchs Fenster schaute er zu den Kämmen der Gavurberge hinauf, ob sie sich schon aufhellten. Er hofft, dass der Hodscha schon vor der Morgendämmerung aufsteht, um mit ihm nach dem Haus zu sehen, er wandert durchs Zimmer, schaut enttäuscht auf die Berggipfel, weil sie noch immer nicht schimmern, murmelt ärgerlich: Wie lange er doch schläft, der Hodscha!, hockt sich wieder auf die Wandpritsche, hält es dort nicht länger aus, riecht an den Zweigen eines Orangenbaums, die fast das Fenster berühren und deren Blüten sich über Nacht geöffnet haben, gleitet dann geräuschlos durchs Fenster ins Freie. Raureif hat sich auf die Wiesen gelegt, im nassen Gras werden Memed die Füße kalt, er biegt einige Zweige herunter und schnuppert an den Blüten. Als das erste Licht die Gipfel erhellt, linst er zum Fenster des Hodschas. Nichts rührt sich. Die Morgenbrise fächelt ganz sanft zarte Düfte, und Memed verspürt unbändige Freude. Vergessen ist der Hodscha, und er geht beschwingt in den Garten hinein. Fast unmerklich wandern die ersten Lichtstrahlen hinter den Bergen hervor, hinunter in die Ebene. Mit angelegten Flügeln schlummern Bienen noch auf den Orangenblüten, auch auf einer großen, gelblichen Wabe hocken sie, nass und verfroren, bewegungslos übereinander, nur eine größere, honiggelbe spreizt mühsam ihre Flügel, streckt sie aus. Winzige Blumen am Fuß der Gartenmauer öffnen im Licht der Sonne nach und nach ihre blauen Blüten. Memed hockt sich davor und starrt erstaunt auf die roten Marienkäfer, die auf die blauen Blüten niedergehen, als sei er Zeuge eines Wunders. Einige Ameisen, die aus ihrem Bau gekrochen sind, reiben sich mit den Vorderbeinen ihre Köpfe. Die Pflanzen, ihre Wurzeln, ihre zarten Blätter, Schmetterlinge, noch feucht, die Flügel zusammengefaltet, Käfer, Erde, sprießende Saat … Dem Zauber dieser erwachenden, fruchtbaren, überreichen Erde hingegeben, hört er nicht einmal die lauten Rufe des jungen Mannes von Abdülselam Hodscha.

Schließlich schreckt ihn die dröhnende Stimme des Hodschas auf, und er eilt zum Haus.

»Wo bist du, Memed?«

»Hier draußen, mein Hodscha.«

»Konntest heute Nacht nicht schlafen, nicht wahr?«

»Ich konnte nicht schlafen.«

Mitten im Zimmer dampft auf dem Kupferblech in verzinnten Näpfen eine mit Minze und Knoblauch gewürzte, mit gesottener Butter beträufelte dickflüssige Joghurtsuppe. Memed eilt an die Platte. Hockt sich hin, löffelt die Suppe und springt gleich wieder auf.

»Wohin, Memed, noch bevor ich einen einzigen Löffel davon zu mir genommen habe?« Der Hodscha lächelt, aber isst eilig seine Suppe und steht auf, ohne die anderen Speisen zu beachten.

Der Hodscha vorneweg, machten sie sich auf den Weg. Memeds Aufregung hatte auch den Hodscha angesteckt, er eilte dahin, als trüge er Flügel an den Füßen. Im Schatten eines Spaliers wuchernder Reben, durch das sich stellenweise Sonnenstrahlen bahnten, durchmaßen sie eine enge Gasse. Die Mauern der angrenzenden Gärten bestanden aus wahllos geschichteten kopfgroßen Bruchsteinen. Danach gingen sie eine beidseitig mit Silberpappeln bepflanzte Straße entlang, die in einen nicht befestigten Landweg mündete. Sie bogen rechts ab und fanden sich vor einem großen, stellenweise gesprungenen Holztor wieder. Abdülselam zog an einer Klingelschnur, eine Glocke läutete, Schritte schlurften, Memeds Hände und Knie begannen zu zittern, sein Mund wurde trocken, eine alte, blauäugige Frau mit Kopftuch öffnete und sagte: »Tretet ein!« Sie sprach mit griechischem Akzent.

Über einen schmalen, weißen Kiesweg steuerte der Hodscha auf das Haus zu. Schneeweiß und zweistöckig stand es mitten in einem Garten, in dem Apfelsinen, Zitronen und Pomeranzen wuchsen. In den Winkeln der Gartenmauer standen gedrängt Granatbäume. Vom Tor bis zum Haus zierten Blumen die Ränder des schmalen Kieswegs, darüber in ganzer Weglänge ein Spalier blühender Reben. Die drei gingen ins Haus und stiegen über eine blitzblank gescheuerte Holztreppe nach oben. Das ganze Haus duftete nach Harz und Seife. Sie wanderten durchs Obergeschoss. Vom Salon in der Mitte des Stockwerks führten nach beiden Seiten zwei Türen in Nebenräume. Vom großen Balkon aus war das dunstverschleierte Meer zu sehen. Auch unten befanden sich ein Salon und Nebenzimmer, von denen das eine als Bad, das andere als Küche diente, wo ein mit Marmor eingefasster Kamin schon beim Eintreten aller Augen auf sich lenkte. Als Memed das daneben gelegene Bad sah, fiel er fast um vor Begeisterung.

»Der Meinige, Gott hab ihn selig, liebte das Baden. Wo er den weißen Marmor aufgetrieben hatte, weiß ich nicht mehr, aber diese grünen Marmorbecken brachte er persönlich aus Istanbul mit. Das Wasser erhitzen wir in diesem Kessel, der keinen Dampf ablässt. Wie ich schon sagte, mein Bey hatte sich sehr um das Haus gekümmert.«

Sie verließen das Bad, und die Frau verschwand in der Küche, um Kaffee zu kochen. Bebend vor Begeisterung packte Memed den Hodscha am Arm. Es schmerzte, doch der Hodscha verzog keine Miene.

»Wir nehmen es, nicht wahr?« Memeds Stimme überschlug sich.

»Wir nehmen es«, sagte der Hodscha.

»Gleich heute!«

Die Frau war mit ihrem Mann und einigen Nachbarn von Kreta gekommen und hier angesiedelt worden. Der Ehemann hatte mit Fuhrwerken und Getreidehandel gutes Geld verdient, das er ihr und den beiden erwachsenen Töchtern vererbte. Sie hatten noch Verwandte in Istanbul. Einige Monate nach dem Tod ihres Vaters zogen die Mädchen dorthin und ließen die Mutter allein zurück. Sie wollte ihnen gleich nach dem Verkauf des Hauses folgen. Sie sorgte sich um ihre Töchter und setzte daher alles daran, das Haus möglichst schnell loszuschlagen.

Schöne, henkellose Mokkatassen auf silbernem Tablett tragend, entdeckte die Frau die beiden Männer im Garten, wo sich bald Kaffeeduft ausbreitete. Memed erinnerte sich an diesen Duft, den er, wie er vermeinte, nie wieder werde genießen können, und ihm wurde schwindlig wie damals, als er ihn zum ersten Mal roch. Überschäumende Freude erfüllte ihn. Das Mittelmeer in seiner ganzen Helle lag ihm zu Füßen, der gelbe Vogel kam herbei, kreiste um seinen Kopf, zog goldgelbe Ringe. Die gelbe Sonne flammte, wirbelte durch seinen Schädel, und jenes stählerne Licht blitzte in seinen Pupillen auf. »Ja, das ist der, den sie Memed den Falken nennen«, schoss es Abdülselam Hodscha, dem Memeds Veränderung aufgefallen war, durch den Kopf.

Nachdem sie den Mokka getrunken hatten, ging die Frau wieder ins Haus.

»Hodscha, worauf warten wir noch?«, platzte Memed heraus.

»Wir gehen sofort ...«

»Zu ihr, und ...«

»Genau so ...«

Plötzlich erstarrte Memed. Im Hoftor, das sie offen gelassen hatten, stand der Mann, aufrecht, herausfordernd …

»Hast du ihn gesehen, mein Hodscha? Ihn … Ja, dort.« Memeds Gesicht war aschfahl, er bebte vor Wut. »Hast du ihn gesehen?«, wiederholte er mit messerscharfer Stimme.

»Ich hab ihn gesehen, na und?«

»Dort. Aufrecht. Mitten im Tor. Hast du ihn gesehen? Ich kenne ihn, kenne ihn, weiß aber nicht mehr, woher. Er taucht dauernd vor mir auf, macht sich dann davon und verschwindet.« Memed sprach sehr schnell. Als versuche er, das ganze Geschehen in einem Atemzug zu erzählen. »Hätte ich jetzt meinen Revolver, ich schösse ihn nieder! Dieser Mann blickt heimtückisch, er führt Böses im Schilde.«

Und schon stürzte er auf den Mann zu. Abdülselam Hodscha und die in der Haustür stehen gebliebene Frau beobachteten verwundert, wie er davonstürmte und der Mann im Torbogen im selben Augenblick ihren Augen entschwand.

Memed kletterte über eine Mauer aus ungebrannten Ziegeln, hinter der dicht wie eine Hecke Kaktusstauden standen, die ihre blutrot flammenden Blüten geöffnet hatten. Er gewahrte den Mann, rannte die Stauden entlang, und als seien sie aneinander gekettet, lief der Mann in dieselbe Richtung. Die Kaktushecke mündete in dichte Reihen hoch gewachsener Pappeln, an denen die beiden in gleicher Höhe entlang rannten, bis der Mann plötzlich in einen Hain stacheliger Pomeranzen einbog. Memed riss sich Gesicht, Nacken und Schultern blutig, zwischen den Schulterblättern schoss ihm der Schweiß. Fast nebeneinander hetzten die Männer durch Brombeergestrüpp, und dort verschwand der andere. Die Brombeerbüsche wuchsen dicht an dicht, die Ranken wucherten überall, und sie gaben keinen Schritt nach. Memed durchkämmte mit seinen scharfen Augen jede Hecke, der Mann kam nicht mehr zum Vorschein. Immer wieder in Ranken verfangen, musste Memed wohl oder übel umkehren. Er keuchte und troff vor Schweiß, der sich mit Blut vermischte, den Hals hinunter zur Brust rann und das weiße Hemd rot färbte.

»Memed, wer ist dieser Mann?«

»Ich weiß es nicht, finde es nicht heraus, mein Hodscha, aber ich kenne ihn.«

»Dein Hemd ist in Blut getaucht.«

»Die Dornen haben mir böse zugesetzt. Ich kenne diesen Mann, kenne, kenne, kenne ihn, aber kann es beim besten Willen nicht herausfinden.«

»Ärgere dich nicht, vielleicht kommst du eines Tages drauf!«

»Ich fürchte mich vor nichts und niemand, nur im Schlaf überrascht zu werden, macht mir Angst.«

»Auch dafür finden wir eine Lösung«, sagte der Hodscha mit beschwichtigender Gelassenheit, und das beruhigte Memed.

»Gehen wir nach Haus, damit du dich umziehen kannst!«

Nach drei Tagen konnte Memed endlich seinen Grundbrief einstecken. Dieser Hodscha war ein erstaunlicher Mann. Wohin er auch gegangen war, hatte er offene Türen gefunden, und keiner von denen, die er aufgesucht hatte, war ihm den gebührenden Respekt schuldig geblieben.

Mit dem Grundbrief in der Tasche eilte Memed geradewegs nach Hause, wo die alte Frau schon auf ihn wartete. Während dieser drei Tage hatte sie das Haus geräumt, gescheuert und gefegt. Ein bisschen bekümmert stand sie jetzt mit traurigem Lächeln unentschlossen da.

Als Memed näher kam, ging sie ihm einen Schritt entgegen und reichte ihm die Schlüssel. »Das Haus möge dir Glück bringen, mein Kind! Mögest du in Freuden darin wohnen. Bis zum Ende waren wir hier glücklich. Gott gewähre auch euch dieses Glück bis ans Ende eurer Tage!«

Memed ergriff die Schlüssel, starrte eine Weile ratlos auf das Bund in seiner Hand, ließ seine Augen zwischen den Schlüsseln und der Frau wandern, und dann, als habe er sich an etwas erinnert, ging er mit einem glücklichen Lächeln auf den Lippen in den Garten. Seine Gedanken waren bei Seyran. Ihre Schönheit, ihr Gang, ihr ausgewogener Wuchs, ihre Grübchen ... Er dachte an seine Mutter, seinen Vater, an Hatçe ... Hürü kam auf ihn zu, die Hände in den Hüften blieb sie mitten im Garten stehen, schaute aufs Haus, schaute auf ihn, lachte voller Freude. Er wanderte von Baum zu Baum, von Busch zu Busch ums Haus herum, schaute auf jeden Stein, blickte in jeden Winkel. Seine Freude stieg noch, als er vor dem Haus den behauenen marmornen Brunnenrand entdeckte. Hier muss eine Seilwinde her, sagte er sich, das erleichtert Seyran das Schöpfen. Erst jetzt merkte er, dass Abend war, dass die Sonne untergegangen war, dass er Hunger hatte. Er ging vors Haus, das sogar im Abenddämmer schneeweiß schimmerte. Begeistert betrachtete er es eine ganze Weile. Ein lauer, in sanften Wellen wehender Frühlingswind fächelte einen fernen Duft von Zitronenblüten.

Widerwillig, streckenweise mit rückwärts gewandten Schritten, gelangte er zum Haus von Abdülselam Hodscha. Der Hodscha wartete schon auf ihn und empfing ihn mit fröhlichem Gesicht.

Am nächsten Morgen, die Gipfel der Gavurberge lagen noch in schimmerndem Dunst, sprang Memed aus dem Bett, zog sich hastig an und lief zum neuen Haus. Als er das Tor öffnete, gewahrte er die alte Frau. Sie schlief mit dem Rücken an jenen Baum gelehnt, vor dem er am Vorabend gestanden hatte. Auf Zehenspitzen ging er zur dreistufigen Freitreppe, setzte sich auf die oberste Marmorstufe und wartete auf den Sonnenaufgang. Kurz vor den ersten Sonnenstrahlen begannen die Vögel wie mit einer Stimme zu zwitschern. Sie schwirrten von Zweig zu Zweig. Aus jedem Garten stieg derselbe betörende Gesang empor, und mit dem Aufgehen der Sonne erhob sich, laue Düfte fächelnd, der leichte Morgenwind.

Von plötzlicher Unruhe getrieben, stand Memed auf, um nach der alten Frau zu sehen. Sie war aufgewacht und betrachtete mit großen Augen das Haus, lächelte Memed an, bewegte sich nicht. Er setzte sich neben sie, lehnte sich auch an den Baum. Beide ließen ihre Augen auf dem Haus ruhen, wortlos, bis die Sonne hoch am Himmel stand.

Memed erhob sich, und wie ein dunkler Kreis fiel sein Schatten um seine Füße, als er die Schlüssel aus der Tasche zog und der Frau hinhielt. »Nimm, Schwester Hanum! Anstatt hier zu schlafen, wohne doch bis zu deiner Abreise im Haus! Die Meinen sind ja noch nicht da.«

»Nein, nein«, wehrte die Frau ab, »ich wohne bei den Nachbarn. Heute Nacht konnte ich keinen Schlaf finden, da bin ich hergekommen und hier eingeschlafen.«

Jeden Morgen wachte Memed im Hause Abdülselam Hodschas sehr früh auf, eilte zu seinem Haus, öffnete lautlos das Hoftor und fand die alte Frau an den Baum gelehnt schlafend vor. Wachte sie auf, setzte er sich neben sie, und einträchtig nebeneinander sahen sie sich am schneeweißen Haus satt. Memeds Glück war grenzenlos.

Jener Mann tauchte nicht mehr auf. Memed wurde immer neugieriger und begann sogar, ungeduldig auf ihn zu warten.

Als er eines Morgens wieder vorsichtig das Tor öffnete, konnte er die Frau nicht entdecken. Plötzlich verspürte er eine große Leere, er ging verstört hinters Haus, setzte sich auf die Treppe, hielt es dort nicht lange aus, stand auf und wanderte durch den Garten, ging hinaus und läutete an der Tür des Nachbarhauses, wo die alte Frau zu Gast war.

Die Nachbarin erkannte ihn sofort und begrüßte ihn sehr freundlich. »Ich weiß, wen du suchst«, sagte sie. »Zehra Hanum ist früh am Morgen schon nach Istanbul abgereist. Hast du sie denn nicht gesehen? Sie hat diese Nacht in deinem Haus geschlafen.«

Memed bedauerte, nicht früher gekommen zu sein, und kehrte zum Hodscha zurück, der sich gerade an die Frühstückstafel niederließ.

»Sie ist weg, Hodscha«, sagte er bitter.

»Komm, setz dich! Seit wie vielen Tagen habe ich dich nicht mehr gesehen? Wo steckst du nur, Memed?«

Mit flüchtigem Lächeln nahm Memed ihm gegenüber Platz.

»Ich gehe heute in die Stadt. Hast du etwas vor?«

»Nein«, antwortete Memed. »Sie ist fort.«

»Ich habe für dein Haus alles bereitstellen lassen. Schau es dir an, und wenn es dir gefällt, kaufen wir es.«

Der Hodscha hatte zwei mit glänzenden Kupferkugeln verzierte Betten ausgesucht. Ich werde also mit Seyran in diesem Doppelbett schlafen, freute sich Memed, und Mutter Hürü in diesem Einzelbett. Mutter Hürü wird sich weigern, in einem Bett zu schlafen. Dazu wird sie ein Donnerwetter über uns ergehen lassen ... Soll sie nur ... Im Stillen wird sie sich freuen, dass auch für sie ein Bett gekauft worden ist.

Sessel, Sofas, Wandpritschen mit den dazugehörenden Auflagen aus Aleppo-Seidenstoff ... Wandtafeln mit handgeschriebenen Koranworten, mit Glasmalereien, darauf ein menschenköpfiger Drache oder des Propheten Mohammed wunderschönes Pferd Burak mit dem Gesicht eines Mädchens, oder der heilige Ali, der seinen eigenen Leichnam auf einem Kamel in die endlose Wüste führt ... Hingerissen versinkt Memed im Anblick dieser Bilder, und während ihm der Hodscha den Sinn der Darstellungen und den Inhalt der Sprüche erklärt, verändert sich fortwährend Memeds Gesichtsfarbe, stellt er voller Erregung und Freude dem Hodscha eine Frage nach der andern.

»Heißt das, auch andere Geschöpfe mit Drachenkörper oder Mädchenkopf leben mit uns auf dieser Welt?«

»Sie leben, jenseits des Zauberberges Kaf.«

»Das Pferd des heiligen Propheten hatte also den Kopf eines so wunderschönen Mädchens?«

»Es lebt hinterm Berg Kaf, mein Memed.«

»Also hat der heilige Ali seinen eigenen Leichnam auf seinem Kamel in die Wüste gebracht, ist es so?«

»Er trug ihn fort in die Wüste, fort in unbekannte Gefilde.«

Bei seinem Rundgang durch den Laden stach Memed noch eine farbenprächtige Glasmalerei ins Auge: Mit gezogenem Säbel saß auf einem prächtigen, sich aufbäumenden Pferd ein imposanter, großäugiger Mann mit breiten Schultern, der einen sichelförmigen Schnauzbart trug. »Wer ist das?«, fragte er den Hodscha.

»Das ist Köroğlu.«

»Kaufen wir es!«, bat Memed mit beschwörendem Blick.

Der Hodscha nickte. »Dies hat ein großer Künstler gemalt, ein Grabwächter am Heiligtum des Molla Hünkar in Konya. Ein edler Mann, würdig, in den Kreis der Vierzig aufgenommen zu werden. Seine Bilder bringen Segen. Sie halten Böses, Grausamkeit und Zwietracht fern und bringen Überfluss ins Haus.«

Fragend zeigte Memed auf das Bild eines Laubfrosches, aus dessen Maul Flammen züngelten.

»Das Bild stammt nicht aus der Hand des Ehrwürdigen, es ist wertlos.«

Verschämt blieb Memed vor einem sehr großen, farbenreichen Bild stehen. Ein endloser Himmel wölbte sich über der Çukurova, Blumen, gelb, fliederfarben, rot und violett wie in der Çukurova, Bäume in berstendem Grün mit überbordenden Blüten, im Hintergrund ein Gewässer, davor zwei Menschen, eine Frau und ein Mann, splitternackt, hinter ihnen mit züngelnder, roter, gespaltener Zunge eine Schlange, die sich von der Wurzel bis zur Krone um einen Baum windet. Memed schämt sich wegen der Nacktheit dieser beiden Menschen. Sofort denkt er an Seyran, wie sie damals am Bachufer, auf Blumen butterweich ausgestreckt, im Schutz von Schilf und Brombeerhecken, im dämmernden Morgen … Sein Körper strafft sich bei dieser Erinnerung wollüstig, ihm wird ganz eigenartig. Während sie sich liebten, ging die Sonne auf, und keine fünfzig Schritte entfernt stand dieser verrückte Brandfuchs, die Nüstern gebläht wie Blasebälge, schnupperte er an der Erde und schaute auf sie mit großen Augen.

»Warum starrst du dieses Bild so an, Memed?«

Memed erschrak, schwankte, fasste sich. »Ach, nur so, mein Hodscha.«

»Dies ist das schönste Werk des Verehrten Meisters. Schau doch, wie er das Paradies gemalt hat. Vielleicht wirklicher und prachtvoller, als es ist.«

»Ja, sehr schön, mein Hodscha«, sagte Memed mit rotem Kopf und gesenktem Blick.

»Der Verehrte Meister hat es so gemalt, wie er es sah.«

»Kann jemand denn ins Paradies kommen, bevor er tot ist?« Memed konnte seine Neugier nicht zügeln.

»Der Verehrte Meister besucht mit seinem geistigen Auge das Paradies. Das Himmelstor ist sein tägliches Ziel. Wie hätte er sonst das Paradies malen können?«

»Wunderschön«, konnte Memed, zitternd vor Scham, nur sagen. »Diese Schlange …« Seine Knie zitterten. »Und der rote Apfel … Dieses Rot … So leuchtend rot …«

»Das Bild stellt unseren heiligen Urvater Adam und unsere Urmutter Eva dar, die aus dem Paradies verjagt werden. Die Schlange ist die listige, täuschende Verführerin. Siehst du den Apfel in der Rechten unserer Mutter Eva, den ihr die Schlange gegeben hat? Gleich wird Eva in den Apfel beißen, die halbe Frucht essen und die andere Hälfte unserem Vater Adam geben … Sieh doch, wie das Bild lebt! Als habe Gott ihm, wie vorher dem Klumpen Lehm, Leben eingehaucht, die beiden werden gleich aus dem Bild fliehen. Als hätten Urvater Adam und Mutter Eva mit der Schlange und dem Apfel unserem Verehrten Meister Modell gestanden.«

»Unsere Mutter Eva war sehr schön, und schau doch, wie ansehnlich unser Urvater Adam ist!«

»Das Herz des Menschen, sein Körper und Geist verkümmerten nach der Vertreibung aus dem Paradies. Wir entsprangen einem Licht sprühenden Quell und fließen bis zum heutigen Tag als verschlammtes Rinnsal in Windungen dahin.«

Seyran ist so schön, tausendmal schöner als unsere Mutter Eva. Ihr Schwanenhals, das Ebenmaß ihrer Gestalt, der Sonnenglanz ihrer Haut … Ob der Hodscha wohl meine Gedanken errät?, dachte sich Memed und schaute ihm ängstlich ins Gesicht.

»Wenn du willst, Memed, kaufen wir es auch. Es ist teuer, aber was solls, wir kaufen es!«

»Wir kaufen es«, murmelte Memed kaum hörbar, gequält von dem Gedanken, der Hodscha könne im letzten Augenblick auf den Kauf verzichten.

Ein vollbärtiger alter Mann mit faltigem Hals, gekleidet mit Kutte und Barett, in der Hand eine Gebetskette, die Lippen ununterbrochen in andächtigem Gemurmel, hängte, behutsam als streichle er es, das Bild von der Wand. Sein Hals war so lang, dass man den Eindruck hatte, der Mann trage seinen Kopf auf einer Stange. Doch der Hals unseres Urvaters Adam auf dem Bild schien ebenso lang.

Sie kauften noch einen großen Kelim aus Ciğcik und einen Afschari. Schließlich fanden sie noch einen schönen Gebetsteppich, farbenkräftiger noch als die Kelims.

Seit dem Kauf der Bilder ging Memed hinter dem Hodscha wie ein Schlafwandler durchs Ladenviertel. Was der Hodscha auch kaufte, Memed nickte nur, sagte nichts als: »Schön, mein Hodscha, sehr schön«. Seine Gedanken kreisten um das Bild vom Paradies, und stünde er jetzt davor, er würde sich Tag und Nacht, ohne Speis und Trank, daran nicht sattsehen können.

Nur verschwommen erinnerte sich Memed noch an den Laden von Zeynullah Efendi, wo sie Wandpritschen, Sessel, Sofas, Stühle, Tisch und allerlei Töpfe, Pfannen, Gläser und Krüge kauften. Als der Hodscha noch nach einer großen Petroleumlampe mit rosa Schirm griff, mochte Memed gar nicht mehr hingucken. Genau wie an den flüchtenden Mann konnte er sich auch dunkel an so eine Lampe erinnern, doch wo er sie gesehen hatte, wollte ihm nicht einfallen.

»Nicht diese Lampe, Hodscha!«

»Vielleicht die mit dem grünen Lampenschirm?«

»Außer jener mit dem rosa Schirm sind mir alle recht.«

Und der Hodscha suchte zwei sehr schöne Lampen aus.

Die folgenden Tage kamen Handwerker, tünchten die Wände, malten Türen und Fenster, legten Kelims und Teppiche, stellten Sessel, Stühle, Tische und Sofas auf, und nachdem alle Zimmer eingerichtet waren, kamen Abdülselam Hodscha und seine Ehefrau mit einem riesigen Leinensack. Sie war eine junge, dunkle Frau mit schlankem Schwanenhals und fast so schön wie Seyran. Sie öffneten den Leinensack, und Gardinen aus besticktem

Batist kamen zum Vorschein, die von dem Ehepaar vor jedes Fenster sorgfältig aufgehängt und gespannt wurden. Die beiden kamen auch die nächsten Tage, doch Memed kümmerte sich nicht um ihre Arbeit, er stand vor dem Bild von Adam und Eva, starrte es an und konnte sich bis in den Abend hinein nicht davon trennen.

»So lieb gewonnen hast dus also, Memed?«

»So lieb gewonnen hab ichs, mein Hodscha«, antwortete Memed entzückt und versank wieder im Anblick des Bildes. Von Mal zu Mal entdeckte er darin neue Farben und Formen, und sein Herz hüpfte vor Freude, so als habe er die Welt neu entdeckt.

Da, auf dem hellgrünen Blatt ein Marienkäfer, und hinter dem Blatt wohl tausend mehr! Und dort ein klitzekleiner blauer Vogel mit gelber Brust, seine Augen rollen aufgeregt in ihren Höhlen … Schon gleich wird er die Flügel öffnen und davonschwirren … Hinter ihm ein zweiter Vogel. Ein grüner Käfer mit blauen Punkten hat die Deckflügel gespreizt, darunter tiefes Rot, die zitternden Hautflügel blau. Schließlich eilte Memed begeistert zum Hodscha und rief:

»Nach Konya zum Heiligtum des Molla Hünkar zu pilgern, soll mindestens halb so segensreich sein wie eine Pilgerreise nach Mekka. Wenn Seyran hier ist, will ich nach Konya pilgern und ehrfurchtsvoll die Hand des Verehrten Meisters küssen, der diese Bilder gemalt hat!«

»Sicher können wir das Grabmal unseres heiligen Mevlana besuchen. Aber der Verehrte Meister wohnt hier. Jener hoch gewachsene Mann, den du gesehen hast …«

»Er war es, er?« Memed war außer sich. »Wie schade, dass ichs nicht gewusst und ihm die Hände nicht geküsst habe.«

»Die Gelegenheit wirst du noch haben«, tröstete ihn der Hodscha.

Eine Woche später erstand Memed ein aus Urfa gebrachtes Vollblut. Es war vier Jahre alt und trug einen Tscherkessensattel mit verzierten Zwieseln aus nielliertem Silber. Auch die Zügel, die Bügelriemen und Sattelgurte trugen Silberschmuck. Er kaufte sich noch eine mehrschüssige Nagant und schnallte sie sich um die Hüfte.

»Memed«, sagte Abdülselam Hodscha, »nimms mir nicht übel, aber in diesem Zeug steigt man hier nicht aufs Pferd.«

Sie machten sich wieder auf zu Zeynullah Efendi und kauften dort eine dunkelblaue Reithose, einen dunkelblauen Rock, genau passende Reitstiefel, eine karierte Reitkappe und ein Dutzend Hemden. Memed zog die Sachen an, sie gefielen ihm auch, dennoch vermeinte er, vor den Menschen nackt dazustehen. Nichts konnte ihm seinen Umhang mit silberbesticktem Kragen, seine Opanken aus Rohleder, seine gestrickten, bunt gemusterten Kniestrümpfe und sein kragenloses Baumwollhemd nach Maraşer Art ersetzen!

Dieser vor ihm flüchtende Mann war nicht mehr aufgetaucht. Memed war zum Wildwasserbett geritten, hatte einen ganzen Tag im Heidekraut am Meer gesessen und übers weite Wasser gestarrt, war oft in der Moschee gewesen oder in der Kebapbraterei, aber getroffen hatte er den Mann nirgendwo. Doch sein Herz schlug vor Aufregung, der Mann könne plötzlich wieder vor ihm stehen, bis zum Hals. Ach, ein einziges Mal nur, und wäre er auch ein Vogel, entkäme er Memed nicht!

Als das Haus eingerichtet und alle Arbeit getan war, kam Abdülselam Hodscha und brachte Memed den bei der Ankunft anvertrauten Lederbeutel zurück mit den Worten: »Du hast jetzt ein Haus, wo du dein Gold aufbewahren kannst.«

Memed wog den Beutel in der Hand, schaute hinein, er war noch reichlich gefüllt. Aber sie hatten doch so viel ausgegeben? Veli der Rabe muss in all den Jahren in den Bergen viel Beute gemacht haben! Er reichte Abdülselam Hodscha den Beutel zurück: »Behalte ihn, bis Seyran hier ist, mein Hodscha!«

Der Hodscha fingerte fünf Goldstücke aus dem Beutel. »Nimm sie, man weiß ja nie, vielleicht brauchst du sie!«

Memed steckte sie zu den andern Goldstücken in seine mit dem Bild eines Skorpions aus Perlen verzierten Geldbörse.

»Und lass einige bei Zeynullah Efendi einwechseln!«, fügte der

Hodscha hinzu. »Er mag dich übrigens sehr. Wen er erst einmal ins Herz geschlossen hat, den schultert auf der Matte keiner mehr. Reiten wir hin!«

Neue Reithosen wie maßgeschneidert, darüber die blanken Reitstiefel, in einem der Schäfte die Gerte mit silbernem Knauf, silberverzierter Gurt, blütenweißes Hemd mit offenem Kragen unter dunkelblauem Rock ...

Sie banden das Pferd an die große Platane beim gemauerten Haus. Am Fuße des dreihundertjährigen Stammes sprudelte eine Quelle, bildete ein über weiße Kiesel flimmerndes Wasserbecken, plätscherte von dort zwischen Felsblöcken dahin und verschwand in den Apfelsinengärten.

Die beiden setzten sich eine Weile in den Schatten unter die Platane und tranken einen Kaffee. Der Hodscha stellte Memed einigen Leuten vor. Anschließend gingen sie in Zeynullah Efendis Laden.

Zeynullah maß Memed mit bewundernden Blicken. »Was hast du doch für einen ansehnlichen Neffen, Abdülselam«, lachte er. »Wäre er nicht schon verheiratet, er würde alle Mädchen der Çukurova in Flammen setzen.«

Stolz nickte der Hodscha. »Und wie ich sehe, bist du ihm wohlgesinnt, da zwingt ihn keiner mehr in die Knie!«

»Mit Gottes Hilfe!«, sagte Zeynullah Efendi.

Zeynullah Efendis Laden war wohl das namhafteste Handelszentrum im Nahen Osten. Waren aus Aleppo, Damaskus, Kairo, Alexandrien, Paris, London und Neapel, von Syriens Grenzstadt Alexandrette über die Grenze geschmuggelt, wurden von hier aus in die ganze Türkei, den Iran, den Irak und noch fernere Länder weitergeleitet. In Zeynullah Efendis großem, vor der Provinzstadt liegendem Konak ging es zu wie in einem Bienenkorb. Hier dienten arabische, französische, englische und türkische Angestellte. Und von seinen Gewinnen hatte Zeynullah Efendi sehr preiswert viele Apfelsinengärten und noch mehr Ländereien erstanden. Vom Fuße dieser Berge bis ans Mittelmeer gehörte ihm die ganze Ebene. Er handelte mit Waffen aller Art, mit

Haschisch, Heroin, Pferden, Schafsherden, kurzum mit allem, was zu kaufen oder zu verkaufen war ... Nacht für Nacht kamen wohl fünfzehn Berittene in seinen Konak, um wertvolle Lasten zu laden oder abzuladen.

In Zeynullah Efendis weiträumigem Laden traf sich auch alles, was in dieser Provinz Rang und Namen hatte. Am späten Nachmittag versammelten sich hier täglich der Landrat, der Kommandant der Gendarmerie, der Oberbürgermeister, der Mufti, der Imam, der Finanzdirektor, die Agas und Beys, setzten sich in die bequemen marokkanischen Sessel, tranken Tee und plauderten. Die Politik der Türkei, Syriens, Frankreichs und Englands wurde hier erörtert, Entschlüsse wurden hier gefasst. Eine Spezialität des Hauses aber waren Tratsch und Hetze. Und kein Vorfall in der Türkei bis hinein ins hinterste Dorf, der hier nicht Erwähnung fand.

»Ihr habt also das Haus gekauft.«

»Gott Dank, verehrter Efendi«, bejahte Abdülselam Hodscha.

»Und preiswert, wie ich höre.«

»So billig nun auch wieder nicht, aber immerhin.«

»Tagelang konnte sich die Frau nicht von ihrem Haus trennen. Tag und Nacht soll sie es angestarrt haben.«

»Am Ende ist sie gegangen«, nickte Abdülselam Hodscha.

»Ich sagte ihr noch«, sagte Memed verschämt, die Hände achtungsvoll auf den Knien, »wenn du willst, Hanum, bleib bei uns!«

»Und was hat sie getan?«

»Eines Morgens war sie nicht mehr da. Ich habe herumgefragt; sie war nach Istanbul abgereist.«

Zeynullah Efendi seufzte. »Gott bewahre jeden davor. Das Nest zu verlassen, fällt dem Menschen schwer. Ich lebe seit Jahren in dieser Kleinstadt. Mein Vater war hier Kommandant, als die Festung Payas noch Gefängnis war. Ich zog nach Damaskus, um dort zu studieren, bereiste dann die Welt, aber meinen Geburtsort konnte ich nicht vergessen. Noch immer steigt mir sein Geruch in die Nase. Auch du wirst noch voller Sehnsucht den Duft der Anavarza-Ebene in deiner Nase verspüren. Nur hast du es nicht so weit. Schwingst du dich morgens in den Sattel, bist du dort, bevor der Abend dämmert. Meine kleine Stadt ist jetzt jenseits der Grenze. Was scherte mich Hab und Gut, könnt ich nur in der Heimat leben! Mit ihren schönen Häusern und ihrer Brücke ist meine Vaterstadt wohl in der ganzen Welt berühmt.« Zeynullah Efendis Lippen zitterten, seine Augen wurden feucht, die Brust hob und senkte sich.

Zuerst kam Mufti Efendi in den Laden. Der Mann war hoch gewachsen, hatte große braune Augen, eine gebogene Nase und trug einen schwarzen Stutzbart. Er hielt sich leicht vornübergebeugt und hatte ein stets lächelndes, freundliches Gesicht. Hinter ihm stellte sich Şakir Bey ein. Als dieser eintrat, sprang alles auf die Beine. Er trug wie Memed eine dunkelblaue Reithose und braune Reitstiefel, in deren einem Schaft auch eine Peitsche mit silbernem Knauf steckte. Sein Jackett war aus englischem Tuch und in Istanbul maßgeschneidert, sein blütensauberes Hemd darunter aus reiner Seide. Die große Perle der goldenen Nadel auf seiner schmeichelnden roten Seidenkrawatte fiel sofort ins Auge. Wie immer trug er einen schwarzen Borsalino mit einer rötlich schimmernden Feder am Hutband. Mit wem er auch sprach, er tat es mit dem durchbohrenden Blick eines Falken, und er machte sich die größten Vorwürfe, ja, beschimpfte sich wie einen Fremden, wenn er einmal vergessen hatte, diesen durchdringenden Blick aufzusetzen.

Kurz danach kam der Lehrer Zeki Nejad herein. Abdülselam Hodscha sprang auf, Memed tat es ihm gleich, der Mufti richtete sich nur etwas auf, Şakir Bey und Zeynullah Efendi rührten sich nicht.

Der Lehrer, der ständig vor Grimm zu bersten schien, humpelte leicht, konnte es aber mit ziemlichem Erfolg verbergen, wenn man nicht genau hinschaute. Er trug einen marineblauen Anzug, ebenso gestreifte Strümpfe und elegante Schuhe. Zum weißen Seidenhemd hatte er sich eine blaue Krawatte umgebunden. Auch sein Hut war ein schwarzer Borsalino, jedoch ohne Feder. Am Revers baumelte an rotem Band der Orden des Freiheitskrieges, genau der gleiche, der auch Mustafa Kemal Paschas Brust schmückte. Er war aus Gold und schimmerte mehr als jedes andere Goldstück ...

Als nach und nach alle anderen eingetroffen waren, brachte ein junger Angestellter auf silbernem Tablett einen Messingsamowar und goldgeränderte Gläser. Und während sie wie immer den duftenden englischen Tee tranken, unterhielten sie sich. Diese Teezeit hatte sich zum täglichen Ritual verfestigt, das niemand, nicht einmal Zeynullah Efendi selbst hätte durchbrechen können.

Zuerst ging es um Schmuggelware. Einer der Schmuggler, Sohn des Tscherkessen geheißen, war am Gavurberg in den Hinterhalt eines Regiments Gendarmen getappt, hatte sich aber ohne Verluste hinter die syrische Grenze zurückziehen können. Der Sohn des Tscherkessen pflegte jeweils mit sechzig Reitern über die Grenze zu kommen, zielsichere Schützen allesamt. Danach drehte sich das Gespräch um einen in der ganzen Türkei bekannten Abgeordneten, der tausende Morgen Staatsgrund samt Dorf in der Gegend von Yüreğir beschlagnahmt hatte, Äcker so fruchtbar, dass in der Krume eingepflanzte Menschen sogar wachsen würden! Anschließend ging es um Abgeordnete und Helden des Vaterländischen Krieges, wie sie Grund und Boden des Vaterlandes untereinander aufteilten. Nichts als Plünderei, und ein Hoch dem, der ihr einen Riegel vorschieben kann! Schließlich kamen sie auf das in letzter Zeit meistdiskutierte Thema: die Räuberbanden im Allgemeinen und Memed der Falke im Besonderen.

»Gibt es Neuigkeiten?«, fragte der Mufti den kleinen, schmächtigen Imam, der in seiner Kutte zu verschwinden schien. Er kannte alle Räubergeschichten; und wo und wie eine Untat auch begangen sein mochte, der Imam Efendi schilderte sie mit dem Geschick eines Märchenerzählers so spannend, dass seinen Zuhörern der Mund nach immer mehr wässrig wurde.

Imam Efendi richtete sich auf, räusperte sich, und schon hing jedermann an seinen Lippen. Dass die Menschen ihm mit einer Anteilnahme zuhörten, als wollten sie in ihn hineinkriechen, berauschte ihn jedes Mal. Nun schilderte er, wie Memed von bewaffneten Männern aus dreißig Dörfern und Gendarmen dreier Bezirke in Akçasaz eingekreist wurde, sich aber mitten im Sumpf auf den Rücken des dort hausenden Drachens schwang und aus den Lüften auf Gendarmen und Dörfler herunterstieß, sodass sie in Todesangst flüchteten …

Voller Zorn fiel Şakir Bey ihm ins Wort. »Unsinn!«, polterte er. »So etwas gibt es nicht. Legenden, mein Herr, erstunken und erlogen. Sie führen das unwissende Volk hinters Licht, und das Volk macht aus diesem Mörder einen Heiligen. Und du, Imam Efendi, bringst dieses Märchen seit einem Monat unters Volk! Schluss damit, meine Herren, betrügt doch das Volk nicht, das auch noch so dumm ist, an diesen Unsinn zu glauben!«

»Ich habe das nicht erfunden, mein Herr Şakir Beyefendi. Ich habe nur vorgetragen, was ich hörte. Und vor einem Monat erzählte ich von diesem Memed genannten Briganten eine andere Geschichte, wie er inmitten tausendsechsundsechzig schwarzer Schlangen und begleitet von einem Feuerball von der Burg Yilankale herunterstürmte, und die Gendarmen, trotz ihres Kreuzfeuers, weder ihn noch eine einzige Schlange treffen, und wenn sie trafen, nicht verletzen konnten. Aus der neuesten, mir zugegangenen Nachricht aber ergibt sich, dass die vorigen überholt, und diese jetzt aktuell ist, mein Herr.«

»Unsinn, nichts als Unsinn.«

»Das könnte aber durchaus wahr sein«, mischte sich der Mufti ein.

Şakir Bey runzelte die Stirn. »Ich bitte Sie, Mufti Efendi, Sie, ein großer Mann der Religion, wie können Sie an Drachen, Dschinnen, Elfen und Ähnliches glauben?«

»Es steht im Koran, Şakir Bey«, entgegnete Mufti Efendi von oben herab. »Sowohl Drachen als auch Dschinnen und Elfen kommen im Koran vor, mein Herr.« Und er trug auf Arabisch eine Sure vor und übersetzte sie dann langsam und mit Nachdruck.

Kommt der Koran ins Spiel, halten fließende Wasser still! Nicht aber Şakir Bey: »Also gut, Mufti, Memed griff sich mitten im Moor von Akçasaz den Drachen, klemmte ihm die Kandare ins Maul, nahm die Zügel in die Hand, schwang sich auf seinen Rücken ...«

»Durchaus möglich.«

»Steht das denn auch im Koran?«

»Um Gottes willen!«, entsetzte sich der Mufti und murmelte ein Bußgebet. »Wägen Sie Ihre Worte, Şakir Bey, und bitten Sie Gott um Verzeihung!«

»Gott vergib!«, sagte Şakir Bey. »Und weiter, Mufti Efendi: An Memeds Finger steckt ein im Hort gestohlener Ring, glitzernd wie der Blitz, ständig leuchtend wie die Sonne. Solange er diesen Ring trägt, kann Wasser ihm nicht den Atem nehmen, Feuer ihn nicht verbrennen, keine Kugel der Welt ihn treffen, und wenn sie trifft, ihn nicht verletzen. Steht das auch im Koran?«

»Verehrter Şakir Bey, so etwas steht nicht im heiligen Koran, aber es kommt im Leben der Heiligen oft vor. Übrigens ist der Ring, den Memed trägt, nicht gestohlen, sondern ein Geschenk von Mütterchen Sultan, der heiligen Oberin des Horts der Vierzig Augen.«

»Kann eine Frau denn heilig sein?«, brüllte wutbebend der Bey. »Hat es in der Geschichte des Menschen jemals weibliche Heilige und Propheten gegeben?«

»Es hat sie gegeben«, entgegnete der Mufti. »Die Erste war unsere Urmutter Eva, die Zweite unsere Mutter Maria.«

Ihre Auseinandersetzung dauerte, und nur mit Mühe und Not konnten die andern Şakir Bey schließlich beschwichtigen.

Aber nun war der Mufti in Fahrt und zog vom Leder: »Du glaubst wohl auch nicht daran, dass sechzehn Heilige in grünen Gewändern aus dem Hort der Vierzig Augen in den Griechischen Krieg gezogen sind, und fünfzig Grüngewandete an der Spitze des Heeres sich mit dem Schwert in der Hand auf die Griechen gestürzt haben. Die griechischen Gefangenen haben es bestätigt: Nicht eure Soldaten haben uns besiegt, sondern fünfzig Grüngewandete mit dem Schwert in der Hand, ein jeder pappelgroß, die haben uns besiegt. Du wirst natürlich sagen, die Unseren haben solch Grüngewandete nicht gesehen, wirst du sagen ... Du!«

«Daran glaube ich, Mufti Efendi«, rief jetzt Şakir Bey, weil der Mufti ihn so hart anging. »Dasselbe habe ich mit eigenen Ohren von heimkehrenden Soldaten gehört.« Aus Furcht, er könne in der ganzen Stadt als Ungläubiger verschrien werden, hatte er im Nu eine Wende von hundertachtzig Grad gemacht.

Der Mufti aber, der blitzschnell Şakir Beys Schwachstelle erkannt hatte, ließ nicht locker. »Und hat Mütterchen Sultan, diese heilige Frau, Memed dem Falken nicht auch das Gewand Saladins des Eroberers übergeben, in dem er gegen die Kreuzzügler gekämpft hatte und das mit tausendneunhundertneunundneunzig Suren und anderen mächtigen Gebeten beschriftet war?«

»Was fand sie denn an Memed so Besonderes, dass sie ihm dieses heilige Gewand schenkte?«

»Sie wollte, dass wie Saladin, den früheren Träger dieses Gewandes, auch Memed den Falken kein Schwert verletzen, kein Feuer verbrennen, kein Wasser ertränken, keine Kugel durchbohren, kein Menschensohn überwältigen kann.«

»Und was fand diese heilige Frau an diesem blutbefleckten Mörder?«, fragte höhnisch Şakir Bey, der in seinem Zorn drauf und dran war, alle Schiffe hinter sich zu verbrennen. Denn er versäumte es nie, sich freitags in der Moschee in der ersten Reihe der Gläubigen zum rituellen Gebet aufzustellen, nur um als fromm zu gelten, obwohl er an rein gar nichts glaubte.

»Das können wir nicht wissen, das weiß nur Gott allein, und Seine Taten können wir nicht durchschauen. Doch wenn Mütterchen Sultan Memed den heiligen Ring und das heilige Gewand gegeben hat … Sie weiß, was sie tut.«

»Das Schwert aber kann sie ihm nicht gegeben haben.«

»Und warum nicht?«

»Weil jemand, der nicht aus dem Stamm der Oberen des Horts der Vierzig Augen kommt, es gar nicht heben kann.«

»Wer weiß, vielleicht stammt Memed ja aus dem Geschlecht der Oberen des Horts. Wir wissen es ja nicht. Und dieser Ring …«

Dabei fiel sein Blick auf den Ring an Memeds Hand, die achtungsvoll auf dessen Knie ruhte, und plötzlich fielen ihm fast die

Augen aus den Höhlen. »Komm her!«, befahl er Memed. »Komm näher mit dem Ring, damit ich ihn mir anschauen kann!«

Achtungsvoll stand Memed auf, näherte sich Mufti Efendi und streckte ihm die Hand entgegen.

»Oh, mein Gott!«, rief der Mufti verblüfft. »Als ich in meiner Jugend zum Hort der Vierzig Augen gepilgert war, sah ich am Finger des Oberen, der dann in die Schlacht gezogen und nicht heimgekehrt, sondern in den Kreis der Vierzig eingegangen ist, genau den gleichen Ring.« Er drehte die Hand, betrachtete sie von allen Seiten. »Ja, ja, genau der gleiche«, stieß er aus und ließ los.

Betreten schlich Memed an seinen Platz, setzte sich und legte seine Hände wieder auf die Knie.

»Woher hast du diesen Ring, mein Sohn?«

»Er ist ein Erbstück vom Großvater meines Großvaters«, antwortete Memed, der sich wieder gefasst hatte.

»Und von wem hat er ihn?«

»Ich weiß es nicht.«

»Habt ihr irgendwelche Beziehungen zu einem namhaften Hort?«

»In der Ebene von Anavarza gibt es gar keinen Hort.«

Nachdem sich die Gemüter beruhigt hatten, ergriff jetzt der Hauptmann die Gelegenheit und machte seinem angestauten Ärger Luft. »Es ist immer dasselbe. Ich stamme aus Izmir und zu meiner Jugendzeit lebte dort Memed Efe aus Çakirca, der über tausend Menschen getötet hatte. Auch er, hieß es, habe so einen Ring und so ein Hemd. Denn dieser tausendfache Mörder beraubte, wie seinerzeit Köroğlu, die Reichen und gab den Armen in ihren Zelten und Dörfern. Schließlich wurde dieser Çakircaner erschossen und in einer Kleinstadt an seinen Füßen splitternackt an einen Ast aufgehängt. Doch das Volk, das fest an seine Unverwundbarkeit geglaubt hatte, hängte ihn wieder ab und begrub ihn in der Ebene unter einer Platane nahe einer Landstraßenkreuzung. Es vergingen keine sechs Monate, da wurde das Grab zum heiligen Ort erklärt und alle Dörfler bezeugten, dass in tiefer Nacht eine Kugel aus Licht von den Bergen herabgeglitten sei und sich am Kopfende des Çakircaners niedergelassen habe. Danach wurde seine Graberde zum Heilmittel aller Leiden. Und wenn ein Dörfler an der Kreuzung vorbeikam, begann er schon aus einem Kilometer Entfernung zu brüllen: Mit Verlaub, Efe aus Çakirca, mit Verlaub, wir sind keine Fremden, gestatte uns vorbeizugehen! Wenn ich, ob Tag, ob Nacht, mit meinem Vater dort vorbeikam – er zügelte das Pferd und brüllte: Gestatte es, gestatte!«

»Ich habe davon gehört, als ich in dieser Gegend Dienst tat«, bestätigte der Landrat.

»Und mit Memed dem Falken werden sie dasselbe tun«, lachte der Staatsanwalt, dass sein dichter Schnauzbart hüpfte. »Dieses dümmliche Volk ist nicht zur Vernunft zu bringen.«

»So ist es«, bekräftigte der Richter. »Seit dreißig Jahren bin ich hier im Amt, und noch immer ist mir dieses Volk ein Rätsel. Nach meiner Ansicht versucht dieser Memed, einen Aufstand anzuzetteln. Zuerst missbraucht er die religiösen Gefühle der Menschen, dann verteilt er Gold, und danach … Wie wir gestern erfahren haben …«

Memed wurde ganz Ohr. Mal sehen, dachte er, was unser Ferhat Hodscha denn so treibt.

Der Imam nahm dem Richter das Wort aus dem Mund, erzählte drauflos und machte seine Sache so gut, dass alle an seinen Lippen hingen. Und obwohl jeder darauf brannte, seine eigene Meinung zum Besten zu geben, unterstand sich keiner, ihn zu unterbrechen.

Memed folterte und beraubte, ohne Rücksicht auf Rang und Alter, jeden Reichen im Taurus und verging sich anschließend drei Tage und drei Nächte lang an ihren Frauen, Töchtern und Bräuten. Drei Agas, die diese Folter und Erniedrigung nicht verwinden konnten, hatten alle Familienmitglieder umgebracht und sich anschließend selbst die Kugel gegeben.

So etwas tut Ferhat Hodscha nicht, dachte Memed empört, sprang dabei ganz unbewusst auf, um sich gleich wieder zu setzen.

Wutentbrannt sagte Abdülselam Hodscha zwischen zusammengebissenen Zähnen: »Mütterchen Sultan würde nie im Leben den Siegelring des Hortes, das mit neunhundertneunundneunzig Suren und Gebeten beschriftete Hemd und den Säbel des Heiligen Saladin Eyyübi so einem Frauenschänder und Mörder geben. All diese Geschichten über Schändungen von Frauen sind nichts als Lügen.«

»So habe ich es aber gehört, Efendi«, entgegnete der Imam und senkte den Kopf.

»Ja, so ist es uns zu Ohren gekommen«, bestätigte der Staatsanwalt.

Und Memed hat jedem Jungmann im Taurus den Namen Memed gegeben. Es heißt auch, alle Knaben, alle jungen und alten Männer haben selbst ihre Namen geändert und nennen sich jetzt Memed. Und jeden Tag melden sich bei ihm Tausende, um in seiner Bande aufgenommen zu werden. Er aber hat aus diesen nur sieben Mann ausgesucht, die sich ähneln wie ein Ei dem andern, um eine neue Bande zu gründen. Es wimmelt in der Bergen jetzt von Memeds. Die Reichen in den Bergen und in der Ebene packen schon ihre Habe und ziehen in andere Gegenden. Mehr als um ihr Hab und Gut geht es ihnen aber um Ehre und Tugend, was ja bekanntlich nicht auf Melonenfeldern nachwächst ...

Sie debattierten lange. Die einen sagten, das könne nicht sein, die andern meinten, es sei schon möglich. Am Ende ergriff der Hauptmann, der sich an diesem Streit nicht beteiligt, aber aufmerksam zugehört hatte, mit schneidender Stimme das Wort. »Unseren ehrlosen, niederträchtigen Dörflern ist alles zuzutrauen. Was wären einige Räuber und Strauchdiebe wie Memed denn ohne sie! Mensch, wenn ich diesen Memed nur in die Finger bekäme, wenn sie mich nur auf Jagd nach ihm in die Berge abkommandierten! Ich würde diesen Winzling an beiden Beinen packen und ihn in zwei Teile reißen. Und diesen niederträchtigen Dörflern zeige ich es auch. Ich lasse sie foltern, und sind es auch zehntausend, hunderttausend, meinetwegen eine Million Memeds. Die werden noch alle Blut pissen!«

Dass der Hauptmann ein sehr fähiger, tatkräftiger und patriotischer Soldat sei, bescheinigten ihm alle Anwesenden. Er würde nicht nur die Memeds des Taurus, nein, der ganzen Çukurova, sogar der ganzen Türkei Blut pissen lassen, ihnen auch noch die Fingernägel ausreißen und die Haut abziehen.

»Was bezwecken diese Vaterlandsverräter denn, indem sie sich alle den Namen Memed zulegen?« So wetterte, in Harnisch geraten, der Hauptmann.

»Diese Briganten sind keine Vaterlandsverräter«, warf Lehrer Zeki Nejad ein.

»Natürlich sind das Vaterlandsverräter«, empörte sich Şakir Bey. »Was willst du denn damit sagen, Lehrer Efendi?«

»Nichts will ich damit sagen, Şakir Efendi …«

Wutentbrannt erhob sich der Hauptmann und brüllte, dass ihm die Halsadern schwollen: »Ja, was willst du damit sagen, Lehrer! Wir haben die Landkarten unserer Heimat mit Heldenblut gezeichnet. Die Briganten rebellieren gegen diesen Staat, sie sind Vaterlandsverräter.«

Auch Zeki Nejad war aufgesprungen und schrie: »Die Briganten können keine Vaterlandsverräter sein.« Mit rudernden Armen sprach er unbeirrt weiter: »Hören Sie zu, mein Hauptmann! Ich muss erzählen, wie es sich in Wirklichkeit abgespielt hat. Hören Sie, edler Soldat unseres Landes, mir zu!« Heftig schlug sein Orden am Band nach beiden Seiten aus.

Den Hauptmann aber hatte die schmeichlerische Anrede beschwichtigt, in Schweiß gebadet setzte er sich.

»Nun, mein Hauptmann, Gizik Duran war einer dieser berühmten Briganten. Wir kämpften an der Front von Haçin Seite an Seite. Wäre dieser Brigant nicht in unseren Reihen gewesen, wir hätten große Verluste gehabt. Ich habe auch in Antep gekämpft. Schwarze Schlange und Süleyman der Kurde kämpften dort auch in unseren Reihen, wie Sie wohl besser wissen als ich. Auch mit ihnen habe ich Schulter an Schulter auf den Feind gefeuert, und Schwarze Schlange fiel an meiner Seite … Und an der Griechenfront – auch das wissen Sie besser als ich, mein

Hauptmann – kämpften die Recken Gökçen Efe, Demirci Efe und Efe Ali der Jürüke ...«

»Sind Sie Memeds Advokat, Herr Lehrer?«, unterbrach ihn Şakir Bey.

Lehrer Zeki Nejad antwortete nicht, warf ihm nur einen vernichtenden Blick zu. »Ja, meine Freunde, während diese Briganten im Kampf gegen unsere Feinde fielen, machten unsere Agas und Beys mit ihnen gemeinsame Sache.«

Diese harten Worte verletzten die anwesenden Agas und Beys zutiefst, aber niemand, nicht einmal der Hauptmann, wagte zu widersprechen. Denn sie verdächtigten den Lehrer Zeki Nejad, einem besonderen Geheimdienst, dem mit den zwei Mondsicheln im Banner, anzugehören. Was hätte sonst so ein hochgebildeter Mann, hellwach wie ein Dschinn und Träger des Freiheitsordens, in diesem Provinznest verloren? Hinzu kommt, dass er weder Äcker noch Gärten haben wollte und außerdem kein gutes Haar an der Regierung ließ, nicht einmal an Ismet Pascha. Allein auf Mustafa Kemal Pascha ließ er nichts kommen, nicht ein böses Wort. Das konnte doch nur eins bedeuten: Zeki Nejad musste Mustafa Kemal Pascha unmittelbar unterstellt sein.

»Ja, meine Herren, das Volk verehrt Memed, hat ihn in den Rang eines Heiligen, eines Propheten erhoben. Das heißt, es bedurfte eines Mannes wie ihn, das heißt, wir haben die Erwartungen des Volkes nicht erfüllen können. Wir betrachten unsere Dörfler noch immer nicht als unsresgleichen, wir erniedrigen sie. Und darum beschützen sie den, der sich in ihrem Namen auflehnt, und krönen ihn zu ihrem Heiligen. Und heißt er Memed, dann ändern sie von sieben bis siebzig ihren Namen und nennen sich Memed. Nein, es wird nicht leicht sein, ihn zu fangen ...«

»Ach«, seufzte der Hauptmann, »ach, verehrter Lehrer, wenn sie mich nur auf ihn ansetzten! Ich habe in Ostanatolien schon sehr viele dieser Memeds an die Wand gestellt und erschossen.«

»So ist es«, bestätigte der Landrat. »Ich kenne unseren Hauptmann, darin hat er Erfahrung. Sogar der Çakircaner und auch Köroğlu sind ein Klacks für ihn, geschweige denn Memed.«

Beschämt wie ein Jüngling senkte der Hauptmann den Kopf. Abdülselam Hodscha, der sich an der Auseinandersetzung nicht beteiligt hatte, warf Memed hin und wieder mit verstohlenem Lächeln einen Blick zu.

Die Wogen hatten sich geglättet, jeder schien zufrieden, die Teegläser wurden frisch aufgefüllt.

Nur der Imam wollte noch etwas loswerden. »Da ist noch eine interessante Neuigkeit«, sagte er mehrmals, doch niemand hörte zu. Schließlich riss ihm die Geduld. »Ich, ich, ich habe noch etwas Wichtiges mitzuteilen«, rief er, »es handelt sich um Memeds Pferd.«

»Was gibt es Neues über Memeds Pferd?«, fragten sie neugierig durcheinander.

Seit einigen Wochen schon war in der Stadt Memeds Pferd das Tagesgespräch. Abdülselam Hodscha waren schon vor Tagen die umlaufenden Gerüchte zu Ohren gekommen, er hatte sie allerdings Memed verschwiegen, um ihn nicht zu beunruhigen. Doch dasselbe noch einmal vom Imam zu hören, war etwas anderes, schließlich konnte ihm sogar bei den allbekannten Geschichten von Köroğlu kein Märchenerzähler das Wasser reichen!

»Wie lauten die neuesten Nachrichten, Imam?«, fragte Şakir Bey mit Nachdruck. »Haben sie das Pferd endlich gefangen und erschossen?«

»Eingefangen haben sie es noch nicht, aber so zahlreich wie Sandkörner am Strand haben sich Dörfler in den Taurus aufgemacht und suchen nach ihm, gucken in jedes Skorpionloch, linsen unter jeden Vogelflügel.«

»Dann finden sie es auch«, nickte Şakir Bey. »Sie werden es auf dem Marktplatz der Stadt vor den Augen Tausender hinrichten.«

Spöttisch fragte Lehrer Zeki Nejad: »Werden sie diesem edlen Pferd auch die Augen verbinden, bevor sie es standrechtlich erschießen, Şakir Bey?«

»Spotte du nur, Lehrer! Doch damit brechen sie Memed das Rückgrat. Denn das Pferd ist sein Symbol. Da macht es keinen Unterschied, ob du das Pferd oder Memed erschießt ...«

»Sie kriegen es nicht«, meinte Mufti Efendi. »Gott legt auf manche Pferde mehr Wert als auf ihre Reiter. Ich kann euch hundert Beispiele nennen. Zum Beispiel Alexander der Große, der Doppelhörnige; er ist tot, sein Pferd aber lebt. Aber auch die Pferde des heiligen Ali und von Köroğlu leben. Und auch des heiligen Propheten Mohammeds Pferd Burak, obwohl der ruhmreiche Heilige schon längst geruhte, das Zeitliche zu segnen. Ich hatte Gelegenheit, mich mit dem Schicksal des Pferdes von Memed dem Falken näher zu befassen ... Dieses edle Ross wird von dem heiligen Hizir, Gott segne ihn, beschützt. Er selbst hat es unter seine Fittiche genommen.«

»Ich wusste gar nicht, dass Sie Memed so verbunden sind, Mufti Efendi.«

»Dann will ich Sie aufklären, Şakir Bey. Jenes edle Pferd ist das Fohlen meiner Stute, und Memed ist der Sohn meines Onkels väterlicherseits. Haben Sie verstanden, Şakir Bey?«

»Ich habe verstanden, Mufti Bey«, antwortete Şakir Bey und erhob sich. »Schließlich sind es ja auch Hodschas wie Sie, die die Köpfe des Volkes mit Suren voll stopfen. Mustafa Kemal Pascha ist mit euresgleichen nicht fertig geworden, aber wartet nur ab, das kommt noch. Das mächtige Osmanische Reich wird all diese von Spinnweben befallenen Köpfe zertrümmern.« In der Tür drehte er sich noch einmal um. »Die dem Volk weismachen wollen, das Pferd eines blutbesudelten Vaterlandsverräters sei heilig und er selbst ein Prophet, und dabei noch ungerührt Landräten, Richtern und Offizieren in die Augen schauen, werden eines Tages ihre gerechte Strafe bekommen.« Sprachs und ging.

Kaum war er verschwunden, fielen sie über ihn her. Über Şakir Beys Stammbaum und Herkunft, Vettern und Familie, seine Verlogenheit und falschen Orden, wer weiß, woher er die hat, die sind sicher aus Kupfer, und fast die ganze Ebene hat er sich unter den Nagel gerissen, dieser plündernde, blutrünstige Mörder ... Nichts wurde ausgelassen, alles genüsslich breit getreten.

Als Köroğlu in den Bingöl-Bergen umherzog, holte er mit drei Bogenschüssen drei Wildenten vom Himmel. Er ließ in der

Ebene von Bingöl sein rotweißes Zelt aufstellen, sagte seinem Stallmeister: Nimm diese Enten aus, rupfe und reinige sie, machen wir uns doch ein Festessen! Nimm auch den Grauschimmel mit und tränke ihn! Der Stallmeister ging mit den Enten in den Händen und dem Pferd am Halfter zur nahen Quelle, tränkte das Pferd und ließ es grasen. Als er die erste Ente, ausgenommen und gerupft, waschen wollte, erwachte sie zum Leben, kaum dass sie das Wasser berührt hatte, glitt ihm aus den Händen und flog davon. Auch die zweite und die dritte flüchteten, kaum dass sie das Wasser berührt hatten. Entsetzt und ratlos rannte der Stallmeister zu Köroğlu und erzählte, was geschehen war. Um Gottes willen, schrie Köroğlu ganz außer sich, sprang auf die Beine, fragte ihn, hast du von dem Wasser getrunken? Der Stallmeister verneinte. Und der Grauschimmel? Er hat davon getrunken, antwortete der Stallmeister. Oh weh, dass dein Herd verlösche, das ist das Wasser des ewigen Lebens, das Wasser der Unsterblichkeit, das unser Herr Hizir, Gott schütze ihn, getrunken hat. Gehen wir hin und trinken wir auch davon! Sie eilten zur Quelle, und was mussten sie sehen? Aus der Quelle waren tausend Seen geworden. Oh weh, sagte Köroğlu, oh weh, oh weh … Und seitdem ist der Recke Köroğlu, obwohl er schon zu den Vierzig Unsterblichen eingegangen ist, auf der Suche nach dem Wasser des ewigen Lebens. Nicht für sich, er ist ja unsterblich, sondern für die Menschen … Und wenn er meint, diese Quelle gefunden zu haben, wachsen ihm Flügel vor Freude, und er brüllt: Unsterblichkeit, Unsterblichkeit, Unsterblichkeit, dass es von den Bergen widerhallt. Doch sofort verwandelt sich die Quelle zu seinen Füßen in tausend Seen und ihre Wasser vermischen sich. Köroğlu liebte Vögel und Pferde. Der Schutzpatron der edlen Pferde aber ist, Gott segne ihn, unser Herr Hizir. Auch sein Pferd Grauross ist unsterblich. Deswegen nennt man ihn ja auch Graurössigen Hizir der Weltmeere. Wie Licht gleitet das Pferd des Graurössigen Hizir über die Meere, schnell wie ein Lidschlag von einem Ende zum andern. Ja, und Köroğlu sucht seit jenem Tag hinterm Zauberberg Kaf das Wasser des ewigen Lebens. Eines Tages wird er es in Ketten schlagen und verhindern, dass es sich in Seen verwandelt. Jetzt, in diesem Augenblick, irgendwo auf der Welt, ob in der Ebene der Tausend Seen, ob im Jemen oder im Lande von Belkis, der Königin von Saba, taucht er vielleicht schon manch toten Vogel in die Quellen und bringt ihn wieder zum Fliegen.

»Es kommt der Tag, da werden die Menschenkinder unsterblich sein.«

»Nein, sie werden das Pferd nicht einfangen können«, sagte der Mufti mit Nachdruck.

Mein Gott, dachte Memed, was hat es mit diesem verrückten Pferd nur auf sich! Und Abdülselam Hodscha, der eine ganze Weile nur still zugehört hatte, ließ seine Augen nachdenklich von Memed zu Zeki Nejad und dem Mufti hin und her wandern, strählte seinen Bart und murmelte wie im Selbstgespräch: »Viel Wunderkraft besitzt der Mensch, viel Wunderkraft das Pferd, viel Wunderkraft der Vogel ... Und auch die Bienen haben Wunderkräfte.« Und seine weißen Zähne schimmerten, als er mit Siegermiene lächelnd hinzufügte: »Und wunderkräftig ist die Erde.«

Während Memed ungeduldig auf Seyran und Mutter Hürü und auf Müslüm wartete, andererseits auch nach seinem rätselhaften Verfolger suchte, hatte er Gefallen an seinem täglichen Bummel durch das Ladenviertel gefunden. Von einem Geschäft zum andern, von einem Kaffeehaus ins nächste wanderte er. In kurzer Zeit hatte er so alle Welt kennen gelernt und wusste fast über jeden Bescheid. Er sprach mit vielen, hörte ihnen zu, teilte ihre Sorgen und war bald über alle Vorgänge in der Stadt im Bilde. Am engsten freundete er sich mit dem Lehrer Zeki Nejad an, diesem Mann ohne Tadel, ein bisschen kindlich, ein bisschen nachtragend, hin und wieder auch tolldreist und übermütig, der sich mit Leib und Seele seinen Ideen verschrieben hatte und ohne Wenn und Aber zu Memed dem Falken hielt.

Nicht weniger als die befreundeten Schmiede, Barbiere, Tischler und Krämer schätzte Memed Zeynullah Efendi und schaute mit Zeki Nejad täglich bei ihm vorbei. Dort erfuhr er auch vom Richter, vom Staatsanwalt, besonders aber vom Imam, dem

Sagenerzähler, die neuesten Nachrichten über Memed den Falken. Vor allem die letzten Gerüchte über das Pferd waren so widersprüchlich, dass er und Zeki Nejad darüber ganz verblüfft waren.

»Das Volk wagt es nicht, offen für Memed Partei zu ergreifen, also muss sein Pferd dafür herhalten«, meinte Zeki Nejad. »Mittlerweile ist es zum Symbol all unserer Revolutionen und Aufstände geworden, aber auch von denen, die unsere Menschen noch in ihren Herzen tragen.«

Die Provinz war in zwei Lager gespalten. Die Mehrheit, Schmiede, Tischler, Bauern, Tagelöhner, Gärtner und sonstige Berufstätige, bekamen von den Bergen frohe Botschaften und ihre Begeisterung für Memed den Falken war grenzenlos. Für die Reichen dagegen kamen aus den Bergen nur Schreckensbotschaften, und sie wünschten sich Memed in den tiefsten Grund der Erde. Nur über das Pferd herrschte, mit Ausnahme einiger gottloser Götzenanbeter wie Şakir Bey, Einigkeit. Kaum erschien eine neue Geschichte über das Pferd, war sie auch schon von sieben bis siebzig in aller Munde. Was auch immer, seit diese Welt unsere Welt ist, über Pferde gewusst und erzählt war, es wurde diesem Brandfuchs angedichtet. Sogar die alte Geschichte von Adam kannte hier jeder. Was hatte Ali Safa Bey, der von Memed dem Falken getötete Ali Safa Bey, Adam aufgetragen? Du kannst den Augapfel eines Spatzen treffen, hatte er gesagt, bring mir dieses Pferd tot oder lebendig! Na und, mein Bey, das ist doch keine Sache, noch heute bringe ich dir das lebende Pferd oder seinen Kadaver … Er schulterte sein Gewehr, schnallte sich bis an die Zähne Patronengurte um, zog in die Ebene von Anavarza und jubelte vor Freude, als er unter einer mächtigen Platane das Pferd entdeckte. Es stand zehn Meter entfernt. Augapfelhöhe, Kimme, Korn! Er hatte genau aufs Auge des Pferdes gezielt und abgedrückt, und was muss er sehen? Das Pferd steht noch immer so da. Also kniet er sich nieder und deckt, aufgestützt, das Pferd mit allen Kugeln ein, die er laden kann, doch das Pferd steht ungerührt da, schwenkt den Schweif und verjagt lästige Fliegen, soll auch noch schläfrig den rechten Hinterlauf zum Bauch hin eingeknickt haben. In diesem

Augenblick erscheint Hizir vor Adam, sagt: He, du schwachsinniger Menschensohn, sieh doch, du hast so viele Kugeln verschossen, und was ist daraus geworden? Aus dieser Nähe kann jeder fünfjährige Knabe ein Pferd erschießen. He, du schwachsinniger Menschensohn, das heißt doch, es ist nicht erlaubt, dieses Pferd zu erschießen. Mach, dass du fortkommst, und vergreife dich nie wieder an diesem Pferd! Andernfalls nimmst du ein böses Ende, andernfalls wirst du im nächsten Sumpf zum Fraß der Würmer. Gott selbst hat dieses Pferd für Memed bestimmt … Adam aber hörte nicht darauf und verfolgte das Pferd durch die ganze Ebene von Anavarza. Das Pferd spielte mit ihm, lief einen Tag in die Sümpfe, den nächsten in die Schlehdornsträucher, kletterte einen Tag in die Felsen, zog am nächsten hinunter ins Brombeergestrüpp, ins Röhricht, mal durch den Regen, mal in die glühende Sonne. Und Adam hinterher. Das Zeug in Fetzen, Gesicht und Hände von Dornen zerstochen, hatte er bald nichts Menschliches mehr an sich, sah er aus wie ein fremdes Wesen. Weil er Mitleid mit ihm hatte, erschien ihm Hizir, Gott segne ihn, noch zweimal und rief: Hör auf damit, ich halte sonst meine Hand nicht mehr über dich! Doch der blindwütige Adam hörte nicht auf ihn. Eines guten Tages zog das Pferd im Morgengrauen Adam in die Sümpfe. Es galoppierte hinein, Adam rannte hinterher, es flog nur so davon. Je weiter Adam in den Sumpf eindrang, desto mehr zog der Sumpf ihn in die Tiefe. Das Pferd stand nicht weit von ihm und schaute zu, wie er langsam versank.

»Rette mich, edles Pferd, rette mich, mein Heiliger!«, begann er zu brüllen. Und brüllend ging er unter und wurde zum Fraß der Würmer. Und wer immer im Morgengrauen dort vorbeigeht, hört von den Anavarza-Felsen widerhallende Todesschreie.

»Vielleicht überwältigen sie Memed, vielleicht töten sie ihn sogar, aber dem Pferd können sie kein Härchen krümmen.«

»Recht hast du, Meister Hayri, himmelhoch recht«, sagte Zeki Nejad zum weißbärtigen, blauäugigen, breitschultrigen Schmied aus Kreta. »Wen Hizir einmal unter die Fittiche genommen hat, ob Pferd oder Ameise …«

10

Die Gendarmen waren müde und abgekämpft. Über Stock und Stein hatten sie seit Tagen in den Bergen nach dem Pferd gesucht, hatten auch die Dörfler geprügelt und auf die Suche geschickt, doch nach der Vorsehung unerforschlichem Rat waren diese wohl auch zu Gottlosen geworden, denn sie hatten das Pferd nicht eingefangen noch ausgeliefert, nicht einmal sein mögliches Versteck preisgegeben.

»Ich bin wirklich verblüfft, mein Freund«, erklärte ein Unteroffizier aus einem Dorf am Rande der Wüste nahe Antep. »In unserer Gegend beten sie zu Gott und verehren den Propheten, doch in diesen Bergen vergöttlichen sie ein Pferd. Für sie scheint es wertvoller noch als Kind und Mutter.«

Zahlreiche Einheiten hatten sich in den Taurus aufgemacht und kehrten in den Dörfern das Unterste zuoberst. Und kein Hahn krähte nach all den Bergbauern, denen sie ein Auge ausschlugen, den Schädel zerbeulten, Arme und Beine brachen. Wie ein finsterer Orkan fegten sie folternd über den Taurus hinweg und fanden dennoch keinen einzigen Diener Gottes, der für sie das Pferd aufstöberte, auslieferte oder ihnen zumindest eine Spur von ihm zeigte.

Die Einheit des Unteroffiziers aus Antep kam eines Abends ins Dorf. Die Einwohner kannten den Ruf dieser Einheit und harrten mit bangem Herzen der Übel, die ihnen blühten. Kaum war die Einheit durch das Tor in den Vorhof des Dorfvorstehers marschiert, als vor ihnen ein Widder mit weit geschwungenen Hörnern, der ihnen zu Ehren geopfert werden sollte, von zwei Männern zu Boden gedrückt und an den Beinen festgehalten wurde. Ein junger Bursche, der das Messer schon bereithielt, bückte sich und schächtete das Tier mit gezieltem Schnitt. Das Blut des Widders schwappte bis an die Stiefel des Unteroffiziers. Mann, Mann, ging es diesem durch den Kopf, ihr könnt uns auch einen Stier opfern, ich werde mit euch Pferdeanbetern kein Mitleid haben.

Schließlich hatte er aus sicheren Quellen Hinweise bekommen, dass der Brandfuchs in dieser Gegend sein musste.

Der Unteroffizier und seine Leute sprachen weder am Abend noch in der Nacht von dem Pferd. Gemeinsam mit den Dörflern aßen sie das angebotene Röstfleisch vom Opfertier, ließen sich den geschleuderten Honig, den Rahm und die Butter schmecken und legten sich in den ausgerollten schneeweißen, duftenden Betten schlafen.

»Dorfvorsteher!«, befahl am nächsten Morgen barsch der Unteroffizier, »Lass alle Dörfler auf dem Dorfplatz antreten! Entweder ihr bringt mir jenes Pferd, oder ich lehne jede Verantwortung ab! Unter meinen Leuten habe ich einen Gendarmen, gegen den ist Gefreiter Ali die Echse ein milder Engel. Ich habe Hinweise und Anzeigen aus sicheren Quellen bekommen. Also übergebt ihr mir auf der Stelle das Pferd, oder ihr werdet etwas erleben!«

»Mein Unteroffizier, weißt du, dass auf den Kopf dieses Pferdes tausendfünfhundert Lira ausgesetzt sind?«

»Ja, ich weiß.«

»Auch dass dieses Kopfgeld auf dreitausend Lira erhöht worden ist?«

»Das wusste ich nicht, Dorfvorsteher.«

»Dann weißt du es jetzt.«

»Und was bringts, wenn ich es jetzt weiß?«

»Mein reckenhafter Unteroffizier, du weißt doch auch, welch Riesensumme dreitausend Lira sind. Und dass ich für dreitausend Lira dreihundert Ochsen, noch mehr Pferde und ganze Schafherden kaufen kann?«

»Das weiß ich.«

»Wenn dieses Pferd im Dorf wäre, würde ich es doch ausliefern, die dreitausend Lira einstecken und bis an mein Lebensende keine Not mehr leiden.«

»Du wirst uns das Pferd also nicht ausliefern?«

»Es ist nicht in diesem Dorf.«

»Es soll sich in der Gegend herumtreiben.«

»So hörte ich auch, aber gesehen habe ich es kein einziges Mal.«

»Wirst du es einfangen und uns ausliefern, wenn du es siehst?«

»Gottes Wege sind unerforschlich.«

»Ihr betet nicht Gott, ihr betet dieses Pferd an.«

»Gott bewahre, Unteroffizier!«

»Euer Koran, euer Prophet ist dieses Pferd.«

»Bereue sofort, mein Unteroffizier, du versündigst dich!«

Der Unteroffizier biss die Zähne zusammen. »Zum Dorfplatz! Und bring das Register mit! Ist es auf dem letzten Stand?«

»Es ist vollständig«, antwortete der Dorfvorsteher.

Der Dorfwächter stellte sich auf einen Felsblock, und der Ausrufer verkündete: »Wer nicht stehenden Fußes auf dem Dorfplatz erscheint, macht sich strafbar. Unser verehrter Unteroffizier Bekir erwartet euch dort. Wer nicht kommt, wird sein blaues Wunder erleben, alldieweil sich das Dorfregister in den ehrwürdigen Händen unseres Unteroffiziers Bekir befinden wird.«

So versammelten sich alle auf dem Platz, einer blassgrünen, stellenweise kieseligen Wiese, in deren Mitte eine Quelle sprudelte. Etwa fünfzehn Schritt vom Wasser entfernt erhob sich schroffes Felsgelände.

Nachdem der Unteroffizier aus dem Register jeden Namen vorgelesen und die fehlenden Dörfler auf ein Blatt Papier eingetragen hatte, gab er den Gendarmen Befehl. Kurzerhand legten diese den Dorfvorsteher auf die Erde und klemmten seine Füße in die bereits mitgebrachte Falaka. Sie hatten auch Peitschen aus Rindleder dabei und begannen, schmeckts dir oder schmeckts dir nicht, auf die Fußsohlen des Dorfvorstehers einzuschlagen. Seine Schreie gellten zum Himmel. Wurden sie unerträglich, hielten sie inne, einer der Gendarmen hob den alten Mann hoch und mit antreibenden Fußtritten ließ er sich von ihm huckepack ins Quellwasser tragen. Dann klemmten sie ihn wieder in die Falaka und prügelten weiter.

Bis zum Abend kam wohl über die Hälfte der Männer ins Bastonadenholz, und erst als die Sonne sank, zog die Einheit geschlossen in den Gästeraum des Dorfvorstehers. Ihnen zu Ehren waren einige Kälber geschlachtet worden, wurde wieder Röstfleisch, Rahm und Schleuderhonig aufgetischt, und nur der arme Dorfvorsteher entschuldigte sich, wegen zu großer Schmerzen diesmal am Abendessen nicht teilnehmen zu können. Unteroffizier Bekir, dieser gute, weichherzige junge Mann, der ja nur seine Pflicht tat, zeigte volles Verständnis, zumal auch sein schmuggelnder Vater seinerzeit von Gendarmen oft verprügelt und am Ende trotz Schreiens und Flehens an der Grenze totgeschlagen wurde. Doch konnte ausgerechnet jemandem, dessen wimmernden Vater Gendarmen getötet hatten, das vom Nebenzimmer bis hierher dringende Gewimmer des Dorfvorstehers zugemutet werden? Er schickte sofort einen Gendarmen mit dem Befehl nach nebenan: Ruhe! Sonst ...

Prügel und Folter, hieß es, werde am nächsten Tag, und wenn erforderlich, am übernächsten fortgesetzt! Entweder wird das Pferd herangeschafft, oder im ganzen Dorf steht keiner mehr auf den Beinen! Welch ein Glück für die Dörfler, dass Unteroffizier Bekir es nicht übers Herz brachte, jemanden zu töten, eben weil Gendarmen seinen schreienden, flehenden Vater an der syrischen Grenze für zehntausend Lira in seinem eigenen Blut ertränkt hatten! Andere Einheiten dagegen ...

Als der Morgen anbrach, wurde es im Dorf auf einmal lebendig. Geflüster und Gemurmel machte die Runde. Neugierig erkundigte sich der Unteroffizier, konnte aber nichts erfahren. Bis schließlich eine alte Frau kam und sich vor ihn hinstellte.

»Unteroffizier Bekir, du hast die Knochen der Leute umsonst gebrochen«, begann sie. »Das Pferd, Memeds Brandfuchs, kennt in diesen Bergen jedes Kind. Jetzt treibt es sich auf freier Wildbahn mit unseren Pferden herum, wir können es nämlich auf einen Blick zwischen fünfhundert anderen herausfinden. Geh doch hin und fang es ein! Geh du doch hin, mein Lämmchen, mein Bekir mit der Donnerstimme, und töte es!« Ihre Stimme klang leicht spöttisch.

»Sei still, Frau, und spotte nicht, sonst ... Ob Mann oder Frau, Alt oder Jung, das schert mich nicht ... Ich bin der Todesengel dieser Berge.«

»Dann geh doch hin und drück auf ihn ab, damit es dir ergeht wie damals Adam. Fang den Hengst doch ein, damit es dir ergeht wie damals Ömer dem Kahlen ... Fang ihn doch, wenn du einen Männerarsch in der Hose hast ... Auf dass der Brandfuchs dich lähmt, dein Mund zur einen, deine Nase zur anderen Seite hängt und deine Augen wer weiß wohin schauen! Geh doch hin! Deinen Vater hast du ja schon umgebracht. Tu es doch, auf dass du deine Mutter niemals wiedersiehst!« Ungehemmt zog die Frau vom Leder.

»Ich habe meinen Vater nicht umgebracht.«

»Du sagtest selbst, Gendarmen hätten ihn getötet. Hast du das nicht gesagt? Ob du oder ein anderer Gendarm, wo ist da der Unterschied!«

»Das ist ein großer Unterschied. Treib es nicht auf die Spitze!«

»Von einem, der seinen Vater getötet hat, ist alles zu erwarten«, schrie die Frau. »Du würdest auch mich und auch Memeds Pferd töten. Los, los, geh doch, das Pferd ist dort! Drück ab und triff es genau, damit es seine Seele aushaucht, wenn deine Kugel eindringen kann! Geh hin und fang es, wenn du kannst!«

Die Frau hatte ihn ganz durcheinander gebracht, er stand ratlos auf dem Dorfplatz, sie aber schimpfte, was das Zeug hielt.

Wie jeder in der Çukurova wusste auch der Unteroffizier von Ömer dem Kahlen, der auf den Felsen geklettert war, um das Pferd, das da oben stand, einzufangen, dabei abstürzte und in der Schlucht zerschmettert liegen blieb. Auch Tahsin der Windhund wurde auf Jagd nach dem Pferd vom Blitz getroffen, und Delioğlan traf der Schlag, als er auf das Pferd abdrückte; seitdem zittert er am ganzen Körper als wolle er jeden Augenblick abheben. Die unglaublichsten Dinge widerfuhren vielen, die diesem Pferd zu nahe gekommen waren. Einen von ihnen hatte Unteroffizier Bekir sogar selbst kennen gelernt: den Gendarmen Şehmus aus Urfa. Eines Abends hatte der geschworen, er wolle die Heimat nicht wiedersehen, bevor er das Pferd gefangen habe. Keine drei Tage darauf schoss ihm ein Knabe von vierzehn Jahren, der auch aus Urfa gekommen war, sieben Kugeln in den Kopf. Es hieß, Şehmus' Vater sei kurz davor wegen Mordes am Vater dieses Knaben ins Gefängnis gekommen.

»Wohlan, wenn du ein Recke bist, fang es doch, töte es doch! Memeds Pferd ist bis vor deine Tür gekommen, so eine Gelegenheit lässt einer sich doch nicht entgehen!«

Humpelnd und stöhnend hatten sich mittlerweile auch die Dörfler auf dem Platz eingefunden. Sogar der Ortsvorsteher, den zwei Jugendliche untergefasst hatten, war gekommen.

»Unteroffizier«, ächzte er, doch mit einem Blick, als wolle er ihm die Augen ausstechen, »deine Mutter hat dich in der Festnacht der Offenbarung geboren, denn das Pferd ist zu dir gekommen. Los, machen wir uns auf den Weg. Der Brandfuchs ist im Weideland. Er weiß wohl, dass du ihn suchst und wie du uns zugerichtet hast, und nun will er uns retten. Alle deine Gendarmen sind Scharfschützen, und du doch sicher auch? Jedes Kind kann ein ausgewachsenes Pferd treffen, sogar der zittrige Greis dort, er ist neunzig und trifft es noch mit geschlossenen Augen. Vielleicht geben sie dir auch die dreitausend Lira, wenn du es erschießt. Freunde, Frauen und Kinder, gehen wir das Pferd einfangen, und wenn wir es nicht fangen können, werden wir es erschießen!«

Unteroffizier Bekir wurde rot und blass, er zitterte und schaute den Dorfvorsteher Hilfe suchend an. Den andern Gendarmen ging es nicht besser.

Zuvorderst die Kinderschar, dahinter junge Mädchen und Burschen gefolgt von Alten und Hinkenden, am Ende mit unsicheren Schritten die Gendarmen, so gingen sie zum Weideland. An der Grenze der sich weit wie eine Ebene dehnenden, grasgrünen, Knospen treibenden Weiden blieben alle stehen. Auch die Gendarmen stellten sich in Reihe auf. Die jetzt halbwegs verwilderte Herde des Dorfes, etwa dreihundert Pferde, Stuten und Fohlen, stand nicht weit. Die Tiere grasten, manche hatten die Hinterhand eingeknickt und dösten in der Sonne, andere standen den Schweif schwenkend nur so da. Der Brandfuchs stand mittendrin. Hoch und schlank, mit großen, apfelgrünen Augen, spitzen Ohren, breiter Brust reckte er sich in majestätischer Pracht. Langer Hals, weit herabhängende schwarze Mähne, schimmerndes Fell, und bis zu den Hufen reichte der Schweif.

Die Menschenmenge beunruhigte die Tiere wohl, doch sie wichen nicht zurück. Der Brandfuchs hob den Kopf und schnupperte mit geblähten Nüstern. Kurz darauf hob er den Schweif, ließ ihn aber wieder sinken, streckte ihn noch einmal, trabte bis zum Waldrand am andern Ende der Weide, kam zurück und begann die Herde zu umkreisen. Nach einer Weile blieb er stehen, reckte den Kopf, schnupperte mit weiten Nüstern, stieg auf die Hinterhand und schüttelte einige Male unwillig die Mähne, als er auf die Vorderhand zurückfiel. Danach stieg er wieder und hob dabei die schlagenden Vorderhufe in die Höhe. Das wiederholte er einige Male. Dann bäumte er sich nochmal auf, wieherte, dass es von den nahen Felsen widerhallte, begann danach immer enger zu kreisen, bis er sich um seine eigene Mitte drehte. Er hielt an, äugte eine Weile zu den Menschen herüber, ließ dann den Kopf bis zu den Vorderhufen sinken, schüttelte sich einige Mal und galoppierte diesmal nach Westen zum Gestrüpp am Ende der Weide. Die anderen Pferde standen friedlich in der lauen Sonne, nur einige Stuten bewegten sich unruhig. Der Brandfuchs beugte sich am Rande des Buschwerks zu einer Quelle nieder und trank. Dann hob er den Kopf, und sie hörten, wie er drei Mal wieherte. Anschließend galoppierte er mit gestrecktem Kopf und Schweif zum Rudel zurück.

Die Hände am Koppel standen der Unteroffizier und seine Gendarmen mit geschulterten Gewehren regungslos da, und ihre Gesichter wurden immer blasser.

Tief gebückt, das runzlige Gesicht unter weißem Kopftuch, kam die ausgemergelte, alte Frau, die im Dorf mit dem Untersoffizier Bekir gesprochen hatte, zu ihm. Während der Brandfuchs in verhaltenem Galopp wie bei einer Dressurnummer vor der Menge mal nach links, mal nach rechts ausscherte, rief sie: »Na also, da vorn ist das Pferd, hier bist du, und dort sind deine Gendarmen. Eure Gewehre sind mit Blei gefüllt, lass sehen, wie ihr Memeds Pferd erschießt! Also los, vor den Augen eines ganzen Dorfes!« Und zu den Dörflern gewandt: »Nun sagt schon, ist dieses prächtige Tier nicht Memeds Pferd?«

Aus der Menge kam kein Laut. Unteroffizier Bekir und seine Leute warteten gespannt auf ein Wort der sie mit großen Augen anstarrenden Dörfler, während das Pferd mit hoch erhobenem Schweif vor ihnen hin und her tänzelte.

Die Frau aber ließ nicht locker, sie schrie und stachelte den Hauptmann an, dessen Lippen bebten und dem der Schweiß im bleichen Gesicht perlte. »Dort ist Memeds Pferd! Erschieß doch den Fuchs, anstatt dem Volk die Knochen zu brechen!«

Der Dorfvorsteher, der sich hingehockt hatte, rappelte sich hoch, ging schwankend einige Schritte auf die Frau zu, und während die Burschen ihm schnell unter die Arme griffen, sagte er: »Still, Zöhre Hanum, schweig still!«

»Ich werde nicht schweigen, Dorfvorsteher, ich nicht! Wie Weiber habt ihr alle unter seinem Knüppel gelegen!«

»Schweig, Zöhre Hanum!«, ächzte der Dorfvorsteher, »bring uns nicht in Schwierigkeiten!«

Daraufhin lösten sich einige ältere Frauen aus der Menge, nahmen Zöhre Hanum in ihre Mitte und brachten sie fort.

Das Pferd schien vom Rennen und seinen Darbietungen ermüdet zu sein, es mischte sich unter das Rudel und begann sich um eine Stute zu kümmern, die, kleine Spritzer pissend, mit gespreizten Beinen immer näher rückte. Der Brandfuchs verbiss sich in ihren Hals, strich mit bleckendem Gebiss über ihr Fell, schnupperte mit geblähten, bebenden Nüstern unter ihre Kruppe, bestieg sie mit gerecktem Glied, ließ die Vorderbeine an ihren Flanken herunterhängen und verbiss sich zitternd wieder in ihren Nacken. Die Stute, eingeknickt unter dem Gewicht des wilden Hengstes, stakte schwankend zwei, drei Schritte vor, während der

Hengst mit stieren Augen und von Krämpfen gefurchter Kruppe in sie eindrang.

Danach suchte sich der Brandfuchs eine zweite Stute, deckte sie ebenfalls, und nachdem er noch mit einem wohl dreijährigen Stutenfohlen eine Zeit lang schmusend herumgetollt und den Nacken dieser Jungstute blutig gebissen hatte, deckte er auch sie. Erschöpft verließ er das Rudel und ruhte sich nahebei mit tief hängendem Kopf eine Weile aus. Gespannt wartete die Menge am Weiderand, warf nur hin und wieder einen verstohlenen Blick auf die Gendarmen.

Schon bald hob der Brandfuchs wieder den Kopf, schnupperte, stieg mit wild schlagenden Vorderhufen auf die Hinterhand, bäumte sich auf, wieherte lang und durchdringend, trabte zur dastehenden Menschenmenge, tänzelte vor ihr hin und her und galoppierte dann, immer wieder um sich selbst kreisend, davon zu den Felsen im Osten. Kurz darauf stand er, der Sonne zugewandt, schon auf einem der Gipfel, bewegte langsam seinen Schweif und schüttelte seine Mähne.

Erschöpft von der Anspannung, kehrten die Dörfler lautlos ins Dorf zurück. Auch die Gendarmen machten sich schweigend auf den Weg, und auch ihnen fiel der Fußmarsch schwer. Ihre Gesichter waren noch aschfahl. Ohne sich im Dorf länger aufzuhalten, zogen sie zur nächsten Ortschaft weiter.

11

Die Kleinstadt lag in tiefem Schlaf. Mit aufziehender Morgenröte erhob sich Ali der Hinkende, zog sich an und machte sich auf den Weg. Als er den Friedhof neben dem Haus Rüstem des Kurden durchschritt, krähten die ersten Hähne.

»Rüstem, Rüstem der Kurde!«
»Hier, hier bin ich, wer ist denn da?«

»Ich bins, Ali der Hinkende.«

»Er soll mir willkommen sein! Du bringst Freude in mein Haus!« Er lief Ali dem Hinkenden entgegen und ergriff dessen Hand. »Bringst du in aller Frühe schon eine gute Nachricht, Verehrter?«

»Alles bestens«, sagte Ali der Hinkende und ging weiter.

»Einen Kaffee, Milch, Tee ... Du hast bestimmt noch nicht gefrühstückt.«

Sie setzten sich auf die Holzbänke unterm großen Baum. Rüstem des Kurden Frau war schon seit langem hoch und kochte Suppe für ihre Kinder, die, ihre Hosen festhaltend, zum nahen Bach liefen. Als die Frau Ali den Hinkenden erblickte, schob sie noch eine Teekanne neben den kleinen Topf mit der aufkochenden Milch.

»Auch das Mokkakännchen, Frau! Ohne Zucker! Die Agas trinken ihn schwarz, wie ich weiß.«

Während das Frühstück aufgetragen wurde, plauderten sie über dieses und jenes, und erst als die Frau die Essplatte weggetragen hatte, begann Ali der Hinkende mit verlegenem Räuspern: »Wie ich höre, Rüstem, hast du etwas getan, was gar nicht zu dir passt. Deswegen bin ich hier.«

»Und was soll das sein?«

»Man sagt, du bist Murtaza Agas Leibwächter geworden.«

»Stimmt, ich bewache ihn.«

Ali der Hinkende blickte hoch. »Wie konntest du nur? Gehört sich das für einen wie dich? Hast du jahrelang in den Bergen mit dem Briganten Bayramoğlu deine Haut zu Markte getragen, um irgendjemandes Knecht zu sein?«

»Meine Kinder haben Hunger, und wir wohnen hier am Friedhof, neben den Toten. Wenn Knechtschaft sich für einen Aga wie dich ziemt, warum dann nicht für einen armen Teufel wie mich?«

Als höre er gar nicht hin, betrachtete Ali unverwandt eine blühende Weinranke, die, sich um Stamm und Äste des Baumes schlingend, bis zum Wipfel geklettert war. »Erstens bin ich noch nie Mitglied der Bande eines so großen Mannes wie Bayramoğlu gewesen, und außerdem bin ich nur ein armer, hinkender Dörfler.«

»Du bist der Mann eines Briganten wie Memed. Denkst du denn, es gibt auch nur einen in der Stadt, der das nicht weiß? Mahmut Aga von Çiçeklidere habt ihr gemeinsam getötet. Eine Kugel du, eine Kugel er. Auch das weiß ein jeder in der Stadt. Alle haben gesehen, wie du Memed zum Konak von Murtaza Aga geführt hast.«

»Dann will ich dich etwas fragen. Was würdest du tun, wenn der Falke käme, um Murtaza Aga zu töten?«

»Memed käme in Murtaza Agas Konak nicht einmal herein.«

»Heißt das, du würdest Memed töten?«

»Wofür bekomme ich denn Geld von Murtaza Aga? Soll ich Memed, wenn er Murtaza Aga zu erschießen kommt, willkommen heißen? Nur herein, Murtaza Aga schläft im Zimmer nebenan, du bringst Freude ins Haus!«

»Also wird Memed zuerst dich töten.«

»Wer kann das wissen? Gott gibt es ihm oder gibt es mir. Übrigens, hast du nicht gehört, dass Memed entweder gestorben oder verschollen ist? Weißt du denn nicht, dass unter seinem Namen Ferhat Hodscha in den Bergen räubert?«

Als er diese Worte hörte, perlte Ali dem Hinkenden der Schweiß, liefen seine Lippen blau an. »Woher weißt du das alles?«, fragte er mit brüchiger Stimme.

Rüstem der Kurde lachte. »Das weiß das ganze Marktviertel. Geh doch mal in Salih des Blinden Barbierladen, und er wird dir das in allen Einzelheiten erzählen. Und meinst du denn, dass es auch nur einen gibt, der nicht weiß, dass du in dieser Stadt Memeds rechte Hand bist? Doch fürchte nichts, das wissen nur wir. Und von uns steckt es niemand den Agas und Beys. Nur Murtaza Aga, der weiß es.«

»Und wer hat es ihm erzählt?«

»Niemand. Er weiß es eben. Murtaza weiß auch, dass du ihn früher oder später töten wirst. Memed hat ihn nicht getötet, er hat ihn dir überlassen, damit du dich rächen kannst für das, was er dir angetan hat. Nicht aus Angst vor Memed, aus Angst vor dir hat er mich in seine Dienste genommen.«

»Und was gibt er dir dafür?«

»Alles ... Acker, Haus, Pferd, eben alles.«

»Das kann ich dir auch geben.«

»Ich bin bei Murtaza Aga im Wort.«

Zwischen der beiden entspann sich ein langes Streitgespräch. Was schlug Ali der Hinkende Rüstem dem Kurden nicht alles vor! Wie viel Murtaza Aga auch gegeben hatte, Ali der Hinkende bot das Zehnfache, doch Rüstem der Kurde sagte: »Ich bin im Wort«, und damit hatte es sich.

»Das heißt, wir beide stehen gegeneinander, ist es so?«

»So ist es«, antwortete Rüstem, strich ungehalten seine Jacke glatt, wobei der Revolver an seinem Gurt zum Vorschein kam.

»Sieh, diesen Revolver an deiner Hüfte hatte mir Murtaza vor dir auch geschenkt.«

»Ich weiß.«

»Und weißt du auch, wie er später mit mir umgegangen ist?«

»Auch das weiß ich. Er zog dich splitternackt aus und jagte dich auf die Straße.«

»Und er wird mit dir dasselbe tun, wenn er keine Angst mehr vor Memed und Ali dem Hinkenden haben muss.«

»Ich bin aber nicht Ali der Hinkende«, brauste Rüstem auf. »Ich würde ihn auf der Stelle erschießen. Du bist schlau. Du willst ihn erschießen und die Tat Memed dem Falken anhängen.«

Ali war selten unbeherrscht, doch jetzt packte ihn eine so wilde Wut gegen diesen Kurden, dass er sich vielleicht zum ersten Mal in seinem Leben nicht im Zaume halten konnte und aufsprang. »Dann, Kurde, gebe Gott es entweder dir oder mir!«, brüllte er. »Das Los deiner Kinder werde dir zur Schuld, dir allein!« Und er stampfte mit dem lahmen Fuß die Erde.

Als er zurück durch den Friedhof stürmte, war gar nicht mehr zu erkennen, dass er hinkte. Schon im nächsten Augenblick war er hinter den Grabsteinen verschwunden.

Seit jenem Streit ließ Ali den Hinkenden eine innere Unruhe

nicht mehr los. Er überlegte hin und her, zerbrach sich den Kopf, fand aber keinen Ausweg. Wenn Murtaza Aga Rüstem den Kurden zum Leibwächter hatte, wurde das Vorhaben schwer. Ohne diesen tapferen, aufrechten Mann zu töten, war niemand in der Lage, an Murtaza Aga heranzukommen. Und Rüstem den Kurden aus dem Weg zu räumen, war kein Leichtes. Außerdem gab es noch mehr zu bedenken. Seine Kumpane, allen voran Bayramoğlu, werden Rüstems Blut nicht ungerächt versickern lassen. Hatte die Bande die Berge auch verlassen, sie war keineswegs aufgelöst. Tagelang wälzte er diese Gedanken und hätte sich noch lange damit abgequält, wäre da nicht Hüsne Hanum gewesen.

»Hüsne Hanum lässt ausrichten«, begann die Frau, die von der Hanum kam, »es sei das letzte Mal, noch einmal werde sie nicht mehr nach dir schicken. Der Aga halte sowieso zu Rüstem dem Kurden, und schon seit Tagen versuche sie, das zu unterbinden. Damit sei nun Schluss. Du mögest sie nicht enttäuschen und am späten Abend, wenn die Straßen verwaist sind, zum Konak kommen und mit ihr reden. Weder sie, die Tochter eines mächtigen Beys der Turkmenen, noch ihre Angehörigen haben in der ganzen Çukurova je einen vor den Kopf gestoßen. Und wenn Ali Aga auch nur ein bisschen Größe und Menschlichkeit habe, solle er es auch nicht tun! Das hat sie gesagt.«

»Grüße die Hanum und sage ihr, ich küsse ihre Hände! Um Mitternacht werde ich zu ihr in den Konak kommen, und ich finde es gut, wenn dann auch Murtaza Aga zu Hause ist.«

Punkt Mitternacht klopfte Ali der Hinkende an die Tür des Konaks. Auf dem Treppenabsatz erwarteten ihn die Hanum und Murtaza. Beide waren sorgfältig gekleidet. Die Hanum hatte ihr golddurchwirktes Kopftuch umgebunden, eine mit osmanischen Goldmünzen behangene Goldkette angelegt und ihre Handgelenke mit goldenen Armreifen geschmückt. In dieser Aufmachung pflegte die Hanum nur Gäste, die sie schätzte, zu empfangen.

Murtaza Aga kam die wenigen Stufen herunter, nahm Alis Arm, und untergehakt stiegen sie die Treppe hoch.

»Willkommen, mein Herzensbruder!«, wiederholte Murtaza Aga immer wieder. »Ich wusste, dass du uns nicht für immer so betrübt zurücklassen wirst, dass sich der Nagel nicht vom Fleische trennen und eine Verstimmung wegen eines kleinen Scherzes nicht über Jahre andauern kann. Ich muss jetzt gehen, die Hanum hat etwas mit dir zu bereden. Gott befohlen! Wir sehen uns später, auch wir haben viel zu besprechen. Es heißt, Ferhat Hodscha habe Memed getötet, andere behaupten, Memed sei nach Ankara gezogen. Wir haben noch viel zu besprechen, da hat sich viel angesammelt!« Und mit zum Himmel erhobenen Händen: »Mein Herrgott, tausend Dank! Jetzt, da ich Bruder Ali mit meinen weltlichen Augen noch einmal sehen durfte, werde ich weiter um nichts mehr bitten. Dir tausend Dank, dir Lob und Preis!«

In stürmischer Freude treppab zwei Stufen auf einmal nehmend, blieb er auf halber Höhe einen Augenblick stehen und rief: »Sie sollen Memeds Pferd eingefangen haben, ich muss schnellstens hin, um mich zu überzeugen, obwohl ich ja nicht glaube, dass es gefangen werden kann.« Mit Schwung schloss er hinter sich die Tür.

»Ja, Ali, mein Bruder, in diesem Hause wirst du nichts mehr zweimal sagen müssen. Was du willst, wird dir gewährt. Also keine Kleider, keine Stiefel, keinen Hut, da hast du Recht, Bruder, himmelhoch Recht. Pferd und Waffe wirst du dir selbst kaufen, auch das ist richtig. Des Agas Revolver willst du auch nicht haben und weder Hof noch Acker, noch Haus. Ich verstehe. Du willst ein volles Gehalt, wie der Landrat, der Hauptmann, der Doktor.«

»So ist es«, sagte Ali verschämt mit gesenktem Kopf.

»Gleich morgen!«

»Und Rüstem der Kurde darf sich in diesem Viertel nicht mehr blicken lassen! Wenn ich ihn durch diese Tür kommen sehe, erschieße ich ihn. Er ist Memeds rechte Hand, und genauso Bayramoğlu.«

»Rüstem der Kurde wird nicht mehr über diese Schwelle kommen, Ali, versprochen!«

»Leben sollst du, Hanum!«

»Ich muss dir jetzt etwas sagen, worüber ich bis heute mit niemandem gesprochen habe. Nicht einmal mit dem Aga, nicht einmal mit meinen Kindern.« Die Hanum war puterrot angelaufen, ihre Augen flackerten. »In jener Nacht, du weißt schon, die Nacht, in der Mahmut Aga aus Çiçekli getötet wurde, habe ich dich gesehen.«

Wie vom Blitz getroffen, zuckte Ali der Hinkende zusammen, eine Ader seines behinderten Beines verkrampfte sich bis zum Leisten, und sein Herz begann wie rasend zu pochen.

»Ich stand am Fenster und schaute hinaus. Dunkle Gedanken hatten mich nicht schlafen lassen. Als ich euch erblickte, wurden mir die Knie weich. Du vorweg, der andere hinter dir, so kamt ihr die Treppe herauf. Du öffnetest die Tür zum Nebenraum, und dein Begleiter ging hinein. Es war dunkel, ich konnte das Gesicht des Mannes nicht erkennen. Er war kleiner als du. Dich erkannte ich an deinem Bein. Außerdem konnte ich deine leise Stimme hören, als du dem Mann etwas sagtest. Gleich danach fielen die Schüsse. Wie gelähmt blieb ich am Fenster stehen. Warst du es, Ali?«

»Vor dir, Hanum, kann ich nichts verbergen, ja, ich war es. Was ich aber nicht verstehe, meine Hanum, warum hast du es niemandem erzählt?«

»Ich habe es einfach nicht gekonnt. Aber andere haben dich auch gesehen. In den Ladenstraßen, auf dem Weg zu uns. Der Mond schien, sie erkannten dich, kamen zu uns, gingen zu den anderen Agas und Beys und erzählten es. Ich habe übrigens auch erzählt, euch gesehen zu haben, aber ich versicherte, du seist auf keinen Fall dabei gewesen.«

»Warum hast du das für mich getan, Hanum?«

»Ich weiß es nicht, Ali, Bruder, ich tat es eben.«

»Dass andere mich gesehen hatten, wusste ich, von dir habe ich nicht gewusst.«

»Indem ich verneinte, dich dabei gesehen zu haben, rettete ich dich vor dem Gefängnis.«

»Leben sollst du, Hanum! Ich stehe in deiner Schuld, aber nicht mehr lange.«

»Doch, Ali, denn früher oder später wirst du Murtaza töten. Vielleicht besteht ein Funke Hoffnung, dass du es mir oder seinen Kindern zuliebe, oder weil er ein gutherziger Mann ist, nicht tun wirst. Er hat schreckliche Angst vor dem Tod, schreckliche Angst vor dir.«

»Und wieso machst du mich zu seinem Leibwächter, wenn du das weißt?«

»Eben weil er so schreckliche Angst vor dem Tod hat. Er stirbt Tag für Tag tausend Tode, findet Nacht für Nacht keinen Schlaf, macht sich verrückt bei dem Gedanken, sie kommen jeden Augenblick, um ihn zu töten. Nur unter deinem Schutz fühlt er sich sicher. Ich dachte mir, wenn du ihn sowieso tötest, dann soll der Arme wenigstens nur einmal sterben.«

»Vielleicht hast du Recht, Hanum. Ich mache mich auf den Weg.«

»Nimmst du das Amt des Leibwächters an?«

Gedankenverloren stand Ali der Hinkende auf, dachte flach atmend eine Weile angestrengt nach, wobei er unbewusst den behinderten Fuß hin und her schwenkte. Dann sah er auf, schaute der Hanum in die Augen und sagte: »Ich nehme an, meine Hanum, und zwar dir, der rosenfeinen Tochter eines edlen Beys der Turkmenen zuliebe.«

»Bleib diese Nacht doch hier, es ist sehr spät!«

»Ich muss Molla Duran Efendi aufsuchen, ihm meine Achtung erweisen und mich von meinen Pflichten entbinden lassen.«

»Was sagt er denn zu all dem, was da vorgeht?«

»Für ihn ist der Tod eines Agas, eines Beys, eines Reichen, und wäre es sein eigener Vater, eitel Fest und Freude. Er weiß auch, dass ich eines Tages Murtaza Aga töten werde und wartet voller Sehnsucht darauf.« Müde das Bein nachziehend, ging der Hinkende ohne ein weiteres Wort ganz langsam die Treppe hinunter. Murtaza Aga, der nebenan vor Ungeduld schon im Kreis gesprungen war, hatte die schlurfenden Schritte gehört und kam aus dem Nebenzimmer herbeigeeilt. »Wie siehts aus, Hanum?«, fragte er mit weit aufgerissenen Augen.

»Es sieht gut aus, Aga, er ist einverstanden.«

»Dank meinem Herrgott!«, rief Murtaza Aga, die Hände zum Himmel erhoben. Er umarmte Hüsne Hanum und küsste sie. »Leben sollst du, Hanum, ohne dich hätte dieser Gottlose nicht eingelenkt. Aber nachdem er jetzt bereit ist, mit uns das Brot zu brechen und unseren Kaffee zu trinken, wird er mich doch nicht mehr töten, nicht wahr?«

»Wird er nicht, bestimmt nicht. Ali der Hinkende hat sich mit uns verbrüdert.«

»Ich danke dir, mein Gott, für diesen Tag der Eintracht. Und Memeds Pferd erjagen sie nie, wir behalten unser Geld, und ich gebe einen Teil davon meinem Bruder Ali.«

Bis zum ersten Tageslicht saßen die beiden nebeneinander und redeten. Die Hanum hatte sich fest vorgenommen, ihren Mann von dieser quälenden Angst zu befreien und wusste, wie schwer dies für sie war. Einige Tage würde sein Vertrauen zu Ali anhalten, doch dann die Angst sich wieder einnisten, zuerst vor Memed, danach vor Ali dem Hinkenden! Der Mord an Mahmut Aga aus Çiçekli in des Agas Gegenwart wirkte noch immer wie Salz in einer offenen Wunde.

Sie frühstückten zeitig, und Murtaza Aga machte sich gleich zur Sitzung des Gremiums auf.

»Wer weiß, wie viel Betrüger ihm heute ihre Schindmähren vorführen werden. Aber ich werde es ihnen schon zeigen. Hoho, ihr Trottel, wer kann denn Memeds Pferd einfangen!«

In der Gendarmerie wurde er schon erwartet. Molla Duran Efendi, der wegen seiner Sachkenntnis in Pferdezucht zum Gremium gehörte, lachte, als er Murtaza Aga erblickte. »Ich sehe, heute bist du wie verwandelt, die Welt ist dir zu eng, die Freude über dein süßes Leben verleiht dir Flügel. Bestimmt hast du unseren Bruder Ali wieder zur Vernunft gebracht.«

»Der Fingernagel trennt sich nicht vom Fleisch, der Geist nicht von der Seele«, sagte Murtaza Aga und setzte sich.

Molla Duran war die Enttäuschung über Ali anzusehen. »Ich sehe, du hast eine Katze vors Mauseloch gesetzt.«

»Wenn du es so siehst ...«, entgegnete Murtaza Aga mitleidig von oben herab.

Wieder warteten im Hof der Gendarmerie zehn, fünfzehn Dörfler mit ungesattelten, bis auf die Knochen abgemagerten Brandfüchsen, die sich vor Altersschwäche nicht auf den Beinen halten konnten.

»Ist der Mann von gestern auch noch da?«, fragte Murtaza Aga.

»Den kann keine Macht der Welt vom Hof jagen. Entweder wir nehmen sein Pferd und geben ihm das Geld, oder er bleibt hier hocken bis er stirbt.«

»Los, gehen wir hinunter!«, schlug Halil Bey der Überschwängliche vor. »Da haben wir uns einen Ärger aufgehalst, sage ich euch. Wie wir uns da herauswinden sollen, weiß Gott allein.«

Der Hauptmann vorweg, mit ihm Ali die Echse, Lehrer Rüstem Bey, der sich selbst zum Mitglied des Gremiums ernannt hatte und die Angelegenheit am wichtigsten nahm, dahinter all die andern gingen hinunter in den Hof und setzten sich auf die vor der Wache aufgereihten Stühle. Vor ihnen stand ein grün bespannter Tisch, darauf eine Peitsche, eine Karaffe Wasser, ein Glas und einige Aschenbecher.

»Herbringen!«

Das vorderste Pferd wurde von einem sehr alten, verhärmten, leicht vornübergebeugten Mann mit strähnigem Bart gehalten. Er steckte in rissigen Pluderhosen und hatte eine Wollmütze bis zu seinen Augenbrauen heruntergezogen.

Der Alte riss am Halfter aus Rosshaar, das Pferd tat keinen Wank. Der Mann zog, fluchte, trat dem Pferd in die Weichen, hängte sich an die Ohren, der altersschwache Gaul rührte sich nicht. Erst mithilfe der Gendarmen und anderer Pferdebesitzer stolperte das Tier einige Schritte vorwärts.

»Und das soll Memeds Pferd sein?«

»Es ist Memeds Pferd, das beste, echteste, reinrassigste Memed-Pferd ist dieses hier«, empörte sich der alte Mann.

»Und woran ist zu erkennen, dass dieses da Memeds Pferd ist?«

»Weil es nun einmal sein eigenes Pferd ist, daran ist es zu erkennen. Es muss schließlich nicht das Siegel des Propheten auf seiner Stirn tragen!«

»Auf der Stirne nicht«, sagte da Pferdewirt Seydi beim Aufstehen, »aber ein riesengroßes im Maul, mitten auf dem Gaumen. Und daran werden wir gleich erkennen, ob es Memeds Pferd ist oder nicht.«

Zwei Gendarmen öffneten dem Pferd das Maul und schauten hinein.

»Nichts«, rief der eine. »Wegtreten!«

»Es ist Memeds Pferd«, jammerte der alte Mann. »Oh Gott, ihr werdet Memeds Pferd niemals mehr finden, denn dieses hier war es, und ihr habt es verpasst. Oh Gott, oh Gott!« Er griff wieder ins Halfter, zog und zog, schwitzte und schrie, das Pferd rührte sich nicht. Hilfe suchend sah er das Gremium, die Gendarmen, die Dörfler an, ließ die Augen über die Menschenmenge außerhalb des Hofes wandern, aber niemand scherte sich um ihn. Und auf der Suche nach dem Siegel des Propheten schaute Pferdewirt Seydi schon dem nächsten Pferd ins Maul.

»Hört mir zu!«, donnerte da der alte Mann mit einer Stimmkraft, die ihm niemand zugetraut hatte. »Dieses Pferd ist Memeds höchstpersönliches Pferd. Woran es zu erkennen ist? Nun, weil es ihm gehört. Nur um das Geld nicht bezahlen zu müssen, behauptet ihr, im Maul dieses Pferdes fehlt das Siegel. Aber es hat ein Siegel im Maul.« Er ging zur Kruppe und hob den Schwanz der Pferdes hoch. »Sieh da, sieh da, es hat sogar am Arsch ein Siegel!« Er ließ den Schweif los, lief zum Kopf des Pferdes, löste das Halfter und rief: »Dieses Pferd ist Memeds Pferd, merkt euch das! Und ich habe euch dieses Pferd geschenkt.« Mit einem letzten Klaps auf die Kruppe ging er von dannen und war im nächsten Augenblick im Gedränge hinter der niedrigen Hofmauer verschwunden.

Mit dem Ernst und der Würde eines Menschen, der seine Arbeit liebt, ließ Pferdewirt Seydi auch die Mäuler der übrigen

Pferde öffnen. Wie bedauerlich, dass keines davon das Siegel des Propheten trug. Ohne zu murren, zogen die Besitzer mit ihren Tieren davon, manche ließen, kaum dass sie den Hof verlassen hatten, andere erst am Marktplatz oder am Bach außerhalb der Stadt, die Pferde wieder frei.

Seit jenem Tag, an dem auf Memeds Pferd ein Kopfgeld ausgesetzt worden war, drängten sich in der Kleinstadt Menschen, die Pferde brachten und dann ihre erbärmlichen Klepper, ob blind oder lahm oder kurzatmig, zurückließen und verschwanden. In den Hügeln, am Flussufer, in den Gassen und auf den Plätzen streunten Pferde, die meisten dieser moribunden Mähren hatten tiefe, teilweise offene Druckstellen, auf die zahllose Elstern flügelschlagend einhackten, manche dabei so vertieft, dass sie sich plötzlich auf dem Pferderücken mitten in einer belebten und für sie gefährlichen Ladengasse wieder fanden und erschrocken davonflatterten.

Die Reihe war an Kadri der Katze. Er stammte aus einem Dorf in der Ebene. Er sei sehr alt, hieß es, doch da ihm keine Barthaare wuchsen, war ihm das nicht anzusehen. Kadri die Katze war kleinwüchsig, hatte krumme Beine, eine schiefe Nase, tief in den Höhlen liegende Augen und wie Stacheln abstehende Haare.

»Pferdewirt Seydi Efendi«, flehte er, »schau dir dieses Pferd doch noch einmal an! Ich küsse dir die Fußsohlen. Denn erst heute erzählst du uns diese Geschichte vom Siegel des Propheten.« Er öffnete das Maul seines Pferdes. »Komm und schau hinein! Es war ein guter Gedanke, dass Memeds Pferd das Mal des Propheten – Gott segne ihn! – im Maule tragen müsse. Ja, tausend Mal ja, im Maul dieses Pferdes ist ein Siegel so groß wie ein Hufeisen. Ich habe es mit eigenen Augen gesehen. Wie gut, dass ich mich nicht beirren ließ und hier geblieben bin.« Er ließ das Pferdemaul los und stellte sich vor das Gremium. »Welch Unglück, wenn ich mit Memeds Pferd davongezogen wäre. Ihr hättet bis ans Ende aller Tage nach einem Pferd mit einem Gottesmal im Maul gesucht. Als ich auf dem Berg Düldül dieses Pferd auf einem schroffen Felsgipfel aus Feuerstein entdeckte, sagte ich mir gleich, das ist Memeds Pferd! Ich bin zu ihm hinaufgeklettert, es beugte den Hals, und ich schwang mich auf seinen Rücken. Ich weiß noch, dass ich meine Augen schloss, doch als ich sie wieder öffnete, was sehe ich ...«

»Machs kurz!«

»Ich kann es nicht kurz machen, Halil Bey der Überschwängliche! Hier geht es um mein Leben. Wie soll ich mich kurz fassen, wenn es auf dem Spiel steht, genau so wie das eure? Denn was soll aus euch werden, wenn ihr Memeds Pferd nicht bekommt ...«

»Lass ihn reden!«, sagte Murtaza Aga und lachte.

»Lass ihn reden!«, sagte Molla Duran Efendi.

»Rede!«, sagte streng der Hauptmann.

»Gott segne dich!«, rief Kadri die Katze und legte militärisch die Hand an den eingeknickten Schirm seiner schräg über dem rechten Ohr hängenden Mütze. »Und ich will meinem Hauptmann noch sagen: Wie gut, dass Sie diese Gelegenheit nicht verpasst haben, bestimmt hat Sie Ihre Mutter in der Festnacht der Offenbarung auf die Welt gebracht. Ihr habt auf den Kopf dieses Pferdes, das niemals von selbst die schroffen Felsen aus Feuerstein herabgestiegen wäre, tausendfünfhundert Lira ausgesetzt, also auf den Kopf des Pferdes, das hier steht. Und dann habt ihr auf dreitausend erhöht. Wenn ich noch etwas länger warte, werdet ihr daraus fünftausend, zehntausend, ja hunderttausend Lira machen. Aber ich werde nicht länger warten, denn ich bin ein vaterländischer Mensch, einer, der in diesen Bergen unseren Feinden seine Brust gleich einem ehernen Schild entgegengereckt hat. Natürlich übergebe ich das von mir eingefangene Pferd von Memed meinem Vaterland! Als ich auf dem Gipfel des Berges das Pferd bestiegen hatte und erst im Dorf meine Augen öffnete, sagte ich mir, das ist ein Wunder Gottes. In unserem Dorf lebt ein Hodscha, was heißt Hodscha, ein Heiliger, der die Hälfte der sieben Kontinente durchwandert hat und den Koran in einem Rutsch auswendig heruntersagen kann. Jede Nacht spricht er mit dem Propheten und nimmt dessen Anweisungen entgegen. Ich bringe also das Pferd zu ihm, und der Hodscha schaut es sich an, schaut und schaut, hebt Schweif und Hufe hoch, betastet den Bauch, klatscht auf die Kruppe, schaut sich alles ganz genau an und ist ganz außer sich, als er das Maul des Pferdes öffnet. O Gott, o Gott, Kadri die Katze, was hast du getan, dies Pferd trägt ein Mal im Maul, auf dem der Name Gottes steht. Erzähle das ja niemandem, um Gottes willen, dass es ja niemand erfährt, dieses Pferd gehört zu den gesegneten. Nimm es mit nach Haus, binde es dort an, auf dass Gesundheit, Gold, Glück und Gut auf dein Dach hernieder regne! Ich nehme also das Pferd zu mir, und als ich höre, dass mein hehres Vaterland dieses Pferd dringend benötigt, nun, ich bin ein vaterländischer Mann, und all mein Leben, mein Hab und Gut ist dem Vaterland geweiht! Ich werde euch dieses Pferd aber nur unter einer Bedingung überlassen. Wie ich höre, wollt ihr es standrechtlich erschießen. Aus diesem Grunde werdet ihr mir das Kopfgeld auf der Stelle in bar auf die flache Hand legen. Und ihr werdet das Tier drei Tage lang füttern und danach erst hinrichten! Wie ihr wisst, wird jedem, der gehängt oder erschossen werden soll, ein letzter Wille erfüllt. Dieses Pferd ist hungrig. Sein Wunsch ist ein prall gefüllter Futterbeutel.«

»Hast du denn mit dem Pferd gesprochen, dass du seinen letzten Willen kennst?«, fragte spöttisch Halil Bey der Überschwängliche.

Für einen kurzen Augenblick war Kadri die Katze verwirrt und blickte Hilfe suchend Murtaza Aga in die Augen. Die übrigen Mitglieder des Gremiums schauten belustigt, auch das war ihm nicht entgangen, und es verletzte ihn. Ach, wenn ich das Geld nur nicht so dringend brauchte, ich gäbe Memeds Pferd auch nicht für eine Million her! Doch gewitzt, wie er war, hatte er auch darauf schon eine Antwort. »Der Hodscha, jener Heilige unseres Dorfes, sagte mir: Tiere, die Gottes Mal im Maule tragen, sind gesegneter als Menschen und auch klüger als sie. Deswegen muss vor ihrer Hinrichtung auch ihr letzter Wille erfüllt werden ... Um Gottes willen, mein Hodscha, entgegnete ich, wie soll ich das herausfinden, ich kann doch die Pferdesprache nicht.«

Das ganze Gremium lachte schallend, und Kadri die Katze lachte mit. Ein Hoffnungsschimmer blitzte in ihm auf. Vielleicht hatte er sie ja mit seiner beflügelnden Rede herumbekommen. Hilf mir, mein Gott! betete er und redete weiter: »Auch wenn diese Tiere Gottes Mal im Maule tragen, ist ihr letzter Wille drei Tage und Nächte vor ihrem Tod zu fressen und zu saufen.« Er hob seine Arme in die Höhe und schrie: »Nicht für dreitausend Lira, und gebt ihr mir auch hunderttausend oder eine Million, ohne eine schriftliche Erklärung, dass ihr den letzten Willen von Memeds Pferd erfüllen werdet, händige ich euch dieses Pferd nicht aus.«

Die Zeit verstrich, allen knurrte der Magen. Halil Bey der Überschwängliche erhob sich, reckte die Arme, gähnte und sagte: »Bin ich erschöpft! Pferdewirt Seydi, schau doch dem Pferd einmal ins Maul, ob da das Wort Gott geschrieben steht!« Er lachte, und Kadri die Katze nahm sich diese Erniedrigung so zu Herzen, dass er vor Scham am liebsten in den Erdboden versunken wäre. Doch immerhin winkten am Ende dreitausend Lira, damit konnte er mit Kind und Kegel bis ans Ende aller Tage ein sorgenloses Leben führen. Er hielt also den Mund und tröstete sich mit dem Gedanken: So sind diese Beys nun einmal, sie nehmen den einfachen Mann immer auf die Schippe.

Als Pferdewirt Seydi auf das Pferd zusteuerte, war Kadri die Katze mit einem Satz bei ihm und öffnete dem Tier das Maul. »Schau, dort, unterm Gaumen, siehst du, da steht das Wort Gott geschrieben, hast dus gesehen? Ein Mal Gottes!«

Nachdem Pferdewirt Seydi eine ganze Weile den Gaumen des Pferdes gemustert, auch unter die Zunge und in die Backentaschen gelinst hatte, sagte er: »Nichts. Kein Gott und kein Koran! Schämst du dich denn überhaupt nicht? Memeds Pferd ist ein Brandfuchs, und dies hier ist ein ganz gewöhnlicher räudiger Fuchs.«

»Du kannst nur nicht lesen«, brüllte da Kadri die Katze. »He, mein Volk, kann jemand, der nicht lesen und schreiben kann, im Maul eines Pferdes das Wort Gott lesen?«

Auf Befehl des Hauptmanns packten die Gendarmen Kadri die Katze, schoben ihn vom Hof und ließen ihn laufen. Aber auch draußen brüllte er weiter. »Ich werde nicht verschwinden, euren Irrtum lasse ich nicht durchgehen. Bis ihr wieder vernünftig geworden seid, werde ich hier vor der Kommandantur mit dem von Gott gezeichneten Pferd ohne Essen und Trinken ausharren, und sei es bis zu meinem Tod. Abgesehen von meinem Tod, versündigt ihr euch denn nicht, wenn das Pferd mit dem Mal Gottes im Maul hier verhungert? Ihr werdet euch in dieser Welt und in der nächsten ein Loch suchen müssen, um euch zu verstecken.«

»Gefreiter Ali«, forderte der Hauptmann Ali die Echse auf, »wenn jemand diesen Kerl zum Schweigen bringen kann, dann du!«

Und Halil Bey der Überschwängliche stöhnte: »Seydi, wie bist du nur auf diesen Gedanken mit dem Siegel gekommen!«

»Frag mich bloß nicht danach, Bey!«, schüttelte dieser den Kopf. »Da habe ich mir was eingebrockt. In zwei Tagen werden sich tausend Pferde aus freier Wildbahn mit einem Mal im Maul auf den Marktplatz drängen, sogar mit einem in vergoldeter Schrift.«

»Warum Pferde aus freier Wildbahn?«, fragte der Staatsanwalt, der, seit er ins Gremium berufen war, immer wieder Einzelheiten über Pferde wissen wollte.

Diesmal antwortete Murtaza Aga: »Auch Pferde werden alt und gebrechlich. Was soll der Bauer mit einem Pferd, das nicht mehr arbeiten kann? Fleisch und Fell sind zu nichts nütze, also lassen sie die Pferde frei. Die rotten sich in Rudeln zu fünfzig, hundert oder hundertfünfzig zusammen und streunen durch die Berge. Besonders in Jahren der Missernten lassen sie viele Pferde frei. Wenn ihre Zeit gekommen ist, sterben sie. Und wenn sie nicht gestorben sind, werden sie jetzt eingefangen und als Memeds Pferd zu uns gebracht.«

»Langsam wird mir vieles klar, Murtaza Bey.«

Sie gingen in Nazifoğlus Restaurant, wo sich der Überschwängliche erschöpft auf einen Stuhl fallen ließ.

In der Stadt war Feststimmung. Fröhliche Gesichter überall, aller Ärger, Streit und Tratsch war verschwunden. Das Städtchen hatte in seiner ganzen Geschichte noch nie so angenehme, so fröhliche Tage erlebt. Und all das dank Memed dem Falken. Jeder nahm teil an seinem mit tausend und einem Abenteuer gefüllten Leben. Das Kopfgeld auf Memeds Pferd hatte die Stadt in einen Taumel versetzt. Die Einwohner waren in zwei Lager gespalten. Die einen trauten den Dörflern zu, es einzufangen und auszuliefern, die andern waren der festen Überzeugung, so etwas täten die Dörfler nicht. Als dann Schindmähren in allen Farben in die Stadt gebracht wurden, begann das fröhliche Treiben. Viele, die den Nachweis, es handle sich um Memeds Pferd, nicht erbringen konnten, zogen mit den Kleppern durch die Stadt, flunkerten über ihren Gaul, der sich kaum auf den Beinen halten konnte, die tollsten Geschichten. Und wehe denen, die ihnen nicht glauben wollten! Sagen über Pferde entstanden, Lieder und sogar Theaterstücke, eine Pferdegeschichte nach der andern machte die Runde, und Stadtkinder, die im Gegensatz zu denen in den Dörfern vorm Schlafengehen noch nie ein Märchen gehört hatten, wurden jetzt mit neuesten Pferdegeschichten in den Schlaf gelullt.

Auch bei den festen Treffen der Frauen ging es nur noch um Memed den Falken. Sogar die Ehefrau des Hauptmanns, die in dieser Provinz vor Langeweile fast umkam, wollte keinen ihrer üblichen Abstecher in die Großstadt mehr machen. Aus den Bergen kamen tagtäglich so spannende Neuigkeiten über Memed, dass die Frauen schon dahinschmolzen, wenn sie erzählt wurden. Mit Herz und Seele hielten sie alle zu ihm, bis hin zu Hüsne Hanum und den anderen, deren Männer Gefahr liefen, von Memed getötet zu werden. Ihre Zusammenkünfte fanden, je nach Wohnviertel und gesellschaftlichem Rang, an einem bestimmten Tag der Woche bei einer der Frauen statt. Doch seitdem diese Gerüchte über Memed die Runde machten, hatten sich die fröhlichen Treffen auf zwei, seit der Treibjagd auf sein Pferd sogar auf drei Mal wöchentlich erhöht.

Memed der Falke war ein unerschrockener Mann von hohem

Wuchs. Wer ihn erblickte, konnte sich in hundert Jahren an seinem Gesicht nicht satt sehen. Er war ein feinfühliger Mensch, der sich der Menschen, besonders der Frauen, so herzlich annahm, dass diese sich sofort in ihn verliebten. Er soll so gut aussehen, dass die Mädchen des Taurus, in der Hoffnung, er komme irgendwann einmal vorbei, bei Sturm und Regen, Eis und Schnee, Wasser, Schlamm, Sommer oder Winter, tagelang am Wegrand ausharren, nur um einen Blick auf ihn zu werfen. Und keine weist er ab, er ist allen zu Willen. Seine einzige schlechte Angewohnheit ist, dass er, wenn ihn zu viele Mädchen begehren, mit allen, und seien es elf an der Zahl, ins Bett geht, und, sind sie unberührt, alle elf in einer Nacht entjungfert. So etwas gehört sich ja eigentlich nicht, aber was kann Memed denn dafür, dass es in den Bergen so viele schöne und freundliche Mädchen gibt, so gesund und so knackig frisch!

Ja, sie erzählten gewagte Geschichten, die Frauen, und manche, die diese Offenheit nicht gewohnt waren, liefen puterrot an. Einige Frauen hatten es im genüsslichen Schildern von Einzelheiten, etwa wie dieser bärenstarke Memed sich auf die Mädchen wuchtet, an ihren Schenkeln, Brüsten und unter ihrem Kinn saugt und jungfräulichen Mädchen die Sinne raubt, zu so großer Meisterschaft gebracht, dass sie manches mehrmals hintereinander erzählen mussten.

Vor allem Hüsne Hanum konnte diese unerhört anstößigen Einzelheiten mit so großem Ernst erzählen, dass alle Zuhörerinnen Memed in tiefster Liebe verfielen, obwohl sie ihn noch nie gesehen hatten. Auch Zülfüs Ehefrau gehörte zu denen, die beim Lauschen brennend heiß erröteten. Sie war jung, hoch gewachsen, mit vollen Lippen, großen Augen, schlankem Schwanenhals, und so schön, dass bei ihrem Anblick jedermann vor Wollust ganz außer sich geriet. Vor fünf Jahren war sie in diese Stadt gekommen, hatte aber in all diesen Jahren weder ihr Äußeres noch die Art, sich zu kleiden, zu reden und sich zu geben, verändert. Jeder junge Mann verliebte sich in sie und sang die Lieder, die über sie in Umlauf waren.

Sie trug das Trachtenkleid der Dörflerinnen, auf dem Kopf einen mit Goldmünzen verzierten, silberdurchwirkten, mit farbenfrohen Seidenschärpen umwundenen flachen Fez und an den Knöcheln mit Perlen bestückte goldene Fußreife. Ihre Halskette und ihr Gurt waren von unschätzbarem Wert. Bei den Treffen zog sie sich in eine Ecke zurück, sprach nicht, doch bei den sehr offenherzig geführten Gesprächen ging eine Veränderung in ihr vor, überzog flammende Röte ihre Wangen, wurden ihre großen schwarzen Augen feucht und glänzten. Bevor Memed sich aufgemacht hatte, Mahmut Aga aus Çiçekli zu töten, soll er in Zülfüs Haus eingedrungen sein, und während Zülfü sich in einem Zimmer versteckte, soll diese Frau, so schön wie eine Gazelle, sich Memed in die Arme geworfen haben und bis in den Morgen hinein ... Und nachdem Memed den Aga getötet hatte und die Stadt verlassen wollte, soll sie sich an seine Steigbügel gehängt, ihm die Füße geküsst und zugerufen haben: Nimm mich mit, nimm mich auch mit! ... Lass sein, Hanum, lass sein!, habe da Memed gesagt. Ich habe dich sehr lieb gewonnen, tu dir das nicht an! Meiner Hatçe habe ich nicht widerstehen können und sie in die Berge mitgenommen, und der Hauptmann hat sie getötet. Dir, meiner Geliebten, soll nichts dergleichen widerfahren. Hin und wieder werde ich kommen und einige Nächte bei dir bleiben ... Dann habe er seinem Pferd die Sporen gegeben. Danach hat diese Frau nicht gegessen, nicht getrunken, nicht gesprochen, nicht gelacht. Still wartet sie auf Memed. Weh o weh, die Arme! Gott bewahre jeden vor so einer Liebe!

Die Frau von Halil Bey dem Überschwänglichen war sehr dick. Sie war die Einzige unter den Frauen, die es bis zum Lyzeum in Adana geschafft hatte. Sie redete wie ein Wasserfall und ging damit allen auf die Nerven. Vor Neugier hat sie es schließlich nicht ausgehalten und Zülfüs Frau gefragt: »Wie war es denn mit Memed, Schwester Hanum, war er gut, und ist er noch einmal gekommen, dich zu besuchen?« Da hat die Frau die Augen weit aufgerissen, ist puterrot geworden, hat dann den Kopf gesenkt und lange Zeit nicht aufgeblickt. Halil des Überschwänglichen Frau ist aus gutem Hause und weiß, was sich schickt. Als sie sah, wie sehr die Gefühle die andere übermannten, dachte sie nur: Die Liebe ist ein schweres Los ... Und drang nicht weiter auf die andere ein.

War Memed auch in aller Munde, als Gesprächsthema dieser Tage hatte ihn sein Pferd überflügelt. Gestern erst kam die Nachricht aus den Bergen, es habe vor einem ganzen Dorf, Frau, Mann, Mädchen, Braut, Alt und Jung, und einer Kompanie Gendarmen nacheinander vierzig Stuten besprungen. Und während der Hengst die Stuten bestieg, hätten die Gendarmen aus allen Richtungen gezielt auf ihn geschossen. Das Pferd habe nicht einmal, wie bei lästigen Stechfliegen, mit seinem Fell gezuckt. Und nachdem der Hengst es mit vierzig Stuten getrieben hätte, sei er über die Gendarmen gesetzt, habe auf dem schroffen Gipfel aus Feuerstein im Sonnenlicht gestanden und dreimal gewiehert, und alle Stuten der Gegend hätten ihm geantwortet.

Bis in den späten Morgen hatte Pferdewirt Seydi wohl fünfzehn Pferden ins Maul geschaut. Doch wie schade, er war in keinem einzigen Maul auch nur auf das kleinste Zeichen gestoßen. Pferdebesitzer, die murrten oder gar Krach schlagen wollten, wurden mäuschenstill, sowie Ali die Echse sich ein bisschen zeigte. Jetzt aber kam, einen prächtigen Brandfuchs hinter sich herziehend, Selim der Tscherkesse, auch der Dieb genannt, mit bemessenen Schritten auf den Hof bis vors Gremium.

»Nun sagt schon, soll dieses hier etwa auch nicht Memeds Pferd sein?«

Dass dieses Pferd gestohlen war, wusste auch der Hauptmann, aber er schwieg. Das Kopfgeld bekam der Mann ja nicht, soll er ihn auch noch wegen Diebstahls festnehmen? Das verstieß doch gegen alle Menschlichkeit, nein, so etwas konnte der Hauptmann mit seinem Gewissen nicht vereinbaren!

Pferdewirt Seydi nahm das Pferd in Augenschein. »Öffne sein Maul!«, sagte er brüsk. Wie alle Pferdewirte, konnte er Pferdediebe nicht ausstehen. Da fütterst du ein Fohlen, ziehst es groß, und kaum ist es zu einem prächtigen Pferd herangewachsen, ist er mit ihm schon über alle Berge!

»Was hat denn das mit dem Preis zu tun?«, sagte Selim der Tscherkesse. »Spar dir die Mühe, Pferdewirt, es ist fünf Jahre alt!«

»Öffne sein Maul«, brüllte der Hauptmann verärgert, »und mach hier nicht den Neunmalklugen. Er will nach dem Mal im Maul sehen.«

Im Nu hatte Selim der Tscherkesse das Maul des Pferdes auseinander gedrückt, und Pferdewirt Seydi schaute dem Tier auf den Gaumen, unter die Zunge und in die Backentaschen. »Nichts«, sagte er dann. »Aber es ist ein schönes, rassiges Pferd. Memed dem Falken angemessen!«

»Wegtreten!«, brüllte der Hauptmann. »Und wenn dieses Pferd, das dieser Dieb gebracht hat, wirklich Memeds Pferd ist und sein Rachen mit Siegeln bepflastert ist, wer weiß, wo er es gestohlen hat. Weg damit!«

Verdattert stand Selim der Tscherkesse da, versuchte diese Sache mit den Siegeln zu begreifen.

»Mach dich aus dem Staub, aber schnell!«, schrie aufspringend der Hauptmann.

Noch während Selim mit dem Pferd am Halfter eilig das Weite suchte, kam, sich eine Gasse durch die Menge bahnend, Durmuş Aga der Floh in den Hof. Als das Gremium seiner ansichtig wurde, erhoben sich alle und hießen ihn erfreut willkommen.

Durmuş Aga war der Bey eines turkmenischen Stammes jenseits des Flusses Ceyhan. Sein Geschlecht reiche zurück bis zu den Choresmischen Sultanen, hieß es, ja, Celaleddin Harzemşah soll sogar sein Urahn gewesen sein. Das Pferd, das er am Halfter hielt, war ein arabisches Vollblut. Es trug einen goldverzierten Sattel, Zwiesel und Steigbügel waren mit Silber nielliert. Um seinen Hals hing eine mit goldgewirkten Amuletten bestückte Kette aus blauen, roten, gelben und grünen Perlen, die Stirn und den Schweif schmückten bunte Bänder. Memeds Pferd einzufangen, hatte ihn viel Mühe gekostet, aber schließlich hatte er den Standort des Tieres ausgemacht. Mit Gottes Hilfe! Ohne sie ist es so gut wie unmöglich, solche Pferde zu entdecken. Mal tauchen sie vor deinen Augen auf und sind im nächsten Augenblick schon wieder verschwunden! Zuerst hatte er in der Umgebung von Urfa nach ihm gesucht, danach in Aleppo, bis er es schließlich in der Wüstenei inmitten einer Herde von siebentausend Gazellen entdeckte. Diese Vollblüter ziehen oft mit Gazellen durchs Gelände, ich entdeckte es inmitten eines Rudels von siebentausend Tieren. Und nun sieh zu, wie du es einfängst! Aber schließlich handelt es sich um keinen geringeren als Durmuş Aga den Floh, der dem Schicksal schon so manches Schnippchen schlug. Schon vor seinem Aufbruch hat er das Beschwörungsgebet »Allmächtiger Name« auswendig gelernt. Und bläst du mit deinem Atem am Schluss dieses Gebets irgendein Geschöpf an, kann es sich nicht von der Stelle rühren! Ob Löwe, Drache, Tiger oder Nashorn, es bleibt, wie zu Stein erstarrt, stehen. Und so geschah es: In der Wüstenei standen siebentausend Gazellen wie angewurzelt da, und das Pferd mitten unter ihnen. Mit Gottes Hilfe packte Durmuş Aga der Floh die Mähne, schwang sich auf den Pferderücken und ritt gestern Abend noch aus der Wüste nach Hause zurück. Und nun ist er hier!

»Schau dem Pferd ins Maul, Pferdewirt!«

»Nicht nötig, es ist sechs Jahre alt«, entgegnete Durmuş.

»Memeds Pferd ist auch sechs. Ich hab mir das Gebiss schon angeschaut.«

»Aber im Maul von Memeds Pferd ist der Namenszug des Propheten, darüber steht das Wort Gott.«

»Danach habe ich nicht gesehen«, sagte beunruhigt Durmuş der Floh. »Aber im Maul dieses Pferdes steht der Namenszug bestimmt, wenn er im Maul von Memeds Vollblut steht.«

»Kein Siegel oder Ähnliches zu sehen«, rief Pferdewirt Seydi, »ein Pferdemaul wie jedes andere.«

Ein langes Hin und Her begann. Dieser und jener drückte das Maul auseinander, schaute, schüttelte bedauernd den Kopf und ging an seinen Platz zurück.

Durmuş Aga der Floh war empört. »Seid ihr denn ganz und gar verrückt geworden? Sitzt in eurem Alter in Reih und Glied da und sucht von früh bis spät im Maul altersschwacher, todgeweihter Pferde herum! Wer soll denn das Pferdemaul geöffnet und das Siegel mit dem Wort ›Gott‹ da hineingedrückt haben? Menschenskinder, auf der Stirn von Memeds Pferd steht ja nicht geschrieben: Dies ist Memeds Pferd. Also nehmt ihr ein prächtiges Pferd wie dieses hier und verkündet: Dies ist Memeds Pferd. Der Ausrufer läuft einen Tag lang durchs Ladenviertel und brüllt: Wir haben Memeds Pferd gefangen! Und die Sache ist erledigt.«

Der Vorschlag leuchtete allen ein, dennoch diskutierten sie weiter, bis sie sich schließlich darauf einigten, dass es ein so sagenhaftes Pferd überhaupt nicht gab, sondern von den Dörflern erfunden worden war, wie so vieles, was sie in ihrer Not erfanden: einen Heiligen, einen Räuber, Dschinnen, Feen … Warum also nicht auch so ein hundertfach geflügeltes, unsterbliches, unerreichbares Pferd?

Zuerst erhob sich Zülfü. Er kannte sich mit Pferden aus, ging hin, schaute ihm ins Maul, schon das fünfte Mal, doch immer noch unsicher, als er zurückging und sagte: »Ich meine, am Gaumen ein Siegel gesehen zu haben. Gott allein weiß es, aber ich denke, es ist Memeds Pferd.«

»Hab ichs nicht gesagt?« Durmuş der Floh klatschte in die Hände. »Es trägt am Gaumen ein Siegel so groß wie ein Handteller. Und in diesem Siegel steht das Wort ›Gott‹ in den schönsten arabischen Sülüs-Schriftzeichen. Halil Bey, schau doch auch einmal!«

Halil Bey der Überschwängliche ließ sich das Pferdemaul von Seydi auseinander drücken, schaute hinein und lange auch unter die Zunge und setzte sich wieder. »Ja, da ist so eine Schrift, aber ob sie sülüsisch oder die alte kufische ist, kann ich nicht sagen.«

»Vielleicht schaut unser Hauptmann auch einmal hinein«, schlug Durmuş Aga vor. »Die Augen eines Soldaten sind tausendmal schärfer als unsere.«

Kerzengerade sprang der Hauptmann auf die Beine, ging strammen Schrittes zum Pferd, dessen Maul der Pferdewirt geöffnet schon bereithielt. »Ja«, sagte der Hauptmann, nachdem er einen kurzen Blick ins Pferdemaul geworfen hatte, »in Richtung Gaumen ist deutlich ein Siegel auszumachen, aber ob das Wort Gott in Sülüs oder in Kufisch dasteht, kann ich nicht unterscheiden.«

Lehrer, Staatsanwalt, Richter und Bürgermeister, sie alle sahen im Pferdemaul das Siegel mit dem Wort ›Gott‹, aber wie bedauerlich, auch sie konnten nicht herausfinden, in welcher Schrift es geschrieben war.

Als Letzter schaute sich Murtaza Aga das Maul an. Auf ihm ruhte ihre ganze Hoffnung, denn keiner von ihnen hatte so viel Tinte geleckt wie er.

Murtaza Aga ließ das Maul des Pferdes öffnen, schaute sich lange den Gaumen an, schüttelte den Kopf, wanderte hin und her, schaute wieder ins Maul, kratzte sich am Hintern, rieb sich die Augen, bis er schließlich in die Hände klatschend ausrief: »Ich habs, ich habs! Diese Schriftzeichen sind weder kufisch noch sülüsisch noch irgendwelche sonst. Diese Schrift ist zweifellos eine von Gott selbst geschaffene Schrift, sein höchstpersönliches Siegel. Seht doch – und ich sage das mit den kritischen Augen des Käufers –, wie diese Schrift ins Auge springt!«

Ja, dieses Pferd war Memeds Pferd, und das funkelnde heilige Mal hatte Gott ihm mit eigener Hand in den Gaumen gedrückt.

Halil Bey der Überschwängliche zwinkerte Murtaza Aga mit einem Auge zu, als wolle er sagen: Überlass das jetzt mir!

»Nun, Durmuş Aga, was sollen wir dir denn für dieses Pferd mit dem Siegel im Maul geben?«

»Ihr habt es doch bekannt gegeben, dreitausend Lira.«

»Aber dieses hier ist ja nicht Memeds Pferd, und das weißt du. Gibs schon zu und führe uns nicht hinters Licht! Wäre es Memeds Pferd, hättest du ja die dreitausend bekommen.«

»Stimmt, es ist nicht sein Pferd, aber es trägt das Siegel im Maul.«

»So ist es, und weil es das Siegel trägt, gebe ich dir für dein Fünfzig-Lira-Pferd hundert.«

Mit der Sprungkraft eines Flohs hüpfte Durmuş Aga der Floh

in die Luft. »Das ist doch kein Esel! Hier geht es um das von Gott mit einem Siegel versehene Pferd von Memed dem Falken.«

Die Neuigkeit machte im Marktviertel im Nu die Runde, und schon wogte dichtes Gedränge vor der niedrigen Hofmauer der Gendarmerie.

»Mund halten!«, befahl brüsk der erboste Hauptmann. »Was bist du doch für ein unmöglicher Mensch. Wir alle haben Gottes Siegel im Maul deines Pferdes bestätigt, und du maulst hier vor aller Welt noch herum. Siehst du denn die Menschenmenge nicht?«

Durmuş Aga dämpfte seine Stimme, aber auf seine dreitausend Lira wollte er nicht verzichten. Sie feilschten lange, schließlich gab er sich mit zweihundertfünfzig Lira zufrieden.

»Das wars«, rief Murtaza Aga am Ende stolz und klatschte in die Hände. »Wie die Milch deiner Mutter seien diese zweihundertfünfzig Lira dir vergönnt, nachdem du uns Memeds Pferd ausgeliefert hast. Freitag ist Markttag, und außerdem kommen viele Dörfler zum Freitagsgebet in die Stadt. Ja, diesen Freitag wird das Pferd auf dem großen Platz im Morgenrot erschossen. Wir alle werden gemeinsam mit den Einwohnern dieser Stadt als Zeugen zugegen sein. Komm du auch! Komm und schau dir an, wie Memeds Pferd sein Leben aushaucht!«

»Was?«, schrie Durmuş der Floh, schnellte mit aller Kraft wieder in die Luft und stürzte zu Boden. Vor Entsetzen war seine Zunge wie gelähmt, er stotterte nur etwas Unverständliches, auf seiner Stirn perlte der Schweiß, und es dauerte eine ganze Weile, bis sich seine Zunge wieder löste. »Nicht für alle Güter dieser Welt lasse ich mein Pferd erschießen. Meine beste Stute hat es geworfen, es ist ein Pferd von reinstem Blut, ein echtes arabisches Vollblut, und lasst euch von seiner lässigen Haltung nicht täuschen. Ich war der Meinung, mein Hauptmann soll mit ihm Memeds Pferd jagen, nur deswegen war ich mit zweihundertfünfzig Lira einverstanden. Und gebt ihr mir jetzt auch eine Million, ich lasse es nicht erschießen. Vom Tag seiner Geburt an habe ich es in meinen Armen wie ein Kleinkind mit Honig und Zucker aufgezogen, nein, ich kann ihm das nicht antun. Behaltet euer Hab und Gut und eure Million. Niemand wird ihm ein Härchen krümmen! Es wurde in meine Hände geboren.«

»Hast du es denn nicht in der Mesopotamischen Wüste inmitten siebentausend Gazellen erstarren lassen, um es einzufangen?«

»Ja, ja und tausendmal ja! Als sechsmonatiges Fohlen war es in die Wüste entlaufen und hatte sich unter die Gazellen gemischt. Ich kannte seine Eigenarten, verfolgte seine Spur. Als ich es schließlich mitten im Rudel entdeckte, erkannte es mich auch und wieherte vor Freude, dass es bis in den Himmel hallte. Es kam herbei und rieb seine Nüstern an meinen Händen. Ich war so gerührt, dass ich Bäche von Tränen vergoss. Wie kann ich so ein Pferd erschießen lassen? Ich bitte euch, ich flehe jeden von euch an, erschießt meinen Schönen nicht! Seht doch, wie ich ihn geschmückt habe, herausgeputzt wie einen Bräutigam vorm Brautgemach. Ich brauche das Geld, nie hätte ich sonst dieses Vollblut aus meiner Hand gegeben. Aber auch wenn ich Hungers sterben, Hab und Gut überall hin verstreuen, die ganze Familie umkommen muss – nein!«

Durmuş Aga der Floh, ein nach der Ansiedlung der Nomaden verarmter edler Bey der Turkmenen, den, weil angeblich nicht mehr angemessen, niemand mehr Bey, sondern alle nur Aga nannten, redete noch lange, flehte und jammerte, doch die Mitglieder des Gremiums, alte Freunde, die ihn auch sehr mochten, blieben ungerührt und stahlhart.

Machtlos gegen so viel Unmenschlichkeit und Blutdurst, sprang Durmuş Aga der Floh schließlich wutentbrannt auf, schwang sich auf sein Vollblutpferd und brüllte: »Ihr blutbefleckten Mörder, ihr Blutsäufer, euch alle würde ich für einen Huf meines Vollbluts, meines Recken opfern! Euer Geld werde euch zum Leichentuch! Memed der Falke ist schon auf dem Weg. Leichentuch, ja, Leichentuch.« Er gab dem Pferd die Sporen, setzte mit verhängten Zügeln über die Hofmauer und jagte davon. Eine ganze Weile noch hallte der Hufschlag auf dem Kopfsteinpflaster.

Wie schon seit Tagen stand Kadri die Katze mit seinem Pferd im Schatten einer Mauerecke und hatte sich mit seinen im Dunkel funkelnden Augen nichts entgehen lassen. Kaum war Durmuş der Floh verschwunden, stand er auf, nahm sein Pferd am Halfter und kam lachend vors Gremium.

»Habe ich es euch nicht gesagt? Öffnet sein Maul, und ihr werdet sehen, da ist ein flammendes Siegel, funkelnd wie der Morgenstern und mittendrin der Name Gottes. Ich habs euch gesagt, doch ihr habt diesem himmlischen Pferd nicht einmal das Maul geöffnet.« Er stellte sich mit dem Pferd dicht vor den Tisch des Gremiums.

Halil Bey der Überschwängliche, der diese Vorstellungen schnellstens beenden wollte, sagte zu Murtaza Aga: »Schau nach, ob dieses Pferd das Siegel hat, auch wenn aus jeder seiner Bewegungen zu erkennen ist, dass es das Siegel trägt.«

Begeistert drückte Kadri die Katze sofort das Gebiss des Pferdes auseinander. »Bitte, Murtaza Aga, schau dir das Maul an, da ist das Siegel, groß wie ein Mal und hell wie ein leuchtendes Auge. Und mittendrin der Name Gottes in flammender Schrift.«

Murtaza Aga setzte eine ernste Miene auf und untersuchte ausgiebig das Pferdemaul. »Das ist das gesuchte Pferd«, sagte er dann. »Umsonst haben wir uns so viel Mühe gemacht. Schaut diesem hier ins Maul, genau unter dem Gaumen der Name Gottes, gleich einem gleitenden Stern glänzt er von einem Ende zum andern. Schaut, Freunde, schaut, und seht den Namen Gottes im Maul dieses Pferdes funkeln!« Er sprach so laut, dass die neugierige Menge hinter der Mauer ihn auch hören konnte.

Reihum schauten auch die andern hinein und riefen verblüfft: »Bei Gott, ein Wunder! Unglaublich! Eine Kaskade von Licht im Maul eines Pferdes.«

Zuletzt sah sich der Landrat, der gerade eingetroffen war, neugierig das Gebiss des Pferdes an und war wohl erstaunter noch als alle andern, sprach aber mit niemandem darüber.

»Katze, komm her!«, befahl Murtaza Aga.

»Zur Stelle, mein Aga.«

Kadri die Katze war herbeigeeilt und vor der Nase des Agas stehen geblieben. Dieser zog seine pralle Börse hervor, in der die Scheine geschichtet lagen, und fingerte einen Hunderter und einen Fünfziger heraus.

»Nimm und gibs nach Herzenslust aus!«

»Aga, sind hundertfünfzig Lira nicht ein bisschen wenig?«

»Was denn, du Ludenlümmel, du!«, donnerte Murtaza. »Ich gebe dir für dein Pferd, das keine fünf Para wert ist, hundertundfünfzig Lira! Warum eigentlich? Gib es sofort wieder her! Ich gehe gleich mal zum Kommandanten, sage ihm: Dieser Mann kommt mit einem geklauten Pferd daher. Und dann lasse ich ein Protokoll aufsetzen.« Er beugte sich vor, riss ihm das Geld aus der Hand, schrie: »Verpiss dich mit deinem räudigen Pferd!«, drehte ihm den Rücken zu und murmelte: »So ist unser Volk, einen Dank kennt es nicht. Da gibst du den Leuten für ein auf freier Wildbahn eingefangenes oder für ein gestohlenes Pferd hundertundfünfzig Lira …«

»Nimms mir nicht übel, Aga, ich meinte, du hättest das Siegel mit dem funkelnden Wort Gott gesehen!«

»Welches Siegel, Mann, welches Gefunkel? Wer hat uns diese Suppe mit dem Siegel eigentlich eingebrockt? Damit haben wir den Ärger am Hals. Als reiche der Ring an Memeds Finger nicht. Mensch, wer hat uns eigentlich dieses verdammte Siegel beschert?

»Ich wars nicht, mein Aga.«

Murtaza packte ihn am Kragen. »Wer hat es erfunden, frage ich dich!«

Kadris Augen traten vor Schreck aus den Höhlen. »Ich wars nicht«, wimmerte er, »mein Aga, vergieße nicht mein Blut, er war es, den sie Floh oder so nennen, dieser große Lügner. Er will als Erster im Maul des Pferdes ein Siegel gesehen haben. Ich habe überhaupt keine Schuld. Gib mir meine hundertfünfzig Lira und lass mich gehen!«

»Ich werde sie dir geben«, lenkte Murtaza Aga ein, »aber vorher gehst du zu Unteroffizier Asim hinauf und unterschreibst ihm einen Beleg, gemäß dem du das auf das Pferd von Memed dem

Falken ausgesetzte Kopfgeld von dreitausend Lira voll und ganz erhalten hast!«

»Hauptsache, du gibst mir die hundertfünfzig, und ich gebe ihm sogar einen Beleg über zehntausend Lira.«

Dann gesellte sich Murtaza Aga zu den andern. »So, aus dieser Sache sind wir unbeschadet heraus. Und nun: Pferdewirt Seydi! Dir dieses Pferd bis Freitag im Morgengrauen zu getreuen Händen! Bis dahin wirst du es tränken, füttern und auch sonst gut pflegen. Und niemand, um Himmels willen!, schaut ihm ins Maul! Am Ende wirst du es schmücken und herausputzen wie einen Bräutigam vorm Brautgemach!«

»Wird gemacht, mein Aga.«

»Und das Pferd wird bei der Kommandantur der Gendarmerie unter Arrest gestellt!«

»Wo auch immer«, sagte Pferdewirt Seydi, »ich werde es bis Freitag wie einen Bräutigam herausputzen.«

»Wie Düldül, die Mauleselin unseres Herrn Ali!« Murtaza Aga gab dem Pferdewirt einen Packen Scheine, und dieser machte sich auf den Weg ins Marktviertel. Als er kurz zurückblickte, sah er, wie Kadri die Katze Murtaza Aga ein Papier in die Hand drückte.

»Hier der Beleg über dreitausend Lira, mein Aga. Unteroffizier Asim hat ihn in Schönschrift geschrieben. Auch dass der Hengst im Maul auf goldenem Blatt ein Siegel trägt.«

Murtaza Aga nahm den Beleg, gab Kadri der Katze die schon bereitgehaltenen hundertfünfzig Lira, neigte sich an dessen Ohr und flüsterte: »Schwöre: Ich habe das auf Memeds Pferd ausgesetzte Kopfgeld von dreitausend Lira voll und ganz erhalten, und meine leibliche Mutter sei mein Weib, wenn ich jemals das Gegenteil behaupte.«

»Meine leibliche Mutter sei mein Weib«, schwor Kadri die Katze. Er umfasste Murtaza Agas Hand, drückte sie und eilte mit geölten Fußsohlen davon. Fast trommelten seine Hacken die Hinterbacken, so schnell bahnte er sich eine Gasse durch die Menschenmenge zum Ladenviertel, und jedem, der ihm dort über den Weg lief, erzählte er vom großen Abenteuer.

»Pferde werden in Bann geschlagen«, rief er, »inmitten siebentausend Gazellen verzaubert dank dem Gebet Allmächtiger Name ... Dazu noch der Berg Düldül ... Ich habe auch voll und ganz meine dreitausend Lira bekommen und die Zukunft meiner Familie samt Kind und Kegel gesichert ... Und im Maul des Pferdes das vergoldete Mal!« So zog er von Laden zu Laden durchs Viertel, und die Leute hörten ihm zum ersten Mal so gespannt zu wie sonst nur dem Kahlen Barden aus Andiri.

Halil Bey der Überschwängliche erhob sich, schlenderte gemächlich zum stramm dastehenden Ausrufer Ahmet dem Buckligen und nahm ihn beim Arm. »Du weißt, worum es geht, Ahmet Efendi. Mit Gottes Hilfe haben wir Memeds Pferd eingefangen, und diese frohe Botschaft wirst du bis nächsten Freitag täglich von morgens bis abends ausrufen! Was du dazu sagen und wie du es verkünden wirst, weißt du ja besser als wir.«

Und schon kam Murtaza Aga herbeigeeilt. »Du wirst mit einer so mächtigen Stimme wie die von Bilali dem Äthiopier, Muezzin des Propheten, ausrufen, so dass jedem, der dich vernimmt, blutige Tränen fließen. Und jenen Memed ...«

Da fiel ihm ein, dass Ali der Hinkende ihn ja aufgesucht und sich mit ihm wieder verbrüdert hatte! Deswegen war es bestimmt nicht angebracht, jetzt etwas gegen Memed vorzubringen, und er schwieg.

Ahmet der Bucklige nahm noch strammer Haltung an, vergrub den Kopf noch tiefer zwischen die Schultern und sagte:

»Überlasst alles Weitere nur mir, ich werde einen Ausruf machen, wie ihn noch niemand gehört hat!«

Halil Bey der Überschwängliche ging zum Gremium zurück und verkündete, dass er bei sich ein Festessen vorbereiten lasse, und stolzgeschwellt wie Kommandanten nach siegreicher Schlacht machten sie sich zu ihm auf den Weg.

Ahmet der Bucklige ließ sich Zeit. Diese öffentliche Bekanntmachung war der Höhepunkt seiner beruflichen Laufbahn. Diese Festnahme schien wichtiger sogar als die von Memed. Also hatte er so auszurufen, dass seine Proklamation, von Mund zu

Mund weitererzählt, noch jahrelang in jedermanns Erinnerung haften bleiben musste. Er schlief die ganze Nacht nicht, prägte sich jedes Wort ein, kletterte anschließend auf den Hügel vor der Stadt, schrie ununterbrochen seinen Text lauthals in die Dunkelheit, marschierte dann im Morgengrauen hinunter, wartete am Ausgang der Hauptstraße eine ganze Weile, räusperte sich unentwegt, und kaum öffneten sich mit Getöse die Rolläden, erhob er seine Stimme über den Lärm und legte los. Im Nu verstummte das Poltern der Rolläden, legte sich der übliche Morgenlärm, die ganze Stadt spitzte die Ohren und hörte ihm zu.

»Höret, Mitbürger, höret, und sage keiner, er habe nicht vernommen! Ich habe euch eine sehr wichtige Nachricht von so großer Tragweite zu verkünden, dass jedem, der zuhört, die Lippen verblassen und vor Verblüffung verstummen. Im nächsten Augenblick werde ich sie verkünden, jetzt gleich, jetzt gleich, im nächsten Augenblick verkünde ich sie!«

Er hielt inne, hob den Kopf so hoch er konnte, strich mit beiden Händen über Kragen und Jackenschoß, räusperte sich, veränderte leicht die Stimmlage und fuhr fort: »Höret, Mitbürger, höret!« Seine Stimme gellte durch die Morgenstille, Stock und Stein, Mensch und Mauer, Straße und Bürgersteig schienen ein einziges, gespitztes Ohr zu sein, unendlicher Stolz hatte ihn gepackt, er zitterte vor Freude.

»Und sage keiner, er habe nicht vernommen! Das Pferd des Memed der Falke genannten Briganten wurde eingefangen. Der Mann, der es überwältigte und auslieferte, hat das dafür ausgesetzte Kopfgeld von dreitausend Lira erhalten. Dies Zauberpferd zu fangen war nicht leicht, nein, überhaupt nicht leicht. Der Mann, der es überwältigte, war daher zum großen Zauberer gegangen und hatte sich selbst mit einem Pferdezauber belegen lassen. Tagelang folgte er den Spuren des Pferdes und kam schließlich in das Mesopotamien genannte Wüstenland. Erst dort entdeckte er in den Wüsteneien das verzauberte Pferd inmitten siebentausend dahinziehender Gazellen. Er und das Pferd kreuzten den Blick. Und sie schauten sich an, der Mann, das

Pferd und siebentausend Gazellen. Sofort fiel dem Mann das Gebet Allmächtiger Name ein, und kaum hatte er es gebetet, standen wie gelähmt siebentausend Gazellen und das Pferd mitten in der Wüstenei und rührten sich nicht. Unser Landsmann schwang sich auf das Pferd, packte es an der Mähne, und nachdem er das Gebet Allmächtiger Name dreimal wiederholt hatte, kam es wieder zu sich. Das Pferd hob sich in die Lüfte, und noch bevor unser Landsmann die Augen öffnen konnte, fand er sich auf dem Gipfel des Düldül-Berges aus weißem Feuerstein wieder. Und was sehen seine Augen? Das Pferd steht auf einem so hohen, schroffen Felsen, dass du denkst, es steht am Ende der Welt und sein Kopf stößt an den Himmel. Und beim nächsten Gebet Allmächtiger Name flogen alle Bergadler auf. Pferd und Reiter schlossen erschrocken die Augen. Im selben Augenblick wüteten überall heftige Stürme, und als sie wieder aufblickten, sahen sie, dass sie in der Stadt waren, genau vor der Kommandantur der Gendarmerie. Höret, Mitbürger, höret, die Mitglieder des Gremiums verschluckten fast ihre Gaumenzäpfchen, als das vom Himmel herabgestiegene geflügelte Pferd vor ihnen stand. Es war so prächtig, dass sie wie geblendet den Blick wenden mussten. Doch als sie sich dem Pferd wieder zudrehten, hatte es sich schon in einen todgeweihten Gaul verwandelt. Ihr könnt euch gar nicht vorstellen, wie verblüfft sich die Mitglieder des Gremiums angestarrt haben. Und während sie noch überlegten, was zu tun sei, sagte ein turkmenischer Bey, Durmuş der Floh genannt, der viel von Pferden verstand: Nehmt euch in Acht, so verhalten sich verzauberte Pferde, doch ihr könnt sie an einem Siegel an ihrem Gaumen erkennen. Also öffneten sie das Maul des Pferdes, und wie Sonnenstrahlen strömte ein Licht hervor, das wie Feuer in ihren geblendeten Augen brannte.

Höret, Mitbürger, und sage keiner, er habe nicht vernommen! Was meint ihr wohl, was auf dem Siegel am Gaumen des Pferdes stand, was stand darauf? Mitbürger, woher solltet ihr denn wissen, dass nach Gottes unerforschlichem Ratschluss der eigene Name des Erhabenen darauf geschrieben stand. Aus diesem Grund, Leute, leuchtete das Innere des Pferdemauls wie die Sonne. Und eben dieses Pferd ist das Pferd von Memed dem Falken. Ein anderes kann es gar nicht sein. Weil im Maul eines anderen Pferdes ein der Sonne gleich strahlendes Siegel gar nicht sein kann. Höret, Mitbürger, wenn dieses aber das Pferd von Memed dem Falken ist, so muss sich Memeds Seele auch in diesem Pferd und dieses Pferdes Seele auch in Memed befinden.

Höret, Mitbürger, und sage keiner, er habe nicht vernommen! Erkrankt das Pferd, erkrankt auch Memed der Falke, freut es sich, freut auch er sich und lacht, weint es, weint auch er, und stirbt dieses Pferd, stirbt Memed auch. Und aus diesem Grunde, höret, Mitbürger, höret, wird am Freitag dieses Pferd im Morgengrauen standrechtlich erschossen! Und im selben Augenblick wird nach Gottes unerforschlichem Ratschluss auch Memed der Falke, wo immer er auf dieser Welt auch sein mag, seine Seele aushauchen. Und unser Vaterland wird diesen Feind des Lebens und des Eigentums endlich los und unsere Agas, Beys, Machthaber, Beamten und unsere in den Bergen vor Hunger Gras essenden Dörfler von dieser Plage des Vaterlands befreit. Höret, Mitbürger: Unser Vaterland, unsere himmlische Çukurova wird aus den blutbesudelten Klauen eines Drachen, eines Gottesfeindes, eines Feindes der Religion gerettet! Am heiligen Freitagmorgen wird das Pferd mit dem Wort Gott im Maul standrechtlich erschossen, ja, erschossen! Und im selben Augenblick wird Memed sein Leben, ja sein Leben aushauchen!

Höret, Mitbürger, kommt und seht am segensreichen Freitag im frühen Morgenrot die Seele des blutbefleckten Memed aus seinem Körper entweichen!«

Ahmet der Bucklige arbeitete sich vom Marktrand zur Platzmitte durchs Gedränge, und dort rief er noch gewählter und gefühlvoller aus. Seinetwegen waren früher als gewöhnlich viel mehr Menschen auf den Marktplatz gekommen. Gegen Mittag standen sie schon dicht an dicht, und jeder hörte ihm gespannt zu.

Drei Tage lang rief Ahmet der Bucklige aus, und Tag für Tag ein bisschen schöner. Kaum verstummte seine bewegende Stimme, weil er ein bisschen verschnaufen musste, kam gratulieren, wer nah genug bei ihm stand. Vor allem die Agas und Beys. Murtaza Aga war von Ahmeds Stimme so hingerissen, dass er am liebsten sein Herz herausgerissen und ihm geschenkt hätte, wenn dies, wie er versicherte, möglich gewesen wäre!

Das auch für die Erschießung zuständige Gremium ging – man weiß ja nie! – noch kurz zur Kommandantur, um nach dem Rechten zu sehen. Seydis Mühe hatte sich gelohnt: Das alte, gebrechliche, mehr tote als lebendige Pferd sah fast so aus wie der echte Brandfuchs von Memed.

Paukenschlag und Oboenspiel und das damit verbundene Tohuwabohu hatten schon lange vor Morgenrot begonnen. Wohl bedacht hatten sich die Veranstalter für eine größere Hinrichtungsstätte als den Marktplatz entschieden. Das freie Gelände neben dem Brückenbogen, wo in früheren Tagen der Wochenmarkt abgehalten wurde, schien ihnen geeignet.

Freitag war Markttag. In Massen strömten die Dörfler herbei, um auch, fromm wie sie waren, das Freitagsgebet in der großen Moschee der Stadt zu verrichten. Niemand konnte bezweifeln, dass es ein Gedränge wie beim Jüngsten Gericht geben würde.

Es kamen noch mehr! Von der Brücke bis hinunter zum Bach, von dort bis zur Stadtmitte und über das andere Bachufer weit hinaus drängten sich die Menschen schon vor Morgengrauen.

Pauken und Oboen lärmten in einem fort, dumpfes Gedröhn überall. Als sich die Gipfel der Berge im Osten aufhellten und die ersten Sonnenstrahlen auf die gegenüberliegenden Höhen fielen, hätte keine fallende Stecknadel mehr den Boden erreicht. Es war so voll, dass auch das Erschießungskommando der Gendarmerie, die Beamtenschaft und die Spitzen der Gesellschaft große Mühe hatten, sich einen Weg durch das Gedränge zu bahnen. Erst nachdem sie ihre Plätze eingenommen hatten, wurde hinter der wogenden Menschenmenge der Kopf des geschmückten Pferdes sichtbar. Mit einem Schlag schwiegen Pauken und Oboen, verstummte das dröhnende Geraune der Menschen, senkte sich tiefe Stille herab, so lautlos, als wagte niemand zu atmen.

Eskortiert von Gendarmen mit schussbereiten Gewehren, zog Seydi der Pferdewirt das Pferd am goldverzierten Zügel hinter sich her. Freiwillig öffnete die Menge eine Gasse, durch die das mit einknickenden Beinen torkelnde Pferd bis dicht an die weiße Sandsteinbrücke gebracht wurde. In Reihe stellten die Gendarmen sich vor ihm auf. Schon in der Nacht war am Flussufer ein beflaggtes Rednerpult aufgestellt worden. Als Erster kletterte der Landrat aufs Podest, würdigte die Bedeutung dieses Tages, beschrieb lang und breit die Person von Memed dem Falken und besonders die Rolle dieses Pferdes in seinem Leben. Als er endlich das Rednerpult verließ, musterte er, in Erwartung großen Beifalls, die Menschenmenge und ging, als er nicht die kleinste Reaktion feststellen konnte, mit gesenktem Kopf an seinen Platz zurück. Danach kamen der Bürgermeister und nach ihm die anderen ans Pult, redeten und gingen an ihre Plätze. Doch die Menschenmenge regte sich nicht. Auch des Lehrers Sami Turguts flammende, von mittelasiatischem Blut triefende Rede beeindruckte die Zuhörer nicht mehr als das Summen der Mücken. Als hielten alle den Atem an, von niemandem kam auch nur der geringste Laut.

Erst die grimmige Stimme des Hauptmanns und die fast gleichzeitig dröhnenden Salven der zwei Züge Gendarmen zerrissen die Stille. Langsam sackte das Pferd zu Boden, legte sich auf die Seite, streckte ohne zu zucken die Beine und blieb leblos liegen. Ein Schauer, fast sichtbar, ja, fühlbar, lief den Menschen über den Rücken, und die Stille wurde noch tiefer, noch unheimlicher. Auch aus der Stadt, aus den Ladenstraßen war kein Laut zu hören. Dann gellten wieder die soldatischen Befehle des Hauptmanns, die Gendarmen knallten die Hacken zusammen und mit dröhnendem Schritt gings zurück in die Stadt. Bis die Kompanie bei der Kommandantur anlangte, lauschte die regungslose Menge ihrem Marschtritt. Nicht einmal der Aufbruch der Notabeln – allen voran der Hauptmann –, die mit gesenkten Köpfen den Platz verließen, brachte Bewegung in die erstarrt schweigende Menschenmenge.

Erst in der Ladenstraße hob Halil Bey der Überschwängliche den Kopf und wandte sich an die andern: »Wir haben einen Riesenfehler gemacht. Dieses Siegel mit dem Namen Gottes wird uns noch großes Kopfzerbrechen bereiten.«

»Was hätten wir denn sonst tun können?«, fragte der Landrat.

»Schließlich haben wir mit dem Pferd gleichzeitig auch Memed getötet«, sagte der Hauptmann.

Bekümmert debattierten sie, bis sie endlich die Kommandantur erreichten.

Als sie schon ihren Tee tranken, sagte Halil Bey der Überschwängliche abschließend: »Warten wir doch erst einmal ab, was das Rad der Zeit uns beschert! Fassen wir uns in Geduld. Aber das Schweigen der Menge hat mir gar nicht gefallen.«

Die schweigende Menge war Furcht erregender gewesen als eine lärmende, Krach schlagende, ja, aufrührerische, gar brandschatzende Meute, und hatte sie bis ins Knochenmark gefrieren lassen. Alle, auch der Hauptmann, hatten sich in dem Augenblick, als das Pferd erschossen wurde, gewünscht, dass diese Hinrichtung nie stattgefunden hätte.

Die Stille lastete über der Stadt. Mit gespitzten Ohren belauschten sie den wie ausgestorben wirkenden Ort. Immer wieder stockend, unterhielten sie sich gedämpft, saßen bis zum Mittag wie auf glühenden Kohlen. Als die Sonne am Zenith stand, tönte vom oberen Viertel der Schrei eines einzelnen Hahns, in dessen Krähen nur einige Hähne in den Randbezirken einfielen. Erst danach waren kaum hörbar auch vom Markt her Menschenstimmen auszumachen, bis sich nach und nach der übliche Lärm wieder einstellte. Sie horchten noch eine Weile, die Kleinstadt kehrte in ihren alten Zustand zurück. Jetzt verscheuchten die Männer ihre Bedenken, auch sie kamen wieder zu sich.

Bis in den Abend hinein kamen Dörfler in Gruppen, danach einzeln oder zu zweit herbei, blieben mit traurigen Augen achtungsvoll eine Weile vor dem toten Pferd stehen und schlugen dann eilig den Heimweg ein. Dieses Vorüberziehen der Städter und Dörfler am Kadaver zog sich hin bis in die späte Nacht.

Die Pferdeleiche blieb noch einen Tag und eine Nacht unter der Brücke liegen. Niemand ging dicht an das Tier heran. Sogar die Hunde hielten sich fern, warfen einen Blick auf den Kadaver, klemmten den Schwanz zwischen die Beine und schlichen davon.

Geweckt von einem lauten Pferdewiehern sprangen die Städter im Morgengrauen des übernächsten Tages aus den Betten. Noch dreimal durchbrach das Gewieher die frühmorgendliche Stille, verbreitete sich von der Brücke aus nach Norden zu den Bergen, nach Süden zum Mittelmeer, in Wellen weiter nach Osten und Westen und verhallte.

Im Nu wimmelte es unter der Brücke von Menschen, die sich überall umschauten, doch über die Hinrichtungsstätte, wo das erschossene Pferd gelegen hatte, pfiff nur noch der Wind.

An jenem Tag war die Stadt lebendiger als sonst. Alt und Jung, Kind und Kegel waren in das Ladenviertel und auf die Plätze geschwärmt, um die Erregung eines außergewöhnlichen Geschehens zu teilen.

Gegen Morgengrauen glitten vom hohen Hügel über der Brücke zwölf in weiße Gewänder gehüllte Lichtgestalten den Hang herunter, und kaum hatten sie ihren Fuß auf die Brücke gesetzt, stellte sich Memeds Pferd, wie aus tiefem Schlaf erwacht, auf die Beine, schüttelte sich, bäumte sich auf. Die Lichtgestalten näherten sich ihm, es blähte die Nüstern, schlug mit den Vorderhufen hoch in den Himmel und wieherte. Es war wie verwandelt, ähnelte einer großen weißen Wolke, Mähne und Schweif wehten im Wind ... Die zwölf weiß gewandeten Männer stellten sich im Kreis um das Pferd auf und verweilten so eine Weile. Erst nachdem das Pferd jeden beschnuppert hatte, beruhigte es sich, drehte sich den Bergen zu, streckte den Hals und blähte die Nüstern im Morgenwind. Dann machte es sich, umgeben von den weißgewandeten Männern, auf in die Berge und verschwand. Und unter dem Brückenbogen, an der Stelle, wo das Pferd erschossen worden war, blieb ein winziges, hin und wieder grell aufblitzendes Licht zurück.

Auf dem Markt, in den Läden und den Häusern gab es nur

noch ein Thema. Manche hatten das Pferd, umgeben von den Zwölf, in die Berge, manche über die Ebene hinunter zum Mittelmeer, andere wiederum nach Osten oder nach Westen, nach Norden oder nach Süden verschwinden sehen.

Einige wollen sogar gesehen haben, wie die Zwölf in weißen Gewändern mit dem Pferd in ihrer Mitte im Dunkel der Nacht aufgeblüht sind wie eine mächtige weiße Blume.

12

Die Nachricht hatte sich in wenigen Tagen bis Zeynullah Efendis Ladengeschäft herumgesprochen. Von seinen Gefühlen übermannt, erzählte der Imam mit verzückt geschlossenen Augen den Zuhörern die Abenteuer des Pferdes von Memed dem Falken. Hin und wieder unterbrach ihn der Mufti, um ihn an ausgelassene Einzelheiten zu erinnern. Die Geschichte war ein Riesenerfolg. Von der Gasse der Eisenschmiede zu den Sattlern, von den Sattlern in die Kaffeehäuser, von den Kaffeehäusern in die Bergdörfer verbreitete sie sich wie eine stetig anwachsende Lawine.

Als unter der Brücke das Pferd in seinem roten Blut laut wiehernd zum Leben erwachte, fand es sich inmitten von vierzig in weiße Gewänder gehüllten Heiligen wieder. Die Vierzig nahmen dieses sich aufbäumende, unglaublich schöne Pferd in ihrem Kreis auf und zogen mit ihm zum Mittelmeer hinunter. Das Wiehern hallte bis in den Himmel und schreckte die Menschen aus ihrem tiefen Schlaf. Die vierzig Heiligen wurden Zeuge, wie das Pferd sich mehr und mehr in die Lüfte hob, höher und höher in den Himmel stieg und im weiten Blau wie ein weißes Licht, wie ein funkelnder Stern stehen blieb. Sogar die Vierzig mussten staunen. Und noch während es sternengleich funkelte, verwandelte es sich in eine weiße Wolke und glitt wieder über die Stadt. Bei jedem Morgenrot gleitet jetzt diese lichtdurchflutete weiße

Wolke über Dorf und Stadt, verwandelt sich wieder in ein Pferd, beginnt zu wiehern, und vom Wiehern aus ihrem Schlaf gerissen, springen die Menschen auf, schauen zum Himmel und sehen nichts anderes als eine dahingleitende, gleißende, geballte Wolke. Dennoch wissen sie, dass dieses Gewieher das Wiehern von Memeds Pferd ist, und sie verspüren in ihren Herzen unbändige Freude.

Als Memed sich eines frühen Morgens wieder mit seinem Vollblut in die Stadt aufmachen wollte, um sich die letzten Gerüchte über das Pferd anzuhören, schlug vom Tor her Müslüms Stimme an sein Ohr. Sein Herz begann zu hämmern, und, angezogen wie er war, stürzte er, zwei Stufen auf einmal nehmend, die Treppe hinunter, eilte zum Tor und öffnete mit fliegenden Händen.

Mit ihren pechschwarzen, glänzenden Augen sah Seyran ihn an. Memed stand wie versteinert, kann keinen Schritt weiter, will etwas sagen, ein Willkommen rufen, doch seine Kehle ist wie zugeschnürt. Auch Mutter Hürü und Müslüm rühren sich nicht, lassen die beiden nicht aus den Augen.

Mutter Hürü fängt sich als Erste, macht einige Schritte und bleibt vor Memed stehen. »Was ist mit euch, meine Kinder, dass ihr euch nicht rührt? Nun, ich weiß, was in euch vorgeht. Als euer Onkel Durmuş Ali nach neun langen Jahren aus dem Jemen heimkehrte, ist es uns genauso ergangen, wir konnten einen Tag und eine Nacht nicht sprechen, waren still wie Taubstumme. So geht es den Menschenkindern immer; anstatt zu jubeln erstarrt der Mensch zu Stein.«

Mutter Hürüs Worte hatten Memed wieder ein bisschen zu sich gebracht, er wendete seine Augen von Seyran, ergriff Mutter Hürüs Hand, küsste sie dreimal und führte sie an seine Stirn. Dann wandte er sich wieder Seyran zu. Ihr Gesicht war leichenblass geworden, ihre Augen hatten sich mit Tränen gefüllt, und ihre Lippen bebten. Er nahm ihre rechte Hand, spürte, wie sie zitterte, und drückte zärtlich ihren kleinen Finger. Sie schauten sich an und lächelten. Müslüm, das Halfter eines beladenen Pferdes in der Hand, beobachtete sie mit leuchtenden Augen. Beschämt, ihn noch nicht begrüßt zu haben, ging Memed zu ihm und nahm ihn in die Arme.

Die beiden anderen Pferde waren nur gezäumt und gesattelt.

»Alle drei Pferde sind unser, ich habe sie gekauft«, sagte Müslüm stolz.

»Lade du ab!«, bat Memed, »wir gehen hinein.«

»Mutter Hürü voran, gingen sie ins Haus.

Memed führte sie in die Küche.

»Lasst uns erst einmal frühstücken, das Haus zeige ich euch später!«, sagte er mit gesenktem Kopf. Seyran blieb in der Küchentür stehen, offensichtlich wollte sie zuerst das Haus besichtigen.

Sie begannen also mit der Küche. Hastig zeigte Memed ihnen die Teekannen, die verzinnten Kupferschüsseln, die Töpfe, die goldgerandeten Porzellanteller, die Tassen und was sonst noch in der Küche an Messern und Geschirr benötigt wird. Er hatte auch an schön gemusterte Schöpfkellen und Holzlöffel gedacht. Schnell ging er weiter, obwohl sie noch gar nicht alles gesehen hatten.

Hochrot vor Aufregung führte er sie nach oben.

Mit Abdülselam Hodschas Hilfe hatte er alle Bilder an die Wände gehängt. Vor Adam und Evas Bild blieben sie stehen.

»Vater Adam und Mutter Eva! Und dort ist die Schlange, die sie verführte. Sie hält eine Rosenknospe im Maul. Die Rose bedeutet die Gottesgaben dieser Welt. Und da ist der Apfel, den ihnen die Schlange brachte, und die beiden überredete, ihn zu essen.« Wie er sie von Abdülselam Hodscha gehört hatte, erzählte er ihnen die Geschichte von Adam und Eva, schmückte sie aber ganz unbewusst mit den Einzelheiten aus, auf die ihn Abdülselam Hodscha auch noch aufmerksam gemacht hatte, gab sie mit eigenen Worten begeistert wieder. Hier ist das Paradies, sagte er, gleich werden sie den Apfel essen, werden aus dem Paradies verjagt und in unsere Welt kommen. Seht dort eine Wolke im lauen Wind, gleich wird sie herabregnen. Und das da ist ein Marienkäfer, blutrot mit sieben schwarzen Punkten auf dem Rücken. Er wird auf unserer Erde die Menschen vor Sorgen und Unglück bewahren … Jenes schäumende Wasser, von Blumen umgeben, ist der Fluss Nektar.

Nun hatte sich seine Zunge gelöst, er redete und redete, Seyran und Mutter Hürü hörten ihm gespannt und stumm vor Staunen zu. Nach Adam und Eva gings weiter zum Heiligen Ali, und mit derselben Begeisterung beschrieb er das Bild dieses großäugigen Mannes mit dem geschwungenen Schnauzbart und den buschigen schwarzen Augen, der seinen eigenen Leichnam auf ein Kamel geladen hatte, das er am Halfter hinter sich her zog. »Ich habe mich gefragt, warum auf dem Bild nicht auch Düldül zu sehen ist«, fügte er hinzu, »weiß ich doch, dass sich der Heilige nie von seiner Mauleselin trennen konnte.« Auch das hatte er von Abdülselam Hodscha erfahren.

Wie aus tiefen Gedanken zurückgekehrt, sagte Mutter Hürü mit nachdenklich gerunzelter Stirn: »Weil Düldül dem Heiligen Ali vorausgeeilt war und auf ihn an der Himmelspforte wartete, konnte der Arme, der das Bild gemalt hat, sie nicht darstellen. Oh weh, mein Kindchen Ali mit den entzückenden gelbbraunen Augen! Nachdem dich die geölte Kugel mitten ins Herz traf, bringst du deine sterblichen Überreste selber ins Paradies, oh weh! Mutter Hürü küsst den Boden unter deinen Füßen, Weggefährte meines schönen Propheten mit dem schönen Namen Mohammed! Diese schönen Malereien lassen kein Unglück in dieses Haus herein. Gäbe es doch noch ein schönes Bild von unserem schönen Propheten mit dem schönen Namen Mohammed!«

»Ich habe auch danach gefragt, aber so ein Abbild soll nicht möglich sein. Denn sein Gesicht ist reines Licht und lässt sich nicht malen, meint Abdülselam Hodscha«, bedauerte Memed.

»Dann will ich mich mit dem Bild meines Ali mit den schwarzen Brauen und den gelbbraunen Augen begnügen«, sagte Mutter Hürü, »und sofort meine rituellen Gebete wieder aufnehmen. Denn unter seinem Blick werde ich ohne rituelle Waschungen und Gebete nicht leben können. Außerdem komme ich in die Jahre, in denen man nichts mehr dem Zufall überlassen sollte, schon gar nicht die Gebetszeiten.«

Der Schalk schaute ihr aus den Augen, als sie Seyran und Memed zärtlich anlächelte: »Ihr seid ja noch jung, meine Kinder. Steht ihr erst einmal wie ich mit einem Fuß in der Grube, betet ihr auch zur vorgeschriebenen Stunde.« Memed zugewandt fuhr sie mit gesenktem Kopf fort: »Du hast Menschen getötet, aber mein Ali wird dir vergeben, auch wenn du die Gebetszeiten und den Fastenmonat nicht einhältst. Ich weiß es, denn ich habe meinen Ali oft im Traum gesehen. Er ist gutherzig, ist der Beste unter den Guten. Auch er hat Menschen getötet, schlechte Menschen, und Gott hat ihm vergeben und ihn im Paradies empfangen. Mein Ali wird dir verzeihen und dich ins Paradies bitten. Auch er hat wie du um Brot für die Armen gekämpft.« Mutter Hürü stand vor dem Bild des Heiligen Ali, redete und redete, und nichts entging ihren weit geöffneten Augen.

Nach einer ganzen Weile ergriff Memed ihren Arm und zog sie zu den anderen Bildern. Schau, ein Drache, sein Kopf hinreißend schön, sein Schwanz Furcht erregend wie der des Drachen der sieben Meere...

Doch Mutter Hürüs Gedanken kreisten noch immer um Ali, der seinen eigenen Leichnam trug, und sie verweilte nur kurz vor den anderen Bildern.

Das da ist ein Getreidefeld im Morgenrot, auf den Ähren glitzert noch der Tau. Bald wird die Sonne aufgehen, wird die Welt in goldenes Gelb tauchen, und ein Hauch von Morgenbrise wird aufkommen. In der sich niedersenkenden Hitze werden Grillen zirpen, und gegen Abend werden weiße Wolken aufsteigen und, vom auffrischenden Westwind zu uns herübergetrieben, Schatten spenden.

»In der Çukurova wächst das beste Getreide«, sagte Mutter Hürü nur, hüllte sich in Schweigen und drehte sich immer wieder nach dem Bild des Heiligen Ali um.

Das ist die *Yavuz,* unser Schiff, vor dessen Kanonen auf allen Weltmeeren unsere Feinde zittern. Aus seinen Schornsteinen wirbelt dichter Rauch in den Himmel.

Aber auch das Schlachtschiff schien Mutter Hürü nicht zu beeindrucken.

Und hier Mustafa Kemal Pascha, mit der Reitpeitsche in der Hand steht er gestiefelt und in Uniform neben seinem Pferd.

Dieses Bild musterte Mutter Hürü eine Weile, ließ die Finger über das Glas gleiten und fragte etwas verblüfft: »Das ist er?«

»Das ist er, Mutter«, antwortete Memed und sah ihr in die Augen.

»Das ist er?«, fragte Mutter Hürü noch einmal.

»Er ist es, Mutter.«

Ihre Augen wanderten von Memed zu Mustafa Pascha, glitten weiter zu Seyran. Mit bebenden Lippen zog sie die Stirn in Falten, schaute Mustafa Kemal noch einmal an und rief mit gerunzelten Brauen: »Sieh doch, sein Pferd neben ihm ist ein Fuchs …« Ihre Miene verfinsterte sich zusehends, und ihr war anzumerken, dass sie ein Schauer überlief. »Und sein Kragen ist vergoldet und seine Schulterstücke auch. Reines Gold!«

Sie drehte dem Bild brüsk den Rücken zu und sagte: »Mit ihm rede ich später.«

Nachdem sie sich noch einige Bilder angeschaut hatte, machte Memed mit ihr vor dem letzten Halt. »Schau, da unten erstrecken sich die lila Berge. Reihe für Reihe in alle Weiten. Darüber der klare blaue Himmel. Mittendrin ballt sich eine weiße Wolke, darunter auf einem schroffen Gipfel aus Feuerstein ein Grauschimmel mit hoch erhobenem Kopf.«

Mutter Hürüs Gesicht leuchtete auf, sie lachte fröhlich: »Ich habs erkannt. Das Bild unseres verrückten Pferdes. Aber warum hat es sich in einen Grauschimmel verwandelt?«

»Die Menschen in der Stadt sprechen so viel vom Pferd, dass sie darüber das Essen vergessen, sie sagen: Nachdem das Pferd wieder zum Leben erwacht …«

»Auch in unseren Bergen«, unterbrach sie mit Stolz, »wird nur noch über die Wunder unseres Pferdes gesprochen. Und warum ist aus dem Brandfuchs ein Grauschimmel geworden?«

»Sie sagen: Nachdem das Pferd vom Tode auferstanden sei, habe es die Farbe gewechselt. Es soll auch oft wiehern.«

»Ich habs wiehern hören«, sagte Mutter Hürü. »Es soll im

Morgengrauen so laut gewiehert haben, dass die Städter entsetzt aus den Betten sprangen, weil sie meinten, die Welt gehe unter. Aber wer hat sein Bild gemalt?«, wunderte sie sich. »Die Vierzig haben es erst vor einigen Tagen von der Richtstätte weggebracht. Wann hat der Maler es denn dort am Himmel gesehen, dass er es malen konnte? Wer ist dieser Mann?«

»Ein Meister und ein guter Mensch mit lichter Stirn. Er ist der Wächter am Grabmal des Heiligen aus Konya, Mewlana Dschelaleddin.«

»Ein guter Mensch«, nickte Mutter Hürü. »Seit alters her heißt es, dass jene, die solche Bilder malen, selbst zu den Gerechten gehören.«

»Erst vor zwei Tagen brachte er mir dieses Bild.«

»Also hat er das Pferd gesehen.«

»In den Bergen werden auch Lieder über dieses Pferd gesungen. Der Sänger Ali der Flinke soll mit seiner Saz von Dorf zu Dorf ziehen und ohne Scheu Lieder und Sagen singen.«

»Sänger der Gerechtigkeit fürchten Gott und niemanden sonst. Ich wusste, dass es mit diesem Pferd etwas auf sich hat. Als die Gendarmen dich angeschossen hatten, stand es drei Tage und Nächte vor meiner Tür. Als ich nicht verstand, was es mir sagen wollte, ärgerte es sich und kletterte auf den Felsgipfel. Auch als ich zu ihm wollte, machte es sich wütend davon. Damals war es schwarzbraun. Und ich habe es unflätig beschimpft, mit Scheiße überschüttet. Meine Zunge möge verdorren! Aber konnte ich das wissen? Ich hielt es nur für ein verrücktes Pferd. Was soll nun aus mir werden? Was habe ich dem geflügelten Pferd, das Feen und die Vierzig Glückseligen, Engel und die Sieben Geweihten in den Himmel führten, nicht alles angetan? Jetzt erst wird mir klar: Dieses Pferd hat dein Leben gerettet, es hat Mütterchen Sultan an dein Krankenlager gebracht. Mögen mir beide Augen auslaufen, möge meine lockere Zunge verfaulen, mit der ich dieses Pferd als Schwein, als Irren, als Wurm bezeichnet habe!« Sie nahm den Kopf zwischen ihre Hände: »Herrgott, was habe ich nur getan!« Als sie hochblickte, waren ihre Augen feucht.

»Mutter, gräm dich nicht, dieses Pferd ist schließlich mein Pferd!«

Bei diesen Worten hellten sich ihre Züge auf: »Du hast Recht«, zwitscherte sie auf einmal, »dieses Pferd ist unser Pferd. Von ihm kann uns gar kein Schaden kommen, im Gegenteil, nur Gutes. Ach, warum nur hab ich sein schönes Herz so gebrochen!«

Sie gingen ins Schlafzimmer. Prüfend betastete Mutter Hürü Bettgestell, Matratzen, Decken, Kissen und was sonst noch im Raum war und sagte ernst: »Sehr schön. Gott lasse euch in diesem Bett auf gemeinsamem Kopfkissen zusammen alt werden!«

Anschließend zeigte Memed Mutter Hürü ihr Zimmer. Für sie hatte er ein silberverziertes Einzelbett gekauft. Auch hier betastete sie prüfend Decken, Leintücher und alles andere und verzog dann ein wenig das Gesicht.

»Was ist, Mutter?«, fragte Memed ängstlich.

»In solchen Dingern kann ich nicht schlafen«, donnerte sie und zeigte auf das Bettgestell. »Weg damit! Ich schlafe in einem Fußbodenbett. Verkauf dieses Ding und kauf mir für das Geld ein großes Kopftuch!« Und auf den Teppich zeigend: »Und da kommt nur ein Kelim hin. Und an diese Wand hängst du das Bild meines Ali, denn er ist wie du auch mein Sohn!«

»Sofort, Mutter, bin schon unterwegs!«

»Nicht so hastig, ich bleibe ja noch. Das hat Zeit bis morgen oder auch übermorgen!«

Sie gingen hinunter in den Wohnraum, den Memed rundum mit Wandsofas ausgestattet hatte und in dessen Mitte ein sehr schöner Kelim prangte. Memed brachte die große, runde, verzinnte Kupferplatte mit den eingestanzten Koranversen herein und legte sie auf einen viereckigen Hocker.

Mutter Hürü war von der Platte mit den Koranversen so begeistert, dass sie immer wieder mit erhobenen Händen dankbar betete, bis Seyran das Frühstück hereintrug.

Während Seyran in der Küche war, hatten Mutter Hürü und Memed über das Dorf, die Berge, über die Verstorbenen und über Ferhat Hodscha gesprochen. Auch über Neuigkeiten, die Mutter

Hürü mitgebracht hatte und die Memed mit Stolz erfüllten. Inzwischen war Müslüm, den sie völlig vergessen hatten, schweißnass und mit hochrotem Kopf hereingekommen.

»Ich habe die Sachen ins Haus gebracht, die Pferde versorgt und bin durch die Orangengärten gewandert. Als wir herkamen, blühten die Bäume noch, jetzt hängen schon Orangen dran, grasgrün und daumengroß.« Er hockte sich vor die Kupferplatte und schluckte, als Seyran das Frühstück hereinbrachte. Kaum hatte auch sie sich dazu gesetzt, machte er sich wie ein Wolf über das Essen her.

»Und morgen werde ich euch eine Suppe kochen«, kündigte Mutter Hürü an. »Habt ihr Minze hier?«

»Und ob, Mutter«, freute sich Memed. »Ich habe vor eurer Ankunft schon alles eingekauft.«

Nachdem Memed ihnen das ganze Haus noch einmal vorgeführt hatte, wanderte er mit ihnen durch die nahen Gärten. Anschließend kochte Mutter Hürü einen Grützpilav, und der Duft gesottener Butter strömte durchs ganze Haus. So lange hatte Memed sich schon nach Mutter Hürüs Grützpilav gesehnt.

Als die Sonne unterging, aß Mutter Hürü hastig ihr Abendbrot und eilte auf ihr Zimmer. Das Bettgestell war verschwunden, der Teppich durch einen Kelim ersetzt und auf dem Fußboden neben dem Kelim ein Nachtlager hergerichtet. Mutter Hürü war begeistert von der reich verzierten seidenen Bettdecke. Ein kluger Junge, gut, dass er die Räuberei aufgegeben hat, sagte sie sich. Wer hätte gedacht, dass sich der Sohn des wortkargen Ibrahim noch so entwickeln würde. Wie froh wäre seine Mutter Döne doch gewesen, hätte sie diese Tage noch erlebt! Sie bückte sich, strich über die Bettdecke, und als sie den Kopf hob, fiel ihr Blick auf das Bild Alis, der seinen eigenen, auf ein Kamel geladenen Leichnam hinter sich herzog. Sie richtete sich auf und musterte eine ganze Weile jede Einzelheit auf dem Bild und ihr war, als lächelte Ali sie verstohlen an.

»Lächle, mein Ali!«, sagte sie, »lächle, mein Kleiner, mein Sultan, zumal dir unser Herrgott das Vorrecht eingeräumt hat, deinen eigenen Leichnam zu tragen, lächle nur, mein Recke, für dessen Fingernagel ich mich opfern würde. Nicht ohne Grund nannten sie dich den Löwen Gottes. Du Reiter auf Düldüls Rücken, lach! Und nun, mein Löwe, hör mir gut zu! Du weißt ja, dieser Memed, der sich wie du um das Brot der Armen sorgte, hat von seiner Geburt bis heute noch keinen guten Tag gehabt. Sogar seine Mutter wurde getötet. Aber ich bin auch seine Mutter. Er tötete Abdi Aga, und das war wohl getan, denn dieser war ein grausamer Mann. Auch du brachtest viele grausame Männer um. Es ist nicht Recht, ein Werk Gottes zu vernichten, aber bei Abdi Aga handelte es sich doch um ein sehr schlechtes, sehr grausames Geschöpf. Hast du mit deiner gegabelten Schwertspitze nicht viele grausame Gottesgeschöpfe durchbohrt? Wäre ich nicht gewesen, dieser Memed hätte Abdi Aga nicht getötet, sondern sich der Staatsgewalt ergeben. Doch ich habe ihn am Kragen gepackt, die Brauen gerunzelt und gerufen: Mein Sohn mit dem Herzen eines Weibes, dem Mut eines Spatzen und der Angst einer Maus! Überlässt du uns wieder dem grausamen Abdi, nachdem du ihn aus dem Dorf verjagt hast und die Dörfler wieder zu ihrem wohlverdienten Brot kamen? Um mich nicht zu enttäuschen, ging er hin und tötete Abdi. Und damit begann seine Not. All das meinetwegen! Sollte also Memed Schuld auf sich geladen haben – hat er ja nicht, aber bei euch weiß man ja nie –, so ladet mir diese Schuld auf, und sei sie noch so gering! Schau doch, sogar sein Pferd ist wie deine Düldül zu den Vierzig eingegangen. Jetzt wiehern beide gemeinsam auf weißen Wolken, und schon beim Morgenrot fährt dabei den Tyrannen die Angst in die Glieder! Hast du davon gehört, mein Ali? Natürlich hast du. Und jetzt, mein Ali, habe ich nur eine Bitte an dich! Schau, welch schönes Haus er jetzt hat, mein Sohn Memed, der keinem Armen je ein Härchen krümmte und in Kürze vielleicht auch Kinder haben wird. Meine Hatçe wurde von diesem Hauptmann, der erblinden möge, umgebracht, ihr Kind von jenem Iraz verschleppt. Ich habe in den nächsten Tagen Mustafa Kemal Pascha mit dem braunen Pferd und dem goldverzierten Kragen ein Wörtchen zu sagen. Wie kannst du so etwas dulden, mein Recke, werde ich ihn fragen und vieles andere mehr. Dass der Mensch jetzt Frauen tötet, die Hand gegen sie erhebt. Hör mir zu, mein Ali, in dieser und auch in der anderen Welt werde ich deinen Kragen nicht locker lassen! Tu meinem Memed nichts mehr an und wende es ab, wenn sich Böses über ihn zusammenbraut. Ist Memed nicht dein Gefährte? Drum höre, unser Herr Ali mit den lachenden schwarzen Augen: Memed ist dir anvertraut, mein Recke, über den ich immer gewacht habe! Schon daran kannst du erkennen, wie hoch ich deinen Wert einschätze.«

Sie legte die Hand auf das Glas des Bilderrahmens: »Du hast nun die alte Hürü gehört, nicht wahr, mein Löwe?«, fuhr sie mit erhobener Stimme fort. »Und merke dir, geschieht meinem Memed etwas, werde ich nie wieder mit dir sprechen, dir bis an mein Lebensende nie wieder ins Gesicht sehen, dich nie wieder Gottes Löwe nennen, dich in dieser oder in der anderen Welt am Kragen packen und ratsch! zerreißen. Hast du gehört? Bis ans Ende der Tage und auch darüber hinaus werde ich dich am Kragen haben. Nie wieder wirst du mir in die Augen sehen können. Sieh doch, was für ein schönes Haus mein Recke hat. Zerstör es nicht!«

Den Kopf gesenkt, wanderte sie einige Mal durchs Zimmer. »Zerstör sein schönes Häuschen nicht, hast du gehört!« Ihr letzter Satz klang wie ein Befehl, wie eine Drohung.

Sie legte sich ins Bett. Ihr Herz pochte, und sie hatte Angst. Sie richtete sich auf, rutschte auf den Kelim neben ihrem Nachtlager und strich über die seidene Decke. Woher diese Angst kam, konnte sie sich nicht erklären. Doch plötzlich frohlockte sie. Wenn Ali ihren Memed nicht beschützte, wird dieses – beinah hätte sie »verrückte« gesagt – dieses edle Pferd, das im Morgenrot über Dörfern und Städten wiehert, ihn beschützen.

Sie streichelte die Decke und betrachtete beim Aufstehen Alis Bild.

»Memed, komm her!«, rief sie herrisch.

Memed spurtete herbei und öffnete die Tür.

Sie zeigte auf Alis Bild. »Du hast es am Fußende aufgehängt. Das könnte meinen Ali kränken. Häng's hier an meinem Kopfende auf!«

Memed verschwand und kam mit Hammer und Nägeln zurück.

»Vorsichtig, tu ihm nicht weh, deinem Gefährten! Sieh doch, wie freundlich er lächelt! Ja, nun ist es gut, jetzt hängt das Bild meines Ali über meinem Kopf.«

Nachdem Memed gegangen war, drehte sie den Docht der Lampe herunter, blies die Flamme aus und kroch in ihr Bett. Die Matratze war samtweich, dennoch konnte sie nicht einschlafen. Das war ihr noch nie vorgekommen. Sonst schlief sie ein, kaum dass ihr Kopf auf dem Kissen ruhte, mochten auch Kanonen donnern. Eine Weile sprach sie noch mit Ali, gab seinem Reittier Düldül einige Ratschläge, vergaß auch nicht, einige Wünsche an Mütterchen Sultan zu richten. Die meisten Ratschläge hielt sie für Memed bereit, auch einige für Seyran. Wie herrlich doch die Blätter der Orangenbäume dufteten. Müslüm hatte oft von den Blüten erzählt, die wie weiße Wolken die Bäume einhüllten. Und auch vom Meer hatte er erzählt, das auch wie Orangenblüten duftete. In dieser Çukurova duftete die ganze Erde danach. Der Junge Müslüm gefiel ihr gut, morgen wird sie auch ihn ihrem Herrn Ali ans Herz legen, überlegte sie, ließ diesen Gedanken aber wieder fallen. Sich um zwei Menschen zu kümmern, könnte ihn vielleicht zu sehr belasten. Memed reichte! Sie schlief ein.

Am nächsten Morgen krempelten sie und Seyran in der Küche die Ärmel hoch, denn Memed hatte ein Lamm schlachten lassen. Seyran war über Nacht wie umgewandelt, ihre Augen, ja, ihr ganzer Körper lachte, strahlte ringsum Freude aus, und ihr Frohsinn sprang auch auf Hürü über. Auf Hackklötzen klopften sie das Lammfleisch mürbe und brieten Fleischklöße im Teigmantel so köstlich, dass, wer sie einmal schmeckte, nicht genug davon bekommen konnte. Aber auch andere Gerichte bereiteten sie mit großer Sorgfalt vor, denn sie erwarteten Gäste zum Abendmahl, und an der Tafel ihres Memed durfte es an nichts fehlen. Auch der

Meister, der Alis Bild gemalt hatte, wollte kommen. Wer weiß, welch heiliger Mann er war, der einem Ali eine Seele einhauchen und Wolf und Vogel zum Leben erwecken konnte! Doch am neugierigsten war sie auf seine Hände, die so etwas bewerkstelligen konnten. Bestimmt hatten seine Augen eine andere Art, zu schauen und zu sehen. Sogar das Unsichtbare und Geheimnisvolle …
Sie konnten den Abend kaum erwarten.
Als Erste kamen Zeki Nejad und seine Frau mit den drei Kindern. Die Frau war noch jung und trug die Haare fast so kurz wie ein Mann, was Mutter Hürü wohl ins Auge fiel, sie aber nicht befremdete. Auch nicht, dass sie das Haar nicht verhüllte. Zum zu kurzen Rock hatte sie hochhackige Schuhe angezogen, und Mutter Hürü wunderte sich nur, wie die Frau auf so hohen Absätzen aufrecht stehen und gehen konnte. Auch an ihrem Kragen, der bis zu den Ansätzen ihrer Brüste offen stand, nahm sie keinen Anstoß. Schließlich waren es Memeds Gäste, und somit hatte es seine Ordnung. Ohne sich ihre Verwunderung anmerken zu lassen, begrüßte sie als Älteste im Hause alle mit freundlicher Miene und hieß sie sehr höflich willkommen. Zum Einzug ins neue Heim hatte der Lehrer einen mit arabischen Lettern verzierten silbernen Teller mitgebracht. Schön war er ja, aber offensichtlich nicht mehr ganz neu; doch das machte nichts, musste er doch sehr wertvoll sein, wenn er mit Gottes Namen beschriftet war, und sie bedankte sich herzlich. Ihre Kinder mochte sie auf Anhieb und gab jedem, wenn auch mit schlechtem Gewissen, einen von den prallen, rosaroten Granatäpfeln, die sie eigentlich nur für Memed mitgebracht hatte.
Danach kam der von allen Verehrter Efendi genannte Meister, der in vergoldetem Kästchen einen Koran mitgebracht hatte. Er überreichte ihn Mutter Hürü, nachdem er ihr die Hand geküsst und an seine Stirn geführt hatte. Schon als Mutter Hürü den Verehrten Meister erblickte, begann sie zu zittern und hätte das Heilige Buch beinahe fallen lassen, als sie es küsste. Doch Memed war blitzschnell bei ihr, nahm ihr den Koran aus der Hand und hängte ihn an einen Haken hoch an der Wand. Mutter Hürü versagten

die Beine, und sie setzte sich neben die Frau des Lehrers. Memed brachte ihr ein Glas Wasser, das sie schlückchenweise lehrte, bis sie nach und nach wieder zu sich kam. Dann schaute sie zu dem Verehrten Meister hoch, der ihr gegenüber Platz genommen hatte, wagte aber nicht, auf seine Hände oder ihm in die Augen zu blicken. Ihre Augen blieben am Perlmuttknopf seines kragenlosen Kittels hängen, bis sie schließlich all ihren Mut zusammennahm und den Blick weiter zu den Händen gleiten ließ. Die Finger waren sehr lang. Ihm in die Augen zu schauen, brachte sie noch immer nicht über sich. Auf seinen gesegneten Händen entdeckte sie Farbflecken. Auch auf seinem Kittel. Als sie endlich seine Augen betrachtete, begann sie wieder zu zittern. Diese Augen blickten tief in die Menschen hinein, sahen, was in ihren Herzen und Köpfen vorging, lasen darin die Vergangenheit und die Zukunft.

Abdülselam Hodscha war mit seiner Frau gekommen, die ein Kopftuch trug und ein Kleid, unter dem sogar die Füße schwer auszumachen waren. Er hatte eine Kaffeemühle, einen Samowar und goldgerandete, geschwungene dünne Teegläser mitgebracht. Samowar und Mokkamühle glänzten so golden, dass alle entzückt waren. Ein Lichthof von Sonnenstrahlen über Memeds Kopf blitzte mit dem schimmernden Messing des Samowars und der Mokkamühle um die Wette.

Seyran stellte die große, runde Kupferplatte in die Mitte und deckte sie gemeinsam mit Mutter Hürü und der Frau des Hodschas. Zuerst legten sie die in einer Schüssel dampfenden Fleischklöße im Teigmantel vor.

An der Tafel saßen die vier Männer und die Frau des Lehrers. Die anderen Frauen aßen mit den Kindern in der Küche.

Nachdem der Hodscha und der Verehrte Meister das rituelle Abendgebet verrichtet hatten, setzten sie das Gespräch an der Stelle fort, an der sie es unterbrochen hatten, besser gesagt: hörten sie dem Lehrer wieder zu, der voller Begeisterung, als hielte er eine Rede, mit ausholenden Gesten wie ein Wasserfall sprach. Von der Antep-Front, wo er ganz allein die Şahin-Brücke gegen ein ganzes französisches Regiment gehalten hatte, Seite an Seite mit dem Briganten Schwarze Schlange, bis dieser neben ihm tödlich getroffen wurde; ein Mann, der nicht lesen, nicht schreiben, aber die Hochgebildeten von Istanbul in seine Westentasche stecken konnte, der besser als jeder andere die Welt kannte, als Brigant genau wie Köroğlu von den Reichen genommen und den Armen gegeben hatte. Ganz anders als die Agas, die schon beim ersten Schuss die Flucht ergriffen oder mit den Feinden gemeinsame Sache machten und die ganze Ebene unter sich aufteilten und damit die alten Zustände der Vorkriegszeit wieder herstellten, sodass die Armen wieder hungerten und von den Agas und Beys grausam unterdrückt und ausgebeutet wurden, sich also nichts mehr änderte, die Armen wieder an Malaria wie die Fliegen starben, während diese Agas und Beys sich um Mustafa Kemal scharten und ihn hinters Licht führten.

Mutter Hürü hörte ihm gespannt zu, ließ aber auch den Verehrten Meister nicht aus den Augen. Jetzt begreife ich, dachte sie, jetzt bin ich im Bilde, was mit Mustafa Kemal los war. Wenn sie weg sind, werde ich mit diesem Mustafa Kemal Pascha einige Worte reden, Worte, die wie ein Handschar in sein Herz stoßen werden! Sie durfte aber auch nicht übertreiben! Bestimmt war er ein guter Mensch, wenn der Verehrte Meister sein Bild gemalt hatte. Und auch Lehrer Zeki, der gegen jeden donnerte, ließ Mustafa Kemal ungeschoren. Ja, jetzt wurde ihr klar, warum er seine Soldaten auf den Falken hetzte und Hatçe von seinem Hauptmann töten ließ. Was hatte der Lehrer noch erzählt? Sie wollte ihren Ohren nicht trauen. Dass Mustafa Kemal auch ein Dörfler war, einer von uns? Dass er als Junge nach der Aussaat die Rabenvögel von den Feldern verjagen musste? Ja, sie wird ihm ein paar Worte sagen, die er bis an sein Lebensende nicht vergisst! Du, der Sohn einer armen Witwe, wird sie sagen, du, der du die Felder bewacht und die Rabenvögel verjagt hast, kommst daher, wirst Kommandant unseres Heeres, und die Armen werden deine Soldaten, und du gibst ihnen keinen Kuruş in die Hand und verteilst die ganze Welt wieder an die Agas und die Beys. Das hätte ich von dir nicht erwartet! Haben sie dich denn, als du die Felder bewachtest, auch nur eines Blickes gewürdigt, dich auch nur einmal gegrüßt?

Zeki Nejad erzählte vom Krieg gegen die Griechen. Einmal hatte er während der Kämpfe ganz nah bei Mustafa Kemal Pascha gestanden. Ein blonder Mann mit schönen blauen Augen.

Wie unser Veli der Blonde, dachte Mutter Hürü. Auch der hatte bei den Dardanellen gekämpft, hatte eines seiner Beine dort gelassen und war dann heimgekehrt. Ein harter, herrischer, aufbrausender Mann. So sind sie wohl, diese hellhäutigen Blauäugigen. Mit ihnen zu reden, führt zu nichts, sagte sie sich. Also werde ich Mustafa Kemal bis an sein Lebensende einfach nicht mehr angucken. Und wenn ich auch nur ein Wort an diesen Rabenwächter richte, soll ich gelähmt werden! Solche Männer sind nicht zu überzeugen. Wenn ich diesem Mann, der Hatçe von seinem Hauptmann töten ließ, auch nur einmal noch ins Gesicht schaue …

Gern hätte sie diesen Lehrer noch einiges gefragt, doch jetzt hatte der Verehrte Meister das Wort ergriffen. Dieser Mustafa Kemal ist einer von uns, wollte sie ihn fragen, hat sogar die Rabenvögel von den Feldern gejagt; warum hast du ihm denn nichts gesagt, wenn du schon so dicht bei ihm gestanden bist? Du hast ihn den Agas und Beys überlassen. Hast du deswegen nicht auch ein bisschen Schuld an allem, Zeki, mein Junge?

Auch dem Verehrten Meister hätte sie ein Wörtchen zu sagen: Du, ein Gesegneter, der unseres Herrn Alis und Köroğlus Bild, sogar das Bild des Reittiers unseres Herrn Mohammed gemalt hast, sag mir doch mal, warum du auch das Bild dieses Mannes malen musstest?

Fragen über Fragen gingen Mutter Hürü durch den Kopf, dennoch hatte sie sich keine endgültige Meinung über diesen goldbetressten Pascha bilden können, am Ende gab sie auf. Nur gut, dass die Gäste gegen Mitternacht gingen und Hürü nicht mehr befürchten musste, dass ihr der Schädel platzt!

Dieser Lehrer Zeki war sehr anstrengend gewesen. Und der

Verehrte Meister hatte sie so beeindruckt, dass sie ganz steif geworden war. Als sie mit knirschenden Gliedern ihr Zimmer aufsuchte, ging sie, ohne Mustafa Kemal auch nur eines Blickes zu würdigen, an seinem Bild vorbei. Soll er doch platzen vor Wut, sagte sie sich, ich bin schließlich die Mutter Hürü aus den Binboğa-Bergen ... Sie löschte die Lampe, ohne noch einen Blick auf das Bild Alis zu werfen, grad so, als sei er auch einer von denen, die Hatçe auf dem Gewissen hatten. Kaum hatte sie sich ausgestreckt, schlief sie ein. Schon früh am Morgen war sie wieder auf. Memed wollte sie heute ans Meer bringen. Als es aufhellte, warf sie einen unwirschen Blick auf das Bild Mustafa Kemal Paschas und das neben ihm stehende braune Pferd. Unten standen Müslüm, Seyran und Memed mit gesattelten Pferden am Halfter und warteten auf sie.

»Aufsitzen, Mutter!«, rief Memed, hielt ihr den Steigbügel und hob sie hoch. Gelenkig wie ein junges Mädchen schwang Mutter Hürü sich in den Sattel. Seyran, eine meisterliche Reiterin, saß ohne Hilfe auf. Mit Memed an der Spitze ritten sie durchs Wildwasserbett hinunter zum Meeresufer. Kaum hatte Mutter Hürü das Meer erblickt, sprang sie vom Pferd, ging ans Ufer und blieb auf den Kieseln stehen. Ganz ruhig lag das Meer da, sacht stießen in Abständen kleine Wellen an den Strand. Hürü legte die Hände in die Hüften und betrachtete den sonnenbeglänzten Meeresspiegel. In weiter Ferne wellten sich die Fluten. Auch Seyran stand so da. Wie lange sie so versunken verhielten und aufs Meer starrten, wurde ihnen gar nicht bewusst. Es duftete eigenartig nach Sonne und Salz.

»Oh, Memed, bei diesem Anblick fühlt sich der Mensch ja winzig wie eine Nadelspitze! Was du da Meer nennst, das macht mir Angst.«

Nicht weit von ihr hatte Gras die Kiesel überwuchert, sie ging hin und setzte sich im Schneidersitz ins dichte Grün. Seyran gesellte sich zu ihr. Nebeneinander saßen sie wortlos da und blickten weit übers Meer. Memed rief ihnen etwas zu, sie hörten es nicht. Müslüm verschwand in den Orangengärten. Memed lief zu den Heidesträuchern, setzte sich neben einen der Büsche und sog den berauschenden Duft der schießenden Kapseln ein, der noch berauschender war als die bereits abgeworfenen Blüten. Einer der Büsche verschwand unter einer weißen Wolke von Schmetterlingen.

Memed stand auf, zog einen kleinen Heidestrauch mit Wurzel aus der Erde, ging zu Mutter Hürü und rief ihr fröhlich zu: »Mutter, schau, die Heide unserer Berge ist uns gefolgt!«

Doch Mutter Hürü hörte ihn nicht, auch nicht, als er seine Worte wiederholte. Er legte den Heidestrauch neben sie und ging über die Kiesel in östliche Richtung. Sein langer Schatten schwankte weit gestreckt vor ihm her, fiel ab und zu auf das sonnenbeschienene Wasser. Zwischen Kieseln oder im Sand steckten Muscheln in verschiedenen Formen und Farben. Angeschwemmte Kadaver lagen auf dem Strand, rötliche Kiefernborke, Baumstämme, alte Schuhe, zerbrochene Flaschen, Algen, doch nichts davon lenkte Memed von seinen Gedanken ab. Am Horizont streckten sich weite Nebelschleier, ballten sich nach und nach zu weißen Wolken, stiegen immer höher. Was war denn mit Mutter Hürü und mit Seyran los, dass sie beim Anblick des Meeres wie vor den Kopf gestoßen verstummten? Da sollten sie doch einmal kurz vor Tagesanbruch herkommen, wenn das Meer noch still und milchweiß daliegt und die Möwen hoch oben mit ihren Flügeln fast den Himmel streifen, ein Orkan von Licht über den Wasserspiegel wirbelt! Dann würden sie sich wohl vierzig Tage und Nächte nicht vom Ufer trennen, ihre Augen vom Meer nicht wenden, nur stumm und taub dasitzen, nicht essen, nicht trinken und nicht einmal merken, wenn du ihnen mit der Klinge ins Fleisch schneidest!

Langsam stieg die Sonne, schob den Scheitel von Memeds Schatten immer näher an seine Fußspitzen heran. Er schritt weiter aus und horchte auf das Stapfen seiner Füße. Noch hatte er sich nicht an diese Kleinstadt, an das Haus, ans Meer, an diese durchdringend duftenden Orangenhaine gewöhnen können. Abdülselam Hodscha war bestimmt ein guter Mensch, wenn auch ein bisschen sonderbar. Irgendetwas vermisste er an ihm, aber was? Auch Lehrer Nejad machte den Eindruck eines braven Mannes, aber auch ihm schien irgendetwas zu fehlen. Wie auch den andern dieser gebildeten Gesellschaft. Sie kamen ihm vor, als seien sie nur halbe Menschen. Der Landrat, der Mufti, die Agas, die Beys, sie alle schienen ihm sonderbar, verbreiteten eine Stimmung, die ihn störte. Irgendetwas nagte in ihm, machte ihm das Leben schwer, aber was? Einzig in der Gasse der Eisenschmiede und beim Verehrten Meister fühlte er sich so wohl wie in seinem Heimatdorf. Wenn die Schmiede aufs glühende Eisen hämmerten, ihm mannigfache Formen gaben, überm Amboss die Funken stoben, die Männer Wolken von Funken wirbeln ließen und dabei lauthals lachten, konnte Memed den Blick nicht wenden, starrte er wie gebannt auf ihre Hände. Und der Verehrte Meister schien ohnehin nicht von dieser Welt zu sein. Vielleicht war er vor kurzem erst dem Paradies entwichen, um mit seinen schönen, geschickten Händen die Welt zu verschönen und danach ins Paradies zurückzukehren. Er benahm sich oft wie ein ungezogenes Kind. Im Paradies trommelt er bestimmt die Kinder zusammen, geht mit ihnen Pflaumen, Orangen und Walnüsse klauen, und nachdem sie alle Gärten heimgesucht haben, werden sie, die Taschen voller gestohlener Früchte, im Dämmer eines Busches an der Nektarquelle ihre Taschen leeren, sich misstrauisch nach allen Seiten umschauen und ihre ganze Beute verzehren. Auch wenn er in seinem Atelier arbeitete, wenn aus seinen Fingerkuppen Farben und Formen strömten, blickte der Verehrte Meister misstrauisch und ängstlich um sich, als äße er verbotene Früchte, wenn er den Pinsel über die Glasplatte gleiten ließ, und wenn sich etwas bildete, eine Form, eine Farbe, die er selbst nicht für möglich gehalten hatte, zeichnete sich in seinen Zügen zuerst Freude, dann so etwas wie Bewunderung und danach eine Trauer ab, die den Arbeitsraum, die Bilder und den ganzen Körper des Verehrten Meisters einhüllte. Aber nicht bei jedem Bild. Manchmal währte die Freude, manchmal die Bewunderung bis zum letzten Pinselstrich.

Über dem Meer, nahe den wieder und wieder herabstoßenden Möwen, nahm er einen Schatten wahr, und sofort fiel ihm jener Mann ein. Er hatte von niemandem etwas über ihn erfahren können. Ob er wohl einmal noch vor ihm auftauchte? Er war so neugierig auf den Mann, dass er ihn, wenn nötig, mit Waffengewalt dingfest machen würde. Könnte er doch nur den Verehrten Meister oder auch Mutter Hürü fragen, sie würden ihm bestimmt einen Ratschlag geben, aber aus irgendeinem Grund mochte er niemanden einweihen. Ob eine geheimnisvolle Macht ihm die Lippen verschloss? Der Einzige, an dem er keinen Mangel feststellen konnte, war der Verehrte Meister. Er erinnerte ihn an einen von Zweig zu Zweig in verschiedenen Farben und Formen voll in Blüte stehenden Baum im Frühling. Als Mutter Hürü mit dem Bild Alis sprach, hatte er hinter der Tür zugehört. Sie sprach mit diesem großen Propheten, den sie Gottes Löwen nannten, wie mit einem ungezogenen siebenjährigen Jungen. Und da Mutter Hürü nie unbesonnen redete, musste sie überzeugt sein, dass Ali ein friedlicher, liebenswerter Mensch mit kindlichem Herzen ist und dass dessen Pferd noch in dieser Welt weilt wie das vom Großen Doppelhörnigen Alexander. Der Verehrte Meister hatte das Bild Alexanders des Großen mit seinem Pferd ja auch gemalt, aber da Memed schon so viele Bilder gekauft hatte, mochte er dieses nicht auch noch verlangen. Denn ihm war es so vorgekommen, als mochte sich der Verehrte Meister von seinen Bildern gar nicht trennen, als scheine er darüber sehr traurig zu sein. Wie sehr er sich freute, wenn er es fertig gestellt hatte, so sehr grämte er sich, wenn er es verkaufte. Der Verehrte Meister malte Blumen, Gazellen, Hirsche, Pferde, Moscheen, das Ehrenreiche Mekka, Meer, Sonne und Möwen überm Wasser, Festungen des Köroğlu, von Wolken eingehüllte, über lila Berge schwebende Gazellen, Störche, die großen Augen wie mit Lidstrich geschminkt, mit langen Schnäbeln und Beinen … Setz dich in seinen Arbeitsraum und verlasse ihn nicht bis ans Ende unserer Tage, und vor dir breitet sich die ganze Welt aus mit ihren Meeren, ihrem Geruch, ihrer Erde, ihren Vögeln, Vierbeinern, ihrem Licht und ihren Wolken, bleib bis an dein Lebensende dort hocken und schau es dir an! Sein Meer ist so schön wie das wirkliche, seine Bäume, sein Licht sogar noch schöner, seine Düfte noch berauschender ... Von seinen auf Glas gemalten Meeren strömt der Duft kräftiger noch als vom Mittelmeer, und der Duft seiner gemalten Orangenblüten berückt den Menschen mehr noch als der Blütenduft in den Orangenhainen. Dieser Verehrte Meister brachte den Menschen völlig aus dem Gleichgewicht!

Er hatte sich schon weit entfernt und machte kehrt. Vielleicht waren Mutter Hürü und Seyran aus ihren Meeresträumen ja erwacht und hatten, als sie ihn vermissten, Müslüm mit den Pferden herbeigerufen und waren schon losgeritten. Er ging mit weit ausholenden Schritten. Als er schließlich bei ihnen war, stellte er fest, dass sich die Frauen nicht von der Stelle gerührt hatten und immer noch aufs Meer starrten.

»Mutter, was ist mit euch?«, lachte er. »Die See hat euch ja verzaubert. Wer auch immer sie zum ersten Mal erlebt, wird in ihren Bann geschlagen und kann sich bis an sein Lebensende nicht mehr daraus befreien.«

»Schweig!«, donnerte Mutter Hürü. »Schluss mit dem Geschwätz!«

Doch Memed ließ sich von ihrem Befehlston nicht schrecken. »Spürst du auch den Duft des Heidekrauts unserer Berge? Riech mal!«

Er hielt ihr das Büschel hin, doch sie riss es ihm aus der Hand und schleuderte es wütend weg. »Schweig!«, wiederholte sie drohend, »und komm nicht in meine Nähe, bis ich dich rufe!«

»Wird gemacht, Mutter, wie du wünschst!«

Als habe Seyran gar nichts mitbekommen, so hockte sie neben ihr, hatte das Kinn auf die Knie gestützt und die Augen in die Weite des Meeres gerichtet. Als Memed sich entfernte, zog auch Mutter Hürü die Beine hoch und stützte ihr Kinn auf die Knie.

Die Sonne sank, die Umwelt verdämmerte. Memed und Müslüm hockten hinter den Frauen auf der Böschung, ließen die Beine baumeln und warteten auf die beiden.

Als die Sonne untergegangen war, stand Mutter Hürü auf, streckte sich, dass die Gelenke knirschten, klopfte sich ab und drehte sich, wie aus tiefem Traum erwacht, zu Memed um.

»Leben sollst du, Memed!«, rief sie, ging zu dem Büschel Heidekraut, das sie fortgeschleudert hatte, hob es auf, roch daran und sagte ganz versonnen: »Oh, welch ein Duft!«

Sie saßen auf und schlugen die Richtung zum Dorf ein. Die See war jetzt kabbelig, Schaumkronen sprühten von den Wellenkämmen, weder Mutter Hürü noch Seyran blickten noch einmal zurück aufs Meer.

Als sie ins Dorf ritten und absaßen, war schon später Abend. Mutter Hürü blieb in der Haustür stehen und wartete auf Memed, der die Pferde in den Stall brachte. Als er zurückkam, nahm sie seine Hand und drückte sie zärtlich. »Mein Junge, ich danke dir, dass du mich dorthin gebracht hast. Diese Wohltat werde ich bis an mein Lebensende nicht vergessen. So groß, so blau, und die Schaumkronen so weiß. Davor fühlt sich der Mensch klein wie ein Staubkörnchen.«

»Du musst es erst einmal im Morgengrauen sehen … Blütenweiß … Nicht blau, nein, weiß wie Wolken.«

»Aber wir waren doch sehr früh dort!«

»Noch früher, Mutter, dann hellt sich das Meer auf, dehnt sich, wird noch weiter.«

»Der Mensch kann die Augen nicht wenden.«

»Ja, so ist es.«

Am nächsten Morgen standen sie wieder sehr früh auf. Diesmal wollten sie durch die Gärten und zur alten Festung in der Ebene wandern. Mutter Hürü wollte nicht mit. Diese endlose, flache Çukurova und das riesige Meer hatten sie eigenartig berührt und zugleich erschreckt.

Bei Tagesanbruch machten Memed und Seyran sich auf. Wie Kinder tollten sie den Weg entlang. Als die Sonne aufging, durchquerten sie ein Weizenfeld, brusthoch mit schweren, vollen Ähren, die, so weit das Auge reichte, sich taufrisch mit goldenem Schimmer in der Morgenbrise wiegten. Übermütig rannte Seyran davon, kam mit einer duftenden Pflanze zurück, mit einer ihr fremden Blume, einem Dornenzweig, einem Käfer, entdeckte im Kornfeld ein Vogelnest, darin drei gesprenkelte Eier, bestaunte eine lange Schlangenhaut … Sie war so verschmolzen mit der Erde, den Käfern und Blumen der Çukurova, dass es ihr nicht einmal in den Sinn kam, sich im Schutz des Kornfeldes in dieser weiten Ebene mit Memed zu lieben. Ein gepanzerter Käfer kreist, funkelt grasgrün, eine leere, feuerrote Honigwabe, die Schwungfeder eines Vogels … Sie überschüttete Memed mit Fragen über jede Kleinigkeit. Am Meeresufer verharrten sie, umgeben von tiefem Blau, tauchten ein in dieses Blau, umarmten sich am Fuße einer Böschung wie beim ersten Mal damals am Rande eines Melonenfelds und verkrallten sich ineinander. Ein blauer, von der Sonne undurchdringlicher Schleier hüllte die in der Kühle dieses Blaus Entrückten ein.

Als sie im Dämmer hoher Sträucher im weichen Gras wieder zu sich kamen, grollte die See, hatte der Westwind aufgefrischt, ballten sich über der Kimm weiße Wolken mit sonnenbeschienenen Rändern. Sie waren splitternackt. Die blauen Nebelschleier lichteten sich, und besorgt, sie könnten so gesehen werden, liefen sie zur Böschung und zogen sich, Aug in Aug, lachend wieder an.

»Das Meer duftet nach Veilchen«, sagte Seyran. »Auch die Weizenfelder haben hier ihren eigenen Duft, sie riechen wie ein Wildbach aus Licht. Hier duftet alles anders.«

Memed zog drei winzige grüne Apfelsinen aus seiner Tasche und reichte sie Seyran. »Die wachsen und reifen und werden zuckersüß.«

»Wie groß das Meer doch ist«, wunderte sich Seyran, während sie an den Apfelsinen roch. »Heute fürchte ich mich nicht mehr. Gestern war mir ganz eigenartig zu Mute und mir schwindelte. Die Orangen duften schon.«

Als der Westwind heftiger wurde, sich Wellen aufbauten und Gischt sprühte, begannen die Grillen zu zirpen. Erst nach Mitternacht kamen die beiden nach Haus.

Mutter Hürü hockte vor der Tür und wartete auf sie. »Bestimmt seid ihr vor Hunger gestorben, Kinder«, rief sie. »Ich habe euch eine Joghurtsuppe mit Minze gekocht, dazu gibt es Grützpilav und geröstetes Hackfleisch.«

Memed küsste ihr die Hand. Erst jetzt lernte er die Freuden des Lebens kennen, von Tag zu Tag fühlte er sich wohler.

Gemeinsam mit der Frau des Lehrers Abdülselam Hodscha machten Hürü und Seyran ihre Einkäufe. Seyran kaufte, was ihr gefiel: goldene Armreife, Kleiderstoff, Kattundruck, farbenfrohe seidene Kopftücher, Halsketten, einen sehr schönen Ciğciker-Kelim. Und für Memed meterweise Hemdstoffe, denn die nagelneue Nähmaschine musste schließlich eingeweiht werden. Sie kaufte sich auch ein Paar dieser hochhackigen Schuhe, wie sie die Frau des Lehrers trug. Einen ganzen Tag lief sie damit im Haus herum und gewöhnte sich sehr schnell daran. War gar nicht so schwer, lächelte sie. Danach kaufte sie sich auch noch Seidenstrümpfe, die ihre Beine wie eine zweite, zarte Haut umschlossen. Ganz anders als die Strümpfe, die sie bisher getragen hatte.

An einem Hemd für Memed schnitt und nähte Seyran zwei Tage lang. Als es zu viele wurden, begann sie mit seiner Unterwäsche. Am Ende fehlte es an Wäschetruhen, denn daran hatte Memed beim Einkauf nicht gedacht. Sie suchten sich drei größere Truhen mit geschnitzten Gazellen, Rebhühnern, Rosen, Knabenkraut, Staren und Eisvögeln aus. Das gebeizte Holz schimmerte, die Gazellen mit den geschminkten Augenlidern flogen durch die Wüste, und die Rosen dufteten sogar ganz leicht.

Seyran liebte das Ladenviertel. In kurzer Zeit schon kannte sie die Einheimischen mit Namen. So manch alter Mann stieß bei ihrem Anblick unverhohlen einen Seufzer aus, diese Seyran ist das schönste Mädchen der Welt, der Herrgott muss sie in seiner Freizeit geschaffen haben, unter allen Elfen, Huris und Engeln ist kein Geschöpf so schön wie sie!

Und wenn Seyran einmal Heimweh nach ihrem Dorf hatte, suchte sie inmitten der Stadt den Wochenmarkt auf. Auch die Frau des Lehrers liebte diesen Markt, die beiden wanderten schon morgens, wenn er aufgebaut wurde, die Stände entlang, kauften ein, blieben hier und da für einen Plausch mit den Bauersfrauen aus den umliegenden Dörfern stehen. Seyran merkte wohl, dass die Dörfler sie noch mehr bewunderten als die Städter, sie wie einen Engel anstarrten, und ihre Grübchen wurden vor Freude noch lieblicher. Sie fühlte selbst, dass sie immer schöner wurde. Jeder Mensch wird schöner, wenn sein Tag mit Freuden beginnt und im Glück zur Neige geht. In letzter Zeit lief sie bei jeder Gelegenheit vor den Spiegel und betrachtete sich wohlgefällig. Ob Memed sie auch so sah? Eine merkwürdige Unruhe überkam sie, von der sie niemandem erzählen mochte. Würde Memed sie bis ans Lebensende so lieben? Und wenn er eines Tages ... Mutter Hürü konnte sie diese Frage nicht stellen, ein Donnerwetter wäre die Antwort.

Fast jeden Tag, ob beim Kochen, Waschen, Nähen oder bei der Gartenarbeit, verspürte Seyran plötzlich einen Sturm von Freude in sich aufsteigen, wusste nicht, wie ihr geschah, ließ sie alles stehen und liegen, rannte fröhlich lachend zu Mutter Hürü, umarmte sie, und die beiden Frauen tanzten eng umschlungen im Kreis.

»Mutter, dass ich das noch erlebe!«

Memed aber, hineingestellt in diese Kleinstadt voller Tratsch und Streit, mitleidlosen Kämpfen und unerbittlichen Interessenkonflikten, schickte sich an, diese ihm so fremden Menschen in einer ihm so fremden Welt kennen zu lernen. Gemeinsam mit dem Lehrer Zeki Nejad ging er von einem Gesucheschreiber zum nächsten, sprach beim Landrat vor, schrieb auf irgendwelche Gebührenmarken seinen Namenszug. Ja, das hatte ihm der Lehrer gezeigt, und Memed hatte sofort kapiert, wie die Buchstaben aneinander gereiht werden mussten. Jedes Mal, wenn er auf eine Urkunde ›Memed‹ schrieb, hüpfte sein Herz wie beim ersten Kuss mit einem schönen Mädchen. Der Lehrer hatte sich vorgenommen, ihm Lesen und Schreiben beizubringen, und meinte, dass er in weniger als drei Monaten alle Wörter dieser Welt werde lesen und schreiben können. Er war in eine neue Welt hineingeboren und fühlte sich dem Lehrer Zeki, diesem überschäumenden Mann, der kein Blatt vor den Mund nahm, so herzlich verbunden, dass er vor Scham in den Boden versinken könnte, weil er ihm seine wahre Identität verheimlichte. Wie das einfache Volk, vielleicht noch mehr, schwärmte der Lehrer für Memed den Falken, und kam das Gespräch auf das auferstandene Pferd, versank er in tiefe Gedanken. Wie würde er sich wohl verhalten, wenn er über Memed Bescheid wüsste? Würde er ihn begeistert umarmen oder erschrecken? Nein, dieser Tausendsassa, der schon so manchen harten Strauß ausgefochten hatte, schien sich vor nichts in dieser Welt zu fürchten.

Die Nebelschwaden waberten noch eine Handbreit über dem Boden, obwohl die Sonne schon drei Pappeln hoch am Himmel stand. In Gedanken über die Kleinstadt, ihre Einwohner, über Ferhat Hodscha und das im Morgengrauen Furcht erregend wiehernde, Städte und Dörfer überfliegende Pferd, ritt Memed in die Stadt, um sich mit Lehrer Zeki Nejad zu treffen. Längs des Weges hingen Massen von daumengroßen Apfelsinen und Zitronen an den Bäumen, noch ganz grün, aber jetzt schon von berückendem Duft, wenn man sie zwischen den Fingern zerdrückte und verrieb. Ob die Äste diese Last wohl tragen, wenn die Früchte erst gewachsen sind?

In der Ferne, mitten auf dem Weg, bewegte sich der Umriss eines Menschen. Memed wusste sofort, um wen es sich handelte. Er wollte dem Pferd die Sporen geben, doch ein Schauer überlief ihn, und er zügelte es. Als er verlangsamte, verhielt auch der Schatten, und als das Pferd stehen blieb, verharrte auch der Schatten. Doch kaum spornte er sein Pferd wieder an, schritt auch der Umriss aus, als seien sie aneinander gekettet. Dieses Spielchen dauerte bis zum Mittag an. Auch als Memed einige Male den Weg zurück ins Dorf einschlug, folgte ihm der Schatten. Einmal war er mit dem Schatten im Gefolge schon bei den Hecken am Dorfrand, und er hätte ihn noch bis vors Haus gezogen, doch er wollte Mutter Hürü nicht erschrecken. So ging es hin und her, schließlich wurde Memed wütend, er gab dem Vollblut die Sporen, dass es nur so dahinflog. Auch der Mann vor ihm begann zu laufen, doch als er sah, dass er nicht entkommen konnte, blieb er mitten auf dem Weg kerzengerade stehen. Er ließ Memed bis auf zehn Schritt herankommen, griff nach seinem Revolver, und bevor Memed seine Waffe ziehen konnte, jagte er dem Pferd drei Kugeln in die Stirn, sprang in den Graben und rannte zum Meer hinunter. Ohne sich um das Pferd zu kümmern, rannte Memed dem Flüchtenden hinterher und schoss auf ihn. Der Mann lief schnell wie ein Windhund, und Memed holte nie so dicht auf, dass er richtig zielen konnte. Als sie schließlich am Wildwasserbett waren und Memed den Duft der Heide schon riechen konnte, verlangsamte er erschöpft den Schritt, verlor den Mann aus den Augen und kehrte um. Es war schon später Nachmittag, als er an der Straße war. Am Wegrand saß Lehrer Zeki Nejad beim toten Pferd und wartete auf ihn.

»Hab ich dir nicht gesagt, dass wir uns vor diesem blutrünstigen Hund, diesem Menschenschlächter, der sich Şakir nennt, in Acht nehmen müssen. Jetzt hast dus am eigenen Leibe erfahren. Dein Tod sollte eine Warnung für mich sein. Hast du jetzt begriffen, mit welchen Leuten wir es zu tun haben und dass unser Leben in Gefahr ist? Alle unsere Leute schweben in Lebensgefahr. Wir müssen vorbereitet sein. Hoffentlich glaubst du mir jetzt, nachdem dir das widerfahren ist.«

»Zeki, ich weiß, wir sind in Gefahr, aber das hier scheint einen anderen Grund zu haben«, entgegnete Memed und schilderte in kurzen Worten die Ereignisse. »Du bist ein kluger Mann, sag, was soll ich davon halten? Er hätte mich hundert Mal schon töten können, doch er hat das Pferd erschossen, nur damit ich ihn nicht einhole. Er wusste, dass ich ihn niedergeschossen hätte, also musste er das Pferd erschießen. Irgendetwas hat er mit mir zu schaffen, aber was?«

Sie hockten sich am Wegrand nieder. Bis in den frühen Abend zermarterten sie sich die Köpfe. Erst dann zäumten sie das Pferd ab, Memed schulterte den Sattel, der Lehrer Quersack und Zaumzeug, und sie machten sich auf den Heimweg.

»Sonderbar«, wunderte sich Lehrer Zeki Nejad. »Ich habe so manche Gefahr überstanden, habe an sieben Fronten gekämpft, aber noch nie habe ich Ähnliches gesehen oder gehört. Hattest du in der Anavarza-Ebene Feinde, dass du hierher gekommen bist?«

»Nein«, antwortete Memed.

»Wirklich eigenartig. Ein Mann, der ein Pferd mitten in die Stirn trifft, dazu dreimal hintereinander, hätte dich schon längst aus dem Sattel geschossen. Eine sonderbare Sache.«

»Mutter Hürü soll davon nichts erfahren. Es fiele mir schwer, ihr das zu erklären. Wie ich sie kenne, würde sie bis ans Ende aller Tage weder dir noch mir ins Gesicht sehen, weil wir uns das Pferd unterm Sattel haben wegschießen lassen. Auch wenn es ihr selbst das Herz bricht, sie würde uns wie räudige Hunde behandeln. Ziehen wir den Kadaver in die Büsche, damit es keiner entdeckt!«

Sie machten kehrt und zogen schweißtriefend das schwere Pferd tief ins Gebüsch.

»In zwei Tagen haben die Adler es bis auf die blanken Knochen abgenagt.«

Noch während der Lehrer sprach, brüllte Memed: »Da ist er, schau, da vorne!« Schon im Lauf schoss er drei Mal auf die Beine des Flüchtenden. Der Mann schien zu stürzen. »Du hast ihn getroffen«, schrie der Lehrer, doch der Mann fing sich und rannte weiter.

Mit gezogenen Waffen jagten sie den Mann durch die Dämmerung bis zum Meer hinunter. Mittlerweile war es schon so dunkel, dass sogar der Wasserspiegel seinen Glanz verloren hatte. Erschöpft und wütend machten sie sich auf den Heimweg.

Schwer wie Stein hatte sich die stickige gelbe Hitze auf die Çukurova gesenkt. Von hier bis zum Anavarza-Felsen und weiter nach Misis bei Kozan und zu den Äckern von Yüreğir flimmerte endlos weit die Ebene in grellem, gelbem, blendendem Licht, funkelte über Landstraßen und Feldwege das aus abgeernteten Getreidefeldern verwehte Stroh.

Seit einigen Jahren schon kamen Tagelöhner aus Maraş und

pflanzten in der Ebene tausende Morgen Reis an. Dörfer und Höfe wurden vom sumpfigen Wasser der Reisfelder mehr und mehr eingekreist. Moskitowolken verdunkelten den Himmel und raubten nicht nur den Menschen ihren Schlaf, sie quälten auch Kühe, Schafe, Stiere und besonders die Pferde, die sie blutig stachen, wenn sie über sie herfielen.

Şakir Bey war der bedeutendste unter den Reispflanzern, nicht einmal er selbst wusste, wie groß die Flächen waren, die er bewirtete, und wie viel tausend Hektar der Ebene er Jahr für Jahr in Sumpfland verwandelte. Und Sommer für Sommer erkrankten mehr Menschen, gab es bald niemanden mehr, den das Sumpffieber nicht niederwarf. Am übelsten waren die Dörfer dran, die im sumpfigen Gelände der Reisfelder lagen. Besonders die Kinder starben wie die Fliegen. Die Friedhöfe der Dörfer in der Ebene füllten sich Jahr für Jahr mit immer mehr Kindergräbern.

Zeki Bey und Abdülselam verloren keine Zeit und kauften jenseits der Grenze ein Pferd, dessen Stammbaum über sieben Generationen zurückreichte und das noch prächtiger war als das getötete. Memed schloss es sofort ins Herz und ritt wieder jeden Tag mit dem Lehrer in die Stadt.

Eines Tages holten sie in aller Frühe zuerst den Schustermeister Celal ab und gingen dann zum Laden des Schneidermeisters Rifat, wo schon Sattlermeister Veli und die anderen Freunde auf sie warteten. Den ganzen Tag sprachen sie über den Reisanbau, für den sie schon seit Jahren ein Verbot erreichen wollten, und zerbrachen sich den Kopf, wie sie die schädlichen Auswirkungen der mittlerweile auf das Dreifache angewachsenen Pflanzungen verringern konnten. Obwohl es verboten war, bis an die Dörfer Reis anzupflanzen, lagen viele Dörfer jetzt schon mitten im Sumpf überfluteter Felder. Sie durften nicht näher als dreitausend Meter an die Wohngebiete heranreichen, aber sie stießen schon an die Hofmauern der Häuser am Rande der Kleinstadt. Lehrer Zeki Nejad wiegelte auch die Bauern auf, in deren Dörfern sich schon das Wasser staute, und ließ sie Telegramm auf Telegramm nach Ankara senden.

An jenem Morgen saßen Lehrer Zeki Nejad, Sattlermeister Veli – ein guter Mann mit gestutztem Bart, der selbst die fünf Gebetszeiten strikt einhielt, ansonsten jeden gewähren ließ, beim Thema Reisanbau aber sofort aus dem Ruder lief –, Memed und der Mufti in Zeynullah Efendis Ladengeschäft und tranken Tee. Plötzlich zeichnete sich der hohe Schatten Şakir Beys ab, der gleich danach wie der leibhaftige Zorn mit rollenden Augen in den Laden stürzte. Mit seinen staubigen Stiefeln, der dunkelblauen Reithose, dem staubbedeckten Jackett, dem kragenlosen Seidenhemd, dem Borsalino und der Reitpeitsche stand er da wie die Macht in Person.

»Lehrer«, brüllte er, »lass mich in Frieden! Was gehen dich meine Reisfelder an? Was kümmerts dich, wenn in meinen Pflanzungen Dörfer liegen? Ich habe sie mit meinem eigenen Geld samt Haut und Haaren gekauft.«

»Es ist aber verboten, bis in die Dörfer hinein Reis anzupflanzen und sie in tausenden Morgen Sumpf einzukerkern«, entgegnete Lehrer Zeki Nejad mit einer Kaltblütigkeit, die niemand von ihm erwartet hatte.

»Ich habe den Leuten Geld, viel Geld dafür gegeben, habe ihre Dörfer für einen Sommer gekauft. Du bist Lehrer, bring deinen Schulkindern das ABC bei und stecke deine Nase nicht in anderer Leute Angelegenheiten! Sieh dir lieber an, was du angerichtet hast, du Feind unseres Wohlstands! Diese Niederträchtigen sind durch den Schlamm gewatet, um sich beim Landrat zu beschweren.«

»Du warst es doch, der sie mit diesem Schlamm bedacht hat. Und die Wolken von Stechmücken, die über sie herfallen, und durch die sie an Sumpffieber sterben, haben sie wohl auch erfunden, ja?«

»Şakir Bey stampfte mit dem rechten Fuß auf die Dielen, dass die Bohlen knarrten und der Laden bebte. »Verlass dich nicht auf das Stück Blech auf deiner Brust! Jeder findet seinen Meister. Verlass dich auch nicht auf die Nichtsnutze, die du um dich geschart hast!« Und an Memed gewandt fuhr er fort: »Und du bist gerade seit gestern hier, und kein Mensch weiß, wer und was du bist und warum du hergekommen bist. Nimm dich in Acht! Sonst lass ich Ermittlungen anstellen, Ermittlungen, verstanden?«

Ihre Blicke begegneten sich, Şakir Bey versuchte Memeds Blick auszuweichen, doch es gelang ihm nicht. In Memeds Augen glitzerte wieder dieser stählerne Funke. Er ging hin und her, schrie und wetterte, aber Memeds lastenden Blick konnte er nicht abschütteln. »Seht doch, was ihr da angerichtet habt, schaut euch doch die Dörfler an, die ihr durch den Schlamm gelockt habt! Das sind keine Menschen mehr, das sind Lehmfiguren, Figuren aus Schlamm, ja, aus Schlamm.«

Aber was er auch tat, Memeds Augen ruhten auf ihm. Angst erfasste Şakir Bey, ließ ihn nicht mehr los. Am Ende stürzte er ins Freie, mischte sich unter die verschlammte Menschenmenge, die mit Kind und Kegel den Weg zur Präfektur eingeschlagen hatte.

Er bahnte sich eine Gasse durch die Menge, eilte im Laufschritt auf den Platz zur mächtigen Platane, wo eine Quelle plätscherte und ein Tagelöhner in grobem Tuch sein Pferd bereithielt.

»Dieser Mann ist durchgedreht«, sagte Zeki Nejad. »Macht aus allen Dörfern der Umgebung Sumpfgebiete, in denen die Dörfler bis zum Hals im Schlamm stecken, und dann wirft er mir vor, sie in Schlammfiguren verwandelt zu haben! Mensch, Şakir Beyefendi, du wirst Blut kotzen, so wahr ich Zeki Nejad heiße!« Er griff an seinen Orden am Revers. »Und ich werde für die Dörfler Rache an dir nehmen, so wahr dies hier nicht nur ein Stück Blech ist.«

An seinem Verhalten erkennst du den Menschen, dachte Memed. Heute hatte er Zeki Nejad noch näher kennen gelernt. Und hätte man ihm unter Schwüren geschildert, wie kaltblütig dieser sonst leidenschaftliche Tausendsassa Zeki einem Şakir Bey entgegengetreten war, er hätte es nicht geglaubt.

Der Mufti und Zeynullah redeten mit Engelszungen auf den Lehrer ein, wollten ihn beschwichtigen, denn sie wussten aus Erfahrung, dass es ein böses Ende nehmen würde, wenn er so weitermachte.

Dieser Şakir Bey war kein Einheimischer. Er stammte aus den Bergen im Bezirk Maraş. An seiner Hauswand prangte so groß wie eine Tür ein vergoldeter, weit verzweigter, grüner Stammbaum in vergoldetem Rahmen, daneben, gleich groß und ebenfalls vergoldet gerahmt, in goldenen Lettern der Ferman eines Padischah. Auch Şakir Bey gab vor, von den Herrschern Dulkadiroğlu abzustammen, was ja, wie er meinte, dieser dreihundert Jahre alte Stammbaum und der Ferman des Padischahs bezeuge. Einen Ferman wie diesen gebe es in der ganzen Welt nicht, auch nicht im Topkapi-Serail. Es gebe übrigens noch ein wichtiges Zeugnis, überaus wichtig sogar: die alte Festung Payas. Inmitten der Ebene zwischen den Gavurbergen und Mittelmeer liegt sie. Nachts duften die harzigen Tannen von den Hängen der Berge, die zum Greifen nahe rückten, und am Tage das Salz der See, die sich bis unter die Zinnen zu erstrecken scheint. Bis zur Gründung der Republik hat sie den Osmanen als Kerker gedient, viele politische Häftlinge wurden hier erwürgt, ihre Leichen den Fischen im Meer oder den Wölfen in den Bergen zum Fraße vorgeworfen. Doch früher noch befand sie sich in den Händen der Küçükalioğlus, die von den Karawanen, die aus Ägypten, Damaskus und Jerusalem über die Seidenstraße kamen, Wegezoll erhoben.

Lüge, zeterte Şakir Bey, Lüge! Wer sind schon die Küçükalioğlus? Kleine Beys der Dulkadirlis! Den Wegezoll an der Seidenstraße erhoben über tausend Jahre die Dulkadirlis, meine Urahnen!

Ob die Dulkadirlis nun Şakir Beys Ahnen waren oder nicht, wusste hier niemand. Was hätte es geändert? Immerhin hingen an seinem Konak groß wie Türen ein Stammbaum und der Ferman eines Padischahs!

Şakir Bey war gleich nach Ende des Freiheitskrieges in die Kleinstadt gekommen, hatte sich, ohne zu fragen, in einem zweistöckigen, weiß getünchten Konak mit zwölf Zimmern, der mitten in einem Orangengarten stand, niedergelassen und kurz darauf seine Angehörigen nachkommen lassen. Er ritt einen prächtigen

Fuchs, trug eine goldene Taschenuhr an massiver Goldkette und klatschte gern seine Reitpeitsche mit bernsteinverziertem Silberknauf gegen den Schaft seiner Reitstiefel. Schon einige Tage später besuchte er den Landrat und schenkte ihm die gleiche goldene Uhr, eine Longines, an einer goldenen Kette, die noch schwerer war als die seine. Über diese Großmut hoch erfreut, suchte der Landrat ihn noch am selben Abend in der neuen Bleibe inmitten des über hundert Morgen großen Orangenhains auf, um ihm vom früheren armenischen Eigentümer des Anwesens, von dem er so viel wusste, zu berichten.

Der Herr Landrat hatte an diesem angenehmen, imposanten Mann aus gutem Hause, besonders beim Anblick der mit Ferman und Stammbaum behängten Wand, Gefallen gefunden. Er starrte immer wieder auf die riesig dargestellte Reihe von Namen, vergaß dabei sogar zu essen und zu trinken.

Aber auch Şakir Bey empfand zu diesem betagten Mann, der schon so vieles gesehen hatte und in so manches Abenteuer der Hohen Pforte verwickelt gewesen war, eine Hochachtung wie zu einem Vater oder erstgeborenen Bruder. Er gestand es ihm unverblümt. Nein, Şakir Bey pflegte nicht zu lügen, nichts zu beschönigen, sein Wort war offen, seine Art ritterlich.

Einige Tage darauf brachte Şakir Bey der Frau des so geschätzten Landrats besonders wertvolle, sehr alte, goldene Armreife und ein, wie es hieß, aus dem Schatz eines Maharadschas stammendes, mit Goldkügelchen, Jade und Perlen verziertes Kollier. Der Landrat, der viel von Schmuck verstand, hatte keinen Zweifel an der Echtheit des Schmucks und seinem unschätzbaren Wert. Er kam ins Grübeln. Sollte das eine Gegenleistung für Haus und Orangenhain sein, so war sie überflüssig. Denn jeder Aga und Bey konnte ein bisschen daherfabulieren, an welcher Front er gekämpft hatte, und ohne seine Narben vorzuzeigen sich in das ihm genehme Haus samt Garten und Äcker setzen. Also hatte dieser Dulkadiroğlu Bey mit Stammbaum und Ferman ihn wirklich ins Herz geschlossen, wenn er ihm so unschätzbar wertvolle Geschenke machte! Und plötzlich war sich der Landrat sicher, dass er für diesen edlen Bey sein Leben hergeben könnte.

Einige Tage darauf schenkte Şakir Bey einen wohl dreihundert Jahre alten, golddurchwirkten Teppich dem verehrten Landrat, der ihm so viel Respekt einflößte, und der, kein Zweifel ist möglich!, auch von Adel sein müsse. Was dieser bescheidene Mann weit von sich wies, obwohl Şakir Bey versicherte, die edle Abstammung zeige sich schon an seiner Haltung, seiner gewählten Ausdrucksweise, der Form seines Gesicht und seiner langen, schlanken Finger! Beim Anblick des Geschenks geriet der Landrat außer sich vor Freude, denn auch von Teppichen verstand er viel, und in diesem riesigen Anatolien gab es wohl keinen zweiten von so großem Wert.

»So viel Aufwand, mein hochverehrter Abkomme des Dulkadirli.« Vor Aufregung zitterten seine Hände, verschlug es ihm den Atem. Nach und nach kam er wieder zu sich, lächelte, streichelte mit fliegenden Händen den Teppich. »Mein Herzensbruder«, fuhr er mit strahlenden Augen fort, »noch heute müssen wir mit dem Finanzdirektor sprechen!«

»Aber ja, mein Verehrtester, ich hatte auch schon einige kleine Geschenke vorbereitet ...«

»Nicht nötig, nicht nötig, aber wenn es sich um Kleinigkeiten handelt, überlasse ich es Ihnen. Nur nicht in meiner Gegenwart, um jedem Gerede vorzubeugen!«

»Selbstverständlich, Efendi, wie befohlen, mein Efendi!«

»Zumal, verehrter Efendi, liebenswert wie Ihr seid, jedermann sowieso von Ihrer hoch geschätzten Person angetan ist. Hinzu kommt, Efendi, Ihre Stammverwandtschaft mit großen Herrschern.«

»Wie Ihnen ja bekannt, ist auch die Mutter des großen Eroberers von Byzanz, Fatih Sultan Mehmet, er ruhe in Frieden!, ein Mädchen aus der Sippe der Dulkadirlis gewesen. So steht es in allen Geschichtsbüchern von hier bis Europa und in der ganzen Welt. Das heißt also, mein Efendi, der gesamte Taurus, die gesamte Çukurova, das ganze Gebiet des Osmanischen Reiches und der heutigen Türkischen Republik, ja, die ganze Welt von hier bis nach China und der Mandschurei weiß, dass die selige Mutter des seligen Sultan Mehmet meine Urgroßtante ist.«

»Ist uns wohl bekannt, mein Efendi. Wir haben in jungen Jahren unsere Studien nicht vernachlässigt.«

Und so ging es fort. Şakir Bey schwebte über den Wolken, und der Herr Landrat konnte die Augen vom Teppich nicht wenden.

Vom Landratsamt eilte Şakir Bey schnurstracks zur Finanzdirektion, vergaß auch nicht zu betonen, vom Landrat höchstpersönlich geschickt zu sein. Im Zimmer des Direktors saßen noch einige Personen, und erst als diese den Raum verlassen hatten, reichte Şakir Bey dem Finanzdirektor eine goldene Schweizer Uhr, wenn auch nicht der eigenen gleich, so doch auch mit einer Kette aus zwei Hand voll Gold. Der Finanzdirektor wollte seinen Augen nicht glauben, als er das Geschenk in Händen hielt, wollte etwas sagen, doch er stotterte nur, als blicke er auf ein Wunder. Mehr als ein Trinkgeld von fünfzig Lira hatte er bislang nie bekommen. Diese Uhr in seiner Hand war rundheraus gesagt ein Vermögen!

Şakir Bey lud ihn zum Essen ein, empfahl sich und stand auf. Doch als er zur Tür ging, folgte ihm der Direktor, ohne die Augen von der Uhr in seiner Hand zu wenden. Şakir Bey mochte ihn nicht daran erinnern, dass, wie üblich, das Abendessen gemeint war, und sie gingen gemeinsam ins Freie.

»Verehrtester, es wäre besser, die Uhr einzustecken«, bat Şakir Bey und ergriff den Arm des Direktors. »Sie wissen ja, dieses Gerede! Schauen Sie sich doch gemeinsam mit Ihrer Gattin die Uhr zu Hause an!«

Mit großen Augen starrte der Finanzdirektor mal auf ihn, mal auf die Uhr. »Heißt das, Sie haben mir die Uhr mit allem Drum und Dran geschenkt, Efendi?«

»Sie gehört Ihnen, Efendi, auch wenn so ein kleines Geschenk Ihrer nicht würdig ist …«

Als könne sie ihm genommen werden, steckte der Direktor sie schnell in die Tasche, überlegte, zog sie wieder heraus, steckte sie in die andere Tasche, entschied sich endgültig für die Brusttasche und knöpfte sorgfältig die Jacke zu.

»Gehen wir, gehen wir! Es ist mein größter Wunsch, Ihrer Hoheit Konak einmal zu sehen!«

»Kein Konak, Verehrtester, nur ein altes Haus. Ein Konak werde ich mir noch bauen lassen, eines, das dem Andenken meines Urahnen würdig ist. Wie Sie wissen, war er ein Dulkadiroğlu, und wie Sie auch wissen, waren seine Majestät, Sultan Mehmet der Eroberer, ein angeheirateter Vetter unserer Sippe.«

Unterwegs redete er von seiner Herkunft und Verwandtschaft, von den Gerüchten, Mustafa Kemal Pascha sei ebenfalls ein Nachfahre Sultan Mehmets, schließlich gebe es ja unter den Menschen im Taurus viele mit blauen Augen und blonden Haaren! Als sie das Haus erreichten, war immer noch die Rede vom Ferman, vom Stammbaum, von Dulkadirli hinterlassenen, mit Koransuren verzierten Säbeln, vom Schwert Saladins und dessen höchstpersönlich gelesenem Koran ... Şakir Bey erzählte ununterbrochen, während der Direktor sich immer tiefer krümmte, immer mehr Schweiß vergoss, weil er nicht mehr wusste, welche Haltung er vor einem so großen Bey allerhöchsten Adels einzunehmen hatte.

»Der Herr Landrat haben gemeint, lieber Direktor, dieses Gebäude, mein Direktor ... Ich glaube ...«

Der Direktor nahm ihm das Wort von der Zunge: »Ja, dieses Gebäude, mein Efendi, wird morgen versteigert. Nur Sie und der verehrte Herr Landrat wissen davon. Er persönlich hat sie doch zu mir geschickt, nicht wahr?«

»Er höchstpersönlich.«

»Morgen, zu einem geringen Betrag, mein Verehrter ... Seien Sie versichert, niemand wird davon erfahren. Wir werden nicht gestatten, dass außer Ihnen irgendwer an der Versteigerung teilnimmt.«

Danach wurden der Grundbuchbeamte, der Urkundsbeamte und schließlich der Kommandant der Gendarmerie eingeladen, und jedem von ihnen wurde in Begleitung ihrer Ehefrauen ein prächtiges Festmahl vorgesetzt. Für den welterfahrenen Landrat ließ Şakir Bey sogar allerbesten Champagner auffahren. Die Festessen, Trinkgelage und freundschaftlichen Zusammenkünfte wiederholten sich über Monate. Welch Sonderling war dieser Mann, der für einen aus dem Ersten Weltkrieg und dem Freiheitskrieg übrig gebliebenen, halb verhungerten Beamten Tausende ausgab?

Niemand wusste, dass die Kosten für alle Einladungen und Geschenke von Zeynullah Efendi getragen wurden. Zeynullah Efendi war als diskreter Mann bekannt, und er musste diesen Ruf wahren. Und schlügen sie ihm den Kopf ab, würde er nicht verraten, Geld für Gelage und Geschenke vorgestreckt zu haben. Denn er war ein Fuchs und wusste, dass es sich lohnt, auf ein Huhn zu verzichten, wenn eine Gans winkt. Die Talente von Şakir Bey hatte er am ersten Tag schon erkannt und diesem Mann freigebig den Geldbeutel geöffnet. Und seine Bewunderung steigerte sich von Tag zu Tag. Dass Şakir Bey am Tag seiner Ankunft wie ein alter Bekannter sein Ladengeschäft aufgesucht hatte, war Beweis genug!

»Ich wittere eben den wertvollen unter den Menschen«, hatte Şakir Bey lachend gesagt. »Der Recke erkennt den Recken an dessen Blick, und die Honigwabe an ihrem Duft, und sei sie vierzig Tagesritte entfernt.«

Nur einige Monate brauchte Şakir Bey, um sich in die Herzen der Kleinstädter einzuschmeicheln. Es regnete goldene Uhren, Armreife, Halsketten, englische Stoffe, Pullover aus Kaschmir … Die schönsten Häuser, die dichtesten Orangenhaine, die fruchtbarsten Äcker und größten Höfe wurden sein. Der Bey mit Ferman und einer bis zum Heiligen Ebubekir zurückreichenden Ahnenkette war unersättlich in seiner Gier nach Äckern, Häusern und Gärten. Hatten der Finanzdirektor oder der Grundbuchbeamte einen ihm genehmen Garten oder ein Haus entdeckt, liefen sie, die Herzen pochend vor Freude, geradewegs zu ihm, schrieben noch am selben Tag die Versteigerung aus und ließen sie an einer Stelle anschlagen, die Uneingeweihte niemals finden konnten. Was hätte es geändert, wenn die Ausschreibung mitten in der Stadt an die große Platane angeschlagen worden wäre? Schließlich war derjenige, der bei der Versteigerung gegen Şakir Bey antreten würde, von seiner Mutter noch nicht geboren worden.

Nachdem Şakir Bey sich mit Äckern, Gärten und Häusern eingedeckt hatte, war es für ihn an der Zeit, schnell das große Geld zu machen. In jenen Tagen gab es in der Ebene zwei lohnende Tätigkeiten: Schmuggel und Reisbau. Das Tor zum Schmuggel hielt Zeynullah Efendi besetzt, und er war nicht gewillt, es für jemand anders zu öffnen. Ob Waffen, Heroin, Gold und Pferde, Stoffe, Kleider oder Automobile, er schmuggelte, was immer sich lohnte, und kaufte für den Erlös Villen am Bosporus, Geschäftshäuser, Wohnungen und Hotels in Istanbuls Stadtvierteln Beyoğlu und Sirkeci. Şakir bewunderte seinen Mut und sein Geschick, aber der Schmuggel blieb ihm verwehrt. Nur noch der Reisbau kam für ihn infrage. Reis gab hundert-, ja, hundertzwanzigfache Frucht und führte binnen Jahresfrist zu Wohlstand. Kosten gab es keine, weder für Pflug noch Jätung. Du streust die Saat aufs ungebrochene Feld, drückst Wasser drauf, viel Wasser, und das wars! Kommt dann der Herbst, steigen hunderttausende Dörfler von den Bergen herab und holen für einen Hungerlohn die Ernte ein. Auch Kanäle, die das Wasser in die Felder leiten, mussten nicht ausgehoben werden, die Wassergräben aus alten Zeiten waren unversehrt.

In jenen Jahren verwandelte er die Ebene in einen Sumpf. Unter der Aufsicht von Ali dem Goldzahn arbeiteten geübte Tagelöhner, die Şakir Bey von den Reisfeldern in Maraş hatte holen lassen. Die Ernte geriet hervorragend, der Gewinn war unglaublich. Als Erstes zahlte er mit großzügig bemessener Spanne seine Schulden an Zeynullah Efendi zurück. Seit vielen Jahren war in der Ebene kein Reis mehr angebaut worden, es gab so gut wie keine Stechmücken mehr. In den Feuchtfeldern von Şakir Bey lagen neun Dörfer und ebenso viele, wenn nicht noch mehr, in den Anbaugebieten der anderen Reisbauern. Nun senkten sich dröhnende schwarze Wolken von Moskitos, die sich in den sumpfigen Feldern unglaublich schnell vermehrten, auf Dörfer und Kleinstädte nieder. In der Ebene gab es bald niemanden mehr, der nicht vom Sumpffieber befallen war. Schon im ersten Sommer starben viele Kinder an Malaria. Weder in Städten noch Dörfern war es möglich, ohne Moskitonetz Schlaf zu finden. Lehmverkrustete Dörfler drängten sich im Hof des einzigen Arztes der Stadt, füllten die Vorhöfe der Moscheen, die Gärten, Straßen und Plätze. Zusammengekrümmt wälzten sich hohlwangige, ausgemergelte Menschen stöhnend im Staub, abwechselnd fieberheiß und eiskalt. Und noch in jenem Sommer begann Zeki Nejads Kampf gegen die Reispflanzer. Er fand viele Mitstreiter. Telegramme wurden nach Ankara geschickt, dem Präfekten während seines Besuches frische Kindergräber gezeigt, Fotos von Alten, Jungen und Kleinkindern, die Bäuche von Milzbrand gedunsen, an Staatsführer geschickt. Doch alle Bemühungen blieben ohne Erfolg. Die Reispflanzer setzten noch mehr Dörfer unter Wasser. Aber auch Zeki Nejad und seine Mitstreiter gaben nicht auf. Sie schlugen ihre Schlacht so leidenschaftlich, dass in der Ebene eine umfangreiche Literatur über die Reisbauern und das tödliche Sumpffieber geboren wurde. Epen, Lieder und Totenklagen entstanden, die sogar den tauben und weltfernen Intellektuellen Ankaras und Istanbuls zu Ohren kamen und sie zu öffentlichen Bekundungen von Betroffenheit und Anteilnahme bewegten – dabei blieb es. Gesundheitsbeamte verteilten an die Bewohner, besonders an die auf das giftgelbe Wasser der Felder angewiesenen Dörfler, giftgrüne Chinintabletten. Auf Glasscheibchen nahmen sie Blutproben malariaverdächtiger Personen, was völlig überflüssig war, weil es in der ganzen Ebene ja niemanden mehr gab, den das Sumpffieber nicht befallen hatte.

Zeki Nejad und seine Mitstreiter bestanden eigentlich nur darauf, dass die Gesetze eingehalten wurden, wonach die überfluteten Felder mindestens dreitausend Meter von Wohngebieten entfernt sein mussten. Da die Dörfer mitten in den unter Wasser gesetzten Staurevieren lagen, war dies gar nicht möglich. Das

Sumpffieber hatte in dieser Ebene schon viele Zivilisationen untergehen lassen – der Reisbau musste hier ganz verboten werden! Doch die Beschwerden und Eingaben verhallten, denn mittlerweile war ein unglaubliches Netzwerk von Bestechungen gesponnen worden, vor dem sich früher oder später auch der Ehrbarste nicht retten konnte.

Zeki Nejad und seine Freunde wurden in diesen Tagen stärker und einflussreicher. Der alte Doktor war in Pension gegangen, seine Stelle von einem jungen Arzt besetzt worden. Er stritt Seite an Seite mit Lehrer Zeki und ließ sich auch nicht von Todesdrohungen abschrecken. Denn in dieser von Orangen, Baumwolle und Gemüse wuchernden Ebene Reis anzubauen, dazu noch in dieser Weise, nannten sie Mord. Doch was sie auch nach Ankara berichteten, von dort hörten sie keinen Laut. Dort wurde der Standpunkt vertreten, der Reis sei ein nationales und somit ehrenvolles Erzeugnis. Außerdem sei die Çukurova zur Hälfte sowieso ein Sumpfgebiet voller Mücken und Malaria. Kinder wie Erwachsene sterben, wie sie schon immer gestorben sind.

Doch dann geschah Unerwartetes. Der Direktor des Gesundheitsamtes schlug sich auf ihre Seite. Und auch der Regimentskommandeur der Gendarmerie, der wie Nejad zu denen gehörte, die im Freiheitskrieg gekämpft hatten.

Tag für Tag kamen schon frühmorgens hunderte schlammbedeckte Dörfler, füllten den Hof des Landratsamtes, den großen Platz und den Vorplatz des Gesundheitsamtes und blieben bis Sonnenuntergang. Als Şakir Bey die Felder bis in die Dörfer hinein überflutete, hatte er allen Betroffenen zum Sommer Moskitonetze versprochen. Doch als der Sommer kam und schwarze Wolken von Stechmücken den Himmel verdunkelten, hatte er sein Versprechen schon längst vergessen.

Der Aufruhr der Dörfler, die Besetzung des Landratsamtes und diese schlammstarrenden Aufmärsche auf Plätzen, Straßen und vor Moscheen, dazu die Flut von Telegrammen und Fotografien nach Ankara und an die Presse, führte Şakir Bey einzig und allein auf die Demagogie dieses Landesverräters Zeki Nejad zurück. Diese großherzigen, zutraulichen, freigebigen, seidezarten und watteweichen Menschen – die stoßen doch nicht das Messer in den Tisch, von dem sie essen! Die Reispflanzer geben ihnen doch Lohn und Auskommen! An Malaria sind sie schon immer gestorben. Das ist nun einmal ihr Schicksal. Und auch das ihrer Kinder. Das muss sogar so sein, sonst vermehren sich diese türkischen Dörfler so, dass sie in einigen Jahren die ganze Welt überfluten – schließlich gebiert jede ihrer Frauen mindestens zwölf Kinder. Stell dir dann erst das Gezeter vor! Jeder dieser liebenswerten, zurückhaltenden, stillen Dörfler ein Attila! Und dieser niederträchtige Hund und Volksfeind Zeki Nejad stochert auch noch mit einem Span ins Hornissennest, damit diese armen, schläfrigen Tierchen, die da drinnen ihre steifen Flügel nicht bewegen, wie feuerrote Flammen aus ihren Löchern schießen. Wenn Şakir Bey nur wollte, könnte er Zeki Nejad für ein paar Kuruş sogar von den aufgestachelten Dörflern, an deren Spitze dieser Kerl sich gesetzt hat, töten lassen! Ein Moskitonetz versprochen! Diese Dörfler können doch gar nicht damit umgehen. Die lassen schon am ersten Abend eine Wolke von Moskitos unters Netz fliegen und legen sich mit ihnen ins Bett. Ohne diesen Kerl mit den stählernen Augen, der dem Lehrer nicht von der Seite weicht, wäre Zeki Nejad doch längst erledigt worden. Dieser aufgeblasene Lehrer war ja auch vielen anderen Landsleuten ein Dorn im Auge. Das hatte er diesem Schwachkopf ja zu erklären versucht, hatte ihm andeuten wollen, sein süßes Leben sei in Gefahr. Doch hochnäsig hatte der am Blech an seiner Brust herumgefingert und sich nicht darum geschert. Şakir Bey ist ein weichherziger Mann, heißt es, und außer einigen niederträchtigen, undankbaren Männern hat er kaum jemanden töten lassen. Doch auch der Hufschlag eines sanften Pferdes ist hart und tödlich. Das wird dieser Lehrer Zeki Nejad wohl nie lernen. Schlimm für ihn! Doch da war noch dieser Kleine mit den eigenartigen Augen … Wer war er, woher kam er? Ein Neffe dieses rotznäsigen Hodschas ist der bestimmt nicht. Eines Tages wird Şakir schon dahinter kommen!

Du kannst Zeki Nejad nicht töten lassen, entsetzt sich Zeynullah Efendi, denn Ankara steht hinter ihm! Diese Kemalistischen Nationalen halten zusammen wie Zigeuner. Die stürzen sich doch auf dich, sagt Zeynullah. Ja, auch Zeynullah schlottern vor diesem Kleinen die Knie. Um Gottes willen, solange wir nicht wissen, wer er ist, muss Zeki Nejad ungeschoren bleiben! Da könnten wir uns etwas einbrocken, was uns den Garaus macht. Da ist was dran, doch ungeschoren treibt Zeki Nejad es von Tag zu Tag immer toller!

Zum selben Zeitpunkt geschah etwas, womit Şakir Bey überhaupt nicht gerechnet hatte. Die Kreiskommission für Reisbau sperrte die Wasserzufuhr zu sämtlichen Staurevieren Şakir Beys und einiger anderer Pflanzer, weil sie sich bis in die Dörfer hinein erstreckten. Und der Präfekt bestätigte diese Maßnahme. So etwas war Şakir Bey noch nie vorgekommen! Er drehte durch vor Wut, deckte Adana und Ankara mit Telegrammen ein, doch ohne Erfolg. Gendarmen hatten die Bewässerung der Reisfelder unterbrochen und am Hauptkanal ihre Zelte und Gewehrpyramiden aufgestellt. Die Männer standen unter dem Befehl eines grauhaarigen Gendarmen im Range eines Unteroffiziers. An den grauen Haaren erkannte Şakir Bey den Zeitsoldaten und frohlockte, denn diese Füchse mit verlängerter Dienstzeit waren für Bestechungen wie geschaffen. Jetzt hatte er leichtes Spiel, mochte Lehrer Zeki Nejad ruhig versuchen, mit dem Hintern den ganzen Taurus umzustoßen! Noch am selben Abend schickte er einen seiner Leute zum Unteroffizier, ließ für dessen Trupp fünf Schafe schlachten und reichlich Wein anfahren. Noch am selben Abend krempelten die Gendarmen begeistert die Ärmel hoch und setzten die Staureviere unter Wasser. Şakir Bey war von dem Unteroffizier beeindruckt und beschloss, ihn zu gegebener Zeit reichlich zu bedenken. Seine Gendarmen arbeiteten besser noch als erfahrene Wasserwerker.

Zeki Nejad erfuhr erst am folgenden Morgen von der Überflutung und benachrichtigte den Landrat, den Arzt und den Oberst. Der Oberst traf schon am übernächsten Tag in der Kleinstadt ein und machte sich in Begleitung des Hauptmanns zu den Reisfeldern auf. Die meisten Gendarmen lagen betrunken unter einem Baum. Auf der Grabenböschung lagen ausgebreitete Schafsfelle, leere Rakiflaschen und Weinkrüge. Dieser schändliche Anblick brachte den Oberst in Wallung. »Auf der Stelle den Dienst quittieren und die Uniform ausziehen!«, befahl er dem schwankend salutierenden Unteroffizier, der sofort den Befehl ausführte und in Hemd und Unterhose strammstand. Auch die übrigen Gendarmen wurden bestraft, die gesamte Einheit ausgewechselt. Şakir Bey nahm den entlassenen Unteroffizier mit reichlichem Gehalt in seine Dienste und übertrug ihm sofort die Überflutung der Reisfelder. Einige Tage später hatte er – wie auch immer – seinen Nachfolger samt Untergebenen überredet. Das Wasser floss wieder über die Reisfelder.

Zeki Nejad hatte es vorausgesehen. Wieder standen frühmorgens die Dörfler vor seiner Tür. Wutentbrannt schwang sich der Oberst aufs Pferd, ritt zu den Reisfeldern, wo sich ihm dasselbe Bild bot: Betrunkene Gendarmen unterm Baum, Schafsfelle und leere Flaschen auf der Böschung. Auch diese Einheit wurde ausgewechselt.

Diesmal, meinte Zeki Nejad, werden die Gendarmen der Versuchung nicht erliegen! Doch seine Hoffnung wurde enttäuscht. Denn Şakir Bey war fest entschlossen, sein Vermögen mit Zähnen und Klauen zu verteidigen, und seine Verführungskünste hatten immer wieder Erfolg.

Aber dieser Zeki Nejad! Wie ein Adler wachte er über die Reisfelder und hielt Şakir Bey, die Gendarmen und den Oberst in Atem.

»Da sehen Sie, mein Oberst, bei Dumlupinar haben unsere Soldaten die Feinde besiegt, aber hier gehen sie vor einem Şakir Bey auf die Knie.«

Das wurmte den erfahrenen Oberst, er tat, was in seiner Macht stand, und musste dennoch vor Şakir Bey die Waffen strecken. »Das hier sind Gendarmen, nicht unsere Soldaten, die bei Dumlupinar gekämpft haben«, entgegnete er nur.

Die Schlacht zwischen dem Oberst und Şakir Bey währte bis zu dem Tag, an dem die Nachricht von Zeki Nejads Tod kam. Der Oberst war darüber sehr traurig, er gab strikten Befehl, den Mörder, der bekannt war, zu ergreifen, aber da er wusste, dass dieser nie überführt werden würde, verließ er mit einem »Gott verfluche euch!« auf den Lippen die kleine Stadt.

Als Memed und Müslüm ans Meeresufer kamen, wurde es Mittag. Es war heiß, die beiden waren schweißgebadet. Alle Freunde des Lehrers waren herbeigeeilt. Sie bahnten sich eine Gasse durch die Menschenmenge bis zum Toten. Die Kugel hatte Zeki Nejad genau überm Herz durchbohrt, seine linke Körperhälfte war blutgetränkt, die Füße lagen im Wasser, und die Wellen schwappten bis zu den Knien. Die Augen des Lehrers standen offen, seine Zähne waren zu sehen, die Spitzen seines Schnauzbarts hingen herab, seine Rechte lag dicht unter der Wunde.

An der Trauerfeier nahm fast die ganze Stadt teil. Der Sarg des Verstorbenen war in eine Nationalfahne gehüllt, darauf lag seine goldene Tapferkeitsmedaille. Şakir Bey und neben ihm der Unteroffizier auf Zeit waren schwarz gekleidet. Im Hof der Moschee standen sie dicht bei Memed, vermieden aber geflissentlich, ihn anzuschauen. Nur von den Dörflern war niemand zu sehen. Die schlammbedeckten, mit aschfahlen, vom Fieber gezeichneten Gesichter waren wie vom Erdboden verschluckt.

Am Grab des Lehrers hielt einer seiner Freunde eine zu Herzen gehende Rede, er zählte alle Schlachten auf, an denen der Verstorbene teilgenommen hatte, sprach von seinen Heldentaten und seinem Heldentod in seiner letzten Schlacht gegen den Reisbau und das Sumpffieber und schloss mit den Worten: »Doch für sich selbst hat er nie etwas verlangt!«

Memed verließ wie ein Schlafwandler den Friedhof. Ihm war, als sei das Blut in seinen Adern geronnen. Er schien nicht zu sehen, wohin er seinen Fuß setzte, und als sie beim Haus waren, ging er aufs Geratewohl weiter. Wie ein unsichtbarer Schatten folgte ihm Müslüm. Er kannte ihn gut und wusste, dass in solchen Augenblicken Memed nichts zu sehen und nichts zu hören schien. Am Wildwasserbett verhielten sie, und Memed runzelte die Stirn, als versuche er sich zu erinnern. Dann glätteten sich seine Züge, und sie schlenderten hinunter ans Meer. Mal verdunkelte sich sein Gesicht, verhärtete sich, hellte sich dann wieder auf und wurde rot und weich wie das eines schlafenden Kindes.

Bei den Heidekräutern verweilte er, schien sich wieder an etwas erinnern zu wollen, seine Stirn runzelte und glättete sich abwechselnd, bis sein Gesicht wieder gefror. Müslüm stieg auf die Böschung, hockte sich hin und ließ die Beine baumeln.

Es wurde Nachmittag, der Tag neigte sich, weiße Wolken stiegen, Westwind kam auf, die See schwellte sich, in immer kürzeren Abständen rollte die Dünung an den Strand und verlief schäumend zwischen den Kieseln. Der Abend kam, die Sonne versank, das Meer donnerte, die letzten Lichter auf dem Wasser verloren sich, und Memed stand immer noch so da. Müslüm erhob sich verärgert, als wolle er »Was soll das«, sagen, ging zu Memed hinunter, umkreiste ihn ratlos, riss etwas Heidekraut aus dem Boden, hielt es Memed unter die Nase und sagte: »Das nennt man Heidekraut, riech mal!«

Memed roch daran, und Müslüm sah im Dunkeln, dass er dabei lächelte. »Lass uns nach Hause gehen!«, fügte er hinzu und stieß dabei Memeds Arm an. »Mutter Hürü und Seyran machen sich Sorgen, weil wir von der Beerdigung noch nicht zurückgekehrt sind.«

»Sie machen sich Sorgen«, sagte Memed abwesend, »ja, gehen wir!«

Müslüm wollte noch etwas hinzufügen, brachte es aber nicht über die Lippen. Dann gab er sich einen Ruck und rief so laut wie ein furchtsames Kind in der Dunkelheit: »Hör mir zu, Memed Aga!«

»Rede, Müslüm!«, forderte, verwundert über Müslüms scharfen Ton, Memed ihn auf.

»Ich werde diesen Şakir Bey töten. Werde ihn töten und mich der Memed-Bande von Ferhat Hodscha anschließen. Ich bin sowieso von meiner Mutter als Brigant geboren worden und halte es hier, in dieser Kleinstadt, in diesen Orangengärten nicht aus. Ich bin in den Bergen geboren und werde in den Bergen sterben. Erlaube mir zu gehen!«

Memed antwortete nicht, schritt nur schneller aus.

»Dieser Şakir hat den Lehrer getötet, nicht wahr, und du denkst auch daran, ihn deswegen zu töten. Doch das darfst du nicht! Du willst nicht noch einmal Memed der Falke werden. Ich hörte es gestern, als Mutter Hürü und Seyran sich unterhielten. Außerdem werdet ihr bald ein Kind bekommen. Der Lehrer war genauso mein Freund wie deiner, hat mir genauso wie dir das Lesen und Schreiben beigebracht. Wie du kann auch ich auf weißes Papier meinen Namen schreiben. Gib mir die Erlaubnis, und ich werde mitten auf dem Platz, wenn er unter der Platane sitzt und seine Wasserpfeife schmaucht … Genau ins Herz … Dann auf mein Araberpferd steigen und in die Berge reiten … Und keiner bekommt mich zu fassen.«

Müslüm redete und redete, lockte und schmeichelte, versuchte ihm die Zustimmung zu entlocken, doch Memed machte den Mund nicht auf, schritt nur noch schneller aus.

Schließlich überholte Müslüm ihn, stellte sich ihm in den Weg, krallte sich in seinen Kragen und schrie: »Sag schon, Memed Aga, gibst du mir die Erlaubnis oder nicht?«

Entschlossen schüttelte Memed ihn ab und ging mit festen, noch schnelleren Schritten weiter.

13

Der Herbst hatte die Blätter vergilbt, über dem orange-goldenen Schimmer des endlosen Waldes huschten die Strahlen der warmen Herbstsonne. Rosa und lila Tulpen waren aus der laubbedeckten rissigen Erde gewachsen, manche aus bemoosten Felsen, sodass es aussah, sie hätten den Stein gespalten. Mitten im Wald hatte Ferhat Hodscha einen verfallenen Schafstall notdürftig herrichten lassen, hier ruhten sich die Männer aus, hier bekamen sie Nachricht von allem, was sich im Taurus und in der Çukurova tat, sogar in Ankara, wo kein Vogel auffliegen konnte, ohne dass sie es erfuhren. Besonders seit sich das Pferd in den Himmel gehoben hatte, trug ihnen jeder Bergler, ob Frau, ob Mann, ob Alt und Jung, das Neueste im Lande zu. Kaum setzten Gendarmen den Fuß vor die Stadt, kam wie auf Flügeln die Nachricht ins Lager. Um allem vorzubeugen, verriet Ferhat Hodscha niemandem das Versteck. Gestaffelt bis zum Waldrand hatte er Beobachter aufgestellt, sodass Meldungen erst das Lager erreichen konnten, nachdem sie drei Posten durchlaufen hatten. Wie eine Mondsichel umgaben schroffe, violette Felsen den Schafskoben, davor floss ein flusstiefer Bach. Der Bericht über die als Memeds Pferd bezeichnete räudige Mähre, die als edles Vollblut vom Tode auferstanden, von den Vierzig Seligen aus der Stadt entführt und in den Himmel gezogen war und seither wiehernd über Städte und Dörfer schwebt, hatte Ferhat Hodscha tief beeindruckt. Er fragte sich, wie das Ende dieses Abenteuers, wie Memeds, ja, ihr aller Ende wohl aussehen würde. Memed hatte die Verbindung zu seiner Bande, zu seinen Bergen wie mit einem Schwerthieb durchschnitten, hatte sich in einem Dorf niedergelassen, dessen Name niemand, nicht einmal Ferhat Hodscha, aussprechen mochte, vielleicht aber auch niemand wusste. Dabei war es doch Ferhat Hodscha gewesen, der Memed dorthin geschickt hatte, zu einem Freund, auf den er sich mehr noch verlassen konnte als auf seine eigenen Augen! Aber das wusste ja niemand. Der Hodscha kannte die Menschen, und er wusste, dass Menschen wie Memed nicht tatenlos wie mit gefesselten Händen dasitzen konnten. Vielleicht wollte er ja mit der Welt nichts mehr zu tun haben, oder er hatte sich wirklich von Grund auf gewandelt? Doch nein, wie kann jemand, der flammendes Feuer in sich trägt, plötzlich erlöschen? Um dieses Feuer zu ersticken, musste einer sich schon das Herz aus dem Leib reißen!

Der Posten, den er am westlichen Waldrand aufgestellt hatte, kam herbei. »Hodscha, da sind noch sieben Männer gekommen, soll ich sie in den Wald bringen?«

»Sind sie auch gekommen, Briganten zu werden?«

»Sie wollen Briganten werden, sind alle gleich groß, hellhäutig, mit blonden Schnauzbärten und grünen Augen. Auch ihre Gewehre, Patronengurte, Stiefel und bestickten Umhänge aus Maraş sind gleich. Du kannst den einen nicht vom andern unterscheiden.«

»Und alle heißen Memed, nicht wahr?«, lachte der Hodscha.

»Ich wundere mich schon. Wen ich auch frage, in diesen Bergen heißen alle Memed.«

Der Hodscha lachte noch immer. »Ich weiß, ist mir auch schon aufgefallen!« Er stieg auf einen Hang zum Waldrand hin und kam erst wieder herunter, nachdem er, hinter einem Felsblock geduckt, eine Weile gehorcht hatte. Die Memeds sahen ihn hinter den Felsen hervorkommen.

»Sei gegrüßt, Hodscha!«, riefen sie und standen stramm.

»Warum ihr Briganten werden wollt, muss ich nicht fragen, ich kenne den Grund. Wenn es nach mir ginge, würde jeder Arme im Land, jeder, dessen Vater, Onkel oder Bruder in den Krieg gezogen und nicht zurückgekehrt ist, jeder der misshandelt und erniedrigt worden ist, sich in die Berge schlagen. Weil aber nicht jeder einfach so in die Berge kommt, weiß ich, dass in euren Herzen etwas nagt, in euch eine Flamme lodert. Aber ich muss euch ganz offen sagen: Memed der Falke ist nicht in unserer Bande, er ist auch nicht hier in den Bergen.«

»Wir haben ihn auf unserem Weg hierher getroffen, mein Hodscha, haben mit ihm gesprochen, er ist überall«, sagte der junge Mann an ihrer Spitze.

Des Hodschas Züge hellten sich auf, als er sagte: »Habt ihr alle ihn gesehen?«

»Wir alle haben ihn gesehen, mein Hodscha.«

»Wie heißt du?«, fragte plötzlich der Hodscha den jungen Mann.

»Memed«, antwortete dieser sofort.

Der Hodscha musste wieder lachen. Plötzlich verhärteten sich seine Züge. »Hört mir zu, Memeds, und nehmt jedes meiner Worte ernst! Memed sein ist kein Kinderspiel.«

»Wir wissen es, mein Hodscha, es ist kein Kinderspiel.«

»Früher oder später werdet ihr dem Tod ins Auge blicken.«

»Wir wissen es, mein Hodscha.«

»Dann werdet ihr im Namen Gottes und auf den Heiligen Koran schwören, dass ihr tun werdet, was ich euch gleich sage!«

»Wir werden es tun, mein Hodscha.«

»Hört euch erst einmal an, was ich euch sagen werde! Danach werdet ihr es beschwören; oder auch nicht.«

»Wir werden es. Wir wussten, was wir taten, als wir uns aufmachten.«

»Ihr werdet keinen Armen quälen, werdet ihm nur freundlich begegnen und ihm beistehen, wenn er Hilfe braucht!«

»Wir schwören es im Namen Gottes und auf den Heiligen Koran.«

»Wenn ihr die Reichen beraubt, werdet ihr keinen Kuruş für euch behalten. Ihr werdet die Beute an die Bedürftigen verteilen, an die Allerärmsten zuerst!«

»Das werden wir, im Namen Gottes.«

»Ihr werdet niemandes Ehre verletzen! Weder Köroğlu, noch Ali, noch Alexander der Doppelhörnige haben jemals jemandes Ehre verletzt. Die Ehre des Volkes ist auch eure Ehre. Ein Brigant, der vergewaltigt oder sonst die Ehre verletzt, muss augenblicklich von seinem Gefährten getötet werden. Nach dem Willen Gottes und nach allen vier Heiligen Büchern ist die Tötung solcher Menschen erlaubt.«

»Ihn zu töten ist erlaubt.«

»Von einem Armen werdet ihr keinen Kuruş annehmen, auch nicht als Gastgeschenk unter seinem Dach. Und solltet ihr euch vom Hirten ein Schaf holen, werdet ihr es sofort bezahlen, auch wenn er euch anfleht, es zu behalten!«

»Zu Befehl, mein Hodscha!«

»In diesen Bergen wird Memed über alles geliebt, hier haben

sie ihn zum Heiligen erklärt, gleich dem Propheten Hizir und dem gesegneten Ali. Über uns schwebt sein Pferd, gleitet wiehernd von Stadt zu Stadt.«

»Es schwebt über uns, mein Hodscha.«

»Nun wisst ihr, wie verantwortungsvoll es ist, in seiner Bande zu sein.«

»Deswegen sind wir hergekommen.«

»Sind in diesen Bergen unsere Freunde, so haben wir doch ebenso viele Feinde. Wir sind nicht die ersten Memeds in diesen Bergen. Uns gibt es, seit es diese Welt gibt. Aber vielleicht kommt einmal der Tag ...« Seine Augen wurden feucht, und seine Stimme bebte. »Vielleicht kommt der Tag, an dem wir sie besiegen, wieder und wieder besiegen ... Und dann wird es keinen Armen, keinen Unterdrücker und keinen Unterdrückten mehr ...« Der Hodscha konnte nicht weiter sprechen, er senkte den Kopf, um seine Tränen vor den jungen Männern zu verbergen.

Nach einer Weile schaute er auf, blickte nacheinander jedem der Jungen in die graugrünen Augen und fuhr mit fester Stimme und zuversichtlichem Ton fort: »Ja, die Menschen werden diesen Tag bestimmt erleben. Denn für diesen Tag kämpft der Mensch, seit es den Menschen gibt. Und er wird seinen Wunsch verwirklichen, Wolf und Lamm werden friedlich zusammen leben.«

Seine Stimme wurde wieder bitter. »Vielleicht werden wir diesen Tag nicht erleben, werden wir in diesen Bergen sterben, Wolf und Vogel zum Fraße werden.« Er reckte sich plötzlich, sein Gesicht erstarrte, wurde steinhart. »Aber wir werden bis zum Ende unserer Kräfte kämpfen!«

»Wir werden kämpfen, mein Hodscha.«

Des Hodschas Gesichtszüge entspannten sich, er lächelte, nahm sein Gewehr in die Armbeuge, hockte sich auf einen Felsblock und gab den jungen Männern einige Ratschläge über den Umgang mit den Dörflern, zeigte ihnen, wie sie sich zu tarnen hatten, beschwor sie, jederzeit auf der Hut zu sein, erklärte ihnen, warum sie Sultanoğlu den Blonden ausgeraubt hatten, und erzählte ihnen über die Sultanoğlus, die Ali Sefa Beys, die Agas der Çukurova und die Beys der Türkei. Drei der Jungmänner waren schon in der Fremde gewesen, einer hatte sogar in einer Baumwollspinnerei gearbeitet, ein bisschen kannten sie sich also schon aus.

»Wie viele Memed-Banden gibt es in den Bergen?«, fragte der Hodscha plötzlich unvermittelt.

»Wir wissen von dreien.«

»Kennt ihr sie?«

»Wir haben sie getroffen.«

»Und wie zu uns werdet ihr auch zu ihnen die Verbindung nicht abbrechen! Und wie viele Banden kennt ihr, die uns in einem Löffel Wasser ertränken würden, wenn sie könnten?«

In einem Atemzug zählten die Jungmänner die Namen der feindlichen Banden auf.

»Und vergesst nicht die Männer Sultanoğlus des Blonden, wo immer ihr auf sie trefft! Wie die anderen sind auch sie Feinde der Armen.«

»Das wissen wir, mein Hodscha.«

Er stand auf, die andern erhoben sich mit ihm und blieben mit gekreuzten Händen achtungsvoll vor ihm stehen. Dann stellten sich die Memeds in Reihe, küssten nacheinander dem Hodscha die Hand und gingen.

Am nächsten Morgen bekam Ferhat Hodscha noch vor Sonnenaufgang vom Waldrand die Meldung über weitere Memeds, die zu ihm wollten. Auch sie begrüßte er an der Waldgrenze am Fuße des Berges. Und auch sie waren zu siebt, sie trugen mit vierzig Knöpfen verzierte blaugelbe Westen aus Aleppo, hatten nagelneue Feldstecher, ihre mit schwarzen Troddeln behangenen Feze waren lilafarben, ihre über Kreuz geschnallten Patronengurte silbergewirkt wie die Falkenmuster auf den Kragen ihrer blau gestreiften Mäntel. Gleich waren ihre Handschars und Revolver, ihre seidenen Gurte aus Trablus, ihre Körpergröße, Schulterbreite, Augen und Augenbrauen, ihre Schnauzbärte und ihre Schuhe mit den aus Autoreifen geschnittenen Gummisohlen – alle sieben waren wie aus einem Guss. Und in ihren Augen funkelte die glückliche Unbekümmertheit und der Mut von Menschen, die den Tod überwunden haben. Auch mit ihnen sprach Ferhat Hodscha wie mit den Sieben vom Vortage. Sie schienen entschlossener noch als ihre Vorgänger, ihre Augen wurden feucht vor Freude.

»Wir wussten gar nicht, dass es schon so weit gekommen ist«, wunderten sie sich. »Sie siegten, sie siegen, aber am Ende werden sie besiegt. Denn Berg und Stein, Dinge und Lebewesen, alles ist auf unserer Seite, und wir sind so zahlreich wie die Vögel am Himmel und die Ameisen auf der Erde. Wir werden sie besiegen. Und dann, bis ans Ende aller Tage … Werden sie nie wieder …«

»Nie wieder«, nickte Ferhat Hodscha.

Noch viele Memeds kamen und gingen, alle zu siebt, und jeder der Sieben von gleichem Wuchs und Aussehen, alle zum Verwechseln gleich angezogen, mit den gleichen Patronengurten, Schuhen, Feldstechern … Ferhat Hodscha sprach zu allen dieselben Worte, alle gaben wie aus einem Mund ihre Antwort.

»Hört mir zu, Kinder, meistens wurden die Beys, Paschas und Agas, die sich gegen den Padischah aufgelehnt hatten, nach ihrer Niederlage nicht getötet. Der Padischah ernannte viele von ihnen sogar zu Präfekten, Generalgouverneuren, zum Wesir, sogar zum Oberwesir. Aber es gab unter den Aufständischen auch manche aus dem Volk, die sich Mahdi nannten und die verdorbene Welt von Grund auf zu erneuern vorgaben, und die wurden nach ihrer Niederlage nicht begnadigt, nicht ein einziger. Fielen sie in die Hände des Padischah, ließ er sie umgekehrt auf einen Esel setzen und mit gebrochenen Gliedern, ausgestochenen Augen und abgezogener Haut durch die Straßen treiben, bis sie tot waren. Und diese Männer gaben, ohne mit der Wimper zu zucken, ihren Geist auf, nur mit einem stolzen Wort auf den Lippen. Merkt euch, meine Kinder, wenn die in Ankara erfahren, dass wir uns vereint haben, werden sie uns, falls wir gefangen werden, auch umgekehrt auf einen Esel setzen und Ähnliches mit uns anstellen.«

»Das wissen wir, mein Hodscha.«

»Memed weilt nicht unter uns, er hat uns verlassen, ich weiß nicht warum ... Aber er wird zurückkommen.«

»Der Falke ist in den Bergen, mein Hodscha.«

»Wir haben ihn unterwegs gesehen, mein Hodscha.«

»Wir entdeckten ihn, als er da unten über den Pass ging.«

»Er saß an der Landstraße auf einem Stein und reinigte sein Gewehr.«

»Da drüben auf dem Gipfel, um ihn viele Männer.«

Die Memeds waren längst abgezogen, als um Mitternacht der Hodscha aus tiefem Schlaf geweckt wurde.

»Gendarmen und Männer von Sultanoğlu dem Blonden haben unten im Tal einige der Memeds in die Zange genommen!«

Der Hodscha zog sich sofort an. Er und die anderen Briganten machten sich sofort auf den Weg. Es regnete in Strömen und die Männer waren nass bis auf die Knochen, als sie den Waldrand erreichten.

Gegen morgen fanden sie mühelos das Tal. Noch herrschte lautlose Stille. Der Hodscha ließ seine Leute in Senken und hinter Erdhügeln in Deckung gehen.

Kaum dämmerte der Tag, hallten Schüsse vom Talgrund.

»Hört zu, Freunde, trefft ihr auf Männer Sultanoğlus, also auf Zivilisten, werdet ihr sie töten und nicht nur unschädlich machen! Ich hoffe, dass – so Gott will! – uns keiner entkommt! Wir werden uns jetzt lautlos an sie heranschleichen und uns über sie hermachen. Was die Gendarmen belangt, so werdet ihr nur auf ihre Beine und Arme schießen. Versucht, ihre Knie zu treffen, dann hinken sie ihr Leben lang! Sie führen ja nur Befehle aus. Kennt einer von euch Ali die Echse?«

»Ich kenne ihn«, sagte Şahan.

»Dann hör mir gut zu, mein Junge! Du wirst nur nach ihm Ausschau halten, und du wirst ihn nicht töten, sondern nur so verwunden, dass er nicht entkommen kann. Eigentlich will ich, dass er gar nicht verletzt wird. Doch wir werden warten, bis er geheilt ist, ihn dann ins Dorf bringen, ihm die Augen ausstechen, die Haut abziehen und so zu Tode foltern. Memed wird es nicht billigen, schließlich trägt diese Bande seinen Namen ... Aber über tausend Jahre haben diese Leute die Unsrigen genau so getötet ... Warum nicht einen ihrer kleinen Hunde auch so umbringen ... Ach, Memed! Nein, er wäre damit nicht einverstanden ... Aber erst einmal müssen wir den Mann ja gefangen nehmen, dann sehen wir weiter.«

Von beiden Hängen aus griffen sie an, und unten, hinter einem Felsen verschanzt, der Wildwasser zu einem Teich gestaut hatte, schossen die Memeds so schnell, als hätten sie Maschinengewehre.

Bis zum Abend hatten sie viele Gendarmen verwundet und viele Männer Sultanoğlus des Blonden getötet. Als die Nacht hereinbrach, wurde das Feuer eingestellt. Vom Talgrund drang das Stöhnen an ihre Ohren und hörte bis zum Morgen nicht mehr auf.

Als es im Tal aufhellte, stiegen sie dort hinunter, woher das Wimmern kam, und trennten die Gendarmen von den Zivilisten. Die Verletzungen der Gendarmen waren nicht schwer, sie alle hatten Schusswunden unterhalb der Kniescheiben.

»Nehmt es uns nicht übel, Gendarmen!«, sagte Ferhat Hodscha. »Ihr habt auf uns geschossen, um uns zu töten, doch wir, wie ihr seht ... So viel musste schon sein, nehmt es uns nicht übel!« Seine Stimme klang versöhnlich.

Dann ging er zu jedem Einzelnen, fragte ihn nach seinem Befinden, versicherte noch einmal, dass sie ihn nicht töten wollten. »Und nehmt uns auch nicht übel, dass wir euch die Waffen und die Munition abnehmen müssen ... Aber schaun wir uns erst einmal bei den Männern um, die Sultanoğlu der Blonde in den Tod geschickt hat. Sie haben viel mehr Munition, und ihre Gewehre müssen nagelneu sein.«

Kurz darauf kamen von der Talsohle die Memeds herbei. Blutverschmiert nahmen sie Haltung an. Sie hatten drei Mann verloren. Ferhat Hodscha zählte mehrmals nach, doch es blieb bei einundzwanzig.

»Wo sind die Gefallenen?«

»Sie sind verschwunden.«

Noch ein Wunder, dachte Ferhat Hodscha. Drei Mann sind in dieser Wildnis gefallen, die andern alle blutverschmiert, wie konnten sie hier die drei Toten so schnell ersetzen? Doch er fragte nicht weiter nach, und die andern gaben darüber auch keine Erklärung ab.

Der Hodscha ging zu den Männern Sultanoğlus des Blonden, die nur verwundet waren, und fragte sie barsch, warum sie sich so hündisch erniedrigten, für diesen Bey ihr Leben in die Schanze zu schlagen. Je länger er fragte, desto wütender wurde er. Die Verwundeten stöhnten nicht mehr, sie schluckten nur, schlugen die Augen nieder und hörten starr dem Hodscha zu. Und je klarer der Hodscha spürte, dass er diese Verwundeten nie würde hinrichten können, desto wilder gebärdete er sich, desto mehr schwollen seine Adern, desto weiter traten seine Augen aus den Höhlen und umso unflätiger wurden die Flüche und Beleidigungen, mit denen er sie eindeckte.

Plötzlich sprang ein etwa Dreißigjähriger mit eingefallenen Wangen und tief liegenden Augen, der sich krümmend den Bauch hielt, auf die Beine und spuckte dem Hodscha mitten ins Gesicht.

»Erschieß mich doch! Und du willst ein Hodscha sein? Erschieß mich, aber spuck mich nicht an! Tu einem Menschen alles an, nur das nicht! Der Tod ist unser aller Schicksal, töte mich, aber erniedrige mich nicht so!«

Der Hodscha stand wie erstarrt vor dem vor Zorn zitternden Mann, der sich nur schwer auf den Beinen hielt. Der Hodscha sah, wie er sich quälte, und seine Wut war verflogen. Er schämte sich und mochte niemandem mehr in die Augen sehen. Mit gesenktem Kopf hakte er ihn unter, setzte ihn wieder hin und sagte: »Nimms mir nicht übel, mein Junge, verzeih mir!«

Nach und nach hörte der Mann auf zu zittern.

»Du musst aber auch meine Wut verstehen!«, fuhr der Hodscha fort. »Warum, um alles in der Welt, kommt ihr daher, um uns auf Befehl des Blonden Sultan zu töten? Sieh sie dir doch an, wie sie da liegen! Jeder von denen ist zehn Mal mehr wert als dieser hinkende Sultanoğlu! Wenn ich euch keine Lektion erteile, wer soll es denn sonst?«

»Dazu hast du kein Recht«, begehrte der Mann, der sich krümmend den Bauch hielt, wieder auf.

»Diese Gendarmen, sie gehorchen Befehlen, sie sind in der Pflicht. Aber ihr?«

»Die Gendarmen sind ein oder zwei Jahre der Regierung verpflichtet, aber ich bin bis zu meinem Tod der Knecht von Sultanoğlu dem Blonden, wie schon mein Vater, mein Großvater, dessen Großvater und Großvater seines Großvaters die Knechte der Sultanoğlus waren. Und auch meine Kinder und Kindeskinder sind seine Knechte. Ihr habt lauter Knechte getötet, Knechte für einen Bissen Brot.«

»Sie wollten uns ja auch töten.«

»Ihre Beys hatten es von ihnen verlangt, hatten es befohlen …« Der Mann sackte in sich zusammen, sein Kopf sank auf die Knie und ein plötzliches Schluchzen schüttelte seinen Körper. Ratlos hockte sich der sonst so harte Hodscha neben ihn, tätschelte seine Schultern, fragte, ob der Bauchschuss schwer sei. Schließlich nahm er ihn in die Arme, tröstete ihn, redete mit Engelszungen auf ihn ein, bis er aufhörte zu weinen. Als der Mann sich beruhigt hatte, griff er nach des Hodschas Hand und küsste sie. Verstört stand der Hodscha auf und ging zurück zu den Gendarmen.

»Ist Ali die Echse nicht unter euch?«

»Er ist noch unten im Dorf, verprügelt die Dörfler, und weil er noch nicht alle durchgeprügelt hatte, ist er nicht mitgekommen«, antwortete einer der Gendarmen. »Wenn du jetzt hinuntergehst, triffst du ihn wie bestellt. Schau dir mit eigenen Augen an, wie es den armen Dörflern ergeht!«

»Rührt euch nicht von der Stelle, ich werde aus unserem Dorf Pferde und Helfer schicken, die bringen euch schneller in die Stadt und zu den Ärzten!«

»Gott segne dich, Hodscha, und verschone dich vor Unrecht in dieser und in jener Welt!«

»Amen!«, sagte der Hodscha.

»Wir haben noch eine Bitte, mein Hodscha«, ächzte einer der verletzten Gendarmen mit schmerzverzerrten Zügen.

»Bitte, sprecht!«

»Wir haben so oft dem Tod ins Auge gesehen und auch sonst viel erdulden müssen, wenn wir doch wenigstens Memed den Falken kennen lernen könnten, solange wir noch am Leben sind. Dann können wir nach unserer Entlassung wenigstens überall erzählen, dass wir bei der Verfolgung Memeds verwundet worden sind ... Na ja, wie unsere Dörfler so reden ... Knieschuss und steifes Bein und Memed den Falken nicht einmal gesehen?«

»Ja, das geht nicht«, lachte der Hodscha, stellte sich vor den blutverschmierten, barhäuptigen Mann im zerfetzten Mantel hin und sagte: »Hier ist Memed der Falke!«

»Ich küsse deine Hände, mein Hodscha! Gott gebe dir und Memed ein langes Leben!«

Der Hodscha, die Memeds und die andern Briganten erreichten am übernächsten Morgen das Dorf Yanikören. In den Häusern herrschte Jammern und Wehklagen, dennoch wurden sie sehr freundlich empfangen und in die Moschee geführt. Von den jungen Männern des Dorfes konnte sich keiner auf den Beinen halten. Manche waren noch bettlägerig, andere gingen an Krücken oder humpelten am Arm ihrer Väter, Mütter oder Schwestern. Cafer aber lag im Sterben. Der Hodscha eilte sofort zu ihm und las mit seiner schönen, bewegenden Stimme über zwei Stunden den Koran.

Es war Freitag, und da die Moschee kein Minarett hatte, rief Ferhat Hodscha vom Kamm des Felsens zum Gebet und nahm anschließend vor den Reihen der Gläubigen den Platz des Vorbeters ein. Die Dörfler baten ihn auch, die Freitagspredigt zu halten.

Der Hodscha sprach von den Wassern, die ungebunden von den Bergen herab zwischen Schluchten und Felsen zu Tale rauschten, und dass Gott die Menschen nicht geschaffen hat, in Bedrängnis zu leben. Diese Welt aber sei zu einer Welt der Grausamkeit geworden, gegen den Willen Gottes und gegen den Willen des Propheten. In dieser Welt prasst einer, und Tausende schauen zu. Gott sagt im Koran: Die Grausamen sind gottlos! Aber auch wer sich gegen Grausamkeit und Hunger nicht auflehnt, ist gottlos. Und auch Zeugen von Grausamkeit, die sich nicht dagegen wehren oder sich damit abfinden, sind es. Aber wisset, dass der Himmel mit denen ist, die sich gegen Grausamkeit und das Böse wehren. Und um seine Gedanken zu untermauern, las er viele Suren aus dem Koran und übersetzte zum Verständnis der Gläubigen das Wort Gottes aus dem Arabischen.

Erschöpft und schweißgebadet machte er sich nach der Predigt wieder zu Cafer auf, dessen Zustand sich zusehends verschlechterte. Er setzte sich zu ihm und zitierte den Koran. Die Augen geschlossen, das Gesicht von unbeschreiblicher Trauer umflort, so hockte er da, und die Suren rollten ihm über die Lippen. Wären sie nicht zu ihm gekommen, ihn höflich zum Essen zu bitten, er hätte selbstvergessen kein Ende gefunden.

Die Briganten, die Alten, Männer und Frauen setzten sich an die Tafel am Boden, die in der Moschee gedeckt worden war. Allen voran der Hodscha, machten sich die Briganten, die wohl zwei Tage lang nichts zu sich genommen hatten, mit Heißhunger über das duftende Essen her. Doch der Hodscha bekam keinen Bissen herunter. Er kaute und kaute, versuchte zu schlucken, vergeblich. Schließlich spülte er jeden Happen mit einem Schluck Wasser hinunter. Manchmal verharrte er regungslos mit dem gefüllten Löffel in der Hand.

Ali die Echse war eine Woche zuvor wie ein tollwütiger Hund mit einem Zug Gendarmen ins Dorf gekommen. Zuerst ließ er das Dorf umzingeln, niemand durfte heraus. Dann ließ er die Moschee öffnen und alle jungen Männer in den Vorhof treiben. Nachdem er alle Häuser, Ställe, Scheunen und Brunnen hatte durchsuchen lassen und überzeugt war, dass keiner fehlte, rief er einen, den er ins Auge gefasst hatte, zu sich.

»Wie ist dein Name?«
»Mein Name? Ach ja, mein Name ... Mein Name ist Memed.«
»Memed also, hast du keinen anderen Namen?«
»Nein.«

»Runter mit ihm!«

Die Gendarmen legten den jungen Mann ins Bastonadenholz und prügelten auf seine Fußsohlen ein, bis er totenbleich wurde. Ali wusste, was diese Leichenblässe bedeutete, und ließ die Bastonade unterbrechen.

»Wie ist dein Name?«

»Memed«, flüsterte der junge Mann kaum hörbar.

Das Prügeln begann von neuem, doch von dem Jungen kam nicht der leiseste Seufzer, nicht der kleinste Laut.

Nach seinem Wahlspruch: Beim Schmieden und Prügeln rechtzeitig kühlen ... fragte Ali die Echse erneut: »Wie ist dein Name?«

»Memed.«

Diesmal griff Ali die Echse selbst zum Prügel, doch auch seine meisterlich geführten Schläge konnten dem jungen Mann keinen Laut entlocken. Schließlich verlegte Ali die Echse sich aufs Bitten, versprach, ihn reich zu belohnen und zu verheiraten.

»Wie heißt du?«

Der junge Mann war nicht mehr zu hören, doch an den Bewegungen seiner Lippen war zu erkennen: »Memed.«

Er fragte, sie schlugen, er fragte, sie schlugen ... Dann gaben sie auf, schließlich wollten sie den Jungen ja nicht totschlagen! Aber Ali die Echse hatte auch seinen Stolz. Drei Tage und Nächte ließ er auf die Dorfburschen einschlagen. Aber all seine Mühe führte zu nichts. Ein Jüngling hauchte gar mit dem Namen Memed auf den Lippen sein Leben aus. Vor so viel Starrsinn war auch Ali die Echse ratlos. Seit Jahren gehörte das Prügeln zu seinem Tagewerk. Es war die heiligste Pflicht der Gendarmerie, das Fundament der Nation, so hatte man ihn gelehrt. Die Prügelstrafe hielt den Staat zusammen! So war er wie der Sturmwind durch den Taurus, durch Mittelanatolien, durch den Osten und Südosten des Landes gebraust und hatte prügelnd seine patriotische Pflicht getan. Doch etwas ähnliches wie in den letzten Monaten war ihm noch nie vorgekommen. Jeder Dörfler, den er nach seinem Namen fragte, antwortete: Memed. Er prügelte sie, bis sie

Blut pissten, bettlägerig wurden, und dennoch kam kein anderer Name über ihre Lippen. Sie schrien nicht, stöhnten nicht, und außer Keuchen kam nichts über ihre Lippen. Und viele, die in den letzten Zügen lagen, lächelten noch, wenn sie den Namen Memed nannten. Zugegeben, die Einwohner eines, zweier oder dreier Dörfer mochten halsstarrig und zäh sein, aber dass in der ganzen Çukurova kein gefoltertes Geschöpf Gottes aufstand und sagte: Mein Name ist Ali, Hüseyin oder Ibrahim! Sie haben es sich nun einmal in den Kopf gesetzt! Aber auch Ali die Echse, die Regierung, der Hauptmann, der Oberst, der General Ismet Pascha in Ankara und der Marschall Fevzi Pascha hatten sich in den Kopf gesetzt, nicht nachzugeben. Also auf in den Kampf, mal sehen, wer stärker ist, das gemeine Volk oder der Bey! Und entweder wird Ali die Echse sterben, oder er wird mindestens einen dazu bringen, seinen wahren Namen zu sagen!

Als die Gendarmen Cafer im Dorf aufgestöbert hatten und zu ihm brachten, frohlockte er. Cafer war ein zum Umpusten magerer Jüngling von siebzehn Jahren mit spindeldürrem Hals unterm aschfahlen Gesicht. Die Gendarmen hatten ihn aus der Krone eines mächtigen Baumes heruntergeholt, in dessen Blattwerk er sich angstschlotternd versteckt hatte.

»Wie ist dein Name?«

»Memed«, antwortete Cafer gedehnt.

»Verdammt, Memed und weiter?«

»Memed.«

Zuerst hatte Echse es mit Milde versucht und mit Engelszungen auf ihn eingeredet.

Nun, dachte sich Ali die Echse, dieser Schwächling sagt beim zweiten Schlag die Wahrheit, und machte sich an seine patriotische Aufgabe. Er wendete all sein fachmännisches Können und seinen Schatz von Erfahrungen an, doch dieses Monster von Vaterlandsverräter blieb unbelehrbar. Die Macht der Türkischen Republik, die der ganzen Welt getrotzt hatte, scheiterte an diesem klitzekleinen minderjährigen Jungen. Nicht einmal der Einsatz des größten Prügelmeisters ihrer Geschichte, dessen Hände Stein und Stahl zum Sprechen bringen, hatte gereicht! Neue Prügelformen mussten her! Wenn wir mit überholten Methoden die Dörfler verprügeln, muss dieses Land ja untergehen. Mit diesem unterentwickelten Prügelsystem versündigen wir uns an unserem türkischen Staat!

Der zähe Widerstand dieses schwächlichen, halb toten Jungen hatte dem Gefreiten schwer zugesetzt. Durch ihn war der Ruhm so vieler Jahre in den Schmutz getreten. Wie soll er den Menschen und vor allem seinem geliebten Vorgesetzten noch in die Augen sehen?

»Losbinden!«, befahl er. In seinem Herzen nagte der Kummer.

Die Gendarmen ließen den leblosen, kaum atmenden Cafer im Hof der Moschee liegen und gingen.

Erst viel später gelang es Cafer in dem Haus, wohin er gebracht worden war, die Augen zu öffnen. Die ihn sahen, meinten, er werde sich nicht mehr erholen.

Am späten Abend kam ein besorgter Dorfjunge zum Hodscha gehumpelt. »Mein Hodscha, mit Cafer ist es schlimmer geworden.«

Der Hodscha setzte sich zum Kranken und hielt ihm, den Koran lesend, die Hand, bis Cafer seinen letzten Atemzug getan hatte. Einmal nur hatte der Junge noch seine Augen geöffnet. Der Hodscha meinte, darin eine unendliche Verwunderung ausgemacht zu haben, als wollte der Sterbende ihn fragen: Warum nur musste mir das alles widerfahren? Vielleicht aber war es dem Hodscha auch nur so vorgekommen.

14

Eine noch nie da gewesene Spannung lastete auf der Stadt. Von Memeds Pferd, das mit dem goldenen Zeichen Gottes im Maul zu den Vierzig Glückseligen eingegangen war, zu reden, war verboten. Wer ein Wort über dieses Pferd verlor, hatte schwere Strafe zu erwarten. Als Erstes bekam er Prügel satt und wurde im Keller der Kommandantur in kniehohem Wasser eingesperrt. Der Staatsanwalt hatte eine Lücke im Gesetz entdeckt und die Dauer der Untersuchungshaft zur Sicherheit des Staates auf mindestens drei Monate festgesetzt. Anfangs wurden viele Täter verhaftet, verprügelt und tagelang im überfluteten Keller ohne Nahrung festgehalten. Es gab auch welche, die verurteilt wurden und ins Gefängnis kamen. Doch bald war es, als habe es in der Stadt nie so ein Ereignis gegeben, habe niemals ein Pferd im Morgenrot über den Wolken gewiehert, sei auch keinem Einwohner, weil er darüber gesprochen hatte, ein Knochen gebrochen oder ein Haar gekrümmt worden. Nur in den Häusern und Dörfern, besonders von den Frauen, wurde getuschelt. Es verging kein Tag, ohne dass über das Pferd ein neues Wunder zu Ohren kam. Der gottesfürchtige Volkssänger mit der großen Nase, Kahler Barde, stimmte seine langhalsige Saz und zog mit neuen Balladen durchs Land.

Hüsne Hanum und die Frau des Hauptmanns, die Frauen Halil Beys des Überschwänglichen, des Richters, des Oberbürgermeisters, des Staatsanwalts und der anderen Spitzen der Gesellschaft ließen sich von den Verboten nicht beeindrucken. Weder Prügel noch Gefängnis hätten sie abschrecken können. Sogar der Herrgott schien ihnen zu helfen, denn fast jeden Tag kam ihnen eine reich ausgeschmückte, gleich einer jungfräulichen Stute nagelfrische Geschichte zu Ohren und steigerte ihr Entzücken. Die interessantesten Neuigkeiten aber brachte Zülfüs Frau mit den schmachtenden Augen mit. Bei ihren Geschichten gerieten die Frauen ganz aus dem Häuschen. Besonders an der letzten konnten sie sich nicht satt hören, und hörte die eine auf, erzählte die nächste von neuem.

Jede Nacht, wenn sich die Straßen der Stadt geleert haben, birst unter der Brücke an der Stelle, wo das Pferd erschossen wurde, eine Kugel von Licht. Erst ganz rot, geht sie über in Grün, Orange und Blau, gleitet auf den Hügel, schwillt an, wird rabenschwarz, dann taghell, und der Kamm des Hügels leuchtet wie im

Sonnenschein. In dieser Helle traben aus allen vier Richtungen Stuten mit erhobenen Schwänzen herbei, reinrassige, prächtige Stuten ... Sie spreizen ihre gestreckten Hinterbeine und lassen etwas Wasser. Der Brandfuchs nähert sich, beschnuppert zuerst die Erde unter ihnen, dann, mit geblähten Nüstern, ihren Schritt, streckt den Kopf zum Himmel, verhält eine Weile, beschnuppert dann den Boden unter der nächsten Stute, danach auch ihren Schritt, wiehert ab und zu leise, wenn er den Kopf zum Himmel streckt. Plötzlich besteigt er eine Stute, deckt sie ... Und nacheinander steigt er von einer Stute auf die andere, lässt von der einen ab, nimmt sich die nächste vor ... Bis zum frühen Morgen. Und seit dem ersten Mal, da sich der Hengst mit den Stuten traf, kommen noch vor dem Erscheinen der Stuten die Mädchen und Frauen auf den Hügel, bilden einen Kreis um den Hengst und die angetrabten Stuten und betrachten dieses heiße Liebesspiel, das kein Menschenkind jemals erleben wird. Wenn es im Osten graut, verweilt der Hengst eine Weile mit hängender Mähne und hängendem Schweif, verschwindet dann und weither hallt von einem Berggipfel ein lang gezogenes Wiehern.

Als dann allmählich das Interesse der Städter, sogar der Frauen, am Pferd zu schwinden begann, sprangen Nachrichten über die Memeds in die Bresche. Sie waren so unglaublich, dass die Kleinstadt, ganz Adana und Ankara, ja, die ganze Türkei erzitterte. In den Landgemeinden des Taurus hatten alle Knaben und Jünglinge ihre Namen abgelegt und waren zu Memeds geworden. Diese Bewegung hatte sich von den Bergen bis in die Niederungen der Çukurova verbreitetet. Die ganze Kleinstadt geriet in Panik, sogar die kaltblütigsten Einwohner wurden von ihrem Sog erfasst. Sogar Murtaza Aga war in heller Aufregung. »Hab ich euch nicht gesagt«, jammerte er auf dem Markt jedem vor, der ihm über den Weg lief, »hab ich euch nicht gesagt, man muss den Kopf einer Schlange zermalmen, solange sie noch klein ist?«

»Wie Recht du doch hattest.« Die Angesprochenen wiegten verstört die Köpfe. »Wir haben nicht auf dich gehört und uns die Schlinge selbst um den Hals gelegt.«

Noch am selben Tag kamen Halil Bey und der Hauptmann, Rüstem Bey, der Held des Freiheitskrieges und Eigentümer des großen Mustergutes, und Zülfü Bey, der Leiter des Grundbuchamtes, dazu der Staatsanwalt, der Richter, der Bürgermeister und Molla Duran Efendi nebst den Lehrern, einigen Dorfvorstehern und Stammesfürsten im Arbeitszimmer des Oberbürgermeisters zusammen. Was war zu tun, überlegten sie, doch eine Antwort war nicht einfach, denn da war viel zu bedenken.

»Ich kann an Arif Saim Bey weder schreiben noch telegrafieren«, weigerte sich Zülfü. »Er grollt uns so sehr, dass er auf die körbeweise von mir geschickten Feigen, aus deren – mit Verlaub! – Hintern der Honigsaft nur so tröpfelte, nicht einen Blick geworfen hat. Dabei ist er bekanntlich verrückt nach Feigen. Schon beim Wort ›Feigen‹ läuft ihm das Wasser im verehrten Mund zusammen. Diesmal hat er den Korb mit der Spitze seines Handstocks wie einen Haufen getrockneten Rinderkot weggeschoben, die von mir eigenhändig gezüchteten und gepflegten Früchte! Nach dieser Beleidigung werde ich ihm ums Leben nicht wieder ins Gesicht schauen!«

»Dann schau ihn nicht mehr an, nachdem deine Feigen so schwer gekränkt wurden, aber diese Angelegenheit ist ernst!«, meinte Lehrer Rüstem Bey, das Kinn auf den Knauf seines Handstocks gestützt, mit zusammengekniffenen Augen. »Diese Angelegenheit ist so ernst wie damals der Freiheitskrieg. Wir müssen einen Weg finden, damit dieses einmalige Ereignis in der Geschichte unseres Vaterlandes Ankara und Arif Saim Bey zu Ohren kommt!«

»Ich hatte es ja gesagt«, fing Murtaza Aga wieder an, »man muss den Kopf der Schlange zermalmen, wenn sie noch klein ist! Diesen Brauch haben unsere osmanischen Ahnen uns vererbt. Als es in diesen Bergen noch nicht von Memeds wimmelte, kam schon, wie ihr wisst, der hochverehrte Efendi Murat Pascha der Brunnenbohrer wie ein Komet von Istanbul im Zorn hierher geglitten und ließ keinen Stein auf dem anderen, keinen Kopf auf den Schultern und hat in den dräuenden Bergen des Taurus, in der Ebene, in den Städten Sivas und Malatya Brunnen gebohrt und gefüllt. Ihr werdet doch nicht behaupten, dieser heilige Mann wusste nicht, was er tat!«

Halil Bey der Überschwängliche wollte ihn unterbrechen und zum Thema kommen, doch das brachte Murtaza Aga erst recht in Fahrt. »Du bist doch schuld an unserem Unglück«, schrie er. »Als der arme Abdi getötet wurde und der Kopf der Schlange noch klein war, habe ich euch so oft gewarnt!«

»Das war einmal«, entgegnete ruhig Halil der Überschwängliche, der sich heute seinen Freiheitsorden an die Brust geheftet hatte. »Überlegen wir lieber, was jetzt und heute zu tun ist!«

»Ja, überlegen wir!«, keuchte ganz außer Atem Murtaza Aga mit geschwollenen Halsadern und Zorn sprühenden Augen. »Wisst ihr, dass ich in den Bergen beste Beziehungen habe?«

»Meinst du dieses Hinkebein?«, spottete Halil Bey überheblich. Doch dann wurde seine Miene ernst. »In Wirklichkeit nährst du die Schlange an deiner Brust. Die Schlangenaugen dieses humpelnden Mannes gefallen mir gar nicht. Mir kommt es vor, als sei er die Wurzel allen Übels.«

Wutschäumend sprang Murtaza Aga auf, schimpfte und schrie, tobte und brüllte so lange, bis er ausgepumpt auf seinen Stuhl sackte. »Ihr beneidet mich nur um diesen Mann. Er ist wie mein eigener Bruder. Tausend Memeds, sie schreckten vor seinem Schatten zurück. Und weil ihr das wisst ...«

»Sie tun ihm Unrecht«, Murtaza Bey«, versuchte ihn der Landrat zu beschwichtigen. »Halil Bey hat Ihnen doch nichts vorgeworfen.«

Auch die andern redeten auf ihn ein, schließlich musste sich der in Schweiß gebadete Murtaza Aga entschuldigen. »Verzeihen Sie, ich war zu aufgeregt. Halil Bey ist mir näher noch als mein eigener Bruder, er nimmt mir nie und nimmer etwas übel. Aber, meine Herren, es geht um den Bestand unseres Vaterlandes. Dass sich jedermann Memed nennt, ist von geringer strategischer Tragweite. Besorgnis erregend aber ist, dass bis an die Zähne bewaffnete Jugendliche zu siebt mit Maschinengewehren und

Granaten zu Memed in die Berge kommen, und niemand weiß, woher. Alle sieben sind gleich gekleidet, sie gleichen sich aufs Haar und stellen sich unter seinen Befehl. Gemeinsam mit diesem ungläubigen, gottlosen Hodscha bildet er sie aus und entlässt sie in die Berge, wenn sie zu seiner Zufriedenheit geschult sind. Alle sind Scharfschützen, sollen den Augapfel des fliegenden Kranichs treffen können. Sie halten Pfade und Pässe besetzt und lassen keinen Menschen, den sie nicht beraubt, kein Mädchen, dass sie nicht vergewaltigt haben, passieren. In den Bergen gibt es keine Reichen mehr, sie sind in die Ebene geflohen, die Armen, als seien sie hier unten sicher. Das ist alles, was ich sagen wollte. Ich bedanke mich, dass ihr so geduldig zugehört habt und empfehle Ihnen, ja, bitte Sie, meinen Herzensbruder, den Verehrten Ali Bey den Hinkenden um Gottes willen nicht mehr anzuschwärzen!«

Die Hände auf den Knien, sah er einem nach dem andern in die Augen und senkte dann den Blick.

Die Hände aneinander reibend, ergriff Halil Bey der Überschwängliche das Wort. »Zuerst danke ich dem verehrten Murtaza Aga von ganzem Herzen ergebenst für seine ausführliche Stellungnahme. Ja, die Lage ist Besorgnis erregend. Vor allem müssen wir hier ganz offen darüber reden. Allem Anschein nach haben wir von Arif Saim Bey und Ankara keine Hilfe und kein Heil zu erwarten. Sie nehmen nicht ernst, was sich hier in den Bergen zusammenbraut. Ich sehe keine Möglichkeit, Ankara vom Gegenteil zu überzeugen. Bisher hatten wir eine Möglichkeit: Unseren geschätzten Abgeordneten Arif Saim Bey. Doch er zeigt uns jetzt den Rücken. Und über ihn hinweg können wir nichts bewirken. Richten wir uns unmittelbar ans Innenministerium, bekommt er das Telegramm zuerst. Auch Telegramme an Kemal Pascha, Ismet Pascha und Fevzi Pascha gehen durch seine Hände, auch wenn wir der Absender sind.«

»Wir können also nichts unternehmen, ohne dass er es erfährt«, meinte Zülfü dumpf, während sich sein Gesicht zusehends verfinsterte.

»Nein, können wir nicht«, bestätigte der Landrat, »doch in

unserer Stadt wird Ordnung und Sicherheit aufrechterhalten, auch wenn sich die ganze Welt Memed dem Falken anschließt.«

»Damals haben wir uns hier und im gesamten Taurus ganz allein der Feindesmacht entgegengestellt ... So können wir doch auch jetzt ... Lassen Sie mich erklären!«, holte Lehrer Rüstem Bey aus. »Wie ich höre, hat in den Bergen der mächtige Pferdezüchter Sultanoğlu der Blonde gegen Memed den Falken eine tatkräftige Bande aufgestellt, und wie ich weiter höre, soll diese Bande ihm sehr zu schaffen machen.«

Lachend unterbrach ihn Murtaza Aga. »Herr Lehrer, das war vorgestern. Gestern Nacht hat Memeds Bande diese Leute bis auf den letzten Mann niedergemacht. Die Adler des Taurus konnten sich an Menschenfleisch sattfressen, und Sultanoğlu sucht sich jetzt ein Loch, in das er sich verkriechen kann. Ein Mauseloch, in das er schlüpfen kann, ist jetzt Gold wert.«

»So ernst ist also die Lage.« Lehrer Rüstem schien sehr betroffen. Seine Lippen zitterten, als er, ohne die Stimme zu heben, fortfuhr: »Ich habe noch eine kleine Bemerkung zu machen, wenn ihr gestattet!«

»Bitte sehr!«, nickte aufmunternd der Landrat.

»Die Tatsache, dass jeder Jüngling und jeder Junge den Namen Memed annimmt, ist das größte Unheil, das je dieses Vaterland heimsuchte. Meines Erachtens stand unser Vaterland im Laufe der letzten neunhundert Jahre noch nie einer derartigen Gefahr gegenüber. Nach meiner Meinung, wenn Sie erlauben, meine Herren, ist dies ein tief verwurzelter, aus den Tiefen auftauchender, bereits weit verbreiteter Versuch eines Aufstandes. Dass diese Barbeinigen diesen Namen vor sich hertragen wie eine Flagge, das ist wohl die Besorgnis erregendste Bewegung, der die Menschheit seit Spartakus' Zeiten Zeuge wird. Sie werden unterliegen, kein Zweifel, denn sie sind unvorbereitet, das spüren sie, auch wenn sie es nicht eigentlich wissen, wenn ich erklären darf ... Ich habe mich viel mit Geschichte befasst, das so genannte Volk begreift oft auch unbewusst ... Solche Saat wurzelt oft in großen Tiefen, und niemand kann sie herausreißen. Auch dieser Memed und seine Gefährten wissen, dass sie verlieren, ja, bald auch getötet werden, aber nur instinktiv. Ihr Instinkt sagt ihnen auch, dass sie die Saat des Schreckens in Tiefen versenkt haben, wo sie unerreichbar Wurzeln fassen, wo sie aufgehen und die ganze Welt erschüttern wird. Dass von sieben bis siebzig die Dörfler den Namen Memed annehmen und sich unter diesem Namen zusammenschließen … Ich glaube nicht, dass in Ankara viele in der Lage sind, dieses drohende Übel zu erkennen.«

»Schlimm ist das, sehr schlimm«, sagte, bleich geworden, Halil Bey der Überschwängliche. »Ja, der Boden, auf dem wir stehen, wankt.«

»Hervorragender Lagebericht«, schnarrte mit hochrotem Kopf der Hauptmann. »Ich werde sofort eine größere Einheit unter dem Kommando eines jungen Offiziers und der Führung des Gefreiten Ali in Marsch setzen und denen da oben in den Bergen mal zeigen, was es heißt, sich in Memeds zu verwandeln. Der Oberst – leben soll er! – hat uns genügend Verstärkung und Nachschub geschickt. Keine Sorge, meine Beys. Wie unser geschätzter Landrat schon sagte, wir werden diese Angelegenheit so glatt zu Ende bringen, dass Ankara auch nicht das Geringste erfährt. Bis jetzt war die Mannschaftsstärke unserer Gendarmen zu gering, aber jetzt ist alles genauestens geplant, und sehr bald schon werden ihre Schädel in den Maulbeerbäumen unseres Ladenviertels baumeln.«

Die Mienen hellten sich wieder auf.

»Der Hauptmann hat Recht.«

»Wer den Knüppel spürt …«

»Verleugnet sogar seinen Herrgott, geschweige denn seinen Namen Memed.«

»Besonders dann, wenn unser Gefreiter Ali den Knüppel schwingt.«

»Wie eine schwarze Wolke wird er sich über die Berge des Taurus senken.«

»Wird Stock und Stein, Baum, Wasser und sogar Feuer zum Schreien bringen: Nein, nicht Memed heiß ich!«

»Ein Wehgeschrei wird er ertönen lassen ...«

»Dass sie bis in alle Ewigkeit ihren Kindern nicht einmal den Namen Mohammed, geschweige denn Memed geben. Und kommt in der Çukurova einer mit dem Namen Memed des Weges, fliehen sie in den Grund der Hölle.«

Der Hauptmann, stolz wie ein Schlachtenlenker, erhob sich.

»Mit Ihrer geschätzten Erlaubnis setze ich auf der Stelle meine Einheit in Marsch!«

»Leben Sie wohl! Ihr Weg sei offen, Ihre Kugeln scharf und Ihr Feldzug gesegnet!« Alle waren aufgesprungen und drückten ihm dankbar die Hand.

Den Kopf gesenkt verließ gleich nach ihm Lehrer Rüstem mit finsterer Miene den Raum.

Die andern waren zwar nicht überzeugt, die Angelegenheit endgültig aus der Welt geschafft zu haben, aber Ali die Echse würde diesem Memeds gewiss den Garaus machen. Und dann konnte man ja weitersehen. Gemeinsam mit dem Landrat gingen sie für den Rest des Abends geradewegs in Nazifoğlus Restaurant.

Murtaza Aga kam gegen Mitternacht nach Haus, Hüsne Hanum hatte voller Neugier auf ihn gewartet.

»Frag nicht, Hanum«, jammerte Murtaza Aga. Die Lage ist äußerst Besorgnis erregend. Alles habe ich vorausgesagt! Ausgelacht haben sie mich. Jetzt, wo jeder schon Memed heißt, wissen sie nicht weiter. Zum Glück hat Lehrer Rüstem Bey ihnen mit Beispielen aus der Geschichte diese Gefahr vor Augen geführt. Ich glaube aber nicht, dass sie ganz dahinter gekommen sind. Sie haben Angst davor, Ankara die Lage zu schildern wie sie ist. Unmöglich, unmöglich! Das Land geht in die Brüche.«

»Was ist schon dabei? Sollen die Menschen doch heißen, wie sie wollen. Und sich, wenns ihnen behagt, alle Ismet Pascha nennen!«

»Lehrer Rüstem hat es dargelegt, hat diese Katastrophe so geschildert, dass alle Anwesenden in ihre Hosen pissten. Saatkörner, ja, sie streuen ihre Saatkörner über die Erde, und jedes wird seine Wurzeln in unerreichbare Tiefen unserer Erdkugel treiben und sprießen. Saatkörner, Hanum, ja, Saatkörner.«

»Was denn für Saatkörner, um Himmels willen, mein Aga?«

»Die Saat von Memed, die Saat unseres Todes.«

Das alles wollte Hüsne Hanum nicht einleuchten, aber sie bohrte auch nicht weiter nach. Doch da sie alle so große Angst davor hatten, musste schon etwas dran sein. Sie verspürte, wie sich in einem tiefen Winkel ihres Herzens ein klein bisschen Angst einnistete. Nun, Murtaza Aga war jetzt leicht angetrunken, vielleicht wird er ihr morgen die in diesem Saatkorn steckende Gefahr etwas verständlicher erklären können. Auch Ali der Hinkende hatte sich heute eigenartig benommen! Vielleicht hatte auch er wegen dieser verdammten Saatkörner, deren Wurzeln tief ins Erdreich eindringen, so finster dreingeschaut. Würde Memed demnächst in die Stadt kommen und sie alle ausrauben und umbringen? Sie überlegte und überlegte. Mein Gott, haben die eine Angst vor diesem Dorfjungen, sagte sie sich, nein, im Hause meines Vaters wäre so etwas nicht möglich gewesen! Es kommt alles, wie es kommen muss! Und sie dachte nicht weiter darüber nach, murmelte nur noch: »Vielleicht machen sie sich nur gegenseitig Angst.«

»Wo ist Ali der Hinkende?«

»Er schläft drinnen.«

»An so einem Tag, da jeder um sein Leben bangt, die ganze Welt an die Memeds fällt, da schläft und furzt er in aller Seelenruhe?«

»Werd nicht wütend, mein Geliebter, aber als du gestern schliefst, hat der Arme mit dem Revolver in der Hand und der Mauser im Anschlag ohne einen Lidschlag über uns gewacht!«, beschwichtigte Hüsne Hanum ihn zärtlich. »Als ich gegen Mitternacht aufwachte, habe ich deinem armen, opferbereiten Bruder noch einen Tee gebrüht.«

Murtaza Aga schwankte zur Zimmertür, öffnete sie und rief mit leiser, weicher Stimme: »Ali, mein Bruder!«

Im Nu sprang Ali aus dem Bett, strich sich das Zeug glatt, kam herbei und blieb vor Murtaza Aga stehen. Ausgestreckt auf dem Bett hatte er jedes Wort mitgehört.

»Hast du geschlafen, Bruder Ali?«

»Ich war ein bisschen eingenickt.«

»Gestern Nacht hast du ja kein Auge zugetan«, sagte Murtaza Aga noch weicher und liebevoller.

»Ich hatte am Tag geschlafen, lieber Aga«, lächelte Ali. Seitdem er in dieses Haus zurückgekehrt war, nannte er Murtaza Aga seinen lieben Aga. Wie sollte er auch nicht? Der Aga, Hüsne Hanum und alle andern im Haus begegneten ihm mit so viel Zuneigung und Achtung, dass ihn diese ungewohnten Liebesbezeugungen schier erdrückten. Er war ratlos und wurde sogar seinem Vorsatz, Murtaza Aga zu töten, untreu. Zeitweise schämte er sich sogar, seinem Meister gegenüber so viel Hass zu empfinden, will deswegen im Erdboden verschwinden, bis er – was ist nur in dich gefahren, Ali? – sich wieder fassen konnte. Fest stand aber auch, dass Hüsne Hanum ihn mehr noch liebte als jene Höllenhexe Mutter Hürü ihren Memed! Was tat Hüsne Hanum nicht alles für ihn. Nach und nach hatte sie herausgefunden, was seine Lieblingsspeisen waren, und kochte sie eigenhändig mit großer Sorgfalt. Auch die Namen seiner Kinder hatte sie erfahren und nähte den Mädchen und Jungen die schönsten Kleider, steckte, ohne Wissen des Agas, etwas von ihrem eigenen Geld in ein Täschchen und schickte einen Reiter damit in Alis Dorf. Auch seiner Frau – wie gut, dass sie dieses schlampige Weib nicht kannte – hatte sie fünf Kleider aus reiner Seide und Pluderhosen geschickt, dazu drei Paar dieser glänzenden Schuhe, die sie eigens aus Adana hatte holen lassen. Und einmal im Monat ließ sie für seine Kinder aus weißen Waben Honig schleudern. Wie ein Weberschiffchen war ein Reiter ständig unterwegs, auf dass es seiner Familie an nichts fehle. Jedermann im Konak las ihm jeden Wunsch von den Augen ab und erfüllte ihn, noch bevor er ihn ausgesprochen hatte. Alle drehten sich um ihn, hielten ihn wie mit einem Liebesreif umklammert, und ein alter Fuchs wie er konnte wohl unterscheiden, ob diese Zuneigung echt war oder nicht. Auch den Härtesten musste solche Zuwendung früher oder später erweichen. Doch Ali der Hinkende, auch wenn er sich schämte, hielt stand. Es fiel ihm schwer, aber er wollte durchhalten. Manchmal war er richtig verstört über seine Unmenschlichkeit. Warum bloß hatte er Memed, als dieser Mahmut Aga von Çiçekli erschoss, davon zurückgehalten, auch gleich eine Kugel auf diesen Murtaza Aga abzufeuern. Dann hätte er diese Qualen jetzt nicht erdulden müssen. Wenn es so weitergeht, befürchtete er, wird er diesen Mann niemals töten können und sich vor der ganzen Welt, vor allem vor sich selbst lächerlich machen.

»Hast du gehört, mein teurer Bruder, welches Unheil auf uns zukommt?«

»Ich habs gehört, mein Aga.«

»Und was sagst du dazu?«

»Ich habs gehört, aber nichts verstanden. Sollen doch Berg und Tal, Wolf und Vogel, Mücke und Käfer, die Ameise auf der Erde und der Fisch im Wasser den Namen Memed tragen, was ist schon dabei? Unsere Bergler sind sonderbare Menschen, wohin einer geht, gehen tausend hinterher. Als einer Memed wurde, wurden es tausend andere auch.«

»Hanum, sag ihnen, sie sollen Tee kochen. Vielleicht will mein Bruder Ali aber Kaffee?«

»Ich möchte Tee, mein Aga.«

»Beeile dich, Hanum, wir reden nicht weiter darüber, bis du zurückkommst!«

So schnell, wie die Hanum verschwunden war, so schnell war sie wieder da.

»So harmlos ist die Sache nicht, Ali, sie wird immer gefährlicher. Du bist mein Zeuge. Habe ich nicht immer gesagt, der Wolf darf kein Blut lecken, dem Esel keine Melonenschale in den Sinn kommen und die Schlange muss zertreten werden, solange sie noch klein ist?«

Er senkte den Kopf, seine Miene veränderte sich von einem Augenblick zum nächsten. Er erbleichte, lief rot an, wurde düster, wieder heiter, und schließlich hob er den Kopf, blickte Ali herausfordernd in die Augen, als erwarte er dort ein Zeichen von Zuneigung, von Freundschaft, von Liebe.

»Ich weiß, du liebst mich, Ali.«

»Was redest du da«, rügte ihn Hüsne Hanum. »Natürlich liebt er dich. Ist er nicht wie dein leiblicher Bruder?«

»Ich mag dich sehr, mein Aga.«

»Aus ganzem Herzen?«

»So ist es.«

»Ich sah es in deinen Augen. Es ist das erste Mal.«

»Was sagst du da, Ali mochte dich schon immer.«

»Gibst du dein Leben für mich hin?«

»Was redest du schon wieder! Gibt der Bruder sein Leben für seinen Bruder etwa nicht hin?«

Ali, in Schweiß geraten, stotterte verlegen: »Das wird sich zeigen, wenn der Augenblick gekommen ist, mein Aga.«

»Du hast Recht, Ali, nur der Maulheld trägt seine Haut zu Markte, bevor der Augenblick gekommen ist.«

»Ali steht mit seinem Leben für uns ein.«

»So fest, wie ich an Gott glaube, Ali, so sicher bin ich, dass du mit Gottes Hilfe Memed dem Falken die Stirn bieten kannst.«

»Als wir Kinder waren, hatte er Angst vor mir.«

»Wenn der Mensch als Kind jemanden fürchtet, fürchtet er ihn sein Leben lang, das ist göttliches Gesetz. Ich hatte als Kind Angst vor Briganten, das hat sich bis heute nicht geändert. Wenn ich nur das Wort Brigant höre, pocht mein Herz bis zum Hals.«

Er verstummte, schaute Hüsne Hanum eine Weile in die Augen, lächelte sie an, und die Hanum lächelte zurück.

»Und fragst du mich, warum? Weil Briganten, als ich Kind war, meine drei älteren Brüder, zwei meiner Vettern und weitere sieben Menschen aus meiner Sippe getötet haben. Ich war sieben Jahre alt, als ich in ein Meer von Blut schauen musste. Das Auge eines der Opfer baumelte an einer langen Ader, das Hirn eines anderen sickerte aus seinem Schädel, und eines Dritten Herz schlug noch in der aufgerissenen Brust. Und die Briganten standen da und lachten.« Er war in Schweiß gebadet. »Diese blutige Tragödie habe ich noch niemandem erzählen können, mein Herz verkraftet es nicht.« Zwei Tränen rollten aus seinen Augen bis zum Kinn.

Ali empfand so viel Mitleid, dass er sich zurückhalten musste, um seinen Kopf nicht auf Murtaza Agas Knie zu legen und zu heulen.

Hüsne Hanum war wie vor den Kopf geschlagen. Sie kannte die Geschichte der Sippe Karadağlı in allen Einzelheiten, doch noch nie hatte sie darüber auch nur ein Wort gehört. Hatte Murtaza Aga diese Geschichte erfunden? Aber konnte jemand über seine eigenen Lügen so erschüttert sein und weinen? Sie schaute ihren Mann ratlos an, gleichzeitig wuchs ihre Rührung, bis sie nicht mehr an sich halten konnte und mit zuckenden Schultern losschluchzte.

Sie so weinen zu sehen, diese beste Frau und schönste Hanum der Welt, ertrug Ali nicht. »Still, Hanum!«, rief er mit einer Stimme, die seine ganze Zuneigung offenbarte. »Ich muss Ihnen etwas sagen!«

Im Nu hörte die Hanum auf zu weinen, beider Augen richteten sich auf Ali.

»Bring doch den Koran her, Hanum!«, bat er.

Die Hanum eilte hinaus, kam gleich darauf mit dem Buch in der Hand zurück und reichte es Ali. Ali küsste den Koran drei Mal und führte ihn an die Stirn. Dann senkte er den Blick. »Wie soll ichs nur sagen, meine schöne Hanum und mein gütiger, großherziger Aga?«, druckste er verschämt wie ein Kind. »Ich weiß nicht einmal wie ich beginnen soll.«

»Tus so, wie du es für richtig hältst, Ali!«, sagte ungeduldig Murtaza Aga. »Bist du nicht unser Bruder und ist diese Tochter des mächtigen, donnergleichen Turkmenen nicht deine Schwester?«

»Gott ist mein Zeuge, wäret ihr nicht so bedrückt, verriet ich keinem seiner Geschöpfe dieses Geheimnis, bis zu meinem Tod. Doch was soll ich tun, euer Großmut und eure Liebe zwingen mich dazu.«

Entschlossen reckte er sich, seine Augen leuchteten, und er hielt ihnen den Koran hin. »Legt eure Hände darauf!«

Beide legten ihre zitternden Hände auf den Koran.

»Sprecht mir nach!«
Erwartungsvoll schauten sie ihn an.
»Im Angesicht Gottes schwören wir mit der Hand auf diesem heiligen Buch ...«
»Wir schwören, das uns von Ali dem Hinkenden anvertraute Geheimnis ...«
»Bis an unser Lebensende keinem Geschöpf, nicht einmal einem Stein zu erzählen. Dieses Geheimnis wird uns in die andere Welt begleiten, wird mit uns begraben werden ...«
»Begraben werden.«
Aschfahl atmete Ali auf. »Jetzt nehmt ihr das Buch!« Ali reichte der Hanum den Koran und legte seine Rechte darauf. Schweiß perlte auf seiner Stirn, er zitterte noch immer. »Vor Gott und mit der Hand auf dem Koran versichere ich, die Wahrheit zu sagen, die reine Wahrheit, ohne etwas auszulassen.«
»Nun erzähl!«, schrie Murtaza Aga wie auf die Folter gespannt. »Erzähl schon!«
Hüsne Hanum küsste das Buch drei Mal, führte es an die Stirn und brachte es ins Nebenzimmer.
»Sprich!«
Memed der Falke, Sohn des armen Ibrahim, von der Döne geboren; Memed, der Brigant, hat vor Monaten das Rauben aufgegeben, diese Berge verlassen und ist mit seiner Frau Seyran und der nach allen vier Büchern für vogelfrei erklärten Mutter Hürü auf und davon, nachdem er all seinen Kumpanen erklärt hatte, kein Brigant mehr zu sein. Er hat sich aufgemacht zu einem Ferhat Hodscha, von dem niemand weiß, woher er gekommen ist, der jedoch täglich die fünf vorgeschriebenen Gebetszeiten einhält und ...« Ali war so aufgeregt, dass es ihm den Atem verschlug.
Murtaza Aga und Hüsne Hanum standen wie erstarrt, und Murtaza Aga schluckte in einem fort.
»Nun, Ali, das heißt doch ...«
»Das heißt: Memed zieht nicht mehr durch diese Berge.«
Mit einem Satz waren beide bei Ali und umarmten ihn.
»Wir sind gerettet, mein Ali.«

»Ja, gerettet, mein Aga.«

Wie von einer Welle der Freude getragen, standen sie da, lachten, scherzten, und Murtaza Aga wusste nicht wohin mit seinen Händen.

»Unser süßes Leben und die Ehre dieses Volkes und aller Hab und Gut und Geld.«

»Gerettet«, sagte auch Ali.

Dann nahmen sie wieder Platz.

Erschöpft schwiegen sie eine Weile. Hüsne Hanum und Murtaza Aga schauten voller Zuneigung und Bewunderung Ali an.

»Und er wird keine Raubzüge mehr unternehmen, Ali?«

»Er kann nicht. Zum einen hatte er die Räuberei noch nie gemocht, und einen Menschen töten, machte ihm immer schwer zu schaffen. Er sagte immer: Tötest du tausend Agas, treten zweitausend an ihre Stelle, die schlimmer noch sind als die dahingeschiedenen, und so machst du dich in den Bergen selbst zum Narren. Und deswegen wird er wohl keinen Fuß mehr ins Bergland setzen.«

»Die Gewohnheit ist stärker als jeder Entschluss. Er wird sich wieder in die Berge schlagen.«

»Er kann nicht.«

»Warum denn nicht?«

»Er wird bald Vater. Hab und Gut hat er auch. Das von dem getöteten Veli dem Raben erbeutete Geld hat Ferhat Hodscha voll und ganz Memed gegeben. Im Gürtel von Veli dem Raben steckte so viel Gold, damit hätte er allen Grund und Boden dieser Stadt kaufen können. Er hat sich ein Haus mit Garten und einen Hof gekauft.«

»Noch kein Brigant hat es in der Ebene ausgehalten. Trotz allen Reichtümern der Welt kehrten sie am Ende in die Berge zurück. Es gab einen Räuber in den Bergen, den sie Çakircali nannten. Vierzehn Jahre lang ist er da oben herumgezogen, mit den Köpfen der von ihm getöteten Agas und Beys hätte man Türme bauen können. Vier Mal hat der Padischah ihn begnadigt, hat ihm Gold und Ländereien, sogar das Kommando über die

Landgendarmerie gegeben, ihn zum Pascha ernannt, und auch der ist alle vier Mal in die Berge zurück. Der Mann hat viele Herde zerstört, hat Brücken, Moscheen und Straßen bauen lassen, hat von den Reichen genommen und den Armen gegeben, bis er schließlich am Berg der Ameisen das Opfer einer verirrten Kugel wurde.«

»Davon weiß ich nichts, mein Aga, aber ich glaube nicht, dass Memed der Falke, der nach all der Not ein so geruhsames Leben führen kann, sich noch einmal in die Berge schlägt. Wer auch nur ein bisschen nachdenkt, sucht doch nicht den Tod. Und Memed ist ein kluger Mann. Weißt du, was er oft sagte?«

»Nun?«

»Er sagte: Der Räuber wird nie Herrscher der Welt.«

»Eigenartig. Und obwohl er so dachte, ist er jahrelang durch die Berge gezogen.«

»Er musste«, sagte Ali.

»Ja, er musste«, bestätigte die Hanum. »Wenn aber der Mensch zur Ruhe gekommen und reich wie Krösus geworden ist, warum sollte er dann noch in die Berge ziehen und sein Leben aufs Spiel setzen. Bruder Ali hat schon recht.«

Doch so ganz konnte Murtaza Aga seine Bedenken nicht beiseite schieben. »Sie werden ihm keine Ruhe geben …«

»Ihn kennt doch keiner, und seinen Namen hat er auch verändert.«

»Ich weiß, dass noch kein Räuber in der Ebene geblieben ist«, versteifte sich Murtaza Aga.

»Du irrst dich, Aga. Sag, haben diese Berge, seit sie Berge sind, jemals einen Briganten wie Bayramoğlu erlebt?«

»Ja, haben sie jemals so einen erlebt?«, triumphierte auch Hüsne Hanum.

Jetzt gab Murtaza Aga nach. Er war beruhigt und antwortete, wenn auch ein bisschen beschämt: »Nein, so einen haben sie noch nicht erlebt.«

»Er hat seit Jahren keinen Fuß mehr in die Berge gesetzt. Er hat sich nicht einmal nach ihnen umgedreht.«

»Weißt du, Ali, wir haben wirklich jedes Gefühl für unsere Mitmenschen verloren. Auch diesen Mann, der dort in seinem Dorf arm und einsam wie ein Stein im Brunnen lebt, haben wir völlig vergessen. Als Erstes werden wir ihn besuchen. Ich habe sein Haus gesehen, kein Hund würde darin leben. Er ist so arm, dass sogar eine Maus in seinem Haus verhungert. Nicht einmal ein Gespann magerer Ochsen hat er, um zu pflügen. Mithilfe von Frau und Kindern bricht er die Krume auf und sät. Ich sah sie einmal bei der Arbeit, es brach mir das Herz. Als ich ihm ein bisschen Tee und Zucker brachte, küsste er mir die Hände und wollte gar nicht mehr aufhören damit. Von Kopf bis Fuß ist sein Zeug zerschlissen. Bringen wir ihm also Tee und Zucker und noch einige Kleinigkeiten. Er war ja immer ein leidenschaftlicher Teetrinker. Gott lasse jeden bis an sein Ende nicht schlechter weiterleben als in seinen besten Tagen!«

»Amen!«, sagte Hüsne Hanum mit feuchten Augen. »Und ich werde ihm gleich Hemd und Weste nähen, und du bringst ihm noch die wollene Pluderhose, die du nicht mehr trägst, und deinen in Aleppo geschneiderten Mantel. Er ist noch wie neu, mein Lieber!«

»Wir brechen auf, wann immer du willst, mein Aga«, sagte Ali gerührt. Und ich werde diesen tapferen Löwen wenigstens einmal zu Gesicht bekommen.«

Der Aga versank in Gedanken. Und wenn diese Memeds, diese Ungeheuer, die ihre grausamen Wurzeln bis ins Herz dieser Welt schlagen, wenn sie morgen, übermorgen, jeder ein Falke, zu Tausenden mit Gewehren in ihren geübten Händen wie Wolfsrudel von den Bergen herunter in die Städte kommen? Da bleibt kein Stein auf dem anderen, kein Kopf auf seinen Schultern! Da wird es kein Mädchen geben, keine Frau, die sie nicht vergewaltigen. Denn die aus den Bergdörfern sind ganz versessen auf die eleganten, hellhäutigen Städterinnen. Ja, dann werden wir etwas erleben! Es wäre ja nicht das erste Mal in unserer Geschichte … Aber diesmal werden sie auf unsere Armeen treffen. Nicht nur ein Murat Pascha der Brunnenbohrer, nein, tausende Murat Paschas werden sich ihnen entgegenstellen. Ich wünschte, diese Aufständischen vereinten sich wirklich, und sie würden ein für alle Mal zermalmt, und wir hätten bis ans Ende aller Tage unsere Ruhe ... Kam denn dreihundert Jahre lang nach Murat Pascha dem Brunnenbohrer auch nur der leiseste Mucks aus den Bergen? Bis schließlich Kozanoğlu einen Aufstand wagte! Und Kozanoğlu war keiner von ihnen, er war ein Bey, wollte die Regierungsmacht übernehmen und hat deswegen diese Bauernlümmel überredet und für seine Zwecke missbraucht.

»Diese Memeds sollen nur kommen!«, rief er. »Wir werden ihnen unsere eherne Brust gleich einem Schild entgegenstrecken, ihnen die Köpfe, wie die unserer Feinde im Freiheitskrieg, zermalmen oder sie wie unser berühmter Ahne Murat Pascha der Brunnenbohrer lebendig in Brunnen begraben. Ja, die werden etwas erleben.«

Selbstsicher warf er Ali von oben herab einen vernichtenden Blick zu. »Nicht wahr, Ali Aga der Hinkende?« Er spottete unverhohlen.

»Nicht wahr, du Löwe der Berge, mein hinkender Held. Gefährlich war einmal Memed der Falke.«

Ali krümmte sich vor Gram, und Murtaza Aga strömte über vor Freude.

»Der Gefährliche, der Blutsäufer, das war Memed, und den gibt es nicht mehr.«

»Den gibt es nicht mehr«, wiederholte Ali der Hinkende kleinlaut.

»Und deswegen gibt es dich auch nicht mehr. Dein Sultanat ist auch zu Ende.«

»Wie mein Aga meint.«

Murtaza Aga stand auf und reckte sich. Er öffnete weit die Arme und wanderte mit stampfenden Schritten im Salon auf und ab. Er blieb vor Ali stehen und stampfte auf den Fußboden, dass die Dielen ächzten. »Hanum«, rief er nach hinten, »lass das Bett Ali des Hinkenden aus meinem Zimmer nach unten ins schönste Zimmer des Hauses bringen, er ist schließlich unser Bruder, nicht wahr?«

Hüsne Hanum hatte sich erhoben, war an die Tür zum Nebenzimmer gegangen und versuchte, Murtaza Aga heimlich zu sich zu winken.

Schließlich drehte sich der Aga zu ihr um: »Ich weiß, Hüsne, ich weiß, warum du mich sprechen willst. Ich komme gleich.«

Er hatte sich vor Ali hingestellt und maß ihn mit stechendem Blick. Unter seiner ganzen Größe und Schwere krümmte sich Ali immer mehr, wurde fast erdrückt und kam gar nicht mehr zu Wort.

Mit dieser Wende hatte Ali nicht gerechnet. Nie hätte er erzählen sollen, dass Memed die Berge verlassen hatte!

Nachdem er sich von der Wirkung seiner rachsüchtigen Erniedrigungen überzeugt hatte, folgte der Aga dem Wink Hüsne Hanums und ging zu ihr.

»Ich flehe dich an, tu das nicht! Denk daran, dass Memed sich eines Tages wieder in die Berge schlagen kann. Ich bitte dich, behandle diesen Mann nicht so, ich flehe dich an! Wo bleibt unsere Menschlichkeit?«

»Nur Menschen behandelt man menschlich, Hanum.«

Seine polternde Stimme war nebenan gut zu hören. Ali hatte die Ohren gespitzt, ihm entging kein Wort.

»Bitte, Aga, Memed kann wieder in die Berge ziehen, und dann sind wir auf diesen Mann angewiesen!«

»Memed der Falke zieht nicht mehr in die Berge.«

»Und warum nicht?«

»Hanum, bist du noch bei Trost?«, lachte Murtaza Aga. »Nachdem er so viel Geld und Gut in die Finger bekommen hat, macht er keinen Schritt mehr in die Berge, und bekäme er sie auch geschenkt. Sei unbesorgt, ich kenne diese Opankenträger. Für einen Kuruş schlagen sie für dich tausendmal Rad.«

»Ich bitte dich, Aga, wirf ihn heute nicht aus deinem Zimmer!«

»Ich halte es nicht mehr aus, Hanum. Zu lange schon musste ichs ertragen. Er stinkt. Seine Füße, sein Arsch, sein ganzer Körper stinkt. Ich ertrage ihn keine Sekunde länger in meinem Zimmer.«

»Warum hast du mir nichts davon gesagt? Ich hätte ihn jeden Tag ins Bad geschickt anstatt jeden zweiten. Jedes Mal verbraucht er ein ganzes Stück von der duftenden Seife. Ich hab den ganzen Markt schon leer gekauft. Er ist doch sehr sauber, der Mann.«

»Er stinkt, und ich ertrage seinen Gestank nicht eine Sekunde länger. Siehst du denn nicht, wie er sich hier breit gemacht hat? Wohnt wie ein Padischah, reitet mein Vollblut und zollt mir nicht einmal die erforderliche Hochachtung. Als sei er Herr im Hause, diese schmutzige Rotznase.«

»Der Arme ist still wie ein Taubstummer. Er lächelt nur freundlich und sagt kein Wort.«

»Warum versteifst du dich so, Hanum? Jeden Tag Wachteln und Heideblüten-Honig vom Berg Ala, jeden Tag ein Festessen. Hat es, bevor dieser Mann ins Haus kam, je so eine Verschwendung gegeben? Noch drei Monate, und ich gehe in Konkurs. Nur gut, dass wir auf den Koran geschworen haben ...«

Der Streit der beiden dauerte bis zum Morgengrauen. Als der Tag anbrach, hatte die Hanum das letzte Wort: »Bruder Ali schläft heut nacht in deinem Zimmer! Sonst packe ich mein Bündel und kehre nach so vielen Jahren in mein Elternhaus zurück. Da liegt der Koran, und du bist Zeuge: Ich schwöre, dass ich so handeln werde. Du hast die Wahl!«

Ali will gehen, er ist aber auch neugierig, wie diese Auseinandersetzung wohl ausgeht. So, ich gehe ... Nein, nur noch einen Augenblick ... sofort! Er hadert mit sich, bis er sich im Morgengrauen endlich aufrappelt. Gerade ist er im Begriff, sich davonzumachen, als er die entschlossenen Worte der Hanum hört. Er setzt sich wieder hin, weil er es dieser mutigen Frau gegenüber für unschicklich findet, sich so wortlos davonzustehlen.

»Es ist sowieso schon Tag, ich gehe ins Marktviertel. Bring du ihn aufs Zimmer!«

»Gott segne dich, mein Aga!«, rief die Hanum und umarmte ihn. »Damit rettest du mich, das Haus und unseren Herd.«

Auch Murtaza Aga drückte sie an sich:

»So du darauf bestehst, Hanum, soll der Hinkende hier wohnen, so lange er will!«

»Er ist ein sehr ehrbarer Mann«, entgegnete die Hanum, »ich glaube nicht, dass er nach diesem Streit noch bei uns bleibt. Doch wer weiß, vielleicht bleibt er mir zuliebe noch einige Tage.«

»Aber nicht in meinem Zimmer. Er stinkt.«

»Dann eben nicht«, rief die Hanum. »Ich bereite ihm ein Daunenlager vor und werde ihn jetzt noch freundlicher behandeln als vorher.« Die letzten Worte sprach sie in der offenen Tür, damit Ali sie ja hören konnte.

Hüsne Hanum ging hinaus, nahm Ali beim Arm, zog ihn auf die Beine und sagte mit weicher, liebevoller Stimme: »Steh auf, mein Bruder! Diese Nacht haben wir dir schwer zugesetzt. Mein Aga hat viel getrunken, nimms ihm nicht übel!« Dann brachte sie ihn auf sein Zimmer, schloss die Tür und flüsterte:

»So sind sie eben, mein Ali. Ich habe nie begriffen, was für ein Menschenschlag die sind. Reden heute so und morgen anders, wie es ihnen gerade nützt. Die Männer in meinem Vaterhaus, in meiner Sippe und meinem Stamm, alle benehmen sich so. Ich habe nie verstanden, wes Geistes Kind diese Männer sind. Aber was soll ich tun, das Schicksal hat mich nun einmal hierher verschlagen.« Es klang wie eine Totenklage. Die Hanum drehte sich um und verließ das Zimmer.

An jenem Morgen rasierte sich Murtaza Aga mit größter Sorgfalt. Seit geraumer Zeit schon hatte er nicht mehr in den Spiegel geschaut, jetzt stand er davor und stutzte mit großer Sorgfalt seinen Schnauzbart. Dann zog er seinen in Istanbul maßgeschneiderten Anzug und seine Lackschuhe an, band seine rote Krawatte um und ging so herausgeputzt hinunter ins Marktviertel. Noch hatte kein Laden geöffnet. Die auf den Bürgersteigen schlafenden Straßenhunde hoben kurz die Köpfe, blinzelten ihn träge an und schliefen, die Schnauzen zwischen ihren Pfoten, unbekümmert weiter, wenn er vorbeigegangen war.

Er wusste, dass Hadschi Hanefi seinen Laden als Erster öffnete. Das war schon seit dreißig Jahren so. Sie trafen sich vor der Ladentür, als Hadschi Hanefi mit einem kurzen Gebet auf den Lippen die Rollläden laut scheppernd hochdrehte, dass es durchs Ladenviertel hallte.

»Nanu, so früh am Morgen? Treten Sie ein, Murtaza Bey Aga!«

»Wie unser Hadschi Bey bin ich auch seit langem Frühaufsteher.«

Dass Murtaza Aga sich wand, ihm etwas mitzuteilen, war Hadschi Hanefis wachen Augen nicht entgangen. Hadschi Hanefi trug einen gestutzten Vollbart und hatte immer ein Gebet auf den Lippen. Tag und Nacht, sogar im Schlaf, wie es hieß, waren sie in Bewegung, und für jeden, der ihm über den Weg lief, hielt er ein Stoßgebet bereit. Er pilgerte jedes Jahr nach Mekka. Wie es auch hieß, nutzte er diesen alljährlichen Brauch auch, um sein Lager geschmuggelter Waren aufzustocken. Wegen seiner Frömmigkeit, aber auch wegen seines reichhaltigen Warenangebots, herrschte in seinem Laden das Gewimmel eines Bienenkorbs. Trotz dreier umtriebiger Helfer wurde er dem Ansturm seiner Kunden oftmals nicht Herr. Nachdem er hier und da im Laden etwas zurechtgerückt und mit einem feuchten Tuch Staub gewischt hatte, kam er zum Aga, setzte sich in achtungsvoller Haltung ihm gegenüber auf einen Stuhl und legte die Hände auf die Knie.

»Ob ich einen Tee brühen lasse?«

»Bitte keine Umstände, die Kaffeehäuser öffnen ja gleich.«

»Ich bin sehr erfreut darüber, Sie in meiner ärmlichen Behausung begrüßen zu können.«

Niemand in der Stadt, schon gar nicht Murtaza Aga, mochte diesen Hadschi Hanefi aus Darende. Er gehörte zu denen, die ein Mensch wie ein Dschinn genannt wurden.

»Wir kommen ja gern«, sagte Murtaza Aga. »Was halten Sie denn von diesen Memeds?«

»Es wird maßlos übertrieben. Können denn eine Hand voll Strauchdiebe dem türkischen Staat die Stirn bieten? Unsere Armeen, die mit eherner Brust sieben Mächte, sogar Großmächte, vollständig niederwarfen und unseren türkischen Staat bewachen, werden doch mit diesen Strauchdieben in Anatolien fertig, und seien es auch zehn Millionen.«

»Wie Recht Sie haben. Und mit diesem Memed ist auch nichts los. Fallen ihm fünf oder zehn Kuruş in die Hand, gibt er die Räuberei auf, verkauft sogar seine Mutter.«

»Geben Eure Hoheit mir einen kleinen Betrag, nicht höher als das Kopfgeld für das Pferd, und ich gehe damit in die Berge und kaufe mir all diese Briganten, lege sie Ihnen vor die Füße und lasse sie Ihre Hände küssen, sogar Ihre Füße!«

»Ist das wahr?«

»Bei Gott!«

»Auch Memed den Falken?«

»Selbstverständlich, sogar ihn zuerst. Ich kenne diese Berge, Efendi, habe sie in jungen Jahren als fliegender Händler durchstreift. Sie sind sehr arm dort. Aufgebläht von Gräsern, Blättern und Kürbisbrei sind ihre Bäuche, so dick wie der Berg Hüt hoch ist, dafür ist ihr Leben umso kürzer. Sie sind zahlreich wie die Fliegen, und sie sterben wie die Fliegen. Wie ich hörte, waren diese Leute Leibeigene von Abdi Aga, der, wie ich annehme, die Ehre hatte, Sie zu kennen. Zerlumpt wie ein Zigeuner kam er oft ins Ladenviertel und stank vor Hunger aus dem Halse. Stellen Sie, hochverehrter Aga, sich doch das Elend dieser Menschen vor, wenn schon ihr Bey so ausgesehen hat!«

»Du kannst also auch Memed den Falken…«

»Bei Gott und allen Heiligen! Schon morgen ziehe ich in die Berge, kaufe ihn mir für zwei Kuruş und bringe ihn her zu Ihnen. Wozu diese Aufregung!«

War dieser Hadschi Hanefi auch kein allseits geschätzter Mann, auf sein Urteil war Verlass. Schließlich hatte er die Dörfler durch den langjährigen Handel von Hacken bis Nacken kennen gelernt.

Krachend wurden nach und nach die Rollläden hochgekurbelt, füllte sich langsam das Marktviertel. Dörfler, die schon sehr früh in die Stadt heruntergekommen waren, schlenderten durch die Ladenstraßen. Die ersten dampfenden Gläser hasenblutfarbenen

Tees, die Hadschi beim Kaffeehauswirt bestellt hatte, wurden hereingetragen. Murtaza Aga verbrannte sich den Mund, so hastig trank er aus, stand dann auf und eilte zum Konak von Halil Bey dem Überschwänglichen, denn jetzt mussten auch die Langschläfer von studierten Herren aufgestanden sein. Halil Bey saß auf dem Balkon und trank seinen Tee.

»Hey, Halil Bey!«, rief Murtaza Aga schon von weitem. »Wie zeitig unser Bey doch schon auf den Beinen ist!«

Die Haustür wurde geöffnet. Jeweils zwei Stufen auf einmal nehmend, eilte Murtaza die Treppe hoch. Halil Bey bat ihn, Platz zu nehmen, und rief nach einem Tee, den ein Mädchen mit kurzem Rock sofort hereinbrachte.

Auch Halil dem Überschwänglichen war nicht entgangen, dass Murtaza Aga darauf brannte, ihm etwas mitzuteilen.

»Ganz unwichtig, diese Memeds«, platzte er heraus, »und auch Memed der Falke ist ohne Belang.«

»Erzähl, Murtaza, worum geht es?«

»Ich kann nicht, er ließ mich schwören, dieser niederträchtige Ali der Hinkende, dieses einfältige, blutrünstige Raubtier, dazu noch mit der Hand auf dem Koran. Nur so viel kann ich sagen: Unser größter Feind ist nicht mehr in den Bergen und wird bis ans Ende aller Tage nicht mehr dort sein. Und was die Memeds betrifft …« Er wiederholte haargenau, was er nachts mit Hüsne Hanum besprochen hatte.

»Was erzählst du mir da, Murtaza!«

»Da ist kein Saatkorn, sage ich dir, und auch keine Wurzel in der Mitte unserer Erdkugel. Die besteht sowieso nur aus Feuer und Glut. Und jede Wurzel, die so tief eindringt, verbrennt und kann gar nicht mehr grünen.«

»Aber Murtaza, was erzählst du mir da?«

»Rüstem Bey, unser Lehrer, spinnt. Memed den Falken gibt es nicht mehr, aus und vorbei. Um dir das zu sagen, bin ich in aller Früh hergekommen. Und dass wir keine Angst mehr haben müssen, weder um unser Hab und Gut noch um unser Leben. Ich habe Memed den Falken für fünf Lira gekauft.«

»Ich verstehe kein Wort von dem, was du da sagst.«

»Ach, ach, ach!« Murtaza Aga biss die Zähne zusammen. »Wenn doch nur mein Schwur nicht wäre, dann könnte ich dir alles ganz leicht erzählen ... Dieser Schwur zwingt mich zum Schweigen.«

»Was ist mit Memed dem Falken denn geschehen? Ist er tot?«

»Tot ist er nicht.«

»Ist er geflohen?«

»Geflohen ist er nicht.«

»Ja, was ist denn mit ihm?«

»Ich weiß nicht, ach, meine Zunge ist an meinen Schwur gebunden.«

»Hör zu, Murtaza, wenn ich auch nur etwas von dem, was du mir bis jetzt erzählt hast, verstanden habe, will ich zum dunkelhäutigen Araber werden! Haben wir uns nicht vor aller Welt bis auf die Knochen blamiert, weil wir auf ein räudiges Pferd dreitausend Lira Kopfgeld ausgesetzt und es schließlich zum Vollblut erklärt und über den Wolken haben wiehern lassen? Um Gottes willen, rede offen!«

»Ach, meine Lippen sind versiegelt! Es bringt mich um, aber ich kann dieses Siegel nicht brechen, ich schwor einen heiligen Eid.«

Dennoch erzählte er schließlich mit gewundenen Sätzen, dass Memed der Falke aus den Bergen geflüchtet sei und irgendwo Landgüter, Geschäftshäuser und Krüge voller Gold sein Eigen nenne. Und er schloss mit den Worten: »Schlägt sich einer, der reich wie Krösus ist, als Brigant in die Berge? Sag mir, tut er das?«

»Warum sollte er«, antwortete Halil Bey mit von anstrengendem Nachdenken zerfurchter Stirn.

»Dann hast dus jetzt verstanden.«

»Gar nichts habe ich verstanden.«

»Na, dann auf Wiedersehen!«, rief Murtaza schon wieder auf den Beinen, eilte ins Marktviertel und versuchte jedem, der ihm über den Weg lief, in gewundenen Sätzen dasselbe zu erzählen. Doch sie glotzten ihn mit offenen Mündern an und gingen nachdenklich ihrer Wege, ohne zu antworten.

Ob Ali der Hinkende ihn von seinem Schwur entbindet, wenn er ihn darum bittet?

Er lief zum Mufti. »Mufti Efendi, kann ein geschworener Eid aufgehoben werden?«

»Nie und nimmer«, antwortete der Mufti.

Niemand im Marktviertel wollte ihm zuhören, sogar alle, die wegen der Bergler in der Stadt Zuflucht gesucht hatten, schwiegen verbissen. Was kümmerts mich, dachte er schließlich, wenn sie sich so tumb anstellen und trotz meiner Andeutungen nicht verstehen, was ich meine. Wütend auf die ganze Stadt, beschloss er, mit keinem auch nur ein Wort zu wechseln, als die Menge in Bewegung geriet. Murtaza Aga blickte auf und sah Gendarmen die Straße herunterkommen. Über die Sättel ihrer Pferde hatten sie Leichen geworfen. Sogar aus den Läden kamen die Menschen auf die Bürgersteige gelaufen, betrachteten diesen Vorbeimarsch und flüsterten sich den letzten Stand der Dinge in die Ohren: Die drei in Schwarz gekleideten, in der Blüte ihrer Jahre getöteten Burschen gehörten zu den Memeds, die anderen Toten zur Bande von Memed dem Falken. Vielleicht ist sogar Memed unter ihnen!

»Memed kann gar nicht unter ihnen sein«, brüllte da Murtaza Aga, der nun doch nicht an sich halten konnte. »Seit heute Morgen rede und rede ich, und niemand will mich verstehen. Memed den Falken gibt es nicht mehr!«

Auf dem Markt, wo außer dem Hufschlag der Pferde nichts zu hören war, drehten sich alle Köpfe nach dem brüllenden Murtaza Aga um. Stolz wiederholte er noch lauter: »Memed den Falken gibt es nicht mehr!«

Eins, zwei, drei, zehn, fünfzehn Tote zählten die Schaulustigen, doch keiner wusste, dass fast alle zu den Leuten Sultanoğlus des Blonden gehört hatten.

Nachdem die Leichen in der ganzen Stadt herumgezeigt worden waren, wurden sie zur Kommandantur der Gendarmerie gebracht und mit ihrem Gewehr im Arm am Fuße der Hofmauer aufgereiht.

Immer noch wütend auf das Stadtvolk, eilte Murtaza Aga nach Haus, wo Hüsne Hanum ihm schon entgegenkam.

»Das ganze Volk ist blind und blöd«, schimpfte er. »Ich habe geredet und geredet, und sie haben nichts verstanden, obwohl ich ganz offen sprach. Hätte ich nur nicht geschworen! Und nun tritt ein, was ich schon immer vorausgesagt habe. In der Kommandantur kannst du die Leichen der Memeds betrachten. Als sei Murat Pascha der Brunnenbohrer auferstanden und habe das Kommando übernommen.«

15

Die Apfelsinen, Zitronen und Pomeranzen an den Zweigen wurden jeden Tag ein bisschen größer. Morgen für Morgen schritt Memed die Bäume ab, musterte an jedem Einzelnen die wachsenden, noch grasgrünen Zitrusfrüchte und schnupperte an den kleinen Bällchen, ohne sie zu berühren. Jeder Baum hatte seinen ihm eigenen Geruch. Schlösse Memed die Augen und hielte jemand ihm eines der Blätter unter die Nase, er könnte wahrscheinlich genau sagen, von welchem Baum es stammte.

Mit klopfendem Herzen pflückte er eines Tages eine Pomeranze und rieb sie zwischen seinen Händen. Ein köstlicher Duft stieg empor. Seitdem pflückte er, heimlich wie ein Dieb, täglich eine Frucht, legte sich rücklings unter einen Baum und roch an der zerriebenen Frucht, bis er ganz berauscht war von ihrem Duft.

Frühnebel hüllte die Gipfel der Gavurberge und die Getreidefelder ein, und das einfallende Morgenlicht hellte die Gegend zum Meer hin zusehends auf. Memed durchmaß das schimmernde, brusthohe Getreidefeld, wo, gestreichelt von einer lauen Brise, die Dunstschleier langsam höher stiegen, ging bis ans Meerufer, verharrte eine Weile, blickte ins Leere, sah nicht die segelnden Möwen und auch nicht die über der geriffelten See liegenden

Wolken. Er spürte keinen Duft, hörte auch nicht die rollenden Kiesel unter seinen Füßen. Das Heidekraut im Wildwasserbett war verdorrt, es knisterte und schimmerte kupferfarben. Mit feuchten Flügeln schlummerte auf einem Heidebusch ein vogelgroßer, blassblauer Schmetterling, der nach einer Seite herunterhing. Besorgt, er könne ihn wecken, hockte Memed sich behutsam daneben. Er fasste die Heide nicht an, streckte die Hand nur langsam nach ihr aus, zog sie aber dann so abrupt wieder zurück, als habe er nach glühendem Eisen gegriffen. Vom Heidestrauch bis zu einer verdorrten Königskerze mit feuerroten Blättern spannte sich ein ausladendes, fein gesponnenes Spinnennetz, das nass geworden war. Weiße Fliegen und ein winziger Käfer mit fahlen grünen und lila Punkten auf dem Rücken hatten sich darin verfangen. Die Spinne war nicht zu sehen. Er richtete seine Augen auf den Netzrand und wartete darauf, dass sie aus irgendeinem Winkel hervorkrabbelte. Es wurde später Morgen, die Spinne und der am Zweig hängende Schmetterling schienen nicht zu erwachen.

Eine flache Dünung bewegte das Meer, kleine Wellen schlugen an den Strand, ein Vogel pfiff, und dann übertönte das plötzlich einsetzende Zirpen der Zikaden das Gezwitscher der Vögel, die knisternde Hitze, den Wellenschlag und das sanfte Rauschen der sich in der Morgenbrise wiegenden Ähren. Je heißer die Sonne strahlte, desto lauter wurde der ohrenbetäubende Lärm der Grillen. Memeds Kopf dröhnte, die Grillen ließen nicht locker, sein ganzer Körper wurde steif, seine Glieder schliefen ein. Es wurde Mittag, die Sonne rückte in den Zenith, die Schatten schrumpften, die Erde wurde glutheiß unter den Beinen und Händen. Memed versuchte mehrmals, die geblendeten Augen offen zu halten, musste sie aber immer wieder vor dem Gleißen des Meeres und dem grellen Gefunkel der goldgelb wogenden Getreidefelder schließen. Die Spinne kam noch immer nicht, und der Schmetterling, der mit steigender Hitze seinen Glanz verlor und dessen Blau zusehends verblasste, rührte sich nicht von der Stelle. Es wurde Nachmittag, der Westwind kam auf, der Schweiß auf

Memeds Rücken trocknete, die weißen Wolken rissen sich los von der Kimm und stiegen in den Himmel, das Meer wurde blauer, das Rascheln des Getreides drang durch das Zirpen der Zikaden und vermischte sich mit dem Rauschen der mit Schaum gekrönt ans Ufer gischtenden Wellen. Die Sonne sank zum Meer hinunter, den Wasserspiegel und die goldgelben Felder überzog erneut orangefarbenes Licht, das nach und nach von Rosarot in rötliches Blau, dann in Lilarot und Lilagelb und schließlich in Goldlila, in Grünlila und Rosagelb und Lila überging. Unbedacht berührte Memed den Heidestrauch, und der Schmetterling fiel auf die weißen Kiesel und blieb dort leblos liegen, anrührend wie der Leichnam eines Kindes, mit gestreckten Flügeln und offenen Augen, die all ihren Glanz verloren hatten. Es wurde dunkel, die Spinne kam nicht. Vielleicht wurde sie selbst schon gefressen, dachte Memed. Von einer Schwalbe, einem Spatz, einer Schlange oder Eidechse. Einer dieser grünen, rot züngelnden Eidechsen. Oder ein glotzender Frosch hatte sie sich geschnappt. Dabei hatte Memed so lange auf sie gewartet. Ein Schauer lief über seinen Rücken, er stand auf und ging durchs Getreidefeld zurück.

Als er nach Hause kam, erklang der Ruf zum Abendgebet, und kurz danach stellte Mutter Hürü sich zum Gebet auf. In Andacht versunken, vermied sie ihn anzublicken. Seyran begrüßte ihn freudestrahlend und liebevoll wie immer, und er spürte ihre Wärme und Liebe bis ins Herz hinein. Mutter Hürü beendete hastig ihr Gebet und kam an die Tafel, die Seyran schon gedeckt hatte. Memed hielt den Kopf gesenkt, er war so abwesend, dass er nicht einmal Mutter Hürü nach ihrem Befinden fragte. Gedankenverloren aß er, stand dann auf wie ein Schlafwandler und ging geradewegs zu Bett. Seit Tagen schon war er in diesem Zustand, konnte niemandem ins Gesicht sehen, hielt er den Kopf gesenkt, wanderte ans Meer, über Getreidefelder, durch Gärten und Sumpf, kam nach Haus, aß, legte sich schlafen, stand morgens früh auf, machte sich, Gott weiß, wohin, auf den Weg und kam, immerhin vom Ruf zum Abendgebet ans Zuhause erinnert, wieder zurück.

Auch mit Abdülselam Hodscha unterhielt er sich nicht, ja, er mied ihn. Als wolle er von den Menschen nichts mehr wissen! Währenddessen hatte der Mann, der sein Pferd mitten in die Stirn getroffen hatte, drei Mal seinen Weg gekreuzt. Das erste Mal im Getreidefeld beim letzten Tageslicht. Er war hinter einem Busch hervorgekommen, stand hoch aufgerichtet da, wurde länger und länger. Memed schaute ihm nicht ins Gesicht, ging dicht an ihm vorbei, streifte sogar seinen Arm und hörte seinen kurzen Atem. Der Mann folgte ihm, Memed sah sich nicht um. Lichtblitze kreisten vor seinen Augen, vermischten sich mit denen, die von den schimmernden Getreidefeldern zuckten, und wer ihm jetzt in die Augen schaute, konnte die stählernen Funken in seinen Pupillen sehen. Dass der Mann ihm folgte, erkannte er am leisen Rascheln des Getreides unter den schleifenden Schritten hinter seinem Rücken.

Die zweite Begegnung war am Meeresufer. Memed hockte auf den Kieseln und schaute ins Weite. Das Meer war milchweiß und spiegelglatt. Nur die Schatten der Berge verdunkelten den Rand dieses Weiß. Kein Laut war zu hören, die ganze Welt verharrte in Stille. Eine einzige weiße Möwe stand hoch am Himmel in einem Lichtkreis, der ihr Weiß noch verstärkte. In Wellen fächelte die leichte Morgenbrise einen Duft vom Meer, den er früher nie gerochen hatte. Memed, den ein bisschen fröstelte, hatte sich zusammengekauert. Er hörte das Geräusch der Kiesel neben sich sofort. Aus den Augenwinkeln sah er den Mann, er trug aus rohem Rinderfell gefertigte Opanken, die sich zwischen den Kieseln in den Sand bohrten. Ein blaues Licht regnete herab, und vom Meer stiegen blaue Nebelschleier auf. Blau überzog die gegenüber liegenden Berge. Erde und Bäume und das im leichten Wind sich neigende, goldgelb schimmernde Getreide färbten sich in reines Blau. Dieses Blau drang Memed bis ins Mark. Auch der aufrecht dastehende Mann färbte sich blau. Reihen von Mannstreu, die sich über die Dornige Ebene bis zum Fuß der Berge erstreckten, barsten und gossen blaues Licht wie aus einem nie versiegenden Quell über Bäume und Felsen aus. Eine Meute von Hunden kam kläffend vom Berg Düldül, färbte sich blau wie gleich danach auch der schneebedeckte Berg. Die einsam kreisende Möwe stieß plötzlich zum Meer hinunter, streifte mit den Flügelspitzen das Wasser, stieg wieder auf und glitt in Pappelhöhe über den Meeresspiegel dahin, wurde wieder weiß wie das Wasser, das sich unter ihr immer mehr aufhellte.

> Die Sonnenseite dunkelt,
> Die Erde darunter zerfällt,
> Und Ameisen in meines Memeds hellbraunen Augen.

Züge von Ameisen bahnen sich durch das dürre Gras eine schmale Gasse und schleppen torkelnd Saatkörner mit sich. Aus einem abgeschnittenen Kopf starren weit aufgerissene, aus ihren Höhlen wie zwei Fäuste hervorquellende Augen, starren traurig und voller Sehnsucht. Vom Schädel träufelt Blut in dickflüssigen Tropfen, färbt die Felsen rot. Der Kopf steckt auf einer langen Stange, ein Mann trägt sie vor sich her und färbt die Bürgersteige der Stadt, das grüne Gras und den dahinfließenden Bach blutrot. Riesige Tropfen rinnen wie aus einer Quelle und tauchen auch die Städter, die sich drängen, um den Kopf zu begaffen, von oben bis unten in Blut. Häuser, Straßen, Menschen versinken in schäumendem Blut. Und Ameisen in meines Memeds hellbraunen Augen. Ameisen haben sich einen Weg durch das Meer von Blut gebahnt, die Gräser sind blutrot, und aus den stieren Augen des aufgespießten Kopfes träufelt Blut. Die Ameisen haben ihren Weg über den Mann genommen, der die Stange hält, ziehen von seinen Schultern auf seinen rechten Arm, vom Arm auf die Stange, über die Stange zu den Augen des abgeschnittenen Kopfes … Aus den Augen sprudelt Blut.

Das Rinderfell seiner Opanken sträubt sich ganz langsam. Er selbst rührt sich nicht von der Stelle. Sein Schatten fällt auf den schneeweißen Meeresspiegel, das Wasser bewegt sich nicht, das Gras wiegt sich nicht, die Blätter regen sich nicht, die Ameisen auf ihrer Bahn, die dicht am Meer vorbeiführt, reiben sich mit den Vorderbeinen alle zugleich die staubbedeckten Augen. Plötzlich birst die Hitze, birst das Licht, bersten die verdorrten Gräser. Granatbäume erstrecken sich von den flirrenden Hängen bis zum Meer. Die roten Blüten bersten vom Fuß der Berge bis zum weiß aufleuchtenden Meer. Die Ebene hellt sich auf, beginnt sich bis zum weiß gewordenen Meer zu wellen, ein scharlachroter Schimmer legt sich über Bäume und Getreidefelder. Unter den Granatapfelbäumen stehen hoch aufgerichtet drei scharlachrot angelaufene Schlangen auf ihren Schwänzen. Auf allen Vieren kommt ein Kind gekrochen, ineinander verschlungen beginnen die Schlangen und das Kind miteinander zu spielen. Aufgeregt kommt Seyran herbei, stößt einen entsetzten Schrei aus und versucht das Kind von den Schlangen zu trennen. Die Schlangen laufen pechschwarz an, dann dunkelviolett, ihre Rücken schillern. Seyran, außer sich vor Wut, kann das mit den Schlangen ineinander verschlungen ringende Kind nicht von ihnen trennen.

Das Meer ist milchweiß, es liegt spiegelglatt, darüber die fliegende Möwe. Das Rinderfell sträubt und glättet sich in einem fort. Kein Laut weit und breit, wie erstarrt liegt das Meer vor ihm.

Sie bringen den aufgespießten Kopf zu Hatçe. Dichter Schnee fällt. Hatçe lacht. In der Höhle brennt ein Feuer. Mit beiden Händen hält Hatçe ihre Brüste. Die vollen Brüste quellen über Hatçes Hände. Vom abgehackten Kopf tropft Blut auf die Erde, wird zum Sturzbach, und auch aus Hatçes Brüsten sprudelt Blut.

Nach und nach reifen die Orangen, wachsen die prallen Granatäpfel in schönstem Rosarot heran; Mutter Hürü fliegt vor Freude und betet gemeinsam mit dem verehrten Efendi auf kleinen Teppichen, die sie im Grün unter den Bäumen ausgebreitet haben. Seyran hält einen kleinen Knaben bei der Hand, lachend toben die beiden unter Granatbäumen, aus deren aufgeplatzten Granatäpfeln die rotfleischigen Samenfrüchte in die offenen Hände Seyrans und des Knaben und auf die Rücken der Schlangen herunterregnen. Mutter Hürü wandert durch den Garten, pflückt die reifsten und größten Granatäpfel in ihre Schürze, stößt verwundert einen Freudenschrei aus, ohooo! hallt es, hat man je so riesige Granatäpfel gesehen? Mutter Hürü steht mit verwirrtem Blick da. Haben Ameisen die hellbraunen Augen meines Memed verschlungen, ich habe kein einziges Pferd mehr im Stall, und keinen Sohn mehr unter meinem Dach, warum liegst du so da, mein Sohn, so früh in brütender Sonne? Und ihr Freudenschrei wird zur Totenklage, vom aufgespießten Kopf tropft das Blut, wie zwei Fäuste springen die Augen aus den Höhlen. Mutter Hürü umarmt den abgeschlagenen Kopf, sie ist von oben bis unten in Blut getaucht. Sie häuft rosarote Granatäpfel und scharlachrote Blüten auf und zieht, Klagelieder singend, mit dem abgeschlagenen Kopf im Arm in die Berge. Ich wagte nicht, die Lippen ihm zu küssen, sie trennten ihm den Kopf vom Leib … Singt sie über Bergen und Felsen, Bergler scharen sich um sie, vorbeikommende Dörfler schließen sich an. In der Hochebene der Dornen bilden sie einen Kreis, drängen sich aneinander, in ihrer Mitte Mutter Hürü, den abgeschlagenen Kopf im Arm, blutüberströmt wiegt sie ihn wie einen Säugling. Ihr Wiegenlied klingt wie eine Totenklage, und wer es hört, dem bricht das Herz.

Und wieder regnet es blaues Licht. Memed ist in Blau getaucht und klatschnass. Der weit über den Wasserspiegel sich streckende Schatten des Mannes neben ihm schrumpft, und auch der Mann ist nass. Memed erhebt sich, schreitet über die blauen Kiesel zum Wildwasserbett und setzt sich neben die verdorrten, kupferbraunen Heidesträucher, um gleich wieder aufzuspringen, denn der Mann steht neben ihm. Als Memed weitergeht, schreitet auch der Mann aus, und als Memed am Rande der Orangengärten stehen bleibt, verharrt auch der Mann. Auf verdorrten, langen Halmen, auf Eibischstauden, Königskerzen und verkrüppelten Sträuchern ziehen kleine, weiße Schnecken schleimige Spuren. Memed geht in den Orangenhain, dreht sich aber nicht um. Am Ausgang des Gartens bleibt er, gedeckt von einer Brombeerhecke, unter den hoch gewachsenen Silberpappeln, die den staubigen Landweg säumen, abwartend stehen. Als er sich umdreht, stehen sie sich gegenüber. Memed schaut dem Mann starr in die Augen. Der

Mann will dem Blick ausweichen, vergeblich. Wie gebannt steht er bewegungslos da. Memed kennt den Mann, kennt ihn sehr gut und wird fast wahnsinnig vor Wut, weil er sich nicht an ihn erinnern kann. Am Ende wendet er den Blick, weil er auch nicht in dessen Augen findet, was er sucht. Er ist schon nah am Haus, als er sich am Hoftor noch einmal umdreht. Der Mann steht noch immer dort, hebt und senkt sich wie ein Boot in weicher Dünung ...

Mutter Hürü hatte ihren Gebetsteppich auf der gepolsterten Wandpritsche ausgebreitet und betete. In letzter Zeit hielt sie sich streng an die Gebetszeiten und, von ihr beeinflusst, stellte auch Seyran sich hin und wieder neben ihr zum rituellen Gebet auf.

Zuerst wurde eine dampfende Joghurtsuppe aufgetragen, und in den Geruch gestoßenen Knoblauchs mischte sich der Duft frischer Minze. Mit dem Löffel in der Hand hockte Memed versonnen vor seiner Suppe, bis er ihn schließlich eintauchte, zum Munde führte, kurz verweilte und schließlich die Suppe schlürfte. Doch nach drei Löffeln stand er auf, und ohne einen Blick auf Mutter Hürü und Seyran werfen zu können, ging er ins Schlafzimmer und legte sich angezogen todmüde aufs Bett. Er fühlte sich vollkommen leer und mutterseelenallein. Seyran, Mutter Hürü, Abdülselam Hodscha, Müslüm, das Meer, die Welt, die im rhythmischen Singsang rollenden Wellen im Morgenrot, die in voller Blüte stehenden Granatbäume, das Heidekraut im Wildbachbett, alles war wie weggewischt.

Jeden Morgen vor Sonnenaufgang, wenn die See noch weiß schimmert, ging er ans Ufer, hockte sich auf die Kieselsteine, starrte in die Weite und verfolgte die ganz verschwommen über dem Weiß segelnden Möwen.

Ein Schiff kam aus dem Dunkel auf, hatte alle Lichter gesetzt, und als es in schwelgerischem Glanz wieder im Dämmer verschwunden war, blieb nur eine einsam segelnde Möwe über dem milchigen Spiegel zurück. Memed blickte nach links, die Opanken aus Rohleder waren nicht zu sehen. Er blickte nach rechts und hinter sich, nichts! Das Gefühl der Leere wurde noch stärker. Der einsame Schatten der Möwe, die jetzt zwei Pappeln hoch über dem Meer mit gestreckten Flügeln zu dösen schien, zeichnete sich auf dem Wasser ab. Ein laues Lüftchen wehte. Die Opanken aus langhaarigem Rinderfell ließen sich nicht blicken. Die Weiße des Meeres verschwand, die Wolken blähten sich und stiegen, es regnete Licht, die Schatten wuchsen, Hitze senkte sich hernieder, die Erde wurde glutheiß, Staub hob sich auf fernen Wegen, immer mehr Wind kam auf, wirbelte den Staub zu Tromben, die immer wieder aufblitzten, das Getreide raschelte, die weite Ebene wurde zum goldgelben Lichtermeer aus lang und flach wogenden Wellen, die Zikaden begannen auf einen Schlag zu zirpen, ihr Singsang füllte die Ebene, hallte wider von den Hängen, die einsame Möwe schraubte sich immer höher in den Himmel und verschwand im Blau. Die langhaarigen, rötlichen Opanken aus rohem Rindsleder waren nirgends zu sehen, und Memeds Einsamkeit wurde noch quälender. Ein Eisvogel schoss vorbei, lieblich, mit seinen blauen, das Menschenherz streichelnden Federn, seinem so schönen Kopf und den pechschwarz funkelnden Augen ging er auf die Böschung nieder und stieg nicht wieder auf. In Schleiern überflutete sein Blau Meer, Erde und Berge. Eine lange, blaue Schlange kam gekrochen, rollte sich neben dem Vogel zu einem Knäuel zusammen, züngelte zischend. Das rot ihrer gespaltenen Zunge wurde feurig, das Zischen ging über in ein Pfeifen, doch als der Vogel nicht von der Stelle wich, kroch die Schlange mit rasselnden Hornringen davon. Es wurde Abend, die Sonne ging unter, kein rohes Rindsleder weit und breit! Memed stand auf, ging zu den Heidebüscheln, hockte sich daneben, der Umriss des toten Schmetterlings war noch zu sehen. In der Dämmerung war sein Anblick trauriger als vorhin. Memed streichelte das Heidekraut, roch an seinen Händen den bitteren Duft. Auch das Meer begann seinen Duft zu verströmen, dazu stieg ihm noch der brandige Geruch verdorrter Pflanzen in die Nase. Er verspürte Hunger, erhob sich und suchte mit seinen scharfen Augen die Gegend ab, doch so weit er blicken konnte, war ein menschlicher Umriss nicht auszumachen. Auch als er heimging, hörte er keine Schritte hinter sich.

Er setzte sich an die gedeckte Tafel, nahm selbstvergessen den Löffel in die Hand. Weder Mutter Hürü, noch Seyran richteten ein Wort an ihn. Oben warf er sich aufs Bett und wartete zwischen Schlafen und Wachen auf die Opanken aus rohem Rindsleder. Solange der Mann nicht auftauchte, spürte er diese unendliche Leere in sich, und auch dieses Licht, das hin und wieder in seinem Kopf kreiste, blieb verschwunden.

Er machte sich wieder auf ans Meer. Es lag spiegelglatt und schneeweiß. Die einsame Möwe segelte über dem Wasser, durch das Weiß zog ein Schiff, das alle Lichter gesetzt hatte, schäumend vorbei.

Wie viele Tage und Nächte das so andauerte, konnte Memed nicht sagen. Hin und her pflügte das hell erleuchtete Schiff auf dem Weiß durch die Dunkelheit. War es vorbeigezogen, regneten Sterne auf die Weiße des Meeres, schnitten die Nacht über und über in dünne Scheiben … Die rötlichen, langhaarigen, weichen Opanken aus dem Fell eines Stieres jedoch ließen sich nicht blicken, der Schatten des Mannes streckte sich nicht über die Weiße der See. Bei dem Gedanken, der Mann könne getötet worden sein, rannte Memed wie ein Wahnsinniger zu der Stelle, wo sein Pferd erschossen wurde, hoffte, den Mann dort zu finden. Es war niemand da, und er fiel wieder in diese Leere, wie er sie noch nie erlebt hatte. Sie war quälender als Angst, Mitleid, Trauer und alles andere, war schlimmer als der Tod.

Er ging zur Kebapröstere, wo er den Mann zuerst gesehen hatte. So früh am Morgen waren noch alle Läden geschlossen, und er wartete. Nach und nach wurden die Rollläden scheppernd hochgezogen. Schließlich kam auch der Kebapröster und öffnete. Der Laden war noch am Vorabend gefegt und gereinigt worden, der Mann füllte nur Holzkohle nach. Dann drehte er Fleischstücke durch den Wolf, hackte Zwiebeln, zerdrückte Tomaten, zerschnitt Paprikaschoten, steckte Hackklöße auf Spieße. Jetzt trafen seine Angestellten ein, banden sich ihre Schürzen um und gingen ihrem Meister zur Hand. Memed hatte sich an einen Tisch gesetzt und betrachtete mit aufgestützten Armen das im

Schatten der Platane hervorquellende Wasser. Über den Kieseln hatten sich bis zum Mühlrad weiter unten Fische aufgereiht, glitten in kleinen Schwärmen hin und her. Hoch über der Stadt kreiste, wie vorhin über dem Meer, die einsame Möwe. Memed sprach kein Wort, vielleicht sah er die arbeitenden Männer gar nicht. Şakir Bey kam schon zum dritten Mal an der Ladentür vorbei, und Memed zuckte nicht mit der Wimper.

Als es Mittag schlug, brachten sie ihm ein Kebap und stellten einen Becher Joghurtgetränk und einen kleinen Teller mit Petersilie, Dill, frischen grünen Zwiebeln und lila Sumach daneben. Fettige Schwaden zogen durch die Tür, verströmten den Geruch gegrillten Fleisches bis zur Moschee und in die Nasen der Malariakranken, die sich im Vorhof des Doktors drängten. Auch auf den staubigen Wegen, Straßen und Gassen, im Vorhof der Moschee und zwischen den Häusern lagen sie mit safrangelben Gesichtern in höllischem Fieber oder vor Kälte zitternd und wimmerten von Krämpfen geschüttelt. Manche schienen wie aus tiefem Schlamm gezogen, andere waren über und über mit Staub bedeckt.

Memed wurde noch eine Portion gebracht. Wie bei der ersten, begann er abwesend zu essen. Vom köstlichen Duft des Kebaps wurde ihm schwindlig.

Gegen Nachmittag dämmerte es dem Gastwirt. »Der Mann kommt schon lange nicht mehr.«

Wie aus dem Schlaf gerissen, schaute Memed ihn verständnislos an.

»Der Mann kommt schon lange nicht mehr«, wiederholte der Wirt.

Memed kam zu sich, seine Augen glänzten, aufgeregt sprang er auf. »Du meinst den Mann mit den rohledernen Opanken aus dem langhaarigen, rötlichen Fell eines Stiers!«

»An seine Opanken kann ich mich nicht erinnern. Zwischen euch beiden muss schon einmal etwas vorgefallen sein.«

»Wo ist er?« Memed verschlug es fast die Stimme.

»Seit jenem Tag ist er nicht mehr gekommen.«

»Ob er wiederkommt?«

»Wie soll ich das wissen?«

»Wie heißt er? Kennst du ihn?«

»Ich habe ihn nur einmal gesehen. Danach ließ er sich nicht mehr blicken.«

»Ob er morgen kommt?«

»Wie soll ich das wissen.«

Am nächsten Morgen war Memed in aller Früh wieder vor der Rösterei. Wieder gingen mit lautem Scheppern die Rollläden hoch, wieder glitten die Fische über den hellen Grund des klaren Wassers, auf das der Schatten der Platane fiel, und auch die weiße Möwe flog hoch am Himmel. Die Gipfel der Gavurberge hellten sich auf, der Kebapröster kam und öffnete seinen Laden. Fleisch wurde durch den Wolf gedreht, Zwiebeln gehackt, es roch nach scharfem rotem Paprika. Die Angestellten eilten herbei, banden sich ihre Schürzen um, häuften Holzkohle in den offenen Herd, zündeten sie an, brachten sie mit einem Blasebalg zum Glühen, und der Meister verteilte sie über die Bratfläche. Es wurde Mittag, und der Meister schob für Memed den ersten Spieß auf den Rost. Memed aß mit leeren Augen. Brandige Fettschwaden waberten zur Tür hinaus, der Geruch verbreitete sich bis zur Moschee und zum Vorhof des Doktors, wo sich die Fieberkranken drängten.

Am Nachmittag stellte der Wirt einen zweiten Teller mit Kebap vor Memed hin. Gedankenverloren aß er und leckte sich die fettigen Finger ab. Es wurde Abend, Memed starrte auf den Stamm der Platane und sprach kein Wort.

»Der Mann hat sich schon lange nicht mehr blicken lassen«, sagte der Wirt.

Memed erhob sich. »Seine Opanken waren aus Stierfell. Er kam ans Meeresufer und blieb neben mir stehen.«

»An seine Opanken und so kann ich mich nicht erinnern. Ich hab ihn ja nur einmal gesehen. Und da hast du ihn gejagt.«

»Wo ist er jetzt?«

»Er ist nicht gekommen.«

»Kommt er nicht wieder?«

»Das kann ich nicht wissen.«

»Wie ist sein Name?«

»Keine Ahnung.«

»Ob er morgen kommt?«

»Keine Ahnung.«

Am nächsten Morgen kam Memed pünktlich zur Öffnungszeit. Der Mann war nicht zu sehen.

»Aus dem Fell vom Stier«, sagte Memed.

»Die Opanken«, murmelte der Wirt.

»Ob er wohl kommt?«

»Gott weiß es«, sagte der Wirt.

Dämpfe stiegen zischend.

Seyran hatte die Zimmer mit Moskitonetzen versehen. Memed war es bisher gar nicht aufgefallen. Er hob das Netz an, kroch darunter und schlief ein. Wolken von Moskitos stürmten herbei, und jeden Morgen fand Seyran in einem Winkel fünf bis zehn von ihnen, denen es gelungen war, unters Netz durchzuschlüpfen. Die Mücken zerstachen sie, und sie zerkratzten sich die geschwollene Stirn, Beine, Arme, Nacken und Gesicht.

Kebaprösterei, Zeynullah Efendi, Saumpfade, Reisfelder, Zeki Nejads Friedhof, Dörfer ... Memed war auf allen Wegen und suchte den Mann.

»Trägt eine blaue Weste nach Aleppo-Art mit vierzig Knöpfen.«

»Nie gesehen, kenne ich nicht.«

Goldzähne, er ist hoch gewachsen, gezwirbelter Schnauzbart, Opanken aus Fell, Fleck im Auge, Fingerring, blaue Hosen, Leibbinde mit Troddeln aus weißer Seide, rote Strümpfe. In seinem sonnverbrannten Gesicht eine tiefe Messernarbe, gestreifte Jacke, seidenes Hemd, buschige Brauen ... Nie gesehen, kenne ich nicht.

Schlenkernder Gang, schaut sich immer um, abstehende Ohren. Verglichen mit seinen Beinen sehr langer Oberkörper. Knotige Finger, schmale Taille ... Habe ich nicht gesehen, kenne ich nicht.

Der Reis von berstendem Grün stand kniehoch. Memed suchte den Mann in den Dörfern, in den Reisfeldern, in Adana, in den Bergen, in Ruinen, in der Festung Payas, er suchte und suchte und fand ihn nicht. Er hatte alle Hoffnung verloren, war bis zum Fuß des Anavarza-Felsens gelaufen, spürte gar nicht mehr, wie der Schwarzdorn sich in seine Hosenbeine, seine Waden, seine Hände, sein Gesicht bohrte, und der Staub steiler Pfade auf seiner Haut brannte. Und plötzlich tauchte der Mann vor ihm auf. Memed schaute ihm in die Augen und ging mit einem Gruß an ihm vorbei. Der Mann grüßte nicht zurück, was Memed so ärgerte, dass er wutentbrannt umkehrte, doch noch während er sich umdrehte, schoss der Mann schon davon. Memed rannte hinter ihm her, verfolgte ihn bis Einbruch der Dämmerung durch das Schwarzdorngestrüpp zum Röhricht, vom Röhricht zum Distelfeld, danach verlor er ihn aus den Augen.

Müde und zerschlagen kam er im Morgendämmer des dritten Tages nach Hause zurück. Müslüm, den Rücken am Hoftor, das Kinn auf der Brust, schien auf ihn gewartet zu haben. Ohne ihn zu wecken, ging er an ihm vorbei und hörte Mutter Hürü unwirsch grummeln. Des armen Ibrahim unheilvoller Sohn, murmelte sie, konnten wir denn von ihm erwarten, dass er sich wie ein vernünftiger Mann benimmt. War doch vorauszusehen, dass er im Wahn herumirren wird! Diese Worte verletzten ihn zutiefst. Er hob das Moskitonetz und kroch ins Bett. Seyran schlief noch nicht. Sie drehte ihm den Rücken zu und zog sich trotz der Hitze die Bettdecke über den Körper.

Memed blieb drei Tage und Nächte im Bett. Sie brachten ihm Wasser, er trank, sie brachten ihm Essen, er aß. Mit keinem sprach er auch nur ein Wort. Abdülselam Hodscha, die Freunde des Lehrers, Sattlermeister Veli und Schuhmachermeister Rifat kamen und gingen, ohne ihn zu wecken.

Am vierten Tag wachte er gut gelaunt auf, frühstückte fröhlich, ohne vorher mit jemandem ein Wort gewechselt zu haben. Mutter Hürü verwünschte und beschimpfte ihn, was das Zeug hielt, Memed hörte zu.

»Dieser verdammte Lehrer oder was auch immer er gewesen

sein mag, der in seinem Grabe keine Ruhe finden möge! Erst nach seinem Tod ist der Junge so verrückt geworden. Sie sagen, er sucht einen Mann, sucht ihn in den Bergen, im Meer, noch im letzten Winkel des Anavarza-Felsens ... Hab ich, mein Sohn, dir nicht gesagt, geh nicht zum Fuß des Anavarza, am Anavarza da tänzeln die Pferde wild, die Hemden sind in Blut getaucht, verschont ihn, verschont ihn mir, den stützenden Stock eines blinden Weibes, hab ich das nicht gesagt? Hab ich dir nicht gesagt, der Drache von Akçasaz verschont nicht einen Menschen, hab ich dir nicht gesagt, wende deinen Blick, schau nicht einmal nach Akçasaz hinüber, hab ich es dir denn nicht gesagt?«

Mutter Hürü hatte die Nase voll! Von Tag zu Tag wurde sie bissiger. Sie wüsste schon, wie sie mit dem Sohn des so bescheidenen Ibrahim umspringen müsste, mit diesem rotznäsigen, ungezogenen Bengel. Der meint, wunder wer er ist, nur weil er ein paar Mal in einem blitzenden Bettgestell geschlafen hat, sich gleich Ali dem Hinkenden blanke Stiefel übergezogen und ein arabisches Vollblut geritten hat! Ist ein großer Mann geworden, der große Falke! Sogar ein Siegel soll das Pferd im Maule tragen, nun, nachdem sie dieses Alter erreicht hat, wird sie ihm und seinem Pferd mitten in ihre aufgerissenen Mäuler ... Dir werd ichs schon zeigen, Dickschädel. Irrt wie ein Wahnsinniger in den Bergen umher auf der Suche nach einem mit goldenen Zähnen, goldener Uhr und goldenen Opanken. Was wirst du Narr denn mit diesem Mann anfangen? Ja, diese Hürü wird dich zu fassen kriegen, samt deinem Kerl mit goldener Uhrkette, goldenem Schnauzbart und goldenen Opanken. Eure Mäuler samt Siegel öffnen und mitten hinein ... Bringst dein Mädchen, das tausendundein Unheil hinter sich hat, in diese Hitze, diese Hölle, diese Fremde und schaust sie dann nicht mehr an, du Drecksker du. Schaut ihn euch an! Hat sogar ein Haus, und als die dumme Hürü auch noch das Bild des Heiligen Ali, der doch ohne Zweifel ein guter Prophet ist, an einem Ehrenplatz hängen sah, dachte sie, der Bengel sei wirklich zur Vernunft gekommen, und sie lässt sich in diesem Haus des Jungen nieder, der erblinden und von geölten Kugeln ...

Um Gottes willen, der Wind nehme mir diese Flüche von der Zunge und verfaulen möge der Mund, der diese Verwünschungen ausstößt ... In dieser Hölle ist jede Mücke ein reißender Wolf, und diese Plagegeister haben in dieser Höllenhitze die dumme Hürü schon zerfetzt und gefressen, und dieser ungezogene, dieser überhebliche Gerngroß schaut seiner Mutter Hürü nicht einmal ins Gesicht ... Aber das Bild der splitternackten Mutter Eva mit bloßem Arsch und allem anderen und den wie ein Wildschwein behaarten Vater Adam, den der Verehrte Meister wie einen gerupften Hahn dargestellt hat, das hat er gekauft und meint, er ist wer, weil er dieses verfluchte Bild in seinem Hause hängen hat. Und einen Apfel haben sie auch noch neben diese Dummköpfe gelegt. Und dazu noch diese riesige Anavarza-Schlange. Und Eva lacht überhaupt nicht, und Adam hat genug von ihr, hat ihr den Rücken zugekehrt mit einem Blatt am Arsch ...

Sie redete noch lange, die Mutter Hürü, und sie ließ kein gutes Haar an Memed. Und wäre Seyran nicht herbeigeeilt, um ihr Einhalt zu gebieten, ihr wären wohl noch so schlimme Worte eingefallen, dass sie ihm danach nie mehr hätte ins Gesicht sehen, sich aber diese Ausfälle bis an ihr Lebensende auch nicht hätte verzeihen können.

»Mutter, ich flehe dich an, gräme dich doch nicht zu Tode. Irgendetwas bedrückt ihn, er wird schon wieder zu sich kommen!«

»Wer ist dieser Mann, hinter dem er her ist?«

»Woher soll ich das wissen? Er kommt bestimmt bald wieder zu sich, und dann gibt er die Suche auch wieder auf. Er macht sich große Sorgen, Mutter.«

»Was für Sorgen denn?«, brüllte Hürü.

»Ich weiß es nicht.«

Ganz plötzlich war Mutter Hürüs Zorn verflogen, und sie bereute, Memed so beschimpft zu haben.

»Mit seinen Sorgen soll er zu mir, soll er zu dir kommen, Mädchen! Wüsste ich, was er hat, ich brächte jedes Opfer für ihn. Ich würde mich unter seine Füße legen und für ihn sterben. Verdorren möge die Zunge in meinem Mund, die ihn so beschimpft hat. Was mag ihn nur so bedrücken, mein Rosengesicht ... Dieses Grübeln wird meinen so schön wie der Heilige Ali gebauten Memed noch ganz krank machen«, jammerte sie. »Wehe uns, so fern der Heimat! Was kann er nur für Sorgen haben? Sieh doch, ein Haus wie ein Serail, daneben der schöne Garten, und reitet er in die Stadt, springen alle Händler in ihren Läden auf die Beine zum Gruß. Und keiner ahnt, dass sie Memed den Falken vor sich haben. Das müssen sie auch nicht, es reicht, wenn er und ich und du und der Allmächtige es wissen. Was macht es da schon aus, wenn er diesen Mann mit der goldenen Uhrkette, den Goldzähnen und den goldenen Opanken nicht findet!«

»Mir kommt es so vor, als habe ihn jemand erkannt, vielleicht dieser Mann.«

»Mädchen, Mädchen«, tadelte Hürü, »rede doch nicht immer drum herum!« Sie stemmte ihre Hände in die Hüften und ihre Gesichtszüge verhärteten sich. »Machen wir uns doch nichts vor. Es bringt doch nichts, wenn wir unsere Sorgen auch noch voreinander zu verbergen suchen.«

Seyran bekam hochrote Wangen, ihre Grübchen vertieften sich noch mehr, Schweiß perlte auf ihrer Stirn und sie senkte den Kopf.

»Ja, ich weiß. Memed will wieder in die Berge. Er kann sich aber nicht dazu durchringen, windet sich, frisst es in sich hinein, bringt sich fast um. Was haben wir ihm nur getan, Mutter, dass er uns verlassen will?« Sie ergriff Mutter Hürüs Hand und schluchzte. »Was haben wir ihm denn getan, dass er seit Monaten nicht mit dir noch mit mir spricht. Soll er doch in die Berge ziehen und wieder Memed der Falke werden, wenn er sich und uns nur nicht länger quält und diesen Mann mit den Goldzähnen sucht. Er soll es nicht mehr in sich hinein fressen, sich nicht lebendig begraben. Weder sich, noch uns! Was hab ich ihm nur getan, Mutter?«

Mutter Hürü sagte nichts, strich Seyran nur zärtlich übers Haar, und erst als sie aufhörte zu schluchzen und sich aufs Wandsofa setzte, blieb Hürü vor ihr stehen und sagte: »Mädchen, mein Mädchen, mein rosengesichtiges, gütiges, unglückliches und schönstes Mädchen der Welt, dein Memed ist unter meinen Händen aufgewachsen von klein auf ...« Sie hatte ihr Gleichgewicht wieder gefunden, war gefasst und selbstsicher wie in alten Tagen. »Was in seinem Herzen vorgeht, welche Träume er hat, wenn er schläft, ich weiß es. Auch wenn dieser Lehrer nicht getötet worden wäre, er hätte einen Grund gefunden, um in die Berge zu ziehen. Hör mir gut zu, dich trifft nicht die geringste Schuld! Immerhin hat er es lange ausgehalten. Viele Monate. Das heißt, der Junge liebt uns mehr noch als sich selbst. Anstatt hier in seidene Linnen zu furzen, bis auf die Knochen abzumagern oder vor Wut gelähmt, steif und dünn wie der Bettelstab eines Zigeuners im Bett zu sterben, soll er doch in die Berge ziehen und frei wie die Adler, die Falken und Tiger den Tod finden! Das ist unser Schicksal, mein Mädchen, daran hast du keine Schuld. Soll er doch eines Tages im Morgenrot sein Pferd satteln, sich die Patronengurte umschnallen, sein Gewehr schultern und davonreiten!«

»Ja, davonreiten«, lächelte Seyran und wischte sich über die Augen. »Schimmernd wie das Licht des Tages davonziehen, Falke und Tiger in den Bergen sein. Besser, als sich hier jeden Tag ein bisschen mehr zu zerstören. In meinem Herzen soll er leuchten, und ich werde bis an mein Lebensende auf ihn warten. Wenn er nur wieder zu Memed dem Falken, zum Tiger der Berge der Tausend Stiere wird. Habe ich ihm etwas getan, Mutter, ihn enttäuscht, ihn gekränkt, sein Herz verletzt, ohne es zu wissen? Sag du es mir, Mutter, ich flehe dich an ...«

Mutter Hürü fasste sie um die Schultern, drückte sie an die Brust und wiegte sie wie ein Kleinkind: »Mein Rosengesicht, du meine Schicksalsgefährtin, meine Schöne, die der Herrgott voller Stolz erschuf, meine Liebliche mit einem Herzen so schön wie dein Gesicht. Unser einziger Fehler ist, Mensch zu sein.« Sie ließ Seyran los, und ihre Stimme wurde schärfer: »Mädchen, Stern meiner Augen, schön wie die sieben Plejaden, so sind sie nun einmal. Etwas nagt in den Herzen dieser Memeds, dem sie nicht Einhalt gebieten können. Das sagte auch Battal Aga der Jürüke. Wenn sie wie Bayramoğlu die Kraft haben, diesen nagenden Wurm in ihrem Herzen zu töten, sind sie zu nichts mehr nütze. Eben wie jetzt Memed. Sie werden wie Bayramoğlu zu einer lebenden Leiche.«

»Dann lass uns beten, Mutter, lass uns ein Opfertier schlachten, und ich habe wirklich keine Schuld, nicht wahr? Gott der Allmächtige ist mein Zeuge.«

»Nun hör endlich auf damit!«, schrie Mutter Hürü sie an. »Was soll denn deine Schuld sein? Der Herrgott selbst hat ihm diesen Gedanken ins Herz gepflanzt.«

Die beiden umarmten sich wieder. Seyran griff eins ums andere Mal nach Hürüs Hand, küsste sie und führte sie an die Stirn.

Sofort gingen sie freudestrahlend hinunter in die Küche, um Memeds Leibgerichte zuzubereiten. Kaum hatten sie Memeds Schritte im Hof vernommen, eilten sie hinaus und begrüßten den schwankenden Schlafwandler, erstickten ihn mit Küssen. Aus der Küche kam der Duft köstlicher Gerichte. Mutter Hürü plapperte in einem fort, ohne recht zu wissen, worüber, redete von Basilikum, das sie gepflanzt habe, von seinem Duft, vom Schwalbennest unterm Balkon und den fünf Jungvögeln, die mit ihren gelben, weit aufgerissenen Schnäbeln ein wahres Gezeter veranstalteten, von der goldenen Uhrkette ... Bei diesen Worten horchte Memed sofort auf, spitzte die Ohren, und Mutter Hürü redete und redete. Die Kleinstädter behaupteten, irgendetwas mache diesem Neffen Abdülselams zu schaffen, Tag und Nacht suche er jemanden mit Goldzähnen, goldener Uhrkette und goldenem Armband, trinke, esse und schlafe nicht, sei immer nur auf der Suche. Dabei gebe es diesen Mann gar nicht. Plötzlich wechselte Mutter Hürü das Thema, plauderte von sechs Hühnern, die sie gekauft habe, jedem einzelnen fünfundzwanzig befruchtete Eier untergelegt habe, erzählte von Bienenkörben, von sinnbetörendem Honig, von unendlichen Meeren, dahingleitenden Sternen und von einem Meeresspiegel, der vor Sternenglanz gar nicht mehr zu sehen war.

»Auch ich konnte eines Nachts das Meer vor lauter Sternen nicht mehr sehen«, jubelte Seyran. »Der ganze Himmel war ins Meer geglitten.«

Memed aß und hörte den beiden verwundert zu. Ob er nun wollte oder nicht, die Freude der beiden war ansteckend, und er fühlte sich erleichtert, als er begann, sie mit ihnen zu teilen. Wenn er sich an ihren Gesprächen auch nicht beteiligte, ganz offensichtlich ging in ihm eine Veränderung vor. Seine Augen bekamen mehr Glanz, und ab und zu begann ein unmerkliches Lächeln seine Lippen zu umspielen. Er suchte das Schlafzimmer auf, kroch unter das Moskitonetz und schlief ein, kaum dass er sich ausgestreckt hatte.

»Mutter, Mutter«, rief Seyran leise, »komm und schau! Wie ein Kleinkind schürzt er im Schlaf die Lippen. Kann so einer denn Brigant sein?«

»Und ob«, entgegnete Mutter Hürü. »Briganten, die wie Memed, wie Köroğlu reinen Herzens sind, schürzen im Schlaf die Lippen wie unschuldige Babys. Auch der Löwe Gottes, unser helläugiger Prophet Ali, war wie Memed. Auch er schlief wie ein Baby mit einer Flunsch. Sie alle mit den lichten Herzen sind wie Kinder. Aus diesem Grunde mangelt es ihnen auch nicht an Ungemach.«

Sie gingen hinunter in den Garten, Mutter Hürü sang ein Volkslied aus uralten Zeiten, ein Lied der Freude, und Seyran stimmte mit ein, obwohl sie es noch nie gehört hatte. Es war noch sehr warm, und ein laues Lüftchen brachte den Duft der gegenüberliegenden Berge mit.

Bis in den Herbst hinein streifte Memed vom schneeweißen Meer mit der einsamen Möwe zu dem von Heide bewachsenen Bachbett, wo der tote Schmetterling lag, vom Meeresstrand zum Kebapröster und zu Zeynullah, von dort zur Festung Payas, zu den Reisfeldern und Dörfern. Er stieg sogar auf die Gavurberge und unterhielt sich mit den Berglern. Sie erzählten ihm von Mistik Pascha, einem anderen Briganten, dessen Burg die Ausläufer des Gebirges beherrschte. Von den Karawanen, die durch das Tal ziehen mussten, erhob er Wegezoll, einen Teil davon führte er sogar auch an den Padischah ab. Der Pascha soll der Sippe der Küçükalioğlus angehört haben, denen der Sultan mit einem Ferman die Herrschaft über die Region Özerli übertragen hatte. Memed stieg auch zu Festung Payas hinauf, die früher auch als Kerker für Galeerensträflinge gedient hatte. Die mächtigen Burgmauern erschreckten ihn. Eines Morgens, zur Stunde, da die See noch schneeweiß dalag, sah er zwischen Himmel und Meer ein großes, funkelndes Schiff, das alle Lichter gesetzt hatte. Es hing dort regungslos, und als die Sonne aufging, verlöschten alle Lichter an Bord, das Schiff glitt aufs Meer und zog davon. Immer wieder machte er sich auch auf zu den fettgrünen Reisfeldern. Weiße Störche stakten mit nickenden langen Hälsen und roten langen Schnäbeln langbeinig durch das Grün. Die Moskitos zerstachen nicht nur die Menschen, sondern auch die Pferde und Rinder im Freien, und ihre Rücken färbten sich blutrot. Frische Kindergräber reihten sich in den Dörfern, manche faulten unter aufgestautem Wasser. Und kein Reispflanzer hatte einem Dörfler auch nur einen laufenden Meter Moskitonetz gekauft. Sie lebten im Schlamm unter Wolken von Stechmücken, Frauen, Männer, Jung und Alt, nur Haut und Knochen, Schatten ihrer selbst.

In Zeynullahs Ladengeschäft wurde kein Wort mehr über diese Dörfler oder über den getöteten Lehrer Zeki Nejad verloren. Als habe er nie in dieser Stadt gelebt, als sei kein Dorf von Schlamm überschwemmt und von Moskitowolken heimgesucht. Memed konnte das alles nicht fassen. Auch wenn der Lehrer Zeki Nejad ihm vieles erklärt hatte, begreifen konnte er es noch immer nicht. Wie Zeki Nejad geraten hatte, schluckte er täglich diese grünen Chinintabletten, die Dörfler aber hatten sich nach dem Mord am Lehrer voller Entsetzen zurückgezogen, tatenlos erduldeten sie, vor Kälte zu zittern und vor Hitze zu brennen, wenn die Fieberanfälle sie niederwarfen.

Im Laden von Zeynullah umarmte jeder jeden zum Gruß, tratschte jeder über jeden, kaum war er gegangen, dieser Dieb, dieser Gehörnte – gierig und doppelzüngig. Wer sich verabschiedete, wusste, dass die anderen sogleich hinter seinem Rücken über ihn herziehen würden. Memed wunderte sich jedes Mal aufs Neue, mochte aber weder Abdülselam noch die Freunde des Lehrers darüber befragen, er zog es vor zu schweigen. Dass hier auch viel über ihn geredet wurde, wusste er. Schon längst ging von Mund zu Mund, dass er Tag und Nacht nach einem Mann mit goldenen Zähnen, goldfarbenem Schnauzbart und ebensolchen Stiefeln suche, und bald wurde aus diesem Mann ein junges Mädchen mit goldenem Haar, goldenem Ringlein und goldener Kette. Auch dass über seine Frau gesprochen wurde, wusste er, obwohl ihm das niemand sagte.

Den ganzen Sommer hörte er sich schweigend den Tratsch an. Nur Schuhmachermeister Rifat, Abdülselam Hodscha und Sattlermeister Veli zollte er Respekt.

Mutter Hürü und Seyran, vielleicht auch Abdülselam Hodscha, errieten Memeds Gedanken, was ihn ein bisschen beruhigte. Doch seine Unentschlossenheit war für ihn die Hölle. Ein, zwei Mal versuchte Abdülselam Hodscha, ihm Ratschläge zu erteilen, doch als er merkte, dass Memed gar nicht zuhörte und mit seinen Gedanken ganz woanders war, gab er auf.

Im Herbst war der Reis gereift, die Körner waren dick und rund, die Pflanzungen gelb wie Weizenfelder. Von den Bergen und aus der Ebene kamen mit gestreckten Hälsen die Tagelöhner, bepackt mit Bündeln und Sicheln, stellten am Rand der überfluteten Felder ihre Zelte und Lauben auf und machten sich bis zu den Hüften im Wasser an die Arbeit. Einige Gruppen sichelten von Morgenrot bis Sonnenuntergang den Reis, andere trugen das Gesichelte auf ihrem Rücken zu den Dreschplätzen. Wie Ameisen wimmelten Jung und Alt, Kind und Kegel im Schlamm. Die Reisfelder wurden zu einem Menschenmeer, in dem die Dreschmaschinen lärmten. Hin und wieder ein Laster, vor allem aber großrädrige Ochsenkarren und von verschlammten Pferden und Wasserbüffeln gezogene, kunstvoll gearbeitete Wagen und ganze Kamelkarawanen brachten die vollen Reissäcke von den Dreschern geradewegs nach Adana in die Fabriken.

Kaum war die Ernte eingebracht, begann wie alle Jahre der Dauerregen. Mit Blitz und Donner stürzten Wassermassen vom Himmel, Stürme fegten über das Land, rissen die Zelte und Lauben der Tagelöhner mit, die in die Berge oder in die Stadt flüchteten, sich in den Vorhöfen der Moscheen, vor der Präfektur, in den Gärten oder ganz im Freien zusammendrängten und abwarteten. Schon bald erfuhr Memed, dass die meisten noch auf ihren Lohn warteten, und er war gespannt, wie lange die Reispflanzer sie noch hinhalten würden. Jeden Morgen machte er sich in aller Frühe auf den Weg, mischte sich unter die klatschnassen, schlotternden Tagelöhner und zog mit ihnen vom Haus des einen Agas zum Konak des nächsten. Seine Augen hatten sich geweitet, er war abgemagert, und seine Gesichtszüge waren kantiger, ja, messerscharf geworden. Mutter Hürü und Seyran, aber auch Abdülselam Hodscha überlief es kalt, wenn sie ihm ins Gesicht schauten.

»Mein Mädchen, mein Rosengesicht«, jammerte Mutter Hürü. »Anstatt Tag für Tag aufs Neue zu sterben, wäre es besser, wenn der Junge sein Gewehr nähme und in die Berge zöge! Mit Müslüm an unserer Seite können wir hier selbst für uns sorgen. Gott gebe, dass er sich bald für seine Berge entscheiden kann und wir uns nicht länger grämen müssen!«

Von morgens bis abends standen die Tagelöhner vor den Türen der Agas. Wenn sich einer der Pflanzer blicken ließ, wehklagten sie: »Aga, mein Aga, ich küsse dir die Füße, wenn du mir meinen gerechten Lohn gibst und ich davonziehen kann! Sieh uns doch an, Alt und Jung, Kind und Kegel werden unterm Regen zum Gespött, sind schon krank, sterben, so nass und ohne Dach überm Kopf!«

»Wir konnten den Reis noch nicht verkaufen, die Fabrik hat noch nicht bezahlt.«

Das wars, was sie von den Agas zur Antwort bekamen, und kein Wort mehr.

Einige der Tagelöhner hatten schon aufgegeben und waren, die Köpfe tief zwischen den Schultern, in kleinen Gruppen davongezogen.

Der Rücksichtloseste der Agas war Şakir Bey. Den ganzen Tag zog er mit jammernden Tagelöhnern im Gefolge durch die Straßen. Ging er ins Kaffeehaus, drängten sie sich draußen, kam er heraus, folgten sie ihm jammernd bis vor die Haustür. Vor Zeynullahs Ladengeschäft, vor der Präfektur, sie warteten geduldig mit vor Nässe dampfenden Rücken.

Die Stadt hatte sich schon daran gewöhnt. Niemand scherte sich um die Tagelöhner, bis auf Zeynullah, der hin und wieder brüllte: »Ich hab genug von diesen aufdringlichen Menschen! Nur die Freunde Zeki Nejads schüttelten mitleidig die Köpfe und zogen vom Leder gegen die Agas und die Regierung.

Memed war wie so oft durch den Regen in die Stadt hinunter gegangen. Er trank mit Meister Rifat seinen Tee und beobachtete das Elend der in grobe Wollmäntel gehüllten Männer, die sich unter Vordächer und Traufen aneinander drängten. Plötzlich kam Leben in die Menge. Mit Sicheln, Heugabeln, Knüppeln und Steinen in den Händen kam eine Gruppe und blieb wortlos unter der Platane am Marktplatz stehen. Es kamen immer mehr, die sich zu den andern gesellten, und das hielt bis zum Mittag an. Der Platz quoll bald über vor Menschen, sie wichen in die Seitenstraßen, in die Vorhöfe der Moscheen, vor die Präfektur, in Gärten und Treppenhäuser aus. Lautlos und aufrecht standen sie im Regen, und die Städter beobachteten aus den Türen der Kaffeehäuser, der Läden und an den Fenstern diesen lautlosen Aufmarsch.

Plötzlich geriet die Menge in Bewegung, teilte sich und machte sich in verschiedene Richtungen auf den Weg. Außer Schritten im Schlamm war nichts zu hören. An der Spitze einer Gruppe marschierte ein gebeugter, weißbärtiger, großer, schlanker Mann mit graugrünen Augen. Memed erkannte ihn, hatte oft gesehen, wie er auf offener Straße Şakir Bey angefleht hatte.

»Meister, die führen etwas im Schilde. Siehst du die Menschenmenge da draußen? Los, gehen wir hinterher! Eine Menge, die so still ist ...«

Die Gruppe marschierte bis Şakir Beys Konak, hielt lautlos vor dem Hoftor, und einer klopfte behutsam an. Sie warteten, klopften erneut, das Tor wurde nicht geöffnet. Dann stemmten sie sich dagegen, und schon lagen die Torflügel auf der Erde.

»Şakir Bey, wir wollen ins Dorf zurück, gib uns unseren Lohn!«

Sie riefen und riefen, vom Konak kam kein Laut.

»Şakir Bey, gib uns unser Geld!«

Schließlich erschien eine Frau auf dem Balkon. »Şakir ist nicht zu Haus«, sagte sie, »kommt morgen wieder!« Ihr Gesicht war angsterfüllt.

Als die Frau verschwand, begann der Tumult. Von allen Seiten drängte die Menge gegen den Konak. Şakir Bey war schon längst zur Hintertür hinaus, hatte sich aufs Pferd geschwungen und war mit verhängten Zügeln davon. Einige Jugendliche waren hinter ihm hergelaufen und wütend zurückgekehrt, nachdem sie vergeblich versucht hatten, ihn einzuholen.

Fenster, Türen, Dielen und Decken gingen zu Bruch, Wände wurden zertrümmert. Die Frauen wurden höflich vor die Tür geführt.

Gegen Mittag kam schließlich eine Kompanie Gendarmen, ging abseits der Menschenmenge hinter der Hofmauer in Stellung und eröffnete das Feuer auf den zerstörten Konak. Doch keiner der Tagelöhner schien die Salven zu hören, wollte sie vielleicht auch nicht hören, alle stemmten sich gegen die Wände, die noch standen, und richteten sich erst wieder auf, als nur noch Wind wehte, wo eben noch Mauern waren.

Nachdem sie ganze Arbeit geleistet hatten, marschierten sie so still wie sie gekommen waren, diesmal jedoch erhobenen Hauptes, vorbei an den Gendarmen zum Hof hinaus und schlugen den Weg zu den Bergen ein. Die Gendarmen blieben wie erstarrt im Regen stehen.

An jenem Tag wurden noch fünf Konaks niedergerissen. Getötet oder auch nur verwundet wurde niemand. Als die Tagelöhner davongezogen waren, strömten die Städter auf die Straßen, und die Stadt verwandelte sich in einen Jahrmarkt.

Memed eilte sofort nach Haus.

»Seyran, Mutter Hürü«, rief er mit vor Freude überbordender Stimme schon in der Tür und umarmte die beiden, drückte eine nach der andern immer wieder an sich. »Habt ihr schon gehört, was geschehen ist?«

Der schweigsame Memed war redefreudiger geworden als der Imam der Stadt und der Kahle Barde in den Bergen zusammen. Fröhlich plapperte er in einem fort. Dann lief er zu Abdülselam Hodscha, der freudestrahlend schon auf ihn wartete, und erzählte auch ihm in allen Einzelheiten, was er gesehen hatte, wohl wissend, dass der Hodscha selbst am Ort des Geschehens gewesen war.

»Mutter, Mutter«, rief er, als er zurückkam, »ich bin wohl ein herzloser Mann geworden. Habe ich mich auch nur einmal um die Frau und die Kinder des verstorbenen Lehrers gekümmert? Nein, nichts Menschliches ist in mir geblieben.«

»Mein Sohn«, entgegnete Mutter Hürü, »warst du in letzter Zeit überhaupt bei Sinnen?«

»Ich gehe mit Müslüm jetzt zu ihnen und hole sie zu uns. Sie werden in Zukunft bei uns wohnen, und wir werden alles mit ihnen teilen.«

Am Abend war die Frau des Lehrers mit ihren Kindern und ihrem Hab und Gut im Hause Memeds untergebracht. Und seit Hürü Hürü, Seyran Seyran und Memed Memed waren, hatten die Drei noch nie so eine überschäumende Freude in ihrem Innern verspürt. Nicht einmal an dem Tag, an dem Abdi Aga und Ali Safa Bey das Zeitliche segneten.

Der Regen legte sich. Wie Ameisenzüge zogen die Dörfler in ihrem zerknautschten und verschlammten Zeug hinauf in die Berge und hinaus in die Ebene.

»Mein Hodscha«, rief Memed, auch nach Tagen noch immer begeistert und übermütig wie ein Kind. »Gehen wir sofort ein Pferd kaufen. Einen Grauschimmel, und was für einen!«

»Du hast doch ein Pferd, Memed, sogar ein unsterbliches, graues Vollblut, das jeden Morgen mit lautem Wiehern über Städte und Dörfer fliegt.«

»Ja«, nickte Memed, »aber einfangen lässt es sich nur schwer.

Nicht einmal von mir. Und auch wenn es mir gelänge, dürfte ich es nicht behalten.«

»Dann kaufen wir ein graues Vollblut bei Hadschi Süleyman. Wird der sich freuen. Er hat Pferde genug, und es heißt, sogar Köroğlus Grauschimmel befinde sich unter seinem halbwilden Rudel.«

Bei Hadschi Süleyman suchten sie ein Pferd aus und brachten es zum Sattler, einem alten Meister, der schon für die Beys der Afscharen von Antep und Maraş gearbeitet hatte und Pferde, die ihm nicht zusagten, ablehnte. Bei ihm bestellten sie einen Sattel, eine Satteldecke, silbernielierte Steigbügel und goldbesticktes Zaumzeug. Memed beobachtete das Pferd einige Tage, dann brachten er und der Hodscha es zurück und tauschten es gegen einen anderen Grauschimmel aus. Aber auch der gefiel ihm bald nicht mehr, und er tauschte erneut aus. Das ging etwa zehn Tage so, bis er sich endgültig entschied. »Zum letzten Mal«, hatte auch Hadschi Süleyman angedroht, »in diesem Rudel gibt es kein besseres, und auch ein schöneres werde ich nicht bekommen. Außerdem hat es einen ellenlangen Stammbaum. Auch der Padischah von Jemen hat kein schöneres und besseres Pferd geritten. Neben ihm sind die Pferde von Memed und Köroğlu Klepper, und nur Abdülselam Hodscha zu Gefallen gebe ich es heraus. Denn mir geht es nicht ums Geld, mir geht es um den edlen Reiter, der würdig ist, dieses Pferd zu reiten. Es bringe euch Glück!«

Sie brachten es zum Sattler, und auch er war von dem Pferd begeistert. Er sattelte es, zäumte es auf, ging einige Schritte zurück, betrachtete es eine ganze Weile voller Bewunderung und sagte dann: »Offen sei euer Weg und euer Feldzug heilig!«

Memed wunderte sich. Woher weiß der Mann, dass ich mich auf einen Feldzug begebe? fragte er sich. Diese Meister werden im Alter zu weisen Männern!

Zuhause wurden sie von Seyran, Mutter Hürü und der Frau des Lehrers freudig begrüßt. Mutter Hürü ging eine Zeit lang um das edle Pferd herum, tätschelte es und knotete ihm je drei blaue Glücksperlen an Stirn, Schweif und Mähne.

»Mutter Hürü, heute möchte ich nur gefüllte Zucchini!«, bat Memed, und auch die folgenden Tage konnte er nicht genug davon bekommen. Dann schlossen er und Seyran sich im oberen Stockwerk drei Tage und Nächte ein, kamen nicht einmal zum Essen herunter, und Seyran fragte Memed immer wieder verschämt, was Mutter Hürü und die Frau des Lehrers wohl von ihnen denken mochten. Aber auch sie machte keine Anstalten, sich anzuziehen. Memed ließ keine Stelle ihres Körpers ungeküsst. In leidenschaftlicher Umarmung verloren sie die Besinnung. Es war, als wollten sie sich das Bild ihrer Körper in ihr Gedächtnis einprägen, wie eine Erinnerung an dieses Paradies, als befürchteten sie, es nie wieder zu erleben.

Als im Osten der Morgen dämmerte, verließ Memed das Paradies und ritt zu Zeynullah. »Für mich ein Gewehr, aus dem noch keine Kugel abgefeuert wurde!« Und Zeynullah reichte ihm einen funkelnagelneuen Karabiner mit schimmerndem Lauf. Er kaufte noch golddurchwirkte Patronengurte und einen Fez mit lila Troddeln. Zu Hause steckten Seyran, Mutter Hürü und die Frau des Lehrers, fröhlich plaudernd, aus Memeds voller Tragtasche Patronen in die Gurte. Am nächsten Morgen, das Meer war noch weiß, schlenderte er ans Ufer. Die einsame Möwe kreiste über der See, schraubte sich höher und höher, und er verfolgte ihren Flug, bis sie hoch oben am Himmel seinen Augen entschwand. Der Tag brach an, das Meer duftete, er wanderte zum Wildwasserbett und verweilte bei den verdorrten, kupferfarbenen Heidebüschen. Der tote Schmetterling lag noch da, der Glanz seines Blaus war verblichen. Memed bückte sich, strich mit der Hand übers Heidekraut und roch an seinen Fingern. Der Duft war bitter und noch schärfer geworden. Er nahm das Gewehr von der Schulter, drehte sich zum Ufer, legte an und leerte ein ganzes Magazin übers Meer, das den krachenden Lärm der Schüsse erstickte. Diese Waffe, die schon Feuer spie, kaum dass er den Abzug berührte, gefiel ihm.

Wieder zu Hause zog er, ohne Seyran anzublicken, die Strümpfe an, die Mutter Hürü ihm gestrickt und mit den damals von Hatçe entworfenen Mustern bunter Sittiche versehen hatte, und er spürte einen Stich im Herz. Er schlüpfte in seine Schuhe, die der Schuhmachermeister mit einer zusätzlichen Gummisohle versehen hatte, packte Patronen, Fernglas, Fez und das von Seyran bestickte seidene Ziertuch in den Mantelsack aus Kelimstoff und stieg aufs Pferd.

»Mutter Hürü, Seyran, erlasst mir jede Schuld, die ich euch gegenüber habe! Vielleicht wird es ein Gang ohne Wiederkehr oder eine Wiederkehr ohne Wiedersehen. Gott behüte euch!« Er hob die Kinder des Lehrers zu sich hoch, küsste sie, ließ sie vorsichtig wieder herunter, sagte zur Gattin des Lehrers: »Schwester, erlass auch du mir alle Schuld!«

Er lenkte sein Pferd zum Haus Abdülselam Hodschas, der ihn schon erwartete. Im Vorhof saß Memed ab, ging zu ihm und küsste ihm die Hand. »Nach dem Allmächtigen bist du es, dessen Obhut ich die Kinder, Mutter Hürü und Seyran anvertraue!«

»Ich habs dir doch gesagt, Memed, mein Sohn, mach dir meinetwegen und wegen der Kinder keine Sorgen! Außer dem Allmächtigen gibt es keinen, der in meine Nähe kommen und uns auch nur ein Härchen krümmen kann. Ich bin Adülselam, Ferhats Freund! Alles Gute auf deinen Weg und blick nicht in Sorge zurück!« Er küsste ihn auf beide Wangen. »Sie sitzen dort in Zeynullahs Laden. Gott behüte dich und segne deinen Feldzug!«

Memed schwang sich in den Sattel und preschte mit verhängten Zügeln davon. Sein Gewehr hatte er auf die Kruppe des Pferdes geschnallt und mit dem Umhang abgedeckt. Vor Zeynuls Laden reiten, absitzen und hineineilen waren eins. In seinem Kopf kreiste dieses gelbliche Licht, in seinen Augen blitzte dieser stählerne Funke. Erschrocken sahen die Anwesenden auf. Vor Şakir Bey blieb er stehen, zog seinen Revolver und rief schneidend: »Hinaus mit dir! Steh auf und komm heraus!«

Plötzlich totenbleich geworden, gehorchte Şakir Bey dem Befehl, stand mit weichen Knien auf und torkelte ins Freie. Memed trieb ihn auf den Marktplatz und bis unter die Platane, während die Städter stumm die Straßen säumten und zuschauten. Unter der Platane heftete Memed die Augen auf Şakir Bey, rief: »Das ist für Lehrer Zeki Bey«, und drückte ab. »Und das ist für die an Malaria gestorbenen Kinder«, fügte er kaltblütig hinzu und drückte wieder ab. Er schien zu lächeln, als er noch einmal schoss und sagte: »Und das für die Tagelöhner, die du um ihr Recht brachtest.«

Şakir Bey schwankte und brach zusammen. Memed beugte sich über ihn, der Mann war tot. Die drei Kugeln waren ihm ins Herz gedrungen Ringsum weit aufgerissene Augen … Memed ging mit schweren Schritten zu seinem Pferd, saß auf, und bald war im Marktviertel der Stadt nur noch das Getrappel der Hufe zu hören.

Es war alles so erschreckend schnell vor sich gegangen, dass die Kleinstädter wie benommen waren. Als die Gendarmen schließlich verständigt wurden, war Memed schon längst über die blauen Berge und auf dem Weg zum Dorf Hemite. Diese Gegend kannte er so gut, dass er sogar in der Dunkelheit die Furt durch den Ceyhan fand und ohne zu zögern das Pferd durch den Fluss treiben konnte. Auf Ferhat Hodscha wollte er im Konak Celiloğlus am Fuße des Berges Hemite warten. Er schickte ihm sofort eine Nachricht, als er dort angekommen war.

16

Der Wald funkelte. Eine gelbe, in Licht getauchte Wolke wogte über diesem Meer von Grün. Rote Tupfer schwirrten zwischen den Bäumen. Die Felsen waren nicht zu sehen. Nur ab und zu hob sich aus dem Grün und Gelb der Bergketten ein schroffer, lila, rot und weiß schimmernder Gipfel empor, der das Tageslicht einsaugte und die ganze Umgebung in unzählige Glitzer tauchte.

Am Ufer eines Baches hatten sie sich unter mächtigen Platanen auf Quader gehockt. Hin und wieder fiel kreisend ein rot geädertes, vergilbtes Blatt von den Zweigen, zu ihren Füßen plätscherte das Wasser um die Felsen. Ferhat Hodscha rauchte den von Memed mitgebrachten goldgelben Tabak in einer selbst gedrehten Zigarette. Obwohl sie nun schon seit Tagen miteinander redeten, war des Hodschas Neugier noch nicht befriedigt, und Memed erzählte unentwegt, ohne der Fragen überdrüssig zu werden.

»Hast du von dem Pferd gehört?«, fragte Ferhat Hodscha wohl schon zum fünften Mal.

»Ich habe davon gehört«, lachte Memed.

»Alles, wirklich alles?«

»Zehn Mal mehr als alles. Die Geschichten werden immer länger, bis sie von den Bergen in die Ebene gewandert sind. Dass über dem unendlichen Meer und über den Wolken, immer bei Tagesanbruch …«

»Ein Pferd wiehert, nicht wahr?«, unterbrach ihn der Hodscha.

»Ein Pferd wiehert«, nickte Memed, »zehn Pferde hoch, und die Mähne eins mit den Wolken.«

Aus der Stadt war noch keine Nachricht gekommen, was Memed beunruhigte.

»Mach dir keine Sorgen«, beschwichtigte ihn der Hodscha. »Wir haben unseren Abdülselam dort, der wiegt eine ganze Armee auf. An den wagt sich keiner heran. Du hast ihn ja kennen gelernt.«

»Ja, ich habe ihn kennen gelernt. Wenn die Vorsehung diese schmutzige Welt, die einen Lehrer Zeki Bey nicht verschont, noch nicht untergehen lässt, dann dank dieser Menschen. Er wollte nicht, dass ich Şakir Bey töte. Doch hätte ich es nicht getan, hätte er alles darangesetzt, es selbst zu tun. Der Tod des Lehrers hatte ihn tief getroffen. Er sagte kein Wort, aber ich sah ihn bei der Beerdigung. Sein Gesicht schien zu Stein erstarrt, und da wusste ich, hätte ich Şakir Bey nicht getötet, Abdülselam Hodscha säße heute an meiner Stelle hier, er hätte seine so geliebte Frau verlassen. Er war so erleichtert, als er ahnte, dass ich Şakir

Bey töten würde, obwohl ich noch zögerte. Er muss es mit einem Blick in mein Gesicht vorausgesehen haben. Er hätte vielleicht zum ersten Mal in seinem Leben seine Hände mit Blut befleckt.« Dabei schaute Memed traurig auf seine eigenen Hände.

Dieser Blick entging Ferhat Hodschas Augen nicht. »Du hast dich nicht daran gewöhnen können, Menschen zu töten.«

»Um wen auch immer es sich handeln mag, mein Hodscha, ich werde mich nie daran gewöhnen.«

»Der Mensch gewöhnt sich an alles, aber sich an das Töten von seinesgleichen zu gewöhnen, ist schwer. Jedes Mal bricht dabei ein Stück seines Herzens.«

»Lehrer Zeki Bey wusste sehr viel über die Welt und die Menschen. Er hatte im Krieg viele getötet.«

»Ein Mann mit viel Erfahrung. Weggefährte der Briganten Schwarze Schlange und Şahins, sogar Gizik Durans.«

»Wäre er doch nicht gestorben!«, seufzte Memed. »Nachdem ich ihn kennen gelernt hatte, wurde ich mehr als nur ein Memed, wurde ich zwei, drei, ja fünf Mal mehr. Hätte ich ihn nicht getroffen …« Er wollte hinzufügen: Hätte ich die Welt so tumb, wie ich auf sie gekommen war, auch wieder verlassen. Doch er schwieg, denn auch von Ferhat Hodscha hatte er ja viel gelernt. »Ich kann jetzt sogar meinen Namen schreiben«, brüstete er sich und ergriff des Hodschas Hand, der lächelte, weil Memed diesen Satz, verschämt wie ein Kind, schon so oft wiederholt hatte. Wenn er könnte, dachte der Hodscha, würde Memed gleich seinem Pferd auf den Düldül klettern und es von da oben in die Welt hinausposaunen: »Ich kann meinen Namen schreiben!«

»Ferhat Hodscha, wir …«

»Ja?«, ermunterte ihn der Hodscha.

»Wir werden zu einer Hoffnung. Das Wiehern dieses verrückten Pferdes lässt die Felsen erbeben, Felsen, die Jahrtausende starr dastanden, und die Herzen hüpfen vor Freude. Wir sind von Nutzen, mein Hodscha.«

»Ich weiß nicht recht.«

»Irgendetwas tut sich da. Die Menschen stürzen sich auf uns.

Wir sind in aller Munde. Du hättest es in der Stadt erleben müssen, mein Hodscha, da war ein Imam, aber einer, der diesen Namen verdient, der erzählte Dinge über mich, dass selbst ich vor Staunen den Mund nicht zubekam.«

»Ich weiß nicht recht ...«, wiederholte der Hodscha.

Mittlerweile hatte Memed dem Hodscha das Allerletzte aus dem hintersten Winkel seiner Erinnerung erzählt, nur die Zerstörung der Konaks hatte er wie ein magisches Geheimnis für sich behalten. Vor seinem geistigen Auge zogen sie durch den Regen, klatschnass klebte das Zeug an ihren Leibern, Frauen, Männer, schlammbedeckt, still, stolz, voller Würde. Dann lassen sie sich wie ein Schwarm Adler auf die Konaks nieder und heben wieder ab, und wo eben noch Herrenhäuser standen, streicht der Wind über Ruinen. Diese gewaltige Macht hatte Memed verblüfft. Şakir Beys Konak – in einem einzigen Augenblick! Wenn diese Menschenmenge sich so verwandeln kann, so still und entschlossen ... Und wenn sie wächst und wächst, über Berge und Ebenen hinaus ... Was kann dann der Mensch nicht alles schaffen ... Jeder und alles liegt vor ihm flach, weder Berg noch See, weder Erdwall noch Wildbach hält so eine Menschenmenge auf. Hätte der Hodscha das nur sehen können! Denn wer es nicht gesehen hat, kann sich diese wortlos dahingleitende Kraft gar nicht vorstellen. Seit jenem Tag sieht Memed immer wieder eine riesige Menschenmenge vor sich, sie steigt von den Bergen herab, füllt die Ebenen, strömt über die Meere herbei. Er hatte Adana und Ceyhan selbst gesehen und von Ankara und Istanbul schon viel gehört. Unbegreiflich große Städte. Und diese Menschenmengen kreisen klatschnass und verschlammt vom Regen diese Städte ein, stürmen sie, und was sie sich vorgenommen haben, setzen sie in die Tat um. Und an ihrer Spitze die Fünf: Ferhat Hodscha, Schwarze Schlange, Lehrer Zeki, Abdülselam Hodscha, Şahin Bey ... Şahin Bey, dieser kluge Mann. Mit einigen Freunden hatte er sich am Ende der Brücke hinter ein Maschinengewehr verschanzt. Nur über meine Leiche kommen die Franzosen nach Antep! hatte er gerufen, und bis zum Abend waren alle seine

Freunde gefallen. Erst viel später marschierte das Heer der Franzosen über seine Leiche nach Antep hinein.

Şahin Bey geht an der Spitze der stummen Massen, ist deren donnernde Stimme. Und Ferhat Hodscha steht auf dem obersten der drei Umläufe des Minaretts. Als riefe er die ganze Welt zum Gebet, lässt er seinen schönen, geflügelten Gedanken freien Lauf. Gegen jedes, auch das kleinste Unrecht muss der Mensch sich erheben, denn solange er schläft, sich unter der grausamen Knute mit Gejammer begnügt, unterscheidet er sich nicht von einer Fliege und wird sein Schicksal immer unerträglicher werden. Gott befahl seinen Geschöpfen den Aufstand, und sie stellten sich gegen das Paradies. Wehre dich, mein Geschöpf, sagte der Herrgott, und ein Teil von ihnen rebellierte, und der Herrgott fand Gefallen an ihnen, und sie wurden glücklich. Aber die meisten taten nicht, wie ihnen geheißen, und da gab Er ihnen die Hölle. Und solange der Mensch nicht gegen sich selbst, gegen sein Herz, gegen seine Angst aufsteht, verschlimmert er seine Lage nur, Angst und Qual werden ihm bis ins Mark dringen, er wird kein Mensch mehr sein und elender als ein Wurm. Der Wurm hat kein Auge, kein Ohr und keine Zunge. Wenn der Aufstand dem Menschen aber nicht so selbstverständlich wird wie essen, trinken, schlafen und zeugen, wird er tausendmal elender sein als er heute schon ist, sein Inneres wird sich leeren, er wird vergessen zu fühlen, zu denken, zu lieben, Freundschaft zu empfinden, er wird blind sein für das Licht des Himmels und der Erde, für die Natur mit Wolf, Vogel, Gewässer und Morgenrot. Der Herrgott sagte: Ich habe euch erschaffen, dass ihr euch erhebt und aufrichtet, doch ihr habt nicht auf mich gehört, habt euch zuerst euch selbst unterworfen, dann anderen Menschen und schließlich allem anderen. Was ihr erfunden, gelernt und geschaffen habt, entstand aus Unterwerfung. Ihr habt euch unterworfen und wieder unterworfen und habt die verflucht, die es nicht taten, habt sie getötet, auf sie gespien und habt aus der Unterwerfung eine Lebensform gemacht, so selbstverständlich wie essen, trinken und zeugen. Und ihr seid gestorben, geringer als ein Wurm. Und ihr werdet noch tiefer sinken.

Der Hodscha war außer sich geraten. Er schrie, und seine Stimme ließ Fels und Steine schmelzen, und sie drang tief in die Herzen der Menschen. Seine schönen, schwarzen Augen füllten sich mit Tränen, als er rief: So lange es noch nicht zu spät ist, noch nicht alles verloren ist, oh Menschenkind, erhebe dich, fürchte dich nicht, steh auf und zerreiße das Netz der Angst, das du in Jahrtausenden eigenhändig in dir geknüpft, sprenge die Ketten in deinem Herzen, rebelliere! Und dann sprenge die Ketten in der ganzen Welt, mach Front gegen alles Böse und schaffe Gutes! Und kehrt sich das Gute eines Tages in sein Gegenteil, dann stelle dich auch gegen das ursprünglich Gute, das du brachtest. He, Menschensohn, du bist kein Wurm, keine Ameise, kein Käfer. Der Herrgott hat dich für einen einzigen Zweck erschaffen, er schuf dich, damit du den Aufstand wagst. Er hat dir einen großen Schatz mitgegeben, das Wertvollste, das du besitzt, die Hoffnung. Eine wertvollere Waffe für deinen Aufstand gibt es nicht. Würdest du mit der Hoffnung, die Er dir gab, dich zu erheben wagen, besiegtest du sogar den Tod.

Memed schaute dem Hodscha in die Augen. In diesem Blick lag so viel Liebe, dass der Hodscha erschauerte. »Was ist, Memed«, rief er wie erdrückt, »was ist mit dir, in welchen Gefilden wandelst du?«

»Gott sei Dank für jeden Tag, den er uns schenkt«, antwortete Memed mit einer Wärme in seiner Stimme, die der Hodscha noch nie erlebt hatte. Nach kurzem Nachdenken fügte Memed hinzu: »Er sprach wie du, glaube ich, und oft verstand ich seine Worte ebenso wenig wie deine.«

»Wessen Worte?«

»Die des Lehrers Zeki. Sie haben ihn getötet. Ja, er sprach wie du, genau wie du. Er sprach auch zornig. Du gerätst nie in Zorn.«

»Zorn hat sein Gutes«, meinte der Hodscha, »er reinigt das Herz. Und dennoch sollte man nicht in Zorn geraten, der Zorn ist ein Recht des Allmächtigen. Wir sind Menschen, kriechen noch wie Eidechsen, haben noch nicht einmal den kleinsten Aufstand gelernt.«

»Aber wir sollten dankbar sein, dass wir immerhin schon daran denken, mein Hodscha!«

»Ja, Gott sei Dank!«

Sie erhoben sich und gingen über Kiesel und Platanenlaub den Bach hinunter. Ein steiler Berg mit schroffen Felsen erhob sich vor ihnen, die Bäume an seinen Hängen waren hoch und stark, ihr Laub zur Hälfte vergilbt. Über dem Wald ballte sich eine gelbe, von Licht durchflutete Wolke. Der Hodscha voran, schritten sie im Gänsemarsch über einen ausgetretenen Saumpfad, der über felsiges Gelände aus Feuerstein führte, und der Hodscha holte so weit aus, als befände er sich auf einer Landstraße. So schnell war er immer, ob im Gebirge, zwischen Felsen, im Wald oder Flachland. Höchstens Veli der Wind konnte mit ihm Schritt halten, die andern mussten hin und wieder laufen, um ihn keuchend einzuholen. Als sie den Gipfel erreicht hatten, waren sie, allen voran der Hodscha, in Schweiß gebadet.

»Essen wir doch bei der Quelle dort unten am Hang!«

»Wo auch immer«, keuchte Memed, »Hauptsache hinsetzen!«

Im Laufschritt hasteten sie ein Stück den Hang hinunter. Der Quell sprudelte am Fuß von sieben stämmigen Zedern, Sieben Brüder genannt. Ihre Wipfel ragten hoch in den Himmel. Weiße Kiesel bedeckten den Grund des lichten Wasserlaufs, der weiter unten durch eine Rinne aus Kiefernholz über taufrisches Grün geleitet wurde und schließlich tief unten in einen Bach mündete.

Hadschi der Stummel setzte den prallen Proviantbeutel ab, holte ein großes gestreiftes Maraşer Tuch hervor und breitete es wie einen Bettbezug auf dem Rasen aus. Danach kamen eine bis an den Rand mit Röstfleisch gefüllte Proviantasche, Fladenbrot, frische Zwiebeln, hart gekochte Eier und Käse zum Vorschein.

»Da hast du dein geröstetes Lammfleisch, Memed«, rief der Hodscha, »du isst es doch so gern.«

»Ich danke dir, mein Hodscha, du hast dich schon immer mehr als ich um mich gekümmert.«

Sie aßen das in Fladen gewickelte Röstfleisch, tranken das klare, kalte Quellwasser und rollten sich nach dem Essen unter den Bäumen zusammen. Kasim stand Wache.

Doch schon bald sprang Ferhat Hodscha wieder auf die Beine, musterte argwöhnisch das weite, in berstendem Gelb leuchtende, dicht bewaldete Tal, die dampfenden Hänge des gegenüberliegenden Berges und die nahen, rot geäderten Felsen aus Feuerstein.

»Da ist niemand«, sagte er und begann, gefolgt von den andern, abzusteigen. Sie folgten einem schmalen, mit scharfem, unter den Füßen brennendem Felsgestein bedeckten Saumpfad bis zu einem lilafarbenen Felsen, der so hoch emporragte, dass die Adler über seinem Gipfel klein wie Spatzen schienen. Der Weg um diesen Felsen war nicht leicht. Danach kamen sie an einen Zedernwald mit unzähligen Vogelnestern in den Bäumen. Am Fuße vieler Zedern sprudelten Quellen inmitten duftender, blau blühender Minze. An einer trank ein fast weißer Fuchs mit langer Rute. Beim Anblick der Männer schien er so überrascht, dass er sich wie festgewurzelt nicht von der Stelle rührte. Ein Rudel Hirsche mit rot schimmerndem Fell, einige mit weit ausladenden Geweihen, hob in einer Senke die Köpfe und äugte mit nachdenklichen, traurigen Augen zu ihnen herüber.

»Soll ich dir einen schießen, Memed?«, fragte der Hodscha und legte an.

»Tus nicht, mein Hodscha!«, antwortete Memed und schob den Gewehrlauf beiseite. »Es sind Mütterchen Sultans Hirsche vom Hort der Vierzig Augen.«

Der Hodscha war enttäuscht, ließ es sich aber nicht anmerken. Und wie der Fuchs mit der wolkigen hellen Rute, rührte sich auch das Rotwild nicht von der Stelle. Die scharfen Schreie der Adler und Falken hallten von den Felswänden. Die Männer gelangten auf eine Alm, die von einem ziemlich verkümmerten Hag eingefriedet war. Wer auch nur etwas von Landwirtschaft verstand, sah auf den ersten Blick, dass die Krume jahrelang von keinem Pflug mehr gebrochen wurde. Welch schöne, fette Erde, dachte der Hodscha, bei Gott, dieses kleine Feld gibt einen Ertrag von eins zu dreißig. Warum sie es wohl verlassen hatten? Was würde ich nicht alles pflanzen, wenn ich so einen Acker hätte, seufzte er. Melonen, pralle Tomaten, scharfe, grüne Paprikaschoten, lila glänzende Auberginen. Sogar der Bach ist ganz nah, und die Luft ist mild. Ich hätte Kürbisse, Melonen, Gurken, frisch vom Feld, noch behaftet mit Schlamm und von einem Duft, in dem die Frische der ganzen Welt zu spüren ist, dieser Duft frischen Grüns, bunter Blumen, grünen Rasens, der so zart gewachsen ist, dass du ihn nicht zu berühren wagst. Und dort am Felsen und unter der Platane ein Häuschen, darinnen eine Schöne mit großen schwarzen Augen, mit einem Schwanenhals, mit sonnengebräunter Haut …

»Hodscha«, rief Memed dem gedankenverloren am Rand des Felsens stehen gebliebenen Hodscha zu, »so tief in Gedanken?«

Mit feuchten Augen drehte sich der Hodscha um: »Weißt du, Memed, woran ich dachte? Wenn dieses verlassene Feld doch meines wäre, ich würde hier ein Häuschen bauen, Melonen, Samtblumen, Basilienkraut und Minze ringsherum und ein großes Beet grüner Gurken …«

Im Nu verdüsterte sich Memeds Miene, und trauriger noch als der Hodscha sagte er: »Träume nicht von schönen Tagen. Wir werden in Zukunft nichts eigenes mehr haben. Sogar der Wolf hat seinen Bau, doch wir werden nur noch in Felshöhlen Schutz finden.«

»Mach dir nichts draus!«, lachte jetzt der Hodscha. »Unser Leben hat auch seinen Reiz. Wer weiß, was dem Eigentümer dieser Alm widerfuhr, dass er den Acker, um den wir ihn so beneiden, verlassen musste!«

Das Feld nicht aus den Augen lassend, durchquerten sie über weißen Kieseln das Bächlein. Hinter den Bäumen war eine Ebene zu erkennen, die ziemlich groß sein musste. Als der Hodscha einen pflügenden alten Bauern entdeckte, atmete er erleichtert auf und eilte zu ihm. Memed und die andern konnten jetzt im Flachland mit ihm Schritt halten. Die Ochsen vor dem Pflug schienen älter noch als der Bauer. Er schien nur noch Haut und Knochen, doch das Auffälligste war sein langer, faltiger Hals. Auch die Ochsen waren mager bis auf die Rippen. Am Fuß eines Baumes hockte eine gebrechliche alte Frau, die der kleinste Windstoß fortzutragen drohte. Sie musterte die Ankommenden mit durchdringenden Blicken.

»Willkommen, Ferhat Hodscha, sei gegrüßt!«

»Aus welchem Dorf bist du?«

Der Mann zeigte mit seinem Kinn, das ein schütterer, langer Bart bedeckte, ins Weite: »Aus dem Dorf ganz dahinten.«

Die Briganten blickten in die angedeutete Richtung, doch außer einer langen Rauchfahne über den Bäumen konnten sie nichts entdecken.

»Wenn du willst, sei heute unser Gottesgast!«

»Ich sah da oben ein kleines Feld. Jede Handbreit Gold wert.«

»So ist es«, nickte der alte Mann und senkte den Kopf.

»Wem gehört es?«

»Mir.«

»Warum hast du so ein fruchtbares Feld aufgegeben, das auch noch dir gehört?«

»Sieh dir doch diese Ochsen an! Da fragst du dich, ob sie den Pflug ziehen oder von ihm geschoben werden! Ich kann mit ihnen ja nicht einmal dieses Beet durchpflügen. Wenn die beiden draufgehen, lebe ich auch nicht mehr lange. Dann muss ich verhungern.«

Memed wartete schon auf das Donnerwetter, das nun kommen würde. Schließlich hatte der Hodscha ihm in allen Einzelheiten vom Leben in den Bergen erzählt.

Şahan!«

»Aufgepasst!« Blitzschnell legte Şahan das Gewehr an und streckte beide Ochsen mit zwei Schüssen nieder. Wie ein waidwunder Tiger stürzte sich aus der Hocke die alte Frau kreischend auf den Hodscha und bewarf ihn, nachdem er sie zurückgestoßen hatte, mit Steinen und Kuhfladen.

»Töte uns, ja, töte uns, du Hodscha mit dem kotigen Bart!

Warum hast du uns nicht mit den Ochsen umbringen lassen? Töte uns, und wir sind erlöst!«

Sie klammerte sich an den Kragen des Hodscha und schrie in einem fort: »Töte uns!« Memed und die andern versuchten, den Kragen aus ihren Händen zu winden, doch sie bekamen ihre Finger, die sich wie Adlerklauen in den Mantel gekrallt hatten, nicht auseinander.

Der Mann hockte lautlos neben den im Blut liegenden Ochsen und wiegte sich in stiller Trauer. Sein Gesicht war totenbleich.

Schließlich gelang es Şahan, die Frau vom Hodscha loszureißen. »Mutter, schrei und schimpf nicht so, du könntest es bereuen!«, beschwichtigte er die Alte und brachte sie an ihren Platz unter dem Baum. Dann ging er zu dem Bauern und zog ihn am Arm hoch. Doch der Mann konnte sich nicht auf den Beinen halten, Şahan musste den schwankenden Alten festhalten, als er ihn zum Hodscha führte.

Dieser griff sich an die Brust, zog unter seinem Mantel einen großen Beutel aus grünem Atlas hervor und rief: »Sag mir, Memed, mit wie viel Goldstücken kann sich dieser Mann zwei junge, kräftige Ochsen kaufen?«

Das Gesicht der Frau veränderte sich, ihre Augen rollten in den Höhlen, sie sprang auf, lief zu ihrem Mann, stellte sich aufrecht neben ihn und schaute dem Hodscha in die Augen. Auch die Knie des Mannes schlotterten nicht mehr. Er starrte auf den Beutel in des Hodschas Hand.

»Für fünf Goldstücke«, antwortete Memed.

»Na hör mal, Memed, mein Sohn!«, rief der Hodscha aufgebracht, »für fünf Goldstücke kaufe ich eine Herde Ochsen!«

»Fünf Goldstücke und keins weniger. Der Mann ist ja fast gestorben.«

»Diese fünf Goldstücke sind zu viel, merkt es euch gut! Aber was kann ich dagegen schon tun? Der Bandenführer Memed der Falke hats befohlen, und mein Hals ist dünner als ein Haar.«

Die beiden Alten starrten mit kugelrunden Augen auf die an der Beutelschnur nestelnde Hand Ferhat Hodschas.

Der Hodscha fingerte fünf Goldstücke aus dem Beutel. »Mach die Hand auf!«, forderte er den Alten auf. »Ich zähle dir jetzt das Geld für sieben Ochsen hinein. Eins, zwei, drei, vier, fünf ... Einverstanden?«

Die Hand des Mannes zitterte, und seine Knie schlotterten erneut.

»Steck sie schnell in deine Tasche!«, befahl die Frau mit spitzer Stimme.

Mit bebenden Händen steckte der Mann die fünf Goldstücke in seine Tabakdose. Die Frau sprang blitzschnell vor, umarmte den Hodscha, rannte zu Memed, umarmte auch ihn und wendete sich wieder dem Hodscha zu. So wanderte sie wie ein Weberschiffchen zwischen dem Hodscha und Memed hin und her, nahm sich zwischendurch die andern Briganten vor. Ihre Augen lachten, und ihr ganzer Körper schien vor Freude zu bersten.

»Mein Hodscha Ferhat, du kommst geradewegs in den Himmel. Jeder sagte von dir, du seist ein Heiliger, und ich glaubte ihm nicht. Mein Leben für dich, mein Heiliger. Setze du unbeirrt deinen Weg fort, die Pforte des Paradieses steht dir allzeit offen!« Gebete sprudelten über ihre Lippen, je länger, desto überschwänglicher, und der Hodscha wagte nicht, ihr Einhalt zu gebieten.

Plötzlich fiel ihr Memed wieder ein, strahlend kam sie zu ihm und ergriff seine Hand. »Mein Recke, mein Sohn, du Schwert Gottes, der sich viel Mühe gab, als er dich schuf, und der dich über alle Heiligen stellte. Der Allmächtige schütze dich vor Unglück und mörderischen Kugeln!«

Sie redete noch lange auf Memed und die andern ein, fragte jeden nach seinem Namen, lobpries jeden Einzelnen und wandte sich dann wieder dem Hodscha zu: »Ich werde dich etwas fragen, warum haben wir nicht daran gedacht, die Ochsen, die du hast erschießen lassen, auf der Stelle zu schächten? Das ganze Dorf hätte sich satt gegessen.«

»Sie waren nur noch Haut und Knochen, was sollten die Dörfler denn davon essen?«

»Wir essen es, auch wenn es nicht ausgeblutet ist. Nun sag du mir, guter Mann Gottes, ist das Fleisch dieser Ochsen nun unrein oder nach unseren Gesetzen erlaubt?«

»Ein Tier, das nicht geschächtet, sondern totgeschossen wurde, ist nach unseren Gesetzen unrein.«

Die Frau ging zu ihrem Mann, der mit beiden Händen noch immer die Tabakdose fest umklammert hielt, und flüsterte ihm etwas zu, woraufhin die beiden sich Hand in Hand auf den Weg ins Dorf machten. Ferhat Hodscha, der ihnen hinterherschaute, konnte gar nicht glauben, dass die eben noch so zusammengeschrumpften, gebrechlichen Alten so hurtig davoneilen konnten. Goldfarbener Staub hob sich auf den Wegen, hüllte alles in gelb schimmernden Flitter.

»Wohin jetzt, mein Hodscha?«

»Auf dich wartet heute ein Fest.«

Der Hodscha marschierte los, Memed hielt sich neben ihm. Obwohl er sich anstrengte, konnte er kaum Schritt halten. Bald schon troff ihm der Schweiß. Dieser Hodscha hat Flügel an seinen Fersen, lächelte er gequält, denn früher war er immer schneller gewesen als Ferhat Hodscha.

Gegen Abend kamen sie an einen bewaldeten Hang über einem Dorf. Hoffentlich lässt der Hodscha uns hier rasten, wünschte sich Memed insgeheim und wurde nicht enttäuscht.

»Da unten liegt das Dorf der Kühlen Quelle«, sagte der Hodscha, »verschnaufen wir ein bisschen!«

»Ja, verschnaufen wir uns!«, keuchte Memed und hatte sich schon hingehockt. Er atmete schwer.

Der Hodscha bemerkte es, legte ihm die Hand auf die Schulter und setzte sich neben ihn. »Du wirst dich wieder an das Brigantenleben gewöhnen, mein Junge.«

Rauchfahnen stiegen aus dem Dorf unter ihnen auf und wiegten sich sanft über den Wipfeln des Waldes, in den Lärm aus Höfen und Gassen mischte sich Eselsgeschrei, Hundegebell und das unzeitige Krähen eines Hahnes.

»Ein altes Dorf«, sagte der Hodscha. »Sein zweiter Name ist Trutzdorf.«

Während ihrer Rast erzählte er, von Gelächter begleitet, die Geschichte dieses Dorfes. Noch während der Zeit der Regimenter der Reformer, also noch vor der Umsiedlung der Turkmenen und deren Auflehnung, versuchte einer der Präfekten im Bezirk Adana die Bergler mit Gewalt in die Ebene umzusiedeln, indem er die Häuser der Widerspenstigen zerstören und die Dörfler mit Kind und Kegel in die Ebene treiben ließ. Doch in weniger als sechs Monaten verließen diese ihre Schilfhütten in der Çukurova und kehrten heim in ihre zerstörten Dörfer. Zwischen dem Präfekten und den Berglern begann ein unerbittlicher Wettlauf von den Bergen in die Ebene, von der Ebene in die Berge und zurück. Dieses Hin und Her währte, bis die Turkmenen besiegt, zu Hunderttausenden gefangen genommen und wie die Fliegen zu Tausenden am Sumpffieber starben. Viele Bergdörfer, die sich nicht behaupten konnten, siedelten sich schließlich in der Ebene an. Dieses Dorf aber hielt stand. Auch als dieser berüchtigte Präfekt längst nicht mehr in Adana residierte, ließ die Präfektur nicht locker. Sie ließ die Häuser der Bergler zerstören, die Bergler bauten sie wieder auf. Sie kerkerte sie ein, doch ihren Starrsinn konnte sie nicht brechen. Auch als sie in den Ruinen der Dörfer Gendarmarieposten aufstellte, die zurückkehrende Bergler gleich festnahmen und ins Gefängnis brachten. Schließlich stellten die Bergler auf entfernteren Hängen und in versteckten Senken Zelte auf, bauten Lauben und Hütten, doch die Gendarmen und Polizisten ließen sie auch dort nicht in Ruhe. Aber sie wurden mit den Berglern vom Dorf der Kühlen Quelle und einigen anderen Bergdörfern nicht fertig. Die Bergbauern des Taurus konnten sich nun einmal nicht an die Hitze und die Stechmücken gewöhnen und kehrten, auch auf die Gefahr hin, hungern zu müssen, in ihre zerstörten und niedergebrannten Dörfer zurück. Dieses Fangspiel dauerte eine lange Zeit, bis schließlich die Präfekturen ihr Vorhaben aufgaben und die Bergler samt ihren Bergen vergaßen.

»Los, auf die Beine!«, rief der Hodscha, gehen wir ins Trutzdorf hinunter! Die wissen, dass wir kommen, sogar dass wir hier rasten und worüber wir reden. Denen entgeht nichts in diesen Bergen, sie hören eine Ameise krabbeln. Besonders Gendarmen wittern sie, noch bevor sie den ersten Schritt in die Berge machen. Die Erfahrung aus jahrelanger Verfolgung! Nichts und niemand, ob Gendarm, Steuereintreiber oder Brigant, kann sie noch beunruhigen. Jetzt steht von sieben bis siebzig das Dorf der Kühlen Quelle zu uns. Und Mütterchen Sultan sind sie besonders verbunden.«

Die Rechte auf der Brust und gemeinsam mit sieben jungen Memeds empfing sie Großvater Cafer vor dem Dorf. Die sieben Memeds trugen alle die gleichen, handgewebten braunen Pluderhosen, die in Kniestrümpfen steckten. Auch ihre goldgewirkten Umhänge waren von brauner Farbe, und sie trugen die gleichen Patronengurte, Gewehre, Handschars und Feldstecher, sodass man meinen könnte, sie stammten alle aus einem Guss. Auch sie begrüßten mit der Hand auf dem Herzen die Gäste.

»Und hier, Memed mein Falke, sind die Memeds unseres Dorfes«, sagte Großvater Cafer nicht ohne Stolz. »Sie gehören dir mit Haut und Haaren!«

Der Hodscha war einen Schritt hinter Memed geblieben, als sie sich dem Dorf näherten, und so wusste Großvater Cafer gleich, wer dieser Mann war.

Von sieben bis siebzig stand, still wie in einem Gebetshaus, das ganze Dorf zur Begrüßung auf dem Platz, und aller Augen ruhten auf Memed, der, den Kopf verlegen gesenkt, seine Rechte zum Gruß ans Herz führte. Auch als sie schon im voll eingerichteten Gästezimmer von Großvater Cafer standen, hatte er die Hand noch auf dem Herzen. Erst als er das Gewehr von der Schulter nehmen wollte, fiel es ihm auf, und er musste unwillkürlich lächeln.

Nach dem Essen drängten die Dörfler ins Haus, standen vom Hof bis unters Vordach, und gegen Mitternacht nahm Großvater Cafer seine Saz von der Wand und stimmte die ältesten Lieder der Mystik über Siege und Niederlagen an. Weder Ferhat Hodscha noch Memed hatten je einem so überragenden Lautenspieler gelauscht. Er entführte sie in Paradiese, in vergangene Zeiten, in lärmende Schlachten, erfüllte sie mit Leid und mit Freude. Als am Morgen Großvater Cafer den Gesang abbrach und die Saz beiseite legte, waren ihre Herzen und ihre Köpfe rein gewaschen und sie fühlten sich wie neugeboren.

»Ich habe eine gute Nachricht für euch«, sagte Großvater Cafer, zog an seiner Zigarette und strählte seinen buschigen, ungestutzten Schnauzbart. »Unser Dorf ist ein Hort der Gesegneten. Deswegen konnten wir so viel Unbill erdulden, deswegen konnte uns der mächtige Osmane nicht zu Boden zwingen, deswegen hat Memed der Falke seinen gesegneten Fuß auf unseren Boden gesetzt. Ja, deswegen!«

»Vater, spann uns nicht auf die Folter!«, lachte der Hodscha. »Wie lautet deine Nachricht?«

»Meine Nachricht. Bevor Memed der Falke kam, war schon sein Pferd in unserem Dorf. Ich wache immer vor Tagesanbruch auf. Eines Morgens stand ein Brandfuchs vor unserer Tür. Er ließ den Kopf hängen und hatte die rechte Hinterhand eingeknickt. Mein Gott, dachte ich, woher kommt dieses Pferd und von wem? Da liefen schon die Nachbarn herbei und riefen: Das ist Memeds Pferd. Um Gottes willen, dass es ja niemand berührt, sonst fliegt es auf Nimmerwiedersehen davon, denn es mag von keinem angefasst werden! Einen Tag und eine Nacht stand es da. Wir gaben ihm Futter, es fraß nicht, wir gaben ihm Wasser, es trank nicht.«

Von nah und fern kamen die Dörfler und schauten, die Rechte auf dem Herzen, still und andächtig auf das Pferd. Sogar nachts rührten sie sich nicht von der Stelle.

»Drei Tage und drei Nächte blieb das Pferd mit gesenktem Kopf dort stehen.«

»Eine Weihestätte«, sagte Ferhat Hodscha.

»Bist auch du dieser Meinung, mein Hodscha?«

»Ich sagte es doch. Ein von Heiligen geweihter Ort ist auch für uns heilig. So wie der Hort der Vierzig Augen für euch ein geweihter ist.«

Großvater Cafer nickte, legte die Hand aufs Herz und neigte

den Kopf. »Ich sage also zu den Dastehenden: Gerechte, sage ich, dieses Pferd hat nicht vor, dieses Dorf zu verlassen. Am Ende des dritten Tages ließ ich ihm von meiner Tochter Meryem einen Eimer Wasser bringen. Ohne seine Haltung zu verändern, begann es gierig zu saufen. Gegen Abend sagte ich: Gerechte, sagte ich, dieses Pferd ist an diesen geweihten Ort gekommen, und da es nicht vorhat, ihn zu verlassen, wollen wir ihm Gastlichkeit erweisen. Dann gab ich meiner Tochter Meryem ein Halfter und sagte ihr: Da dieses Pferd sich von dir tränken ließ, lässt es sich von dir vielleicht auch führen. Behutsam näherte sich Meryem, und als unsere Herzen schon bis zum Halse schlugen, ging Meryem noch näher heran, und das heilige Pferd rührte sich nicht. Dicht bei ihm, streichelte Meryem seine Mähne, tätschelte seine Stirn, und das Pferd ließ es geschehen. Und Meryem legte ihm das Halfter um den Hals und zog es stramm. Oh, mein Gott, dieses Pferd ist an diesen gesegneten Ort gekommen, um uns zu besuchen, und wir, von Gott mit Blindheit geschlagen, lassen es drei Tage und drei Nächte vor unserer Haustür stehen. Sofort einen Platz für dieses Pferd, einen Pferdestall! Was denn, einen Pferdestall für Memeds Pferd? Das Berg und Tal, Wolf und Vogel keines Blickes würdigt? Das kein Geschöpf an sich heranlässt? Von dessen Hufen Blitze zucken? All seine Launen hat es abgelegt und ist an diesen geweihten Ort gekommen! Und sie schichteten Hafer und Stroh vor ihm auf und Grünzeug und Gras, das die Kinder an den Quellen rupften. Wollt ihr es sehen? Es ist so hungrig, dass es seit Tagen die Nüstern nicht aus dem Futter hebt.«

»Ich möchte es sehen«, bat Memed zaghaft, und Großvater Cafer führte ihn durch einen Vorhof in ein blitzsauberes Haus. Es war hell erleuchtet. Vor einem großen Kasten stand das Pferd und fraß mit mahlenden Kiefern, ohne den Kopf zu heben. Es hatte sich nicht einmal von den Schritten und der knarrenden Tür stören lassen. Sie waren im Türrahmen stehen geblieben und betrachteten in aller Ruhe das fressende Pferd.

»Das ist es also«, murmelte Memed fast unhörbar, machte kehrt und ging mit nachdenklich gesenktem Kopf zurück.

Im Gästezimmer traf er auf einen hünenhaften, breitschultrigen, kerzengerade dastehenden Mann, dessen Kopf fast an die Zimmerdecke stieß. Er trug einen rotbraunen Umhang und hatte seine ebenfalls rotbraunen Stiefel an der Türschwelle abgestellt. Der Mann kam Memed bekannt vor, er hatte ihn schon einmal gesehen, wusste aber nicht, wo. Als er sich setzte, kam der Hüne, verbeugte sich achtungsvoll und sagte: »Ihre Heiligkeit Mütterchen Sultan sendet Memed und seinen Freunden Grüße und lässt euch ausrichten, sie erwarte euren Besuch!« Dann reckte er seinen mächtigen Körper und ging mit den Händen an der Hosennaht bis zur Türschwelle, bückte sich, zog eilig seine Stiefel an und verschwand.

Ferhat Hodscha wusste seit langem von diesem Hort der Äbte. Sie entstammten der Sippe des Baba Ishak, dem Abt der rebellischen Turkmenen und der Waldmänner, die sich im dreizehnten Jahrhundert gegen die Seldschuken erhoben hatten. Und der jetzige oberste Abt dieser Ordensgemeinschaft war Großvater Cafer. Auch die Stammlisten derer von Ishak waren in seinem Besitz. Ferhat wusste von den Abenteuern der Anhänger Baba Ishaks aus einer Handschrift, die er in einem Kloster aufgestöbert hatte und die seine Neugier auf Baba Ishak und dessen Lehrmeister Baba Ilyas weckte. Danach las er alles, was er über diesen ersten großen anatolischen Volksaufstand finden konnte. Die Waldmänner genannten Handwerker, die in den Bergwäldern Bäume fällten und das Holz zurechtschnitten, konnten das Unrecht, die Armut und die Unterdrückung nicht mehr ertragen. Sie griffen nach Äxten, Beilen und Spießen und strömten mit dem Schlachtruf »Dein Reich komme, Väterchen Sultan!« in die Ebene, wo sie sich mit den aufständischen Turkmenen verbündeten, Dörfer und Städte eroberten, Recht und Ordnung einführten und von Adiyaman bis Malatya, von Malatya bis Kayseri, Sivas und Konya, der Hauptstadt der Seldschuken, die ganze anatolische Steppe unter ihre Herrschaft brachten. Mit der Hand auf ihrer roten Fahne und ihrer roten Kopfbedeckung schworen sie, eine Welt des Rechts, der Gleichheit, Freiheit und Brüderlichkeit zu schaffen.

Die seldschukischen Sultane setzten schwer bewaffnete Heere in Marsch, doch sie schmolzen vor diesen sich mit Äxten, Beilen, Spießen und Heugabeln auf sie stürzenden verschworenen Scharen wie Schnee im Südwind. Noch nie gehörte Lieder über Freiheit, Gleichheit und Brüderlichkeit hallten über die anatolische Steppe, und seit der Menschensohn Mensch ist, hat die Welt noch nie derartige Freudenlieder und Freudentänze von Alt und Jung erlebt. Die Steppe mit Grün und Gras, Geflatter und Gekrauche war nur noch Freude, Schönheit und Herzenswärme. Bald sollte auch Konya eingenommen und der Sultan samt seinen Vasallen für die grausame Unterjochung zur Verantwortung gezogen werden. Und wieder begann im Morgenrot eine Schlacht. Von sieben bis siebzig, ob Mann oder Frau, ob bettlägerig oder an Krücken, alle Stämme zogen ins Feld zum entscheidenden Kampf. Doch woher sollten sie wissen, dass der Sultan der Seldschuken noch schwerer bewaffnete, dazu berittene und gepanzerte Truppen vom Nachbarn Byzanz in seinen Sold genommen hatte? Die Schlacht war unbarmherzig, und die mit den Äxten in den Fäusten verloren zuerst ihre tapfersten Recken. Doch die andern hielten stand, bis auch sie fielen. Keiner der Aufständischen Väterchen Ishaks, weder Alt noch Jung noch Kind, versuchte zu fliehen, und sie wurden von den Schwertern, den Schilden und Panzern der Unterdrücker zermalmt. Blieben noch die Frauen und Mädchen vor diesem pechschwarz stürmenden grausamen Tod. Sie wehrten sich hartnäckiger noch als die Männer, wehrten sich mit Zähnen und Fingernägeln, bis keine mehr am Leben war. Und die Freudenlieder kehrten sich in Totenklagen. Die Pferde der berittenen Blutsäufer aus Konya und Konstantinopel zertrampelten mit eisernen Hufen die unberührten Brüste und die goldenen Haare der jungen Mädchen. Dann umzingelten sie die Festung, in der sich Baba Ishak befand. Die Heere waren riesig, die Pferde der Schreckensreiter wateten bis zu den Fesseln in Blut und schleiften die kleine Festung im Nu. Baba Ishak, gehüllt in seinem grünen Burnus, saß auf seinem Grauschimmel, umgeben von funkelndem Licht. Die Gepanzerten und die Reiter auf ihren Schlachtrössern mit silberbeschlagenem Zaumzeug überschütteten ihn mit Wurfgeschossen. Doch ihr Ziel war schließlich kein geringerer als Baba Ishak. Er maß sie verächtlich von weitem, dachte: Dieser Kampf ist aus, wir sind nun einmal besiegt, brüllte dann mit schauerlicher Stimme: »Dein Reich komme, Vater Sultan!« Er gab seinem Pferd die Sporen und glitt über die Menge hinweg zum Himmel, verwandelte sich in eine weiße Wolke, die mit dem Hall seines Rufes noch eine Weile kreiste, sich entfernte und verschwand.

Seit jenem Tag aber wandert die weiße Wolke über die Steppen Anatoliens, und der Tag wird kommen …

Großvater Cafer ließ sie drei Tage lang nicht gehen. »Dieses Dorf ist ein Hort der Gerechten, der Hort eines Balim Sultan, eines Baba Ishak und eines Baba Ilyas«, sagte er, »und wenn ein braver Mann wie Memed der Falke diesen Hort besucht, muss er drei Tage bleiben! Die Vierzig Glückseligen und die Sieben Gerechten, die Heiligen und Äbte gebieten es. Was habe ich meinen Leuten gesagt, als das Pferd an meine Tür kam? Leute, habe ich gesagt, haltet euch bereit! Bald wird auch Memed kommen. Die Heiligen haben euch zu uns gebracht, und ohne deren Einwilligung dürft ihr uns nicht verlassen!«

Während dieser drei Tage suchte Memed mehrmals sein Pferd auf, musterte es, versuchte es zu verstehen, seine Gefühle zu erraten, doch es gelang ihm nicht. Nur einmal hob es den Kopf von der Futterkrippe und äugte zu ihm herüber. Was für schöne, traurige, nachdenkliche Augen es doch hatte! Als sie am letzten Tag das Dorf verlassen wollten, ging Memed noch einmal zu seinem Pferd. Diesmal hob es gleich den Kopf, schaute ihn an, und die Augen lachten. Memed war glücklich.

Alle Dörfler geleiteten sie zum Dorf hinaus. »Memed, mein Löwe«, rief Großvater Cafer und umarmte ihn. »Dein Weg sei offen, und die Vierzig, die Sieben, alle Heiligen und Ali mit dem gegabelten Schwert mögen dich begleiten! Um dein Pferd aber sorge dich nicht! Es wird bis ans Ende seiner Tage bei uns bleiben, und wir werden es hüten wie unseren Augapfel. Seinetwegen blicke nicht zurück! Es ist das Geschenk von unseren Schutzpatronen an uns. Für uns ist dieses Pferd so kostbar wie das Reittier Düldül unseres Herrn Ali.«

Sie machten sich auf den Weg. Memed ging an ihrer Spitze. Bald schon holte ihn der Hodscha ein, und sie marschierten nebeneinander weiter.

»Dieses Dorf, mein Hodscha, ist ein besonderes Dorf. Die Kleider der Dörfler sind so gepflegt und ihre Häuser blitzblank. Ganz anders als unsere Dörfer im Allgemeinen. Und mir fiel auf, dass sie gar nicht so viel Land besitzen.«

»Seit der Zeit Baba Ishaks bearbeiten sie Holz. Darin sind sie Meister, aus Stämmen schnitzen sie die schönsten Figuren.«

»Ich habe mit eigenen Augen gesehen, wie sie aus Holz Menschen, Hirsche, Nashörner, galoppierende Pferde und fliegende Kraniche zauberten«, mischte sich Kasim ins Gespräch.

Ferhat Hodscha bestätigte: »Sie tischlern auch sehr schöne, mit Perlmutt, Gold und Silber eingelegte Wiegen. Die Kinder der Padischahs und der Beys schliefen darin. Ihr Wert ist unschätzbar. Auch der beste Honig in diesen Bergen kommt aus ihren Bienenkörben. Die Schnitzereien in den großen Konaks sind das Werk ihrer Hände, wie auch die Holzarbeiten in den Gebetsnischen der Moscheen. Dein Pferd ist ja nicht blöd, es weiß schon, warum es in diesem Dorf einkehrt.«

Memeds Herz pochte. Wenn doch nur Seyran mit ihrem schönen Schwanenhals nicht immer wieder vor seinen Augen auftauchte! Er war ganz außer sich vor Sorge und konnte sich niemandem mitteilen, vor allem dem Hodscha nicht, auf den er immer zorniger wurde. Was war das nur für ein Mann, empörte er sich, seit jenem Tag hatte er sich nur ein einziges Mal nach Seyran erkundigt. Jedes Mal, wenn sich der Hodscha an ihn wandte, erwartete er, ein Wort über Seyran zu hören, doch der nannte nicht ein einziges Mal ihren Namen. Hätte ich doch nur Müslüm mitgenommen! Wie schön hätten sie sich über Seyran unterhalten! Jeden Tag zu jeder Stunde! Und trotz der Sorgen, die er sich um sie machte, fühlte er sich unendlich beglückt, wenn sie immer wieder vor seinen Augen erschien. Nicht wie im Traum, nein, manchmal stand sie mit Fleisch und Blut und ihren leuchtenden Augen, manchmal traurig, manchmal fröhlich vor ihm. Einige Male war er drauf und dran gewesen, mit dem Pferd über Seyran zu sprechen, doch dann schämte er sich und ließ es sein. Bis ins Mark hinein war er mit seinen Gedanken bei Seyran und bekam nicht einmal mit, was der Hodscha so begeistert über Baba Ishak und die Holzschnitzer erzählte.

Die Nacht verbrachten sie in einem Zeltlager der Jürüken. Dass sie vom Dorf der Kühlen Quelle zum Hort der Vierzig Augen unterwegs waren, wussten diese bereits, und da sie an ihrem Lager vorbeikommen mussten, hatten die Nomaden alle Vorbereitungen getroffen, um sie gebührend zu empfangen. Es herrschte Festtagsstimmung, als sie eintrafen. In jener Nacht wurde im Versammlungszelt nur über den Brandfuchs gesprochen. Über das Kopfgeld, über die Hinrichtung eines armen Kleppers, der sich nach seiner Erschießung dennoch im Morgenrot erhob und in Gestalt von Köroğlus Grauschimmel in den Himmel flog und wieherte. Die Vierzig Glückseligen und die Sieben Gerechten hatten also aus Protest gegen die Städter sogar diese Schindmähre wieder zum Leben erweckt!

Memed mischte sich nicht ein, er hörte nur zu und blieb stumm wie ein Stein. In Gedanken versunken, überlegte er, warum Mütterchen Sultan ihn und seine Gefährten wohl gerufen hatte. Mutter Hürü hatte ihm viel von Mütterchen Sultan erzählt, über die aus Felsen sprießenden blauen Blumen und das Licht, das wie eine blau flimmernde Wolke auf den Hort niederging. Und auch von der Wolke, die, blaue Funken sprühend, immer um den hohen, lichten Gipfel kreiste.

In jener Nacht ging ein blauer Mond auf, dahingleitende, blaue Funken sprühende Sterne füllten das Himmelszelt, sogar die Nacht schimmerte blau. Memed war ganz durcheinander. Lehrer Zeki Nejad, jene Menschenmassen in der Kleinstadt, das Bild des Ali, der seinen eigenen Leichnam auf ein Kamel geladen hatte, die Schlacht der Anhänger Baba Ishaks in der Ebene, der

Widerstand der Frauen bis zum bitteren Ende ... Er stellt sich vor, wie Seyran wohl gekämpft hätte. Und Ali der Hinkende, der Meister der Fährtensucher. Auch er hätte einer der Anführer des Aufstandes sein können. Ferhat Hodscha, Battal Aga der Jürüke, Zeki Nejad ... Die Menschenmenge in der Ebene von Konya wird immer größer. Die Gerechten in weißen Gewändern, die Ahnen von Mütterchen Sultan ... Die Massen strömen gegen das Heer der Gottlosen, kommen von den Bergen, aus den Tälern, vom Schwarzen Meer, vom Van-See, vom Mittelmeer. Als wüchsen sie aus der Erde, regneten sie vom Himmel, kommen sie Welle auf Welle, branden gegen das gepanzerte, mit metallenen Spießen bewaffnete Heer und sterben. Die erste Welle in weißen Gewändern und weißen Kopftüchern, sie fallen, brüllen noch im Tode: Dein Reich komme, oh Vater Sultan!, und sie versinken in einer Flut von schäumendem Blut. Noch eine Welle und noch eine. Auch sie fallen. Aber die Menschenkinder sind zahlreich wie die Ameisen auf der Erde und die Vögel am Himmel. Welle auf Welle kommen sie, werden ununterbrochen vernichtet ... Schließlich kommt die letzte, die mächtigste Welle, und an der Spitze dieser Männer der humpelnde Lehrer Zeki Nejad, gehüllt von Kopf bis Fuß in ein weißes, fleckenloses Gewand. Ferhat Hodscha, Ali der Hinkende, fuchsschlau, Memed, besonnen, und noch andere bedächtige Männer in weißen Gewändern, gleißend wie das Sonnenlicht, auf Grauschimmeln Baba Ishak und Köroğlu, und der kluge und schlaue Kenan der Bartlose und hinter ihm das arme Volk aus zweiundsiebzig Nationen ... An der Spitze der Frauen Mütterchen Sultan, Mutter Hürü und Seyran mit Lanzen auf Grauschimmeln, hinter ihnen Frauen von zweiundsiebzig Nationen, wie Fahnen wehen weiße Kopftücher ... Sie umzingeln die Gepanzerten mit den eisernen Spießen, in der Mitte der Menschenmassen eingepfercht die Soldaten des Sultans und die Söldner. Die Massen bedrängen sie so eng, dass sie nicht einmal ihre Arme bewegen können. Und plötzlich können sie die Streiter des Sultans nicht mehr sehen, spüren sie unter ihren Füßen. Die Frauen zertrampeln ihre eisernen Panzer und ihre

Spieße, metallisches Scheppern hallt durch die ganze Welt. Und als rufe er zum Gebet, spricht Ferhat Hodscha von Konyas höchstem Minarett mit donnernder Stimme von Recht und Ordnung. Nach ihm steigt Lehrer Zeki Nejad hinauf. Während sein Orden am roten Band hin und her schwingt, drückt er seine Linke gegen die Brust, aus der das Blut strömt und sein weißes Gewand tränkt und ruft: Wir sind die Mehrheit, gemeinsam können wir Berge versetzen, um unseren Weg zu bahnen, und auch die größte Macht der Welt versinkt wie heute Morgen in unserer Mitte und wird zu Staub zermahlen. Kaum ist sein letztes Wort verklungen, gleitet er in seinem von Blut durchtränkten Gewand wie ein toter Vogel vom Minarett, doch die Menge fängt seinen rosenduftenden Leichnam auf.

Vor Memed breitet sich das Meer aus, schneeweiß und spiegelglatt. Eine einzige Möwe kreist in hellem Licht über dem Wasser. Blutüberströmt erhebt sich Lehrer Zeki Nejad vor ihm, greift sich an die Brust und sagt: Gut getan, Memed, dass du mein Blut nicht ungesühnt in der Erde versickern ließest! Aber da ist noch viel ungerächtes Blut, und vieles wird noch fließen. Vielleicht wird auch deines ungesühnt fließen … Aber eines Tages wird keine Macht sie aufhalten, gerade so wie die Menge vor Şakir Beys Konak. Noch bevor er seine Rede beenden kann, doch mit dem Ausdruck, als würde ein anderer sie fortsetzen, bricht er am Ufer zusammen. Der Grauschimmel steigt ans Ufer, wirft ihn mit den Zähnen über seinen Rücken und verschwindet im Meer.

Wirre Träume hatten Memeds unruhigen Schlaf begleitet, doch als er aufwachte, fühlte er sich ausgeruht und leicht wie ein Vogel. Was sie frühstückten, worüber sie sprachen, wurde Memed gar nicht bewusst. Immer noch in Gedanken, machte er sich mit den andern auf den Weg. Er marschierte so schnell, dass selbst Ferhat Hodscha mit ihm nicht Schritt halten konnte, schließlich seinen Arm ergriff und festhielt: »Was ist, Memed, mein Junge? Du bist so in Gedanken, als wärst du nicht in dieser Welt. Woran denkst du? Sogar im Laufschritt kann dich keiner einholen.«

Nachdem Memed ihn eine Weile mit blinzelnden Augen im leeren Gesicht angeblickt hatte, lächelte er und kam endlich aus sich heraus: »Es handelt sich um Baba Ishaks Anhänger.«

»Und deshalb bist du so nachdenklich?«

»Sie wurden in der Ebene von Konya besiegt. Wäre aber noch eine Welle von ihnen angestürmt, und noch eine und noch eine ... Das arme Volk ist zahlreich, des Sultans Anhänger sind wenige. Was wäre, wenn diese, eingekeilt, sich nicht mehr hätten bewegen können?«

»Die von Baba Ishak hätten sie besiegt«, antwortete der Hodscha.

Als hätten die Anhänger Baba Ishaks den Sieg über den Sultan davongetragen, umarmte Memed voller Stolz den Hodscha so fest, dass er gar nicht merkte, wie er ihm die Luft abdrückte. »Lehrer Zeki Nejad«, murmelte er im Weitergehen. »Er hatte auch den goldenen Orden am roten Band.«

Am frühen Nachmittag erreichten sie den Hort der Vierzig Augen. Drei junge Männer erwarteten sie vor dem Hoftor. Sie trugen grüne Umhänge, rote Stiefel und grüne Kappen. Als Erstes nahmen sie den Männern die Gewehre, Revolver und Handschars ab, und nachdem sie sich exakt nach den Riten an der Türschwelle verbeugt hatten, betraten sie den Hort.

Stehend und mit bleichem Gesicht erwartete sie Mütterchen Sultan. Soweit Ferhat Hodscha bekannt, hatte ein Abt dieses Klosters noch nie jemanden, ob Padischah oder Bey, im Stehen begrüßt. Auch Mütterchen Sultan hatte diese Regel nie gebrochen. Es musste schon ein außergewöhnlicher Grund vorliegen, wenn sie sich heute nicht daran hielt. Nacheinander verbeugten sie sich vor Mütterchen Sultan, die dann mit einem Handzeichen auf das Wandsofa wies. Kaum hatten sie Platz genommen, kam einer der rot gewandeten Männer mit einem Beutel aus Atlas herein und setzte ihn vor Mütterchen Sultan auf den Fußboden. Mütterchen Sultan hob den Beutel auf, küsste ihn drei Mal, berührte ihn mit der Stirn, legte ihn auf ihren Schoß und öffnete ihn mit bebenden Fingern.

Im Beutel lag ein sorgfältig zusammengelegtes, leicht verblichenes Hemd, das mit arabischen Buchstaben fein wie Ameisenspuren beschriftet war. Jetzt wussten Ferhat Hodscha und Memed, warum Mütterchen Sultan sie hatte in den Hort kommen lassen. Was sie da sahen, war eines der ganz wenigen magischen Hemden. Ein solches Hemd zu tragen, wurde nicht einmal jedem Padischah zuteil. Es gab nur einige wenige Heerführer und Padischahs auf diesem Erdenrund, die es getragen hatten, und deren Namen waren bekannt. Auf dem Hemd waren verzeichnet: Neunundneunzigtausendneunhundertneunundneunzig Koranverse, Zaubersprüche, Heiligengeschichten und die Attribute des Allmächtigen. Wer dieses Hemd trug, war vor Krankheiten, Kugeln und Schwerthieben gefeit, wer eines dieser Hemden anzog, wurde von allen Sünden gereinigt, konnte im Feuer nicht verbrennen, im Wasser nicht ertrinken, Ketten zerbrachen an seinen Händen, Kerkermauern stürzten ein von seinen Blicken.

Das Hemd auf beiden Händen, erhob sich Mütterchen Sultan. »Zieh dich aus!«, befahl sie Memed, der, ohne zu zögern, seinen Oberkörper frei machte und sein Zeug neben sich auf eine Nussbaumtruhe legte.

»Ferhat Hodscha, trage aus dem Koran vor!«

Der Hodscha öffnete die Hände zum Himmel und begann mit seiner schönen Stimme vorzutragen, und es hallte durch den Raum, als stünde er unter den Kuppeln einer großen Moschee. Einer der Jünglinge im roten Umhang trug auf ausgestreckten offenen Händen ein weißes Hemd aus feinem Batist herein, streifte es Memed über, nachdem er sich verbeugt hatte, trat beiseite und blieb in strammer Haltung dort stehen, bis Mütterchen Sultan ihm ein Zeichen gab. Und während der Hodscha noch immer fließend aus dem Koran rezitierte, ging der Jüngling zu Memed, fasste ihn an der Schulter und beugte ihn vor Mütterchen Sultan, die, Gebete murmelnd, das kragenlose Hemd drei Mal um Memeds Kopf kreisen ließ und es ihm dann überwarf. Dann nahm sie ihn beim Arm, richtete ihn auf, zeigte auf seine Kleider auf der Truhe und setzte sich. Jetzt verstummte Ferhat

Hodscha, und Memed zog sich in Windeseile an. Dann gab Mütterchen Sultan Memed ein Zeichen, sich neben sie zu setzen.

»Dieses Hemd ist das Hemd von Sultan Saladin Aijubi dem Eroberer, das in unzähligen Schlachten gegen die Gottlosen unversehrt geblieben ist. Der hochverehrte Sultan Saladin höchstpersönlich machte es dem Hort zum Geschenk, und seitdem wurde das magische Zauberhemd von niemandem mehr getragen. Vor etwa einem Monat erschien mir eines Nachts Sultan Saladin. Er war in grüne Gewänder gekleidet, trug in seiner Hand ein riesengroßes, purpurrotes Blatt einer Platane, woraus Wurzeln sprossen und die ganze Welt umschlangen. Er schaute mich an und sagte: Mütterchen Sultan, ich gab eurem Hort ein Hemd in Obhut, sein Eigentümer ist Memed der Falke, sorge dafür, dass er es anzieht! Danach entschwand er meinen Augen, ein grünes Licht erschien und glitt davon. Ich wusste, dass du nicht in den Bergen warst, aber eines Tages kommen und dein Eigentum holen würdest, und ich wartete darauf. Gott halte dir den Weg offen, das Schwert scharf und segne deinen Kampf!« Sie stand auf, und alle erhoben sich mit ihr.

Dann ging sie zur Tür, und sie blieb auf der Schwelle stehen, als sich der Hodscha näherte. »Gott heilige auch deinen Kampf!«, sagte sie und schaute ihm in die Augen. »Hör mir gut zu, Ferhat Hodscha«, fügte sie hinzu, und ließ ihre Augen noch eine Weile in seinen ruhen. Bedächtig legte sie ihre Hand auf seine Schulter. »Die Zeit meiner Abreise aus dieser Welt ist gekommen, sonst hätte Saladin Aijubi das Hemd nicht herausverlangt. Und auch die Tage des Horts der Vierzig Augen sind gezählt. Ich gebe den Hort in deine Obhut, Hodscha, damit er nicht vor seinem Ende vor aller Augen verkümmert!«

»Deine Bitte ist mir Befehl, Mütterchen Sultan«, sagte der Hodscha, beugte das Knie, küsste ihre Hand drei Mal und führte sie jedes Mal an seine Stirn. »Der Hort ist mir kostbarer als mein Leben.«

Mütterchen Sultan fasste ihn an den Schultern und zog ihn hoch. Sie gingen alle zum nahen Gewässer, wo ein Kuppelgrab aus kunstvoll ziselierten Steinen stand, stellten sich davor auf und beteten die erste Sure des Korans, die Fatiha. Dann erblickten sie die drei Jungmänner mit den roten Umhängen, die einen riesigen Hirsch mit mächtigem Geweih herbeischleppten.

Die Männer drückten den Hirsch an der Mauer des Kuppelgrabes zu Boden, zogen scharfe Pallasche aus ihren Gurten und schlachteten ihn. Das Blut ihres Opfers spritzte ellenweit, und die ausgestreckten Läufe zuckten noch eine ganze Weile. Mütterchen Sultan bückte sich, steckte ihre Fingerkuppen ins Blut und strich es zuerst Memed, dann Ferhat Hodscha und den andern auf die Stirn.

»Geht hinunter ins Dorf und verteilt das Wildbret an die Armen!«, sagte sie.

Die Felsen knackten, und von einem Ende bis zum andern sprossen aus den Rissen wolkige blaue Blumen empor.

17

Zülfü Bey war wütend. Wer hatte denn all diese Leute reich gemacht? Zülfü Bey, wer sonst! Denn wer hatte Grund und Boden des Lehrers Rüstem, des Molla Duran und Halil des Überschwänglichen ins Grundbuch eingetragen, als sei es ihrer Väter Erbe? Wer wohl? Wäre es nach diesen Tölpeln gegangen, würden diese Ländereien, jede Handbreit Gold wert, der Staatskasse gehören oder diesen heimgekehrten Helden des Freiheitskrieges, deren Namen in dieser Stadt keiner kennt. Es gab in dieser Stadt wohl keinen, der sein Land nicht Zülfü Bey zu verdanken hatte! Nun saßen sie auf ihren Ländereien so groß wie Staatsgüter, dazu noch auf der segensreichsten Krume der Welt. Und Arif Saim Bey? Wie ist er wohl zu einer Landwirtschaft gekommen, die sich über achtundzwanzig tausend Morgen erstreckt? Und jetzt kehrt er uns seinen Hintern zu. Während jeder in unserer Stadt um sein

Leben fürchtet, leitet er, wie der Riese, der im Märchen die Quellen verstopft hält, die Hilferufe der Bedrohten nicht zu den Oberen weiter. Der wird noch bereuen, dass er sich von Zülfü abwendet, obwohl er ihm sein Leben, sein Hab und Gut und alles andere verdankt! Lässt sich nicht blicken, während sein Bruder Zülfü hier in einem Strom von Blut ertrinkt, den Memed der Falke von den Bergen des Taurus herunterfließen lässt! Bereuen wird er! Es ist sowieso schon in aller Munde, dass er damals mit den Engländern und Franzosen gemeinsame Sache machen und Atatürk töten wollte. Das Gerücht ist gefährlicher als das Geschehen. Ein Mann mit so viel Erfahrung müsste das doch wissen! Sein Selbstvertrauen in Ehren, mehr noch sein Vertrauen in den Pascha. Doch wenn es um Leben und Tod geht, bleiben weder Brüder noch Freunde. Wenn diese Gerüchte Ankara erreichen und dem Pascha zu Ohren kommen! Dann ist aller Tage Abend, und nicht einmal Zülfüs kluger Rat, der ihn aus so vielen misslichen Lagen rettete, kann Arif Saim Bey dann noch helfen. Wenn ein Mann an der Spitze die alleinige Macht innehat, wächst das Misstrauen ins Tausendfache. Und dennoch, bevor es so weit kommt, wird Zülfü Arif Saim Bey helfen! Denn keiner außer Zülfü kann Arif Saim Bey noch helfen!

Seit Tagen konnte Zülfü nicht schlafen. Wie schaffte er es bloß, Arif Saim Bey in die Stadt zu holen, um die Angelegenheit Memed der Falke in die Hand zu nehmen. Memed musste ihn tief ins Herz treffen und in der Çukurova so lächerlich machen, damit der Herr Abgeordnete Arif Saim Bey um seinen Ruf, ja, um sein Leben bangte!

Sie hatten sich im Hause von Halil Bey dem Überschwänglichen versammelt, wovon weder der Landrat, noch der Staatsanwalt, weder der Richter, noch der Oberbürgermeister wussten, auch nicht wissen sollten. Zugegen waren Zülfü und Halil Bey, Lehrer Rüstem Bey, Molla Duran Efendi und Murtaza Aga. Es war drei Uhr in der Früh, und sie hatten mit der Hand auf dem Koran geschworen, eher ihre Frauen zu verstoßen als in der Öffentlichkeit auch nur ein Sterbenswörtchen darüber zu verlieren.

Unten im Haus wartete ahnungslos Cabbar der Lange, ehemaliger Brigant und Memeds Kamerad. Zülfü Bey hatte ihn kommen lassen, weil sie ihn gegen Memed den Falken dingen wollten. Unrasiert, das dunkle Gesicht sonnenverbrannt, kam Cabbar der Lange schüchtern herein, während alle aufstanden und ihn baten, Platz zu nehmen. Kaffee wurde bestellt. Cabbar der Lange wusste nicht, wohin mit den Händen, und legte sie schließlich auf seine Knie. Er konnte keinen erkennen, weil er, vom hellen Licht noch geblendet, die Augen zusammenkniff. Niemand sprach ein Wort, und Cabbar der Lange presste die Hände so hart auf die Knie, dass es knackte. Der Kaffee wurde gebracht, doch Cabbar der Lange zitterte dermaßen, dass er die Tasse nicht greifen konnte. Murtaza Aga kam ihm zu Hilfe und stellte die Tasse auf ein Tischchen ab, das er herangezogen hatte.

»Ja, Cabbar Aga«, begann Zülfü Bey, »wir haben uns zu nächtlicher Zeit hier zusammengefunden, weil wir eine große Bitte an dich haben.«

»Ich kann es nicht, ich kann Memed den Falken nicht töten«, entgegnete Cabbar sofort mit einer Lebhaftigkeit, die ihm niemand zugetraut hatte. »In Zukunft kann niemand mehr Memed den Falken umbringen.«

»Darum geht es uns nicht«, beschwichtigte ihn Zülfü Bey mit butterweicher Stimme, »es geht uns nicht um Memed.«

Doch Cabbar hörte gar nicht hin. »Denn Mütterchen Sultan hat ihm auch das Zauberhemd gegeben, auch sein Pferd ist wieder lebendig geworden, und die Vierzig Glückseligen und die Sieben Gerechten haben es mitgenommen. Ab jetzt kann ihn keine Kugel durchbohren, kein Wasser ertränken, kein Feuer verbrennen. Habt ihr denn nicht von dem Zauberhemd gehört?«

»Wir haben es gehört«, antwortete Zülfü.

»Dann lasst mich in Ruhe oder erschießt mich gleich hier! Ich küsse euch die Füße, tötet mich, tötet meine Kinder, denn auch wenn ich Memed töten könnte, täte ich es nicht, denn er ist mein Freund. Eher brächt ich mich um, als dass ich diesen Auserwählten, dessen hingerichtetes Pferd sogar von den Toten auferstanden ist, töte und bis zum Jüngsten Tag dafür in der Hölle brenne.«

»Halt ein, es ist Memed, den wir von dir haben wollen!«, rief Murtaza Aga, packte ihn an der Schulter und schüttelte ihn. »Komm wieder zu dir!«

»Wenn ihn einer tötet, dann nur Bayramoğlu, falls er es schafft. Denn er will noch einmal in aller Munde sein, indem er einen ihm überlegenen und namhaften Briganten wie Memed den Falken tötet, der zudem noch ein Heiliger ist. Ich kenne die Briganten. Auch wenn sie alt geworden sind und sich zurückziehen, dieser Wurm nagt in ihnen weiter bis zum Tode.«

»Du hast Recht, der nagt weiter und stirbt nicht«, bestätigte mit ruhiger Stimme Halil der Überschwängliche, und während Murtaza Aga den flehenden Cabbar noch am Wickel hielt, fügte Halil mit erhobener Stimme hinzu: »Und deswegen werden wir Bayramoğlu losschicken, Memed zu töten.«

»Wie bitte?«, rief Cabbar verblüfft.

»Wir werden in den nächsten Tagen Bayramoğlu losschicken, Memed zu töten.«

Auf der Stelle begann Cabbar ein Loblied auf Bayramoğlu anzustimmen. Er lobpreiste seine Treffsicherheit, seinen Mut, seine Schläue, größer noch als die des listigen Köroğlu. »Nun ja, Memed trägt das Zauberhemd, besitzt den Stein gegen den Blitz und hat das Siegel des Horts der Vierzig Augen. Aber wer weiß, Bayramoğlu ist ja auch nicht irgendwer, vielleicht hat er ein Zauberhemd, einen Stein gegen den Blitz und ein heiliges Siegel, das dem von Memed dem Falken überlegen ist.«

»So ist es!«, schrie Murtaza. »Und was wir von dir verlangen ...«

»Ich schließe mich Bayramoğlus Bande nicht an. Nicht auf der Suche nach Memed!«

»Auch das verlangen wir nicht von dir.«

»Was denn, das verlangt ihr auch nicht?« Cabbar sprang erleichtert auf die Beine, ging zuerst zu Zülfü, dann zu Halit Bey und den andern und küsste allen die Hand. Anschließend ging er aufgeregt im Zimmer auf und ab, bis Murtaza Aga ihn an der Schulter festhielt und in den Sessel drückte.

»Beruhige dich, Bruder«, forderte er ihn freundlich auf, »und hör zu, was wir dir zu sagen haben, denn diesmal wirst du vor Freude kugelrunde Augen machen und nicht mehr aus deinem Sessel hochkommen! Trink erst einmal noch einen Kaffee und komm ein bisschen zu dir!«

Diesmal ging das Mädchen, das auf silbernem Tablett sechs Mokka hereinbrachte, zuerst zu Cabbar, der mit ruhiger Hand das Tässchen nahm und mit lautem, genüsslichem Schlürfen zu trinken begann. Als er danach die Hände entspannt auf seine Knie legte und seine Blicke achtungsvoll an ihnen vorbei auf das gegenüberliegende Fenster richtete, wussten sie, dass er sich voll und ganz wieder gefasst hatte.

»Wir wollen von dir Folgendes, hör gut zu!«, sagte Zülfü, und er betonte jedes Wort.

»Befiehl, mein Bey, zu Diensten, mein Bey, mein Leben für euch alle, mein Bey! Was ihr befehlt, ich tus. Sagt: Auf in den Tod, und ich eile, Bey.«

»Du wirst dir Leute holen, denen du vertraust und so viel du brauchst!«

»Hole ich mir, mein Bey.«

»Wir werden sie alle ausrüsten. Mit den besten, nagelneusten deutschen Flinten. Und Munition, so viel ihr braucht. Und jedem von euch ein Rassepferd aus der Hochebene Uzunyayla.«

»Die reiten wir, mein Bey.«

»Für dich ein Feld, Geld und alles, was du willst.«

»Ich will ein Feld, mein Bey!«

»Und so gut ausgerüstet, werdet ihr auf einen Raubzug ins Gut von Arif Saim Bey reiten!«

»Wir rauben ihn aus, mein Bey.«

»Hast du gut zugehört, Cabbar? Ich habe Arif Saim Bey gesagt, weißt du, wer das ist?«

»Ich weiß es, mein Bey.«

»Woher weißt du es?«

»Er hat für uns doch eine Amnestie durchgesetzt. Er ist von euch der Größte, vor dem zittern euch allen doch die Knie, wenn der auftaucht, sucht ihr doch nach einem Mauseloch.«

Sie lachten. »Er wohnt ja in Ankara bei Mustafa Kemal Pascha. Jeder fürchtet ihn, sogar der Präfekt.«

»Fürchtest du ihn denn nicht?«

»Ich fürchte ihn auch, mein Bey.«

»Wie wirst du denn das Gut eines Mannes berauben, vor dem du Angst hast?«

»Wenn Sie hinter mir stehen, raube ich sogar ihn selbst aus, halte unterwegs sein Auto an und beraube ihn, mein Bey.«

»Kannst du das ohne Lärm und Aufsehen?«

»So leise, als zöge ich ein Haar aus der Butter, Bey.«

»Ohne Angst?«

»Keine Straße führt über den Tod hinaus, mein Bey.«

»Er hat einen Verwalter, Hadschi Ali den Gefreiten. Kennst du ihn?«

»Ich kenne ihn. Der mitten im Dorf sechs Menschen umbrachte und dank Arif Saim Bey dafür nicht einen Tag ins Gefängnis musste.«

»Arif Saim Bey liebt ihn wie sein Leben.«

»Ich weiß, mein Bey.«

»Den wirst du auch töten!«

Cabbars Gesicht leuchtete vor Freude. »Ich töte ihn.«

»Er ist sehr mutig, trifft jedes Ziel und lässt sich nicht so leicht das Fell durchlöchern.«

»Ich durchlöchere es.«

»Gut, und nun das Wichtigste!«

»Auch das wird ein Leichtes.«

»Dann hör mir gut zu!«

»Ich bin ganz Ohr, mit Leib und Seele, Bey.«

»Arif Saim Bey hat noch einen Vater, einen dicken Mann!«

»Den kenne ich auch und töte ihn.«

»Den tötest du nicht!«

»Dann töte ich ihn nicht.«

»Er trägt eine goldene Taschenuhr, eine schöne Uhr.«

»Die habe ich oft gesehen, mein Bey.«

»Wo hast du die denn gesehen?«

»Nachdem ich die Berge verlassen hatte, war ich Tagelöhner auf dem Gut. Jeden morgen vor der Arbeit, mein Bey, gingen wir Tagelöhner in Reihe an ihm vorbei und küssten ihm die Hand. Und in der anderen Hand hielt er die Uhr. Er hatte sie eigentlich immer in der Hand und schaute sie sich an. Es heißt, Mustafa Kemal hat sie ihm zur Erinnerung samt einer pfundschweren goldenen Uhrkette geschenkt, mein Bey.«

»Und diese Uhr wirst du ihm wegnehmen!«

»Wegnehmen und dir bringen, mein Bey.«

»Nein, du wirst sie behalten!«

»Ich werde sie behalten und so gut verstecken, dass sie nicht einmal der Schaitan finden kann, mein Bey.«

»So, nun geh du wieder zurück auf deinen Hof, ich komme morgen oder übermorgen zu dir!«

»Zu Befehl, mein Bey.«

Murtaza zog seine Geldbörse aus der Innentasche und reichte ihm ein dickes Bündel Geldscheine. Cabbar steckte es ein und ging.

Sie diskutierten noch bis zum Morgen. Zülfüs Plan fanden sie genial. Da soll Arif Saim Bey nur weiterhin über Memed lachen und keine Truppen in den Taurus schicken. Dieser Plan war für sie ganz ohne Risiko, sogar wenn Cabbar überwältigt, ja, getötet werden sollte. Jedermann wusste ja, dass Cabbar mit Memed gut befreundet war. Sie würden ihm sogar noch auftragen, sich als Memed auszugeben. Den gewaltsamen Tod seines Verwalters würde Arif Saim noch verkraften, der Diebstahl der von Mustafa Kemal Pascha geschenkten Uhr durch diesen kümmerlichen Räuber Memed aber brächte ihn um!

Einige Tage nachdem Cabbar sich bereit erklärt hatte, das Gut zu überfallen, wurde die Angelegenheit Amber Bey publik, und die Agas kugelten sich vor Freude. Die Vorsehung schien ihnen wohlgesinnt.

Amber Bey war zweifellos der beliebteste und meistgeachtete Mann dieser Stadt. Er war der Enkel des Beys der Sippe Sombasli, der am Aufstand Kozanoğlus teilgenommen und sich auch nach dessen Unterwerfung nicht ergeben hatte. Bis zu seinem Tode war er in den Bergen geblieben, und sein Grabmal wurde zum Wallfahrtsort der Turkmenen. Die Erinnerung an diesen Bey war bei ihnen noch so lebendig, dass der Stammesverband der Sombasli bei den Turkmenen der beliebteste, die Beys dieser Sippe die angesehensten waren. Als sein Vater starb, war Amber Bey ein junger, ansehnlicher Mann mit grasgrünen Augen. Noch auf dem Totenbett hatte der Vater seine Söhne zu sich gerufen, um ihnen das herrschaftliche Siegel der Beys zu vermachen. Doch als Amber Bey das Siegel in der Hand hielt, begann er zu weinen, sagte: »Vater vergib, ich kann die Herrschaft eines Beys nicht ausüben, kann beim armen Volk keine Steuern eintreiben, kann niemanden unterjochen. Ich verlange nichts von dir, aber du kannst mir eine große Freude machen, wenn du mir die Mühle da unten überlässt!« Der in den letzten Zügen liegende Vater hatte keine Kraft mehr, mit ihm darüber zu streiten, er nahm ihm das Siegel aus der Hand und gab es Amber Beys jungem Bruder, der wie ein hungriger Wolf schon darauf gewartet hatte. Und von da an stand Amber Bey von morgens bis abends im Mehl und gab sich mit einer geringen Abgabe aus dem gemahlenen Weizen und Hafer zufrieden.

Hätten die Wildwasser die alte Mühle nicht mitgerissen, Amber Bey wäre nicht in die Kleinstadt gezogen. Unterhalb der Mühle besaß er einen Obstgarten mit Granatbäumen und ein kleines Melonenfeld. Sein junger Bruder, der ihm den Titel des Beys verdankte, hatte ihm nur dieses Stückchen Land überlassen, obwohl ihm rechtlich die Hälfte des gesamten Grund und Bodens zustand.

Amber Aga hegte dennoch keinen Groll gegen ihn, hatte noch nie ein böses Wort über ihn verloren, wie er auch sonst nie schlecht über seine Mitmenschen sprach. Er war seinem Bruder sogar dankbar, weil der ihn von den Pflichten eines Beys befreit hatte.

Er veredelte die Obstbäume, setzte Schösslinge und erntete

wohl die größten rosaroten Granatäpfel und die süßesten Feigen und Weinreben, und wenn eisige Stürme schon den Winter ankündigten, wuchsen auf seinem Feld noch Tomaten, Auberginen, Paprikaschoten und Melonen. Jeden Morgen belud er seinen Esel mit den Früchten und brachte sie zum Markt. Dort dauerte es nur einen Lidschlag, und sie waren verkauft. Von dem Erlös hatte er sich eine kleine Hütte neben einer byzantinischen Kirche bauen können. Sie war strohgedeckt, die Wände waren aus starkem Schilfrohr, alles fest gefügt und sauber. Prächtige Rosen, duftendes Basilienkraut, blaugrüner Efeu und Samtblumen wuchs im kleinen Vorhof.

Als der Krieg begann und die Moslems und Armenier der Stadt sich in zwei Lager spalteten, wandten sich die auswandernden Armenier Hilfe suchend an Amber Aga. In der Stadt gab es drei von Armeniern bewohnte Stadtteile. Zu ihnen gehörten die meisten Gewerbetreibenden, die Schmiede, die Tischler und Schuhmacher, die Gutsbesitzer und Wohlhabenden. Sie alle kannten Amber Aga gut, vertrauten ihm wie ihren eigenen Augen, und im Ungewissen, was sie erwartete, gaben sie ihm ihr Gold und ihren Schmuck in Verwahrung, um es nach Kriegsende und ihrer Rückkehr in die Stadt wieder abzuholen. Sie wussten, dass es niemand wagen würde, von Amber Aga die Herausgabe ihrer Wertsachen zu verlangen.

Dass die Armenier bei ihrer Flucht ihre Wertsachen Amber Aga anvertraut hatten, sprach sich schnell herum, doch in dessen Alltag veränderte sich nichts. Wie immer brachte er seine Feldfrüchte auf den Markt und verkaufte sie im Handumdrehen. Nur seine kleine Hütte hatte er verlassen und war, auf das flehentliche Bitten seines armenischen Nachbarn Artin hin, in dessen Konak eingezogen, und niemand forderte ihn auf, dieses Haus zu verlassen, als Artin nicht zurückkehrte. Auch als Zülfü Bey den an die Staatskasse gefallenen Konak zur öffentlichen Versteigerung ausgerufen hatte, war niemand erschienen, vor Amber Agas Augen ein Gebot abzugeben. So wurde der Konak ganz billig sein Eigentum. Er selbst führte sein bescheidenes Leben fort, und bald hatten die Städter die Armenier und deren Amber Bey anvertrautes Vermögen vergessen. Bis es vor einigen Tagen gegen Mitternacht an Amber Agas Tür läutete. Seit Jahren hatte um diese Zeit niemand bei ihm Einlass begehrt. Er öffnete und war nicht überrascht, nicht einmal erschrocken, als er vor sich die Briganten mit ihren roten Fezen erblickte.

»Tretet ein, meine Agas«, bat er, ohne zu zögern, »seid willkommen!«

Die Briganten betraten das Haus, einige blieben draußen vor der Tür stehen.

Sie gingen hinauf, Amber Bey wies mit der Hand aufs Wandsofa, und sie setzten sich.

»Das ist Memed der Falke«, sagte Ferhat Hodscha.

»Und du bist wohl Ferhat Hodscha«, entgegnete Amber Bey.

»Ich bin es«, nickte der Hodscha.

»Dass die Allmacht mich diesen Tag noch erleben lässt.« Amber Bey hob die Hände zum Himmel. »Hätte man mich gefragt, wünsch dir etwas vom Herrgott, und es wird dir erfüllt, ich gäbe zur Antwort: Memed den Falken kennen lernen. Einen Kaffee? Seid ihr hungrig?«

»Nicht nötig«, antwortete der Hodscha in rüdem Ton, und Memed begann vor Scham zu schwitzen.

»Essen? Saft?«

»Nicht nötig.«

»Warum denn, mein Lieber, ihr seid Gottesgäste.«

»Nicht nötig«, wiederholte der Hodscha, seine Stimme bebte vor Strenge.

»Warum denn, mein Lieber?«

»Weil wir gekommen sind, dich zu berauben, uns zu holen, was dir die Armenier anvertraut haben.«

»Na und?«, lachte Amber Bey. »Ich habe auf so wohltätige Menschen wie euch schon gewartet. Gott ist mein Zeuge, seit jenem Tag zerbreche ich mir den Kopf, was ich mit dem Geld tun soll. Solange ich lebe, kann weder ich, noch irgendwer dieses Geld anrühren. Und was soll daraus werden, wenn ich sterbe? Tag und Nacht dachte ich daran und fand keine Antwort. Ich konnte es ja auch nicht wie ihr an die Menschen verteilen. Wie gut, dass ihr gekommen seid, mir diese Sorge abzunehmen.« Amber Bey strahlte. »Gebt mir einen Mann mit!«, bat er.

»Kasim, geh du!«

Memed hielt den Kopf gesenkt, mochte niemandem ins Gesicht sehen, schwitzte Blut und Wasser.

Amber Bey ging ins Nebenzimmer, holte eine Lampe, ging, gefolgt von Kasim, die Treppe hinunter, öffnete eine Tür, dahinter eine zweite und zeigte auf eine der Marmorplatten, mit denen der Fußboden ausgelegt war. Sie war mit einem breiten, roten Strich versehen. »Heb diese Platte hoch!«

Kasim zog mit aller Kraft, doch er konnte sie nicht heben.

»Hole jemanden zu Hilfe!«

Ferhat Hodscha kam selbst herunter. »Worum geht es, Amber Bey?«

»In der Nacht noch, als wir in dieses Haus einzogen, vergrub ich hier die Goldstücke und deckte diese Steinplatte darüber.« Er drehte sich um und nahm eine Hacke, die mit Schaufel und anderem Gerät an der Wand stand. »Nehmt diese Hacke, damit könnt ihr sie hochstemmen.«

Es dauerte eine ganze Weile, bis Kasim und der Hodscha die Steinplatte beiseite geschoben hatten.

Kasim griff zu einer Schaufel, Amber Bey hielt die Lampe.

Kurz darauf hatten sie ein Gefäß freigelegt, das etwas größer war als ein Wasserkrug. Die Öffnung war mit Lehm abgedichtet.

»Nach oben damit!«

Amber Bey vorweg, stiegen sie die Treppe hoch. Der alte Mann lachte in einem fort. »Gott vergelts euch, dass ihr gekommen und mich von dieser Qual befreit habt! Wie schön, wie schön …«

Kasim stellte den Krug auf die Wandpritsche.

»Aufmachen!«

Der Hodscha löste mit seinem Handschar den Lehm.

»Und nun, mein Hodscha, schüttet den Inhalt hier auf den Kelim!«

Als der Hodscha den Krug kippte, häuften sich Goldstücke, Halsketten, Edelsteine, Armreife und Ringe auf dem Kelim, mit dem die Wandpritsche überzogen war. Keiner der Anwesenden hatte jemals so viele Goldtücke auf einem Haufen gesehen. Verdattert standen sie mit kugelrunden Augen da.

Schließlich ergriff wieder der Hodscha das Wort: »Du gibst uns alles?«

»Alles gehört euch.«

»Das geht nicht.«

Das geht nicht ... Das geht wohl ... So begannen sie ein hartnäckiges Streitgespräch, bis am Ende der Hodscha entnervt aufgab, einen Rubinring aus den Haufen fingerte und Amber Bey reichte: »Dann nimm wenigstens den!«

»Kann ich nicht.«

»Du hast so lange darüber gewacht, nimms als wohlverdienten Lohn!«

»Kann ich nicht.«

»Du kannst«, erboste sich Ferhat Hodscha. »Was bist du doch für ein Dickschädel!«

Und an Memed gewandt: »Los, gehen wir! Wenn er diesen Ring nicht annimmt, nehmen wir auch diese Goldstücke nicht an. Steh auf, wir gehen!«

Nachdem Memed aufgestanden war, erhoben sich auch die andern.

»Setzt euch wieder!«, lachte da Amber Bey. »Ich nehme ihn und schenke ihn Ferhat Hodscha. Er soll ihn einem Mädchen geben, dessen Vater in Sarikamiş gefallen ist!«

»Gib du ihn ihr doch selbst!«

»Ein guter Rat. Gib ihn her, ich schenke ihn der Tochter des gefallenen Gefreiten Davut!« Amber Bey nahm den Ring und steckte ihn in die Tasche.

Der Kaffee wurde gebracht, sie schlürften ihn genüsslich.

Amber Bey hing seinen Gedanken nach.

»Du bist so still geworden, Bey, sorgst du dich um irgendetwas?«

»Worüber sollte sich ein Mann denn sorgen, wenn einer wie Memed zu ihm ins Haus gekommen ist, mein Sohn. Aber eine Sorge hab ich schon.«

»Nun sag schon, und wir tun, was wir können! Wenn du willst, berauben wir auch deinen Bruder.«

»Den lasst in Frieden, seit dem Tod unseres Vaters hat er schon genug Ärger! Meine Sorge ist eine andere.«

»Nun?«

»Ihr seid hergekommen und habt mir weggenommen, was mir meine Nachbarn vor zwanzig Jahren anvertrauten. Jedermann weiß davon. Wie soll ich sie nun davon überzeugen, dass ihr es mir genommen habt?«

»Du erklärst es ihnen.«

»Das glauben sie mir nicht.«

»Wir sind doch hier eingedrungen.«

»Wer hat es denn gesehen?«

»Sollen wir dich umbringen?«, fragte Ferhat Hodscha.

»Besser mich töten als meine Ehre beflecken. Der Tag, an dem es kein Vertrauen mehr unter den Menschen gibt, an dem die Menschen glauben, dass es keinen Menschen mehr gibt, auf den sie sich verlassen können, ist der Todestag der Menschlichkeit. Lieber sterben, als dazu beitragen! Also lasst euch etwas einfallen!«

»Keine Angst, Amber Bey, dein Wunsch wird erfüllt!«, versicherte Memed und stand auf. Dieser kleine Mann wuchs in Amber Beys Augen zu einem Riesen. Das ist er also, den sie Memed den Falken nennen, schoss es ihm durch den Kopf.

»Wartet noch einen Augenblick!«, rief er und lief ins Nebenzimmer, wo Frauen und Kinder mit angstgeweiteten Augen auf ihn warteten.

»Gebt mir den geknüpften Quersack!«, rief er, nahm ihn an sich, kam zurück und reichte ihn Memed. »Nimm ihn, er ist das Einzige, was mir von meinem Elternhaus verblieben ist! Bei dir ist er in würdigen Händen. Mein Großvater und mein Vater waren auch tapfere Männer. Die ganze Welt, sogar Kozanoğlu, hatte sich dem Osmanen ergeben, nur sie nicht. Packt die Wertsachen dort hinein! Jetzt kann ich in Ruhe die Augen schließen. Gott segne euch!«

Temir füllte hastig Gold und Schmuck in den Quersack, stand auf und warf ihn sich über die Schulter. Die Last drückte ihn nieder.

Mit Tränen in den Augen umarmte und küsste Amber Bey einen nach dem andern. »Viele Kriegswaisen, Kriegerwitwen, junge Burschen und Mädchen werden jetzt Freudentänze aufführen.«

»Auch Alte, deren Söhne auf dem Felde geblieben sind«, fügte Memed hinzu.

Amber Bey geleitete sie mit der Lampe zum Tor, öffnete und sagte noch einmal: »Gott segne euch und euren Kampf!«

»Geh vom Tor weg«, forderte Memed ihn auf, »und lass niemanden an die Fenster!«

Amber Bey eilte hinauf, ließ alle im Haus sich auf den Fußboden legen, denn er hatte längst erraten, was Memed vorhatte. Und schon krachten die Salven, regnete es Kugeln auf Türen und Fenster. Memed, Ferhat Hodscha, der stimmgewaltige Kasim und die andern brüllten: »Die Bande von Memeds dem Falken! Öffne das Tor, Amber Bey, entweder das Gold oder dein Leben!«

Amber Bey öffnete ein zur Stadt gelegenes Dachfenster und schrie so laut er konnte: »Ihr habt doch schon alles, mehr ist nicht da, ich habe keinen Para mehr, ihr habt euch schon alles genommen.«

Von den Schüssen aus tiefem Schlaf geschreckt, sprangen die Kleinstädter aus ihren Betten. Als sie die Salven und die Rufe hörten, sagten sie sich: »Memed und seine Männer sind in die Stadt eingefallen und haben Amber Beys Konak heimgesucht«, rollten sich in ihren Betten wieder zusammen und warteten besorgt auf das Ende des Überfalls.

Mittlerweile begannen auch die Gendarmen auf die Schüsse zu antworten, und die Briganten zogen sich, unablässig feuernd, auf den Hügel hinter der Stadt zurück. Erst im Wald von Akarca trafen sie aufeinander, und bis zum Morgen wurden die Mündungsfeuer der Gegner aufs Korn genommen.

Irgendwann in der Morgendämmerung entdeckte Memed vor sich Unteroffizier Asim. »Ergib dich!«, brüllte Ferhat Hodscha. Überrascht erhob sich Unteroffizier Asim und tappte verwirrt einige Mal im Kreis. Temir sprang hinzu und riss ihm das Gewehr aus der Hand. In diesem Augenblick verschärfte sich der Schusswechsel. »Hinlegen, Unteroffizier Asim!«, schrie Memed, und hätte Temir den Gendarmen nicht am Ärmel gepackt und zu Boden gerissen, wäre er wohl getroffen worden.

Memed robbte zu den beiden und rief: »Temir, gib unserem Unteroffizier das Gewehr zurück! Hast du mich erkannt, Asim?«

Der Unteroffizier maß ihn mit freundschaftlichem Blick und antwortete: »Wie sollte ich dich nicht erkennen, Memed, du hast dich ja gar nicht verändert. Ich denke, du hast die Räuberei aufgegeben?«

»Ich hab sie wieder aufgenommen, mein Unteroffizier, und wie gut, dass ichs getan habe und dich mit meinen irdischen Augen noch einmal sehen kann.«

»Die Stadt überfallen war nicht recht.«

»Ich habe nicht die Stadt überfallen, mein Asim.«

Sie robbten hinter einen Fels in einer Senke, die von keiner Seite einzusehen war und setzten sich mit dem Rücken zum Felsen nebeneinander hin. Der Unteroffizier zog Zigaretten aus seiner Tasche, reichte auch Memed eine und gab ihm Feuer. Um beiden Feuerschutz zu geben, hatte Temir sich hinter einen Baumstamm verschanzt und schoss auf alles, was nach Gendarm aussah.

»Keinen erschießen!«, befahl Memed. »Unserem Unteroffizier zuliebe!«

»Ich habe drei Gendarmen in den Arm getroffen«, brüstete sich Temir.

»So viel darf schon sein!«, sagte Memed.

»Warum bist du in die Stadt eingedrungen, Memed? Das fand ich deiner gar nicht würdig.«

»Wir haben nur Amber Bey ausgeraubt, haben uns genommen, was er in Verwahrung hatte. In den Bergen sind viele Notleidende, auch Kriegswaisen.«

»Ich weiß«, sagte der Unteroffizier. »Hat es sich wenigstens gelohnt?«

»Ein Quersack voll Gold. Wir werden das ganze Bergland versorgen.«

»Die Agas und Beys fürchten euch. Sie haben einen Mann losgeschickt, Arif Saim Beys Landgut zu überfallen, deinen Cabbar den Langen.«

»Und sie werden behaupten, Memed seis gewesen.«

»Und Arif Saim Bey wird Truppen gegen euch in Marsch setzen, und die werden in der ganzen Gegend wüten.«

»Und über das arme Volk herfallen.«

Des Unteroffiziers Augen blieben auf Memeds Hemd haften. »Ist das nicht das besagte Hemd?«

»Es ist das Hemd«, antwortete Memed.

»Ich befürchte ...«

»Was befürchtest du, Unteroffizier Asim?«

»Dass sie Mütterchen Sultan etwas antun. Auf sie haben sie es besonders abgesehen.«

»Ihr kann niemand etwas anhaben.«

»Hoffen wirs!«, entgegnete der Unteroffizier wenig überzeugt.

Memed sah ihn fragend an.

»Nun frag schon!«, forderte ihn Asim auf.

»Hast du je von einem Lehrer Nejad Bey gehört? Den mit dem goldenen Orden? Ein Freund Şahin Beys und Schwarzer Schlange? Er hinkte auf einem Bein.«

»Wer kennt ihn nicht, Memed, er war ein echter Held. Vorm Feind wurde er zum Löwen. Er führte die Männer an, die in Maraş, Antep und Karboğaz die Franzosen Blut kotzen ließen. Er schlug sich auch in den Dardanellen und gegen die Griechen.«

»Hast du auch gehört, dass sie ihn ermordet haben?«

»Und ob ich es gehört habe«, antwortete der Unteroffizier. »Auch dass einer namens Memed seinen Mörder getötet hat.«

Fragend sah er Memed an, während über sie hinweg die Kugeln pfiffen.

»Ja, jener Memed bin ich, mein Unteroffizier, jener Neffe von Abdülselam Hodscha ...«

Der Unteroffizier legte seine Hand auf Memeds Rechte, drückte sie voller Wohlwollen: »Das war recht getan«, sagte er bewegt. »Du hast das Blut eines Helden nicht ungesühnt versickern lassen. Das allein rechtfertigt schon deine Rückkehr in die Berge.« Seine Kehle war wie zugeschnürt, noch ein Wort darüber, und er hätte die Tränen nicht zurückhalten können. »Seyran und Mutter Hürü sind also dort geblieben, nicht wahr?«

»Sie sind dort. Abdülselam Hodscha ist ein mutiger Mann mit viel Erfahrung.«

»Ich weiß.«

»Mein Cabbar ist also zu Memed dem Falken geworden!«

»Er hatte keine Wahl. Sie haben ihn sehr gedrängt. Dich zu töten hat er abgelehnt.«

»Ich weiß. Und wie geht es Ali dem Hinkenden, ist er noch in der Stadt?«

»Er ist noch dort. Mal bei Murtaza Aga, dann, nach einigen Tagen, bei Molla Duran Efendi. Du solltest den Hinkenden einmal sehen! Auf arabischen Vollblütern, einen breitrandigen Hut auf dem Kopf. Ich habe selten einen so klugen, tapferen und anständigen Mann kennen gelernt. Mir kommt es so vor, als lebe er nur für dich.«

»Er hat Schuldgefühle mir gegenüber. Den Gedanken, Hatçes Tod mitverschuldet zu haben, wird er nicht los.«

Bis Tagesanbruch unterhielten sie sich, während die Kugeln über sie hinwegfegten.

»Sieh dir das an, Memed!«, rief Temir. »Die Gendarmen da drüben sind fast ungedeckt. Sind die verrückt? Ich werde sie wie reife Birnen ins Gras kugeln lassen.«

»Tus nicht!«, befahl Memed.

Der Unteroffizier stand auf, rückte Koppel und Schulterriemen grade, strich über seine Jacke und klopfte sich ab. »Ich gehe.«

»Hoffentlich hat uns niemand miteinander reden sehen!«

»Es hat niemand gesehen, und wenn, was macht es schon!«, antwortete der Unteroffizier.

Sie umarmten sich, Memed küsste dem Unteroffizier die Hände, dieser ihm die Wangen.

»Nachdem wir uns im Diesseits noch einmal gesehen haben, soll mich nichts mehr bekümmern. Gut getan, Memed, dass du den Lehrer Zeki Nejad gerächt hast. Gott schütze dich vor allem Übel!«

Dann trennten sie sich.

Memed befahl den Briganten, das Feuer einzustellen, weil er fürchtete, Unteroffizier Asim könnte von einem Querschläger getroffen werden. Kurz darauf stellten auch die Gendarmen das Feuer ein.

»Ein toller Bursche, dieser Unteroffizier Asim«, sagte Memed. »Mir scheint, als sei er ein guter Freund des Lehrers Zeki Bey gewesen.«

»So einer passt gar nicht zu ihnen. Er müsste zu uns gehören!«, meinte Ferhat Hodscha.

»Ist er denn nicht auf unserer Seite?«

»Nein«, bedauerte Ferhat Hodscha.

Dass Memed in die Stadt gekommen war und in einem prallvollen Quersack das von Amber Bey verwahrte Gold weggeschleppt hatte und von Dorf zu Dorf an die Waisen der an der Kaukasusfront und in den Dardanellen Gefallenen verteilen werde, hatte sich in wenigen Tagen von Kozan bis Osmaniye, von Dörtyol bis Adana, von der großen Ebene bis in die Berge herumgesprochen. Viele freuten sich, einigen fuhr der Schreck in die Glieder. Mutter Hürü konnte vor Freude nicht schlafen und unterhielt sich bis morgens mit dem Heiligen Ali, der seinen eigenen Leichnam auf das von ihm geführte Kamel geladen hatte. Sie tanzte mit Tschinellen an den Fingern, sodass weder Zeki Nejads Witwe, noch Seyran, noch Müslüm, der mit entsichertem Gewehr in der Armbeuge ruhte, Schlaf finden konnten.

Danach kam die Nachricht vom Überfall auf Arif Saim Beys Landgut. Memed soll auch dort die Doppeltaschen eines Quersacks mit geraubtem Geld gefüllt und sich dann in die Berge zurückgezogen haben. Wenns nur das Gold gewesen wäre, doch er hatte auch den Verwalter, Hadschi Ali den Sergeanten, getötet, mit dem Arif Saim Bey Schulter an Schulter an allen Fronten gekämpft und den er wie sein eigenes Leben geliebt hatte, und der, auf Betreiben des Abgeordneten, nicht einen einzigen Tag hinter Gitter musste, obwohl er mitten in der Stadt vor aller Augen sechs Männer erschossen hatte. Selbst das hätte Arif Saim Bey noch verwunden, wenn Memed nicht noch eine Untat begangen hätte, die Arif Saim Bey ihm nie und nimmer verzeihen würde. Er hatte Arif Saim Beys Vater an der Kehle genommen und die Herausgabe einer goldenen Uhr mit goldener Kette und dem Siegel Mustafa Kemal Paschas erzwungen. Und dazu noch behauptet: Dieses persönliche Geschenk Mustafa Kemal Paschas mit seinem Siegel sei Lügnern und Fahnenflüchtigen nicht würdig. Ein Molla Kerim, eine Schwarze Schlange, ein Şahin Bey, und da diese nicht mehr am Leben seien, der Brigant Bayramoğlu habe es verdient.«

Damit war Memeds Tod beschlossene Sache. In seiner Wut wird Arif Saim Bey eine ganze Armee gegen ihn in Marsch setzen lassen. Aber ob die Truppe mit ihm fertig würde? Schließlich trug Memed ja das Zauberhemd, in dem schon Saladin Aijubi sich vor den Toren Jerusalems mit blanker Klinge wie ein Tiger auf den Feind gestürzt und sich ganz allein bis zum letzten gepanzerten Reiter der Kreuzzügler durchgekämpft hatte. Dank dieses Gewandes wurde ihnen die heilige Erde zum Friedhof, konnten sie in das heilige Jerusalem nicht eindringen. Sogar den Sechzehn Gesegneten, die gegen die Griechen in den Krieg gezogen und nicht zurückgekehrt waren, wurde im Hort der Vierzig Augen dieses Hemd mit den Worten verweigert, es habe einen Anwärter, der bald kommen und es anziehen werde. Und dieser Angekündigte war niemand anders als der berühmte Memed der Falke, der mit blankem Schwert wie ein Tiger in die Berge des Taurus gezogen war.

Die Notabeln des Ortes hielten eine Versammlung nach der andern ab. Sie strahlten vor Freude, warteten auf Arif Saim Bey, der in Kürze das Unterste zuoberst kehren wird. Wenn es ihm, wie übrigens der ganzen Türkischen Republik, auch schwer fallen dürfte, eines Memed Herr zu werden ... Nun, man wird sehen! Denn diesmal ging es nicht um eine der üblichen Räuberbanden.

»Unsere Schuld«, meinte Zülfü mit verschmitztem Lächeln, »wir waren es doch, die das Maul des Pferdes mit einem göttlichen Siegel versehen hatten.«

»Geh mir doch los!«, entrüstete sich Murtaza Aga. »Glaubst du wirklich, dass wir das Maul von Memeds Pferd mit dem Namen Gottes versiegelt haben? Denkst du denn, wir hätten das alles erfunden?«

»Wer hat denn für ein beschissenes Pferd dreitausend Lira Kopfgeld ausgesetzt? Wenn wir für ein Zauberpferd ein hohes Kopfgeld aussetzen und an seiner Stelle mit großem Aufwand einen räudigen Klepper erschießen lassen, dürfen wir uns nicht wundern, dass er aufersteht.«

Es fehlte nicht viel, und die beiden wären sich an die Kehle gegangen, doch der pensionierte Lehrer Rüstem ging dazwischen und schlichtete. »Meine Beys«, rief er, »ich weiß nicht, warum Freunde und Schicksalsgefährten sich untereinander so schnell verletzen. Wir sind sehr empfindlich geworden und beschuldigen uns gegenseitig beim geringsten Anlass. In dieser Pferdegeschichte trifft keinen von uns eine Schuld. Aber wir haben nicht genug überlegt, haben die gesellschaftlichen Gesetze außer Acht gelassen. Seit zehntausend, ja, hunderttausend Jahren gibt es dieses göttliche Siegel, das auch das Maul von Memeds Vollblut schmückt. Es schmückte die Pferde des Helden Achilles wie auch die Pferde Alexanders, Mohammeds, Alis und Köroğlus. Und hätte der arme Prophet Jesus sich ein Pferd leisten können, hätten sie das Maul dieses Pferdes gleichfalls mit einem Licht sprühenden Siegel versehen. Vergessen Sie nicht, meine Herren, dass sechstausend, siebentausend Jahre vor Jesus die Pferde des Achill, der gegen Troja bei den Dardanellen in den Krieg zog, auch mit diesem Siegel geschmückt worden sind! Vergessen wir nicht, dass nicht wir dieses Siegel erfunden haben! Fallen wir jetzt nicht übereinander her, nachdem Memed uns den großen Gefallen tat, das Landgut Arif Saim Beys heimzusuchen, dessen Vater an die Kehle ging und ihm diese gesegnete Uhr entriss! Hätte er den Mann doch auch noch getötet! Dass er in unsere Stadt einfiel, bedeutet gar nichts. Sie wurde schon oft überfallen, und wenn in den Ladenvierteln adlergleiche Beys getötet werden, zuckt niemand mit der Wimper. Was zählt, ist diese gesegnete Uhr. Dafür müssen wir unseren größten Feind, Memed den Falken, beglückwünschen! Was aber Mütterchen Sultan betrifft, sie ist eine noch größere Gefahr. Denn die Rückständigkeit unseres Landes hat die Form der Räuberei angenommen, ihr Symbol ist Memed. Arif Saim Bey kann davor die Augen nicht verschließen; denn er ist so erfahren wie wir, schließlich ist er der Sohn eines öffentlichen Ausrufers. Er weiß so gut wie wir, was Reaktion, Brigantentum und Aufstand bedeuten. Lasst uns jetzt überlegen, wie wir ihn empfangen und in welche Richtung wir seine Wut lenken sollen! Dabei dürfen wir nicht vergessen, dass er die hiesigen Vorfälle nie und nimmer in ihren tatsächlichen Ausmaßen nach Ankara berichten wird. Denn das kommt ihm nicht zupass, wie wir aus Erfahrung wissen. Ich schlage vor, wir erschrecken ihn, versetzen ihn in Todesangst!«

»Stimmt. In Todesangst versetzen ist der beste Weg!«

»Solange es einem Menschen nicht ans eigene Leben geht …«

»Was aber, wenn er so um sein Leben fürchtet, dass er keinen Fuß mehr in unsere Stadt setzt?«

»Dann haben wir uns in die Nesseln gesetzt.«

»Keine Angst!«, sagte Zülfü, stand auf und wippte auf seinen Fußballen. »Ich kenne ihn bis ins Kleinste, wie ihr wisst, und ich weiß, er stellt sich umso mutiger einer Gefahr, je mehr er sie fürchtet. Er ist ein Mensch, der in seiner Angst richtig auflebt. Wir müssen ihn sogar in Angst versetzen. Wenns nicht ums eigene Leben geht, schert er sich keinen Deut, auch wenn die ganze Welt in Flammen steht.«

»Und vergessen wir nicht, Memed hat ihm die von Mustafa Kemal Pascha gewidmete Uhr geraubt und Bayramoğlu, als dem allein Würdigen, weitergereicht.«

»Diese Tat hat ihn mitten ins Herz getroffen. Er ist stolz wie ein Gott.«

»Auf diese Wunde werden wir den Finger legen. Das ist der größte Trumpf in unserer Hand.«

»So ist es«, bestätigte Zülfü. »Ich kenne ihn. Sein Stolz ist grenzenlos, er kann es nicht ertragen, dass ein Brigant über ihn gestellt wird.«

In tagelangen Diskussionen beschlossen sie, wie sie Arif Saim Bey empfangen, ihn behandeln und beeinflussen würden. Nichts blieb dem Zufall überlassen.

»Auch eine Fliege, die nicht dreckig ist, verursacht Übelkeit«, meinte Murtaza Aga. »Diese Angelegenheit muss zu einem Ende kommen!«

»Und Memed ist keine Fliege«, sagte der pensionierte Lehrer Rüstem Bey. »Er ist der Tiger an unseren Kehlen, ein Sturm, der die Zukunft dieses Vaterlands gefährdet.«

»Nehmen wir diesen Strauchdieb nicht zu wichtig«, versuchte Halil der Überschwängliche zu beschwichtigen.

An jenem Tag ergriff Murtaza Aga nur selten das Wort. Er war mit seinen Gedanken bei Ali dem Hinkenden, der mit der Hand auf dem Koran geschworen hatte, Memed sei nicht in den Bergen. Und nun hatten Unteroffizier Asim und die übrigen Gendarmen ihn mit eigenen Augen da oben gesehen. Abwarten, was dieser tapfere und niederträchtige Ali der Hinkende dazu zu sagen hat! Er brannte darauf, die Runde zu verlassen, um den Hinkenden aufzusuchen.

18

Ich bin dir böse, mein Ali. Warum hast du mir das angetan und meinen Memed wieder in die Berge geführt, obwohl ich dich so gebeten hatte? Bist du nicht so mächtig, dass du deinen eigenen

Leichnam auf ein Kamel laden und es hinter dir her ziehen kannst? Oder hast du uns hinters Licht geführt, mein Ali mit Zülfükar, dem gegabelten Schwert, du Reiter Düldüls und Liebling des Propheten? Ein seltsamer Kerl bist du, mein Ali! Hast du dich nie gefragt, wie ein Mensch seinen eigenen Sarg auf sein Kamel laden und gleichzeitig hinter sich her ziehen kann? Entweder ist niemand im Sarg, oder du bist es nicht, der das Kamel führt, mein Ali. Kannst du wirklich der Kamelführer mit den buschigen Brauen, dem gezwirbelten, langen Schnauzbart und dem finsteren Gesicht sein, mein Ali, der da mit kurzen Beinen dahintappt? Entweder sags du nicht die Wahrheit, oder der Verehrte Meister hat dein Bild falsch gemalt! Sonst hättest du, nachdem ich dich so angefleht hatte, alles Schlimme von meinem Memed fern zu halten, mich nicht so enttäuscht. Kannst du mir noch in die Augen schauen, mein Ali? Schau dir doch dieses Haus meines Memed an, wie schön er es hergerichtet hat. Er hat auch dich für voll genommen und an einen Ehrenplatz gehängt. Und bald wird er ein Kind haben! Wie kannst du davon nicht berührt sein, mein Ali? Wir haben dich Ali Schah genannt und in unseren Herzen auf einen Thron gesetzt, und was hast du uns angetan? Vielleicht reicht deine Macht doch nicht, vielleicht bist du wirklich tot. Vielleicht hast du weder das Kamel hinter dir her gezogen noch in diesem Sarg gelegen. Warum steckst du aber dann deine tote Nase in unsere Angelegenheiten und zerstörst unsere Hoffnungen? Menschen Hoffnung geben ist gut, sie nicht erfüllen können ist schlecht. Der Tod der Hoffnung ist schlimmer als der Tod, mein Ali. Der Mensch stirbt, das ist nun einmal sein Schicksal. Das Schlimmste, das Unerträglichste aber ist, wenn die Hoffnung stirbt. Warum hast du unsere Hoffnung getötet, mein Ali? Das ist doch eines Propheten unwürdig! Wer hat diesem gottlosen Şahin Bey, der im Grabe niemals Ruhe finden möge, denn gestattet, sich meinem Memed entgegenzustellen? Memed hätte ihn nicht töten sollen, wirst du antworten. Aber was hat denn ein Mann verdient, der einen Lehrer, Vater von drei Kindern, umbringt und so viel armes Volk hungern lässt? Er hat gut getan, diesen nach allen vier Büchern Abtrünnigen zu töten, und ich werde mir noch in meinem Alter Tschinellen an die Finger klemmen und an seinem von Würmern wimmelnden Grab tanzen, tanzen und noch einmal tanzen, dass denen, die mich so fröhlich sehen, vor Staunen der Daumen im Munde stecken bleibt. So, ich gehe jetzt, weil ich dir grolle und dein finsteres Gesicht, ob es nun deins ist oder nicht, nie mehr sehen will. Und bis in alle Ewigkeit werde ich deinen Namen nicht mehr in den Mund nehmen, werde dich nicht mehr Träger des Schwertes Zülfikar nennen und dich bis an mein Lebensende nicht mehr anschauen. Da hast dus, so enden jene, die nicht Wort halten und hoffende Menschen enttäuschen. Und ich, mein prächtiger Prophet Ali mit dem zweispitzigen Schwert, verlasse dieses Haus Memeds, den du in die Berge vertrieben hast. Ich will dein finsteres Gesicht nicht mehr sehen. Ali, der die Hoffnung zerstört, in dem kein Mitgefühl wohnt! Wer weiß, wen alles du noch in viel größeres Unglück gestürzt, wem die Hoffnung genommen und in eine Hölle verbannt hast, die schlimmer ist als der Tod! Gut getan! Sie haben es verdient, diese Trottel, sie hätten dir eben nicht blindlings vertrauen sollen!

»Seyran!«, schrie sie.

»Bitte, Mutter.«

»Komm her! Haben wir ein schwarzes Kopftuch für die Trauer?«

»Haben wir, Mutter.«

»Brings mir her!«

Seyran ging zur Nussbaumtruhe, holte ein großes, schwarzes Baumwolltuch hervor und blieb mit dem Tuch in der Hand vor Mutter Hürü stehen. Was sie wohl vorhat, überlegte sie und befürchtete, sie habe eine schlimme Nachricht bekommen und wolle sich das Tuch umbinden.

»Nimm diesen Stuhl und stell ihn dorthin!«, befahl sie und zeigte auf Alis Bild. »Dann steigst du hinauf und verdeckst das Gesicht dieses Herzlosen, damit ich es nicht mehr sehen muss!«

Seyran tat sofort, was Hürü geheißen.

Dann stellte Hürü sich vor das verhangene Bild. »Ist es jetzt recht so, Ali? Wenn du die Menschen so hinters Licht führst, dann geschieht es dir recht, wenn du hinter pechschwarzen Tüchern verschwindest.« Sie kehrte ihm den Rücken zu, verließ den Raum und, als wolle sie vermeiden, dass Ali es hörte, raunte sie Seyran zu: »Komm, Mädchen, lass uns in den Garten gehen, ich habe dir etwas zu sagen!«

Hintereinander gingen sie die Treppe hinunter, Hürü zog Seyran in einen abgelegenen, schattigen Winkel, neigte sich dicht an ihr Ohr und flüsterte: »Ich habe meinem Ali, diesem Tyrannen, gesagt, dass ich ihm grolle, weil er sein Wort nicht hält, und ihm auch sonst noch vorgehalten, was mir so in den Sinn kam. Du kümmerst dich aber nicht darum, es ist etwas zwischen ihm und mir! Er ist und bleibt unser Ali, und du darfst ihn nicht verletzen! Sei du ihm nicht böse, vielleicht kann der Arme ja nichts für uns tun! Verletze ihn nicht!«

»Ich verletze ihn nicht!«

»Tu niemals etwas, was ihm das Herz brechen könnte!«

»In Ordnung, Mutter.«

»Und nimm das Tuch ab, wenn ich fort bin, damit es ihm nicht zu eng wird. Ihn haben diese Grausamen ja auch getötet, haben ihn mit dem Handschar ins Herz gestochen und in der Moschee sein rotes Blut vergossen. Das Tuch …«

»Nehme ich weg, Mutter!«

»Erst wenn ich gehe.«

»Wohin gehst du denn?«

»Zu meinem Memed in die Berge.«

»Und was sollen wir ohne dich hier anfangen, Mutter?«

»Ihr werdets schon schaffen, du und Necla, die Frau des Lehrers, Rücken an Rücken! Sie ist ein Weib wie ein Anwalt, und du bist gleich Memed stark wie ein Berg. Ihr werdet gut miteinander auskommen und eure Kinder großziehen. Abdülselam Hodscha wird euch noch einen Garten kaufen. Memed hat für euch viel Gold zurückgelassen, als er fortging.«

»Mutter, tus nicht, ich flehe dich an, verlass uns nicht!«

»Nein, nein, mein Mädchen, um mich hier zu halten, müsst ihr mich schon anketten. Ich kann meinen Memed in den Bergen nicht allein lassen, den Wölfen und Vögeln zum Fraß. Was soll mein Junge denn ganz allein unter so vielen Dieben, Gendarmen, Räubern und Raubtieren tun, wenn ihm seine Mutter Hürü nicht die Kraft zu überleben gibt?«

Sie neigte sich dicht an ihr Ohr: »Hör mir gut zu! Unser Memed, mein Kind, der Beste aller Männer, mag einen buschigen Schnauzbart haben, das liegt in der Familie, die werden schon von der Mutter mit Schnauzbart geboren. In Wirklichkeit ist er noch ein Kind, ein Jüngling in seiner ersten Blüte. Hast du denn schon einmal erlebt, dass ihn jemand für Memed den Falken gehalten hat?«

Als Seyran lachte, wurde Mutter Hürü wütend.

»Hure!«, schrie sie. »Warum lachst du über mich? Denkst du denn, ich werde Memed nie wiedersehen? Du denkst wohl, ich werde ihm nicht erzählen, dass du dich über mich lustig gemacht hast!«

Seyran ergriff ihre Hand und küsste sie. »Mutter, ich schwöre bei Gott, dass ich nicht über dich gelacht habe.« Sie bat und flehte, küsste ihr unzählige Mal Wangen und Hände, bis sich die gutherzige Hürü erweichen ließ.

»Dann mach dich fertig!«, lachte Mutter Hürü. »Wir werden geradewegs zum Verehrten Meister gehen. Wo ist die Advokatin Necla? Sie soll mitkommen! Kümmere dich um sie, ich vertraue ihr! Eine tapfere Frau. Sie spricht viel und ein bisschen spitz, aber das macht nichts. Ohne sie könnte ich dich nicht so allein in der Fremde zurücklassen.«

Müslüm hatte eine Kutsche aus der Nachbarschaft vorfahren lassen, und sie stiegen ein. Mutter Hürü hatte sich besonders fein gemacht, hatte ihre Nasenringlein und Fußreife angelegt, ihr weißes Kopftuch umgebunden, das von Memed geschenkte Seidenkleid angezogen und ihren Schal aus Lahore um die Hüfte geschlungen. Sie war so festlich gekleidet, als ginge es zur Hochzeit.

Die Kutsche hielt vor der Werkstatt des Verehrten Meisters. Er reichte Mutter Hürü helfend die Hand, als sie ausstieg, was sie mit Stolz erfüllte. Sie gingen hinein, und der Meister ließ sie in einem Sessel Platz nehmen, den er eigenhändig heranrückte. Dann bestellte er im Kaffeehaus nebenan die Mokkas. Mit geziert gespitzten Lippen schlürfte Mutter Hürü genüsslich ihren Kaffee, und nachdem der Verehrte Meister ihr das geleerte Tässchen aus der Hand genommen hatte, fragte sie ihn mit durchdringend schimmernden Augen: »Hochverehrter, ist das Bild von Ali, das du gemalt hast, wirklich sein Porträt?«

»Es ist Alis Bild.«

Listig und verstohlen lächelnd, schaute sie ihn wieder an: »Hast du Ali denn gesehen, als du ihn maltest?«

»Gesehen nicht.«

Mutter Hürü lächelte noch immer. »Wie kann es denn ein Bild Alis sein, wenn du ihn nicht gesehen hast?«

»Ich habe ihn nach Bildern von denen gemalt, die ihn gesehen oder ihn sich so vorgestellt haben.«

»Hm, ich verstehe. Ihr arbeitet so, wie wir nach alten Mustern Kelims weben.« Sie schaute Seyran an. Jetzt war alles klar. Der Aufguss vom Aufguss vom Aufguss! Also hatte Ali, der alte, echte Ali, der Reiter Düldüls, gar keine Schuld. Und sie bereute zutiefst, dass sie ihn tagelang so gequält hatte, behielt aber diese Gedanken für sich.

»Verehrter Meister, ich habe eine Bitte, und ich werde dir so viel Geld geben, wie du dafür haben willst, denn Memed hat mir, obwohl ich es nicht haben wollte, einen Haufen Geld dagelassen.«

»Geld ist nicht wichtig. Wenn es in meiner Macht steht …«

»Ich will ein Pferd von dir, ein Pferd, das so aussehen soll, wie das Pferd von Memed dem Falken!«

»Zu Befehl, Mutter Hürü!«

»Das Pferd soll am Himmelszelt stehen, die Hufe auf einer weißen Wolke!«

»Nichts leichter als das.«

»Hast du ein Muster dieses Pferdes?«

»Nein, aber ...«

»Wie willst du dann das Bild dieses Pferdes malen?«

»Aus dem Kopf.«

»Außerdem soll es wiehern. Mit erhobenem Kopf und geblähten Nüstern!«

»Es wird wiehern.«

»Und auf dieses Pferd wirst du meinen Memed setzen!«

»Wird gemacht.«

»Und mitten auf des Pferdes Stirn wirst du, gleich einer Pastetenscheibe aus schimmerndem Gold, eine Tresse setzen, wie sie Mustafa Kemal Pascha auf seinem Kragen trägt. Dazu ein Eichenblatt!«

»Auch das werde ich.«

»Auch eine nagelneue, stahlblanke Flinte wirst du meinem Memed über die Schulter hängen!«

»Er bekommt sein Gewehr.«

»Hast du ihn jemals so gesehen?«

»So habe ich ihn nicht gesehen.«

»Wie willst du ihn dann malen?«

»So, wie ich ihn mir vorstelle.«

Nachdem Mutter Hürü ihm Memeds Kleidung, seinen betreßten Umhang, die silberdurchwirkten Patronengurte, den mit Tulasilber verzierten Dolch und alles andere lang und breit beschrieben hatte, fragte sie: »Hast du sein Gesicht genau vor Augen?«

»Ich sehe es vor mir.«

»Kannst du es genau so malen?«

»Genau so.«

»Mein Memed ist fröhlich. Sein Gesicht ist nicht so finster wie das von Ali. Hast du ihn je lachen sehen?«

»Ich habe ihn lachen sehen.«

»Mein Sohn hat ein strahlendes Lachen.«

»Wie das Licht.«

»Lachen soll er aber nicht, sondern mit einem verstohlenen Lächeln zu Pferde sitzen!«

»Mit verstohlenem Lächeln.«

»Und setze ihm keinen Fez auf! Ein Fez steht ihm überhaupt nicht. Auch keinen Hut! Ich fürchte, mit einem Hut sieht er aus wie dieser Unglücksrabe Ali der Hinkende. Er soll barhäuptig sein mit einigen Locken in der Stirn!«

»In die Stirn fallende Locken.«

»Bis wann?«

»Wann du willst. Ich werde Tag und Nacht daran arbeiten.«

»Gott segne dich!« Mutter Hürü sprang auf, ergriff des Verehrten Meisters Hand und küsste sie.

»Ich bitte Sie, ich bitte Sie, Mutter Hürü, was tun Sie da!« Ihm war, als habe Mutter Hürü noch etwas auf dem Herzen. »Kann ich noch etwas für Sie tun?«

Mutter Hürü errötete wie ein junges Mädchen. »Ich falle dir schon genügend zu Last.«

»Nein, nein, jeder Ihrer Wünsche ist mir Befehl. Was heißt hier Last? Für mich ists größte Lust.«

»Ist das wahr? Ein Vergnügen?«

»Ein Vergnügen.«

»Dann musst du mir noch Alis Düldül malen, aber ohne Ali, weder im Sattel, noch mit dem Halfter in der Hand!«

»Geht das denn, Düldül ohne Ali? Wie soll der Betrachter denn erkennen, dass es Düldül ist?«

»Das geht, das geht«, versteifte sich Mutter Hürü. »Meinetwegen kannst du Ali mit seinem Kamel am Halfter hinzufügen!«

»Gut, so mache ich es«, lachte der Verehrte Meister.

»Und dann noch diese wunderschöne Frau mit dem Körper eines Drachen. Setz eine große Rose neben sie und bedecke ihren Rücken mit goldenen Schuppen!«

»So wird sie immer dargestellt.«

»Du hast ein Vorbild?«

»Ein Vorbild, das dem Original genau entspricht.«

»Und dann möchte ich noch Vater Adam und Mutter Eva haben!«

»Die stehen ja schon bereit.«

»Aber ich will das Blatt nicht, das sie da vorne tragen! Die Blätter entsprechen nicht der Wahrheit.«

»Warum denn nicht?«, fragte neugierig der Meister und strählte nachdenklich seinen Bart.

»Gab es außer ihnen denn noch einen Diener Gottes dort, der ihr ... das da vorne hätte sehen können, und sie es mit einem riesigen Feigenblatt verdecken mussten?«

»Stimmt. Daran habe ich nie gedacht.«

»Siehst du, wenn du in Zukunft wieder eine Kopie machst, denk vorher nach und setze ihnen keine Blätter unter die Bäuche!«

»Ich werde daran denken.«

Mutter Hürü kehrte ihm den Rücken zu, fingerte unter dem Rock ihren Geldbeutel hervor und reichte ihn dem Verehrten Meister. »Da ist viel Geld drin, nimm, so viel du willst, meinetwegen auch alles, mein Sohn wird mir noch mehr geben!«

Der Verehrte Meister nahm einen kleinen Betrag heraus und steckte ihn in die Tasche, ohne ihn den andern zu zeigen. Mutter Hürüs Augen war es nicht entgangen, aber sie ließ ihn ohne Widerspruch gewähren, dachte nur: Was ist das nur für ein Meister, überlistet sich selbst! Es überrascht mich nicht, wenn ich daran denke, was er aus meinem Ali gemacht hat. Scheißt uns in den Herd, indem er uns einen Ali gibt, der mit dem wirklichen gar nichts gemein hat. Vielleicht hatte Memed ihm ja beim Abschied viel Geld gegeben, kann sonst ein Mensch so großzügig sein?

»Ich werde Ihnen die Bilder in den nächsten Tagen bringen.«

»Ich werde sie mitnehmen in die Berge und sie Mütterchen Sultan und all den andern zeigen«, entgegnete sie und dachte dabei: Wenn der wüsste, dass dieses Bild Memeds in Wirklichkeit das Bild von Memed dem Falken ist, wer weiß, was er dann für ein Porträt schaffen würde, wer weiß!

Nachdem Memed Şakir Bey getötet hatte, war die Stadt in helle Aufregung geraten. Die einen meinten, Şakir Bey habe es verdient, die andern riefen empört, wo denn da Gesetz und Ordnung blieben. Die meisten hielten zu Memed und dem Lehrer Nejad, den andern war der Schrecken in die Glieder gefahren. Sofort bezahlten die Agas der Reisfelder voll und ganz ihre Schulden an die Tagelöhner, und Şakir Beys Leute hielten still, kamen nicht einmal in die Nähe von Memeds Haus. Müslüm hatte sich im Graben vor dem Haus mit geladenem Gewehr auf die Lauer gelegt und gehofft, einige von ihnen abzuschießen. Und das Ansehen Abdülselam Hodschas, der ja von jeher in der Stadt geliebt und geachtet wurde, stieg um ein Vielfaches. Ging er durchs Marktviertel, kamen alle Händler und Gewerbetreibenden vor ihre Läden und Werkstätten, um ihn auffällig zu grüßen. Dass dieser Memed, der Şakir Bey getötet hatte, Memed der Falke war, wusste außer Abdülselam Efendi niemand, und dieser hatte sogar vor sich selbst dieses Geheimnis im tiefsten Herzenswinkel vergraben. Eines Tages wird er dieses Geheimnis, das ihm Memed nach Zeki Nejad Beys Tod anvertraut hatte, mit ins Grab nehmen.

Ohne den Pinsel je abzulegen, hatte der Verehrte Meister die von Mutter Hürü in Auftrag gegebenen Bilder gemalt und ihr ins Haus gebracht. Sie war von Memeds Bild entzückt. »Oh, mein Gott! Kommt her, Mädchen, schau dir das an, Abdülselam Hodscha! Ist so etwas denn möglich! Da ist er, wie er leibt und lebt, mit lächelnder Miene und leuchtenden Augen auf einem Grauschimmel über den Wolken. Er gleitet, er fliegt dahin, und wie sehr ähnelt er doch meinem so geliebten Sohn Memed!« Tag und Nacht konnte sie sich von dem Bild nicht trennen, bestaunte es immer wieder, und wie schon mit Ali sprach sie auch mit ihm mal wütend, mal fröhlich und liebevoll.

Fünf, sechs Tage später erst fielen ihr Urvater Adam und Urmutter Eva ein. Sie stellte sich vor das Bild und schaute sie prüfend an. Der Verehrte Meister hatte die Feigenblätter entfernt, und jetzt war das grünliche Gemächt Vater Adams in ganzer Länge zum Vorschein gekommen. Mein Gott, murmelte sie verwundert, wie groß doch sein Ding gewesen ist, Gott bewahre uns und halte es fern von uns! Urmutter Evas Scham dagegen war sehr, sehr schön, hatte sich wie eine Rose am Morgen schwellend geöffnet und wartete darauf, geliebt zu werden. Mutter Hürü gefiel es außerordentlich, besonders die leichte Schwellung, die Bereitschaft zur Liebe, und sie musste unwillkürlich an Seyran denken. Sie ist wie unsere Mutter Eva! Memed hat Glück! Aber der Arme hat die mehr noch als unsere Mutter Eva nach Liebe schmachtende Seyran hier zurückgelassen und sich in die Berge gemacht! Und nachdem sie auch noch einen Blick auf das wunderschöne Drachenmädchen mit den goldenen Schuppen geworfen hatte, rief sie Seyran zu sich.

»Nimm den schwarzen Schleier von Alis Bild wieder ab! Das Bild muss ihm schon ähnlich sein, wenn es von einem Meister gemalt wurde, der meinen Memed so gut getroffen hat! Wer weiß wie stickig es für den Armen unter diesem Tuch gewesen ist. Sieh doch, der Ali, den er für mich gemalt hat, gleicht diesem hier aufs Haar, aber der meine lächelt!«

Seyran zog den Stuhl ans Bild, stieg hinauf und nahm das Tuch herunter. Mutter Hürü stellte sich vors Bild, betrachtete es mit verschämt verschmitztem Lächeln wie ein ungezogenes Kind und bat Ali um Verzeihung.

»Mutter, gehst du jetzt?«, fragte Seyran mit tränenfeuchten Augen und senkte den Kopf.

»Ich gehe«, antwortete Mutter Hürü schroff.

»Wir werden ein Kind bekommen.«

Mutter Hürü blickte noch strenger. »Es wird auch ohne mich zur Welt kommen. Ruf du Müslüm, er soll bei Tagesanbruch das Pferd bereithalten!« Als sie sich umdrehte, fiel ihr Blick noch auf Düldül, die betrübt auf sie nieder schaute. »Ja, ohne Ali sieht dieses Maultier wirklich nach nichts aus. Seyran!«

»Bitte, Mutter!«

»Dieses Bild zeigt Alis Düldül. Es bleibt hier. Pflege es!«

»Wie du befiehlst, Mutter.«

Seyran stopfte die Sachen, die Mutter Hürü aus der Stadt gebracht hatte und die Geschenke von Necla Hanum und Abdülselam in die Doppeltaschen, Beutel und Quersäcke und schlug die empfindlichen Glasmalereien in die feste Pappe vom Verehrten Meister ein.

»Mutter, wie wirst du die denn mitnehmen?«

»Wir binden sie auf die Kruppe des Pferdes, da sind sie sicher.«

Plötzlich füllten sich ihre Augen mit Tränen, sie musste an sich halten, um nicht loszuheulen. »Ach, ich weiß nicht, meine Schöne, ich weiß wirklich nicht«, brachte sie nur hervor.

19

Die Spitzen der Gesellschaft, hinter ihnen eine große Menschenmenge, warteten seit dem frühen Morgen am Ende der Brücke auf Arif Saim Bey. Es wurde schon Mittag, doch vom Bey war weit und breit nichts zu sehen. Die Wartenden machten schon lange Gesichter, sie wussten ja nicht, wie Arif Saim Bey sich verhalten würde und was er ihnen zu sagen hatte. Auch war ihre Geduld vom langen Warten erschöpft.

Als kurz nach der Mittagszeit einige Dörfler hinter einer Kuppe lange, von Autos aufgewirbelte Staubfahnen entdeckten, gaben sie diese freudige Nachricht an den Landrat weiter. Die Autos kamen in einer dichten Staubwolke näher, erreichten die Brücke und fuhren, ohne anzuhalten, an den Menschen vorbei in die Stadt. Wenn viele richtig gesehen hatten, so versprach das schemenhaft hinter den verstaubten Scheiben erkennbare Gesicht Arif Saim Beys gar nichts Gutes. Noch bedrohlicher wirkte die Miene des Präfekten.

Vorweg die Spitzen der Gesellschaft, dahinter die Menge, so eilten alle zurück in die Stadt, wo die Wagenkolonne im Vorhof von Halil dem Überschwänglichen gehalten hatte. Halil Beys Frau empfing die Herren an der Tür des Konaks und führte sie gleich nach oben. Sie waren über und über mit Staub bedeckt, nur ihre Augen und schimmernden Zähne waren zu erkennen.

Die Herren hatten sich den Staub schon abgeklopft und ihre Gesichter gewaschen, als die andern keuchend eintrafen.

»Seid willkommen, seid herzlich willkommen!«

Nacheinander drückten die Notabeln den Gästen die Hand und hießen sie willkommen. Der Präfekt und der Regimentskommandeur erwiderten den Gruß, Arif Saim Bey blieb mit gerunzelten Brauen stumm wie zu Stein erstarrt. Kaffee, Saft, Joghurtgetränk und honiggesüßte Limonade wurde gereicht, Arif Saim Bey nahm jedes der hintereinander auf einem Silbertablett angebotenen Gläser, trank, sagte aber kein Wort. Und solange er nicht sprach, hatten auch der Präfekt, der Regimentskommandeur und die andern nicht den Mut, das Wort zu ergreifen.

Die Tische wurden gedeckt, Speisen, Raki und Wein füllten die Tafel, Arif Saim Bey und nach ihm die andern nahmen Platz, aßen und tranken, aber außer den Geräuschen von Messern und Gabeln war kein Ton zu hören.

Es wurde Nachmittag, der Tag ging zur Neige, der Abend kam, und noch sprach niemand. Als sei Friedhofserde über sie gestreut, wie es heißt.

Das Abendessen wurde aufgetragen, und als sei er allein auf der Welt, setzte Arif Saim Bey sich an die Tafel, aß und trank, ohne seine Tischnachbarn auch nur eines Blickes zu würdigen, und die andern taten es ihm gleich.

Jeder wartete auf den Ausbruch des Sturms, hoffte sogar, dass er losbreche und sie von dieser Totenstille erlöse, die tonnenschwer auf ihnen lastete, sie tiefer und tiefer niederdrückte.

Punkt Mitternacht setzte Arif Saim Bey das in einem Zug geleerte Rakiglas so hart auf die Tischplatte, dass der dumpfe Knall durch den Saal hallte. Dies war der erste Laut, der von Arif Saim Bey seit seiner Ankunft zu hören war. Denn eisern hatte er sogar jedes Hüsteln unterdrückt. Er stand auf, und mit ihm sprangen alle andern hoch. Er hob den Kopf, schaute mit leeren Augen in die Runde, als blicke er aus großer Höhe auf Ameisen und Flöhe, und schritt, den Stock mit vergoldetem Knauf überm Arm, aus dem Saal. Halil der Überschwängliche eilte hinterher, öffnete ihm die Zimmertür. Arif Saim Bey blieb auf der Schwelle stehen, schwankte vor und zurück, wies Halil den Überschwänglichen mit dem Daumen an, zu verschwinden, ging hinein und fiel angezogen auf das blitzsaubere, duftende Bett.

Am nächsten Morgen war Arif Saim Bey schon früh auf den Beinen, wie ausgewechselt. Schon beim Kaffee sprach er mit Halil dem Überschwänglichen einige Worte. Sie hatten ihr Frühstück gerade beendet, als der Präfekt, der beim Landrat zu Gast war, und der Regimentskommandeur, der im Hause des Hauptmanns übernachtete, eintrafen. Danach erschienen die Notabeln der Stadt. Nachdem diese auffällig ihre Jacken zugeknöpft und Platz genommen hatten, schlug Arif Saim Bey mit seinem Handstock drei Mal hart auf den Fußboden, ließ seine Augen mit dem Blick eines Falken über die Anwesenden wandern und sprach mit ruhiger Stimme:

»Nun, Freunde, erzählt mir bitte, warum ihr mein Landgut von Briganten habt überfallen, den mir über alles geliebten Verwalter Hadschi Ali den Sergeanten habt töten und die mir vom großen Pascha zur Erinnerung geschenkte Uhr habt stehlen lassen!«

Und wieder durchbohrte sein Blick jeden Einzelnen in der Runde, und alle, sogar der Präfekt und der Regimentskommandeur, erstarrten.

»Hattet ihr denn gedacht, dass ich so etwas schlucke? Wem von euch fiel ein, mein Landgut ausrauben zu lassen? Mit allen Mitteln werde ich ihn ausfindig machen und mit ihm eins zu eins abrechnen. Gott möge den Sieger bestimmen!«

Molla Duran Efendi nahm sich ein Herz, ihn zu unterbrechen. »Einen Mann, der so tief gefallen ist, dass er dein Gut überfallen lässt, kann es in unserer Stadt gar nicht geben.«

»Du hältst lieber den Mund! Du bist für jeden Bubenstreich gut, aber die Niedertracht dieser Städter zu begreifen, reicht dein Verstand nicht. So viele Schurken in einer Stadt hat die Welt noch nicht erlebt. Du bist ruhig, denn dein Spatzenhirn wird eine derartige Doppelzüngigkeit nie begreifen! Die sind so verlogen, dass nicht einmal ein tausendzüngiger Mensch wie du dahinter kommt.« Arif Saim hatte die Augen zusammengekniffen und stieß hemmungslos Flüche und Beleidigungen aus, wie sie ihm gerade einfielen, während die andern ihre Köpfe gesenkt hielten, immer mehr schrumpften, als suchten sie das nächste Mauseloch, um darin zu verschwinden.

»Und jetzt hört zu!«, fuhr Arif Saim Bey mit bitterem Lachen fort. »Ich werde euch sagen, wer auf den Gedanken kommen kann, mein Landgut so heldenhaft heimzusuchen: mein enger Freund Zülfü.«

Als sei ein Handschar ihm ins Fleisch gedrungen, zuckte Zülfü zusammen und sprang auf. »Gott bewahre, Bey, nie und nimmer! Sie irren sich. Ihr Landgut wurde von Memed dem Falken persönlich überfallen. Wir haben es untersucht. Er ist kein gewöhnlicher Brigant, er ist der Führer eines Volksaufstands. Er hat Ihr Gut überfallen, um Sie, um den Staat, um Mustafa Kemal Pascha herauszufordern. Gerade so, wie er in Amber Beys Konak eingedrungen ist und die zu getreuen Händen hinterlegten Schätze geraubt hat. Ich persönlich habe die Untersuchung geleitet. Er hat das Gut mit vier seiner Begleiter überfallen, Ferhat Hodscha war nicht dabei. Und der Raub der Uhr hat einen einfachen Grund. Er soll gesagt haben, wie Zeugen es uns hinterbrachten, eine Uhr von Mustafa Pascha sei Ihrer – ich bitte um Vergebung! – nicht würdig, sondern eines echten Helden wie Bayramoğlu. Und dann drückte er dem Vater unseres Beys die Kehle zu, entriss ihm die Uhr und schenkte sie später Bayramoğlu, der über diese Geste in hohem Maße erfreut war. Sie können es nachprüfen, wenn Sie wollen, denn Bayramoğlu trägt die Uhr um seinen Hals.«

»Ich irre mich nicht, Zülfü, dafür kenne ich dich zu gut. Durch langjährige Erfahrung habe ich lernen müssen, welche Schläge wie und woher auf mich zukommen. Das hier kann nur dir eingefallen sein, außer mir kannst nur du auf so einen Gedanken kommen.«

»Nie im Leben, Gott bewahre, nie im Leben. Ich soll die Uhr des Paschas Bayramoğlu geschenkt haben?«

»Warum nicht? Aber ich weiß, dass sie sich nicht bei Bayaramoğlu, sondern in einem von euren Häuser befindet.«

»Nie und nimmer!«

»Zülfü, ich kenne meine Leute, sei unbesorgt!«

»Nie und nimmer! Sie kennen Memed nicht, halten ihn für einen gewöhnlichen Briganten.«

»Ein armer Junge voller guter Absichten, dem Schlimmes widerfuhr.«

»Er hat das Banner des Aufstands entrollt!«, brüllte Zülfü. »Hier und jetzt ist unser aller Leben, besonders das Eure in Gefahr. Er hat in den Bergen ein so gutes Netz von Spitzeln gesponnen, dass er sogar hören kann, wie wir hier atmen.«

Arif Saim Bey lachte lauthals, offenbar hatte er seine gute Laune wieder gefunden.

Ihn umzustimmen, stürmten die andern auf ihn ein, redeten kreuz und quer auf ihn ein. Der gesamte Taurus, ob Mann, ob Frau, von sieben bis siebzig, ist zu Memed geworden, Jünglinge in Gruppen zu sieben – einer wie der Zwilling des andern mit gleichen Brauen, gleicher Nase, gleichen Augen, gleichen Haaren, gleicher Größe, gleicher Haut – bitten Memed um Aufnahme, schlagen sich dann zu siebt in die Berge. Hasserfüllter und blutrünstiger als Memed selbst bieten sie dem Staat die Stirn, in den Bergen und in der Ebene lassen sie keinen Reichen ungeschoren, rauben alles und verteilen es anschließend an die Armen. Wenn das so weitergeht, herrscht schon bald der Bolschewismus im Lande, zumal Mütterchen Sultan kürzlich erst Memed den vorm Blitz schützenden Stein und den magischen Ring geschenkt und danach mit großer Zeremonie ihm das Zauberhemd des Saladin Aijubi übergestreift habe … Und je länger sie auf ihn einredeten, desto fröhlicher wurde Arif Saim Bey. Er lachte voller Spott. Besonders die sieben Memeds mit zwillingsgleichen Augen und Brauen, gleicher Kleidung und Gestalt gefiel ihm sehr. Vielleicht war das gefährlich, aber so schön! Warum nicht acht, zehn, fünfzehn, drei oder vier, sondern sieben, und wo fanden sich sieben so Ähnliche, und warum war es ihnen so wichtig, dass diese Jungen sich so ähnlich sein mussten? Warum meinten Männer und Frauen, den Namen Memed annehmen zu müssen, warum wohl? Arif Saim Bey lachte in sich hinein. Klar, damit den Helden dieser Stadt der Schrecken in die Glieder fahre! Aber eines war doch zu bedenken, Memed ging zu weit, er verwandelte sich von einem gewöhnlichen Briganten in den Anführer einer Volkserhebung. Und bevor das ausartete und dem Pascha zu Ohren kam ... Denn sprach sich die Nachricht von einem Aufstand im Taurus in Ankara herum, kam sie gar dem Pascha zu Ohren, sähe es für ihn, Arif Saim Bey, gar nicht gut aus. Ein Abgeordneter, in dessen Wahlkreis ein Volksaufstand stattfand, verliert seinen Sitz im Parlament auf Nimmerwiedersehen. Und verlöre er, Arif Saim Bey, beim Pascha sein Gesicht, bliebe ihm gar nichts anderes übrig, als sich ein ganzes Magazin in den offenen Mund zu schießen.

»Wie ich hörte, haben sie euch anstelle von Memeds Pferd einen räudigen Gaul angedreht, und ihr habt ihn hingerichtet. Aus welchem Grund musste er denn erschossen werden?«

»Das Gerücht, Memeds Seele sei auch in seinem Pferd ... Und mit der Hinrichtung des Pferdes wollten wir auch ...«

»Und dieser Schuss ging nach hinten los, nicht wahr?«

»Er ging nach hinten los.«

»Ein räudiger Klepper wurde zum Vollblut ...«

»Und wiehert jeden Morgen über der Stadt.«

»Die Dörfler machen sich geradezu lustig über euch.«

»So ist es, Efendi.«

»Macht nichts. Wir haben uns im Lauf unserer Geschichte immerzu über sie lustig gemacht und tun es noch immer. Warum fürchtet ihr euch eigentlich so vor diesem Memed?«

»Er tötet. Beraubt die Agas und Beys und tötet sie. Noch nie hat ein Brigant so viele Agas und Beys beraubt und umgebracht wie er. Er ist anders als die andern. Er hat Blut geleckt wie ein Wolf. Er bereitet einen Volksaufstand vor. Dieses Volk hegt so viel Hass gegen uns, dass es bei einem Aufstand in der Stadt keinen Stein auf dem andern, keinen Kopf auf den Schultern lassen wird.«

»Hört mir zu, Freunde, ihr fürchtet, dass Memed eines Tages eure Stadt heimsuchen und euer aller Köpfe rollen lassen wird, nicht wahr?«

»Ja, das befürchten wir«, entgegnete Halil Bey der Überschwängliche und verzog seine fleischigen, lila Lippen. »Wir fürchten um unser Leben, um unsere Habe und Ehre.«

»Keine Angst, die Türkische Republik wird nicht nur mit einem Briganten, sondern mit Hunderten von ihnen mühelos fertig! Keine Angst!«

»Aber alles deutet doch darauf hin, dass Memeds Vorbereitungen für einen Volksaufstand in vollem Gange sind. Er häuft Geld an, und sein Schatz ist mindestens so groß wie das Vermögen des Syrischen Staates. Und um das Volk aufzuwiegeln, macht er gemeinsame Sache mit reaktionären Kräften und Mitgliedern verbotener religiöser Sekten.«

Alle teilten Halil Beys Meinung, dass Memed einen Aufstand vorbereite. Einzig Murtaza blieb im Hintergrund und vermied, von Arif Saim Bey auch nur gesehen zu werden, denn er war sicher, dieser werde sofort durchschauen, dass er zu jenen gehörte, die den Übergriff auf sein Landgut geplant hatten. Und dann würde Arif Saim Bey dafür Sorge tragen, dass Memed es erfuhr und mit einem gezielten Schuss in die Stirn Murtazas Gehirn an die Zimmerdecke kleben würde!

Arif Saim Beys Gesicht wurde ernst, und er umfasste mit beiden Händen seinen Stock. »Hört zu, Freunde!«, begann er von neuem. »Und gäbe es nicht nur einen, sondern hunderttausend Memeds, und zögen hunderttausend dieser Pferde durch die Berge, erhöbe dieses Volk sich nicht. Seit tausend Jahren hat dieses Volk Not gelitten, wurde es unterdrückt und geknickt. So ein Volk wagt nicht einmal, die Augen aufzumachen, geschweige denn, sich zu erheben. Macht euch also keine Sorgen! Außerdem wissen wir nicht einmal, ob es diesen Memed überhaupt gibt.«

»Es gibt ihn«, entgegnete Halil der Überschwängliche. Amber Bey hat ihn erlebt, als er von ihm überfallen wurde. Es gibt ihn.«

»Die Dörfler sehen ihn täglich. Auch unser Ali der Hinkende kennt ihn näher«, mischte sich Molla Duran Efendi ein.

»Er wird uns alle töten«, platzte Murtaza Aga aus seiner schummrigen Ecke heraus.

»Endlich kapiert ihr«, rief Arif Saim Bey und stieß mehrmals mit dem Stock auf den Fußboden. »Ja, Memed wird euch töten, aber ihr sollt wissen, und ich werde nicht aufhören, es zu wiederholen: Von diesem an Unterdrückung, Erniedrigungen und Missachtung gewöhnten Volk droht nicht die geringste Gefahr.« Er senkte den Kopf und dachte eine Weile nach. Dann schüttelte er den Kopf und fügte bedauernd hinzu: »Zu schade, dass es sich nicht erhebt und uns allen die Köpfe abreißt!«

»Es wird sich erheben«, schrie Murtaza Aga, doch Arif Saim Bey tat, als habe er ihn nicht gehört.

»Ich werde diese Stadt nicht verlassen, bevor ich Memed nicht dingfest gemacht und die Plünderer meines Landguts nicht überführt habe! Zuerst werden wir ohne viel Aufsehens und im Rahmen unserer Kräfte hier aufräumen! Haben wir keinen Erfolg, werde ich die Armee in Marsch setzen und im Taurus keinen Stein auf dem andern lassen und keinen Kopf auf den Schultern!«

Plötzlich schäumte er vor Wut. Er stampfte mit dem Fuß auf den Boden, dass das Haus bebte, und brüllte: »Gleich morgen lege ich los! Entweder gibt Gott mir den Sieg, oder diesem Hurensohn Memed!« Seine Haare sträubten sich. »Ruft mir Amber Aga her!«

»Jetzt gleich?«, fragte Halil Bey.

»Jetzt! Sofort!« Arif Saim stand auf, ging auf den Balkon, wanderte auf und ab und nahm seinen Platz wieder ein, als Amber Bey eintraf. Sein Gesicht war zu Stein erstarrt. Es genügte, ihn anzuschauen, um zu wissen, dass Memed seinen Weg über den Jordan bereits angetreten hatte.

Amber Bey blieb mit verschränkten Händen überm Bauch achtungsvoll, um nicht zu sagen, ängstlich, vor Arif Saim Bey stehen. Wie streng und rücksichtslos dieser Mann war, wusste jeder in der Çukurova. Dass er Männer totgeprügelt, mit seinem Auto überfahren und ein Dreißig-Seelen-Dorf bis auf den letzten Einwohner in den felsigen Taurus verbannt hatte, war in jedermanns Gedächtnis. In dieser Türkischen Republik konnte er sich alles erlauben. Die Folterungen, die er den Dörflern angedeihen ließ, waren in aller Munde, und sein schrecklicher Ruf war weit über die Çukurova hinaus gedrungen. Um vor ihm zu zittern, brauchte man nicht erst seinem stieren Blick zu begegnen, seinen Namen zu hören, reichte. Dass so ein Mann ihr Geschick in seine bewährten Hände genommen hatte, beruhigte die Notabeln der Stadt ungemein.

»Komm, setz dich mir gegenüber, Amber Aga!«, sagte er und wies mit seinem Stock auf einen Platz. Ein Sessel wurde Amber Aga hingeschoben, er setzte sich und legte die Hände achtungsvoll auf seine Knie.

»Sag mal, Amber Aga, du bist doch derjenige, der nach dem Tod seines Vaters mit der Begründung, er könne das arme Volk nicht schinden, das Siegel eines Beys abgelehnt hat?«

»Der bin ich, Efendi.«

»Und bist dann Müller geworden?«

»So ist es.«

»Und danach?«

»Ich besitze einen kleinen Garten mit Feigenbäumen und Reben und ein kleines Melonenfeld. Es reicht zum Leben, mein Bey.«

»Was für ein Mensch bist du eigentlich? Ein Heiliger? Nein, so fromm bist du nicht. Ein Bolschewik? Nein, denn du hast in einer Medrese studiert. Eine eigenartige Person. Und nun sag mir, hast du diesen Memed gesehen?«

»Ich habe ihn gesehen, mein Bey.«

»Ist er, wie in mein Landgut, auch in dein Haus eingedrungen?«

»Auch in mein Haus.«

»Und hat die dir anvertrauten Gelder und Wertsachen mitgenommen, nicht wahr?«

»Die hat er mitgenommen, Efendi.«

»War es viel?«

»Es war viel.«

»Wie viel? Hast dus nicht gezählt?«

»Ich habs nicht gezählt.«

»Warst du denn nicht neugierig?«

»Warum sollte ich auf das Geld anderer neugierig sein?«

»Und du hast Memed alles gegeben?«

»Ich hab ihm alles gegeben. Und er hat mich gezwungen, daraus diesen Ring anzunehmen. Wenn ich mich geweigert hätte, wer weiß, er ist schließlich ein Brigant.« Er zog den Ring aus der Tasche und gab ihn dem Bey. Der betrachtete ihn mit bewundernden Blicken von allen Seiten und legte ihn neben sich auf einen Abstelltisch.

»Und nun sag mir, ob der Memed, den du sahst, ein echter Memed war und nicht so eine Kopie!«

»Mir war, als sei der Memed, der mich beraubte, ein Memed reinsten Wassers gewesen.«

»Was für ein Mensch war denn dieser unverfälschte Memed?«

»Wie soll ichs meinem Bey erklären, wie ihn beschreiben?« Er streckte die Hand aus. »Ein Knabe, nur so groß. Ein Winzling mit dünnem Schnauzbart, schönen, großen Augen, breiten Schultern, gesunden Zähnen, schüchtern, so verlegen, dass er kaum spricht, doch der einen mit liebevollen Blicken anschaut und gar nicht so aussieht wie einer, der Menschen tötet. Ein Jüngling, der sich zu fragen scheint, was ihm nur widerfahren sei, und wer ihm dieses Gewehr in die Hand gedrückt und ihn in einen Briganten verwandelt habe. Hätte mir vorher jemand gesagt, ja, mit der Hand auf dem Koran geschworen, der da sei Memed der Falke, der Abdi Aga, Ali Safa Bey und Mahmut Aga aus Çiçekli getötet habe, ich hätte es nicht geglaubt.«

»Und der in Kürze kommen und Murtaza Aga mitten auf dem Marktplatz mit einem Schuss ins Auge …«

»Gott bewahre!«, ächzte Murtaza in seiner Ecke.

»Fürchtest du ihn so sehr, Murtaza?«

Wimmernd kam die Antwort: »Ich habe große Angst.«

»Trug der junge Mann einen Ring mit einer Krone und ein Hemd mit neuntausendneunhundertneunundneunzig Suren und goldgewirkten Veilchenmustern?«

»So ist es, Efendi.«

»Das heißt also, es gibt einen echten Memed.«

»Es gibt ihn.«

»Und er ist ein schüchterner Junge.«

»So schüchtern, dass er einem nicht in die Augen schauen kann. Ich habe den Krug geholt und vor ihn hingestellt, da hat er mich so verwundert angesehen, als wolle er fragen, was macht dieser Mann denn da. Und als einer der Briganten den Krug öffnete und die Goldstücke auszuschütten begann, war er ganz verstört, wollte verzichten, sagte: Es wurde dir anvertraut, und du hast es über Jahre verwahrt, verwahre es auch weiterhin! Ja, er bat mich, den Krug zurückzunehmen und schien vor Scham im Boden versinken zu wollen.«

»Und warum hast du die Goldstücke nicht zurückgenommen?«, brüllte plötzlich Arif Saim zornbebend. »Du hast Briganten das Gold unseres armen Volkes aufgezwungen, und ich werde dich für diesen Verrat am Volk verhaften lassen!«

Amber Bey zuckte zusammen! »Das Volk hat keinen Schaden erlitten, mein lieber Bey«, entgegnete er leise.

»Wieso keinen Schaden erlitten?« empörte sich Arif Saim Bey mit gerunzelter Stirn und schlug mit ganzer Kraft den Stock auf den Fußboden.

»Weil, weil, Efendi«, stotterte Amber Bey, »weil er es an Töchter und Söhne verteilen wird, deren Väter vom Kaukasus, von den Dardanellen und von der griechischen Front nicht zurückgekehrt sind.«

»Und deswegen hast du das Geld nicht zurückgenommen, Amber Aga? Wir wissen sehr viel über dich, sei unbesorgt! Wir wissen, wer du bist und welche zweifelhaften Beziehungen du mit dem Ausland pflegst.«

Amber Bey erschrak, wurde aschfahl und seine Lippen bebten.

»Gott bewahre, Bey, ich habe weder im Inland noch im Ausland irgendwelche Beziehungen.«

Arif Saim Bey warf sich in die Brust, seine Augen weiteten sich und seine Stimme dröhnte: »Wir beobachten jeden, besonders deinesgleichen, und legen Akten darüber an.«

»Um Gottes willen, Efendi, um Gottes willen! Vor kurzem war der amerikanische Konsul bei mir. Er ist versessen auf Granatäpfel, und ich habe ihn in meinem Garten herumgeführt. Außer ihm habe ich keinen Ausländer kennen gelernt.«

»Uns entgeht nichts. Du siehst, wir hören sogar den Atem von deinesgleichen und kontrollieren jede eurer Bewegungen.«

»Um Gottes willen, Efendi, wenn ich noch einmal mit einem Ausländer sprechen sollte … Einmal und nie wieder!« Er zitterte am ganzen Körper, und da er nicht wusste, was ihm bevorstand, wurde seine Angst immer größer.

»Kein Grund sich aufzuregen! Du gefällst mir, und solange ich hier bin, wird dir niemand ein Härchen krümmen. Dennoch hast du große Schuld auf dich geladen, indem du das Geld, das Memed dir zurückgeben wollte …«

Zu Tode erschrocken unterbrach ihn Amber Bey: »Sie hätten mir die Goldstücke doch nicht zurückgegeben. Memed vielleicht, denn er ist ein guter Junge, ein sauberer Kerl, aber dieses Raubtier Ferhat Hodscha gibt doch nicht heraus, was er einmal in seinen Klauen hat. Als Memed geneigt war, mir das Geld zu überlassen, durchbohrte mich dieser grausame Hodscha mit Blicken, als wolle er mich töten, wenn ich nur die Hand danach ausstrecke.«

»So war das also.« Arif Saim Bey lachte schallend.

»Ja, mein Bey, er hätte mich getötet. Und mit dieser List habe ich mich aus seinen Klauen gerettet. Und sei sicher, dass ich nie wieder mit einem Ausländer reden werde.«

»Sprechen darfst du mit Ausländern jederzeit.«

»Zu Befehl, Efendi, wie du befiehlst, wenn ich dadurch keine Unannehmlichkeiten bekomme«, sagte Amber Bey und erhob sich.

»Und dieser Ring?«, fragte Arif Saim, nahm das kostbare Stück und betrachtete voller Bewunderung den Stein und die Verarbeitung.

»Behalten Sie ihn, Efendi, ich hatte ihn nur in Verwahrung. Es wäre mir eine Freude, wenn er bei Ihnen bliebe!«

»Nun gut, ich behalte ihn und werde ihn als dein Geschenk meiner Gattin geben.«

»Ja, mein Geschenk an Ihre Gattin mit den besten Grüßen und größter Hochachtung, Efendi!«

»Was Memed betrifft, da werden wir beide in Zukunft zusammenarbeiten!«

»Das werden wir, mein Efendi.«

»Und nun Glück auf deinen Weg!«

Amber Bey schwankte die Treppe hinunter, atmete mehrmals tief durch, als er sich vom Haus entfernte, und ging geradewegs zu seinem Melonenfeld. Noch einmal mit einem Konsul oder sonst einem Ausländer reden? Gott bewahre! In seinem ganzen Leben hatte er sowieso nur ein einziges Mal mit einem Fremden geredet, eben mit diesem amerikanischen Konsul, der ein so langes Gesicht hatte und sich wie ein Krebs fortbewegte! Am meisten aber sorgte sich Amber Bey um Memed. Diese Sache hatte jetzt Arif Saim Bey in die Hand genommen, dieser moderne Murat Pascha der Brunnenbohrer, vor dem es kein Entrinnen gab. Wie eine Walze wird er über den Taurus fegen, die Herde werden verlöschen, und das Wimmern und Wehklagen wird kein Ende nehmen! Wenn er doch Memed eine Nachricht zukommen lassen, ihm die Lage schildern könnte, und dieser eine Zeit lang untertauchte! Es wäre doch schade um ihn!

Arif Saim Bey leitete umfangreiche Ermittlungen ein. Er ließ jeden, den Memed der Falke ausgeraubt hatte – als ersten Sultanoğlu den Blonden –, zu sich in die Stadt kommen, um von ihnen alles Wissenswerte über Memed, Ferhat Hodscha, Şahan, Temir und Kasim zu erfahren. Doch je mehr er über sie erfuhr, desto verblüffter war er. Und bald erzählte er jedem, der ihm über den Weg lief, wie wenig man doch über sein eigenes Volk wusste ...

Im Hause Halil Beys des Überschwänglichen ging es zu wie in einem Hauptquartier. Mit zuverlässigen Leuten wurde ein Nachrichtendienst eingerichtet, dessen Leitung der noch immer in Molla Durans Diensten stehende Meister der Fährtenleser, Ali der Hinkende, übernahm. Arif Saim Bey hatte ihn ins Herz geschlossen, vertraute ihm blindlings und unternahm nichts, ohne seinen Rat eingeholt zu haben. Als Murtaza Aga erfuhr, dass Ali der Hinkende Arif Saim Beys Günstling geworden war, geriet er außer sich vor Wut. Seht euch diesen niederträchtigen Hinkenden an, den ich in die Stadt holte und mit jedem bekannt machte! Fehlt nur noch, dass er nach Ankara fährt, um dort Generalstabschef zu werden!

Arif Saim Beys Arbeit trug bald Früchte. Wer Memed Obdach gewährte, wer in welchen Dörfern zu ihm hielt, das hatte er nach und nach erfahren. Auch dass Memed seinerseits ein zuverlässiges Nachrichtennetz aufgebaut hatte und dass kein Vogel, ja, keine Biene in der Stadt, in der Ebene und in den Bergen summen konnte, ohne dass Memed es hörte. Seine Meldegänger wurden ausfindig gemacht, ohne Aufsehen verhaftet und ohne Angabe von Gründen eingekerkert.

Auch wenn Gendarmen Flügel hätten, könnten sie einen Mann, den das Volk so ins Herz geschlossen hatte wie Memed, nicht verfolgen, geschweige denn stellen. Deswegen waren sie auf frühere Briganten angewiesen, nur sie konnten es mit ihm aufnehmen. Ein Beelzebub sollte den Teufel austreiben! Natürlich dachte man zuerst an Bayramoğlu, den Helden des Freiheitskrieges. Aber wie ihn dazu bringen, gegen Memed in die Berge zu ziehen? Auch wenn eine Krähe der anderen kein Auge aushackt, es musste, koste es, was es wolle, ein Weg gefunden werden! Und da waren noch die andern Briganten: Memeds Freund Cabbar der Lange, Ibrahim der Einäugige, Ramo der Hahn und Nuri die Blume, die Bayramoğlu unterstellt werden mussten, falls dieser darauf bestand. Außerdem mussten diese Briganten genauestens unter die Lupe genommen werden. Aber alles hing von Bayramoğlu ab. Zieht er gegen Memed, ist das Problem gelöst. Ein Anfänger wie Memed könnte nicht einem einzigen dieser Briganten die Stirn bieten, auch wenn der Hort der Vierzig Augen und wer weiß was noch hinter ihm steht!

Alle Vorbereitungen waren getroffen, es wurde Zeit loszuschlagen. Hauptmann und Unteroffizier waren voller Tatendrang. Auch von ihnen ließ Arif Saim Bey sich beraten, besprach mit ihnen jede Einzelheit. Die Zellen waren von Memeds Meldegängern überfüllt, deren Namen Arif Saim Bey von Ali der Echse bekommen hatte. Arif Saim mochte diesen unerschrockenen Gefreiten, diesen geborenen Soldaten und Recken voller Hass gegen das Bauernvolk. Forderte er ihn jetzt auf: Prügle von sieben bis siebzig jeden im Taurus zu Tode – Ali würde ohne mit der Wimper zu zucken sofort anfangen. Arif Saim Bey war stolz. Als Kommandeur im Befreiungskrieg hatte er sich gegen seine Feinde nicht so gut vorbereitet wie jetzt gegen Memed.

»Halil Bey, ruf die Freunde zusammen, damit wir über Bayramoğlu beraten! Vor Wintereinbruch müssen wir die Angelegenheit zu Ende bringen. Die Nomaden sind von der Hochebene doch schon heruntergezogen, nicht wahr?«

»Der Abtrieb hat begonnen.«

»Wenn sie unten sind, verliert Memed da oben seine besten Helfer.«

Halil Bey schickte seine Leute los und ließ Zülfü Bey, Molla Duran Efendi, Lehrer Rüstem Bey, den Oberbürgermeister, den Hauptmann, den Unteroffizier, den Gefreiten Ali die Echse, Ali den Hinkenden, mehrere zuständige Beamte und noch einige Leute in sein Haus bitten.

Nur Murtaza Aga kam trotz mehrfacher Einladung nicht. Schließlich machte sich Halil Bey selbst zu ihm auf, verwundert über ihn, der doch sonst mit wehenden Rockschößen als Erster angelaufen kam. »Murtaza, was ist los? Seitdem Arif Saim Bey hier ist, bist du nicht ein einziges Mal zu uns gekommen.«

»Ich war da.«

»Ja, ein, zwei Mal. Hast dich in eine Ecke geduckt, damit dich niemand sieht.«

»Das ist wahr. Ich habe Angst.«

»Vor wem?«

»Vor Arif Saim Bey. Mir kommt es so vor, als wüsste er alles. Dass wir sein Landgut ... Er schaut mich so an, er liest, was im Grunde meines Herzens vor sich geht. Deswegen darf ich nicht in seine Nähe kommen. Sonst erfährt er nach und nach alles.«

»Um Gottes willen, Murtaza, hast du den Verstand verloren? Woher soll er denn wissen, dass wir sein Gut ...«

»Indem er mir in die Augen schaut. Er durchbohrt mich mit seinen Blicken. Er weiß es.«

Sie stritten noch eine Weile, doch schließlich überredete Halil Murtaza Aga, mitzukommen.

»Ja, meine Freunde«, begann Arif Saim, »ich kenne Bayramoğlu gut. Als ich Hauptmann war, habe ich ihn oft gejagt. Ein Draufgänger, unglaublich mutig, sehr schlau, aber ritterlich. Ich habe meine Jugend mit der Verfolgung von Briganten verbracht, habe viele gefangen genommen, getötet, aber keiner war wie er. Die Frage ist: Wie stellen wir es an, damit er bei uns mitmacht?«

»Murtaza Aga ist sein Mann«, rief Halil der Überschwängliche. »Er geht hin und bringt ihn her.«

»Was sagst du dazu, Murtaza? Komm doch näher!«

Murtaza erhob sich aus seiner Ecke, kam mit gesenktem Blick nach vorne, setzte sich in den ihm angewiesenen Stuhl vor Arif Saim Bey, ohne ihn anzuschauen. »Ja, mein Bey, aber ich glaube nicht, dass er mitkommt.«

»Wir müssen herausfinden, wie er denkt. Seine Schwachpunkte erkennen ist schon der halbe Sieg. Vergesst nicht, dass er ein Mann ist, für den Ruhm und Schau Lebensinhalt bedeutet! Allein des Ruhmes wegen hat er die Räuberei aufgegeben und ist in den Freiheitskrieg gezogen. Ich kann vieles verstehen, aber dass ein so ruhmsüchtiger Mensch so lange Zeit zurückgezogen in seinem Dorf in Armut lebt, begreife ich nicht.«

»Mausarm«, entgegnete Murtaza. »Er, der so gern Tee trinkt, kann sich monatelang nicht eine Prise Tee, geschweige denn einen Löffel Zucker leisten.«

»Wenn es so ist …«

»Ich werde ihm eine Doppeltasche Tee und Zucker bringen und ihm sagen: Das hat Arif Saim Bey ausschließlich für dich aus Ankara mitgebracht. Außerdem einen dunklen Anzug, ein Paar Langschäfter, einen breitkrempigen Hut, Unterwäsche, ein kragenloses Hemd, Seidenstrümpfe und ein rotes Ziertuch.«

»Du kennst deinen Bayramoğlu besser als ich.«

»Aber überreden konnte ich ihn noch nie.«

»Bring du ihn nur her und überlasse alles andere mir!«

Murtaza Aga machte seine Besorgungen, packte alles eigenhändig, setzte sich aufs Pferd und machte sich mit einem edlen Rotfuchs am Halfter auf den Weg.

Bayramoğlu begrüßte ihn mit unerwarteter Herzlichkeit. Murtaza übergab ihm die Geschenke und zeigte auf das edle Pferd am Halfter: »Das alles schickt dir Arif Saim Bey.«

Vor Freude zitterten Bayramoğlus Hände, bebten seine Lippen. »Wir kannten uns gut«, sagte er. »Als Hauptmann war er mir sehr oft auf den Fersen. Und auch im Freiheitskrieg waren wir gemeinsam an der Front bei Haçin. Er hat mich also nicht vergessen, ha! Aber wir sind ja alte Waffenbrüder, und ein Kriegskamerad zählt mehr als ein leiblicher kleiner Bruder. Er ist ein wichtiger Mann geworden, nicht wahr?«

»Was heißt wichtiger Mann! Er bestimmt über Leben und Tod, wen er hängen will, der hängt, und wenns ihm passt, holt er ihn unterm Galgen noch vom Strick, macht ihn reich wie Krösus oder bringt ihn um den letzten Bissen Brot.«

»Sein Landgut ist überfallen worden. Wer kann das gewesen sein? So etwas macht nur ein Wahnsinniger.«

»Memed soll es getan haben.«

»Memed ist klug. Der pisst nicht an eine Moscheemauer.«

»Es heißt, er habe auch die goldene Uhr geraubt, die Mustafa Kemal Pascha Arif Saim Bey geschenkt hat. Wenn jemand Mustafa Kemal Paschas Uhr verdient habe, soll er gesagt haben, dann der Recke Bayramoğlu. Und er soll die Uhr hergebracht und dir übergeben haben.«

Bayramoğlu wurde wütend wie ein wilder Tiger, und es sah aus, als sprühten ihm Funken aus Haar und Bart. Murtaza Aga fuhr der Schreck in die Glieder. Bei Gott, dachte er, dieser stille, bescheidene Bayramoğlu, der aussieht, als könne er keiner Ameise etwas zu Leide tun, kann ja zum wilden Tiger werden!

Bayramoğlus Wutanfall hatte Murtaza Aga so verblüfft, dass er eine ganze Weile kein Wort herausbrachte. Bayramoğlu dagegen wanderte grollend im Vorhof hin und her wie ein Löwe mit gesträubter Mähne im Käfig. Schließlich hatte er sich beruhigt, kam schweißnass zu Murtaza zurück, lachte schon wieder und fragte: »Hauptmann Arif ist ein kluger Mann, er hat doch diesen hanebüchenen Gerüchten nicht geglaubt?«

»Selbstverständlich nicht, mein Lieber. Aber er könnte es, wenn ich dich morgen nicht zu ihm bringe, und dann ist er zu allem fähig«, antwortete Murtaza Aga erleichtert.

»Komm erst einmal herein, ich lasse uns einen Tee brühen, einen Tee, sage ich dir …!« Er öffnete die Doppeltaschen und Beutel, und die Augen gingen ihm über. »Und das alles schickt Hauptmann Arif mir?«

»Und diesen Rotfuchs dazu.«

Bayramoğlu ging um das rotbraune Pferd herum, musterte es von allen Seiten, tätschelte seinen Hals, strählte ihm die Mähne, öffnete das Maul und musterte das Gebiss. »Mein Gott!«, wunderte er sich. »So ein Pferd schenkt der Vater nicht dem Sohn, der Bruder nicht dem Bruder! Hauptmann Arif erinnert sich also an die alten Tage.« Dann kam er zu Murtaza Aga und legte ihm die Hand auf die Schulter. »Es gibt also noch jemanden, der mich nicht vergessen hat, Hauptmann Arif!«

»Er möchte dich gern sehen!«

Die Augen Bayramoğlus leuchteten wie die eines überglücklichen, gewitzten Kindes, vor dem alle Spielsachen dieser Welt ausgebreitet worden waren.

»Morgen machen wir uns fein, schwingen uns auf unsere Pferde und besuchen meinen Hauptmann Arif. Mal sehen, ob er auch so alt geworden ist wie ich.«

Jetzt war die Freude bei Murtaza Aga, er schrieb eine Notiz auf einen Zettel und drückte ihn mit reichlichem Trinkgeld einem jungen Dörfler in die Hand. »Auf schnellstem Weg wirst du Arif Saim Bey diese Nachricht bringen!«, sagte er. Der junge Mann sprang auf ein Pferd, trieb es die Hänge hinunter und übergab Arif Saim Bey den Zettel, auf dem Murtaza Aga seine Ankunft mit Bayramoğlu am Freitag ankündigte.

»Wir werden Bayramoğlu wie einen Staatsmann begrüßen! Der Empfang muss so prächtig sein, dass er aus dem Staunen gar nicht mehr herauskommt!«

Aus den Bergen ließen sie Myrtenzweige und Feldblumen bringen, in den Gärten sämtliche Chrysanthemen pflücken, am Anfang und Ende der Hauptstraße Triumphbögen aufstellen und um die Stämme der Bäume auf dem großen Platz Girlanden winden. Die Händler schmückten ihre Läden mit Blumen und Fähnchen, und die ganze Stadt wurde von einem Ende zum andern gesprengt und gekehrt. Sogar die Fenster und Türen vieler Häuser wurden mit Blumen und Zweigen verziert. Kein Gewerbetreibender und Handwerker, ja, kein Einwohner wollte zurückstecken, wenn es galt, die Stadt zu Ehren Bayramoğlus zu verschönern, und dass es so viele Fahnen und Blumen im Ort gab, hatte niemand für möglich gehalten. Die kleine Stadt war nicht wiederzuerkennen. Jeder hatte sein schönstes Zeug angelegt und wartete. Arif Saim Bey hatte schon am Vorabend Bayramoğlu einen Reiter entgegengeschickt, der mit verhängten Zügeln zurückkommen sollte, sowie er die Gäste ausgemacht hatte.

In den blitzblanken Ladenstraßen war keine Katze zu sehen, auch keine herrenlosen Hunde, die sonst in Rudeln durch die Gassen zum Markt, vom Markt zur Brücke, von der Brücke in die Wohnviertel streunten.

Arif Saim Bey stand an jenem Tag sehr früh auf, rasierte sich mit dem Messer fliegenrutscheglatt, wie man sagt. Seidenes Hemd, rote Krawatte samt Brillantnadel, prächtiger Filzhut, weiße Handschuhe, Stock mit Goldknauf und Lackschuhe – wie aus dem Ei gepellt. Auch die Notabeln hatten sich in Festtagskleidung im Vorhof von Halil dem Überschwänglichen eingefunden und warteten ungeduldig. Alle Schulklassen waren angetreten, dazu Paukenschläger und Oboenbläser, die regionale Fußballmannschaft, die Vereinigung der Veteranen, und alle in ihrer Kleidung, angefangen von den weiten Röcken der Bäuerinnen bis hin zu den Umhängen aus Maraş, den alten und neuen Uniformen der Soldaten und Offiziere. Am Revers jedes Veteranen baumelte eine Medaille am roten Band oder irgendetwas Ähnliches. Sie trugen angerostete Säbel, Dolche, Jagdflinten, Karabiner mit verrotteten, von Holzwürmern angenagte Kolben, Vorderlader, alte Trommelrevolver und Pistolen, manchem hingen Feldstecher über der Brust, neben ihnen standen Reigentänzer in roten Stiefeln, und sie alle hatten sich schon früh auf den Weg gemacht und harrten geduldig auf der Landstraße am Fuße des Hügels.

Arif Saim Bey blickte ein letztes Mal in den Spiegel, zwirbelte seinen Schnauzbart, straffte sich und ging, dem dumpfen Dröhnen seiner Stiefel auf den knarrenden Stufen lauschend, gemessenen Schrittes die Treppe hinunter, und jeder lief zu ihm hin. Gereckt mit ausgestrecktem Arm stand er da, ohne auch nur einen Blick auf die zu werfen, die ihm die Hand drückten oder küssten. Nach dieser Zeremonie begann Arif Saim vom Orangenbaum bis zum Granatapfelbaum quer über den Hof hin und her zu wandern. Er schaute nicht links, schaute nicht rechts, und je straffer er den Bauch einzog, desto weiter wölbte sich die aufgeblähte Brust. Sein Kopf reckte sich immer höher, sodass er gar nicht mehr sah, wohin er den Fuß setzte. Die andern standen im Hof, gaben keinen Laut von sich, betrachteten bewundernd seine sich zusehends dehnende Brust und den wachsenden Hals.

Punkt Mittag preschte der Reiter in den Hof und zügelte das Pferd so meisterlich, dass es genau vor dem Beyefendi stillstand.

»Sie kommen, Efendi«, sagte er.

Als scheuche er eine Fliege, gab Arif Saim Bey ihm ein Handzeichen, sich zu entfernen und ging zu seinem Auto, wo der Fahrer schon seit langem mit geöffneter Wagentür auf ihn wartete. Dort rief er Halil Bey, Zülfü und Molla Duran zu sich. Das Auto vorweg, hinter ihnen in ihrer Festkleidung die Spitzen der Gesellschaft, gefolgt von Frauen und Männern, Alt und Jung, fuhren sie gemessenen Tempos zur Stadt hinaus und gelangten nach einer halben Stunde zu einer kiesigen Senke, vorbei an erschöpften Schülern, bunt wie ein geflickter Teppich dastehenden Veteranen, in gelb und blau gestreifte Trikots gesteckten barfüßigen Sportlern und mit eherner Brust, die Augen geradeaus strammstehenden Gendarmen. Sie hielten an. Arif Saim Bey und seine Begleiter blieben im Auto. Erst als Bayramoğlus und Murtazas Köpfe über den Büschen auftauchten, stieg Arif Saim Bey in seiner ganzen Würde aus seinem Wagen und stellte sich an die Spitze der Wartenden.

Bayramoğlu zügelte vor ihm das Pferd, saß ab, und die alten Freunde umarmten sich. Im selben Augenblick wurden die Pauken geschlagen, die Oboen geblasen. Arif Saim neigte sich an Bayramoğlus Ohr und sagte: »Bevor du jemandem deine Aufmerksamkeit schenkst, schwing dich in den Sattel und reite wie ein Kommandeur auf Inspektion mit geschwellter Brust die vordere Reihe ab, ohne sie eines Blickes zu würdigen!«

Bayramoğlu begriff sofort, sprang, ohne einen Blick auf die andern zu werfen, auf sein Pferd und schwellte wie ein Heerführer die Brust. Murtaza, gleichfalls aufgebläht, geradeaus stierend und mit gerecktem Hals, ritt hinter ihm.

Bayramoğlu hatte die Front noch nicht abgeritten, da rief ein begeisterter Veteran: Dort ist der Feind!, legte sein Gewehr an und feuerte auf die gegenüberliegenden Berge. Die alte Flinte krachte, dass Himmel und Erde bebten und Pulverdampf die Gegend einnebelte. Nun halte mal die Veteranen zurück, wenn du kannst! Schüsse krachten, Pulverdampf waberte, manche warfen sich in den Staub, und während sie gekonnt fürs Vaterland ihr Leben aushauchten, nahmen mit eherner Brust andere Recken ihre Plätze ein, und als auch diese im kniehohen Staub zu verbluten gedachten, rückten in Pulverdampf und Staubwolken die nächsten Helden schon an ihre Stelle auf. Säbel und Dolche wurden blankgezogen, der Kampf tobte. Die Veteranen stürmten so begeistert auf den Feind, dass es schien, als erlebten sie die alten Tage von neuem und so wirklichkeitsnah, dass neun Veteranen mit grauem Bart und schlohweißem Haar, von Handschars leicht verletzt, ihr rotes Blut in den Straßenstaub vergossen.

Bayramoğlu, der seine Inspektion beendet hatte, war am Ende der Menschenmenge stehen geblieben und beobachtete verwundert das eigenartige Spiel dieser ergrauten Alten, die ihm während des Krieges an keinem Frontabschnitt begegnet waren, und er wusste nicht, was er von ihnen halten sollte; besonders von Rüstem dem Kurden, der ohne Sattel auf einer siechen, halb toten, mit rotem Bändchen am Stirnband geschmückten Schindmähre brüllend einen wo auch immer ergatterten langen Säbel schwang, wohl wissend, dass der Gaul bei der geringsten Anstrengung unter ihm zusammenbrechen musste.

An der Spitze Arif Saim Beys Automobil, neben ihm hoch zu Ross Bayramoğlu und Murtaza Aga, dahinter selig entrückt die Beine hoch werfende Reigentänzer, ineinander verkeilte Veteranen, Soldaten, Sportler, Alte und Junge, sie alle versanken im Taumel der Begeisterung jener Tage des Freiheitskrieges und waren ganz aus dem Häuschen vor Glück.

Am Rand des Marktplatzes ließ Arif Saim Bey anhalten, zügelte der neben dem Auto reitende Bayramoğlu sein Pferd. Der Fahrer öffnete den Wagenschlag, Arif Saim Bey, steif wie ein Standbild, stieg aus, reckte die Glieder, und Bayramoğlu saß ab. Arif Saim rief den Hauptmann zu sich, und unter dem Jubel der durch die Seitengassen herbeiströmenden Menge ging er, den Hauptmann zur Linken, Bayramoğlu zur Rechten und gefolgt von den andern, gemessenen Schrittes durchs Ladenviertel. Auf dem ersten der drei Triumphbögen, die sie durchmaßen, stand in großen Lettern: Willkommen, Volksheld Bayramoğlu. Arif Saim Bey, der wusste, dass Bayramoğlu nicht lesen konnte, wies ihn, jedes Wort laut betonend, auf die Inschrift hin, und Bayramoğlu hörte mit offenem Mund zu. Das Volk hat also mein vergossenes

Blut nicht vergessen, dachte er und warf Arif Saim Bey mit feuchten Augen einen Blick voller Dankbarkeit und Liebe zu. Wie gut, dass ich diesen listigen Mann mit den hundert Gesichtern nicht getötet habe, als ich ihn damals auf dem Berg Konur stellte. Arif Saim Bey hatte ihn so angefleht, dass Bayramoğlu sich für ihn, ja, für die ganze Menschheit schämen musste. Einen Käfer kann man töten, aber nicht so einen Feigling! Und er hatte ihn laufen lassen. Danach waren sie sich noch oft begegnet, auch an der Front, wo sie gemeinsam gegen die Franzosen kämpften, ohne über diesen Vorfall auch nur ein Wort zu verlieren.

Der Marktplatz war überfüllt, als sie ankamen. »Willkommen Bayramoğlu, willkommen unser Retter, willkommen unser Held!«, schrie das Volk, und die Tänzer stimmten zu einem Reigen lauthals das Lied vom Bayramoğlu an, das während seiner Brigantenzeit in den Bergen über ihn herausgekommen war, und das er wie alle anderen Balladen über ihn schon so lange nicht mehr gehört hatte, dass sie ihm entfallen waren. Je eine Träne rann aus seinen Augen über seinen Schnauzbart zum Hals hinunter.

Arif Saim Bey, der mitbekommen hatte, wie verstört der aufgewühlte Bayramoğlu dreinblickte, empfand, so weit er dazu fähig war, richtig Mitleid mit ihm! »Los, steigen wir in den Wagen und fahren wir! Sie sind über deinen Besuch ganz außer sich vor Freude, und dieses festliche Treiben wird noch lange dauern, wie mir scheint«, sagte er, fasste ihn am Arm und schob ihn ins Auto.

Als sie bei Halil Bey eintrafen, hatten die andern im Salon die Tische zu einer großen Tafel schon zusammengerückt. Nach langem Hin und Her gelang es Arif Saim Bey, Bayramoğlu zu überreden, auf dem Ehrenplatz am Kopfende des Tisches Platz zu nehmen. Dann goss er den Raki zuerst in dessen Glas, bevor er sein eigenes füllte. Bayramoğlu war freudig erregt, schon seit Jahren hatte er keinen Raki mehr getrunken, er konnte sich gar nicht mehr an seinen Geschmack und seinen Duft erinnern.

»Zum Wohle!«, rief Arif Saim Bey und hob das Glas. »Dem Helden des Freiheitskrieges, dem Augapfel Mustafa Kemal

Paschas und dem unsterblichen Adler des Taurus, Bayramoğlu, der uns mit seiner Gegenwart ehrt!«

Alle hoben die Gläser und prosteten ihm zu.

Das Mahl dauerte bis zur Stunde des Abendgebetes. Dann wurden Süßigkeiten, Säfte und Kaffee aufgetragen. Nach und nach verabschiedeten sich die Gäste bis auf diejenigen, denen Arif Saim Bey einen Wink gab, zu bleiben.

Nachdem die Tafel aufgehoben war, nahm Arif Saim Bey Bayramoğlus Hände in die seinen, drückte sie und sagte: »Wir haben eine große Bitte!«

»Ich weiß, es geht um Memed den Falken«, entgegnete Bayramoğlu.

»Ja, und du weißt auch, dass dieser Vaterlandsverräter, Vergewaltiger und blutbefleckte Mörder den Ruf dieses Vaterlandes und dieser Stadt schwer geschädigt hat.«

Auffordernd schaute er Bayramoğlu so fest in die Augen, bis dieser gar nicht mehr anders konnte und: »Ich weiß es«, sagte.

»Und du weißt auch, der Kommandeur der Gendarmerie möge uns verzeihen, dass die Gendarmen schon seit Jahren mit ihm nicht fertig werden. Dieser Mann, dieses Geschwür, blamiert uns vor der ganzen Welt. Sein Ruhm ist über die Engländer und Franzosen hinaus schon bis zu den Russen gedrungen. Und die lachen schon über unser Vaterland, das nicht einmal mit einem Strauchdieb fertig werden kann. Wenn das so weitergeht, verlieren wir über dieses Vaterland, für dessen Freiheit wir unser Blut vergossen haben, noch die Kontrolle. Die Franzosen, die Engländer und sogar die Russen, die von unserem erfolglosen Kampf gegen Memed hören, werden zurückkommen und uns erneut unter ihr Joch zwingen. Deswegen musst du wieder unters Gewehr, Bayramoğlu! Gegen diesen Memed sind wir machtlos, und deswegen müssen wir Zuflucht suchen beim unsterblichen Tiger des Taurus, Bayramoğlu. Wenn einer dieses Vaterland aus Memeds Klauen befreien kann, dann du allein!«

Den Kopf gesenkt, die Stirn in Falten, dachte Bayramoğlu nach.

»Was meinst du, Bayramoğlu, kannst du dieses Vaterland wie damals aus der Hand eines weit grausameren Feindes retten?«

Bayramoğlu schaute auf und legte seine Hand auf Arif Saim Beys Knie. »Dieses Land kann nicht nur ich nicht vor Memed bewahren, niemand kann es.«

»Und warum nicht?«, fragte Arif Saim Bey aufgebracht. »Für wen hält der sich, dass er es wagt, einem Helden wie Bayramoğlu die Stirn zu bieten! Nach unseren Erkundungen soll dieser rotznäsige Knabe behaupten, verglichen mit ihm sei sogar ein Bayramoğlu nur ein gewöhnlicher Eseldieb.«

»Mit Memed kann nicht nur ich, mit ihm kann niemand fertig werden.«

»Es stimmt also, wenn er verbreitet, neben ihm sei Bayramoğlu nicht mehr als eine Fliege?«

»Es stimmt.«

»Wie ist das möglich, du bist schließlich Bayramoğlu!«

»Und er ist Memed. Ach«, seufzte Bayramoğlu tief, »er ist Memed! Der ganze Taurus, alle Dörfer der Çukurova, jeder in diesem großen Anatolien bis hin nach Damaskus und Bagdad hält zu ihm, hat ihn zum Heiligen erklärt. Was aber Bayramoğlu anbelangt, der liegt wie ein ins Dunkel des Brunnens geworfener Stein, nach dem sich niemand umdreht. Bayramoğlu hat sich selbst getötet, wird nie mehr auferstehen ... Wie soll ein Toter den mächtigen Memed denn überwinden? Ich kenne mich. Und ich werde mich, den bereits toten Bayramoğlu, doch nicht noch zum Gespött der Menschen machen und einem Memed ausliefern und damit zum Fraß der Hunde und Wölfe werden. Und sogar wenn ich Memed ergreife, ihn töte oder gefangen nehme, werden mich diese Opankenträger mit den schlaffen Schnauzbartspitzen, diese erniedrigten Bergler, die vor Scham nicht hochblicken mögen, mich in ihrem Speichel ertränken und meine Leiche in die voll geschissene Latrine werfen. Mit Memed wird niemand fertig.«

»Bayramoğlu wird mit ihm fertig! Mit sieben Großmächten ist die Türkische Republik fertig geworden. Sie steht hinter dir mit ihren Soldaten, Offizieren, Agas und Beys. Dagegen sind diese Nacktbeine ein Nichts«, brüllte Arif Saim Bey.

»Wenn es so ist, warum schafft ihr es denn seit Jahren nicht, diesen Däumling, der nicht lesen und schreiben kann, gefangen zu nehmen, und bittet einen alten Mann wie mich um Hilfe?«

Diese Worte entrüsteten Arif Saim Bey so, dass er aufsprang, gegen die Wand trat und Bayramoğlu zu beschimpfen begann. Auch Bayramoğlu war aufgestanden und konterte jedes Schimpfwort mit zehn schwereren. Die Anwesenden kamen gar nicht zu Wort, sie zogen die Köpfe ein, ärgerten sich über Bayramoğlu, bemitleideten ihn aber auch, denn damit war er erledigt, und wäre er Ismet Pascha persönlich gewesen. So stolz, wie Arif Saim Bey war, ließ er einen Mann, der ihn so beschimpft hatte, bestimmt nicht am Leben. Wie konnte man einen Mann wie Arif Saim Bey vor aller Welt so erniedrigen und zum Narren machen!

Arif Saim Bey brüllte und schimpfte immer lauter, ging auch immer wieder auf den mit verächtlichen Blicken dastehenden Bayramoğlu los und wich zurück, weil sich Halil der Überschwängliche ihm jedes Mal in den Weg stellte.

Völlig außer Atem und leichenblass blieb Arif Saim schließlich vor Bayramoğlu stehen und rief: »Du hast Memed veranlasst, mein Landgut zu überfallen, nicht wahr, du mickriger Wegelagerer und Hühnerdieb? Und Hadschi Ali den Gefreiten hast du töten lassen, und Memed hat dir auch die Uhr gebracht, die der Pascha meinem Vater zur Erinnerung geschenkt hat? Du stehst also hinter all diesen Grausamkeiten, Morden und diesen Memeds! Unser Aga hat der Räuberei abgeschworen und sich in sein Dorf zurückgezogen, genügsam mit einem Bissen Brot. Dass ich nicht lache! Und wir sollen das schlucken!«

Mit Schwung stieß er aus der Drehung seinen Zeigefinger gegen Bayramoğlus Gesicht, und wäre dieser nicht blitzschnell ausgewichen, er hätte ihm mit der Wucht, die er in seinen Arm gelegt hatte, bestimmt ein Auge ausgestoßen.

»Du wirst gehängt«, brüllte er. »Ich werde dich mitten in der Stadt aufhängen lassen. Du wirst zur Strafe für deine Verbrechen und Grausamkeiten am Tauende baumeln. Doch tröste dich, an deinem dreckigen Kadaver werden diese Huren von Dörflerinnen bestimmt Klagelieder anstimmen, dir Balladen und Reigen widmen!« Und er fügte mit zusammengebissenen Zähnen hinzu: »Aber deine Strafe bekommst du hinterhältiger Hund. Hängen wirst du!«

»Ein hinterhältiger Hund bist du selbst, und dein so genannter Vater ist es auch.«

Bei dieser eiskalt ausgestoßenen Antwort verlor Arif Saim für einen Augenblick die Sprache. Als er sich wieder gefangen hatte, war Bayramoğlu klar, dass sein Ende besiegelt war. Schließlich kannte er Arif Saim gut genug, um zu wissen, dass es keine Schandtat gab, zu der dieser nicht fähig war. Das ist also mein Schicksal, sagte er sich.

»Hör zu, Hauptmann Arif!«, fuhr er fort, und es klang wie ein Befehl. »Du weißt, dass ich dir alles zutraue. Mich hängen zu lassen, zu Hackfleisch verarbeiten … Am Berg Konur habe ich dich kennen gelernt. Für dein bisschen Leben bist du wie ein Hund, wie ein Wurm vor mir im Staub gekrochen, hast mich angefleht und mir den Arsch geküsst. Als ich sah, dass ein Mann wie du, die Karikatur eines Menschen, sich für sein Leben so erniedrigen konnte, schämte ich mich, Mensch zu sein …«

Noch bevor Bayramoğlu weiterreden konnte, hatte Arif Saim Bey seinen Revolver gezogen und mit dem Finger am Abzug auf Bayramoğlu gerichtet. Doch bevor er abdrücken konnte, stieß Halil der Überschwängliche, der dicht hinter ihm stand, seinen Arm hoch, und der Schuss ging in die Wand.

Bayramoğlu lachte erleichtert auf. »Für mein bisschen Leben jagst du mir keine Angst ein, Hautmann Arif, für dies bisschen Leben werde ich nicht zur Schande der Menschheit. Los doch, noch einmal! Halil, mein Sohn, lass den Hund doch tun, was er vorhat!«

Murtaza Aga und Zülfü setzten den mit dem Revolver in der Hand am ganzen Körper zitternden Arif Saim in seinen Sessel, reichten ihm einen Saft, rieben seine Stirn, seine Arme und seinen

Nacken mit Kölnischwasser ein, schoben seinen Revolver ins Halfter und brachten ihm einen Kaffee.

Bayramoğlu stand noch da. Doch nach diesem Zwischenfall konnte er nicht bleiben und ging zur Tür.

»Lasst ihn nicht fort!«, rief aufgeregt Arif Saim Bey. »Zwischen alten Freunden kann so etwas schon mal vorkommen.«

Als Bayramoğlu das hörte, machte er kehrt und setzte sich auf seinen Platz. Froh darüber, noch einmal davongekommen zu sein, lächelte er erleichtert. »Ja, alte Freunde«, sagte er nach kurzem Zögern.

»Bringt Bayramoğlu auch einen Kaffee!«, befahl Arif Saim Bey. »Gemeinsam haben wir dieses Vaterland befreit.«

»Gemeinsam«, nickte Bayramoğlu versöhnlich.

»Hätte er uns doch nicht verlassen und sich in die Berge zurückgezogen!«

»Ich habe mich zurückgezogen. Der Brigant soll nicht Herrscher der Welt werden. Deswegen.«

»Hätte Bayramoğlu es gewollt, er wäre es geworden.«

Sie scherzten, als seien sie nicht dieselben, die sich eben noch an die Kehle gehen wollten. Das Plaudern dauerte an, und schließlich kamen sie auf Memed zurück.

»Wenn wir schon alte Freunde, mehr noch, wie Brüder sind, muss ich dir offen sagen, dass ihr für diesen Memed eine Lösung finden solltet! Gegen diesen Mann nützen keine Armeen und keine Feldschlachten, Bey«, begann Bayramoğlu aufs Geratewohl.

»Warum nicht?«

»Weil er den Stein gegen den Blitz trägt.«

»Wogegen soll der gut sein?«, lachte Arif Saim Bey.

»Wer diesen Stein trägt, ist auch gegen Kugeln gefeit.«

»Wie kannst du an so etwas glauben? Dasselbe wurde damals auch von dir behauptet.«

»Und es stimmt, wie du siehst. Gerade eben wurde ich nicht getroffen.«

Alle lachten leicht irritiert.

»Und außerdem besitzt er das Siegel des Horts der Vierzig Augen. Das schützt ihn vor jedem Unheil.«

»Bayramoğlu, glaubst du wirklich an all diese Gerüchte?«

»Außerdem hat Mütterchen Sultan ihm das magische Hemd Saladin Aijubis geschenkt, und wer es trägt, wird unsichtbar.«

»Soll das ein Witz sein?«

»Ich mache keine Witze. Ist nicht gestern noch vor den Augen einer ganzen Stadt eine als Memeds Pferd hingerichtete Schindmähre als Vollblut auferstanden und zum Himmel aufgestiegen? Und wiehert es nicht jeden Morgen vor Tagesanbruch über unseren Köpfen? Und wie der Hort der Vierzig Augen mit seinen Vierzig Seligen stehen auch die Heiligen und Schutzpatrone aller alevitischen und sunnitischen Horte des ganzen Taurus, ob sichtbar oder nicht, Memed zur Seite. Wenn auch nicht so viele, so hielten auch zu meiner Zeit nicht wenige zu mir. Anstatt hier zu sitzen und uns gegenseitig zu verletzen, sollten wir uns überlegen, wie wir Memed in die Hände bekommen!«

»Tot oder lebend«, ergänzte Arif Saim Bey.

Bis in den Morgen hinein sprachen sie bei Raki und Kaffee überlegt, freundschaftlich und gelassen weiter. Nach diesen Gesprächen hatte Arif Saim Bey Bayramoğlu voll und ganz ins Herz geschlossen. Wie großzügig und mutig dieser Mann doch war! Mit einem Herzen voller Liebe für jedes Geschöpf! Jetzt wurde ihm auch verständlich, warum dieser Mann seinem Räuberleben den Rücken kehren konnte. Er war wie ein Kind! Wie aber konnte ein Mensch, den in seiner kindlichen Einfalt auch jedes Kind überreden konnte, so zurückgezogen in den Bergen leben, ohne getötet zu werden?

Kurz vor Sonnenaufgang kam Arif Saim Bey der rettende Gedanke. »Oh dieser Kopf«, rief er und schlug sich mit der flachen Hand gegen seine Stirn. »Durch diesen Streit, der an allem schuld ist, habe ich die Hauptsache vergessen. Halil Bey, bring diese Flinte und die Patronengurte her, damit wir das Geschenk seinem Besitzer überreichen können!«

Wie ein Dschinn so schnell hatte Halil der Überschwängliche

begriffen. Er lief nach nebenan, brachte ein Gewehr im Halfter und Patronengurte herein und gab beides Arif Saim Bey. Der legte Gewehr und Gurte so behutsam, wie es sich für sehr wertvolle Geschenke gehörte, auf seine Knie, blähte sich dann nach und nach wieder auf und schaute Bayramoğlu mit seinem üblichen Gesichtsausdruck tief in die Augen, der sagte: »Die großen Berge schuf der Allmächtige, die kleinen sind mein Werk«. Was derweil in Bayramoğlus Kopf vorging, konnte er sich denken, der richtige Augenblick schien ihm also gekommen zu sein, als er brüllte: »Ziehst du los, Memed gefangen zu nehmen, Bayramoğlu?«

Fast gleichzeitig kam die Antwort: »Nein!«

»Du wirst, und wie du wirst! Sogar fröhlich tanzend wirst du eilen! Denn hör mir gut zu: Dieses Gewehr und diese Patronengurte schickt dir Mustafa Kemal Pascha. ›Grüß mir Bayramoğlu!‹, hat er gesagt, ›Bayramoğlu ist nicht der Mann, der sich vor kleinen oder großen Memeds fürchtet. Denn Bayramoğlu ist mein Kriegskamerad. Und solange er in den Bergen weilt, kann ein Räuber dort nicht herumziehen.‹«

Er nahm Gewehr und Patronengurte und legte sie, wieder ganz behutsam, Bayramoğlu in die Hände. Bayramoğlu konnte die Augen nicht von dem Gewehr wenden, das in den durchs Fenster fallenden Sonnenstrahlen funkelte, und auch nicht von den golddurchwirkten schimmernden Patronengurten. Nach einer ganzen Weile hob er langsam den Kopf, und seine Augen glänzten tränenfeucht. »Unser Pascha hat sich an mich erinnert«, stotterte er mit rauer Stimme. »Und ich meinte doch, ihr hättet mich wie einen Stein auf dem Grund eines Brunnens vergessen. Unser Pascha erinnert sich also meiner ... Wir mit ihm ... Und du weißt, Hauptmann Arif, wenn er mich ruft, steh ich ihm jederzeit zu Diensten ... Gemeinsam mit ihm habe ich gekämpft. Und hätte ich tausend Leben, ich opfere ihm tausend. Sagtest du Memed?«

Er lachte lauthals und wiederholte immer wieder: »Jenen Knaben Memed?«

20

Als oben am Hang das Dorf so plötzlich vor ihr auftauchte, wunderte Mutter Hürü sich nicht. Doch sie fragte sich, ob dieses Dorf, diese Häuser und der Hügel da drüben immer so klein gewesen waren. Sogar der dunstverhangene Gipfel des Berg Ali in der Ferne schien niedriger. Und darüber wunderte sich Mutter Hürü.

Der Anblick des Dorfes rührte sie, und ihr Herz begann laut zu klopfen. Sie trieb das Pferd an, doch fiel es in Galopp, war das störrische, schwer beladene Tier nur mit Mühe zu bändigen. Aber kaum verlangsamte es den Schritt, peitschte sie es in ihrer Ungeduld mit üblen Beschimpfungen wieder an, und so ging es fort.

Im Dorf am weiten Meer, in den Orangenhainen, in Memeds Haus mit Seyran, Abdülselam Hodscha und dem Verehrten Meister, auch in der nahen Stadt, war es ja sehr schön gewesen, doch die Sehnsucht nach ihrem Dorf war geblieben, auch wenn sie immer versucht hatte, es vor sich selbst zu verbergen. Wäre Memed dort geblieben, sie hätte dieses Heimweh in ihrem Innersten vergraben und sich nichts anmerken lassen. Wie sehr sie sich nach ihrem Dorf gesehnt hatte, wurde ihr jetzt bei diesem Anblick und beim Duft dieser Berge erst richtig bewusst. Wie groß eine Sehnsucht doch sein kann, auch wenn sie einem gar nicht bewusst ist!

»Du gottlose Frucht eines Gottlosen!«, so trieb sie das Pferd wieder an. Und als sie Hadschi Veli, den Sohn Salih des Verstümmelten, seine Pluderhosen zuschnürend, aus dem Gebüsch kommen sah, drückte sie dem Pferd die Steigbügel hart in die Flanken und schrie: »Du Frucht eines Wildschweins!« Denn sie brannte darauf, den mitten auf dem Weg stehenden Jungen abzufangen. Doch bei ihrem Anblick kehrte der ihr plötzlich den Rücken zu und rannte los. Wutentbrannt über dieses Geschlecht von Hunden, wie sie schimpfte, peitschte sie das Pferd in den Galopp und hatte wenig später den Jüngling eingeholt.

»Halt an, du Köterpisse!«, schrie sie. »Wohin rennst du, nur weil du mich gesehen hast? Anhalten!«

Mutter Hürü hatte ihn mit so eindringlicher Stimme aufgefordert, dass der Junge mit schreckgeweiteten Augen wie angewurzelt stehen blieb.

»Warum läufst du wie ein Köter vor mir weg? Bist du nicht Hadschi Veli, der Sohn von Salih dem Verstümmelten?«

Hadschi Veli starrte sie nur mit großen Augen verblüfft an.

»Haben Hornissen dir in die Zunge gestochen? Was guckst du mich so blöde an?«

Was sie auch sagte, es konnte Hadschis Zunge nicht lösen, und je länger er schwieg, desto zorniger wurde sie. »Hat der Herrgott dich mir zur Plage vors Dorf geschickt? Was ist los? Ist das Dorf in Schwierigkeiten oder dein Vater gestorben?«

Langsam löste sich die Zunge des wie gebannt dreinblickenden jungen Mannes. »Mein Vater ist nicht gestorben«, antwortete er leise.

»Wer denn sonst?«

Das Wunder dauerte an, Hadschi Velis Zunge blieb gelöst, jetzt purzelten über seine Lippen die Worte: »Hadschi Veli ist nicht mein Name.«

»So, so, und wie ist dein Name?«

»Mein Name ist Memed.«

Mutter Hürüs Wut verflog im Nu, und sie lachte. »Dann lauf schon vorweg, Memed, und hilf mir, dieses Gepäck ins Haus zu tragen!«

Der Junge gehorchte. Er schritt aus, aber er blieb vorm Haus nicht stehen.

»Bleib da stehen!«, rief Mutter Hürü, und es klang wie ein Befehl. »Siehst du die Tür denn nicht, du Dummkopf? Halt das Pferd fest!«

Hadschi Veli kam zurück, hielt das Pferd am Zügel fest und blickte verdattert zu Mutter Hürü hoch. Wende Gott alles zum Guten! dachte Mutter Hürü, irgendetwas ist hier los, aber was?

Sie stieg vom Pferd, nahm ihm die Zügel aus der Hand und

zeigte auf die Kruppe des Pferdes: »Binde die Sachen los, aber ganz langsam, sie sind aus Glas, und wenn etwas bricht, stoße ich dir mit diesen meinen Fingern die Augen aus!«

Der junge Mann band vorsichtig die mit Pappe geschützten Bilder los uns stellte sie an die Hauswand.

»Nimm diesen Schlüssel und schließ die Tür auf!«

Sie zog den Schlüssel aus ihrer Leibbinde, reichte ihn Veli, der nach ziemlicher Mühe die Tür öffnete, die Bilder hineintrug, zurückkam und sich an das übrige Gepäck machte. Er band Taschen und Beutel los, trug sie ins Haus, kam zurück und schnürte die nächsten Bündel auf. Wer dieses Pferd beladen hatte, dachte er, muss ein Meister gewesen sein, denn ein Tragtier mit drei Pferdelasten beladen, dazu bedarf es viel Geschick!

Als er das letzte Paket verstaut hatte, war er in Schweiß gebadet.

»Binde das Pferd an die Pappel und komm herein!«

Sie ging ins Haus und schaute sich um. Ein vertrauter Geruch, den es nirgendwo anders gab, stieg ihr in die Nase, und etwas schnürte ihr die Kehle zu. »Willkommen in deinem schönen Zuhause«, sagte sie, »gibt es einen schöneren, wärmeren, anheimelnderen Platz auf dieser Welt?« Sie lächelte und antwortete bestimmt: »Nein.« Dann öffnete sie die Fenster. Der wurmstichige, klotzige Stützbalken in der Mitte des Raumes schimmerte, die Dachbalken und Sparren waren pechschwarz verrußt, und heile Spinnennetze, in denen nicht eine Fliege hing, spannten sich weit. Versonnen wanderte sie umher, streichelte die eigenhändig gewebten Kelims, die bestickten Mantelsäcke, Doppeltaschen und Filzteppiche. »Auch nach dir hatte ich Sehnsucht«, sagte sie zu manchem Stück, vor dem sie stehen blieb. Plötzlich fiel ihr Hadschi Veli ein, sie ging vor die Tür, um nach ihm zu sehen. Das Pferd war am Baum festgebunden, der Junge verschwunden. In Gedanken beschimpfte sie ihn samt Vater und Mutter, was das Zeug hielt. Was war nur mit den Dörflern los, fragte sie sich. Als sei es mit Friedhofserde bedeckt, war kein Laut aus dem Dorf zu hören, kein Esel schrie, kein Hund bellte, es krähte nicht einmal ein Hahn.

Sie ging ins Dorf hinein, niemand war zu sehen. Noch einige Schritte, dann machte sie kehrt, grummelte vor sich hin, ließ kein gutes Haar an den Dörflern, die sie so empfingen, und schwor sich ein ums andere Mal, auch keinem dieser Leute, die sie so mieden und ihre Türen verschlossen hielten, ihre Tür zu öffnen. Aber wie neugierig sie auch war, so konnte sie sich doch nicht so weit erniedrigen und irgendwo anklopfen und fragen, warum diese Unseligen sie so behandelten!

»Irgendjemandem werde ich schon begegnen«, sagte sie sich, ergriff zwei Eimer und ging zum Dorfbrunnen. Auch dort war niemand zu sehen. Sie setzte sich auf die Umrandung und begann zu warten. Das Wasser plätscherte in der Tränke, die Welt lag in gleißender Sonne, aus der Weißdorn-Schlucht gegenüber stiegen Dunstschleier auf. Was ist mit denen? Wo ist das ganze Dorf abgeblieben? Vielleicht haben sie mein Kommen nicht bemerkt. Oder hat dieser tumbe Sohn von Salih dem Verstümmelten ihnen meine Ankunft verschwiegen? »Es lohnt sich nicht, darüber nachzudenken, zur Hölle mit ihnen allen«, sagte sie, füllte ihre Eimer, eilte ins Haus zurück, wischte und fegte, beseitigte die Spinnweben, klopfte draußen den Filzteppich aus, legte ihn ins Wohnzimmer und wickelte die Bilder des Verehrten Meisters aus. Zum Glück war kein einziges beschädigt. Sie nahm das Bild mit Memed zu Pferde und hängte es an den Stützpfosten. Ali bekam seinen Platz an der Wand gegenüber. Unterwegs hatte sie sich dauernd vorgestellt, wo die Bilder hingehörten, und so ging es ihr schnell von der Hand. Adam und Mutter Evas Platz war die rechte Seite des Kamins, sie nahm die Maiskolben von der Wand und hängte das Bild dorthin. Und die linke Seite war für die Schönste der Welt! Anschließend stellte sie sich vor die Bilder hin, als sähe sie diese zum ersten Mal und sah sich an ihnen satt.

Die Doppeltaschen rührte sie nicht an. Sollen sie mich doch fliehen, erregte sie sich und stampfte mit dem Fuß auf. »Sie sollen nicht kommen, sie sollen nicht kommen!«, schrie sie und erschrak selbst vor ihrer zornigen Stimme, die sie dämpfte, als sie zu Alis Abbild sagte: »Und wenn ich sie an diesen schönen Sachen, die ich ihnen mitgebracht habe, auch nur schnuppern lasse, dann soll mich doch ...« Aber alle Augenblicke ging sie doch zum Fenster und spähte hinaus, ob jemand kam. Als sie die Hoffnung aufgegeben hatte, setzte sie sich schmollend neben den Kamin, zog ein verdrießliches Gesicht und versank in Gedanken.

Schritte schreckten sie hoch. Sie sprang auf, und ihr Herz begann wieder wild zu pochen. Sie eilte ins Freie. Eine Gruppe alter Frauen mit schwarzen Kopftüchern näherte sich. Der in die gesenkte Stirn der Frauen gebundene Trauerflor tat ihrem Herzen weh.

»Willkommen, Hürü mit dem dunklen Schicksal«, murmelten wie Boten des Todes die Frauen, ohne aufzublicken.

»Willkommen auch ihr Frauen, aber von welchem dunklen Schicksal redet ihr?«, donnerte Hürü. »Heraus mit der Sprache! Und was soll das Trauerband um eure Stirn?«

Die Frauen hielten die Köpfe gesenkt und antworteten nicht.

Auch Hürü stellte keine weiteren Fragen, ging schmollend in ihre Ecke und setzte sich. Sie schaute auch keine der Frauen an. Schließlich hielt es eine von ihnen nicht länger aus. »Hürü mit dem dunklen Schicksal, warum bist du so wütend auf uns?«, fragte sie vorwurfsvoll. »Warum ärgerst du dich, weil wir uns Trauerflor umgebunden haben? Sollen wir denn bauchtanzen, anstatt Trauer zu tragen?« Und sie hüllte sich wieder in Schweigen.

Mutter Hürü hatte den Rücken an die Wand gelehnt und rührte sich nicht. Sie wagte es nicht, noch einmal nach dem Grund der Trauerbänder zu fragen.

»Was ist geschehen?«, platzte es schließlich aus ihr heraus.

»Dass du erblinden mögest und dein Feuer verlösche, wenn du meinst, dass es noch brennt!«, antwortete dieselbe Frau. »Du weißt also nicht, was geschehen ist, weißt nicht, dass sie Memed erschossen haben und wir seit Monaten Trauer tragen.«

»Wann haben sie Memed erschossen, wann?«, fragte Mutter Hürü jetzt hellwach.

»Vor fünf, sechs Monaten haben wir es erfahren.«

»Und wo haben sie ihn erschossen?« Mutter Hürüs Stimme klang fröhlich und ihre Augen strahlten.

»Dort unten in der Çukurova bei Akçasaz haben die gottlosen Dörfler und Gendarmen ihn in die Enge getrieben. Von einer Seite kamen die langen, schwarzen Schlangen, von der anderen die Talschaft und die Gendarmen, und sonst nur noch Sumpf und weites Meer. Was sollte Memed denn tun? Er nahm den Weg durch den Sumpf, und der Sumpf hat ihn verschlungen. Uns blieb nicht einmal der Leichnam unseres Recken. Wenn wir uns die schwarzen Bänder nicht um die Stirnen binden, wer denn sonst? Seit jenem Tag haben wir den Trauerflor nicht abgelegt. In sämtlichen Gemeinden hier tragen die Frauen Trauer. Das schwarze Stirnband ist unser Schicksal.«

Hürü streckte sich, ihr Gesicht blühte auf, und sie erzählte, was sie alles erlebt hatte. Sie sprach von den Orangengärten, von Memeds Konak, dem großen Wasser, das sie Meer nannten, vom Lehrer Zeki, von Abdülselam Hodscha, dem Schicksal der Tagelöhner auf den Reisfeldern, dem Sumpffieber, von Şakir Bey, von dem Verehrten Meister, von der Stadt mit den weißen zweistöckigen Häusern, sie ließ nichts aus und fügte nichts hinzu.

»Dieser Şakir Bey, möge er nicht einmal im Grabe Ruhe finden, war tausendmal schlimmer als Abdi Aga«, sagte sie. »Und meinem Memed habe ich Nachricht geschickt, und er wird in Kürze auch hierher kommen.« Sie schaute den Frauen in die Augen und konnte darin lesen, dass keine Einzige ihr glaubte. Daraufhin stand sie auf, ging zum Mittelpfosten und stellte sich vor Memeds Bild. »Steht auf und schaut euch das Bild an! Sieht es nicht aus wie Memed?«

Die Frauen kamen und blieben bei ihr stehen.

»Wäre Memed auf dem Grund des Sumpfes, wie hätte dann der Verehrte Meister, Wächter am Grabmal unseres Propheten, sein Bild malen können? Nun sagt schon!«

Die Frauen drängten sich aneinander, reckten ihre Hälse, musterten sorgfältig das Bild des berittenen Memed. »Stimmt, das ist unser Memed«, sagten sie. »Und sein Pferd steht auf den Wolken und wiehert. Es ist nicht zu hören, aber es wiehert.«

»Was macht's denn schon, wenn wir es nicht hören? Wichtig ist, dass es wiehert«, rief Mutter Hürü. »Und der Herrgott lasse dieses Wiehern nie verstummen!«

Die Frauen wurden plötzlich quicklebendig und umarmten Mutter Hürü voller Freude. Sie rissen sich die schwarzen Stirnbänder von den Köpfen, warfen sie auf den Boden, setzten sich hin und überschütteten Mutter Hürü mit Fragen. Und wie das entfesselte Wasser einer Schleuse strömten die Antworten über ihre Lippen.

Schon bald drängten sich die Dörfler vor Mutter Hürüs Haustür. Sogar die bettlägerige Tochter der Zala und die Alten, die sich nicht mehr auf den Beinen halten konnten, hatten sie mitgebracht. Wellen der Begeisterung wogten immer wieder durch die Menge, und Mutter Hürü musste von einer kleinen Anhöhe herab noch einmal erzählen, was sie alles erlebt hatte.

»Und nun«, rief sie am Ende, »wo ihr schon einmal da seid, wartet hier, damit ich die mitgebrachten bescheidenen Geschenke verteilen kann!«

Unterstützt von zwei, drei Mädchen öffnete sie die Mantelsäcke und Doppeltaschen, in denen sie die Geschenke für alle Bräute und jung verheirateten Frauen mitgebracht hatte, rief ihre Namen, die sie nicht vergessen hatte, und gab jeder fröhlich Herbeieilenden das eigens für sie Gekaufte.

Kristallene Armreife und Halsketten, versilberte Ringe, korallene Fußreife, Perlenschnüre, Haarspangen, blaue Perlen gegen den bösen Blick, silberne Ohrringe, mit Achat und Bernstein verzierten Schmuck, Druckkattun in allen Farben, rohseidene Kopftücher, auch Şes genanntes feines weißes Seidenkrepp, Seidenstrümpfe, Kinderschühchen, Glücksperlen, Nähnadeln und Garne, die es im Dorf nicht gab, Strickzeug und wer weiß noch was und genug für alle Frauen im Dorf … Jedes Geschenk war von ihr gut überlegt, und jede wars zufrieden. Die Bescherung dauerte, bis der Tag sich neigte, Mutter Hürü sich vor

Erschöpfung nicht mehr bewegen konnte und wie eine Betrunkene wankte. Am Schluss war die Reihe an Zalas bettlägeriger Tochter. Das Mädchen hatte die Hoffnung schon aufgegeben, als Mutter Hürü mit einem größeren Paket zu ihr kam und es ihr in den Arm legte. Die Mutter öffnete das Paket, aus dem ein blau geblümtes rotes Seidenkleid, ein Paar Seidenstrümpfe, ein Paar Lackschuhe, ein Schal aus grünem Krepp, korallene Ohrringe und sechs kristallene Armreife in verschiedenen Farben zum Vorschein kamen. Mit tränenfeuchten Augen betrachtete das Mädchen gedankenversunken die glänzenden Schuhe in ihren Händen.

Mutter Hürü beugte sich zu ihr, strich ihr übers Haar und sagte mit warmer Stimme: »Du wirst wieder gesund, mein Mädchen, du wirst wieder gesund, meine Rose. Und dann wirst du diese Schuhe anziehen und mit wiegendem Gang wie die langhalsigen Schwäne durch diese Welt wandern.«

Auch am nächsten Tag hatte Mutter Hürü ein volles Haus. Besonders die jungen Mädchen kamen in Gruppen, blieben vor den Bildern stehen und betrachteten sie bis in die kleinste Einzelheit. Vor dem Bild Adam und Eva zuckten sie zuerst zurück, doch dann steckten sie die Köpfe zusammen und tuschelten kichernd.

Memeds Bild war ihnen vertraut. Auch von Ali, der seinen eigenen Leichnam auf einem Kamel hinter sich her zog, hatten sie schon oft gehört, wie auch von Köroğlus Pferd. Aber diese wunderschöne Frau mit dem Körper eines Drachen, den geschminkten Augen, den vollen Brauen und der flammenden, gespaltenen Zunge, dem goldbeschuppten Unterleib und den schneeweißen Schultern hatte ihre Neugier geweckt, und schon machten die eigenartigsten Gerüchte über sie die Runde.

In den Sümpfen von Akçasaz hatten Blutsäufer aus dreißig, vierzig Dörfern der Çukurova ganze Täler füllende Schwarze Schlangen und Regimenter von Gendarmen Memed umzingelt. Und hätte er Flügel gehabt, er wäre nicht davongekommen. Was sollte der Arme, allein inmitten so vieler Menschen und Schlangen, denn tun, er legte sich hinter einen Erdhügel. Im Rücken der Sumpf, vor sich eine Feuerwand! Denn die Dörfler und Gendarmen hatten das verdorrte, herbstliche Reet, das Gras und die Bäume in Brand gesetzt, dazu war noch Wind aufgekommen, und die Flammen fraßen sich prasselnd hinauf bis zu den Anavarza-Felsen, und das Krachen der Feuersbrunst hallte hinauf bis in den Himmel. Memed war drauf und dran, von den Flammen verschlungen zu werden. Obwohl er seit dem Abend in alle Richtungen feuerte, einen Fluchtweg konnte er sich nicht freischießen. Von einer Seite kam das Feuer, auf der anderen lauerten die Schlangen, eine Seite war Sumpf, dahinter wie eine Mauer die Felsen, und den letzten Ausweg versperrten die bewaffneten Dörfler und die Gendarmen ... Memed stellt plötzlich fest, dass er nicht eine Patrone mehr hat. Er schaut auf sein Gewehr und schleudert diese nutzlose Waffe in den Sumpf. Jetzt hat er nur noch seinen Revolver in der Hand und seinen Handschar im Gurt. Und während er ratlos zwischen Feuerwand, Schwarzen Schlangen und Gendarmen hin und her irrt, hört er vom Sumpf her ein Donnern. Er dreht sich um und sieht, wie sich eine große, geballte weiße Wolke auf den Sumpf herabsenkt. Das Feuer hat ihn fast erreicht, von der anderen Seite nähern sich die Schüsse und das Gebrüll der Gendarmen, und kurz bevor Memed sich in den Sumpf stürzt, hört er eine Frauenstimme: »Memed, Memed, warte, ich komme!«, ruft sie, und aus der Wolke taucht diese Schöne auf, die schönste Frau der Welt, und ihre goldenen Schuppen glänzen im Schein des Feuers. Memed erschrickt vor dieser mächtigen Erscheinung, die Licht sprühend durch das Wasser zu ihm gleitet, und er läuft zur Feuerwand. Doch bevor die Flammen ihn verschlingen, hört er ihre Stimme rufen: »Bleib stehen, wo du bist, Memed!« Und er bleibt vom Licht geblendet stehen. »Bleib stehen und fürchte dich nicht!« Diese Worte wurmen ihn, er sagt sich, so oder so droht mir der Tod. Er bleibt stehen, und ein leises »Ich fürchte mich nicht«, entringt sich seinen Lippen. Und was sehen seine Augen, als das Geschöpf zu ihm kommt? Vor ihm steht das schönste Mädchen der Welt. Bei diesem Anblick fasst er sich ein bisschen und fragt: »Bist du ein Geist oder eine Fee?« Sie lacht und antwortet: »Weder Geist noch Fee, ich bin die Schöne vom Anavarza-Felsen und bin gekommen, dich zu retten. Halte dich an meinen Haaren fest!« Und Memed greift in ihre Haare, und im selben Augenblick sinkt die weiße Wolke hernieder und hüllt die beiden ein. Und was sieht Memed, als er die Augen öffnet? Sie sind auf der Insel mitten im Sumpf, und auf der Insel glitzert hell wie der lichte Tag ein kristallenes Serail, umgeben von eiskalten, plätschernden Quellen, tausenderlei Blumen, in allen Farben schimmernden Vögeln und vielen Gazellen mit schwarzen, wie geschminkten Augenrändern! Memed will seinen Augen nicht trauen, denn auch sein Pferd ist da. Die Schönste der Schönen führt ihn ins Dampfbad des Serails und wäscht ihn eigenhändig mit warmem, nach Rosen, Amber, Veilchen und Narzissen duftendem Wasser. Am selben Tag noch finden sie zueinander. »Memed«, sagt die Schönste der Schönen, »du bist der Einzige in dieser Welt, den ich liebe, dem ich in unerfüllter Liebe entbrannt bin. Du hattest dich Hatçe und nach ihr Seyran zugewandt, sodass ich mich dir nicht nähern konnte. Doch keiner entkommt der Vorsehung! Jetzt habe ich dich aus einer Not befreit und lasse dich nicht mehr los. Ich werde von dir Kinder bekommen.« Aber Memed ist darüber unendlich betrübt und fragt ganz offen: »Gut und schön, aber werden unsere Kinder gleich dir einen wunderschönen Kopf und einen Drachenkörper mit goldenen Schuppen haben?« – »Aber nein«, lacht da die Schönste der Schönen, »unsere Kinder werden nicht wie ich, sie werden aussehen wie du.« Und sie bleiben im Kristallpalast und verlassen vierzig Tage und Nächte das Brautbett nicht mehr. Am einundvierzigsten Tag kommt Memed wieder zur Besinnung, steht auf und sagt: »Ich muss jetzt gehen, Schönste der Schönen.« – »Du hast also keinen Gefallen an mir gefunden«, entgegnet die Schönste der Schönen und weint blutige Tränen. »Wenn du Seyran haben willst, ich hole sie her ins kristalline Serail, und wir werden sehr gut miteinander auskommen. Und wenn du deine Mutter Hürü sehen willst, ich bringe sie dir auch«, fleht sie und lässt ihn nicht los. Memed bleibt, doch er wird von Tag zu Tag blasser und schließlich dünn wie ein Faden. Die Schönste der

Schönen sieht ein, dass es so nicht weitergehen kann und Memed, wenn er bleibt, sterben wird und sie ihn ganz verliert. Sie sagt: »Wenn es so ist, Memed, geh wohin du willst, geh und vergiss mich nicht, und wenn unser Kind geboren ist, komm her und schau es dir an, dein Ebenbild!« Und ist er nicht Memed? Er gibt ihr sein Wort! Sie umarmt ihn, küsst ihn, umarmt ihn und küsst ihn. Sie gehen ins Brautbett, noch einmal und noch einmal. Ganze Tage und ganze Nächte hindurch lieben sie sich so, dass sie Erde, Himmel und sich selbst vergessen. Eine so feurige Liebe zwischen Mann und Frau hat es nicht gegeben, seit diese Welt erschaffen wurde. Schließlich verabschiedet ihn die Schönste der Schönen und gibt ihm drei Geschenke. Das eine ist das Bild dort in Mutter Hürüs Haus. »Nimm es und denk an mich, wenn du das Bild betrachtest!«, bittet sie ihn. Dann reißt sie sich drei Haare aus und sagt: »Solange du sie bei dir hast, werden sie dich vor allem Bösen schützen.« Sie pflückt im Garten eine Rose und sagt: »Und diese Rose wird bis ans Ende aller Tage nicht welken, ihr Duft wird immer stärker werden, und je finsterer es in dieser Welt wird, desto heller wird es in deinem Herzen sein. Wenn du an ihr riechst, verscheucht sie alle dunklen Gedanken und bewahrt dich vor Hoffnungslosigkeit. So wird deine Welt hell und voller Hoffnung sein.« Memed machte sich auf den Weg, kam zu Mutter Hürü und gab ihr das Bild. Und Mutter Hürü hängte es an die Wand.

»Seitdem hält die Unglückliche nach Memed Ausschau.«
»Und Memed schlägt sich in die Berge.«
»Gott gibt dem Menschen sehr viel, aber niemals alles.«
»Dem einen keinen Verstand …«
»Je mehr er hat, desto mehr er will.«
»Findet die Räuberei denn kein Ende?«
»Doch, mit einer geölten Kugel.«
»Mensch, da findest du einen Kristallpalast …«
»Dazu die Schönste der Schönen …«
»Wirst von ihr auch noch Kinder kriegen …«
»Die dir obendrein noch ähnlich sind.«

»Dann bleib doch bis ans Lebensende in diesem Paradies!«

»Was hast du denn anderes von einem Sohn Ibrahims des Armen erwartet?«

»Reiß die Pflanze heraus und schau dir die Wurzel an!«

»Wie konnte sie Memed denn ohne Arme umarmen?«

»Und wie ihn ohne Schenkel lieben?«

»Und warum die Rose dort an ihrer Nasenspitze?«

»Damit sie die Hoffnung nicht verliert.«

»Ihre Arme sind nicht zu sehen.«

»Sie sind eben auf der anderen Seite.«

»Sie hat auch Schenkel.«

»Die sind aber nicht zu sehen.«

»Und sie hat auch das Andere ... Na, du weißt schon.«

»Es ist auf dem Bild nur nicht zu sehen.«

»Warum ist es denn von unserer Mutter Eva auf dem Bild zu sehen?«

»Die hier hat sich geschämt.«

In diesen Tagen kam Hüseyin der Barde wieder einmal ins Dorf. Zuletzt war er vor fünf Jahren hier gewesen. Hüseyin der Barde war ein echter Sänger des Herrn, ein Auserwählter. Von Glück und Überfluss gesegnet wurde jedes Dorf, in dem er war, mit ihm zog Freude und Festtagsstimmung ein in jedes Dorf. Diesmal wurde er mit besonders großer Begeisterung empfangen, wurden ihm die schmackhaftesten Speisen vorgelegt, ließen sie ihn eine ganze Woche nicht mehr gehen. Hüseyin der Barde, von Mal zu Mal beschwingter, sang ihnen noch nie gehörte Lieder und Balladen, versetzte jeden in eine andere, eine neue Welt voller Hoffnung. Am Ende brachte er die Legende von Memed und der Schönsten der Schönen. Drei Tage und drei Nächte spielte und erzählte er ohne Unterlass, und wer bis dahin an das Abenteuer der beiden nicht geglaubt oder es nur angezweifelt hatte, der war jetzt so überzeugt, dass ers hätte schwören können. Nach Hüseyin dem Barden nahmen auch andere Volkssänger diese Ballade auf, und in kürzester Zeit hatte der ganze Taurus diese Sage vernommen.

Kaum hatte auch Ali der Habenichts die Sage gehört, lernte er sie auswendig, machte sich auf die Suche nach Memed und spürte ihn im Dorf auf. Drei Tage und drei Nächte sang auch er sie vor, dass sich die Zuhörer vor Spannung und Staunen die Fingerkuppen bissen. Ohne sich zu rühren, hörte Memed mit gesenktem Kopf zu. Als er wieder aufblickte, sahen sie nur, dass er feuchte Augen hatte, und das war auch schon alles. Danach wagte niemand, ihm eine Frage über die Schönste der Schönen zu stellen.

Mit der Zeit flauten die Besuche bei Mutter Hürü ab, in den letzten Tagen kamen nur noch wenige, und auch die blieben nach und nach aus, bis schließlich nur noch Emine die Rose aus dem Nachbarviertel sie besuchte.

Seit der Rückkehr von Mutter Hürü war Emine die Rose jeden Morgen herausgeputzt bei ihr erschienen, hatte sich vor das Bild von Adam und Eva gesetzt und es bis zum Abend betrachtet. Es hieß überall, sie sei das schönste Mädchen im Dorf, ja, im ganzen Taurus. Mit ihren langen Wimpern, ihrem schlanken Schwanenhals, den Grübchen ihrer Wangen, den großen Gazellenaugen und dem ebenmäßigen Wuchs bezauberte sie jeden, der sie sah. Lachte sie, war es ein warmes Lachen, sprach sie, schlug ihre Stimme jeden in ihren Bann. Nach Mutter Hürüs Meinung war Emine die Rose schöner noch als Seyran. Wäre an Seyrans Stelle doch Emine die Rose die Braut meines Sohnes, eine so schöne würde doch besser passen als Seyran, dachte sie, schämte sich aber gleich für diesen Gedanken, weil Seyran sich so rührend um sie bemühte, und schlug ihn sich sofort aus dem Kopf.

Wie alle andern wunderte sich Emine die Rose anfangs auch über unseren Vater Adam und unsere Mutter Eva, schämte sich wie die anderen Mädchen und Frauen, kicherte verblüfft über ihre Nacktheit mit all den zur Schau getragenen Blößen. Als sie dann von Mutter Hürü erfuhr, dass die beiden sich nackt wie aus dem Mutterleib zeigen konnten, weil es im Paradies ja niemand anderen gab, begann sie sich an den Anblick zu gewöhnen. Nur das große Ding vom Urvater Adam verblüffte sie jedes Mal. Das von Urmutter Eva kam ihr vor wie eine schwellende, sich öffnende Rose, die unserem Vater Adam, einen anderen Mann gab es ja nicht, entgegenfieberte. Nach einer Weile hörte Emine die Rose das lustvolle Stöhnen unserer Urmutter. Und mit ihr begann auch sie sich stöhnend zu winden. Vater Adam konnte dem nicht widerstehen, er bewegte sich, und das grünlich rosa Längliche wurde prall und richtete sich auf, näherte sich Mutter Eva, und Mutter Eva öffnete das da wie eine Rose, und die beiden sanken übereinander zu Boden. Im Haus war niemand, Emine ging hin, verriegelte die Tür, hockte sich nieder, schloss die Augen und streckte sich. Das Stöhnen von Adam und Eva hallte durchs ganze Haus, vermischte sich mit dem Stöhnen der sich windenden Emine. Vater Adam löste sich von Mutter Eva, kam zu Emine der Rose, umarmte sie, die sich im Nu ausgezogen hatte und sich ihm hingab, ohne sich im Geringsten vor Mutter Eva, die ihnen zuschaute, zu schämen. Sie verging im Sinnenrausch, taumelte hinein in einen Himmel der Lust.

Von nun an beobachtete Emine die Rose jeden Tag Mutter Hürüs Tür, lief sofort ins Haus, wenn Mutter Hürü es verlassen hatte, oder sie wartete schon im Hause darauf, dass Mutter Hürü sich zu den Nachbarn aufmachte. War sie dann endlich allein, schloss sie die Augen. Jetzt kam Vater Adam zu ihr, noch bevor er sich Mutter Eva zuwandte. Nach etwa zehn Tagen begann Emine Mutter Eva so zu hassen, dass sie ihr Bild zerfetzt hätte, wenn sie nicht befürchtete, damit auch Vater Adem zu verlieren. Emine war unserem Urvater Adam in blinder Liebe verbunden. Wohin sie auch ging, was sie auch tat, sie konnte nicht aufhören, an ihn zu denken, und ob Tag, ob Nacht, sie rannte ins Haus von Mutter Hürü. Konnte sie im Dunkel der Nacht das Bild nicht erkennen, presste sie sich gegen den Bilderrahmen, streichelte das Glas und stillte so ein bisschen ihr Verlangen.

Mutter Hürüs Augen war Emines Zustand nicht entgangen, sie sah großzügig und verständnisvoll darüber hinweg, sagte nur: »Mädchen, weißt du kleine Hure eigentlich, dass du unserem

Urvater Adam in schwarzer Liebe verfallen bist?« Und sie seufzte: »Ach, Jugend, ach!«

Wie lange dieser Zustand andauerte, wurde weder Emine der Rose noch Mutter Hürü bewusst, so hatten sie sich daran gewöhnt. Im Dorf aber machten hinter vorgehaltener Hand nach und nach die Gerüchte ihre Runde. Emine die Rose kam dahinter, ging immer seltener zu Mutter Hürü, stellte schließlich ihre Besuche ganz ein. Aber sie fand keine Ruhe, wurde ihrer Leidenschaft nicht Herr, konnte weder schlafen noch essen. Doch wenn sie wie im Wahn durchs Dorf wanderte und um sich blickte, stellte sie fest, dass alle Burschen der Umgebung ihr in Liebe verfallen waren, und das tröstete sie. In Gedanken ließ sie jeden vor ihren Augen vorbeiziehen und fand Gefallen an Selim vom Nachbardorf. Er war hoch gewachsen, breitschultrig, hatte blaue Augen, gelocktes Haar und einen blonden, gezwirbelten Schnurrbart. Sie machte ihn ausfindig und schickte jemanden in sein Dorf. Aber Selim hatte sich schwer bewaffnet mit sechs anderen als Memed in die Berge geschlagen. Nach drei Tagen war er zur Stelle, und sie trafen sich unterm Granatapfelbaum im Tal des Weißdorns. Emine die Rose zog sich aus, schloss die Augen, und Vater Adam erschien und beugte sich über sie. Mit einem Fußtritt verscheuchte sie ihn und zog Selim über sich. Einen Tag und eine Nacht liebten sie sich im weichen Gras, wo Emine die Rose schließlich matt und müde die Glieder ausstreckte.

Am nächsten Nachmittag kehrte Emine die Rose ins Dorf zurück und ging geradewegs zu Mutter Hürü. Kaum hatte sie Emine in die Augen geschaut, wusste sie, was geschehen war. Das Mädchen ging zum Bildnis Adams und Evas, musterte die beiden eine Weile, nahm es von der Wand und schlug es mit aller Kraft auf den Fußboden. Das Glas fiel in tausend Scherben, die Splitter lagen überall. Mutter Hürü sagte kein böses Wort. Ohne sich nach ihr umzusehen, ging Emine nach Haus, griff sich ihren Beutel mit der Aussteuer und eilte zu Selim, der im Granatapfelhain auf sie wartete. Sie umarmten sich und machten sich Hand in Hand auf den Weg in Selims Dorf.

Dass die Schönste ihres Dorfes zum Burschen eines Nachbardorfes geflohen war, scherte die Dörfler nicht besonders. Dass sie aber unseren Vater Adam und unsere Mutter Eva kurz und klein geschlagen hatte, darüber entrüsteten sie sich sehr.

21

Das Haus von Halil Bey dem Überschwänglichen wurde Bayramoğlus Hauptquartier. Ein Kommen und Gehen, hin und her eilende Meldegänger, der reinste Bienenkorb! Bayramoğlu hatte die Aufgaben streng aufgeteilt. Der Hauptmann, der Lehrer Rüstem Bey, Molla Duran Efendi, Zülfü, Ali der Hinkende, die Notabeln der Stadt, sie alle wussten, was sie zu tun hatten. Und dazwischen Murtaza Aga, der Blut und Wasser schwitzte, um alles auf einmal zu erledigen.

Bayramoğlu und Arif Saim Bey trennten sich keine Minute. Die beiden Füchse, die sich in den Bergen bestens auskannten, überlegten Tag und Nacht genüsslich, wie sie Memed eine Falle nach der andern stellen konnten. Sie bereiteten sich so gründlich vor, damit auch ja kein Schritt ins Leere laufen und keine Kugel ihr Ziel verfehlen konnte. Sollten die Nachrichten aus den Bergen stimmen, hatten sie Memed jetzt schon in der Hand, würde er Bayramoğlu nicht entkommen, auch wenn er ein Vogel wär.

Arif Saim Bey rief zuerst nach Sultanoğlu dem Blonden, der mit fünfundsechzig bis an die Zähne bewaffneten Reitern im Vorhof eintraf. Arif Saim Bey humpelte an seinem mit goldenem Knauf versehenen Handstock die Treppe des Konaks hinunter, um ihn höchstpersönlich zu begrüßen. Als Sultanoğlu der Blonde seiner ansichtig wurde, sprang er wie ein Jungmann vom Pferd, und sie fielen sich um den Hals. Arm in Arm unterhielten sich die alten Kameraden über die alten Zeiten.

»Jeder meiner Reiter wiegt hundert Memeds auf, wenn es sein muss.«

Eingehakt stiegen sie die Treppe hoch. Oben erwartete sie schon Bayramoğlu. Er und Sultanoğlu begrüßten sich mit Handschlag. Am Anfang seiner Brigantenlaufbahn hatte Bayramoğlu auch Sultanoğlus Konak heimsuchen wollen, nachdem er ihn vergeblich aufgefordert hatte, ihm Gold zu schicken. Doch als dieser dem Boten antwortete, wenn er komme, könne er auch etwas erleben, schließlich wolle er ihm das Gold persönlich übergeben, brachte er den Mut, ihn zu überfallen, nicht mehr auf.

»Was meine Leute wert sind, weiß auch Bayramoğlu. Jeder von ihnen ein Adler! Und an den Händen eines jeden klebt das Blut von mindestens drei Männern. Was ihre Treffsicherheit anbelangt, so holen sie den fliegenden Kranich vom Himmel. Frag Bayramoğlu, mein Bey, diesen Bayramoğlu – und dies ist keine Lobhudelei in seiner Gegenwart, von dem es bis heute keinen zweiten mehr im Taurus gegeben hat, und vielleicht auch nicht auf der ganzen Welt. Und nicht einmal er wagte es, mich anzugreifen.«

»Stimmt«, lachte Bayramoğlu. »Ehrlich gesagt, ich hatte Angst.«

»Du hattest vor nichts Angst, du hast es dir nur reiflich überlegt.«

»Du hast Recht, ich hatte es mir überlegt«, bestätigte Bayramoğlu.

Verschwunden war der wie ein Mädchen schüchterne Bayramoğlu der letzten Tage. An seiner Stelle stand da mit gestraffter Miene, zusammengekniffenen, schlauen Fuchsaugen, Adlernase, hoch gezwirbeltem Schnurrbart ein ganz anderer Mensch, ein reißendes Geschöpf, jederzeit bereit, Befehle zu erteilen.

»Aber Memed hat deinen Konak, das Serail Dulkadiroğlus überfallen«, warf Arif Saim Bey ein und zeigte auf einen Sessel. Sultanoğlu der Blonde setzte sich und legte die Hände auf seine Knie. Danach nahm Bayramoğlu neben ihm Platz. Arif Saim Bey setzte sich ihnen gegenüber. Der Kaffee wurde bestellt.

»Memed der Falke! Welch beherzter Mann. Stürmt in meinen Konak, dem Bayramoğlu sich über Jahre nicht einmal zu nähern wagte«, seine Stimme wurde immer spöttischer. »Ja, vielleicht ist er der auferstandene Zaloğlu Rüstem.«

Arif Saim Bey suchte Sultanoğlu des Blonden Blick und fuhr fort: »Aber du hast bestimmt deine Recken da unten auf ihn losgelassen, nachdem er dich beraubt hatte?«

»Das habe ich«, antwortete Sultanoğlu der Blonde und senkte den Blick.

»Und wie oft hat Memed deine Recken vertrieben, und wie viele von ihnen hat er getötet?«

»Sechzehn«, sagte Sultanoğlu der Blonde kleinlaut. »Das kann eben nicht mit rechten Dingen zugehen. Ein Geheimnis scheint dahinter zu stecken.«

»Ich halte nichts von Geheimnissen. Der Mann ist schlicht und einfach mutig und stark. Du bist nicht mit ihm fertig geworden, das ist alles.«

»Ich muss gestehen, Bey, ich habe es nicht geschafft. Und wie es aussieht, wird keiner mit ihm fertig. Wenn ich jemanden in diesen Bergen nicht besiegen kann, dann kann es keiner.«

»Auch nicht Bayramoğlu?«, staunte Arif Saim Bey.

»Auch nicht Bayramoğlu«, antwortete seelenruhig Sultanoğlu der Blonde.

Der Kaffee wurde gebracht, es herrschte tiefes Schweigen, das nur von genüsslichem Schlürfen unterbrochen wurde.

»Und warum das?«, fragte unvermittelt Arif Saim Bey mit gerunzelten Brauen und Wut in der Stimme.

»Weil er den Ring des Horts am Finger trägt, Bey, den Ring des Horts der Vierzig Augen.«

»Mag sein, dass er ihn trägt.«

»Weil, mein Bey, er das Hemd trägt, mit dem der erhabene Saladin Aijubi gegen die Kreuzritter in die Schlacht gezogen ist, weil, mein Bey, der Hort der Vierzig Augen wie eine Hemdenfabrik jedem Memed eines dieser Hemden näht.«

»Mag sein, und sonst?«

»Weil, mein Bey, als ich mich vorgestern im Morgengrauen auf den Weg machte, Memeds Pferd auf einer Wolke stand und wieherte, dass es von Berg und Felsen hallte.«

»Ich hab davon gehört, ich bin im Bilde.«

»Weil, mein Bey, sich meinen Männern, die ich gegen Memed ins Feld schickte, Banden von Memeds in den Weg stellten. Eine jede sieben Mann stark. Noch bevor meine sechzehn Männer Memed aufgespürt hatten, wurden sie von diesen Memeds getötet. Und wie viel Memed-Banden es gibt, weiß man nicht. Weil, um die Wahrheit zu sagen, dieser Taurus Memed nicht aus den Händen lässt, weil alle alevitischen Vorbeter, alle sunnitischen Imame und alle Mädchen und Frauen Memed zum Heiligen erklärt haben, und weil, mein Bey …«

»Du willst mir also sagen«, platzte Arif Saim Bey heraus, »versuchs gar nicht erst, weder Sultanoğlu der Blonde noch Bayramoğlu noch Arif Saim sind Manns genug. Zieh du also wieder nach Ankara und sage Mustafa Kemal Pascha, er solle die Armee in den Taurus schicken!«

»Aber ich bitte dich, Bey!«

»Sultanoğlu«, sagte plötzlich Bayramoğlu, der nicht mehr an sich halten konnte, mit geschwellter Brust, »du hast Recht, die Dörfler beten ihn an und sein Pferd wiehert jeden Tag bei Sonnenaufgang überm Taurus. Aber vergiss nicht, auch mein Pferd hat seinerzeit so gewiehert!«

Bayramoğlu musste sehr zornig sein, um so zu sprechen, und Sultanoğlu der Blonde erkannte, dass er zu weit gegangen war.

»Stimmt, es wieherte.«

»Und auch ich trug einen Stein gegen den Blitz.«

»Gewiss, den trugst auch du.«

»Und auch das Hemd des Saladin Aijubi.«

»Du trugst es und bist deswegen ja noch am Leben«, nickte Sultanoğlu der Blonde und konnte sich ein Lächeln nicht verkneifen.«

»Um Gottes willen, Sultanoğlu, glaubst auch du an all das Zeug?«, fragte da Arif Saim Bey.

»Ob du es glaubst oder nicht, spielt keine Rolle.« Sultanoğlu hob die Hand und zeigte auf die Berge. »Die da oben glauben es.«

»Sollen sie es ruhig glauben«, stieß Bayramoğlu zwischen den Zähnen hervor. »Es dauert nicht mehr lange, und ich werde sie schon lehren, wo Chania liegt und wo Konya!«

Sultanoğlu der Blonde seufzte. »Hoffentlich gelingt, was du dir vorgenommen hast. Ich weiß, du bist der große Bayramoğlu ... Und schließlich sind wir dir zu Hilfe geeilt mit allem, was wir haben!«

»Leben sollst du!«, entgegnete Bayramoğlu mit gestrafftem Gesicht.

Nach Sultanoğlu dem Blonden traf Kederoğlu ein. Er hatte große Ländereien in der Ebene, züchtete Pferde, baute Reis an und hatte die Stammesführer von neun Dorfgemeinden hinter sich. Auch an seinem Haus hingen ein torgroßes Ferman und ein weit verzweigter Stammbaum. Kederoğlu kannte die Geschichte seiner Sippe gut. Seine Ahnen waren die Beys der Bozoks, eines Zweiges der Oğuz. Sie wurden die Dulkadiroğlus genannt. Im Jahre 1339 gründeten sie eine der mächtigsten Monarchien des Nahen Ostens. Ihr erster Herrscher war Karaca Bey. Sein Herrschaftsgebiet erstreckte sich über die Beytümer Adiyaman, Malatya, Harput, Antakya, Maraş, Antep, Samsat und Zülkakadriye und fiel mit dem Tod des letzten Herrschers Ali Bey an die Osmanen. Der Name Dulkadiroğlu verschwand nach dreihundert Jahren Glanz und Gloria in der Versenkung. Die Sippe gab es nicht mehr bis auf einige, die hier und da behaupteten, Nachkommen der Dulkadiroğlus zu sein. Doch sie konnten weder Stammbaum noch entsprechende Dokumente vorweisen. Viel später erst schossen Dulkadiroğlus nur so aus dem Boden. Jeder Wohlhabende, jeder Ich-bin-wer zählte sich dazu. Da traf es sich gut, dass in Maraş ein bekannter Hodscha namens Molla Tahsin lebte. Er hatte in der Medrese von Damaskus studiert und wurde Kalligraf. Obwohl sein Gewerbe die frühere Bedeutung verloren hatte, fand Molla Tahsin einen Weg, seinen Unterhalt zu verdienen, ja, reich zu werden. Jedem, der ihm fünfzehn Goldstücke in die

Hand drückte, zeichnete er einen Stammbaum der Dulkadiroğlus und ein goldverziertes Ferman des Padischah. Er fertigte davon so viele an, dass man gar nicht mehr durch den Taurus ziehen konnte, ohne über all die Dulkadiroğlus zu stolpern. Und diesen Kederoğlu, der ein Dulkadiroğlu zu sein behauptete, hatte Memed noch vor einer Woche überfallen und sich einen Beutel gehorteter Goldstücke nach dem andern aushändigen lassen.

Bald danach kam Karaca Bey aus der Ebene Gündeşli herein. Die Hälfte der Ebene gehörte ihm. Er züchtete Pferde, Stiere und Schafe, die er nach Aleppo und Damaskus verkaufte. Die Menge seines gehorteten Goldes hatte ihn berühmt gemacht. Auch in seinem Haus befand sich ein Stammbaum der Dulkadiroğlus und ein Ferman des Padischah. Aber sein Stammbaum war größer und mit mehr Gold durchwirkt als die aller andern. Und das Siegel des Fermans war gleich einem Paradiesgarten mit Blumen eingefasst, die Schrift aus purem Gold. Tahsin Efendi hatte bestimmt ein Pfund Gold dafür geopfert.

Es kamen noch viele. Auch ganze Sippen, gefolgt von Agas, Beys und Reichen samt ihren Waffenträgern. Viele von ihnen hatte Memed beraubt, die Beute an junge Mädchen und Burschen als Hochzeitsgeschenk verteilt, und die Beraubten kochten vor Zorn.

Auch Ibrahim den Einäugigen ließen sie kommen. Jahrelang war dieser durch die Berge gezogen, hatte sich im Taurus und in der Çukurova einen Namen gemacht, bis er sich eines Tages einem Gendarmerieposten stellte. Er kaufte sich ein Stück Land in der Anavarza-Ebene, heiratete vier Frauen und führte, umringt von vielen Kindern, fortan ein geruhsames Leben. Auch Cabbar der Lange kam herbeigeeilt, um sich Bayramoğlu anzuschließen, zu dessen Bande auch Ramo der Hahn gehörte. Der zwang ausgeraubte Agas, Beys und Wohlhabende, sich splitternackt auszuziehen, sich hinzulegen, um dann auf sie zu steigen, Flügeln gleich seine Arme zu schlagen und zu krähen. Nuri die Blume, ein wegen seiner Grausamkeit berüchtigter alter Brigant, stieß auch zu ihm. Der hatte dem ganzen Taurus Angst und Schrecken eingejagt, und wenn die Dörfler seinen Namen nannten, fügten sie hinzu: »Gott lasse einen lieb gewonnenen Diener nie in seine Hände fallen!«

Aus allen Himmelsrichtungen kamen noch viele herbei, denn Arif Saim Bey überließ nichts dem Zufall. Nein, diese Angelegenheit musste mit einem Schlag und in aller Stille erledigt werden. Memed, dessen Ruhm in aller Munde, musste ohne Aufsehen verschwinden, sein Name und Ruf vergessen werden.

Nach sorgsamem Kundschaften, langen Verhören und sorgfältigem Planen machte sich Bayramoğlu auf in die Berge. Ali der Hinkende, dessen Freund Cabbar, der Memed gut kannte, und die übrigen Briganten begleiteten ihn. Die Leute Sultanoğlus und der anderen Beys und Agas, die Freiwilligen, die aus der Ebene und von den Bergen zu Bayramoğlu geströmt waren, sie alle dürstete es nach Memeds Blut, sie wollten ihn töten und bis ans Ende ihrer Tage in aller Munde sein.

Bayramoğlu, Ali der Hinkende, Rüstem und Ibrahim der Einäugige waren beritten, die andern zu Fuß. Vor der Stadt kam ihnen schon der erste Bote entgegen. Memed habe erfahren, dass Bayramoğlu Soldaten gegen ihn in Marsch setze, und sich Richtung Kirksu zurückgezogen! Ja, sie hatten ein weit verzweigtes, dichtes Netz von Boten gespannt. Bayramoğlu hatte sich mit jedem von ihnen lang und breit beraten, konnte ja sein, dass unter ihnen einer von Memeds Leuten war und ihn hinters Licht führte! Als er selbst noch Brigant war, hatte er oft mit eigenen Leuten seinen Gegnern falsche Fährten legen lassen. Und in diesen Bergen war jedes lebende Auge Memeds Auge, jedes gespitzte Ohr Memeds Ohr. Wenn Memed also wollte, konnte er jahrelang durch diese Berge ziehen, ohne auch nur einmal auf ihn zu stoßen. Aber diesmal hatte er ein ebenso gutes Botennetz gespannt. Und Memed hatte so viele Feinde, hatte gemordet, war in Häuser eingedrungen, hatte sie ausgeraubt. Jung und hochnäsig wie er war, war er gewiss auch übermütig geworden und fand es nicht erforderlich, sich übermäßig zu verstecken! Dazu schenkte er den

Dörflern und diesen zu Memeds gewordenen Burschen zu viel Vertrauen. Dabei werden unter denen sich einige so aalglatt entpuppen, dass dieser Memed vor Verblüffung den Mund nicht mehr zukriegen wird! Nach Bayramoğlus Meinung sollte sich auf dieser Welt der Mensch nur auf sich selbst, ganz allein auf sich selbst verlassen! Die Dörfler sind in Jahrhunderten voller Unterdrückung, Folter und Krieg so aalglatt geworden, dass sie nicht mehr zu greifen sind. Wüssten sie im Voraus, dass Memed und Bayramoğlu morgen aufeinander prallten und Memed den Waffengang verlöre, sie würden ihren Helden, noch bevor Bayramoğlu auftauchte, zur Strecke bringen, seinen Kopf auf eine Stange stecken und Bayramoğlu übergeben. Hätte Bayramoğlu denn die Berge verlassen, wenn die Dörfler Menschen wären, wie es sich gehört? Warum schleppte er überhaupt so viele Soldaten und Freiwillige hinter sich her? Waren es nicht zu viele gegen eine Räuberbande von nur zwanzig Mann? Denn außer ihm und seinem Gefolge waren noch zwei Kompanien unter Hauptmann Faruk, zwei Kompanien unter Leutnant Izzet Nuri und zwei Kompanien unter Hauptmann dem Giauren in die Berge aufgebrochen. Es war ein Fehler, sich mit einer so großen Streitmacht auf den Weg zu machen. Fünfzig handverlesene Männer hätten gereicht.

Aber Arif Saim Bey und Bayramoğlu verfolgten noch ein anderes Ziel. Sie hofften, den Dörflern im Taurus mit diesem Aufwand Angst einzujagen. Gelang es ihnen, sie mit so einer Masse von Gendarmen und Freiwilligen in Angst und Schrecken zu versetzen, war alles weitere ein Kinderspiel. Denn nur vor einer Übermacht weichen die Dörfler zurück.

An einem Abend erreichten sie die Ebene unterhalb des Dorfes Çiçekli und stellten dort ihre Zelte und Gewehrpyramiden auf. Schafe und Stiere wurden geschlachtet, Reispilav in der Mitte aufgehäuft, sie aßen und tranken. Die Kosten trugen die Beys und Agas, die in die Kleinstadt gekommen waren. Denn nach Bayramoğlus Ansicht schlugen die Soldaten ihr Leben nicht für den Staat, sondern zu ihrem Schutz in die Schanze. Dann sollten sie wenigstens die Kosten tragen! Die Beys und Agas erfüllten seine Forderung liebend gern.

Sie blieben drei Tage und ließen die köstlich duftenden Rauchschwaden des im Feuer brutzelnden Fleisches über Çiçekli ziehen. Doch in diesen drei Tagen kam keiner aus dem Dorf, um sie willkommen zu heißen, niemand fragte sie, woher kommt und wohin geht ihr. Jeder schloss sich im Haus ein, auf dem Dorfplatz war keine Seele. Bayramoğlu wunderte sich schon, aber er wartete ab. Schließlich verlor er die Geduld, schickte jemanden ins Dorf und ließ den Blonden Sergeanten, einen Freund aus alten Zeiten, rufen. Doch der empfing den Mann mit den Worten: »Frag Bayramoğlu, woher er die Dreistigkeit nimmt, mir unter die Augen zu treten! Oder sollte ihm dieser fahnenflüchtige Arif Saim Bey Mut gemacht haben? Grüße Bayramoğlu von mir und sag ihm, ich habe keine Lust, ihn zu sehen!«

Bayramoğlu schickte noch einige Männer ins Dorf, aber der Blonde Sergeant weigerte sich jedes Mal. Schließlich schickte Bayramoğlu Rüstem den Kurden, denn er wusste, dass der Blonde Sergeant diesen sehr gern hatte. Aber auch den würdigte der Sergeant keines Blickes. Rüstem der Kurde stand da, wartete und wartete, bis er nicht mehr konnte. Niedergeschlagen kam er zurück zu Bayramoğlu.

»Kein Wort hat er mit mir geredet.«

»Dann reite ich zu ihm.« Bayramoğlu schwang sich wütend aufs Pferd, nahm den Weg ins Dorf, und Rüstem ritt hinter ihm her.

Kaum abgesessen, riss Bayramoğlu die Tür auf, stürzte ins Haus und brüllte: »So ist das also, Blonder Sergeant, so sieht also deine in die Hand versprochene Freundschaft aus! Nennst du so etwas Brüderschaft?«

Tief gebeugt hockte der Blonde Sergeant mit gekreuzten Beinen auf einer härenen Decke vor seinem Kamin und starrte in die Glut. Als habe er den Hereinstürmenden nicht gehört, rührte er sich nicht von der Stelle, schaute sich auch nicht um. Nur sein Rücken schien sich noch tiefer zu krümmen.

»Blonder Sergeant, ich bin es, ich, Bayramoğlu!«

Die Schultern des Blonden Sergeanten hoben und senkten sich zweimal.

»Blonder Sergeant, ein Gottesgast kam in dein Haus, hast du das nicht mitbekommen?«, fragte Bayramoğlu von oben herab, spöttisch, verblüfft.

Wieder keine Reaktion. In seinem ganzen Leben war Bayramoğlu so etwas noch nicht widerfahren.

»Wir sind unangemeldete, also von Gott gesandte Gäste, sagte ich, sind in dein Haus gekommen, sagte ich! Entweder hast dus nicht begriffen, oder du alter Hund bist schon völlig verblödet.«

Bei diesen Worten schoss der Blonde Sergeant, wie von der Sehne geschnellt, auf die Beine und baute sich vor Bayramoğlu auf.

»Nicht ich, du bist verblödet«, sagte er mit bitterem Lächeln. »Schaut ihn euch an, den großen Bayramoğlu, unter dessen Schritten einst der Boden bebte, der stolz war wie ein Falke, der mit Donnerstimme wie Ali, der Löwe Gottes, brüllte, der für des armen Volkes Brot sorgte, um den in den Bergen und in der Ebene ein jeder zitterte, ihn verehrte. Seht ihn euch an, den großen Bayramoğlu, der als Spürhund der Agas und Beys die Soldaten gegen Memed in die Berge führt. Er will ihm die Haut abziehen, die Augen ausstechen und dann Sultanoğlu dem Blonden übergeben. Wäre ich doch in den Dardanellen mit draufgegangen, als ich die feindlichen Schiffe mit Kanonenkugeln in die Luft jagte, um Bayramoğlus Schmach nicht erleben zu müssen! Der alternde Wolf wurde zum Narren der Köter! Hätte ich Bayramoğlu doch nie kennen gelernt!«

Er krallte seine mächtigen Hände in Bayramoğlus Kragen. Seine Augen hatten sich mit Tränen gefüllt, er zitterte wie Espenlaub.

»Wohin gehst du, Bayramoğlu«, rief er, »wohin? Gehst du Memed töten? Nein, Bayramoğlu, du gehst hin, deine eigene Jugend auszulöschen. Du gehst hin, Bayramoğlu, Köroğlu, Schwarze Schlange und den Gesegneten Ali zu töten, alle Braven zu töten, die sich gegen das Unrecht aufgelehnt hatten, du gehst hin, die Berge des Taurus zu töten. Wagst du, mir noch in die Augen zu blicken, sag, du tapferer Bayramoğlu? Hör zu, was ich dir zu sagen habe! Als du auf und davon gegangen bist, hat dich der ganze Taurus in seinen Liedern besungen, in seinen Sagen gefeiert. Sie haben den Reigen zu Ehren Bayramoğlus getanzt. Jetzt werden sie ihre Sagen, ihre Lieder und Reigen anderen widmen, Männern, die nicht ausziehen, um Memed zu töten. Sie werden Bayramoğlus Ruhm auslöschen, werden die Legende herausreißen aus ihren Herzen. Hast du gehört, was ich sagte?«

Er ließ ihn stehen und ging hinaus in die strahlende Sonne. Ein eisiger Wind wehte von den Bergen. Der blonde Sergeant ließ sich auf einer Holzbank nieder, die im Vorhof unter einem Nussbaum stand, und von wo er Bayramoğlus Zeltlager überblicken konnte.

Nach ihm trat mit schwankenden Schritten Bayramoğlu ins Freie, blieb einen Augenblick vor dem Blonden Sergeanten stehen, der seinen Mützenschirm über die Augen gezogen hatte, sodass die Hälfte seines Gesichts darunter verschwunden war. Bayramoğlu machte einige Schritte auf ihn zu, verharrte, wollte etwas sagen, verzichtete und machte kehrt. Seine Knie zitterten, und er schwankte leicht, als er die Zügel ergriff, die Rüstem der Kurde bereithielt. In diesem Zustand konnte er nicht reiten. Sein Gesicht war finster, die Stirn gefurcht, und seine Lippen bebten. Mit gesenktem Kopf das Pferd hinter sich her ziehend, kehrte er in den Kreis der Soldaten zurück und verschwand mit letzter Kraft in seinem Zelt.

Rüstem kam und setzte sich zu ihm.

»Der Blonde Sergeant hat Recht«, sagte Bayramoğlu, »wir sind dabei, unsere Jugend zu töten. Wir reißen uns das eigene Herz, das sich aufgelehnt hatte, aus dem Leib. Der Blonde Sergeant ist trotz allem ein Freund, er hat mir nicht ins Gesicht gespuckt, obwohl ich es verdient hatte.«

»Ja, wir beide gehen die blühenden Blumen ausreißen, die wir

selbst gepflanzt haben. Wären wir doch lieber gestorben, als unsere Waffen aus der Hand zu legen!«, jammerte Rüstem der Kurde.
»Nun, was solls, was geschehen, ist geschehen.«
»Nicht wahr, Rüstem, wir können nicht mehr zurück!«
»Wir können nicht mehr zurück, mein Aga.«
»Und wenn wirs doch tun?«
»Sie werden sagen, der mächtige Bayramoğlu ist gegen den Knaben Memed ausgezogen und vor lauter Angst wieder heimgekehrt. Das wäre für dich der endgültige Tod. Kein Mensch wird wissen, dass wir uns an Memed, dieser aufblühenden Saat, die wir in unserer Jugend gestreut hatten, nicht vergreifen wollten. Niemand wird je erfahren, dass Bayramoğlu es vorgezogen hatte, sich selbst zu töten, um seine Jugend zu retten.«
»Ja, niemand«, bestätigte Bayramoğlu. »Das Schicksal hat uns diesen Weg vorgezeichnet. Wir wurden ausersehen, Memed den Falken zu fangen.«
Bayramoğlu richtete durch den offenen Zelteingang seinen Blick auf den hohen, schneebedeckten Berggipfel in der Ferne. Als er ihn abwendete, waren die Augen feucht, seine Miene verkniffen und verhärtet.
»Hoffentlich trifft Memed uns beim ersten Kugelwechsel tödlich und bewahrt uns vor der Schande«, murmelte er.
»Hoffentlich!«, brüllte Rüstem der Kurde.
Bayramoğlu ließ die Zelte abbrechen und gab sie dem Dorfvorsteher von Çiçekli in Verwahrung. Ab jetzt würden sie sich in die Häuser der Dörfler einquartieren.
Sie marschierten einen Tag und eine Nacht. Meldegänger kamen und gingen. Gedankenverloren auf seinem Pferd kauernd, hörte er sie mit abwesender Miene an und ritt weiter.
Als sie über den Bergkamm waren, entdeckten sie im Tal zu ihrer Rechten ein Dorf. Männer und Pferde waren erschöpft und hungrig. Aus den Häusern da unten stieg dünner Rauch auf. Mitten im Dorf war ein grasgrüner Platz zu sehen, auf dem drei mächtige Platanen standen und der durch einen kleinen, schäumenden Bach geteilt wurde.

Dass bei ihrem Anblick die meisten Einwohner in ihren Häusern verschwanden, war dem argwöhnischen Bayramoğlu nicht entgangen. Sie erkundigten sich nach dem Haus des Dorfvorstehers, betraten den Hof des großen, alten Konaks und warteten. Niemand kam ins Freie, sie zu begrüßen. Bayramoğlu wunderte sich immer mehr. Das hatte er noch nie erlebt. Früher strömten in Stadt und Dorf die Menschen auf die Straßen, um ihn zu sehen, herrschte überall Festtagsstimmung.

»Ist niemand im Haus?«, brüllte mit Zorn in der Stimme Ramo der Hahn. Er brüllte noch einige Male, doch vom Haus kam kein Laut, und die Türen blieben verschlossen.

»Brecht die Türen auf!«, zischte Bayramoğlu. Einige Männer drückten alle Türen ein und zogen einen sehr alten Mann an seinem langen, schneeweißen Bart ins Freie.

»Lasst seinen Bart los!«, befahl Bayramoğlu zitternd vor Zorn, als er den Mann erkannte. Die Wut schüttelte ihn so, dass auch das Pferd zu beben begann. Der Mann vor ihm war Ahmet der Pascha, ein alter, sehr naher Freund. Er besaß in der Ebene ein großes landwirtschaftliches Gut. Jedem, der ihm über den Weg lief, versuchte er mit Büchern, Stammbäumen und Erlassen des Sultans zu beweisen, dass einzig und allein er von den Dulkadirlis abstamme und somit alle andern Lügner seien. Doch überzeugen konnte er keinen, denn in diesen Bergen und in der Ebene wurden von Tag zu Tag die Abkömmlinge der Dulkadirlis zahlreicher. Da er dies nicht ertragen konnte, packte Ahmet der Pascha seine sieben Sachen, zog in den väterlichen Konak im Dorf seiner Sippe und übernahm dort das Amt des Vorstehers, wovon Bayramoğlu noch nichts wusste.

»Ahmet Pascha, hast du mich nicht erkannt?« Er kochte vor Wut.

»Ich habe dich erkannt«, antwortete Ahmet der Pascha mürrisch. »Wie sollte ich denn nicht, du bist doch Bayramoğlu.«

»Empfängt so der Mensch einen Bayramoğlu?«

Ahmet Pascha lächelte. »Geh deiner Wege. Ich habe deinen Kaffee getrunken, dein Brot gegessen wie du meinen Kaffee und mein Brot. Dennoch, lass uns in Frieden! Geh hin und töte Memed! Geh deiner Wege, mein alter Freund, stolz wie der Adler, mutig wie der Falke. Geh hin, fange Memed den Falken und töte ihn!«

»Ich hörte, Memed sei auch in dein Haus eingedrungen und habe dich ausgeraubt, stimmt das?«

Ahmet der Pascha schaute ihm ins Gesicht und kniff seine kleinen grünen Augen zusammen. »Es stimmt. Memed ist auch in mein Haus eingedrungen und hat so viel Goldstücke mitgenommen, wie ich hatte, und gab sie den Waisen, deren Väter auf den Schlachtfeldern geblieben sind.« Er sprach, als berühre es ihn überhaupt nicht.

Sie schauten sich eine Weile wortlos an. Schließlich sagte Ahmet der Pascha: »Geh hin, Bayramoğlu, geh hin und töte Memed! Aber erschieße ihn von hinten! Nur so wirst du deinem Ruf gerecht«, drehte sich um und ging in seinen Konak.

Auf dem Platz war niemand zu sehen. Nur einige Kinder linsten mit gestreckten Hälsen hinter Hausecken hervor und nahmen gleich wieder Reißaus. Auf einem Abfallhaufen am Rande des Platzes scharrten Hähne mit schillerndem Gefieder und wirbelten Aschewölkchen auf.

Auf seinem Weg traf Bayramoğlu weitere alte Freunde, die ihn noch unfreundlicher empfingen als der Blonde Sergeant und Ahmet der Pascha. Jedes ihrer Worte hinterließ unheilbare Wunden im Herzen des alten Briganten. Und das Benehmen der Dörfler wurde von Mal zu Mal überheblicher und spöttischer. Kein Dörfler sprach in freundlichem Ton, nahm vielmehr jede Gelegenheit wahr, ihn zu erniedrigen. Und so lernte Bayramoğlu im späten Alter die Dörfler, die er für verlogen und kriecherisch gehalten hatte, noch von einer ganz anderen Seite kennen.

Ganz außer Atem lief ihnen ein Bote aus den Bergen entgegen. »Hauptmann Ali der Giaur und Leutnant Izzet Nuri haben mit ihren Leuten nicht weit von hier Memeds Bande eingekreist. In einer halben Stunde stoßt ihr auf sie.« Dieser Bote genoss Bayramoğlus volles Vertrauen. Er war während seiner Brigantenzeit und auch im Krieg für ihn als Späher tätig gewesen und hatte sich nie geirrt. »Sie haben der Bande den Rückzug abgeschnitten, wenn ihr hier weitergeht, fällt Memed euch in die Hände.«

Bayramoğlu war aschfahl geworden und blickte Ali den Hinkenden an. »Was meinst du, Ali?«

»Es kann nicht stimmen, die Spuren, denen ich folge, führen dort entlang«, antwortete er und zeigte in die entgegengesetzte Richtung.

Und sie gingen in der Richtung weiter, die Ali der Hinkende angegeben hatte.

Das Feuergefecht zwischen Hauptmann Ali des Giauren und Leutnant Izzet Nuris Leuten und der Bande von Memed dauerte zwei Tage und eine Nacht. Hätte Bayramoğlu auf den Meldegänger gehört, wäre die Bande, umzingelt von allen Seiten, gefangen genommen oder aufgerieben worden. Ali der Hinkende und Bayramoğlu hatten sie diesmal gerettet.

Nach diesem Vorfall zog Bayramoğlu bei der Nachricht, Memed sei auf dem Berg Akça, in entgegengesetzter Richtung zum Berg Ahir, oder zu den Bergen Feke, wenn vom Berg Konur die Rede war. Nach und nach schenkten ihm die Dörfler immer mehr Beachtung, begrüßten ihn bald mit Pauken und Oboen, hießen ihn mit Volkstänzen und Reigen willkommen und gaben ihm zu Ehren üppige Festessen. Umgeben von Herzlichkeit und Freundschaft, erlebte Bayramoğlu die alten Zeiten aufs Neue, und auch die alten Freunde mieden ihn nicht mehr, sondern spürten ihn auf, umarmten ihn und sehnten mit ihm in trautem Gespräch die alten Zeiten herbei.

Der Winter brach herein, Bayramoğlu war kein einziges Mal auf Memed den Falken gestoßen. Dagegen waren die Leute von Ali dem Giaur, von Izzet Nuri, und die unter dem Befehl des Hauptmanns Halis Bey hinzugezogenen Gendarmen mindestens drei Mal in Gefechte mit Memeds Bande verwickelt gewesen. Doch er war ihnen nach Verlusten auf beiden Seiten immer wieder entwischt.

Dass Bayramoğlu Memed auswich, hatte sich bis in die Stadt

herumgesprochen. Arif Saim Bey und die andern kochten vor Zorn. Arif Saim hatte Brief auf Brief an Bayramoğlu in die Berge geschickt, in denen er ihm unverblümt sein niederträchtiges Verhalten vorwarf.

In der Kleinstadt brodelte die Gerüchteküche. Bayramoğlu fürchte sich vor Memed, zeige die weiße Fahne und ergebe sich, wenn sie aufeinander träfen. Memed aber erniedrige ihn absichtlich, indem er diesen alten Briganten am Leben und laufen lasse. Das wieder kam sofort auch Bayramoğlu zu Ohren, der sich trotz allem einen Zusammenstoß, ein Kräftemessen mit Memed so sehnlich wünschte, dass dieser ihm jede Nacht in seinen Träumen erschien.

In diesem Jahr schneite es heftig. Felsen und Wälder, Berge und Täler, Dörfer und Flüsse versanken im Schnee. Die Märsche durch die Berge wurden schwieriger, aber Hauptmann Ali der Giaur, Hauptmann Halis, Leutnant Izzet Nuri und der mit einer Sondereinheit hinzugezogene Hauptmann Faruk hatten alle Kraft zusammengenommen und suchten mit gefrorenen Händen und Füßen Höhle für Höhle, Felsspalt für Felsspalt unermüdlich ab, um Memed noch vor Frühlingsanfang tot oder lebend in die Hände zu bekommen. Derweil verbrachte Arif Saim Bey die meiste Zeit in der Stadt und überschüttete jeden, der ihm über den Weg lief, mit Befehlen und Anordnungen, und die Offiziere waren sich sicher, dass ihre Laufbahn sich dem Ende zuneigte und sie einen anderen Job suchen mussten, falls Memed ihnen bis zum Frühling nicht in die Hände fällt. Über Bayramoğlu machten sich inzwischen alle lustig, worüber der genau so wütend war wie damals über die Dörfler in den Bergen am Anfang seines Feldzugs.

Eines Morgens, er war schon früh auf den Beinen, brüllte er: »Hoch mit dir, Ali der Hinkende, sofort anziehen und antreten!«

Kurz danach stand Ali der Hinkende vor ihm.

»Zu Befehl, Bayramoğlu, hier bin ich.«

»Wir ziehen jetzt gegen Memed. Wir haben uns vor der ganzen Welt zum Narren gemacht. Ich habe Nachricht von Ali Saim. Er schreibt, Mustafa Kemal Pascha soll gesagt haben, was ist denn aus diesem Bayramoğlu Aga geworden? Wer mit einem Däumling nicht fertig wird, den nenne ich nicht Waffenbruder. Los also, wenn du Ali der Hinkende bist, dann zeig mir, was du kannst! Innerhalb dreier Tage will ich von dir Memed haben!«

»Ich werde ihn dir finden.«

Ein reger Nachrichtendienst begann, Meldegänger brachten ihm das Neueste über Memed und die Memeds. Auch unter den Einheiten wurden Verbindungen hergestellt, ganz unauffällig hatte Bayramoğlu den Oberbefehl übernommen. Höhen, Dörfer und Ebenen wurden durchkämmt, doch während sie hier fahndeten, kam Kunde von ihm vom anderen Ende des Taurus. Sofort setzten sich alle Einheiten in Marsch. Doch sie hatten ihr Ziel noch nicht erreicht, da hörten sie von Memed bereits aus der Ebene Gündeşli bei Maraş. Dieser schnelle Stellungswechsel verblüffte Bayramoğlu ebenso wie die erfahrenen Offiziere der Gendarmerie. Damit nicht genug, an manchen Tagen wurden von drei verschiedenen Orten größere Zwischenfälle gemeldet, an denen er beteiligt war. Bayramoğlu war das nicht fremd, auch er hatte als Brigant Nebenbanden gebildet und in einer Nacht an vier verschiedenen Stellen Operationen durchgeführt. Er kannte aber auch die »Spinnenmethode«, die sich damals bewährt hatte. Jetzt war der Zeitpunkt gekommen, darauf zurückzugreifen. Er wird genau feststellen, wo Memed sich am meisten aufhält, welche Strecken er bevorzugt, und er wird dort, wie eine Spinne in einem versteckten Winkel ihres gespannten Netzes, auf ihn lauern.

Nach sorgfältigem Erkunden entschied er sich für den Berg Ali und die nähere Umgebung. Er teilte es auch den Einheiten der Gendarmerie mit und ließ sie in den nah am Berg Ali liegenden Dörfern in Stellung gehen.

Nur den wutschnaubenden, hin und her marschierenden, aus sich und seinen Gendarmen das Letzte herausholenden Hauptmann Ali den Giaur ließ er außen vor. Denn wo der auch nur einen Laut über Memed zu hören meinte, da eilte er hin und begann derart auf die Dörfler einzuprügeln, dass sogar Ali die Echse bei ihm noch hätte in die Schule gehen können.

Bayramoğlu ließ für die Einheiten täglich Lämmer, Schafe und Ochsen schlachten und Maultiere mit Saumsätteln voller Getränke aus der Stadt kommen. Auch das gehörte zu seiner Taktik. Gewöhnlich gestattete er den Männern, die er auch aus den Einheiten der Gendarmerie rekrutiert hatte, keinen Tropfen Alkohol. Das reichliche Fleisch und die Getränke sollten bei Memed den Eindruck erwecken, seine Verfolger wollten den Winter in den Dörfern mit Festgelagen verbringen. Die Eskapaden Ali des Giaurs und seine Fehlschläge kamen ihm dabei zupass, ja, erleichterten ihm das Vorhaben.

Nach einem sechsstündigen Feuergefecht mit Memeds Bande hatte Hauptmann Ali der Giaur sich mit seiner Einheit in ein felsiges Dorf zurückgezogen. Die Gendarmen waren todmüde, hatten sich im Gästezimmer des Agas versammelt und tranken ihren Tee. Hauptmann Ali der Giaur saß im oberen Stockwerk und zechte mit dem Aga. Während Ali der Giaur gegen Memed noch großspurig wetterte, schob sich ein Gewehrlauf durch den Türspalt und eine Stimme sagte: »Ergib dich, ich bin Memed der Falke!« Der Hauptmann sprang auf, ließ das Glas fallen und hob die Hände. Sie brachten den Hauptmann hinunter, wo schon die Gendarmen mit Hanfseilen aneinander gefesselt warteten.

»Wir haben euch Gewehre und Munition abgenommen«, sagte Memed, »weil sie euch ja doch nichts nützen. Da haben wir uns gesagt, sollen diese schönen Waffen doch lieber uns gehören. Hab ich Recht, mein Hauptmann?«

»Recht hast du«, antwortete Ali der Giaur. »Was ich aber nicht begreife: Warum ausgerechnet wir? Am Fuße des Berg Ali saufen sie Raki wie Wasser und haben viel mehr Gewehre und Munition! Und auch viel Geld. Sogar Maschinengewehre, die euch sehr nützlich sein können.«

»Die haben aber auch einen Bayramoğlu, und bei dem weiß man nie, was er im Schilde führt.«

»Ein Feigling und Säufer!«

»Memed entgegnete: »Wer ihn kennt, weiß, wer er ist.«

»Ich habe ihn kennen gelernt«, sagte der Hauptmann. »Wohin du auch marschiert bist, er floh in die andere Richtung und machte sich vor der ganzen Welt lächerlich. Könnte er es, hätte er schon längst das Gewehr weggestellt und wäre in sein Dorf geflüchtet. Hast du schon einmal einen Briganten gesehen, der fünf Jahre kein Gewehr angefasst und sich unter den Rock seiner Frau verkrochen hat?«

Darauf antwortete Memed nicht, sagte nur kühl: »Ich werde dich und deine Soldaten an Händen gefesselt in die Stadt bringen und zu meinem Ruhm Arif Saim Bey übergeben.«

»Nicht mich! Wenn du Bayramoğlu so gefesselt Arif Saim Bey schickst, mehrst du deinen Ruhm. Sogar die Flüsse unterbrechen ihren Lauf, wenn sie das vernehmen.«

»Bayramoğlu lebend gefangen nehmen und fesseln, das kann keiner.«

Memed übergab den Hauptmann dem zuverlässigen Tahsin dem Windhund und zwei weiteren Briganten. Auch Tahsin der Windhund war am Ende bei den Sieben Memeds gelandet und ein wagemutiger Brigant geworden, der bereit war, für Memed sein Leben aufs Spiel zu setzen. Immer wieder erzählte er unter dem Gelächter seiner Zuhörer, wie er gerannt war, die frohe Botschaft vom Tod Memeds in die Stadt zu tragen, und wie viel Geld er von den Agas und Beys bekommen hatte, der Kebapröster ihn dagegen, noch bevor er seine Rechnung bezahlen konnte, wutentbrannt aus dem Esslokal jagte, wie die Frauen am Leichnam des klotzigen Osman für den angeblichen Memed die Totenklage angestimmt, Memeds bösartiger Hengst ihn nicht vom Baum herunter gelassen hatte, und er in eisiger Kälte in der Baumkrone ausharren musste, bis Blitz und Donner ihn vorm Erfrieren retteten. Er bauschte seine Erinnerungen so witzig auf, dass die Zuhörer vor Lachen platzten. Vor Pferden grauste ihm noch heute. Seine Freunde erschreckten ihn oft mit dem Ruf »Ein Pferd, ein Pferd«, und Tahsin der Windhund wurde aschfahl, begann zu zittern und jammerte dann: »Warum hat Memed dieses verrückte

Pferd eigentlich freigelassen? Man sollte ihn auffordern, es wieder an die Kandare zu nehmen! Es quält die Menschen ja grausamer als Ali die Echse. Vor Angst wagt das Volk ja nicht einmal mehr, den Kopf zur Tür hinauszustrecken.«

»Memeds Seele lebt in diesem Pferd.«

»Dass er nur nicht zu hören bekommt, wie du über dieses Pferd, über seine Seele sprichst!«

»Und das Leben des Pferdes ist in diesem Vogel.«

»Und der Raubvogel hackt ihm das Auge aus.«

»Wenn der Vogel ihm die Augen aushackt, soll Memed doch meine Augen ausstechen!«

»Das Pferd ist davongeflogen.«

»Sie haben es standrechtlich erschossen.«

»Und es ist als Vollbluthengst wieder auferstanden.«

»Deswegen fürchtet es den Vogel nicht.«

»Jeder fürchtet sich vor irgendwas.«

»Dieses Pferd nicht.«

»Was kann ein Vogel schon gegen ein geflügeltes Pferd ausrichten?«

»Dennoch fürchtet es sich.«

Tahsin der Windhund und zwei Briganten machten sich mit dem Hauptmann auf den Weg in die Ebene. Sie stapften durch knietiefen Schnee. Vor dem ersten Dorf löste Tahsin der Windhund die Fesseln des Hauptmanns mit den Worten: »Auf Ehre und Gewissen! Wenn du willst, flüchte, wenn du ein Ehrenmann bist, flüchtest du nicht.«

»Ich flüchte nicht, aber ich brauche ein Pferd.«

»Wir werden schon eins besorgen«, sagte Tahsin der Windhund, »aber die Stadt wirst du mit gefesselten Händen und zu Fuß betreten!«

»Einverstanden«, entgegnete der Hauptmann.

Sie besorgten ihm ein gesatteltes Pferd.

Als sie sich der Stadt näherten, stieg der Hauptmann vom Pferd, Tahsin der Windhund fesselte ihm die Hände und ließ ihn vor sich her gehen.

»Du wirst mir auch nicht das Gewehr wegnehmen und mich ins Gefängnis werfen lassen! Wenn doch, wird Memed dich beim nächsten Mal töten. Du wirst mich auch nicht unter Arrest stellen, denn ich bin ein Abgesandter, und Abgesandte sind unantastbar.«

»Sie sind unantastbar«, nickte Hauptmann Ali der Giaur.

Die andern beiden Briganten blieben vor den Toren der Stadt stehen. »Wir werden hier nicht auf dich warten. Komm schnell nach!«, riefen sie.

»Ich komme bald nach.«

»Wenn du willst, löse ich deine Fesseln«, flüsterte Tahsin der Windhund dem Hauptmann zu, als sie die Stadt betraten.

»Wenn du willst, löse sie«, antwortete der Hauptmann.

Und Tahsin der Windhund löste die Fesseln. »Wenn du willst, nimm auch mein Gewehr!«

»Nicht nötig«, entgegnete der Hauptmann, »das reicht.«

Nebeneinander gingen der Hauptmann und Tahsin der Windhund die Straße entlang. Ab und zu öffnete Tahsin der Windhund den Mund, als habe er etwas auf den Lippen, verbiss es sich aber wieder.

»Nun sag schon, was dir auf der Zunge brennt!«, gebot der Hauptmann.

»Wie du meinst«, druckste Tahsin und senkte den Kopf. »Du wirst dich wieder in die Berge aufmachen? Du wirst doch sofort wieder aufbrechen, um Memed zu töten, nicht wahr?«

»Um Memed zu fangen. Oder zu töten, wenn es sich nicht anders ergibt.«

»Schade.«

»Wieso schade?«

»Weil Memed gar keine Schuld hat. Die ganze Schuld ...«

»Die ganze Schuld?«

»Die ganze Schuld hat dieses Pferd.«

»Welches Pferd?«

»Dieses verrückte Pferd, das Memed gehört, wie du weißt, begeht alle Verbrechen, raubt Menschen aus, tötet sie ... Und auch Memeds Seele ist in diesem Pferd. Sie sagen, solange das Pferd nicht stirbt, solange kann niemand Memed gefangen nehmen noch töten.«

»Ich habe davon gehört. Und dieses Pferd …«

»… musst du töten, mein Hauptmann!«, unterbrach ihn Tahsin der Windhund. »Und wenn Blitze es nicht daran hindern, frisst es sogar Menschen.«

»Es frisst Menschen?«

»Ja, es frisst Menschen. Wenn du es tötest, ist Memed ein Nichts.«

»Ich werde es töten. Aber ich erwarte auch etwas von dir!«

»Sag mir, was, mein Hauptmann!«

»Bleib bei mir. Ich begnadige dich, denn soviel ich weiß, hast du dir nichts zu Schulden kommen lassen.«

»Ich kann nicht bleiben, mein Hauptmann, ich bin Brigant geworden. Und meine Kameraden warten auf mich.«

Bis zur Kommandantur sprach Tahsin der Windhund nur noch vom Pferd. Er nahm dem Hauptmann das Versprechen ab, gleich das Pferd zu erschießen, wenn er in die Berge zurückkehrte. Und, man weiß ja nie, wenn erst einmal das Pferd tot ist, könnte auch Tahsin der Windhund die Berge aufgeben und beim Hauptmann bleiben!

»Hauptmann, ich bin gleich wieder da«, bat Tahsin der Windhund, als sie den Hof von Halil dem Überschwänglichen betraten, und eilte die Treppe hinauf. Arif Saim Bey hatte sie schon erspäht und saß am Fenster. Tahsin der Windhund nahm Haltung an und hob linkisch die Hand zum Gruß.

»Memed schickt sie dir. Du wirst den Hauptmann und die Gendarmen geradewegs zu Arif Saim Bey bringen, hat er mir gesagt, ihn von mir grüßen und sie ihm übergeben. Und dann hat er noch gesagt, er grüße dich mit Hochachtung und bittet dich, ihm nicht übel zu nehmen, dass er ihnen die Waffen abgenommen hat. Die Regierung hat ja genug Waffen und Munition, wir aber nicht. Und dann hat er noch gesagt, diese Waffen haben ihnen sowieso nichts genützt.«

»Stimmt. Sie nützten ihnen nichts. Sonst hätten sie euch ja ... Wer bist du? Ein Brigant? Ruf mir den Hauptmann her!«

Tahsin der Windhund lief die Treppe hinunter und kam mit dem Hauptmann zurück. »Ich bin ein Dörfler, mein Pascha«, antwortete Tahsin erst jetzt.

»Wenn du ein Dörfler bist, was hat dann das Gewehr auf deinem Rücken zu suchen? Wie heißt du?«

»Dieses Gewehr hat mir Memed gegeben, damit ich unterwegs den Hauptmann bewachen kann. Und was meinen Namen belangt, ich werde Memed genannt.«

Murtaza Aga, der dicht hinter Arif Saim Bey stand, kam dieser Memed bekannt vor, er versuchte sich zu erinnern, und plötzlich fiel es ihm ein. »Kerl, bist du nicht Tahsin der Windhund?«

»Ich bin Memed«, versteifte sich Tahsin. »Du verwechselst mich, Aga.«

»Nein. Du bist es.«

»Wir Dörfler sehen alle gleich aus. Du verwechselst mich, Aga.«

»Mann, die Nachricht von Memeds Tod ... Und Ali die Echse, der dir alle Knochen ...«

»Mein Name ist Memed. Müh dich gar nicht erst ab, Murtaza Aga!«

Murtaza Aga war sich seiner Erinnerung jetzt ganz sicher, und zählte auf, was ihm über Tahsin den Windhund so einfiel. Doch dieser sagte »Memed« und nichts anderes.

»Gibs auf, Murtaza, aus diesem Memed machst du keinen Tahsin!«

»Oh doch«, beharrte Murtaza Aga, holte seine Geldbörse aus der Tasche, zog drei Hunderter heraus und zeigte sie Tahsin dem Windhund: »Weißt du, was das ist?«

»Ich weiß es«, antwortete Tahsin der Windhund und schluckte. »Jeder davon ist ein Hunderter, macht zusammen dreihundert Lira.«

»Nimm, sie gehören dir!«

Tahsin der Windhund senkte den Blick, wagte nicht hinzugucken. So viel Geld! Dafür könnte er dreißig Ochsen kaufen. »Kein Bedarf«, murmelte er, drehte sich um und rannte aus der Stadt, als jage ihn ein Ungeheuer, als jagten ihn drei Hunderter, als jagten ihn dreißig Ochsen mit geschwungenen Hörnern.

Schon am nächsten Morgen kehrte der Hauptmann mit seinen Leuten noch zorniger als zuvor in die Berge zurück. Er hatte sich hoch und heilig versprochen, Memed festzunehmen, in die Stadt zu bringen, Arif Saim Bey zu übergeben und in der folgenden Nacht freizulassen. Aber nur einmal! Nach seiner zweiten Festnahme würde Memed mitten auf dem Marktplatz oder unter der Brücke an der Stelle gehängt werden, wo das Pferd erschossen wurde. Ja, wie Tahsin dem Windhund versprochen, wird er als erstes das Pferd hinrichten.

Und wäre Bayramoğlu auch Meister aller Meister, Löwe der Wüste, Tiger der Wälder, Keulen schwingender Zaloğlu Rüstem oder gar Ali mit dem zweispitzigen Schwert, er könnte Memed nicht bezwingen. Dazu ist er zu alt und ungelenk, sind seine Augen nicht scharf genug, seine Finger zu steif, den Abzug schnell durchzudrücken. Wo es keinen Widder gibt, ist Ziegenbock König! Bayramoğlu war Brigant, als Memed noch nicht einmal geboren war! Wie soll er da gegen ihn bestehen? Memed hebt nur den Fuß, und schon denkt Bayramoğlu, Berg und Wald, rauschende Flüsse und knisternde Felsen marschieren gegen ihn. Schon beim Namen Memed läuft er und holt erst nach vierzig Tagemärschen wieder Luft. Memed bedauert so sehr, dass Bayramoğlu mit den Gendarmen, den Agas und mit Arif Saim gemeinsame Sache macht. Er fleht zu Gott: »Allmächtiger, lass mich nicht wie Bayramoğlu enden! Töte mich vorher, und sei es durch die schändliche Kugel eines die eigene Schwester schändenden Bruders!« Er lässt Bayramoğlu ein übers andere Mal ausrichten: »Komm endlich, flüchte nicht mehr, lass uns unsere Sache ausfechten! Auch du warst mal einer, der wie ich die Berge beben ließ, der wie ich ein gesegnetes Hemd trug. Ist dir dein Leben denn so süß, dass du wie ein Kriechtier in ein Erdloch flüchtest? Ich fürchte den Tod nicht, Bayramoğlu, früher oder später führt mein Weg zu ihm. Jenseits des Todes sind keine Dörfer, heißt es, Bayramoğlu. Das Leben ist nicht wertvoller als die Ehre, Bayramoğlu.«

So redeten Dörfler und Städter wie aus einem Munde und machten Bayramoğlu nieder. Sogar Spottlieder über seine angebliche Feigheit wurden gesungen. Wo immer vom Falken die Rede war, wurde auch Bayramoğlus gedacht, zogen die Märchenerzähler und Balladensänger ihn durch den After des Köters, wie es heißt, krümmte sich das Volk vor Lachen. Auch Arif Saim Bey wollte die Balladen, in denen Memed in den Himmel gehoben, Bayramoğlu in den Boden gestampft wurde, hören. Er ließ eigens den Kahlen Barden aus den Bergen zu sich holen und beauftragte den Lehrer Sami Turgut, diese wortwörtlich in einem Heft festzuhalten.

Auch Bayramoğlu hörte sich an, was über ihn geredet und gesungen wurde, lachte über manches, bedauerte vieles, wurde manchmal aber auch so zornig, dass er nächtelang nicht schlafen konnte. Besonders die Ballade vom Sänger Ali dem Flinken beeindruckte ihn. In dieser Ballade wurde von Bayramoğlus Kindheit berichtet, von seinem Vater, der aus dem Krieg nicht heimkehrte, vom Leid seiner Mutter und Schwestern, von seiner Flucht in die Berge und seinen mutigen Taten. Die Rückkehr nach dem Freiheitskrieg in sein Dorf, wo er wie ein Heiliger das Leben eines Einsiedlers zu führen begann, schildert der Sänger beschwingt in Wort und Ton, voller Wärme, Liebe und Freundschaft. Doch beim Entschluss Bayramoğlus, Memed zu töten, schlägt das Lied in Trauer und Verzweiflung um, indem er Mitleid für ihn bei den Zuhörern erweckt und um Verständnis für ihn bittet. Dann verwandelt sich die Ballade plötzlich in einen Schrei von Wut, in eine Anklage gegen Bayramoğlu. Wie kann ein Mann wie er so tief fallen? Die Hoffnung, dass er sich aus diesem Sumpf wieder retten kann, geht plötzlich über in Verachtung und Spott und endet mit einer belustigenden, höhnischen Totenklage.

»Schafft mir spätestens in zwei Tagen den Barden Ali den Flinken her!«, befahl Bayramoğlu. »Sollte er sich weigern, bringt ihr mir seine Leiche! Falls er kommt, soll er seine Laute mitbringen!«

In weniger als achtundvierzig Stunden spürten sie Ali den Flinken auf. Mit einem Gesicht hart wie Granit empfing Bayramoğlu den Sänger im Stehen.

»Bitte, Barde, du bist willkommen!«

»Danke für den freundlichen Empfang, Bayramoğlu!« Als der Barde Bayramoğlus strengen Gesichtsausdruck sah, setzte er eine noch strengere Miene auf.

»Wie ich höre, singst du auch eine Bayramoğlu-Ballade.«

»So ist es.«

»Auch mir wirst du sie vortragen!«

»Auch dir trage ich sie vor.«

»Kein Wort zu wenig, keins zu viel!«

Barde Ali der Flinke lächelte, nahm seine Laute in die Hand und begann.

Der Salon des großen Hauses war überfüllt, alles hörte aufmerksam zu.

Bayramoğlu hockte im Schneidersitz mit dem Rücken zur Wand, hatte die Rechte in seinen Gurt gesteckt und lauschte, ohne die geringste Regung zu zeigen.

Der Barde, der am frühen Abend begonnen hatte, beendete die Ballade, als bei Tagesanbruch die ersten Hähne krähten. Bayramoğlu saß starr wie ein Fels, zwei Tränen rollten über die Wangen und verschwanden in seinem Schnauzbart.

»Segen deiner Zunge, Barde!«, sagte er mit gebrochener Stimme. »Deine Worte waren schön, gerecht, ehrlich und mutig. Solange Barden wie du in dieser Welt leben, mein Freund, wird das Gute, das Gerechte und Schöne nicht besiegt.«

»Leben sollst du, Bayramoğlu!«

Als der Barde sich erhob, sprang auch Bayramoğlu, gefolgt von den Anwesenden, auf die Beine.

Bayramoğlu hängte sich beim Barden ein, sie gingen hinaus in die frostige Nacht und über den knirschenden Schnee zum Dorf hinaus. Noch fiel Mondlicht auf die Hochebene der Dornen und den in gläsernem Blau schimmernden Schnee, und schob die Schatten der beiden Männer vor sie her.

Freundschaftlich drückte Bayramoğlu den Arm des Barden und sagte leise: »Wie schön es doch wäre, wenn diese Sage nicht so endete, nicht wahr, Barde Ali?«

»So ist es«, nickte der Barde.

Auf ihrem Rückweg ins Haus sprachen sie von Sagen, früheren Barden, über Karacaoğlan, Dadaloğlu, Halil den Sänger ... Auf dem Herd dampfte der Tee, im Kessel kochte nach Minze und Knoblauch duftende Joghurtsuppe, auf der Platte lagen noch mit Bläschen vom frisch geschlagenen Rahm bedeckte Butterbällchen.

An den Tag, an dem sein Vater in den Krieg gezogen war, erinnert sich Bayramoğlu noch wie heute. Auch seine beiden Onkel väterlicherseits, und mütterlicherseits sogar drei Onkel, waren mit dem Vater eingezogen worden. Die Mutter, der Großvater und das ganze Dorf hatten sie zur Moschee in der Kreisstadt begleitet, wo die Soldaten auf den Transport warteten. Einige Monate darauf wurden den Familien die Wehrpässe seines Vaters und seiner Onkel zugeschickt. Erst nach einigen Jahren erfuhren sie, dass fast alle in den Bergen Eingezogenen gefallen waren. Außer den Alten, den Behinderten und den Fahnenflüchtigen gab es keine Männer mehr in den Bergen. Nun verrichteten die Frauen alle anfallenden Arbeiten.

Eines Tages, Bayramoğlus Mutter und seine beiden Schwestern waren beim Dreschen im Tal unterhalb des Dorfes, kamen am späten Nachmittag drei bewaffnete Männer und baten um Wasser. Die Mädchen gaben ihnen zu trinken, und die Männer hockten sich in den Schatten einer Eiche und ruhten sich aus.

»Frau«, sagte plötzlich einer von ihnen, der einen lang gezwirbelten Schnauzbart trug, mit drohender Stimme, »wo hast du diese Mädchen großgezogen? Keine ist sonnenverbrannt, jede ist wunderschön und vom Schicksal für uns bestimmt. Mein Freund hier hat schon lange ein Auge auf dich. Als dein Mann von der Front nicht zurückkehrte, war er verrückt vor Freude. Mit Gottes

Willen und des Propheten Segen will ich dich für diesen Mann mit dem blonden Schnauzbart und deine beiden Töchter für mich und meinen anderen Freund!«

Die Mutter bat und flehte, bis schließlich der Mann ihr den Mund verschloss und sie mit sich zog. Die schreienden Mädchen wurden von den andern beiden mit Fausthieben zum Schweigen gebracht. Außer sich vor Wut, schleuderte der erst vierzehnjährige Bayramoğlu aufgeklaubte Steine auf die bewaffneten Männer, bis einer von ihnen die Geduld verlor, seinen Revolver zog und auf den Jungen schoss. Lautlos fiel er in einen Busch. Er verlor viel Blut aus einer Fleischwunde am Oberschenkel. Als er wieder zu sich kam, zog er sein Hemd aus, verband den glatten Durchschuss ganz stramm und kroch ins Dorf zurück.

Die Nachbarn pflegten ihn mit Heilkräutern und brachten ihn schnell wieder auf die Beine. Noch bevor seine Wunde ganz ausgeheilt war, ging er aufs Feld zurück, kreiste jetzt selbst mit dem Dreschschlitten übers Getreide, füllte das Korn in Säcke und schleppte diese in den Schober. Von seiner Mutter und den Schwestern hörte er nichts mehr, war außer sich vor Zorn und Sorge. Im Haus lag noch ein alter Revolver von seinem Vater. Er band ihn um, stieg auf den nächsten Berg und verschoss die ganze Munition auf Kieselsteine, ohne zu treffen. Dann verkaufte er drei von ihren fünf Stieren. Da es weit und breit keine Männer mehr gab, waren Waffen und Munition billig zu haben. Er kaufte sich von dem Erlös eine sehr gute Büchse und Munition in Mengen.

In ihrem Dorf lebte mit seinen drei Töchtern in einem großen Haus ein alter Mann, Haydar der Kurde genannt, der aus der Gegend jenseits der Berge stammte und edle Pferde züchtete. Er habe Krüge voller Gold, hieß es. Seine Schafsherden weideten in der Ebene unterhalb des Dorfes. Er besaß wohl an die fünfzig Windhunde in verschiedenen Farben, edle Tiere mit schlanken Hälsen, langen Läufen und gestreckten Flanken. In diesen Bergen gab es keinen, der so treffsicher war wie er. Bayramoğlu war einmal Zeuge seiner Schießkunst gewesen, er hatte gesehen, wie ein von ihm getroffener roter Milan taumelnd vom Himmel fiel. In diesen Bergen wusste das jeder, daher wagte sich kein Räuber und kein Dieb in seine Nähe. Bayramoğlu nahm seinen Stutzen, füllte einen Beutel mit Patronen und suchte Haydar den Kurden auf. »Du wirst mich das Schießen lehren, Haydar Aga«, bat er, »ich will werden wie du!«

Haydar der Kurde wog den Stutzen in der Hand. »Eine schöne Flinte, benutze sie mit Erfolg! Wessen Sohn bist du?«

»Ich bin der Sohn Bayrams, der im Felde geblieben ist«, antwortete der Junge. Haydar der Kurde hatte Bayram seinerzeit sehr gemocht. »Recht hast du«, sagte er, »du musst das Schießen besser lernen als jeder andere. Hast du keine Nachricht von deiner Mutter und deinen Schwestern?«

Bei diesen Worten wäre der Junge am liebsten im Erdboden verschwunden. Er wurde glühend rot und konnte nur noch »Gülmezoğlu Nebi« murmeln.

»Oh dieser Halunke!«, stieß Haydar der Kurde wütend hervor, und seine Halsadern schwollen an. »Der Sohn des Gülmez wollte sich an Bayram rächen, denn er konnte ihn nicht ausstehen. Bayram war ehrenhaft, war kühn, er selbst ein Feigling und keine fünf Para wert. Auf denn, lass uns sofort beginnen!« Und sie fingen sofort an. Haydar der Kurde nannte ihn danach nur noch Bayramoğlu, Bayrams Sohn, und die Dörfler taten wie er, sodass der Vorname des Jungen bald in Vergessenheit geriet.

Ihre Schießübungen dauerten Monate. Haydar der Kurde war so wütend auf Nebi Gülmezoğlu, dass er sich um Bayramoğlu mit Freuden bemühte. Schließlich strich er ihm übers Haar und sagte: »Nun zieh los, Bayramoğlu, Gott ebne deinen Weg und deiner Bleigeschosse Lauf! Du bist jetzt ein besserer Schütze als ich. In diesen Bergen und in der ganzen Ebene gibt es keinen, der dir im Schießen das Wasser reichen kann.«

Bayramoğlu war wohl ein guter Schütze geworden, traf auch, was er treffen wollte, doch vor Nebi Gülmezoğlu und den andern schlotterten ihm die Knie. Wenn es dunkel wurde, und er allein zu Hause war, konnte er vor Angst nicht einschlafen. Nicht einmal aus dem Dorf wagte er sich heraus. Was er auch anstellte, um seine Angst zu überwinden, es wollte ihm nicht gelingen. Während er sich noch in Angstkrämpfen wand, kamen eines Tages seine Mutter und seine Schwestern nach Hause zurück. Bayramoğlu war außer sich vor Freude, er ließ Opfertiere schlachten und konnte sein Glück nicht fassen. Er schilderte ihnen, wie es ihm in ihrer Abwesenheit so ergangen, und welch guter Schütze er mittlerweile geworden war und fügte großspurig hinzu, dass beim nächsten Aufeinandertreffen mit Gottes Willen nur einer überleben werde!

Etwa fünfzehn Tage später kam nächtens Nebi Gülmezoğlu mit zwei Männern ins Dorf, drang ins Haus ein, zog drohend seinen Handschar und nahm die drei Frauen mit. Bayramoğlu lief hinter ihnen her, nahm eine Abkürzung und legte sich in einen Hinterhalt. Es war hell wie am Tage, als die drei Männer und die jammernden Frauen am Felsen, hinter dem er lag, vorbeigingen. Aber Bayramoğlu zitterte und war so gelähmt, dass er nicht die Kraft hatte, abzudrücken.

Die Mutter und die Schwestern flüchteten noch mehrere Male zu ihm, doch Nebi Gülmezoğlu und seine Freunde holten sie tief in der Nacht immer wieder ab, und jedes Mal lag Bayramoğlu im Hinterhalt und konnte nicht abdrücken.

»Was für ein Mann bist du eigentlich?«, schimpfte seine Mutter, als sie wieder einmal zu ihm geflüchtet war. »Möge dich die schwarze Erde verschlingen! Wir flüchten zu dir, und jedes Mal kommt Gülmezoğlu und verschleppt uns unter deinen Augen. Und du willst der beste Schütze dieser Berge sein? Feige bist du wie eine Feldmaus!«

Danach sprach Bayramoğlu kein Wort mehr mit seiner Mutter und seinen Schwestern. Er verließ das Haus, verkroch sich tagelang in eine Baumhöhle, aß und trank nicht, und entschloss sich schließlich, Haydar den Kurden aufzusuchen. Ihm erzählte er frank und frei, was er erlebt hatte. »Ich habe Angst, sterbe vor Angst, kann nicht denken vor Angst, kann nicht abdrücken vor Angst. Ich will mich selbst töten und habe davor noch mehr

Angst. Kann ein Mensch, der so viel Angst hat, sich überhaupt töten?«

Haydar der Kurde lachte und strich ihm übers Haar. »Der Mensch tötet, weil er sich fürchtet. Wer sich am meisten fürchtet, wer die Grenzen seiner Angst erreicht hat, wem nichts mehr geblieben ist als seine Angst, der ist von allen der mutigste. Dir ist die Angst bis ins Mark gedrungen, du bist vom Scheitel bis zur Sohle voller Angst. Drum kannst du die Angst überwinden. Geh deiner Wege, sie mögen offen sein! Der Tag wird kommen, da wird dein Herz so voller Angst sein, dass du nicht nur Gülmezoğlu, sondern, wenn es sein muss, sogar den Padischah töten gehst. Du musst nur einmal dein Herz in beide Hände nehmen und einmal abdrücken, der Rest räufelt sich auf wie ein alter Strumpf. Danach hält dich niemand mehr auf.«

Und wieder einmal kam Gülmezoğlu gegen Mitternacht und schob die Frauen ins Freie. Diesmal wehrten sie sich nicht mehr, die Mutter schaute ihrem Sohn, der zusammengekrümmt am Fuß des Pfostens kauerte, nicht einmal ins aschfahle Gesicht.

Und wie immer lenkten ihn seine Schritte zum Hinterhalt. Sein Entsetzen hatten die Grenzen seiner Angst überschritten, sein Körper war zu Stein erstarrt und wie gelähmt. Brennendes Fieber hatte ihn gepackt, er schwitzte aus allen Poren, dann gefror sein Körper zu Eis, fast hätten seine Zähne zu klappern begonnen. Die Nacht war dunkel, die Sterne gaben nur wenig Licht. Sein Auge konnte an der Spitze Gülmezoğlu ausmachen, hinter ihm die Mutter mit seinen Schwestern und dahinter die anderen Männer. Als Gülmezoğlus Umriss genau vor ihm auftauchte, bekam er so einen Schrecken, dass sein Finger wie von Geisterhand geführt zum Abzugsbügel schnellte und sich danach der Büchsenlauf auf die beiden hinteren Männer richtete.

Bayramoğlu hatte einen ganzen Beutel Munition mitgenommen, er lud und schoss, lud und schoss. Das ganze Dorf wurde aus dem Schlaf gerissen und eilte in die Richtung, aus der die Schüsse kamen, ging dort hinter Felsen und Bäumen in Deckung und hörte sich Bayramoğlus Dauerfeuer an. Erst als der

Morgen kam, hatte er seine Munition verschossen. Zu Tode erschöpft, legte er seinen Kopf auf einen Baumstrunk und war auch schon eingeschlafen. Seine Mutter kam, zog ihn sachte auf die Beine, andere Frauen eilten ihr zu Hilfe, dann hakte sie sich bei Bayramoğlu ein, schleifte ihn langsam ins Haus und legte ihn hin. Der zuerst getroffene Gülmezoğlu war verletzt geflohen, seine beiden Freunde waren blutüberströmt auf dem Weg liegen geblieben.

Bayramoğlu erholte sich schnell. Seine erste Frage galt Gülmezoğlu, und als er erfuhr, dass dieser nur verwundet worden war, steckte er seinen Revolver in den Gurt und nahm die Verfolgung auf. Er hatte Gülmezoğlu so viel Angst eingejagt, dass er ihn erst in Iskenderun aufspüren konnte. Mitten auf dem belebten Marktplatz schoss er auf ihn, traf aber nur einen Mann, der zwischen die beiden gelaufen war, sodass Gülmezoğlu im Gedränge verschwinden konnte. Aber Bayramoğlu ließ nicht locker, entdeckte ihn in Antakya und verlor dort wieder seine Spur. Erst in Hama trafen sie eines Nachts wieder aufeinander. Bayramoğlu ging ihm mit bloßen Händen an die Kehle, und wenn Herbeieilende Gülmezoğlu nicht aus dem angstverkrampften, stählernen Griff Bayramoğlus gewunden hätten, wäre der Mann, dessen Augen bereits aus den Höhlen kamen, kurz darauf schon im Jenseits gelandet. Gülmezoğlu floh von Hama nach Aleppo, von Aleppo nach Damaskus, doch wie ein Schatten blieb Bayramoğlu ihm auf den Fersen, erwischte ihn auch, aber Gülmezoğlu hatte sieben Leben. Weil Bayramoğlu entweder die Angst lähmte, oder die Freude, sein Opfer gefunden zu haben, so erregte, gelang es ihm nicht, ihn zu töten. Er jagte ihn weiter nach Adana und schließlich zurück in die Kleinstadt, wo gerade Markttreiben und ein so dichtes Gedränge herrschte, dass eine Stecknadel nicht auf die Erde fallen könnte. Unter der Brücke stießen die beiden auf der Hinrichtungsstätte des Pferdes von Memed aufeinander. Gülmezoğlu hatte seinen Revolver sehr schnell gezogen, doch Bayramoğlu war ihm bereits schnell wie ein Falke an die Kehle gegangen, hatte mit der anderen Hand seinen Handschar herausgerissen und, außer sich vor Angst, zugestoßen. Der Mann stürzte leblos zu Boden, dennoch stieß Bayramoğlu immer wieder blindlings zu, während eine wachsende Menschenmenge starr vor Entsetzen zuschaute, ohne einzuschreiten. Blutverschmiert und erschöpft richtete Bayramoğlu sich schließlich wieder auf, blickte mit leeren Augen in die Runde und auf den in seinem Blute daliegenden Toten, schien alles, sogar seine Angst, vergessen zu haben. Doch sie kehrte zurück, als er bewusst den Toten und die starrende Menge wahrnahm. Die Angst in ihm stieg, lähmte ihn, und es hätte nicht viel gefehlt, und er wäre neben dem Leichnam zusammengesunken. Wie immer in seiner Angst, musste er an seinen Revolver denken. Er zog ihn heraus, richtete ihn auf den Toten und schoss das Magazin leer. Er kramte neue Patronen aus seiner Tasche, füllte in aller Ruhe die Trommel und ging langsam in Richtung Ladenviertel davon. Es schien, als wolle er zur Kommandantur der Gendarmerie, doch kurz davor bog er in eine Seitengasse, ging an der alten Kirche vorbei den Hügel hinauf und verschwand im Unterholz. Bald schon fand er sich bei einer Quelle im Wald wieder, trank in vollen Zügen, streckte sich daneben auf dichter Poleiminze aus und schlief ein. Auf der Suche nach ihm waren Gendarmen ausgeschwärmt, doch sie fanden ihn nicht.

Bayramoğlus Mord an Nebi Gülmezoğlu war bald in aller Munde. In kurzer Zeit breitete sich sein Ruhm im Taurus und in der Çukurova aus, sodass er mühelos Gefährten, die weder Tod noch Teufel fürchteten, um sich scharen konnte. Lange Zeit zog er mit ihnen durch die Berge, nahm von den Reichen, verteilte an die Armen, wurde in Liedern besungen, in Balladen erzählt, in Reigen gefeiert und in einem Atemzug mit Jung Osman, Köroğlu, Gesegneter Ali und Alexander dem Zweihörnigen genannt. Von seiner Hand berührte Kranke waren von allen Plagen befreit, und wer das Wasser aus der Erde trank, über die er geschritten war, von allen Sorgen. Als der Freiheitskrieg begann, richtete Bayramoğlu seine Waffe gleich den Briganten Schwarze Schlange, Gizik Duran und Ali Efe der Jürüke auf die anrückenden Feinde. Er kämpfte bei Haçin, in der Schlucht Karboğaz und Mamure. Nach dem Sieg legte er das Gewehr aus der Hand und zog sich in sein Dorf zurück. Mehr als ein Osmanisches Goldstück hatte er nicht in der Tasche. Davon kaufte er sich ein Ochsengespann, einen Pflug und von dem Rest Tee und Zucker, denn er war ein leidenschaftlicher Teetrinker. Mit den geernteten Feldfrüchten konnte er sich und seine Familie gerade noch über Wasser halten. Das Geld reichte nicht einmal mehr für den täglichen Tee. Seine Mutter lebte noch, und seine Frau schenkte ihm zwei Jungen und ein Mädchen. Nach Gülmezoğlus Tod konnten auch seine beiden Schwestern heiraten.

Memeds Rückzug in die Berge, die hartnäckige Verfolgung und Hinrichtung Abdi Agas, Memeds Auseinandersetzung mit Ali Safa Bey und am Ende mit Mahmut Aga aus Çiçekli hatten Bayramoğlu sehr beeindruckt und in ihm eine tiefe Zuneigung für Memed geweckt. Was er selbst nicht zu Stande gebracht hatte, schaffte dieser junge Mann, der jetzt schon berühmter war als er. Er geriet in Vergessenheit, während Memed bis ans Ende aller Tage in der Erinnerung der Menschen bleiben würde. Auch Memed hatte, genau wie damals er, die Grenzen der Angst überschritten, fürchtete, wie er damals im Freiheitskrieg, weder Tod noch Teufel. Doch während des Krieges war er ja nicht allein, er kämpfte mit vielen Schulter an Schulter, spürte die Angst nicht, vielleicht weil er sie mit so vielen teilte oder sich an sie gewöhnt hatte. Dieser Wandel in seinem Inneren hatte dazu geführt, dass er mit dem Räuberleben Schluss gemacht, sich in sein Dorf zurückgezogen hatte und so verelendete. Er hatte ohne Furcht gelebt, wie eine Pflanze auch lebt. Bis diese Sache mit Memed in sein Leben trat …

Die Boten kamen und gingen wieder häufiger. Memeds Aufenthalt im Hause von Vater die Rose in Yolaşan war ausgespäht worden. Bayramoğlu benachrichtigte Hauptmann Faruk, Hauptmann Ali den Giaur und die Leutnants, und sie trafen sich am Fuße des Bergs Ali. Um Memed zu täuschen, beschlossen sie, die Einheiten in entgegengesetzter Richtung in Marsch zu setzen, um dann mit einem schnellen Schwenk das Dorf Yolaşan in die Zange zu nehmen. Sie marschierten noch in derselben Nacht los, erreichten gegen Morgen schon das Dorf Yalnizçam.

Memed hatte von ihrer Zangenbewegung nach Yolaşan erfahren und war auf abkürzenden Saumpfaden vor ihnen ins Dorf Yalnizçam gelangt, wo er sich mit seinen Leuten im Hause Vater Velis einquartierte. Sie waren mittlerweile neunzehn Mann stark.

Aufgeregt kamen Dörfler und riefen: »Sie haben das Dorf eingekreist.«

»O Gott, Bayramoğlu hat uns getäuscht«, meinte Ferhat Hodscha, »er hat auf gut Glück ins Schwarze getroffen. Macht euch bereit, bevor sie den Ring noch enger ums Dorf ziehen, werden wir ...«

»Warte ab, Hodscha!«, unterbrach ihn Memed gefasst, doch sein Gesicht war aschfahl. »Wenn wir jetzt das Dorf verlassen, schießen sie uns im flachen Gelände wie Rebhühner ab.«

»Wir sind umzingelt«, versteifte sich der Hodscha und schnallte sich die Patronengurte um. »Beeilt euch, Jungs, vielleicht finden wir noch Lücken in ihren Linien! Wenn nicht, ist es besser, im Kampf zu sterben, als ihnen wehrlos in die Hände zu fallen.«

»Geduld, Hodscha, Geduld! Voreiliges Handeln fordert den Teufel heraus, wie du weißt.«

Die Hand am Kinn stand Memed da, überlegte, und Ferhat Hodscha zappelte vor Ungeduld.

»Vater Veli!«

»Zu Diensten, Memed.«

»Du wirst uns helfen!«

»Mein Leben für dich.«

»Rufe neunzehn Mann von euch herein!«

Als hätten sie schon darauf gewartet, kam er gleich darauf mit neunzehn Dörflern herein.

»Zieht euch aus Freunde, wir werden unser Zeug austauschen!«

Ferhat Hodscha strahlte. Er klopfte Memed auf die Schulter. »Ich verstehe. Wir haben keine andere Wahl.«

»So ist es«, entgegnete Memed, »nur so können wir uns retten. Aber die Dorfkinder könnten sich verplappern und uns verraten.«

»Keine Angst! Sie werden gleich die Masern haben und müssen sofort ins Bett. Und käme der Verehrte Ali, wird keines das Bett verlassen. Sie gehorchen mir«, beschwichtigte ihn Vater Veli.

Die Dörfler zogen die Kleider der Briganten an, und umgekehrt. Auf Ferhat Hodscha und Memed fiel das zerschlissene Zeug der zwei Ärmsten im Dorf.

»Nehmt auch die Waffen, die Feze und Feldstecher und geht in eure Häuser!«

»Die Waffen werde ich so gut verstecken, dass ich sie selbst nicht mehr finde«, sagte Vater Veli.

Dann zerstreuten sich die Briganten und die Dörfler im Dorf.

»Und wenn sie uns alle auf dem Dorfplatz zusammentreiben … Oder Cabbar der Lange dich an Bayramoğlu verrät?«

»Er verrät mich nicht«, antwortete Memed überzeugt, »er ist mein Freund.«

»Ali der Hinkende ist auch bei Bayramoğlu.«

»Nun hör schon auf!«, lachte Memed, und da musste auch der Hodscha lachen.

»Musa der Wind ist auch unter ihnen. Er ist ihr Fährtenleser, und er hat uns hier aufgespürt. Kennt er dich denn nicht?«

»Er kennt mich«, antwortete Memed.

»Dieser Bayramoğlu wird zur Plage. Hätten wir diesen tollwütigen Hund doch bloß getötet!«

Memed nickte. »Aber wer konnte ahnen, dass sich der große Bayramoğlu zum räudigen Köter erniedrigen wird? Und Musa der Wind? Der ist mir sein Leben lang auf den Fersen. Warum habe ich ihn eigentlich nicht längst getötet? Hätte ich doch nur auf Ali den Hinkenden gehört, und wir säßen heute nicht in der Falle.«

»Mir machen die Kinder Sorgen«, sagte Ferhat Hodscha. »Wenn nur eins aus dem Bett springt und hinausläuft …«

»Das werden sie nicht«, entgegnete Memed. »Diese Menschen

sind anders als wir. Es sind Aleviten. Sogar die Kinder verlassen ums Leben nicht den vom Oberen gewiesenen Weg.«

»Und wenn ein Verrückter, ein Schurke uns verrät?«

»Vater Veli hat alle Vorkehrungen getroffen. Auch gegen Verrückte und Schurken.«

»Dann also außer Musa dem Wind ...«

»Vielleicht auch andere, die uns kennen.«

»Nicht drum scheren!«, sagte Ferhat Hodscha. »Gottvertrauen vor allem!«

Jeder Dörfler wusste sich eins mit den andern im Dorf. Ob die mit Masern das Bett hütenden Kinder, die Kranken und Siechen, Jung und Alt, sie alle warteten auf Bayramoğlu und seine Einheit. Kein Laut kam aus dem Dorf, nur aus weiter Ferne waren Hundegekläff und der Schrei eines Esels zu hören.

Vorweg ging Fährtensucher Musa der Wind, begleitet von Ali dem Hinkenden. Dahinter, kerzengerade im Sattel, Bayramoğlu, zu seiner Rechten Hauptmann Faruk, kurz dahinter Gefreiter Asim, Hauptmann Ali der Giaur, die Leutnants Halil und Izzet Nuri. So kamen sie ins Dorf, hatten die Augen auf Musas lange Gerte gerichtet, mit der er die Spur bis in den großen Hof von Vater Veli anzeigte, wo neben dem Wohnhaus auch das Rundzelt des Rats der Stammesführer stand.

»In dieses Haus sind die Briganten gegangen und noch nicht herausgekommen. Neunzehn Mann stark.«

»Sie sind also noch in meinem Haus?«, fragte Vater Veli.

»So ist es, Vater Veli«, antwortete Musa der Wind in selbstgefälligem, spöttischem Ton.

»Dann such doch da drinnen nach ihnen, vielleicht findest du sie ja so leicht, als hättest du sie mit eigener Hand dort hingestellt!«

»Und ob ich sie suchen werde, und wie ich seine Spur gefunden habe, werde ich auch Memed finden.«

»Bitte, komm herein!«

Mit seiner Gerte aus dem Holz der Kornelkirsche ging Musa der Wind ins Haus und kam sofort wieder heraus.

»Die Briganten sind hier im Dorf, und wenn sie keine Flügel hatten und fortgeflogen sind, haben sie dieses Haus vor zwei Stunden verlassen und sich im Dorf verteilt.«

Er lief ins Dorf, folgte einer Spur bis zu einem Haus, nahm dort eine andere auf bis zu einem Hof und eilte so durch die Gassen weiter, bis er schließlich am späten Nachmittag schweißüberströmt wieder vor Bayramoğlu stand.

»Memed eingeschlossen, sind alle neunzehn Briganten in diesem Dorf. Sie verbergen sich in Häusern, Brunnen und anderen Verstecken, wo wir sie aufstöbern können. Ihre Spuren sind im ganzen Dorf, sie waren fast in jedem Haus.«

»Was hatten sie denn in jedem Haus zu suchen, Musa?«, fragte Bayramoğlu. Dass Briganten sich in Dörflertracht unter die Einwohner mischen, überstieg Bayramoğlus Vorstellungsvermögen.

»Aber sie waren in jedem Haus.« Mit seiner Gerte lief er noch einmal durchs Dorf, und nichts entging seinen Falkenaugen. »Sag was du willst, Bayramoğlu«, beteuerte er nach einer Stunde, »Memed mit seiner Bande ist in diesem Dorf. Ich habe alles abgesucht, sie haben das Dorf noch nicht verlassen.«

Bayramoğlu überlegte eine Weile, dann lenkte er sein Pferd zu Hauptmann Faruk. »Hauptmann, dein Zug soll jedes Haus durchkämmen und alle Männer auf den Dorfplatz zusammentreiben. Vielleicht, was ich ja nicht glaube, ist Memed unter ihnen.«

Anschließend wandte er sich an Musa den Wind. »Du kennst Memed, nicht wahr?«

»Ich kenne ihn.«

»Erkennst du ihn auch wieder?«

»Ich erkenne ihn.«

»Und ich kenne Ferhat Hodscha«, sagte der Hauptmann.

Eine Kompanie Gendarmen marschierte ins Dorf, durchkämmte Haus um Haus und ließ die Männer auf dem ebenen Gelände vor dem Dorfbrunnen antreten. Memed war der Sechste von ihnen. Barfuß, der Schalwar zerschlissen, das Hemd so ausgefasert, dass die nackte Haut durchschien. Er krümmte sich vor Kälte und seine Füße waren knallrot.

Als Musa der Wind ihn erblickte, schreckte er zusammen. »Da ist er, da, Memed«, schrie er und schritt auf ihn zu. Doch Ali der Hinkende blieb ihm dicht auf den Fersen und sagte mit leiser, aber fester Stimme: »Wenn du auf ihn zeigst, töte ich dich auf der Stelle und bringe mich anschließend um.« Seine Stimme klang so entschlossen, dass Musa der Wind sich jetzt schon im Jenseits wähnte. Mit weichen Knien blieb er wankend vor Memed stehen, überlegte kurz, packte, voller Freude, sein Leben mit dieser List gerettet zu haben, den neben Memed stehenden jungen Mann am Kragen und brüllte: »Dieser hier! Das ist Memed.«

Gleichzeitig trafen sich die Blicke von Memed und dem Unteroffizier Asim, und die beiden lächelten sich verstohlen zu.

Innerhalb einer guten Stunde waren alle Männer des Dorfes auf dem Platz versammelt. Als Letzter war Ferhat Hodscha mit einigen bettlägerigen Alten gebracht worden. Er konnte sich nicht auf den Beinen halten und hockte sich auf den Rand der steinernen Tränke des Brunnens. Auch er barfuß und in Lumpen. Den Bart hatte er sich abrasiert, und die schneeweiße Haut darunter gab ihm das Aussehen eines Schwerkranken. Um diesen mit hochgezogenen Knien auf der Tränke hockenden, aus Haut und Knochen bestehenden alten Mann als Ferhat Hodscha auszumachen, brauchte es wohl tausend Zeugen. So glatt rasiert konnten ihn nicht einmal mehr die Dörfler erkennen, geschweige denn der Hauptmann.

Sie durchsuchten jedes Haus und jeden Winkel. Dann übergaben sie den von Musa dem Wind als Memed bezeichneten jungen Mann Ali der Echse. Der brach ihm einige Knochen, bis er sagte: »Ich bin Memed, der echte Memed.« Daraufhin nahm Ali die Echse ihn sich noch einmal vor, damit er auch: »Ich bin weder Memed noch der echte Memed«, sagte, brach ihm dabei noch sieben Rippen und ließ ihn wie einen Toten bewusstlos liegen. »Dieser Mann ist nicht Memed«, sagte er zu Hauptmann Faruk, »denn obwohl ich ihn so verprügelt habe, konnte ich ihn nicht dazu bringen, ›Ich bin nicht Memed‹ zu sagen.«

Hauptmann Faruk brüllte wütend: »Wir stellen ihn als

Memed an die Wand und behaupten nachher, er sei im Kampf gefallen.«

Hauptmann Ali der Giaur musste seine ganze Überredungskunst aufbieten, um ihn von diesem Vorhaben abzubringen.

Musa der Wind aber rannte auf und ab und schrie noch immer: »Bei Gott, Memed ist in diesem Dorf, ist unter diesen Menschen, ich schwöre mit der Hand auf dem Koran, er ist hier. Ich erkenne ihn nur nicht, weil ich ihn so lange nicht mehr gesehen habe. Gibt es unter euch denn keinen, der ihn wiedererkannt hat? Natürlich gibt es einen, aber der hat Angst und sagt es nicht.«

Unter der strahlenden Sonne funkelte der Schnee mit bläulichem Schimmer.

Mit Erlaubnis der Gendarmen löste sich die Menschenmenge nach und nach auf und verlief sich. Nur Musa der Wind hielt jeden, der ihm über den Weg lief, an und schrie: »Sag die Wahrheit, leg die Hand auf den Koran, hast du Memed nicht gesehen?« Irgendwann bekam er Ali den Hinkenden zu fassen. »Hast du Memed auch nicht gesehen?«, brüllte er und schüttelte ihn.

»Ich habe ihn nicht gesehen«, antwortete Ali der Hinkende, befreite sich und fügte hinzu: »Der Falke ist nicht da. Er schwang sich auf sein Pferd und ritt davon.«

Musa der Wind packte ihn von neuem, seine Augen waren hervorgetreten und seine Adern angeschwollen. »Ich werde dich töten, wenn, dann werde ich dich … Du bist nur neidisch auf meinen Spürsinn! Jedes Mal reißt du mir Memed aus den Händen, um mich vor aller Welt lächerlich zu machen. Am Ende … Am Ende werde ich dich töten!«

»Töte mich, und die Welt wird dein! Töte mich, und du kommst in den Himmel!«

Musas Atem pfiff wie das Zischen einer Schlange. »Du kannst nicht ertragen, dass es auf dieser Welt einen besseren Fährtensucher gibt als dich und machst mir deswegen jede Beute streitig. Ich werde dich …« Die Knie wurden ihm weich, er ließ Ali den Hinkenden los, hockte sich auf eine niedrige Steinmauer und begann still vor sich hin zu weinen.

Voller Mitleid hockte Ali der Hinkende sich neben ihn. »Hör zu, Bruder Musa!«, begann er. »Es ist nicht so, wie du denkst. Du bist ein großer Spurenleser. Auf dieser Welt wird es nie einen besseren geben. Dir kann nicht einmal der berühmte Abbas der Kahle das Wasser reichen, geschweige ich. Wer bin ich denn, dass ich mich erdreiste, auf einen Meister wie Musa den Wind neidisch zu sein? Es ist nicht so, wie du denkst.«

Musas Augen strahlten, sein Ziegenbart zitterte vor Freude, als er Ali des Hinkenden Hand ergriff. »Ist wahr, was du da sagst? Verspottest du mich auch nicht?«

»Ich lege die Hand auf den Koran für das, was ich sagte.«

»Dann haben wir gut daran getan, Memed zu retten.«

»Wir haben gut daran getan«, bejahte Ali der Hinkende und ging zu Bayramoğlu.

»Memed treibt sich hier herum«, sagte Bayramoğlu. »Der Mann ist entweder vollkommen blöd oder seiner sehr sicher, oder er nimmt mich überhaupt nicht ernst.«

Darauf fand Ali der Hinkende keine Antwort, er schwieg.

Bald danach verließen sie das Dorf Yalnızçam, und kaum waren sie fort, tobten die mit Masern daniederliegenden Kinder wie ein Bienenschwarm ins Freie. Wellen der Freude breiteten sich im Dorf aus, und weil es Donnerstag war, veranstaltete Vater Veli ein großes Treffen der Dörfler im Rundzelt des Rates. Er gab noch nie gehörte geistliche Lieder zum Besten und spielte mit seiner Laute zum rituellen Reigen auf. Hoch gewachsene, schlanke, schwanenhalsige Frauen und gertenstraffe, großäugige, dunkle Jungmänner mit buschigen Schnauzern wiegten sich mit bemessenen Schritten tanzend im Kreis. Vater Veli beschwor nacheinander den Heiligen Ali, die zwölf Imame, Jung Osman, Vater Ishak, Pir Sultan, Saltik den Blonden, Köroğlu, Yunus Emre, Hadschi Bektaş Veli, Abdal Musa, Die Vierzig Glückseligen, Die Sieben und Die Drei. Alle Anwesenden tanzten gemeinsam den Reigen bis zum Morgen und riefen: »Dein Reich komme, Vater Sultan!« Und mit ihnen wiegten sich die Berge des Taurus mit Stock und Stein, Baum und Bach, Wolf und Wurm, Schneeglöckchenfeld und Sternenhimmel und stimmten ein in den Chorgesang. Die Dörfler gedachten auch der sieben von den Gendarmen getöteten Memeds. Über jeden auf ungesatteltem Pferd liegenden Toten kreiste, gleich einem goldglühenden Sonnentropfen, ein in reinem Blau schimmernder Vogel. Hielt der Trauerzug, verharrten auch die Vögel, zogen die Pferde an, flogen auch die sieben Vögel weiter, begleiteten die sieben Memeds, sieben blaue Linien in den Himmel zeichnend, vom Taurus in die Kleinstadt hinunter, gingen auf den im Hof der Gendarmerie stehenden Granatapfelbaum nieder und beleuchteten mit ihrem Blau die am Fuße der Mauer aufgereihten Toten.

Nachdem Bayramoğlu aus dem Dorf heraus war, wendete er sich, den Berg Ali im Rücken, nach Westen. Die Offiziere schlugen verschiedene Richtungen ein, aber auch sie ließen den Berg Ali hinter sich. Memeds Männer verfolgten jeden ihrer Schritte. Von Anfang an hatte Bayramoğlu die List der Spinne im Netz angewandt. Er wusste, lebte ein Brigant nicht in einem der Bergdörfer, war sein günstigster Unterschlupf die Schlucht des Wirbelnden Schnees am Berg Ali. Jede der Höhlen in diesem Tal war groß wie ein Serail, und kein Gendarm wagte sich bei Eis und Schnee dorthin, zumal keiner wissen konnte, in welcher Höhle sich die Briganten versteckten. Nur Bayramoğlu, Ibrahim der Blinde, Ramo der Hahn und Rüstem der Kurde konnten dort die Briganten aufspüren, erst recht, wenn sie von Fährtensuchern wie Ali dem Hinkenden und Musa dem Wind begleitet wurden, die bekanntlich die Spur eines fliegenden Vogels nicht verfehlten.

»Sag, Ali der Hinkende, war es nicht ganz gut, dass wir in dem Dorf nicht auf Memed gestoßen sind?«

»Es war gut, Bayramoğlu.«

Sie ritten nebeneinander. Bayramoğlu zügelte jedes Mal sein Pferd, wenn er nachdachte, blickte hinüber zu Ali dem Hinkenden, wollte ihm etwas sagen, gab es auf und ritt weiter. »Ali der Hinkende!«, schoss es schließlich aus ihm heraus. Doch dann schwieg er wieder und streichelte den Hals seines Pferdes. Er begann von neuem: »Welcher von ihnen war Memed, der

Kleine mit den breiten Schultern, auf den Musa der Wind zuerst zuging, oder der dünne, hoch gewachsene, auf den er dann zeigte?«

»Auf den er zuerst zeigte«, antwortete Ali der Hinkende ganz gelassen.

»Und was hast du Musa dem Wind zugeflüstert?«

»Ich hätte ihn auf der Stelle getötet. Musa der Wind ist schlau wie ein Dschinn, er brauchte mir nur ins Gesicht zu sehen, um zu verstehen.«

»Ich habe es mitbekommen«, nickte Bayramoğlu.

»Ich weiß«, sagte Ali der Hinkende.

»Hättest du mich auch getötet?«

»Ich hätte dich auch getötet.«

»Hör mir zu, Ali der Hinkende, wenn nicht heute, dann morgen oder übermorgen, wird Memed die Schlucht Wirbelnder Schnee aufsuchen. Dort werde ich ihn in die Enge treiben. Musa der Wind wird ihren Spuren folgen, er braucht es nicht einmal, Briganten halten sich immer in der zweithöchsten Höhle auf. An ihrem Eingang entspringt eine Quelle. Bis die Gendarmen dort sind, wirst du nicht von meiner Seite weichen und weder mit Musa dem Wind, noch mit irgendjemand anderem darüber sprechen. Sonst werde ich dich töten. Hast du verstanden?«

»Ich habe verstanden.«

Ali der Hinkende war sich sicher, gegen Morgen würden sich Memed und seine Leute in die Schlucht Wirbelnder Schnee zurückziehen. So vielen Gendarmen konnte man ein oder zwei Mal entkommen, aber irgendwann gab es kein Entrinnen mehr. Bayramoğlu war schon geschickt, nur deswegen hatte er sich wie ein Padischah in diesen Bergen halten können. Was war zu tun? Heute oder morgen würde die Falle zuschnappen. Wie sollen neunzehn Mann gegen so viele Gendarmen und diesen alten, erfahrenen Briganten ankommen? Doch wenn er sich auch nur für kurze Zeit von Bayramoğlu entfernte, würde der ihn bestimmt töten. Es war hoffnungslos, und das quälte ihn!

Die Nacht brach herein, ein kreisrunder Mond stand am

andern Ende des Himmels. Bläulich schimmernde Dunstschleier hatten sich auf den Berg Ali und das Hochland der Dornen gesenkt, und blau funkelnde Schneeflocken wirbelten im eiskalten Wind. Gegen Morgen kam der erste Meldegänger: Memeds Bande hatte das Dorf verlassen und war zum Berg Ali aufgebrochen!

»Siehst du, Ali?«

»Ich sehe«, antwortete Ali bedrückt.

Bei Tagesanbruch stand der Mond tief im Westen, er hatte sein Blau verloren. Der Gipfel des Berges Ali glühte, funkelte wie Kristall, und während Funken von Licht wie Wolken am Himmel wirbelten, senkte sich ein glitzernder Schimmer auf das endlose Weiß der Ebene.

Kaum in ein Dorf eingedrungen, waren sie auch schon untergetaucht. Wie Weberschiffchen eilten die Meldegänger zwischen den Einheiten hin und her, die sich strikt an Bayramoğlus Anweisungen hielten.

Wie in der zweiten Nacht beschlossen, drang Bayramoğlu vom Süden her in die Schlucht, Hauptmann Faruk mit seinen Gendarmen marschierte über die linke Flanke und Ali der Giaur über die rechte. Damit verlegten sie Memeds Bande jeden Fluchtweg, und sollte es doch jemandem gelingen, in die Ebene zu entkommen, lief er den Einheiten der Leutnants Halil und Izzet Nuri geradewegs in die Arme.

Gegen Morgen zeigte Musa der Wind Bayramoğlu den Eingang zur Höhle, in der die Briganten Unterschlupf gefunden hatten. Bayramoğlu hatte vor, diese blutigen Anfänger im Schlaf zu übermannen und, bei den Ohren gepackt, mit Pauken und Trompeten in die Stadt zu bringen.

Dass sie entdeckt und eingekreist waren, hatte zuerst der Wache stehende Temir entdeckt. Entsetzt stürzte er in die Grotte, wo ein großes Feuer brannte und die Briganten unter Bärenfellen schlummerten.

»Sie sind da und haben uns umzingelt.«

»Wer?«

»Die Gendarmen.«

Memed und die anderen waren aufgesprungen.

»Gendarmen können es nicht sein. Die wagen sich nicht hier herauf. Es ist Bayramoğlu.«

Sie griffen zu ihren Waffen und eilten bis an den Rand der Steilwand. Tief unter ihnen brauste der Wildbach mit ohrenbetäubendem Lärm.

»Ergib dich, Memed, du bist von allen Seiten umzingelt und kannst uns nicht entkommen!«

»Bayramoğlu, bist du es?«

»Und wer bist du?«

»Ich bin Memed der Falke.«

»Ergib dich, es wäre schade um dich!«

»Hast du dich schon einmal ergeben, Bayramoğlu?«

Bayramoğlu antwortete nicht, eine tiefe Stille folgte. Plötzlich krachten über ihnen ganze Salven, die Männer warfen sich hinter Felsblöcken in Deckung, während von rechts und links, von oben und unten die Kugeln regneten, dass ihnen Hören und Sehen verging.

»Sieht schlecht aus, mein Hodscha!«

»Abwarten! Wir müssen Bayramoğlu angreifen! Haben wir ihn erst einmal überwältigt, ist der Rest ein Kinderspiel. Die Gendarmen haben kein Stehvermögen.«

»Bayramoğlu zurückwerfen wird schwer. Ibrahim der Einäugige, Cabbar der Lange, Ali der Hinkende, Ramo der Hahn, Rüstem der Kurde und noch mehr alte Briganten sind bei ihm, dazu die Männer von Sultanoğlu dem Blonden und anderer Beys. Wären es nur Gendarmen, hätten wir leichtes Spiel!«

Mit voller Wucht dauerte das Feuergefecht an. Schon bei den ersten Salven wurden drei Mann aus Memeds Bande verletzt. Jetzt kamen die Schüsse von allen Seiten so dicht, dass sie gar nicht mehr wussten, wo sie in Deckung gehen sollten.

Der Tag brach an, Felsen und verschneite Bäume schälten sich aus dem Dämmer, Licht fiel auf den Wildbach in der Tiefe, sogar die Kiesel auf seinem Grund waren zu sehen. Bayramoğlu und die

Gendarmen machten immer mehr Druck, Querschläger, Pulverdampf, die Schüsse und ihr Echo verwandelten die Schlucht in eine Hölle.

Bayramoğlu und die Gendarmen ließen nicht locker. Die Briganten um Memed waren schon ganz benommen. Er und der Hodscha zogen sich zur Beratung in die Grotte zurück. Sie redeten lange. Durchbrachen sie heute den Ring nicht, waren sie verloren. Ihre Munition ging zur Neige, danach blieb ihnen nur noch die Wahl zwischen Gefangenschaft und Tod. Memed dachte nicht daran, sich zu ergeben.

Außer zwei Schützen rief Memed seine Männer in die Grotte. Inzwischen ratterten über ihren Köpfen auch Maschinenpistolen.

»Freunde, mir scheint, unser Ende ist nahe. Bayramoğlu ist der Gegner vor uns! Wir werden versuchen, den Ring zu durchbrechen. Dabei könnten wir alle draufgehen. Ihre Maschinenpistolen sind das reinste Gift, und jeder unserer Gegner ist ein guter Schütze. Auch wenn wir die Nacht abwarten, wird es schwer für uns.«

Über einen Saumpfad zu ihrer Linken versuchten sie nach oben zu gelangen, doch dort empfing sie ein Sperrfeuer, dass sie zurück zur Höhle flüchten mussten.

Bis zum Nachmittag versuchten sie mehrmals an verschiedenen Stellen einen Durchbruch, aber ihre Gegner schienen um sie herum eine Feuerwand gezogen zu haben.

Und jedes Mal, wenn sie zurückgeschlagen worden waren, hallte die vor Freude überschäumende Stimme Hauptmann Faruks von den Steilwänden wider: »Memed, Memed, gib dir keine Mühe! Ob du dich ergibst oder nicht, du bist verloren.«

Sein Gebrüll und der Triumph in seiner Stimme brachten Bayramoğlu zur Weißglut, aber er konnte nichts daran ändern. Er konnte nur noch beten, Memed möge sich ergeben. Nur wenn er die Waffen streckte, ließe sich vielleicht ein Weg finden, ihn zu befreien. Wenn es sein musste, durch einen Überfall auf die Gendarmen. Doch wie er aus Erfahrung wusste, war bisher noch keiner aus der Bande Memeds ungeschoren davongekommen.

Der Ring wurde immer enger, wenn es so weiter ging, ratterten die automatischen Waffen bald vor dem Höhleneingang.

Bayramoğlu war auch einige Male so hoffnungslos umzingelt worden. Sein letzter Ausweg war gewesen, sich auf den Kommandanten zu stürzen und ihn niederzuschießen. Danach lockerte sich die Umklammerung von selbst. Er überlegte, was er an Memeds Stelle tun würde. Es gab nur einen Ausweg: im Schutze der Nacht auf den Felsen klettern und von dort in den kleinen Bergsee da unten springen! Vorausgesetzt, sie erfrieren anschließend nicht. Außerdem war der Zufluss zum See auch besetzt.

Der Nachmittag verging, das Feuer der Briganten verebbte. Ihre Munition ging also zur Neige, lange konnten sie keinen Widerstand mehr leisten!

»Memed, mein tapferer Junge«, rief Bayramoğlu, »ich habe lange überlegt, du kommst da nicht heraus. Komm und ergib dich, Junge, tu mir den Gefallen! Ich kann nicht ertragen, dass sie dich töten. Vielleicht finden wir einen Ausweg, wenn du dich ergibst!«

»Du ergrauter Hund«, brüllte Ferhat Hodscha, »ich bin es, Ferhat Hodscha. Sollten wir hier sterben, dann deinetwegen. Halt also den Mund, denn du bist der Köter der Agas, der Beys und der Regierung. Du bist dein eigener Feind. Für das, was du getan hast, wirst du in der diesseitigen und in der jenseitigen Hölle schmoren.«

Memed nahm dem Hodscha das Wort aus dem Mund. »In unserem Gesetz steht nicht geschrieben, dass wir uns ergeben, Bayramoğlu«, rief er. In seiner Stimme klang Achtung. »Das weißt du besser als wir alle. Dass wir hier hineingeraten sind, haben wir dir zu verdanken. Mein Beileid! Du aber lebe! Gräme dich über unseren Tod, solange du lebst!«

Bis der Tag sich neigte, beschwor Bayramoğlu Memed, sich zu ergeben. Und Ferhat Hodscha zog immer wieder vom Leder, beschimpfte ihn so schwer, dass auch der Geduldigste aus der Haut gefahren wäre. Im Gegensatz zu ihm, schien Memed sich seinem Schicksal gefügt zu haben, er schwieg.

Die Gendarmen zündeten in aller Ruhe ihre Lagerfeuer an. Einige aßen, andere horchten mit dem Finger am Abzug in die Nacht, und beim leisesten Knacken krachten die Schüsse, ratterten die Maschinengewehre.

Bayramoğlu fand keinen Schlaf. Je hoffnungsloser es für Memed wurde, desto mehr grämte er sich. Bis in den frühen Morgen zerbrach er sich den Kopf, doch bei Sonnenaufgang sprang er fröhlich auf die Beine.

»Rüstem, wir haben uns doch nie getrennt, nicht wahr?«

»Noch nie.«

»Diesmal werden wir es. Ich gehe zu Memed.«

»Für Memed besteht keine Hoffnung. Du würdest mit ihm sterben.«

»Ich weiß, Rüstem.«

Ali der Hinkende stand auf und sagte: »Ich komme mit.«

»Dann komm!«, entgegnete Bayramoğlu.

»Ich auch«, sagte Ramo der Hahn.

»Ich auch«, sagte Cabbar der Lange.

»Ich auch«, sagte Nuri die Blume.

Bayramoğlu ergriff Cabbars Arm. »Komm du nicht mit, Cabbar, du gehörst nicht zu uns. Du hast unter dem Namen Memed Arif Saim Beys Anwesen überfallen, seinen Verwalter Hadschi Ali getötet und Mustafa Kemal Paschas Uhr mitgenommen. Wo ist die Uhr?«

»Hier ist sie«, antwortete Cabbar, zog sie aus einem Beutel unter seiner Achselhöhle hervor und reichte sie Bayramoğlu. Der betrachtete sie lange, wog die goldene Kette in seiner Hand, steckte die goldene Uhr in seine Westentasche, hängte die Kette an und ließ sie über seinen Bauch baumeln.

»Rückt eure Patronen heraus!«

Er sammelte von jedem in seiner Nähe die Patronen ein, versorgte damit Ramo den Hahn, Ali den Hinkenden und Nuri die Blume reichlich, holte ein Taschentuch hervor, knotete es an die Mündung seines Gewehrs und rief lauthals drei Mal: »Ich komme hin, dich zu holen!«

Die Offiziere freuten sich; sie nahmen an, er wolle Memed gefangen nehmen und weiterem Blutvergießen ein Ende setzen.

Bayramoğlu an ihrer Spitze, stiegen die Männer in die Schlucht hinunter und überquerten den Bach auf einem breiten Baumstamm, der quer über dem Wasserlauf hinweg auf zwei Felsblöcken lag. Auf beiden Seiten herrschte Waffenruhe. Memed kam Bayramoğlu bis zur Talsohle entgegen, ergriff seine Hand, küsste sie, Bayramoğlu umarmte ihn und küsste ihm die Stirn. Zusammen stiegen sie zur Grotte hoch, wo Memeds Leute sie erwarteten.

Am Höhleneingang blieb Bayramoğlu stehen und musterte sie mit durchdringendem Blick. »Wir werden uns so lange nicht mehr um sie kümmern, bis sie wieder das Feuer eröffnen! Und hört mir gut zu: Meine Mutter sei mein Weib und ich ein Hund am Tag des letzten Gerichts, wenn ich nicht jeden von euch erschieße, der mir nicht gehorcht! Seht ihr den Felsspalt dort? Durch den könnt ihr im Dunkeln auf allen Vieren in die Tiefe robben und von dort in die Ebene kommen. Ich allein werde hier die Stellung halten und dafür sorgen, dass euch niemand verfolgt. Kommt euch jemand entgegen, wisst ihr ja selbst, was zu tun ist. Ihr werdet auch auf Memeds treffen. Sorgt dafür, dass sie kehrt machen! Mit denen hier werde ich schon fertig. In der Frühe werde ich mich stellen und behaupten, Memed habe mich als Geisel festgehalten.«

Keiner widersprach. Die Offiziere geduldeten sich bis zum späten Nachmittag und eröffneten dann das Feuer, weil sie annahmen, Bayramoğlu befinde sich in Geiselhaft. Auch die Maschinengewehre ratterten wieder.

Bayramoğlu ließ einen großen Stein und einen kräftigen Baumstamm vor die Höhle schieben. »Erwidert das Feuer nicht!«, befahl er.

»Der Ring wird aber immer enger«, warnte Ferhat Hodscha.

»Lass ihn ruhig enger werden«, sagte Bayramoğlu.

Der Tag ging zur Neige, die Abendsonne färbte den Schnee, der Tausenden Rubinen gleich in kristallenem Rot glitzerte.

»Und jetzt Sperrfeuer!«, befahl Bayramoğlu, und unter den Griffen dieser kampferprobten Briganten klang es wie das Rattern von Maschinenpistolen.

Die Offiziere und Mannschaften waren so überrascht, dass sie meinten, sie stünden nicht einer kleinen Bande, sondern einigen Hundertschaften gegenüber.

»Feuer einstellen!«

Die Sonne ging unter.

»Macht euch bereit! Häuft Munition neben mir auf!«

Auch der äußerste Rand der Sonne versank, Himmel und Schnee färbten sich violett, dann schimmerten nacheinander nur kurz noch rote, orangefarbene, violette und grüne Streifen, und während das Zwielicht ganz langsam die Hänge hinauf wanderte, barst ein letzter Strauß von Licht, und es wurde dunkel.

»Los, Jungs, Gott halte euch den Weg frei!«

Zuerst blieb Memed vor Bayramoğlu stehen. Sie schauten sich in die Augen, und Bayramoğlus Pupillen strahlten vor verhaltener Freude, als er Memed musterte. Memed beugte sich vor, nahm Bayramoğlus Rechte, hielt sie freundschaftlich und achtungsvoll zwischen seinen Händen, bevor er sie dreimal küsste und an die Stirn führte. Dann kam Ferhat Hodscha, doch als dieser die Hand küssen wollte, entzog Bayramoğlu sie ihm, und die beiden umarmten sich. Nachdem auch die andern Bayramoğlus Hand geküsst hatten, robbten sie einer nach dem andern die schmale Rinne hinunter in die Schlucht. Doch die Offiziere und die Gendarmen entdeckten sie, stürmten begeistert vor, um ihnen den Fluchtweg zu verlegen und gerieten plötzlich in Bayramoğlus Schussfeld, der sie mit gezieltem Dauerfeuer zurücktrieb, nachdem er fünf von ihnen niedergestreckt hatte. Memed und die Briganten glitten immer weiter, und jedes Mal, wenn die Gendarmen aufsprangen, wurden sie von Bayramoğlus Sperrfeuer empfangen, und sie sprangen wieder zurück in ihre Deckung, wobei einige von ihnen auf der Strecke blieben.

Das Feuergefecht zwischen Bayramoğlu und den Gendarmen zog sich, mal stärker, mal schwächer, bis zum Morgen hin.

Bei Tagesanbruch kam Unteroffizier Asim zu Hauptmann Faruk. »Hauptmann, ist ihnen aufgefallen, dass nur ein Mann uns in Schach hält?«

»Nur ein Mann, aber gut für hundert. Wer kann das sein?«

»Kein anderer als Bayramoğlu. Als er sah, dass Memed den Durchbruch nicht schaffen konnte und uns in die Hände fallen musste ...«

»Eigenartig«, wunderte sich der Hauptmann. »Er konnte Memed doch nicht ausstehen und schien sein größter Feind zu sein. Vielleicht ist er es doch nicht.«

»Wer es auch immer ist«, erregte sich Unteroffizier Asim, »wir müssen ihn noch an diesem Morgen tot oder lebend in die Hände bekommen, wenn wir uns nicht vor aller Welt lächerlich machen wollen. Bis Mittag könnte Memed mit allen Memeds, die er trifft, zurückkommen, und dann sind wir es, die eingekreist in der Falle Wirbelnder Schnee sitzen.«

»Diesen Mann zu überwältigen, wird uns schwere Verluste bringen.«

»Wir haben keine Wahl. Wenn Memed uns hier in die Zange nimmt, lässt er keinen von uns, weder Sie noch mich, am Leben. Denn den Tod seiner Hatçe kann er nicht vergessen. Und wen er nicht tötet, dem bindet er einen Strick um den Hals und schleift ihn barfüßig und kahl geschoren, vielleicht sogar splitternackt durch den Schnee des ganzen Taurus.«

Sie besprachen sich auch mit den anderen Offizieren, die gleichfalls der Meinung waren, es nur mit einem Gegner zu tun zu haben. Nur Hauptmann Ali der Giaur ließ sich von seiner Überzeugung nicht abbringen, es könne nur Memed und kein anderer sein. »Ihn tot oder lebendig in die Hände bekommen, ist mein Vorrecht, denn er hat mich beleidigt!«

Und Hauptmann Ali der Giaur ging mit seiner ganzen Einheit samt Maschinengewehren und Handgranaten zum Angriff über. Sie schossen wie wild, doch das Sperrfeuer des Mannes, dessen Hände so schnell feuerten wie ein Maschinengewehr, brachten auch sie nicht zum Schweigen.

Memed und seine Freunde waren von den Bergen noch nicht herunter, da tauchten schon in Siebenergruppen Memeds vor ihnen auf, ein jeder der Sieben mit gleicher Kleidung, gleichen Waffen, sogar gleichen Haaren.

Memed war froh, als er sie erblickte. Er hoffte, Bayramoğlu noch rechtzeitig zu Hilfe eilen zu können. »Freunde«, rief er, »wir kehren um! Wenn wir bis mittags die Schlucht erreichen, dort die Gendarmen und die Leute der Beys einkreisen, können wir Bayramoğlu vielleicht noch retten.«

»Wir müssen und werden ihn retten!«, frohlockte Ferhat Hodscha.

»Ich kenne Bayramoğlu«, sagte Rüstem der Kurde bedrückt. »Den rettet jetzt keiner mehr. Und wenn wir es versuchen, wird er auch gegen uns kämpfen. Unverletzt ergibt er sich keinem.«

»Wir gehen trotzdem!«, beschloss Memed.

Von der Ebene setzten sie sich bergauf so schnell in Marsch, als seien sie nicht dieselben, die gestern Nacht noch den Feuerring durchbrochen, und ohne einen Bissen Brot ihre verletzten Kameraden huckepack bis hierher geschleppt hatten.

Das Feuergefecht dauerte bis zum Nachmittag. Es regneten so viele Kugeln, schlugen so viele Granaten ein, dass Bayramoğlu, der früher als Brigant auch bei härteren Kämpfen seine Kaltblütigkeit immer bewahrt hatte, schon ganz benommen war. Er fand nicht einmal Zeit, die salzigen Schweißtropfen, die ihm in die Augen rannen, abzuwischen, und sein Gewehr erhitzte sich so schnell, dass er es in immer kürzeren Abständen gegen ein anderes austauschen musste. Das Gesicht gestrafft, die Augen blutunterlaufen, stand er plötzlich auf und blickte so verwirrt um sich, als wisse er gar nicht, wo er war, als er vor sich Hauptmann Ali den Giaur entdeckte, der im selben Augenblick gezielt abdrückte. Die Kugel durchschlug Bayramoğlus Brust und Nacken. Mit letzter Kraft schoss er auf Ali den Giaur, und während er vor sich noch den Umriss schwanken und zu Boden fallen sah, sackte er zusammen, legte seinen Kopf auf den Baumstamm, und seine Augen füllten sich mit Blut.

»Was ich voraussagte, ist eingetreten«, sagte Unteroffizier Asim. »Wir sind umstellt. Und Hauptmann Ali wurde getroffen. Hoffentlich nicht tödlich!«

Sie eilten zu ihm. Der Hauptmann war an der Schulter verletzt. Zu dritt liefen sie neugierig zum Höhleneingang. Bayramoğlus Blut rann noch immer in Strömen.

Unteroffizier Asim beugte sich zu ihm hinunter. »Er ist tot«, sagte er. »Ein tapferer Mann. Er starb mit offenen Augen«, fügte er hinzu und schloss sie behutsam.

»Und wie kommen wir jetzt hier heraus?«

Über ihnen hagelten Schüsse.

»Verbinden wir erst einmal meine Wunde«, schlug Hauptmann Ali vor, »und dann sehen wir weiter!«

Sie riefen den Sanitäter, der den Hauptmann in der Höhle hinlegte und nach kurzer Zeit mit geschickten Händen die verletzte Schulter verbunden hatte. Erleichtert sprang der Hauptmann auf die Beine.

»Es wäre Bayramoğlu, obwohl ich ihn schon tödlich getroffen hatte, ein Leichtes gewesen, mich zu erschießen. Warum hat er es nicht getan?«, fragte er verwundert. »Er hatte meine Stirn im Visier, während ihm das Blut aus dem Hals strömte. Unsere Augen trafen sich, und ich sah, wie er den Gewehrlauf auf meine Schulter senkte. Warum hat er mich nicht getötet?«

»Außer Gülmezoğlu hat er noch nie einen Menschen töten wollen.«

»Wie Memed«, entfuhr es Hauptmann Ali dem Giaur.

»Wie Memed«, nickte Hauptmann Faruk.

»Ein Glück, dass wir in der Höhle sind«, stellte der Unteroffizier erleichtert fest, »denn Memed würde uns diesmal, in dieser Nacht noch ...«

»Ein Boran zieht auf«, sagte Hauptmann Ali der Giaur.

»Wenn uns etwas heute Nacht noch retten kann, dann dieser Schneesturm«, meinte Hauptmann Faruk.

Schlagartig wurde es dunkel, ein furchtbarer Boran brach los, wirbelte Schnee und Hagel so dicht, dass sie eine Weile die Hand nicht vor den Augen sehen konnten, und mit dem Aufheulen der Böen verstummten die Schüsse.

»Wenn wir diese Nacht hier nicht erfrieren, sind wir gerettet«, schrie Hauptmann Faruk.

»Es bleibt uns nichts anderes übrig, wir müssen tiefer in die Grotte hinein«, schlug Unteroffizier Asim vor.

»Und wenn uns Memed hier in die Zange nimmt?«

»Wir haben keine Wahl. Aber diesen Boran hält auch Memed nicht aus. Und wenn doch, kann er uns nicht angreifen. Aber er wird nicht bleiben. In drei Tagen hat er den Berg Akça zu fassen.«

Der Orkan blies immer heftiger, die Verwundeten wurden in die Höhle getragen, Holzscheite herangeschafft, Feuer angezündet, und über den Baumstamm gelehnt, mit eigenartig angezogenen Knien und struppig buschigem Schnauzbart lag der blutüberströmte Bayramoğlu so entspannt und friedlich da, als schlafe er.

22

Als die Nachricht vom Tod Bayramoğlus Arif Saim Bey erreichte, kam er gerade erschöpft und müde aus Ankara zurück, nachdem sein Auto mehrmals auf der unbefestigten Landstraße im Schlamm stecken geblieben war.

»Das hatte ich von diesem Halunken erwartet«, empörte er sich, während er sich den Hergang mehrmals schildern ließ. Doch heimlich freute er sich, und seine Erschöpfung war im Nu verflogen. Denn damit war eine weitere Last von seinen Schultern: Den Mann, dem er in seiner Not die Füße küssen musste, gab es nicht mehr. In seinem tiefsten Innern spürte er sogar einen Anflug von Zuneigung für den so fernen Memed.

Die Tafel fürs Raki-Gelage wurde sofort gedeckt, und die

Notabeln warteten schon im Nebenraum auf die Einladung. Arif Saim Bey wusste es, aber unbeirrt wanderte er mit gesenktem Kopf nachdenklich hin und her.

»Hauptmann Faruk ist da, Efendi«, kündigte ihm schüchtern Halil der Überschwängliche an. »Sie hatten nach ihm geschickt.«

»Er soll hereinkommen!«

Die Hacken zusammenschlagend, blieb der Hauptmann mit durchgedrücktem Rücken vor ihm stehen. Arif Saim Bey nahm sein Auf und Ab wieder auf, musterte ihn zwischendurch aus den Augenwinkeln und ließ sich nach einer ganzen Weile in seinen Sessel fallen.

»Komm und setz dich zu mir, Hauptmann, und erzähl, was sich zugetragen hat!«

Der Hauptmann setzte sich ihm gegenüber, legte seine Hände achtungsvoll wie ein Dörfler auf die Knie und erzählte in allen Einzelheiten das Abenteuer Bayramoğlu. Ab und zu unterbrach ihn Arif Saim Bey, weil er dies und das noch einmal hören wollte. Sie hatten Raki und Abendessen vergessen, und während der Hauptmann ununterbrochen erzählte, hörte Arif Saim Bey mit kreisrunden Augen gespannt und verwundert zu. Ja, meinte er am Schluss, Bayramoğlu konnte gar nicht anders handeln, er starb, wie er gelebt hatte, als mutiger Mann. Wie schade für ihn, wenn es nicht so gewesen wäre.

Der Hauptmann wollte ihn noch einmal darauf hinweisen, dass sich im Taurus jedermann Memed nannte, doch Arif Saim Bey winkte ab mit den Worten, er sei über alles im Bilde. Auch als der Hauptmann vom Hort der Vierzig Augen und von Mütterchen Sultan zu erzählen begann, unterbrach ihn Arif Saim Bey, aber der Hauptmann sprach unbeirrt weiter.

»Hört mir nur noch einen Augenblick zu, Efendi, denn es war Mütterchen Sultan, die Bayramoğlu beeinflusste. Erst nachdem er im Hort der Vierzig Augen war, wechselte er die Fronten.«

»Du irrst dich, Hauptmann. Um vor sich selbst zu bestehen, hatte er gar keine andere Wahl. Schon als er auszog, wusste er, was ihn erwartete.«

»Aber ich habe selbst erlebt, wie scharf er darauf war, Memed zu töten.«

»Ja, aber erst im letzten Augenblick, als er ganz sicher war, dass sie ihn töten werden.«

»Ich verstehe, Efendi. Aber besonders durch den großen Einfluss, den Mütterchen Sultan hat, wird es schwer werden, gegen Memed anzutreten.«

Arif Saim Bey war hungrig geworden und rief Halil Bey zu sich. »Die Freunde sollen hereinkommen«, sagte er. Und angeführt von Zülfü, kamen sie in den Salon. Arif Saim Bey umarmte ihn und drückte den andern die Hand.

Sie nahmen sofort an der Tafel Platz. Sorgfältig ausgewählte Vorspeisen standen bereits da, junge Bedienstete gossen Raki in die Gläser und füllten, je nach Wunsch, mit gekühltem Wasser aus Kristallkrügen auf.

Arif Saim Bey hatte sein forsches Gehabe abgelegt, an seiner Stelle schien da ein ganz anderer, nämlich ein gesprächiger und lachender Mensch zu sitzen, der jedem wohl wollend zuhörte.

Die Tischgespräche dauerten bis zum Morgen. Arif Saim Bey unterbrach niemanden, jeder konnte reden, wie es ihm beliebte. Nach der Sache mit Bayramoğlu sei Memed noch mächtiger, sagten sie. Und Mütterchen Sultan und die Barden, darunter besonders Barde Ali der Flinke, sorgten dafür, dass sich Memeds Ruf als Heiliger und sein Ruhm immer weiter verbreiteten.

Gegen Morgen erhob sich der angetrunkene Arif Saim Bey. Nun war er wieder herrisch und unwirsch wie immer und begann von einem Ende des Salons zum andern hin und her zu wandern. Aller Augen waren auf ihn gerichtet, und in atemloser Stille wartete die Tischgesellschaft auf das heraufziehende Donnerwetter.

Als Arif Saim Bey vor ihnen stehen blieb, war es schon taghell.

»Hauptmann«, sagte er schroff, »spätestens Morgen erwarte ich die Festnahme dieser Mütterchen Sultan genannten Frau, Vorsteherin dieses Räubernestes und Hortes von Aberglauben. Gleichfalls die Festnahme aller Memed besingenden Barden, vor allem des Barden Ali! Denen werde ich es zeigen! Wir haben nämlich dieses Vaterland nicht auf der Straße gefunden, wir haben dieses Vaterland erst nach schweren Kämpfen an sieben Fronten auf sieben Kontinenten so weit gebracht. Auch die Einheitsfront dieser Sekten, Barden und Briganten wird dieses Vaterland nicht zerstören können. Wie ein Schmiedehammer wird die Türkische Republik auf die Köpfe dieser Niederträchtigen niedergehen. Vor allem will ich diese Klapperschlange, Mütterchen Sultan, sofort haben! Auch den Barden Ali den Flinken. Als wir im Freiheitskrieg kämpften, stand er, die Waffe in der einen, die Laute in der anderen Hand, auf unserer Seite vor dem Feind. Und nun macht er mit den Briganten gemeinsame Sache?«

»So ist es«, antwortete Zülfü. »Und Mütterchen Sultan führt alle an. Ihre Anweisungen bekommt sie vom Ausland. Der Kopf des Aberglaubens ist noch nicht zermalmt. Mit Briganten, Barden, Hodschas und Hadschis stürzt er sich auf unsere junge, in Blüte stehende Republik. Mit ihrer jahrtausendealten, zerstörerischen Propaganda untergraben sie uns. Nicht Memed, die Rückständigkeit ist unser wahrer Feind!«

»Genau, die Rückständigkeit«, bestätigte Lehrer Rüstem.

»Bevor der Kopf der Rückständigkeit nicht zermalmt wird, ist dieses Vaterland nicht zu retten«, warf Murtaza Aga ein.

»Solange wir von der Rückständigkeit nicht befreit sind, hat das Leid kein Ende«, nickte Halil Bey.

»Die Rückständigkeit ist eine starke Kraft, aber sie wird kapitulieren«, sagte, seinen Bart strählend, Molla Duran.

Halil der Überschwängliche hörte ihm zu, und seine zusammengekniffenen Fuchsaugen leuchteten auf. Jetzt packte er die Gelegenheit beim Schopf und sagte gemessen: »Hoffentlich erfährt Mustafa Kemal Pascha nicht, dass die Wurzeln dieser Vorfälle in der Rückständigkeit liegen! Bekanntlich ist dem verehrten Pascha die von ihm zermalmte Rückständigkeit wichtiger als die von ihm ins Meer getriebenen Feinde. Dass eine von ihm zermalmte Rückständigkeit sich unter dem Deckmantel des Brigantentums wieder ...« Sprachs und verstummte.

Arif Saim Bey hatte die Drohung, die hinter diesen Worten

steckte, wohl verstanden, und er stampfte so wütend auf den Fußboden, dass die Dielen ächzten. »Hör mir zu, mein Junge, ich merke, du willst mir drohen, willst mir sagen: Du misst dieser reaktionären Bewegung nicht die erforderliche Bedeutung bei, obwohl unseres Paschas Hauptanliegen der Kampf gegen die Rückständigkeit ist. Ich werde es dir schon noch zeigen, werde es euch allen noch zeigen. Ich sehe hier überhaupt keine reaktionäre Bewegung. Eher seid ihr es, die das Brigantentum fördern. Mit Ausnahme von Memed und noch einigen sind doch die Briganten der Berge eure Leute. Ihr benutzt sie doch als Folterknechte gegen Volk und Vaterland.« Mit blutunterlaufenen Augen brüllte Arif Saim Bey so laut er konnte, fuchtelte mit den Armen, verzerrte das Gesicht, verdrehte die Augen und schäumte in den Mundwinkeln.

Nur Zülfü fasste sich ein Herz, er stand, Blut und Wasser schwitzend, auf und ergriff Arif Saim Beys Arm. »Bey, Bey«, sagte er leise, »beruhige dich, schone deine Nerven! Halil Bey kann es unmöglich so gemeint haben, du hast ihn missverstanden.«

Halil der Überschwängliche stand da wie ein begossener Pudel, er hatte sich in eine Zimmerecke zurückgezogen und überlegte, wie er sich vor den Wutanfällen des Beyefendi schützen könne.

Durch Zülfü ermutigt, standen auch die andern auf, umringten den Bey und beteuerten hoch und heilig, Halil der Überschwängliche habe bestimmt keine Hintergedanken gehabt, und er müsse ihn falsch verstanden haben. Sie redeten das Blaue vom Himmel herunter, und einer nahm dem andern das Wort aus dem Mund.

Auch Halil stürzte aus seiner Ecke wieder hervor, baute sich, lauter als alle andern schreiend, vor Arif Saim Bey auf. »Hör mir zu, hör mir zu, Arif Saim Bey! Dieses Haus ist mein Haus, und in diesem Haus darf dich niemand auch nur schief anschauen! Du hast mich missverstanden, ja, missverstanden…« Er hatte so laut gebrüllt, dass Arif Saim Bey wie aus dem Schlaf erwacht um sich blickte und verstummte.

Diese Gelegenheit ließ sich Halil Bey der Überschwängliche nicht entgehen. »Ja, und in diesem Haus darf weder ich noch irgendwer unserem Bey auch nur den kleinsten Vorwurf machen!«

»Ist es so?«, fragte Arif Saim Bey.

»Bei Gott, so ist es«, antwortete Halil der Überschwängliche, und auch die andern hoben beschwörend die Hand.

Nach einer ganzen Weile beruhigte sich auch Arif Saim Bey.

»Hauptmann!«

»Zu Befehl, mein Bey!«

»Ich will die Frau und die Barden! Wie viel es in diesen Bergen und dieser Ebene auch sind, ihr werdet sie zusammentreiben! Und die Frau so schnell, wie du kannst. Du persönlich wirst sie mir bringen!«

»Mütterchen Sultan ist oben auf dem Kamm, da ist vor Schnee und Sturm kein Durchkommen«, konnte der Hauptmann gerade noch einwenden, als Arif Saim Bey ihm den Mund verbot.

»Ich will sie sofort haben, dies ist ein Befehl!« Er stockte, kratzte sich am Kinn und blickte dem Hauptmann in die Augen. »Nun gut, drei Tage! Das ist mein letztes Wort. Und vergesst die Barden nicht! Werft sie alle in den Bau! Auch das ist ein Befehl. Und du, Hauptmann, machst dich persönlich auf zum Hort der Vierzig Augen und bringst mir die Frau her!«

»Zu Befehl, mein Kommandant.«

»Morgen früh, vor Tagesanbruch! Viel Glück!«

Hauptmann Faruk grüßte zackig, machte kehrt und ging hinaus.

»Ja, dieser Versuch mit Bayramoğlu war ein Fehlschlag. Gegen diesen Memed müssen wir andere Methoden anwenden und wirksamere Vorkehrungen treffen! Nunmehr steht fest, dieses Volk liebt ihn wie einen Sohn. Doch ich weiß aus langjähriger Erfahrung, das Volk opfert, wenn es sein muss und es ihm zum Vorteil gereicht, ohne Rücksicht auf Alter und Größe auch sein eigen Kind. Wenn wir Mütterchen Sultan hier haben, wissen wir mehr.«

»Eine sehr strenge Frau, und sehr alt. Soviel ich weiß, zählt sie sich zu den Auserwählten, die in den Kreis der Vierzig Glückseligen eingehen. Sie trägt ihre Nase sehr hoch«, bemerkte Zülfü. »Es wird schwer sein, sie von Memed abzubringen.«

»Dieser Staat hat schon oft gezeigt, dass er mit der gebotenen Strenge vorgehen kann«, sagte Arif Saim Bey, erhob sich und begann, mit seiner goldenen Uhrkette spielend, nachdenklich wieder auf und ab zu gehen. Plötzlich blieb er vor Molla Duran stehen und schaute ihm in die Augen. »Ich erkläre diese Angelegenheit zur Chefsache! Entweder gibt der Allmächtige den Sieg Memed, oder Er gibt ihn mir ...«

Mit hündischer Unterwürfigkeit sprang Molla Duran auf. »Gott bewahre!«, schrie er, »wer ist dieser Köter, den sie Memed nennen, dass du seine Sache zu deiner persönlichen machst? Wer ist dieser Barfüßige denn im Vergleich mit Dir? Gott bewahre tausendmal!«

Alle Anwesenden erhoben sich und riefen wie aus einem Munde: »Gott bewahre! Wer ist denn dieser Opankenträger im Vergleich mit dir?«

Arif Saim Bey, der noch immer mit seiner Uhrkette spielte, bedankte sich. »Sehr liebenswürdig, aber bitte nehmt wieder Platz! Vergessen wir nicht, dass dies mein Wahlbezirk ist. Denken wir daran, dass ich ein Held dieser Berge, dieser Ebene bis hinein nach Mesopotamien bin. Dass in meinem Bezirk so eine Pestbeule entstehen konnte, ist ein herber Schlag für einen Mann wie mich. Wird der verehrte Pascha, wenn er davon erfährt, sich nicht fragen: War das der Sieg unseres Nationalhelden über seine Feinde? Ich bin seit dem Freiheitskrieg des verehrten Präsidenten nächster Freund. Wie soll ich ihm dann noch in die Augen schauen, wenn er mir sagt: In deinem Wahlbezirk ist ein Köröglu aufgetaucht, der vom Reichen nimmt und dem Armen gibt, der tut, was uns nicht gelingt, der im Volk Gerechtigkeit walten lässt? Werde ich mich nach so einem Tadel des verehrten Paschas denn nicht töten müssen? Ja, meine verehrten Beys, auch wenn er ein Barfüßiger und Barhäuptiger ist und wenn er auch splitternackt in den Bergen herumzieht, so lange er in meinem Bezirk die Vollziehungsgewalt übernimmt, ist er mein persönlicher Feind. Ich werde alles tun, um ihn zu vernichten. Er oder ich!«

Und wieder standen alle auf und protestierten.

»Bitte setzen Sie sich, meine Beys!« Die leidenschaftlichen Proteste der Anwesenden schmeichelten ihm so sehr, dass er sie immer wieder mit der Behauptung, Memed sei seine höchstpersönliche Angelegenheit, herausforderte.

»Auf diese Frau bin ich neugierig.« Er setzte sich. »Was für ein Mensch ist sie? Eine Frau kann nicht einmal Oberin eines Ordens werden, und sie lässt sich zur Heiligen erklären! Sie scheint furchtlos zu sein. Hoffentlich widersetzt sie sich nicht dem Hauptmann!«

»Ich kenne sie«, bestätigte Zülfü mit besorgter Miene. »Ich befürchte, sie wird sich widersetzen. Sie fürchtet sich vor nichts und niemandem.«

Murtaza Aga lachte. »Hauptmann Faruk nimmt auch den Gefreiten Ali die Echse mit. Wer ihm ins Gesicht sieht, pisst schon vor Angst in die Hosen.«

»Mütterchen Sultan fürchtet den Tod nicht«, sagte Halil der Überschwängliche. »Ich kenne die Sippschaft des Horts der Vierzig Augen sehr gut. Sie glauben, jeder von ihnen sei als Held geboren. Die sechzehn Männer des Horts sind allesamt freiwillig in den Freiheitskrieg gezogen. Und wie wir wissen, ist keiner von ihnen zurückgekehrt. Harte Burschen!«

Doch Murtaza Aga grinste, sagte nur: »Ali die Echse«, und nichts weiter.

Die andern senkten die Köpfe in der Annahme, die dauernde Wiederholung dieses Namens könne Arif Saim Bey verärgern, doch dieser schien sogar Gefallen daran zu finden. Er stand sogar auf, ging zu Murtaza Aga, legte seine Hand auf dessen Schulter und drückte ihn wieder in den Sessel, als der sich erheben wollte. »Ali die Echse«, sagte er auch und lachte lauthals. Und sofort fielen die andern noch lauter in sein Lachen ein.

Arif Saim Bey nahm wieder Platz, schüttelte den Kopf, und seine Miene verfinsterte sich. »Leider. Tausendmal leider, dass unser Volk einzig und allein die Sprache der Gewalt versteht. Du musst es zerdrücken, zerdrücken und noch einmal zerdrücken!« Dabei knirschte er mit den Zähnen und drückte den gebogenen Daumen mit aller Kraft auf die Tischplatte.

»Zerdrücken!«, echote Zülfü.

»Es versteht nur Druck und Prügel«, nickte Halil Bey.

»Hätten wir sie nicht an die Front geprügelt, mit Bajonetten gejagt und ihnen Kugeln angedroht, wäre keiner dieser Dörfler in den Freiheitskrieg gezogen. Wir mussten sie zwingen, ihr Vaterland zu verteidigen«, empörte sich Lehrer Rüstem Bey.

»Gefreiter Ali die Echse«, rief Arif Saim Bey, als sei es ein Witz.

»Gefreiter Ali die Echse«, wiederholte Murtaza Aga und kugelte sich vor Freude.

»Die Dörfler werden widerspenstiger«, meinte Molla Duran Efendi. »Vor einigen Tagen kam Fährtensucher Ali der Hinkende aus den Bergen zurück. Wie ihr wisst, gehörte er zu denen, die ausgezogen waren, Memed zu ergreifen, sich aber vor ihm retten konnten. Er sagte: Mir wurde angst und bange. Die Dörfler beten nicht den Herrgott, sie beten Memed an.«

Arif Saim Bey wiegte den Kopf. »Sei unbesorgt, Molla Duran! Ich wills nicht auf die Spitze treiben, deswegen nehme ich Rücksicht. Sonst hätte ich dem ganzen Taurus schon das Genick gebrochen. Ihr werdet ja sehen, wie ich zuerst diese Frau und dann die Barden zum Singen bringe. Diese Dörfler verstehen nur die Sprache der Gewalt. Hört zu, meine Freunde, ich werde immer zorniger, wisst ihr, was ich tun kann, wenn ich will?« Er ließ seine Blicke über die Anwesenden wandern und schaute dabei jedem kurz in die Augen. »Ich bringe diese Dörfler so weit, dass sie nach dem Blut dessen dürsten, den sie eben noch wie einen Gott angebetet haben. Memed wird noch bei mir Schutz suchen, um sein Leben vor dieser Meute zu retten.«

»Ja, es gibt auf dieser Welt keine bessere Methode, als die des Gefreiten Ali die Echse«, warf Murtaza Aga ein.

Als er wieder von Ali dem Hinkenden anfing, fiel Arif Saim Bey ihm ins Wort: »Ich will ihn morgen sehen!«

»Zu Befehl!«, sagte Molla Duran Efendi und rieb sich die Hände.

»Ist euch aufgefallen, Freunde, dass Molla Duran sich die Dienste des Spurensuchers Ali des Hinkenden gesichert hat?«, fragte Arif Saim Bey, zog eine Zigarette aus seinem goldenen Etui und warf sie Molla Duran zu, der sie mit beiden Händen auffing.

»Nicht nur dieses einen.«

»Wer ist der zweite?«

»Musa der Wind.«

»Aufgepasst, irgendetwas steckt dahinter! Morgen will ich auch Musa den Wind sehen!« Er stand wieder auf, und während er sich reckte, wandte er sich an Halil den Überschwänglichen: »Du drohst mir doch nicht, oder?« Und dabei runzelte er lächelnd die Brauen.

»Gott bewahre!«, rief Halil Bey und schnellte auf die Beine.

»Gott bewahre!«, riefen auch die andern wie aus einem Mund und sprangen auf.

Es war kurz vor Tagesanbruch, Arif Saim Bey ging ans Fenster und sah den hellen Streif, der sich fast unmerklich hinter den Bergen über die Nacht gelegt hatte. Plötzlich spürte er Müdigkeit in den Gliedern. »Guten Morgen, meine Herren.« Er drehte sich um, hängte sich bei Halil dem Überschwänglichen ein, ging mit ihm ins Schlafzimmer, zog seine Schuhe aus, ließ sich aufs Bett fallen und schlief ein, kaum dass sein Kopf das Kissen berührt hatte.

Der Hauptmann befahl Ali der Echse, sofort einen Stoßtrupp aus den schnellsten Gendarmen zusammenzustellen. Am nächsten Morgen schon würden sie in aller Frühe aufbrechen.

Es war ein milder Sonntagmorgen, als sie sich auf den Weg in die Berge machten. Der Hauptmann zu Pferde, Ali die Echse und die Gendarmen zu Fuß. Am Nachmittag des zweiten Tages erreichten sie die Hochebenen, wo sie von einem heftigen Schneesturm empfangen wurden. Sie sahen die Hand vor den Augen nicht und mussten sich durch hüfttiefen Schnee kämpfen. Auch des Hauptmanns Pferd kam nicht weiter, er musste absitzen und es hinter sich her ziehen. Gegen Mitternacht kamen sie zitternd vor Kälte und Erschöpfung in ein Dorf, wo sie bis zum Ende des Sturms blieben.

Zum Hort der Vierzig Augen gelangten sie erst nach Tagen. Der Hauptmann wetterte gegen Mütterchen Sultan und Arif Saim, denen er diese Mühsal verdankte. »Endlich sind wir an diesem gottverdammten Ort, in dieser Hölle Gottes, Gefreiter Ali«, rief er, und der Gefreite Ali zuckte zusammen. Es passte ihm gar nicht, dass der Hauptmann diesen Hort einen gottverdammten Ort nannte, weil er befürchtete, dadurch könne ein Unglück über sie kommen. Der Hauptmann wusste wohl, dass er so dachte, und da er selbst tief da drinnen einen Schauer verspürte, beschimpfte er dieses Ordenshaus mit den unflätigsten Flüchen, überschüttete es in einem fort mit Hohn und Spott.

»Haha, Ali, wo sind denn die sich spaltenden Felsen, aus denen blaue Blumen sprießen, wenn man sich ihnen nähert?«

»Sie sprießen, Efendi.«

»Wo denn?«

»Wir können sie nicht sehen.«

»Und wo ist jener Vogel?«

»Er ist auch da, nur wir sehen ihn nicht.«

»Und die Wolke?«

»Sie ist dort, wo sie immer steht, über dem Berggipfel, Efendi.«

»Und warum fließt das Wasser nicht bergauf?«

»Fließt es doch, Efendi.«

»Hast du den Verstand verloren, Ali?«

»Ich habe ihn nicht verloren, Efendi.«

»Wieso glaubst du dann an diesen Unsinn?«

»Ich glaube daran.«

»Und wenn ich dir jetzt sagte, geh hin, töte Mütterchen Sultan und bring mir ihre Leiche?«

»Ich bringe ihre Leiche, Efendi.«

»Ich denke, sie ist eine heilige Frau, eine Prophetin?«

»Pflicht ist Pflicht, Prophet ist Prophet. Ich bin Gottes und auch der Befehlsgewalt gehorsamer Diener.«

»Aber dann begehst du eine Sünde.«

»Ich begehe keine Sünde.«

»Begehe ich sie dann, Gefreiter Ali?«

»Gott bewahre, du begehst sie auch nicht, keine Angst, auch du bist nur ein treuer Diener der Befehlsgewalt!«

»Wer begeht die Sünde dann, Gefreiter Ali?«

»Darauf weiß ich keine Antwort. Mein Hauptmann wird es wissen.«

»Wer Mütterchen Sultan nur schon einen Stoß versetzt, der wird auch in der Hölle braten?«

»Der wird in der Hölle braten, mein Hauptmann.«

»Dann bist du verloren.«

»Nein, denn ich bin Diener der Befehlsgewalt.«

Vor dem zerfallenen Torbogen zum Hof blieben sie stehen.

»Geh und bring mir diese Frau her!«

Gefreiter Ali die Echse machte einige Schritte bis zum Hoftor, ging auf einem Knie nieder, bückte sich, küsste dreimal den abgewetzten Schwellenstein und berührte ihn dreimal mit seiner Stirn. Dann sah er den in der Mitte des Hofs liegenden Steinblock, ging hin und wiederholte dort das Ritual, bevor er zur Haustür schritt und Haltung einnahm. Im selben Augenblick öffnete sich die Tür und ein großwüchsiger junger Mann bat ihn einzutreten.

Mütterchen Sultan erwartete ihn sorgfältig gekleidet in der Mitte des Raumes. Überwältigt, stürzte der Gefreite sich ihr zu Füßen, küsste diese dreimal, stand auf, nahm wieder Haltung an, ergriff ihre Hand und führte sie an seine Lippen und seine Stirn.

»Gott segne dich!«, sagte Mütterchen Sultan, legte ihre Hand auf seine Schulter, während die Lippen des Gefreiten in einem fort Gebete murmelten und er wie Espenlaub zitterte.

»Gefreiter Ali«, sagte Mütterchen Sultan mit leichtem Lächeln, »ich halte mich schon seit Tagen bereit. Ihr kommt spät.«

»Es lag hoher Schnee, unsere Sultanin.« Gefreiter Ali hörte nicht auf zu zittern.

»Wenn du willst, brechen wir auf! Oder du sagst deinem

Hauptmann, weil es da draußen so kalt ist, er soll doch eine Suppe und einen bescheidenen Kaffee zu sich nehmen! Es geht doch nicht, dass ein Gast unseren Hort verlässt, ohne einen Löffel Suppe zu kosten.«

»Ich melde es sofort meinem Hauptmann.« Im Laufschritt eilte er ins Freie, und vor Aufregung verschlug es ihm die Stimme. »Hauptmann, Hauptmann, Mütterchen Sultan lädt uns zu einem Süppchen ein. Wem es vergönnt war, auf einen Löffel Suppe in den Hort der Vierzig Augen gebeten zu werden, den hat der Herrgott zeitlebens vor Unglück und Plagen bewahrt«, rief er und blickte dem Hauptmann flehend in die Augen.

»Nicht nötig. Bring die Frau her!«

»Hauptmann, was ist schon dabei, eine Suppe zu essen, wenn wir schon einmal hier sind? Zum Hort der Vierzig Augen pilgern ist so segensreich wie der halbe Weg zur Kaaba. Der Herrgott schützt vor Krankheiten und Kugeln alle, die im Hort der Vierzig Augen ihre Suppe essen.«

»Nicht nötig, sage ich, bring mir sofort die Frau her!«

Ali die Echse machte kehrt und ging in den Hort. »Der Hauptmann kommt nicht, meine Sultanin, gehen wir!«, entschuldigte er sich und blickte sich mit großen Augen um.

»Was suchst du, Gefreiter Ali?«

»Gibt es wohl einen Löffel Suppe?«, fragte er verschämt wie ein kleines Mädchen.

Mütterchen Sultan zeigte auf einen großen, rußgeschwärzten, dampfenden Kessel in der Küche. Ali die Echse lief hin, tauchte die neben dem offenen Kessel hängende Kelle in die Suppe, schlürfte sie pustend, obwohl er sich die Lippen verbrannte, und rannte zurück zu Mütterchen Sultan. »Los, gehen wir, ich habe die Suppe gegessen! Sie alle und der Hauptmann wissen ja nichts vom Segen der Suppe im Hort der Vierzig Augen. Dem Himmel sei Dank, dass mir vergönnt war, von der Suppe zu essen!« Dann ging er, gefolgt von Mütterchen Sultan, hinaus.

»Leg ihr Handschellen an!«, befahl der Hauptmann barsch, und seine Augen sprühten Funken.

Gefreiter Ali ging zum Hauptmann und senkte den Kopf. »Sie ist eine alte Frau und Mütterchen Sultan dazu, können wir ihr die Handschellen nicht ersparen?«

»Können wir nicht«, brüllte der Hauptmann. »Leg ihr sofort die Handschellen an!«

»Komm her, Gefreiter Ali, mein Kind«, rief Mütterchen Sultan lächelnd und streckte ihm die Hände entgegen, und zitternd schloss dieser ihr die Handschellen um die Gelenke. In diesem Augenblick kam in besticktem Maraş-Mantel der Mann, der ihm die Tür geöffnet hatte, mit einem großen Korb vor die Tür.

Mütterchen Sultan wandte sich an den Hauptmann: »Er heißt Bünyamin und ist der zweitälteste Sohn des Hochverehrten Hirten der Hirsche, Mülayim. Wenn du erlaubst, kommt er mit uns.«

»Was soll er tun?«, fragte der Hauptmann stirnrunzelnd.

»Der Weg ist lang«, antwortete lächelnd Mütterchen Sultan, »es liegt viel Schnee, und mit ihm falle ich euch nicht zur Last. Es wäre von Vorteil, wenn du Bünyamins Begleitung gestattest!«

In seinem handgewebten braunen Schalwar, den roten Stiefeln und gestrickten Kniestrümpfen stand Bünyamin hochgereckt da.

»Gut, er soll mitkommen!«

Vorweg der Hauptmann, hinter ihm Bünyamin, daneben, tief geduckt, Gefreiter Ali die Echse gefolgt von den Gendarmen, so bewegten sie sich den Hang hinunter. Der Weg war beschwerlich, obwohl sie Schneeschuhe trugen. Nur Mütterchen Sultan trug keine und fiel oft in den Schnee. Dann eilte Bünyamin zu ihr, half ihr wieder auf die Beine, aber wegen der Handschellen konnte sie das Gleichgewicht nicht halten und fiel bald wieder hin.

Schließlich fasste Bünyamin sich ein Herz und neigte sich zum Gefreiten Ali die Echse hinunter. »Ich muss Mütterchen Sultan auf meinen Rücken nehmen, sie ist sehr alt. Wenn es so weitergeht, schafft ihr sie nicht in die Stadt«, flüsterte er, und Ali die Echse ging zum Hauptmann und flüsterte ihm dieselben Worte ins Ohr. Des Hauptmanns Gesicht blieb eisern, er gab ihm keine Antwort, schaute ihn auch nicht an. Nachdem der Gefreite seine Worte mehrmals wiederholt hatte und vom Hauptmann kein

Sterbenswörtchen zu hören bekam, ging er zu Bünyamin zurück und sagte mit feuchten Augen: »Es geht nicht.«

Am steilen Abhang stürzte Mütterchen Sultan wohl fünfzehn bis zwanzig Mal, obwohl Bünyamin sie untergefasst hatte.

Am Fuße des Abhangs überraschte sie ein Orkan, der die Bäume ineinander schob und den Schnee so dicht aufwirbelte, dass sie die Hand nicht vor Augen sehen konnten. Sogar der Hauptmann und die Gendarmen wurden hin und her geschleudert, ihre Gesichter, Hände und Füße gefroren, ihre Schnurrbärte vereisten, und es wurde für sie immer schwieriger, das nächste Dorf unter ihnen noch vor Mitternacht zu erreichen.

Bünyamin ließ Mütterchen Sultan bei Ali der Echse und ging zum Hauptmann. »Mein Hauptmann«, brüllte er gegen den Sturm an, »wenn es so weitergeht, hält Mütterchen Sultan nicht durch und stirbt. Auch auf meinem Rücken erfriert sie. Ich muss sie in meinen Armen tragen!«

»Dann trage sie!«, entgegnete der Hauptmann.

Bünyamin, aber auch Ali die Echse waren froh darüber. Von Mütterchen Sultan war kein Laut zu hören. Sie ließ alles mit sich geschehen; zu Stein erstarrt, stumm wie eine Tote.

Der Tag hatte sich geneigt, die Dunkelheit senkte sich hernieder, der Sturm wurde immer stärker. Ohne den ortskundigen Bünyamin wären sie in diesem Schneetreiben schon längst verloren gewesen, und bis zum Frühjahr hätte man in dieser tiefen Schlucht nicht einmal ihre Leichen gefunden. Gegen Morgengrauen waren sie unter seiner Führung am Ende der Schlucht angelangt. Bünyamin hatte Mütterchen Sultan in seinen Umhang eingewickelt und wärmend an seine Brust gedrückt.

Kurz vorm Dorf vernahmen sie ein metallisches Klicken, und jemand rief: »Hauptmann Faruk, ich bin Memed der Falke. Ich fordere dich nicht auf, dich zu ergeben, ich will jetzt auch nicht gegen dich kämpfen, aus Sorge, Mütterchen Sultan könnte verletzt werden. Lass sie frei und geh deiner Wege! Ich werde dich auch nicht verfolgen. Diesmal verschone ich dich wegen Mütterchen Sultan.«

»Bünyamin, mein Junge, bring sie zum Briganten!«, befahl der Hauptmann leise. Er knirschte mit den Zähnen vor Wut.

In seinen Armen die so wertvolle Schutzbefohlene, lief Bünyamin auf die gegenüberliegenden Felsen zu, wo Memed ihm schon auf halbem Wege entgegenkam. »Wie geht es Mütterchen Sultan?«, fragte er.

»Gut«, antwortete Bünyamin nur.

Die Briganten hatten Umhänge und Hirtenmäntel mitgebracht, sie wickelten Mütterchen Sultan in einen Umhang ein, machten eine Kehrtwende und verschwanden. Erst gegen Mittag erreichten sie das Dorf jenseits der großen Biegung der Schlucht, wo sie schon erwartet wurden. Im bestgeheizten, schönsten Zimmer des Dorfes hatten die Frauen für Mütterchen Sultan ein Bett hergerichtet. Sie warfen noch einige Kloben in den Kamin, brühten Tee, erhitzten Butter und Honig, und kurz danach kam Mütterchen Sultan schon zu sich und scherzte mit den Frauen. Dann rief sie nach Memed.

»Meine Rose von Sohn«, begann sie, »wohin wirst du mich nun bringen, nachdem du mich aus den Händen der Gendarmen befreit hast. Willst du aus dieser alten Frau noch einen Briganten machen?«

»Wie du befiehlst, Mütterchen Sultan.«

»Übergib mich wieder den Gendarmen! Ich weiß, dass es dir nicht leicht fallen wird.«

Ferhat Hodscha, der hinter Memed stand, ergriff das Wort: »Wenn wir dich ihnen ausliefern, lässt Arif Saim dich nicht am Leben. Er war es, der deine Festnahme angeordnet hat.«

»Der Tod ist in Gottes Hand«, lächelte Mütterchen Sultan.

»Sie werden dich beschimpfen, werden dir Schlimmes antun.«

»Ich weiß«, sagte Mütterchen Sultan. »Auch das ist Gottes Wille.«

Memed, Ferhat, die Dörfler, sie alle redeten auf Mütterchen Sultan ein, doch sie konnten ihre Hartnäckigkeit nicht brechen und schickten schließlich Hauptmann Faruk die Nachricht: Wenn er einverstanden ist, werden die Dörfler Mütterchen Sultan in die Stadt bringen und ihm in der Mühle Hasan des Schwarzen übergeben.

Als sie morgens aufwachten, hatte das Schneetreiben aufgehört. In Hirschfelle gehüllt, stand der Hirte der Hirsche, Mülayim, mit achtungsvoll verschränkten Händen vor Mütterchen Sultans Tür. »Keine Bedingungen«, lautet die Antwort des Hauptmanns. »Wenn sie Mütterchen Sultan ausliefern, werde ich sie in die Stadt bringen und niemand anders!«

Ob sie wollten oder nicht, sie wickelten Mütterchen Sultan in wärmendes Wollzeug, hüllten sie in einen schönen Umhang, setzten sie auf ein Pferd mit weichem Tscherkessensattel, drückten Bünyamin das Halfter in die Hand und schickten ihn zum Hauptmann, der sich über Mütterchen Sultans Kommen über alle Maße freute. Er hatte längst erfahren, dass sie die Briganten dazu gezwungen hatte. Diesmal ließ er ihr keine Handschellen anlegen, doch sein Zorn auf Memed hatte sich nicht verringert. Sie machten sich gleich auf den Weg.

Dass Mütterchen Sultan auf Arif Saim Beys Befehl vom Hort in die Stadt gebracht wurde, hatte sich in Windeseile im gesamten Taurus herumgesprochen, und die Dörfler, Jung und Alt, Gesunde und Kranke, strömten herbei, um sie zu sehen. Ehrfürchtig standen sie am Wegrand, beteten und küssten sogar die Erde, die von den Hufen ihres Pferdes berührt worden war, und viele, die den Anblick nicht ertragen konnten, weinten und stimmten Klagelieder an. Jedermann wusste aber auch, dass Mütterchen Sultan, von Memed befreit, diese Entführung abgelehnt und freiwillig ihre zerbrechlichen Gelenke den Handschellen dieser Unholde entgegengestreckt hatte. In der ganzen Çukurova bis hin zu den Ufern des Mittelmeeres machte diese Nachricht die Runde.

Auf der letzten Strecke von den Bergen in die Çukurova waren die Gendarmen mit ihrer Gefangenen wohl fünf Mal in einen Schneesturm geraten. Sogar Mütterchen Sultan hatte, entgegen aller Erwartung, diesen mörderischen Ritt, an den Zwiesel ihres Sattels geklammert, überstanden.

Von Tag zu Tag zorniger, hatte Arif Saim Bey auf Mütterchen

Sultan gewartet. Und war keine Nachricht aus den Bergen gekommen, hielt es ihn nicht länger, er setzte sich ins Auto, fuhr nach Adana und weiter nach Ankara, horchte herum und war erleichtert, wenn nirgendwo von Memed die Rede war. Dennoch kehrte er besorgt, diese skandalöse Angelegenheit könne mit der Zeit in die Öffentlichkeit durchsickern, in die Provinz zurück, schloss dort vor Unruhe wieder kein Auge und ließ von morgens bis abends seinen Unmut an den Notabeln der Kleinstadt aus, die nicht von seiner Seite weichen durften.

Die Nachricht von der Ankunft des Hauptmanns mit Mütterchen Sultan setzte der Ungewissheit ein Ende. Wie ein wilder Stier stürmte er ins Zimmer des Kommandanten. »Ruft mir den Hauptmann!«, brüllte er, noch bevor er sich an den Tisch gesetzt hatte. »Auf der Stelle!«

Hals über Kopf kam der Hauptmann herbei, grüßte zackig und blieb kerzengerade vor ihm stehen.

Schon bei seiner Ankunft war ihm in allen Einzelheiten berichtet worden, wie Arif Saim Bey tagelang vor Ungeduld und Wut ganz außer sich gewesen sei.

»Was war denn mit dir, Hauptmann?«, fragte Arif Saim Bey von oben herab in spöttischem Ton. »Mit vier Augen schon hielt ich nach dir Ausschau. Wie wir hörten, nahm Memed den verehrten Hauptmann gefangen, und du konntest deine Ehre und dein Leben nur halbwegs retten, indem du ihm Mütterchen Sultan ausgeliefert hast. Wie wir hörten, hast du dieser alten Schlange dein Leben zu verdanken. Hast du sie wenigstens heil herbringen können?«

»Sie ist sehr alt, Efendi.«

»Und wo ist die Hure jetzt?«

»Unten in Gewahrsam.«

»Hast du dieser alten Hure, der du dein Leben verdankst, wenigstens ein Federbett untergelegt?«

»Sie ist sehr krank, Efendi.«

»Hast du diese landesverräterische Zauberin wenigstens Ärzten und Gesundheitsbeterinnen vorgeführt?«

»Ich hatte Angst, sie stirbt uns weg. Stirbt uns weg, bevor ich sie Euch vorführe.«

»Du hattest also Angst, ha?«, lachte bitter Arif Saim Bey, stand auf und wanderte im Zimmer hin und her. Dann blieb er vor dem Hauptmann, der noch immer kerzengerade dastand, stehen und musterte ihn vom Scheitel bis zur Sohle. »Geh und bring mir jetzt deine Sultanin der Huren her!«, befahl er, und jedes Wort klang wie das Zischen einer Schlange. Den Hauptmann fröstelte.

Bald darauf wurde Mütterchen Sultan, von zwei Gendarmen untergefasst, hereingebracht.

»Lasst sie los!«

Die Gendarmen gingen beiseite, und Mütterchen Sultan sank zu Boden. Ihr Gesicht war leichenblass, die Wangen eingefallen, die Lippen spröde. Sie versuchte aufzustehen, hielt sich an der Wand fest, stemmte sich vom Fußboden hoch, doch sie schaffte es nicht.

»Auf die Füße mit ihr, und hakt euch bei ihr ein! Du auch, Gefreiter Ali!«

Gefreiter Ali, der an der Tür stand, lief herbei und hob Mütterchen Sultan mithilfe der Gendarmen so behutsam hoch, als streichle er sie.

»Sag mal, Frau, treibst du Zauberei und betrügst die Menschen?«

»Ich zaubere nicht. Wer dir das gesagt hat, lügt. In unserem Hort gab es noch nie Hexerei und Zauberei.«

»Du sollst Wunder tun, euer Hort soll ein Ort der Wundertäter sein. Du verbreitest im Volk, im Freiheitskrieg sollen es sechzehn Freiwillige aus eurem Hort gewesen sein, die das griechische Heer besiegt haben. Die von uns gefangen genommenen griechischen Soldaten sollen gesagt haben, sie hätten gar keinen türkischen Soldaten gesehen. Nur sechzehn grün Gewandete hätten gegen sie gekämpft und sie geschlagen. Stimmt das?«

»Es stimmt«, antwortete Mütterchen Sultan selbstbewusst. »Nicht nur die griechischen, auch die türkischen Soldaten haben unsere grün Gewandeten gesehen. Frag jeden, der aus der Çukurova und diesen Bergen in den Krieg gezogen ist, er wird dir von den Sechzehn mit den grünen Turbanen erzählen, die in vorderster Linie gekämpft haben.«

»Und was ist aus diesen Heiligen geworden? Sind sie alle gefallen?«

Sein galliges Lachen und wachsender Spott war Mütterchen Sultan nicht entgangen, der Zorn darüber verschlug ihr den Atem, und Arif Saim Bey forderte die Gendarmen auf, sie auf einen Stuhl zu setzen.

»Keiner von ihnen ist gefallen. Die Männer unseres Hortes fallen nicht, sie kehren als siegreiche Helden heim.«

»Und wo sind sie jetzt, deine siegreichen Helden?«

»Die siegreichen Helden unseres Hortes gehen alle ein in den Kreis der Vierzig Glückseligen.«

»Mit solchen Lügen täuscht ihr also dauernd das Volk, ha?« Arif Saim Bey schlug mit der Faust auf den Tisch, dass die Fensterscheiben klirrten.

»Nicht ein einziger Lügner ist bisher aus unserem Hort gekommen, seit tausend Jahren nicht. In unseren Hort kommt kein krummes Holz hinein, geschweige denn ein Lügner. Es ist der Ort der Vierzig Glückseligen, der Heiligen und helläugigen Gerechten.«

»Und was ist mit deinen Wundertaten?«

»Weder ich noch unser Hort vollbringt Wunder.«

»Du sollst sogar Tote zum Leben erweckt, Verwundete, auch die mit durchlöchertem Herz, geheilt haben. Willst du das auch leugnen? Was ist denn das, wenn nicht ein Wunder?«

»Ich vollbringe keine Wunder. Ein Wunder sind die Blumen, Bäume, Gräser, Vögel, Käfer und Menschen. Die Kranken werden nicht durch meine Wunder, sie werden von meinen aus tausendundeiner Blume, aus Gräsern, Erde und Bäumen gesiebten Heilsäften wieder gesund.«

»Hast du Memed auch mit deinen Kräutern geheilt?«

»Mit meinen Heilkräutern.«

»Wenn du keine Zauberin bist, warum hast du dann den Briganten, allen voran Memed, ein Hemd geschenkt, beschrieben mit neuntausendneunhundertneunundneunzig Gebeten?«

»Damit sie keine Kugel durchbohrt.«

»Das heißt, damit diese Mörder, die mindestens zehn, fünfzehn Morde auf dem Gewissen haben, keine Kugel des Staates durchbohrt, nicht wahr?«

»Ob sie Mörder sind oder keine, weiß Gott allein.«

»Jedem dieser blutrünstigen Rebellen hast du doch diesen Siegelring an den Finger gesteckt, damit sie sich nicht mehr fürchten, nicht krank und von keiner Kugel getroffen werden, nicht wahr?«

»Das habe ich getan.«

»Außerdem hast du doch für diese Mörder in deinem Hort, diesem Schlupfwinkel oder was diese Hölle der Rückständigkeit auch immer sein mag, Betten aufgeschlagen, nicht wahr?«

»Ich habe für sie im Hort keine Betten aufgeschlagen, sie haben so etwas von mir auch nicht verlangt.«

»Hast du doch. Alle Beweise deuten darauf hin, dass du, dass, dass, dass ...« Mit Zornesröte, geschwollenen Adern und mit Schweißperlen auf der Stirn stürzte er hinter seinem Tisch hervor, stampfte auf den Boden und brüllte: »Gibs zu, Frau!« Wie einen Pfeil schoss er seinen Zeigefinger nach ihren Augen. »Gibs zu! Ihr wiegelt diese armen Kerle auf, hetzt sie auf uns, weil wir eure Orden verboten haben, nicht wahr? Gibs zu, du Hure!«

Er schaute sie spöttisch an, neugierig, wie Mütterchen Sultan sich wohl nach dieser schweren Beleidigung verhalten würde. Doch sie schaute ihn nur von oben herab verächtlich an.

Arif Saim fühlte sich plötzlich ganz klein, und er kochte vor Wut. »Sag schon, Hure, über die alle Männer des Taurus gestiegen sind, sag!«

Mütterchen Sultan verzog ihr totenbleiches Gesicht zu einem Lächeln, neigte dabei den Kopf leicht zur rechten Seite.

»Du machst dich über mich lustig, du Dirne, nicht wahr?« Arif Saim Bey wanderte auf und ab, blieb vor Mütterchen Sultan stehen, stampfte mit den Füßen, schrie und schimpfte. Mütterchen Sultan, zu Stein erstarrt, schwieg.

»Noch nie hat jemand mich, Arif Saim, so beschimpft. Du hast mich schwerstens beleidigt. Sieh, deine Lippen bewegen sich, auch wenn du schweigst! Deine Lippen bewegen sich, und du bleibst stumm. Denkst du, ich weiß nicht, was du sagst, wenn sich deine Lippen stumm bewegen? Für wen hältst du dich denn, du Dirne, du intrigierende Hure, dass du die Namen meiner Frau und meiner toten Mutter schmähend in den Mund nimmst? Für wen hältst du dich? Ich habe es wohl gehört, ja, ich habe es an den Bewegungen deiner Lippen verstanden. Macht für jeden Hirten die Beine breit und kriegt doch nie genug! Nimm sofort zurück, was du da eben gesagt hast!«

Arif Saim Bey brüllte, dass die Wände bebten, und seine Wut steigerte sich, bis er nicht mehr an sich halten konnte, seinen Revolver zog, die Mündung an Mütterchen Sultans Stirn drückte und mit zornfunkelnden Augen rief: »Nimm zurück, was du gesagt hast, Dirne!« Es klang wie das Zischen einer Schlange. »Wenn nicht, schieße ich dein Hirn in Stücke. Schweig nicht länger, sag etwas! Du kannst mich schweigend nicht weiter beleidigen, nimm zurück, was du gesagt hast und schweige nicht!«

Mütterchen Sultan blieb reglos.

Arif Saim Beys Hand zitterte, der Lauf seines Revolvers rutschte über Mütterchen Sultans Stirn hin und her. Er brüllte, obwohl er die Hoffnung, sie zum Sprechen zu bringen, schon aufgegeben hatte.

»Nimm nie wieder den Namen meiner Mutter in den Mund! Und schweig nicht weiter! Schweigen ist beschimpfen, ist eine schwere Beleidigung. Bitte, du Hure, sag Ja! Und du wagst es, meine Frau und meine heilige Mutter, du wagst es …«

Mütterchen Sultan hob den Kopf, kniff die Augen zu Schlitzen und schaute ihm spöttisch lächelnd ins Gesicht, musterte ihn von oben herab wie einen Wurm, wie einen Mistkäfer, als wolle sie sagen: Allein solchen wie dir ins Gesicht schauen, ist schon entwürdigend! Und sogar ein so hartherziger Mann wie Arif Saim

Bey fühlte sich unter diesem Blick wie erschlagen, wie hinweggefegt und leer. Er blickte um sich, schwieg, brüllte und verstummte, wusste nicht weiter. Mütterchen Sultan schien nur darauf zu warten, dass er abdrückte, und die Welt brach über ihm zusammen, als er dahinter kam. Ganz still stand er eine Weile da. Er musste einen Ausweg finden. Die Frau war jetzt nur riesengroßes Schweigen. Er steckte den auf sie gerichteten Revolver zurück in den Gurt, und etwas gefasster begann er mit großen Schritten durch den Raum zu wandern, wischte sich mit einem Taschentuch den Schweiß von der Stirn und blieb, nachdem er sich beruhigt hatte, vor ihr stehen.

»Ich sage es mit großem Ernst, entweder nimmst du zurück, was du gesagt hast, oder du wirst etwas erleben, was vor dir noch keiner Frau auf dieser Welt widerfahren ist. Ich warte jetzt noch fünf Minuten. Entweder du brichst dieses höllische Schweigen oder …« Dabei zog er seine Taschenuhr hervor, klappte den Deckel auf, ging mit Blick aufs Zifferblatt zum Tisch und setzte sich. Stille herrschte, nur das Ticken der Uhr war deutlich zu hören, dennoch schien die Zeit nicht verrinnen zu wollen. Ab und zu ließ Arif Saim Bey die Augen vom Zifferblatt zu Mütterchen Sultan wandern, doch die Frau schwieg wie zu Stein erstarrt, und ihr Schweigen wurde immer Furcht erregender. Und während seine Blicke wie Weberschiffchen zwischen Uhr und Mütterchen Sultan noch hin und her glitten, waren schließlich fünf Minuten um.

»Du wirst also weiterhin still wie Stein bleiben! Und du denkst, ich werde all diese Beleidigungen schlucken, ha? Ich, der ich im Freiheitskrieg … Ich also …« Er merkte, dass er sich verrannt hatte. Noch nie hatte er sich so unsicher, so erniedrigt gefühlt. »Hexe«, brüllte er, »du bist eine Hexe. Also ich, meine Mutter und auch meine Frau … Du Hure des Teufels, teuflische…«

Er verstummte verzweifelt.

»Du willst also schweigen«, sagte er dann ganz ruhig und entschlossen. »Willst mich also vor mir selbst lächerlich machen.

Deine Entscheidung! Ich wasche meine Hände in Unschuld. Hör gut zu! Da hinten stehen so viele Gendarmen!« Er wandte sich an den Hauptmann und seine Leute im Hintergrund: »Ich bitte, mich zu entschuldigen, Männer! Hör zu, Frau, wir haben hier steinharte Jungs von zwanzig, einundzwanzig Jahren. Hunderte. Aber zuerst werde ich dich dem Gefreiten Ali die Echse übergeben. Wenn auch der dein Schweigen nicht brechen kann, werde ich diese Männer auf dich jagen. Sie werden keinen Gefallen an dir finden, so verschrumpelt wie du bist, aber sie gehorchen meinen Befehlen, und sie werden diesen Befehl als Dienst am Vaterland sogar mehrere Male ausführen, hast du verstanden? Und verlass dich nicht auf deine Heiligkeit! Unsere Jungs sind ganz scharf auf Heilige, denn sie haben festes Fleisch. Ja, die haben besonderen Spaß, wenn sie eine Heilige vergewaltigen. Und wenn sie dich für eine Jungfrau halten, wie es heißt, umso lustvoller. Nun sag schon, große Ordenshure, über die schon tausend Hirten gestiegen, wirst du still bleiben und mich weiterhin schweigend beleidigen?«

Er schimpfte, plapperte, ja, er flehte sogar. Nur ein Wort aus ihrem Mund, und er hätte ihr verziehen. Ein einziges Wort, den Tropfen eines Wortes nur! Doch Mütterchen Sultan hatte einen Stahlpanzer umgelegt, durch den nichts hereinsickern konnte.

»Gefreiter Ali, wer von allein hinfällt, der weint nicht, stimmts?«

»Der weint nicht, mein Kommandant.«

»Diese verstummte Heilige wirst du zum Sprechen bringen, und du wirst dafür sorgen, dass sie jedes ihrer beleidigenden Worte zurücknimmt!«

»Zu Befehl, mein Kommandant.«

»Aber Vorsicht! Nicht töten! Sie wird nachher von meinen Gendarmen noch gebraucht.«

»Sie wird singen wie eine Nachtigall, Efendi. Wir werden nicht mehr die Kraft haben, sie zum Schweigen zu bringen. Und sie wird jedes Wort zurücknehmen!«

»Dann nimm sie mit, unsere Sultanin!«, befahl er spöttisch.

»Morgen früh wird sie uns wieder vorgeführt. Wenn du es nicht schaffst, sind wir gezwungen, sie den Gendarmen zu übergeben. Und wenn das auch nicht reicht, werde ich ihr Schweigen mit der Technik europäischer Geräte zu brechen wissen. Morgen früh, zehn Uhr, gesund und unversehrt, singend wie eine Nachtigall, krächzend wie eine Krähe … Betrachte dich als tot, wenn du sie tötest oder nicht zum Sprechen bringst. Dann wird auch deine Zunge verstummen.«

»Ich werde ihre stumme Zunge lösen, mein Kommandant.«

»Und von dir, Hauptmann, verlange ich zehn kraftstrotzende, steinharte Gendarmen, du weißt ja …«

»Ich weiß, Efendi.«

»Vielleicht reichen Mütterchen Sultan keine zehn Gendarmen, sie ist schließlich sehr alt. Halte also noch zehn steinharte Jungs in Reserve!«

Die Gendarmen hakten sich bei Mütterchen Sultan ein, und da sie sich nicht auf den Beinen halten konnte, schleppten sie die Frau in eine Zelle im Keller des Altbaus, wo nur eine kleine, verrußte Petroleumlampe brannte. Dort lehnten sie Mütterchen Sultan an die Zellenwand. Sie sank auf den Zementboden und blieb liegen. Es roch nach Feuchte und Schimmel, der bittere Gestank nahm einem den Atem.

»Bringt unserem Mütterchen Sultan, der Heiligen, ganz schnell einen Sessel!«, befahl Gefreiter Ali den Gendarmen. »Meine Augen sollen herausfallen, wenn ich unsere Sultanin auf diesem nackten Zement sitzen lasse. Schnell, den schönsten und weichsten Sessel!«

Er hob Mütterchen Sultan, die leicht war wie eine Feder, auf die Beine und hielt sie fest.

»Mein Leben für dich, nimms mir nicht übel, meine Heilige, ich bin es nicht, der dich in dieses Loch wirft. Auch nicht mein Hauptmann und auch nicht der große Abgeordnete Arif Saim Bey aus Ankara. Du Schönste der Schönen, du Mutter der Mütter, ich glaube an dich und habe meine Stirn auf die Schwelle deines Hortes gelegt. Uns trifft keine Schuld. Der Befehl kommt von ganz oben aus Ankara, ist wie ein Befehl Gottes. Denke nicht schlecht über uns! Er hat dich Dirne genannt, aber woher soll Arif Saim Bey auch wissen, wer du wirklich bist? Es ist ihm zur Gewohnheit geworden, er nennt jede schöne Frau so. Reine Gewohnheit! Und ein Gewohnheitsmensch ist schlimmer als ein tollwütiger Hund. Sei doch so gut und nimm zurück, was du zu ihm gesagt hast!«

In diesem Augenblick kamen die Gendarmen mit einem verstaubten, abgewetzten Sessel zurück, und Ali die Echse setzte Mütterchen Sultan behutsam hinein. »So ist es recht, Mütterchen Sultan. Die Gerechten und die Oberinnen der Horte gehören in Sessel, die eines Padischahs würdig sind.«

Gefreiter Ali redete und redete und kreiste dabei aufgeregt um Mütterchen Sultan.

»Gendarmen!«

»Zu Befehl!«, riefen die Männer und standen stramm.

»Ihr werdet zu mir gehen, meine Hanum von mir grüßen und ihr sagen, sie soll euch die weichste Matratze, das weißeste Linnen, ein Daunenkissen und eine Wolldecke geben. Sagt ihr, heute Nacht ist Mütterchen Sultan hier unser besonderer Gast. Meine Hanum soll für sie eine sehr gute Joghurtsuppe mit Minze kochen!« Er beugte sich aufs rechte Knie nieder, ergriff Mütterchen Sultans Hand, küsste sie dreimal, führte sie an die Stirn, erhob sich, ging zur Lampe, drehte den Docht höher und blieb mit gekreuzten Händen vor Mütterchen Sultan stehen. Mütterchen Sultan hob leicht den Kopf, lächelte den Gefreiten unmerklich an, und der griff sofort nach ihren Händen.

»Du nimmst also deine Worte zurück, ja? Wenn du das Gesagte nicht zurücknimmst, dann wird mich, wie du selbst gehört hast, dieser Heide da oben töten, wird meinen Herd auslöschen. Sieh doch, die Gendarmen warten schon, meine Hanum wird dir Joghurtsuppe zubereiten mit viel Minze. Gott bestrafe mich, du hast ja seit Tagen keinen Bissen zu dir genommen! Aber in dieser Aufregung denkt der Mensch ja an nichts mehr. Sag, was möchtest du noch? Pasteten, Brathähnchen, Lammrippchen, Honig, was immer du willst. Dir mehr zu bieten bin ich nicht im Stande ... Sag, was möchtest du?«

Die Frau hatte sich in einer Ecke des Sessels so verkrochen, dass nur noch ihre weit geöffneten Augen zu sehen waren. Als Gefreiter Ali sie anblickte, überliefen ihn kalte Schauer, er versuchte diesen Augen zu entkommen. Er drehte den Docht der Lampe wieder kleiner, doch vergebens! Die Blicke durchbohrten ihn.

»Ich küsse deine Füße, tu mir nichts Böses an! Ich bringe dir sofort etwas zu essen und ein Bett, aber nimm mir nichts übel! Ein Befehl von höchster Stelle, ein Ferman aus Ankara. Hielte ich dich sonst über Nacht in diesem Dreckloch fest? Vergib diesem armen, bescheidenen Diener Gottes!« Er umkreiste noch einige Mal den Sessel, begann zu zittern, beugte sich wieder vor der Frau nieder, ergriff ihre Hand, küsste sie, nahm die andere Hand und zitterte immer mehr. Schließlich hielt er es nicht länger aus, stürzte ins Freie und die Gendarmen folgten ihm.

»Weißt du, wer da drinnen ist?«, sagte er zum Wachposten, »da drinnen ist Mütterchen Sultan, kümmere dich um sie, bis ich zurückkomme ... Strammgestanden und Augen auf! Vielleicht kommt sie da heraus und zieht davon ... Die Türen öffnen sich, die Mauern stürzen ein, und sie flüchtet. Hab acht, halte die Augen offen, die Augen, die Augen, ihre Augen ...«

Im Laufschritt verließ er mit den Gendarmen die Kommandantur; die bohrenden Blicke waren über ihm, erdrückten ihn, lähmten Arme und Beine. Und im Stillen flehte er den Himmel an, die Mauern mögen einstürzen, die Tore sich öffnen, und Mütterchen Sultan möge das Wunder vollbringen und sich befreien, ja, sich befreien und davongehen, bei seiner Rückkehr gar nicht mehr dort sein und ihn aus dieser misslichen Lage erlösen!

Zu Hause ging er mit schlotternden Knien die Stufen hoch, wo seine Frau ihn schon am Treppenabsatz erwartete. »Was ist mit dir?«, fragte sie erschrocken. »Hat Mütterchen Sultan dir etwas angetan, mein Ali?«

Ali keuchte wie ein Blasebalg. Völlig aufgelöst, ließ er sich auf einen Stuhl sinken. Mit weit aufgerissenen Augen in ihren angstverzerrten Gesichtern schienen die Gendarmen noch verzweifelter als er.

»Ein Glas Wasser, Frau, ein Glas Wasser! Diese Augen ...«

»Was ist mit deinen Augen?«

»Ein Glas Wasser!«

Die Frau goss aus einem Krug Wasser in einen kupfernen Napf und kam zurück.

Ali leerte den Napf in einem Zug. »Noch ein Wasser!«

Die Frau eilte zum Krug und kam mit einem vollen Napf zurück, den Ali auch in einem Zug leerte. »Noch eins!«

Die Frau lief hin und her, und Gott weiß, wie viel Wasser er so herunterstürzte. Danach baten die Gendarmen um Wasser. Auch sie konnten nicht genug kriegen. Der Frau wurden die Beine schwer.

»Her mit allem Essbaren im Haus!«, rief Ali, der sich wieder gefasst hatte. »Mütterchen Sultan stirbt vor Hunger. Seit Tagen hat sie nichts gegessen, nichts getrunken. Stirbt sie, bin ich ein toter Mann. Steine werden auf uns herabregnen, Wildwasser, Schlangen und Erdbeben werden dieser Welt den Garaus machen. Um Gottes willen, Frau, ihresgleichen haben wir es zu verdanken, dass die Erde sich noch dreht, und wir nennen diese Frau Dirne! Wie ist so etwas denn möglich! Und weißes Linnen und eine weiche Matratze!«

Die Frau stemmte ihre Arme in die Hüften, stellte sich vor Ali hin und fuhr ihn an: »Ali, komm zu dir! Du bist der tragende Pfeiler dieser Regierung. Du hast sie ja nicht Dirne genannt. Was haben wir denn verbrochen? Wenn sie eine Gesegnete, eine Heilige ist, dann muss sie auch wissen, was einer Frau geziemt! Dann darf sie die Mütter, Frauen und Töchter der hohen Regierung auch nicht Huren nennen. Und wenn sie es gesagt hat und ihre Worte nicht zurücknimmt ...«

»Schweig, Frau, schweig!«, brüllte Ali. »Dieser Hort ist ein sehr mächtiger. Um Gottes willen!«

»Soll er doch sein, was er ist«, entgegnete die Frau kühl und selbstsicher. »Uns trifft in dieser Sache keine Schuld. Der Befehl kommt von höchster Stelle. Dieses Weib soll sich in Ankara beschweren!«

»Um Gottes willen, Frau, sprich nicht so! Deine Zunge verrottet dir sonst im Mund und unseren Kindern droht Unheil. Sie ist eine Sultanin, eine Gesegnete. Du hast ihre Augen ja nicht gesehen. Du versinkst ja bis zum Hals in Sünde. Bereite jetzt schnell das Essen für sie vor!«

»Ich werde nicht still sein«, versteifte sich die Frau. »Sie sollte wissen, was sich für eine Frau gehört.« Ihre Stimme bebte vor Wut.

Gefreiter Ali stand auf, sah seiner Frau in die Augen und sagte kaum hörbar: »Weib, ich habe gesagt: Sei still!«

Die Frau wusste, was es bedeutete, wenn der Gefreite Ali die Echse so leise sprach, sie senkte den Kopf und ging zum Bettkasten. Matratze, Decke, Daunenkissen …

»Bringt alles hin!«, befahl der Gefreite. »Der Hauptmann, Arif Saim Bey und die andern sollen es nicht sehen. Sonst sagt ihr ihnen, es ist das Bett für den neuen Hauptmann. Das Essen bringe ich!«

Die Frau verschwand in der Küche und schloss die Tür hinter sich. Plötzlich bekam auch sie es mit der Angst, weil sie so über Mütterchen Sultan geredet hatte. Sie kannte nur ein Gebet, das wiederholte sie ununterbrochen, bis die Suppe gar war. Nebenan kämpfte Gefreiter Ali gegen die drohend auf ihn gerichteten tödlichen Augen und konnte sie nicht vertreiben. Schließlich öffnete er die Küchentür und fragte nach der Suppe.

»Sie kocht«, antwortete die Frau.

»Um Gottes willen, schnell … Diese Augen.« Er schloss die Tür und warf sich in seinen grünen Sessel. Doch auch das half nicht, er nahm den Gebetsteppich aus Hirschfell von der Wand, breitete ihn aus, ging ins Nebenzimmer, nahm die rituelle Waschung vor, kam zurück und stellte sich zum Gebet auf. Als er es beendet hatte, stand seine Frau mit dem Essen schon da.

»Keine Angst, Frau!«, sagte er. »Meinst du nicht, dass Gott der Herr, der Joseph aus dem Brunnen befreite, auch uns seine Gunst erweisen wird?«

»Er wird, mein über alles geliebter Ali, mein Gefreiter. Haben wir seinen Geschöpfen denn Böses getan? Sieh doch, die allmächtige Regierung wirft die Gesegnete Gottes in den Kerker, nennt sie eine Dirne, aber wir machen ihr so schmackhaftes Essen, dass sie sich hinterher alle Finger lecken wird.« Dann senkte sie den Kopf, schluckte, wurde rot und sagte verschämt: »Das Essen ist so gut geworden ... Sollten wir uns nicht hinsetzen... Die Kinder kommen auch gleich ... Und wenigstens einmal gemeinsam essen?«

»Ach, Frau«, entgegnete Ali trübsinnig, »Keinen Bissen würde ich herunterbringen. Mütterchen Sultan stirbt vor Hunger. Seit Tagen schon ... Sie hat nichts verlangt, und wir haben nicht daran gedacht.«

Er machte sich auf den Weg. Vor den Haftzellen traf er auf einige Gendarmen, die dort Wache hielten.

»Was ist geschehen?«

»Nichts ist geschehen, Gefreiter.«

»Hat euch der Hauptmann hergeschickt?«

»Nein, wir sind hergekommen und wollten sehen, wie die Tür aufspringt, wie die Mauern einstürzen.«

»Und was war?«

»Wir haben gewartet und gewartet, und nichts war.«

Der Wachposten öffnete die Tür. Mütterchen Sultan kauerte noch immer im Sessel, schien noch kleiner geworden zu sein, und sie schaute ihn mit noch größeren Augen an.

»Bringt den Tisch herein und holt von oben das silberne Tablett!«

Die Gendarmen rannten los und waren im Nu wieder da.

Bevor Gefreiter Ali den Tisch vor den Sessel schob, verneigte er sich vor Mütterchen Sultan, und die Gendarmen taten es ihm gleich. Der Gefreite öffnete die Verschlüsse der Näpfe, stellte sie in Reihe aufs Tablett, legte Brot, Löffel, Messer und Gabel daneben und sagte: »Iss bitte, Mütterchen Sultan! Tölpeln wie uns sollen die Augen herausfallen, dass wir dich tagelang haben hungern lassen!«

Er konnte nicht stillstehen, eilte hinaus und schlug den Weg ins Ladenviertel ein, und jeder schaute ihm besorgt hinterher, als er am Kaffeehaus vorbeikam. Zwei weit aufgerissene Augen hatten sich auf seinen Rücken geheftet und verfolgten ihn, wohin er auch ging.

Mütterchen Sultan nahm einen eigenartigen, angenehmen Geruch wahr. Ihre Nasenflügel weiteten sich, ihre Blicke richteten sich auf das aufgetischte Essen, sie streckte ihre Hand nach dem Löffel aus und zuckte zurück, als habe sie brandheiße Glut berührt. Das Essen duftete unglaublich, der Heißhunger quälte sie, noch dreimal streckte sie die Rechte aus, zog sie aber jedes Mal sofort wieder zurück. Sie musste an ihre Mutter denken. Hoch gewachsen, schwarze Haare. Unermüdlich erledigte sie alle Arbeiten im Hort, eilte immer wieder in die Küche, begutachtete das in großen Kesseln duftende Essen und gab den Köchinnen pausenlos ihre Anweisungen. Für Kranke und Sieche brühte sie Arme voll Heilpflanzen, die sie gemeinsam mit Derwischen in den Bergen pflückte, und wo sie ging und stand, roch es nach Wildblumen. Die Kräuter zu Medizin und Heilsäften zu verarbeiten, war ein mühevolles Unterfangen. Die Derwische des Hortes, Dörfler und Dörflerinnen mit Tochter und Kind, sie alle griffen im Frühling nach Beuteln und strömten in die Berge, um Wildpflanzen zu pflücken. Manche kamen erst nach drei Tagen, nach einer Woche, aber auch nach einem Monat zurück und schütteten den Inhalt ihrer Beutel und Säcke auf den begrünten Hof des Horts. Aus den mannshoch aufgeschütteten Haufen trennten erfahrene Derwische in tagelanger Arbeit die Kräuter und Blumen, die für die jeweilige Krankheit infrage kommen, brühten sie in Kesseln, die an der Hofmauer über lodernden Flammen hingen und füllten den Sud je nach Heilkraft in verschiedenfarbige Flaschen. Beim Sieden und noch Tage danach dufteten Bäume, Erde und Fels in der Umgebung nach Blumen, und der Duft setzte sich auch in der Haut von Mensch und Tier fest.

Sieben oder acht war sie wohl, als sie eines Tages mit ihrer Mutter zum Pflücken in die Berge zog. Der Frühling war verrückt vor Freude, Hänge, Lichtungen und Almen sprühten von Blumen jeder Art. Sie waren beide von Blume zu Blume geeilt, wagten keine einzige zu pflücken. Ja, ihre Mutter überschüttete jeden Baum mit Liebe, jeden Vogel, jede Blume, jedes Geschöpf. Kranke strahlten vor Glück, wenn sie sich ihnen lächelnd näherte, sie berührte, streichelte. Gelähmte, Verrückte, Erschöpfte, Verzweifelte, von Kugeln und Handschars Verletzte, Notleidende, die nur noch Haut und Knochen waren, kamen in den Hort und verließen ihn geheilt. Und diese Liebe und Fürsorge zu den Menschen und allen Geschöpfen hatte Mütterchen Sultan von ihrer Mutter geerbt. Auch sie schenkte ihre Liebe allen Menschen, egal welchen Volkes und welcher Religion, allen Geschöpfen, ob Wolf, Vogel, Tausendfüßler oder Klapperschlange. Von den Bergen kamen Hirsche herab, Rehe und Gazellen. Schwärme von Rebhühnern und weißen Tauben ließen sich im Hof des Hortes nieder, und an verschneiten Wintertagen suchten Wölfe, Eichhörnchen und Luchse Schutz, wissend, im Hort wird ihnen kein Härchen gekrümmt. Durst plagte sie, die Sonne schien auf die gelben Blüten des Knabenkrauts, das den Hang bedeckte. Auf dem Grund des Quells glänzten wie Lichttropfen die spielenden Fische. Schnee fiel baumhoch, kranke, sieche, gelähmte und hungernde Menschen wühlten sich durch den Schnee, strömten in den Hort. Und ihre Mutter ...

Sie hörte, dass sich die Tür öffnete, drehte ihren Kopf ein bisschen und konnte ganz verschwommen Ali die Echse ausmachen.

»Du hast ja gar nichts gegessen, mein Mütterchen Sultan. Weh mir, meine Augen mögen erblinden, ich habe das Wasser vergessen! Kann der Mensch denn essen, ohne Wasser zu trinken? Gendarmen, Wasser! Sofort!«

Eilends wurde Wasser gebracht. »Bitte, Mütterchen, trink! Seit

Tagen habe ich nicht gehört, dass du nach Wasser verlangtest. Wie kann der Mensch so viele Tage den Durst ertragen?«

Er drückte ihr das volle Glas in die Hand, die so zitterte, dass es heruntergefallen wäre, wenn sie es nicht sofort auf den Tisch abgestellt hätte.

»Mein Mütterchen, du wirst noch sterben, wenn du nicht isst und trinkst.«

Zwei durchdringende Augen ruhten auf ihm, er hielt es nicht aus und flüchtete ins Freie.

Von den Bergen donnerten die Wasser in die Ebene, wirbelte der Schnee. Zu Tausenden waren sie, wandelnden Schneemännern gleich, zur Beerdigung ihrer Mutter hierher gepilgert. Noch im Tode verbreitete sie Liebe. Niemand wusste, wie es kam, aber am Kopfende der Toten verneigte sich eine langstielige, blau leuchtende Blume. Die Mutter duftete nach Blumen. Die Klageweiber sangen Totenlieder, Frauen brachten weiße Blumen ans Grab. Die blaue Blume verließ das Kopfende des Totenbetts, wanderte ans Grab, versenkte dort ihre Wurzeln in die Erde, verharrte tief geneigt lange Zeit in schimmerndem Blau, und alle waren Zeuge! Diese Blume strahlte jahrelang in taghellem Blau, ohne zu welken. Erst als die sechzehn Oberen des Horts aus dem Freiheitskrieg nicht zurückkehrten, erhob sich eines Tages die Blume im Morgenrot und wanderte, die ganze Welt in ihrem strahlenden Blau badend, auf und davon. Mütterchen Sultan sah es mit eigenen Augen! Sie folgte der Blume bis Tagesanbruch durch brusthohes Blau und verlor sie bei der großen Quelle mit den weißen Kieseln. Seit jenem Tag fließt das Wasser der Quelle in reinem Blau. Auch die weißen Kiesel, die Fische und die umliegenden Felsen haben seitdem einen blauen Schimmer. Und jetzt folgte Mütterchen Sultan, bis zur Brust durchs Blau gleitend, den Spuren der blauen Blume. Die Blume taucht ein ins Quellwasser, Mütterchen Sultan findet sich mitten in einem Meer wieder, bekommt keine Luft, sie wimmert, und im selben Augenblick kommt Ali die Echse ins Zimmer zurück.

»Um Gottes willen, sie hat weder einen Schluck Wasser getrunken noch einen Happen gegessen. Mein Mütterchen Sultan, mein Leben für deinen Fingernagel, du wirst sterben!« Wieder bat und beschwor er sie, doch bei Mütterchen Sultan war auch nicht die geringste Bewegung zu erkennen. Nur ihre Augen schienen noch größer geworden zu sein. Er konnte es nicht ertragen, flüchtete erneut ins Freie bis zur Brücke, eilte durch Brombeerbüsche, über die Kiesel des Baches, den er mehrmals bis zu den Knien im Wasser überquerte, ohne es zu merken. Er irrte in der Stadt und ihrer Umgebung umher, gelangte schließlich zur Gendarmerie, ging hinein, blieb vor der Zellentür stehen, wagte nicht, sie zu öffnen und kehrte wieder um. Gequält von dem Gedanken, dass er mit dem Ende Mütterchen Sultans auch verloren sei, wurde ihm die Stadt zu eng, trug es ihn wieder hinaus zum Bach, wo er, mit dem Gesicht nach Mekka, stehen blieb, ununterbrochen den Herrgott und Mütterchen Sultan anflehte, sich dann zum rituellen Gebet niederbeugte, wieder zum Bach eilte, die rituelle Waschung vornahm und sich erneut zum Gebet aufstellte.

Die Sonne stand schon pappelhoch am Himmel, über die Brücke strömten die Dörfler zu Fuß, zu Pferde oder auf Eseln in die Stadt, als dicht vor ihm zwei Gendarmen auftauchten, die er nur verschwommen wahrnahm.

»Mein Gefreiter, der Hauptmann will dich sehen!«

Gefreiter Ali hörte sofort auf zu beten und zu flehen und schnellte auf die Beine. »Der Hauptmann? Mich sprechen?«

»Wir haben dich schon überall gesucht.«

Im Laufschritt schlug Gefreiter Ali den Weg zur Stadt ein, die Gendarmen konnten ihm nur mit Mühe folgen. Drei Stufen auf einmal nehmend hetzte er die Treppe hoch.

»Wo warst du, wir haben jeden Winkel nach dir abgesucht.«

»Mein Hauptmann, mein Hauptmann«, stotterte er.

»Was ist mit dir?«

»Ich war beim Gebet.«

»Was für ein Gebet?«

»Sie isst nicht, sie trinkt nicht. Ich habe ihr ein Bett ausgebreitet, sie legt sich nicht hin. Die Schuld an ihrem Tod werden sie uns anhängen, und Arif Saim Bey wird mir die Streifen von den Schultern reißen.«

Der Hauptmann runzelte die Brauen. »Du hast sie also nicht zum Reden gebracht. Ja, dann wirst du deine Streifen los. Und du kannst von Glück reden, wenn es dabei bleibt!«

»Sie wird sterben.«

»Versuchs noch einmal! In einer Stunde trifft Arif Saim Bey hier ein, und den Rest kannst du dir ja denken, wenn sie bis dahin nichts zurückgenommen hat.«

»Sie wird sterben.«

»Soll sie doch sterben, aber erst, wenn sie ihre Worte zurückgenommen hat!«

Gefreiter Ali war so erschöpft, dass er dem Posten befahl, die Zellentür zu öffnen, der sie polternd aufdrückte. Mütterchen Sultan kauerte in ihrem Sessel. Der Gefreite kniete vor ihr nieder, und Mütterchen Sultan spürte zwei Tränen auf ihren Händen.

»Wie kann ich denn die Hand gegen dich erheben, mein Mütterchen mit dem Duft unserer Berge? Ist euer Hort nicht ein Hort des Mitleids, ein Hort des Vergebens, ein Hort der Hilfe für die Beladenen? Warum verweigerst du mir deine Hilfe und Fürsprache, warum nimmst du deine Worte nicht zurück, warum isst du nicht? Stirb, wenn du willst, niemand kann sich in die Entscheidungen der Heiligen einmischen, aber stirb doch erst, nachdem du diese Worte zurückgenommen hast. Wenn du deine Worte nicht zurücknimmst, weder isst noch trinkst noch schläfst, nehmen sie mir meine Streifen weg, und alles ist umsonst gewesen. Meine Kinder müssen verhungern, und meine Frau wird mich verlassen. Weißt du, meine Sultanin, wessen Tochter sie ist? Die Tochter des Reichsten in unserem Dorf. Denkst du, sie hätten sie mir gegeben, wenn ich kein Gefreiter geworden wäre? Erst mit meinen Streifen bekam ich sie. Schon als Kind liebte ich sie, für ihren Vater schuftete ich, nur um satt zu werden, Tag und Nacht. Dreimal am Tag brach er mir fast die Knochen, prügelte mich fast tot. Doch mit diesen Streifen bekam ich auch sie. Und wenn sie mir die jetzt nehmen? Ich habe nicht viel Bestechungsgelder bekommen, meine Aufgabe war, das Volk zu verprügeln. Ohne Frau und Kinder muss ich mich töten! Genau! Du wirst zu meiner Mörderin und musst in der Hölle brennen. Dein Rang im Hort und deine Heiligkeit sind dort keinen Para wert! Du hast in dieser Welt keinen guten Tag erlebt, hast nicht geheiratet, dich nicht im warmen Bett gekuschelt, damit du drüben einen schönen Platz im Paradies bekommst. Hast ein Leben lang in Gedanken an einen Mann allein im Bett gefroren. Hast keine Kinder bekommen, aber dir das Paradies gesichert. Und jetzt wanderst du direkt in die Hölle, nur weil du einen armen Sünder wie mich tötest? Mord und Totschlag sind in Gottes Augen schwere Untaten. Also sprich, mein Mütterchen, meine Schöne der Berge, wo die blauen Blumen blühen! Und hör auf, mich anzustarren, bei Gott, deine heiligen Augen werden mich noch töten! Ich habe die ganze Nacht gebetet, damit du deine Worte zurücknimmst und nicht sterben musst. Sieh doch, in deinem Licht leuchtet sogar diese finstere, dreckige Zelle! Töte mich nicht, erbarme dich meiner!«

Aber Gefreiter Ali bekam kein Wort aus ihr heraus. Jetzt geriet er in Wut, begann zu toben und schlug dabei dreimal seinen Kopf gegen die Wand. »Gleich werden zehn, fünfzehn, zwanzig, ja hundert steinharte Burschen über dich hinwegsteigen. Dann wird dein Feuer da unten gelöscht, dein Fiebern sich dort schon legen, aber hundert steinharte Burschen hältst du nicht aus und stirbst. Denn die sind nicht wie die Männer, die du kennst. Du kannst dir nicht vorstellen, wie sie sind. Sprich, Hure!«

Er stampfte so heftig auf den Boden, dass er meinte, sich die Knöchel gebrochen zu haben. Dann flüchtete er ins Zimmer des Hauptmanns. »Diese Hure redet nicht, sagt kein einziges Wort.« Er stand stramm und wimmerte. »Sie werden mir die Streifen wegnehmen, mein Hauptmann.«

»Schade drum, Gefreiter Ali.«

»Was soll ich nur tun, mein Hauptmann, was soll ich nur tun? Soll ich ... Soll ich ... Mich töten?«

»Geh hin und bring sie zum Reden!«

»Aber sie wird sterben.«
»Sterben oder sprechen!«
»Und mein Dienstgrad?«
»Bring sie zum Reden!«

Gefreiter Ali ging hinaus, die Gendarmen kochten ihm Tee, und nachdem er einige Glas getrunken und sich ein bisschen beruhigt hatte, ging er hinunter. Als er Mütterchen Sultan mit geschlossenen Augen da sitzen sah, stockte ihm der Atem vor Schreck, doch er fasste sich sofort, fühlte ihren Puls, der schlug normal. Die Freude darüber gab ihm sein früheres Gleichgewicht wieder, und er kniete sich vor Mütterchen Sultan nieder.

»Schau, ich hatte außer meiner Mutter niemanden auf der Welt, denn ich wuchs als Knecht beim Vater meiner Frau auf. Er war ein hartherziger, gottloser Mann und gab mir und meiner Mutter am Tag nur ein Brot für uns beide, und das widerwillig. Während die Herrschaften Butter und Honig aßen, ernährten wir uns von Pflanzen und Queckenwurzeln, die wir in den Bergen sammelten und kochten. Während meiner Dienstzeit beim Militär bekam ich zum ersten Mal Fleisch auf den Teller, lernte ich nachts schreiben und lesen, meldete mich dann zum Kursus an und wurde Gefreiter. Welch ein Glück! Ich schickte meiner Mutter ein bisschen Geld, sogar ein Kleid und ein Paar Schuhe. Als Gendarm lernte ich so gut zu prügeln, dass ich sogar Stock und Stein zum Reden zwingen konnte. Sie haben mich so viele Männer verprügeln lassen, dass – sieh dir meine Hände an – die Handballen hart wurden wie Autoreifen. Viele haben sich von diesen Prügeln nicht erholt und sind daran gestorben. Zuerst hatte mich das sehr mitgenommen, doch dann gewöhnte ich mich daran. Und weil ich Tote zum Reden brachte, weil ich der tüchtigste, kraftvollste Prügler der Türkei wurde, verlängerten die Kommandanten meine Dienstzeit. Und ich prügelte Tag für Tag weiter. Denkst du, das ist leicht? Manche schrien so laut, dass ich Angst hatte, taub zu werden. Aber was kannst du dagegen tun, Dienst ist Dienst. Die Pflicht ist so heilig wie der Name Gottes. Und diese prügelnden Hände sind ja nicht meine, ich habe sie der

Regierung gegeben, und sie hat mir einen Dienstgrad verliehen, mich trifft also keine Schuld. Ich könnte dich jetzt zu Tode prügeln, es träfe mich keine Schuld. Ich würde auch nicht in die Hölle kommen, denn diese Hand ist die Hand von Arif Saim Bey, diesem Schurken, und die der Regierung. Zerstöre meinen Herd nicht! Sieh doch, der bis zum Militärdienst von morgens bis abends Geprügelte ist zum Gefreiten aufgestiegen, der die ganze Welt verprügelt. Ich habe mein Leben in ordentliche Bahnen gelenkt, doch was soll aus mir werden, wenn du deine Worte nicht zurücknimmst? Wärst du nicht Mütterchen Sultan, ich brächte dich sofort zum Reden, und wärest du aus Eisen oder Stein.«

Es schien, als lächle Mütterchen Sultan. Sie öffnete die Augen, und Gefreiter Ali schöpfte wieder Hoffnung.

Währenddessen kamen bestens gelaunt, laut lachend und scherzend, Arif Saim Bey, gefolgt von allen Notabeln und den anderen Beys und Agas und füllten mit gesellschaftlichem Anhang die Kommandantur der Gendarmerie. Weil der Raum des Kommandanten nicht alle aufnehmen konnte, gingen sie in den Speisesaal, wohin auch ein Sessel für Arif Saim Bey gebracht wurde. Gespannt wartete alles auf Ali die Echse. Ob es ihm wohl gelungen war, die alte Frau zum Reden zu bringen? Ihr Lachen hallte durch den ganzen Bau.

»Bringt diese alte Vettel her!«, befahl Arif Saim Bey, als der Tee aufgetragen wurde. Er fingerte eine Zigarette aus seinem goldenen Etui, steckte sie auf seine goldene Zigarettenspitze, und um ihn herum flammten fünf oder sechs Feuerzeuge gleichzeitig auf. Arif Saim Bey nahm einen tiefen Zug. »Was wir im Freiheitskrieg in diesen Bergen von diesen Dörflern nicht alles erdulden mussten...«

Kurz darauf wurde, von zwei Gendarmen gestützt, Mütterchen Sultan hereingeschleppt.

»Setzt sie hin!«

Sie setzten Mütterchen Sultan auf einen Stuhl, der eigens für sie an der Wand bereitstand. Das leichenblasse Gesicht der Frau war grünlich angelaufen, als habe der Tod ihr bereits seinen Stempel aufgedrückt.

Im Vorhof des Horts lagen mannshoch Haufen von Blumen. In Säcken, Beuteln und Tragetaschen haben Frauen, Männer, Alt und Jung mit Kind und Kegel sie von den Bergen gebracht und aufgeschüttet. Sie singen Lieder, spielen die Saz, tanzen den Reigen und schlagen die Doppeltrommel. Nachts waren Hirschkühe über den sternenglänzenden Bach gekommen, ließen sich melken und zogen wieder in die Berge. Über den Geweihen der Hirsche wehen die Banner des Horts, während sie in die Ebene hinuntersteigen, und wohin sie auch ziehen, gleitet eine Wolke mit ihnen dahin. Schneeflocken wirbeln, die Kinder frieren. Senken, Wälder und Hänge, so weit das Auge reicht, wächst kanariengelb glänzendes Knabenkraut. Auch im Hof ganze Hügel von aufgehäuften Blumen mit Bienen in den Blütenkelchen, und die glitzernden Sonnenstrahlen werden von den Schneeflocken eingehüllt. Schneeglöckchen bedecken die Ebene, das Meer, die Berge … Alle Jahreszeiten, der ganze Horizont verschwindet im Schnee. Ein Wolfsrudel umkreist den Hort, im Maul jeder Bestie ein bluttriefendes Hirschkalb mit tränenfeuchten Augen. Die Wölfe heulen bis zum Morgen. Hasan Beys Schwert, lichtumflutet, funkelt dort an der Wand. Blumenballen und brodelnde, Funken sprühende Kessel rollen einen langen Hang hinab, füllen Wald, Berge und Täler mit durchdringendem Blumenduft, tausende Wölfe haben sich dem Hort zugewandt, blecken die weißen, messerscharfen Zähne und heulen. Ein Wolf, scharf wie ein Schwert, stürzt sich auf die brodelnden Kessel.

»Hast du deine Worte zurückgenommen?«

Mütterchen Sultan schien zu zittern, ihr Gesicht wurde noch bleicher.

»Antworte!«

Er wartete ab, doch von der zusammengekrümmten Frau kam keine Antwort.

»Das heißt, du antwortest nicht?«

Er wartete wieder eine Weile, schlug nervös den Handstock

mit dem goldenen Knauf auf den Fußboden. Er wurde immer wütender, und je wütender er wurde, desto öfter fragte er: »Wirst du deine Worte zurücknehmen?«

»Du hast meine verstorbene Mutter Hure und Dirne genannt. Ich bin keiner von denen, die sich so eine schwere Beleidigung ungesühnt gefallen lassen. Bis heute habe ich nicht zugelassen, dass meine verstorbene Mutter auch nur einmal beschimpft wurde.« Arif Saim sprach jetzt kaltblütig, sogar ein bisschen spöttisch. »Und nun hör mir gut zu, du Hure des Horts der Vierzig Augen. Wenn du deine Worte nicht zurücknimmst, werde ich dich von den steinharten Burschen da unten besteigen lassen. Die werden so über dich herfallen, dass du so beschmutzt sterben und ungereinigt von dieser Sünde vor deinen Schöpfer und Richter hintreten musst. Denn ich werde dich ungewaschen wie du bist, begraben lassen.«

Und er begann sie mit den unflätigsten Worten zu beschimpfen, zu verhöhnen, zu erniedrigen. Doch nichts regte sich bei Mütterchen Sultan, sie schaute ohne einen Lidschlag mit geweiteten Augen in die Weite.

»Unsere verehrte, heilige Hure wird also nicht reden?«

Schauernd lachten alle Anwesenden. Konnten sie denn anders? Schließlich lachte auch Arif Saim Bey lauthals über seinen Einfall. Heilige Hure … Erst als der Abgeordnete wie auf Anhieb innehielt, erstarb auf einen Schlag auch das Lachen der Anwesenden.

Arif Saim Beys Miene wurde schroff, und schon blickten auch die andern finster.

»Ali!«

»Zu Befehl!«

»Hatte ich dir nicht angedroht, deine Rangabzeichen abzureißen und dich ins Paradies der Esel zu befördern, wenn du diese Frau nicht zum Reden bringst?«

»Das hast du gesagt, mein Kommandant«, antwortete Ali die Echse, warf sich noch straffer in die Brust und machte sich kerzengerade wie ein in den Erdboden gestoßener Handschar.

»Nun gut, mein allerwertester Gefreiter. Du kannst diese Frau nicht zwingen, ihre Worte zurückzunehmen? Was tun also die Gebeine meiner verstorbenen Mutter da unten in der Erde?«

»Sie knirschen, mein Efendi.«

»Ja, der Zorn hat mein geliebtes Mütterlein gepackt, ihr Herz wurde verletzt, denn weder zu Lebzeiten noch bis jetzt sind ihr jemals so abstoßende Schimpfworte ans Ohr gekommen. O weh, mein Mütterlein! Das heißt, ein Gefreiter, der Stock und Stein der Republik zum Reden bringt, versagt vor einer Hure, aus Angst vor ihrer geistigen Macht. Er weiß ja nicht, dass Huren gar keine geistige Macht haben können, nicht wahr, Gefreiter Ali die Echse?« Beim Wort Echse lächelte er.

»Nein, das haben sie nicht«, brüllte unkontrolliert der Gefreite.

»Hör zu, Gefreiter Ali, wenn diese Frau ihre Worte nicht zurücknimmt, nehme ich dir erst einmal deine Streifen ab, und dann übergebe ich diese Frau den steinharten Jungs. Und dann kann diese Sultanin der Dirnen ...«

Auch diese Redewendung gefiel ihm, und wieder brachen alle in schallendes Gelächter aus.

»Geh mir mit ihr aus den Augen und bring sie mir morgen früh geständig wieder her. Weg mit ihr!« Er verzog das Gesicht, als habe er etwas verschmutztes getrunken, stand auf, hängte sich den Stock über den linken Unterarm und hakte sich bei Halil dem Überschwänglichen ein. Auch die andern waren aufgesprungen und gingen lachend und scherzend wie sie gekommen waren zur Treppe.

Als sie verschwunden waren, hoben die Gendarmen Mütterchen Sultan auf die Beine und schleiften sie wie einen leeren Sack in die Zelle zurück. Dort übernahm der Gefreite sie und stieß sie in den wurmstichigen, zerschlissenen, staubigen Sessel.

»Da siehst du mit eigenen Augen, was du angestellt hast!«, brüllte er los. »Sie werden mich degradieren. Hast du überhaupt kein Mitleid? Du hast gehört, was der Beyefendi sagte. Du bist keine Heilige. Du, du ...«, er wagte nicht, es auszusprechen, »du bist etwas ganz anderes. Und nun werde ich dir die Knochen brechen, werde zehn Burschen herbringen und dich schänden lassen, hast du verstanden?« Er packte sie an den Schultern und schüttelte sie wie ein Wahnsinniger, keuchte, und von der Stirne rann der Schweiß in großen Tropfen.

In Festkleidung hatten sich die Frauen aus einigen umliegenden Dörfern mit Sicheln und Sensen in den Händen versammelt, sie gingen in eine unendlich weite, bis zum Horizont mit Blumen überwucherte Ebene, sichelten und mähten und schütteten die Blumen in schwarze Kessel, die auf flammendem Feuer standen. Becherweise gaben sie dicht gedrängt daliegenden Kranken von dem ausgekochten Sud zu trinken. Bis auf die Knochen abgemagerte Hirsche kamen, brachen auf der abgemähten Ebene zusammen, die Frauen hoben ihre Köpfe an, flößten ihnen den Sud ein, und die Tiere sprangen auf und trollten sich.

»Mütterchen Sultan, sag dann nicht, ich hätte dich nicht gewarnt! Ob du eine Heilige bist oder eine Prophetin, meinetwegen die leibliche Tochter des Allmächtigen, ich kann mich deinetwegen nicht degradieren lassen. Ich ziehe dir die Haut ab, Mütterchen Sultan, steche dir die Augen aus! Sie sind nicht zu zählen, die bis jetzt durch meine Hand ihr Leben ausgehaucht oder zu Krüppeln wurden. Schau, Mütterchen Sultan, ich bin wie der Schwarze Boran über diese Ebene, durch diese Berge, durch dieses Anatolien gestürmt, habe Dörfer gebrandschatzt und Herde gelöscht. Ich habe mir den Rang eines Gefreiten hart verdient. Man achtet mich höher als Ismet Pascha, Fevzi Pascha und die anderen Generäle der Armee und den Präfekten von Adana. Und warum? Weil ein Schläger wie ich, der die Knochen der niederträchtigen Dörfler dieses großen, mächtigen Landes bricht, nur einmal geboren wird.«

Er setzte sich neben den Sessel und starrte Mütterchen Sultan an. Die Frau schien weit weg zu sein und zu schlafen. Hin und wieder öffnete sie die Augen, schaute verwundert um sich und sank dann wieder in Schlaf.

»Du hast keine Wahl, du wirst reden, wirst deine Worte

zurücknehmen, und wenn nicht, wirst auch du dich vor mir nicht retten können. Diese Hand, die dich schlägt, ist nicht meine, sondern die Hand Arif Saim Beys. Die dich schänden, sind die ganz oben, die nur befehlen und sich nicht blicken lassen. In den Augen des Allmächtigen und in den Augen der Menschen erfülle ich getreulich meine Pflicht. Und wer seine Pflicht nicht treu erfüllt, den zähle ich nicht zu den Menschen. Jetzt hole ich einige Jungs, von denen jeder schon zwei, drei Jahre lang von seinem Heimatdorf fort ist ... Die werde ich über dich herfallen lassen ... Die hören nicht auf Hort, Heilige und Herrgott, die machen dich fertig. Komm, Mütterchen, nimm deine Worte zurück. Du quälst mich ... Tu mir das nicht an. Mütterchen Sultan, ich werde dich ... Mütterchen Sultan!«

Ganz außer sich, stürzte er sich auf sie, hob sie aus dem Sessel, und seine geübten Hände trommelten unwillkürlich auf sie ein. Als er wieder bei sich war, horchte er sie ab, ihr Herz schlug regelmäßig wie ein Uhrwerk. Sie wird es aushalten, wird nicht sterben, dachte er und war froh darüber. Er hielt sein Ohr noch einmal an ihre Brust, horchte aufmerksam, die Herzschläge waren langsamer geworden, und er bekam es mit der Angst. Sie stirbt nicht, sie ist vom guten, alten Schlag. Vom guten alten Schlag, wiederholte er, begann auf und ab zu wandern und zwischendurch ihr Herz abzuhorchen. Ein Übelkeit erregender Geruch stieg ihm in die Nase, und er stürzte sich ins Freie. Es war sehr dunkel, und es nieselte. Mehrmals umrundete er den inneren Hof der Kommandantur. Unter den Feigenbäumen und den alten Granatapfelbäumen mit ihren dicken, gewundenen Stämmen dicht bei der bemoosten Mauer stand bewegungslos der hünenhafte Wächter des Horts, Bünyamin, und seine wachen Augen glühten im Dunkel wie die einer Katze. Ali die Echse blieb am Granatbaum stehen, wollte etwas sagen, brachte aber kein Wort heraus. Nachdem er eine Weile unschlüssig dagestanden hatte, lief er zurück in die Zelle.

Mütterchen Sultans Kopf ruhte auf ihrer rechten Schulter, der Gefreite schaute ihr ins Gesicht. Es wurde immer bleicher, entsetzt flüchtete er ins Freie. Das Dunkel wurde dichter, verwandelte sich in undurchdringliche Finsternis, und der Regen fiel in Strömen. Ali kam zum Granatbaum, hinter dem als schwarzer Schatten Bünyamin stand. Bünyamin, Bünyamin, rief er und merkte nicht, wie seine Stimmer versagte. Bünyamin, Bünyamin, Mütterchen Sultan stirbt, rette sie! Hast du nichts von den Heilmitteln aus dem Hort, nichts von diesem Lebenselixier, womit Mütterchen Sultan gerettet werden kann? Wenn sie stirbt, ziehen sie mir die Haut ab. Bei unserer Hochzeit sagte ich meiner Frau, es bleibe nicht beim Gefreiten, ich würde das Volk so verprügeln, dass sie mich dafür zum Hauptmann, zum Major, zum General befördern müssen. Ich habe im gesamten Taurus, in ganz Anatolien den Knüppel geschwungen, die ganze Welt unter meinem Knüppel wimmern lassen, habe Augen ausgestochen, Haut abgezogen, Zungen ausgerissen, doch sie haben mich nicht einmal zum Unteroffizier gemacht, geschweige denn zum Hauptmann. Und wenn Mütterchen Sultan jetzt stirbt, werden sie mir auch noch diese Streifen abnehmen. Sie stirbt, beeile dich, Bünyamin, rette sie und rette mich! Du rettest Mütterchen Sultan, und ich rette dich. Ich habe sie nicht einmal mit meinen Fingerspitzen berührt, ich war nur ein bisschen wütend auf sie geworden, was ist schon dabei? Deswegen gleich sterben? Bünyamin, Bünyamin, du bist der Sohn des Hirten der Hirsche, Großvater Mülayim. Hirschkuhmilch oder Heilpflanzensud oder Honigextrakt, gib ihr was auch immer, aber rette sie!

Ali lief wieder hinein, Regenwasser strömte nur so an ihm herunter, benetzte Mütterchen Sultans Gesicht, als er sich über sie beugte und sie kurz die Augen öffnete und wieder schloss. Diese Augen sind tot, dachte Ali die Echse. Sie stirbt, wimmerte er. Er fasste sie nicht an. Sie stirbt, wenn ich sie berühre, fürchtete er.

Er lief hinaus zu den Granatbäumen. Es donnerte, Blitze zuckten, durchschnitten wie Messerhiebe die Finsternis, erhellten die Regenwand, hinter der Bünyamins mächtiger Körper um ein Mehrfaches wuchs, während ein Ring grellen Lichts ihn ununterbrochen umkreiste. Der Gefreite war bei ihm stehen geblieben, wollte ihn berühren, rannte dann aber zurück zur Zelle. Doch schon auf der Schwelle wurde er von einer unsichtbaren Kraft ins Freie getrieben, ohne Mütterchen Sultan gesehen zu haben, dann rannte er wieder hinein, kehrte um zu den Granatbäumen, ins grelle Licht der Blitze und zum hellen Ring, der Bünyamin umkreiste, und wieder zurück durch aufgelaufenes Regenwasser. Wie ein Weberschiffchen pendelte er atemlos zwischen Zelle und Regenwand hin und her. Am Ende berührte er Mütterchen Sultans Hände. Sie waren eiskalt.

Er nahm die Frau auf seinen Rücken, schleppte sie zu den Granatbäumen und gleich wieder zurück in die Zelle. Und so begann er jetzt mit ihr auf dem Rücken zwischen Zelle und Granatbäumen hin und her zu laufen, ließ sie auch in den Schlamm fallen, vergaß sie, rannte in die Zelle, suchte sie dort verzweifelt, lief zu den Granatbäumen und zu Bünyamin, torkelte kreuz und quer durch den Hof. Sturm und Regen wurden immer heftiger. Im Licht eines langen Blitzes entdeckte er die Frau im schlammigen Wasser, nahm sie auf den Rücken und rannte zum Haus des Arztes.

Der Doktor öffnete die Tür und blickte mit verschlafenen Augen verwundert auf den Gefreiten mit der Frau auf den Schultern, und Gefreiter Ali starrte ihn an und brachte kein Wort heraus. Der Arzt griff nach dem Handgelenk der Frau. »Bring diese Frau in die Zelle zurück, es ist zu Ende!«, sagte er.

»Zu Ende, zu Ende, zu Ende«, murmelte Ali, als die Tür zuschlug. Er wartete eine Weile vor der geschlossenen Tür, sie wurde nicht mehr geöffnet. Der Gefreite lief nach Hause. Mit wirren Haaren öffnete seine Frau, begann in einem fort zu zetern, doch Ali verstand das meiste nicht. Ich gehe, schrie sie, ich nehme die Kinder und gehe zurück zu meinem Vater. Hast du nicht gesagt, dich zum Rang eines Hauptmanns hochzuprügeln? Und jetzt nehmen sie dir sogar die Streifen eines kleinen Gefreiten weg. Du konntest nicht einmal mit einer Hure fertig werden und hast sie totgeprügelt, hast sie getötet und bist deine Streifen los. Ich habe schon längst mein Bündel geschnürt. Du hast mich getäuscht, und ich gehe in mein Elternhaus zurück und werde sofort wieder heiraten. Echse Ali, Echse Ali, aufgeschwemmt vom Kürbisfressen!

Ali hetzte die Treppe hinunter, in seinem Kopf dröhnte es wie im Bienenkorb, und er schlug den Weg zum Hause des Hauptmanns ein. Dreimal rutschte Mütterchen Sultan ihm unterwegs vom Rücken, und wie ein Adler krallte er sie sich jedes Mal wieder. An der Tür des Hauptmanns wagte er nicht zu klingeln und begann das Haus zu umkreisen. Der Regen prasselte hernieder, und es war so dunkel, dass er die Hand nicht vor Augen sehen konnte.

Dörfler und Derwische bringen hunderte Säcke voll Blumen von den Bergen, schütten sie zu Haufen in den Innenhof des Horts, wo auf flammendem Feuer in großen Kesseln Wasser brodelt, aus dem durchdringende Düfte emporsteigen. Schwärme von Vögeln, schneeweiß, fliegen zum Hort herab, landen hoch über den Kesseln auf der Kuppel des Horts, auf den angrenzenden Felsen und tauchen die Welt in makelloses Weiß. Und ununterbrochen geht ein dunkler Regen nieder. Die Felsen reißen auf, blaue Blumen sprießen hervor, verbleichen, verwelken, hinter wehenden Schleiern von Blau klingen Oboen. Auch das Weiß wird fahl. Schwerer Regen fällt, das Dunkel lastet schwer wie Stein. Der Regen wird fahl, auch der Berggipfel gegenüber, sonst Tag und Nacht im Licht, erbleicht. Sie stirbt, mein Hauptmann, sie stirbt. Ich brachte sie zum Doktor, mein Hauptmann. Er gab ihr eine Spritze, sagte, es bestehe keine Gefahr, und da habe ich sie dir gebracht, mein Hauptmann. Es regnet, es ist sehr dunkel, ihr Herz schlägt nicht, alle Düfte verwehen, der Regen verblasst, und sechzehn grün gewandete Männer stürzen sich mit blanken Säbeln in den Händen aufs Feindesheer. Wer kann dieses schwere Schwert von der Wand herunterheben? Flammen züngeln unter den Kesseln, die Welt duftet im aufkommenden Regen nach Erde, die Dunkelheit gleitet dahin und verblasst, mein Hauptmann. Werden sie mir die Streifen abreißen? Sie kommen ans Ufer unter der Brücke. Gefreiter Ali watet bis zu den Knien ins Wasser, der Hauptmann ergreift ihn, zieht ihn heraus, geht danach selbst hinein, und sie kreisen reihum im Wasser.

Es wurde Morgen, der Regen legte sich, ein zartes Licht kam auf, überflutete die blitzblank gewaschen daliegende Welt.

Zuerst erblickten Dörfler auf ihrem Weg in die Stadt die unter der Brücke in ihrem Blut liegenden Toten. Gebete murmelnd eilten sie verstört weiter. Es dauerte nicht lange, da drängten sich schon die Städter unter die Brücke. Kurz danach tauchte Arif Saim Beys Automobil auf, fuhr dicht an die Toten heran und bremste. Arif Saim Bey stieg aus. Er machte ein betrübtes Gesicht. Doch als er Mütterchen Sultan mit weit aufgerissenen Augen zwischen dem Gefreiten Ali und dem Hauptmann Faruk liegen sah, erschauerte er, öffnete seine erhobenen Hände gegen den Himmel und begann, Gebete zu murmeln. Er betete noch, als Halil der Überschwängliche mit den andern Notabeln im Gefolge, einige mit dem Freiheitsorden an der Brust, eintraf und mit achtungsvoll verschränkten Händen vor den Toten stehen blieb.

»Sie sind blutüberströmt«, sagte Arif Saim Bey. Gebückt ging er einige Mal um die Leichen herum und betrachtete ihre Verletzungen. »Überall Blut! Sie haben sie mit Handscharen nur so durchlöchert. Seht euch diese Frau an, wie sie mit weit aufgerissenen Augen daliegt! Sie starrt, als wolle sie die Welt verschlingen. Und sie nahm ihre Worte nicht zurück.« Er lächelte. »Eine tapfere Frau, diese kleine Dirne. Unglaublich, wie zäh diese Menschen sind. Die haben so eine Kraft ... Etwas Uraltes!«

»Unglaublich«, rief Murtaza. »Seht doch, wie sie uns anstarrt! Als sei sie noch am Leben und lacht über uns. Lacht über die ganze Welt. Ich habe schon viele Tote gesehen, aber keine so, wie diese kleine Frau. Liegt da und lacht uns alle aus. Auch der Hauptmann ist voller Blut, der Arme. Ach, und der Gefreite Ali, vor dem die Berge bebten und unter dessen Knüppel ganz Anatolien wimmerte, nun schwimmt er in seinem Blut, ach!«

»Liegt da in seinem Blut, der Arme«, sagte Molla Duran Efendi.

Der pensionierte Lehrer war puterrot im Gesicht, und seine Hände zitterten. »O weh, o weh«, rief er, »o weh, o weh!«

»O weh, o weh«, seufzte der Oberbürgermeister.

»Unser verehrter Hauptmann hat sehr viel Blut verloren, als er das Zeitliche segnete«, meinte der Staatsanwalt.

Ganz außer Atem eilte der Arzt herbei und begann die Toten zu untersuchen. Er nahm sich viel Zeit, und die andern geduldeten sich mit über dem Bauch verschränkten Händen.

»Fertig«, sagte der Doktor und hob den Kopf. »Der verehrte Hauptmann ist an genau neunzehn Stichen mit einem Handschar, der sich wie ein Bohrer in die Wunde drehte, ermordet worden. Der Gefreite Ali wurde von so vielen Stichen getroffen, dass ich sie, ich bitte um Verständnis, nicht zählen konnte. Und diese Frau mit den offenen Augen ... Seht euch das an!« Er schloss Mütterchen Sultans Augen, doch kaum hatte er seine Hand zurückgezogen, öffneten sie sich wieder. Er versuchte es noch einige Male, doch jedes Mal öffneten sich die Augen erneut. »Nun habt ihr es selbst gesehen.«

Die Dörfler starrten auf Mütterchen Sultans Augen, die der Arzt nicht schließen konnte.

»Diese Frau hat auch keine Verletzungen.«

»Sie muss welche haben«, schrie Murtaza Aga.

»Sie muss welche haben«, sagte auch Arif Saim Bey mit erhobener Stimme, damit die Dörfler ihn hören konnten. »Denn die Heilige des Horts der Vierzig Augen, das verehrte Mütterchen Sultan, wurde von dem blutrünstigen Heiden, dem berüchtigten Memed, ermordet. Deswegen muss es an ihrem gesegneten Köper Spuren einer Verletzung geben.«

»Muss es geben«, triumphierte Murtaza Aga, »zumal der berüchtigte Blutsäufer Memed seinen unschuldigen Opfern zuerst die Augen aussticht, bevor er sie meuchelt. Schaut euch doch die Augen des verehrten Volkshelden Hauptmann Faruk Bey an! Dieser Gottlose hat sie in zwei Quellen von Blut verwandelt. Und seht euch die Augen des verehrten Volkshelden und Totschlägers aller Volksfeinde, des Gefreiten Alis hellbraune Augen an! Sie sind nur noch zwei Brunnen von Blut. Ja, auch Mütterchen Sultan, diese gesegnete heilige Frau, wurde von diesem Memed umgebracht.« Und Murtaza Aga erhob seine Stimme noch kräftiger als Arif Saim Bey: »Er wird schon sehen, dieser Blutsäufer, was es heißt, den letzten Heiligen des Horts der Vierzig Augen, dazu noch die gesegnetste aller Frauen, zu ermorden. Der Hort der Vierzig Augen wird ihn verdammen! Und die Türkische Republik wird diesen Blutsäufer, der ihren Hauptmann und ihren Gefreiten getötet hat, in Erinnerung an unseren Ahnen, Murat Pascha den Brunnenbohrer, an einem Schlachterhaken aufhängen!«

Murtaza Aga kam allmählich in Fahrt und wollte noch allerlei zum Besten geben, doch als Arif Saim Bey sein Automobil bestieg, brach er seine Rede sofort ab, rannte los, knöpfte sich noch im Laufen die Jacke zu und verbeugte sich mehrmals ehrerbietig neben dem startenden Wagen. Arif Saim Bey lächelte ihm zu, und das Auto setzte sich in Fahrt.

Gemeinsam machten sie sich auf den Weg in die Stadt. In der Kommandantur sahen sie, dass Hauptmann Ali der Giaur noch die letzten Dörfler vernahm, die die Toten unter der Brücke entdeckt hatten. Er beeilte sich jetzt mit den Protokollen und erstattete gleich danach Arif Saim Bey Meldung.

»Alle Aussagen decken sich, ich habe keine Widersprüche entdecken können. Eine alte Frau, die noch vor Morgengrauen auf dem Weg zur Stadt über die Brücke ging, hat als Erste die Toten entdeckt. Sie habe neben den in ihrem Blute liegenden Toten einen riesengroßen, rot gestiefelten Mann in Umhang und Pluderhosen aus grobem Tuch gesehen, der einen langen Handschar, von dem Blut tropfte, in seiner Hand hielt. Er soll sich nicht gerührt haben. Die anderen Dörfler haben die Aussagen dieser Frau bestätigt.«

»Wohin ist dieser regungslos dastehende Mann gegangen?«

»Er ist verschwunden, Efendi.«

»Wie ist er verschwunden?«

»Ich habe gefragt und nachgehakt, Efendi. Wie er verschwunden ist, haben sie nicht gesehen.«

»Ihr werdet ihn finden, ich weiß. Findet ihn, nur wisset, dass

Memed es war, der Hauptmann Faruk Bey, den Gefreiten Ali Efendi und unser heiliges Mütterchen Sultan getötet hat! Lasst euch einen besonders einleuchtenden Grund einfallen, warum Memed jemanden, der seine Wunden heilte, ihm einen Zauberring und ein Zauberhemd schenkte, getötet hat! Einen Grund, den das Volk uns auch glaubt!«

»Wir werden einen finden, Efendi«, sagte Hauptmann Ali der Giaur.

»Ja, bitte nehmt Platz, wir werden einen finden!«

Nun begann zwischen den Anwesenden ein stiller Wettkampf um das Erfinden einleuchtender Gründe. Bis zum Mittag war jedem einer eingefallen, doch keiner fand Arif Saim Beys Billigung. Zum Mittagessen gingen sie ins Haus von Halil dem Überschwänglichen, wo der Wettkampf um die beste Begründung fortgesetzt wurde. Am Ende brüllte Murtaza mit geschwollenen Halsadern und hervorquellenden Augen: »Ich habs gefunden.«

»Heraus damit!«, sagte Arif Saim Bey und ergriff Murtazas Hand, worauf dieser aus den Augenwinkeln in die Runde blickte, als wolle er sagen: Seht, so stehen wir zueinander!

»Es geht doch um Mütterchen Sultan.«

»Ja, und?«

»Sie schenkte Memed doch einen Zauberring und ein Hemd mit neuntausendneunhundertneunundneunzig aufgedruckten Gebeten, nicht wahr?«

»Ja, das wissen wir.«

»Dann hören Sie mir aufmerksam zu! Der verehrte Arif Saim Bey bat Mütterchen Sultan, in die Stadt zu kommen, und sie nahm die Einladung unseres Arif Saim Bey an. Und warum hat Arif Saim Bey sie eingeladen? Um sie auch um Zauberring und mit neunundneunzigtausendneunhundertneunundneunzig Gebeten bedruckte Hemden zu bitten. Die wollte er seinen Soldaten geben. Denn dann würde Memed den unverwundbaren Gendarmen nicht mehr standhalten können.« Murtaza Aga erhob sich, ließ seine Augen über die Anwesenden wandern. »Mütterchen Sultan sagte erst einmal kategorisch nein. Doch als sie erfuhr, dass

Arif Saim Bey an der Front Schulter an Schulter mit den sechzehn heiligen Männern des Horts der Vierzig Augen gegen den Feind gekämpft hatte, versprach sie, ihm den Ring und die Hemden zu geben und den Zauber von Memeds Ring und seinem Hemd aufzuheben. Als Memed davon erfuhr ... Da kam er her ... Und leider, sowohl Mütterchen Sultan als auch ihre Beschützer ... Ja, meine Herren, der gefallene verehrte Hauptmann Faruk und der verehrte gefallene Gefreite Ali Efendi haben für Mütterchen Sultan, ohne zu zögern, ihr Blut vergossen.«

Arif Saim Beys Augen leuchteten vor Freude. »Bravo, Murtaza Aga«, rief er. »Ein Bravo deinem scharfen Verstand! Bravo, Kamerad.«

Zülfü sprang auf und umarmte ihn: »Nur so vernichtet man einen Memed, nur so trifft man ihn mit seinen eigenen Waffen mitten ins Herz. Bravo Murtaza, bravo, mein Bruder!« Alle Anwesenden beglückwünschten ihn stehend und sparten nicht mit lobenden Worten.

Sofort ließ Arif Saim Bey den jungen Lehrer und angehenden Journalisten, dem er eine Nachrichtensperre auferlegt hatte, zu sich kommen, diktierte ihm Memeds letzten Mord in die Feder und sagte: »Geh und telegrafiere diese Nachricht an alle Zeitungen! Und ich werde den Herausgebern telegrafieren, dieser Nachricht den gebührenden Stellenwert einzuräumen. In Kürze wird Memed auf den Frontseiten Schlagzeilen machen. Sogar mit Foto.«

Der Lehrer senkte den Kopf. »Efendi, seit Jahren bin ich auf der Suche und habe bis heute nicht das kleinste Bild von ihm gefunden. Er hat sich sein Leben lang nie fotografieren lassen. Der weiß nicht einmal, wie ein Fotoapparat aussieht.«

»Die Journalisten werden schon eins finden«, lachte Arif Saim Bey, und die andern lachten mit. »Sie werden einen mit so lang gezwirbelten Schnauzbartspitzen finden, dass jedem bei diesem Anblick die Knie weich werden.«

Murtaza Aga zog allseitig sichtbar seine große Geldbörse aus seiner Brusttasche und drückte dem Lehrer ein Bündel Scheine in die Hand. »Und dies als Entgelt für deine verdienstvolle Mühe«, sagte er, und der Lehrer hastete durch die Tür hinaus.

»Jetzt heißt es: Ärmel hochkrempeln«, sagte der Abgeordnete. »Wir schicken Boten in alle Dörfer, um die Nachricht von Memeds Mord an Mütterchen Sultan mit allen Einzelheiten zu verbreiten!«

»Bey«, bat Murtaza Aga, »überlass das mir! Schon in den nächsten zwei Tagen werden aus dieser Ebene und von den Bergen so viele Flüche auf Memed herabregnen, dass ihm Hören und Sehen vergeht.«

»Dass Memed diese Frau getötet hat, passt gut. Damit ist er erledigt. Die Nachricht vom Mord an Mütterchen Sultan verbreitet sich in Windeseile«, meinten die andern.

»Und nicht zu vergessen der Hauptmann und der Gefreite! Wenn ich jetzt nach Ankara komme, kann ich vom Innenminister den Regimentskommandeur Azmi Bey den Orkan anfordern. Der lässt auch bei Eis und Schnee auf Memed marschieren. Das Volk ist mit uns, dazu noch Azmi Bey der Orkan … Wenn dann auch noch das Gerücht von der reaktionären Bewegung in den Bergen die Runde macht, ist Memed innerhalb eines Monats weggefegt.«

Der Abend kam, die Raki-Tafel wurde gedeckt, und die Rede kam auf Azmi Bey den Orkan, ein im ganzen Land unerschöpfliches Thema. Jeder Dörfler machte in die Hosen, wenn er nur seinen Namen vernahm. Seit der Gründung der Republik fegte er wie ein eisiger Orkan durch Anatoliens Osten, Westen und Süden, suchte wie ein Feuersturm diese rebellischen, hinterhältigen Dörfler heim. Und eben dieser sagenhafte Held und Bauernhenker wird in Kürze gegen den Taurus marschieren, und wie die Menschen werden sich auch die Felsen aus Feuerstein, die schroffen Gipfel, die zu Tale donnernden Wildwasser und die kreisenden Adler vor ihm in den Staub werfen!

Bestgelaunt scherzten, lachten, amüsierten sie sich. Murtaza war so voller Freude, dass er gekonnt einen Çiftetelli-Tanz hinlegte.

Draußen an der Hauswand stand Ali der Hinkende, lauschte eine Weile dem lärmenden Geschwätz und entfernte sich dann unauffällig. Stärker noch als in der vorangegangenen Nacht begann es zu regnen, Sturzbäche prasselten vom Himmel, die Dunkelheit stand wie eine Mauer, nur tastend konnte sich Ali der Hinkende fortbewegen, und nur mit Mühe fand er das Tor der Kommandantur. Der Regen trommelte so laut auf die Wellblechdächer, dass man auch einen Kanonenschuss nicht hätte hören können. Ali wandte sich nach rechts und bewegte sich an der Hofmauer entlang bis zu den Granatbäumen, machte dann aufs Geratewohl einige Schritte in Richtung Bünyamin und ergriff dessen Arm.

»Bünyamin, ich bins, Ali der Hinkende, hörst du mich?«

Bünyamin rührte sich nicht. Ali redete weiter, brüllte, rief und schimpfte, zog ihn am Arm, wollte ihn mitschleifen, doch dieser Koloss von Mann stand wie ein Fels, wich keinen Fingerbreit. Ali schlug ihm auf die Schulter, umfasste seine Hüften, stieß ihm in den Rücken, Bünyamin scherte sich nicht.

»Mensch Bünyamin, hier kannst du nicht bleiben, wenn die Gendarmen dich hier morgen noch sehen, töten sie dich!« Er schrie lange auf ihn ein, trat ihm in die Beine, hob einen Stein auf und schlug ihn mit aller Kraft auf den Rücken, Bünyamin beachtete ihn nicht, stand da wie ein Baum. Er redete, bat und flehte, doch es war hoffnungslos. Ali lehnte sich ihm gegenüber an einen Baum, und ihm war, als bewege sich der Umriss, als beuge er sich wie zum Gebet auf ein Knie nieder, stehe wieder auf und kreuze die Hände über die Brust. Vielleicht kam es Ali dem Hinkenden aber nur so vor. Doch nach diesem Fingerzeig konnte er ihn vielleicht fortlocken!

»Bünyamin, Derwisch des Horts der Vierzig Augen, Hirte der Hirsche und Sohn des heiligen Mülayim, der Tag und Nacht glühende Kohlen in Händen hielt! Ich werde dir jetzt ausrichten, was Mütterchen Sultan dir aufgetragen hat.« Er stieg auf einen Stein, packte Bünyamin am Arm und hielt seinen Mund dicht an dessen Ohr. »»Bünyamin, Bünyamin, folge Ali dem Hinkenden!‹, lautet Mütterchen Sultans Befehl. ›Wenn du der Sohn des Hirten der Hirsche, Mülayim, bist, der zwölf Monate im Jahr nicht verlöschende Kohlenglut in Händen trug, dann setz dich auf des Mannes Fersen, der sich Ali der Hinkende nennt! Setz dich auf seine Fersen und geh!‹«

Er streckte die Hand aus, ergriff Bünyamins Arm, und lammfromm kam der hinter ihm her. Der Regen prasselte mit ohrenbetäubendem Lärm. Sie verließen den Hof und schlugen den Weg zum Marktviertel ein. Bis zur Brücke hatte sich die Straße in einen rauschenden Bach verwandelt. In keinem der Häuser brannte Licht. Wie ein Pferd am Halfter zog Ali der Hinkende Bünyamin bis zum Haus von Molla Duran Efendi, der schon ungeduldig wartete. Kaum hatte der Molla ihre Schritte vernommen, riss er die Tür auf, und ein Schwall von Regenwasser ergoss sich über die Schwelle.

»Kommt schnell herein!«

Ali der Hinkende stieß Bünyamin ins Haus.

»Wo bleibt ihr, Ali, ich bekam es schon mit der Angst!«

Im Licht der Karbidlampe in Molla Durans Hand, zeigte Ali auf Bünyamin. »Schau ihn dir doch an! Ich hatte Schwierigkeiten, ihn aus dem Hof zu zerren.«

Bünyamin hielt in der Rechten einen langen, zweischneidigen Tscherkessen-Handschar mit silbernem Knauf umklammert, und zwischen seinen Fingern klebte Blut, das nicht einmal der Regen abgewaschen hatte.

Sie gingen nach oben ins Wohnzimmer. Im Kamin brannten aufgeschichtete, trockene Scheite lichterloh. Bünyamin war mitten im Zimmer stehen geblieben. Molla Duran und Ali der Hinkende musterten ihn von allen Seiten. Bünyamin war überall blutverschmiert.

»Ali, zieh ihn aus!«, gebot Molla Duran.

Zuerst wollte Ali ihm den Dolch abnehmen, doch trotz aller Anstrengung gelang es ihm nicht, ihn aus Bünyamins Fingern zu winden. Auch als ihm der kräftige Molla zu Hilfe kam, konnten sie diese Finger, die den Knauf des Handschars umklammerten, nicht auseinander biegen. Schweißtriefend gab Ali der Hinkende schließlich auf, ging zum Kamin und hielt mit dampfendem Rücken seine Hände ans Feuer. »Ich bin nass bis auf die Knochen und gehe mich erst einmal umziehen«, stöhnte er und verließ das Zimmer. Als er zurückkam, trug er einen Schalwar aus grober Wolle, rotbraune Stiefel und einen nagelneuen bestickten Umhang aus Maraş.

Lächelnd ging er zu Bünyamin, der noch immer mitten im Zimmer stand, und rief: »Derwisch Bünyamin, auf Geheiß Mütterchen Sultans richte ich dir aus: Gib deinen Handschar dem vor dir stehenden Ali dem Hinkenden! Dann zieh dir deine Stiefel aus, dann deinen Schalwar und deinen Umhang, los, Bünyamin!«

Behutsam reichte Bünyamin mit einer Verbeugung Ali dem Hinkenden den Handschar, hockte sich dann hin und zog seine Stiefel aus. Die Strümpfe darunter waren trocken.

»Bünyamin, und nun frage ich dich im Namen von Mütterchen Sultan: Hat dein Schalwar das Regenwasser durchgelassen? Sieh nach!«

Nachdem Bünyamin seinen Schalwar abgetastet hatte, antwortete er leise: »Ist nicht durch.«

»Und dein Umhang?«

Bünyamin befühlte auch seinen Umhang. »Ist nicht durch.«

»Sehr gut. Dann komm zum Kamin!«

Bünyamin stieß fast an die Zimmerdecke, als er aufsprang, zum Kamin ging, sich davorhockte und mit gesenktem Kopf sitzen blieb.

Bald darauf wurde auf einem großen Tablett eine dampfende Schüssel stark nach Knoblauch und Minze riechender Joghurtsuppe, dazu Grützpilav und Kartoffeln mit Gulasch hereingetragen.

»Bedien dich bitte, Derwisch Bünyamin!«, forderte ihn Molla Duran Efendi auf. »Wer weiß, wie lange du nichts gegessen hast.«

»Oho«, rief Ali der Hinkende, »seit dem Tag seiner Ankunft hat er sich in einem Winkel des Hofes unter den Granatbäumen nicht von der Stelle gerührt. Und keiner hat ihn dort entdeckt.

Vielleich sahen sie ihn, aber nahmen ihn nicht wahr. Wie so vieles, das man immer vor Augen hat und deswegen gar nicht mehr sieht.«

»So ist es«, nickte Molla Duran. »Bitte Derwisch Bünyamin, greif zu!«

Doch Bünyamin saß da, als sehe er die aufgetischten Speisen nicht.

»Derwisch Bünyamin, das Essen wird kalt.«

Mal forderte Molla Duran ihn auf, mal Ali der Hinkende, doch Bünyamin schien die beiden nicht zu hören. Schließlich griff Ali der Hinkende zur bewährten List: »Derwisch Bünyamin, dies ist der Befehl Mütterchen Sultans vom Hort der Vierzig Augen. Du wirst dir jetzt die Joghurtsuppe zu deiner Rechten vom Tablett nehmen und essen, dann den Grützpilav und die Kartoffeln mit Fleisch, und am Ende den Wabenhonig! Aber ganz langsam essen! So lautet Mütterchen Sultans Befehl.«

Bünyamin, der im Schneidersitz vor dem Kamin saß, stemmte sich mit den Händen hoch und drehte sich wie ein Mühlstein in der Schwebe zum Tablett, machte sich, sowie er den Löffel gegriffen hatte, über die Suppe her und hatte sie im nächsten Augenblick schon verputzt. Mit dem Grützpilav und dem Gulasch war er noch schneller. Als der Honig an der Reihe war, rief Ali der Hinkende: »Halt! Da kommt noch einmal Suppe, du bist noch zu hungrig!« Bünyamin gehorchte, bekam noch einmal Grützpilav, Kartoffeln und Fleisch. Seine Hände wirbelten wie Maschinen, und in kürzester Zeit war auch der Nachschlag verschwunden. Die Schüsseln wurden wieder gefüllt, und wer weiß, vielleicht wären die Schüsseln bis in den frühen Morgen noch hin und her getragen worden, wenn Ali der Hinkende Bünyamin den Topf mit Honig nicht hingeschoben hätte. Löffelweise füllte Bünyamin bedächtig den Honig in selbst geformte Brothappen, die er sich genüsslich in den Mund stopfte.

»Halt ein, Bünyamin!«

»Gott sei Dank für alles, was Er uns gab und geben wird!«, murmelte Bünyamin mehrmals in stillem Gebet.

Als erwache er plötzlich aus tiefem Schlaf, blickte Bünyamin mit großen Augen um sich, schien kurz zu lächeln, runzelte dann die Brauen, seine Gesichtszüge strafften sich, sein Körper bebte, bäumte sich in Wut, und dann ergriff er die Hände von Ali dem Hinkenden. »Ali, mein Aga, wo ist mein Dolch?«

»Hier ist er, nimm!« Ali reichte ihm die Klinge.

Bünyamins Gesicht hellte sich auf, er steckte den Dolch in die Scheide. »Leben sollst du, Ali Aga!«

Bünyamin schaute ihm starr in die Augen. Wohin Ali mit seinen Augen auch auswich, Bünyamins Blick blieb in ihnen haften.

»Sie haben Mütterchen Sultan zu Tode geprügelt«, seufzte er schließlich, und Todestrauer umhüllte seine Stimme, seine Miene und seine Augen. »Wo ist sie jetzt?« Er wollte noch etwas hinzufügen, aber seine Stimme versagte.

»In der Moschee«, antwortete Ali der Hinkende, und im Nu war Bünyamin auf die Beine geschnellt und zur Tür geeilt, und erst als Ali der Hinkende: »Halt an, Bünyamin!« brüllte, blieb er wie angewurzelt stehen.

»Warte, Bünyamin, ich komme mit!«

Bünyamin hockte sich hin, zog sich die Stiefel an, und kaum angezogen, ging er, gefolgt von Ali, schon zur Tür hinaus.

»Warte noch, Bünyamin, wir brauchen eine Lampe!« Ali eilte wieder nach oben, nahm die Lampe, die am Sockel des Kamins hing, lief zu Bünyamin in den Hof, hakte sich ein, und die beiden machten sich auf den Weg. Es goss noch immer in Strömen, kleine Bäche flossen die Gasse hinunter, denen sie mithilfe der Lampe bis zur Moschee ausweichen konnten.

Bedeckt mit einem weißen Leichentuch, lag Mütterchen Sultan auf der Steinbank. Bünyamin ging zu ihr, kniete sich dreimal nieder, küsste den Boden am Leichenstein, nahm dann das Leichentuch herunter, berührte dreimal Mütterchen Sultans Hand mit seinen Lippen und seiner Stirn, drehte sich um und wollte die Tote schon auf den Rücken nehmen, als Ali der Hinkende: »Bünyamin, warte!« rief. »Nimm die Lampe und halte sie auf Mütterchen Sultan!« Dann zog er seinen Umhang aus. »Es regnet zu sehr, Mütterchen Sultans Leichnam soll nicht nass werden!« Sie wickelten die Tote in den Umhang, und Ali hob sie, die leicht war wie ein Vogel, auf Bünyamins Rücken.

»Und behalte die Lampe, du wirst sie brauchen! Hast du einen Revolver?«

Als Bünyamin verneinte, nahm er seinen Revolver von der Hüfte und band ihn Bünyamin um. »Es sind vierzehn Patronen dabei, sie schützen dich vor Wolf und Greif. Und jetzt: Gott befohlen und Glück auf deinen Weg!«

Bünyamin verschwand durch die Hoftür der Moschee im Dunkel der Nacht.

Für Hauptmann Faruk Bey und Gefreiter Ali die Echse wurden prunkvolle Zeremonien veranstaltet, zündende Reden geschwungen. Jeder, der das Rednerpult bestieg, vergoss erst einmal Tränen um diese fürs Vaterland gefallenen Helden, verfluchte anschließend den Blutsäufer Memed, der sie getötet hatte, und hob am Ende die fürs Vaterland Gefallenen allesamt in den Himmel.

Als Letzter ging Arif Saim Bey mit schweren Schritten aufs Pult zu. Er war vom Scheitel bis zur Sohle in Schwarz und tupfte mit einem weißen Taschentüchlein die Tränen ab. Auch oben am Pult tupfte er noch einige Mal an seinen Augen. Danach reinigte er hüstelnd seine Kehle. Es herrschte so lautlose Stille, dass sogar der Flügelschlag einer Fliege zu hören gewesen wäre.

»Ja«, begann er. »Sehr verehrte Landsleute. Der als Memed der Falke bekannte Mörder ist bis in unsere Stadt gekommen und hat hier die Sultanin der Heiligen, die arme, heldenhafte Frau, Mütterchen Sultan, ermordet. Leider wurden auch die Beschützer dieser heiligen Frau, unser Volksheld, der Hauptmann, und sein Gefreiter ermordet, als sie ihr Leben für Mütterchen Sultans Schutz in die Bresche schlugen. Wir durften zum Schutz dieser heiligen Frau unser Leben nicht schonen, denn unter Tausenden Heiligen und Propheten, die auf diese Welt kamen, war sie die einzige Frau. Und der Allmächtige hatte einzig und allein die Türkei für sie auserkoren. Da unser großer Pascha sehr großen

Wert auf die Rechte des schönen Geschlechts legt und auch wir uns vor ihren hohen Rechten achtungsvoll verneigen, schickten wir unsern verehrten Hauptmann aus, sie in die Stadt einzuladen, weil wir erfahren hatten, dass sie sich in Gefahr befand, von Memed dem Falken in den Bergen ermordet zu werden. Wir schlugen ein Lager aus Daunen für sie auf und bewirteten sie mit dem Allerfeinsten. Mütterchen Sultan war entzückt von unserer Gastlichkeit. Doch damit erregten wir den Zorn dieser gottlosen, weder den Koran noch den Propheten anerkennenden Person, die voll brennendem Hass, im Schutze von Blitz und Donner, bauend auf unsere Sorglosigkeit in die Stadt kam und das hochverehrte Mütterchen Sultan und ihren Beschützer, unseren Hauptmann, ermordete.

Mein verehrtes Volk, meine heldenhaften Städter, es ist meine traurige Pflicht, euch eine weitere Nachricht, die euch, kaum gehört, die Tränen in die Augen treiben wird, überbringen zu müssen. Weil die Ehrenwache von hundert Gendarmen den Frieden in der Moschee nicht stören wollten, gelang es dem Memed genannten Mörder, sie zu entwaffnen und den gesegneten Leichnam Mütterchen Sultans zu entführen. Unterwegs brüllte er lauthals: Ich werde den – verzeiht, bitte! – von Maden zerfressenen Kadaver dieser Hure den Hunden vorwerfen, auf dass sie tollwütig werden. Er stieß noch mehr Flüche aus, die so schwer wiegen, dass man damit nicht einmal eine Hure beschimpft, geschweige denn eine heilige Frau.«

Er dämpfte seine Stimme, wischte sich mit seinem Taschentuch zuerst die Augen, dann das Gesicht ab, und dann wurde die Stimme rau und klagend.

»Ja, Freunde, ich habe mit den sechzehn Oberen Mütterchen Sultans, die von der Front nicht zurückkehrten, Brust an Brust, Schulter an Schulter gegen unsere Feinde gekämpft. Diese sechzehn Mann wogen ein ganzes Heer auf. Mit ihrer Hilfe trieben wir den Feind ins Meer.« Plötzlich hob er die Stimme. »Wir, das türkische Volk, werden das Blut einer Person aus dem Kreise der Sechzehn, auch wenn sie kein Prophet, ja sogar ein Dieb, ein

Mörder, eine Hure wäre, ihnen zuliebe nicht ungesühnt in der Erde versickern lassen. Für Mütterchen Sultan wird dieses Volk Rache nehmen an diesem gottlosen Blutsäufer Memed!«

Wie ein Adler die Schwingen, öffnete er seine Arme und im selben Augenblick tobte die Menge: »Wir werden Rache nehmen.«

»Schon bald wird Memed vernichtet werden.«

»Vernichtet werden«, echote das Volk.

»Wenn wir ihn gefangen nehmen, kann er was erleben.«

»Kann er was erleben.«

Und glücklich, sich alles von der Seele geredet zu haben, verließ Arif Saim Bey das Rednerpult. Jedermann lief hin, ihn zu beglückwünschen, so mancher küsste ihm die Hand, andere umarmten ihn, und er, aller Sorgen enthoben, lachte breit und gut gelaunt.

Als die Veranstaltung zu Ende ging und die Zuschauer sich zerstreuten, stieg Arif Saim Bey nicht in sein Automobil, sondern schritt, gestützt auf seinen Stock mit goldenem Knauf und gefolgt von Beamten und den Notabeln der Stadt, erhobenen Hauptes und mit gestreckter Brust durchs ganze Ladenviertel, vorbei an sich verbeugenden und mit verschränkten Händen stramm stehenden Menschen.

Das Gerücht, Memed sei von den Bergen heruntergekommen, um Mütterchen Sultan zu töten, weil sie den Gendarmen Zauberhemd und Siegelring versprochen habe, hielt sich nicht einen Tag. Sogar wer zuerst daran geglaubt hatte, gab schon bald offen zu, sich zu schämen, auf diese faustdicke Lüge hereingefallen zu sein. Dagegen gab es bald schon niemanden mehr, dem nicht zu Ohren gekommen war, dass Ali die Echse und der Hauptmann Mütterchen Sultan totgeprügelt hatten. Memed, von einer Stimme aus vierzig Tagesmärschen Entfernung aufgeschreckt, war von dunkler Ahnung erfasst in die Stadt geeilt, jedoch zu spät gekommen, fand nur noch Mütterchen Sultans Leichnam unter der Brücke vor, vergoss blutige Tränen, lief zur Kommandantur und tötete dort zuerst Ali die Echse und danach den Hauptmann, der ja auch der Mörder seiner Hatçe war, brachte sie anschließend unter die Brücke und legte beide Leichen dem Mütterchen Sultan links und rechts zu Füßen.

Und einige Tage nach dem großen Leichenbegängnis war schon in aller Munde, dass Memeds Bande im Beisein der weiß gewandeten Vierzig Unsterblichen in die Kommandantur eingedrungen war, und unter den Augen der Totenwache aus dreihundert Gendarmen Mütterchen Sultans Leichnam auf Händen in die Berge zum Hort der Vierzig Augen trug. Denn diese Welt ist eine Welt, in der die Sonne nicht mit Lehm übertüncht und kein Geschehen für alle Zeit geheim gehalten werden kann!

Während Arif Saim Bey, begleitet von Molla Duran Efendi, Halil Bey und Zülfü im Auto auf dem Weg nach Ankara waren, zog Bünyamin mit der kostbarsten Last der Welt auf seinem Rücken durch die Berge zum Hort der Vierzig Augen, machte unterwegs in jedem Dorf halt und verkündete, Ali die Echse und der Hauptmann hätten Mütterchen Sultan zu Tode geprügelt, doch bevor Mütterchen Sultan ihr Leben ausgehaucht habe, seien sie selbst umgekommen.

Über schneebedeckte Berge und tiefe Wasser brachte Bünyamin die Tote zum Hort, legte sie im Hof auf eine lange, dem bequemen Aufsitzen von Reitern dienende Bank aus blauem Feuerstein, verbeugte sich und blieb in Andacht versunken mit verschränkten Händen vor ihr stehen.

Kaum graute der Morgen, strömten von Bergen und Tälern die Menschen zum Hort der Vierzig Augen. Als Erster erschien der alte Hirte der Hirsche, Vater Mülayim, stellte sich andächtig vor Mütterchen Sultans Leichnam und verschränkte seine Hände. Nach ihm kam der wohl hundertjährige Altvater Balim aus dem Hort am Ufer des Euphrat jenseits der hohen Berge. Er trug eine Schalmei im Gurt und eine langhalsige Saz mit zwölf Saiten in der Hand. Eine runde, weiße Kappe bedeckte seinen Kopf, und sein weißer Bart hing bis zum Bauch. Die Derwische seines Horts waren gegen Gift gefeit. Er stellte sich neben den alten Hirten der Hirsche, verneigte sich und verschränkte die

Hände. Danach kamen vom Ufer des Mittelmeers die Derwische des Hortes von Altvater Kargin und verneigten sich. So leicht wie über staubige Straßen konnten sie über schäumende Meereswogen wandern! Dann kamen die Bedrettinis von den Küsten der Ägäis. Sie waren in der Lage, wo immer sie auch gingen, ob über Berge, Felsen, Wüstensand oder dürre Öde, Blumen grünen zu lassen, die sofort zu blühen begannen und die Welt in tausenderlei Düfte ertränkten! Ihnen folgten die Abdals aus Dersim. Ihre Fähigkeiten sind nicht zu zählen und nicht zu beschreiben, weder mit gesprochenen, noch mit geschriebenen Worten. Und dann kamen, verwandelt in unzählige Turteltauben, die Derwische des Ordens Hadschi Bektaş in Kirşehir und bildeten zwischen der Kuppel und der steinernen Ruhestätte Mütterchen Sultans einen himmelhohen Vorhang so dicht, dass auch das Sonnenlicht nicht durchdringen konnte. Und schließlich kamen auch noch welche, die Schwerter schlucken, sich mit Spießchen durchlöchern, durch Feuer gehen, auf Löwen reiten und Felsen und Mauern bewegen konnten. Sie alle beugten das Haupt und verschränkten vor Mütterchen Sultan andächtig die Hände.

Die Schmiede von Antep, die Weber, Schneider und Schuster aus Adana, die Goldschmiede aus Malatya, und welche Zünfte auch immer in Anatolien vom Tod Mütterchen Sultans erfahren hatten, kamen, ohne sich um Schnee und Eis zu kümmern, herbeigeeilt. Auch Frauen aus der Umgebung, sie alle mit schwarzem Stirnband unterm weißen Kopftuch, bildeten in farbenfrohen Röcken einen Kreis um den Stein mit der Toten. Dörflerinnen, gleichfalls mit schwarzem Stirnband unter dem gewundenen weißen Kopftuch, hatten ihre Hochzeitsgewänder oder Festkleider angezogen, Perlen, Goldreife, Korallenketten und auch in Sarkophagen gefundenen antiken Schmuck angelegt, bildeten einen zweiten Kreis um den der anderen Frauen. Die Kreise wurden immer größer, füllten den Innenhof, dehnten sich bis zur Kuppel und weiter bis zum Bach jenseits des Hofes und den unterhalb des Dorfes liegenden lila Felsen. Die Männer außer Altvater Mülayim, sein Sohn Bünyamin und einigen Oberen der Bruderschaften, hatten sich nicht in die Kreise eingereiht, sie standen still und dicht gedrängt draußen am Hang bis hinauf zum Kamm.

Als Erste stimmte Mutter Hürü eine Totenklage an. Zu ihrer Rechten stand Telli Hanum, Tochter eines edlen Beys, der bekannt war für seine Elegien, zu ihrer Linken Telli Hanums Schwester, Hasibe Hanum, deren Lieder und Klaggesänge Steine erweichten, Bäume bewegten, fließende Wasser erstarren und Berge erbeben ließen. Mutter Hürü sang einen Vierzeiler, in dessen Kehrreim alle im Kreis stehenden Frauen einfielen, um danach gemeinsam zu weinen.

Das Echo dieser von hunderten sich wiegenden Frauen wie aus einem Munde gesungenen Totenklage hallte sieben Mal von den schroffen Felswänden wider und ließ Mensch und Stein, Blumen und Bäume, Himmel, Erde und Gewässer erschauern. Mütterchen Sultan, so klagte Mutter Hürü, starb unter den Hieben eines Gottlosen, unter den Knüppeln von Jesiden, Heiden und anderen Ungläubigen. Ihre schwarzen Antilopenaugen brachen. Mütterchen Sultan, die der Wölfe, der Vögel, der Ameisen und der Käfer Sprache verstand, vor der sich alle Geschöpfe dieser Welt verneigten! Die Berge, sang sie, auch die Berge kamen zu ihr. Die Schahs kamen zu ihr, sang sie, aber auch die Flüsse, sogar der mächtige Euphrat verließ sein Bett, kam über die riesigen Berge, um ihre Füße zu benetzen. Ihretwegen hallt das Echo von den Bergen, ihretwegen blühen die Blumen, ihretwegen schickt die Sonne ihr Licht, sang sie. Und jedes Wort, das Mutter Hürü sang, wurde von hunderten Frauen wiederholt, und die umliegenden Berge schienen sich im Takt dieser Stimmen zu wiegen. Jede Blume flüsterte ihr ihren Namen zu, sang Mutter Hürü, Wolf und Vogel und Ameise, und was sonst noch fliegt und kriecht, kamen mit ihren Sorgen zu ihr. Mit ihren Pflanzen, ihren Blumen, ihren Harzen, Säften und Salben heilte sie alle Verwundeten, erweckte sie sogar Sterbende zu neuem Leben. Und seht, da drüben Memed mit dem Gewehr in der Hand, dem Feldstecher um den Hals, den goldverzierten Patronengurten, dem Fez mit lila Troddeln, dem bestickten Umhang aus Maraş, so steht er da mit gespanntem Gesicht und kerzengerade gleich einer Säule aus Licht. Und wer rettete ihn und gab ihm das Leben zurück? Mütterchen Sultan. So sang Mutter Hürü, und der Name Mütterchen Sultan hallte sieben Mal nacheinander von den Bergen wider.

Mutter Hürü erhob sich, und hunderte Frauen mit ihr. Dann trat sie vor Mütterchen Sultan hin, verneigte sich ehrfürchtig, ergriff Mütterchen Sultans Hand, küsste sie drei Mal und berührte sie jedes Mal mit der Stirn. Danach setzte sie lauter noch und mit veränderter Stimme ihre Totenklage fort. Erwache! rief sie, wach auf, Mütterchen Sultan, wach auf, Schönste der Schönen, wach auf, du Brot der Armen, ihre Hoffnung, ihre Kraft und ihre Stütze, wach auf und schau, wer alles zu deiner Totenfeier gekommen ist! Wach auf, sie sind da, deine Ahnen, die das Schwert Saladin Aijubis trugen, die auf dem Berg Hasan fielen, deren Schwerter heute niemand heben kann, die grün gewandeten Männer, die im Volk verschwunden sind, deine Ahnen, die in den Kreis der Vierzig Glückseligen eingingen, siehe, sie sind da, verschränken ihre Hände in Andacht vor dir, Mütterchen Sultan, wach auf, wach auf, meine Gazellenäugige, wach auf, Schönste der Schönen, wach auf und sieh, wer alles gekommen ist, sich von dir zu verabschieden! Die Anhänger von Hadschi Bektaş, von Vater Kargin, von Balim Sultan, von Abdal Musa, und die Recken aus der Sippe der Gerechten, und die Männer und Frauen mit Kind und Kegel, und Wolf und Vogel aus der weiten Çukurova, aus dem unendlichen Anatolien, den Bergen von Van und den Wüsten von Arabien. Sie alle sind zu dir gekommen, stehen mit verschränkten Händen andächtig vor dir und weinen blutige Tränen. Wach auf, Schönste der Schönen mit den weichen Händen, dem freundlichen Antlitz, du Spenderin von Liebe, wach auf, wach auf und schau sie dir an, meinen Ali mit den hellbraunen Augen, dem geschwungenen Schnauzbart und dem Schwert mit den gegabelten Spitzen, er reitet die Stute Düldül, mein Ali, Vater von Hasan und Hüseyin, Weggefährte des Propheten mit dem schönen Antlitz und dem schönen Namen Mohammed, Bruder der Armen und Plage der Tyrannen. Wach auf und sieh, Mütterchen Sultan, wer alles gekommen ist! Der Reiter von Benliboz und Herr der Meere, Hizir, der über die Gewässer wandelt, Pir Sultan Abdal mit der grünen Fahne, der mit einem Lied die seelenlosen Steine bewegt und der heilige Saltık der Blonde, der die sieben Meere auf einem Schaffell überwindet. Und dort der heilige Hadschi Bektaş Veli, der in Form von tausend weißen Tauben auf die Ebene von Kırşehir niederging, und dort der mit einem einzigen Lied das Hässliche in Schönheit verwandelnde Karacaoğlan, der Glut in die Hölle brachte, weil er befürchtete, es gebe kein Feuer im Jenseits! Und dort auch Dadaloğlu, der den Berg Erciyas zu Asche verbrannte, und der große Yunus, der mit einem Hauch die dunkle Nacht in hellen Tag verwandelte, und der Hirte der Hirsche und Vater der Weichherzigen, Mülayim, und dort der Recke Köroğlu auf seinem Grauschimmel, und dort auch dein Sohn Memed. Sie alle sind gekommen. Wach auf und schau, Mütterchen Sultan, wer noch vor dir steht! Burak mit den Flügeln und dem Engelsgesicht, das edle Pferd des Schönen mit dem schönen Namen Mohammed, und daneben das arabische Vollblut Jung Osmans, der mit seinem Kopf unterm Arm drei Tage vor Bagdad kämpfte und die Tore der Stadt öffnete. Und wie Köroğlus Grauschimmel hat sich auch Memeds Brandfuchs eingefunden. Ihr klagendes Wiehern lässt Berge und Täler, Erde und Himmel erzittern. Wach auf, Mütterchen Sultan, wach auf!

Ohne die Augen von der Toten zu wenden, ging Mutter Hürü rückwärts zu ihrem Platz und setzte sich. Auch die andern Frauen nahmen ihre Plätze ein. Danach begann Telli Hanum mit ihrer Totenklage. Ihre Stimme klang herzzerreißend schrill. Nach ihr sang Hasibe Hanum, und dann übernahmen die andern Klageweiber den Totengesang bis hinein in den Nachmittag. Gleich danach wuschen sie die Tote mit duftender Seife, wickelten sie in ein seidenes Leichentuch, legten sie in einen Sarg aus Nussbaum und trugen ihn von der Tag und Nacht schimmernden Bank aus Feuerstein zum Hof hinaus den Hang hinauf. Die Menschen drängten sich so dicht, dass eine geworfene Nadel den Erdboden nicht erreicht hätte.

Eine weiße Wolke glitt herbei und verhielt über der Toten, jene Wolke, die sich sonst immer über dem Hort wiegte. Drei weiße Vögel mit langen Flügeln flogen hinauf zum Gipfel, tauchten ein in lichte Höhen, kamen zurück und kreisten über dem Sarg. Plötzlich kam von irgendwo der leise Ton einer Hirtenflöte, keiner wusste, woher, vielleicht aus der Erde, vielleicht vom Himmel oder von den Bergen, umhüllte die Umgebung, und aus den knisternden Felsen sprossen Blumen von berauschendem Blau, und ein zarter Duft umfing die ganze Welt.

In den Gipfel aus Feuerstein schlugen die Maurermeister eine weiße Gruft. Behutsam betteten sie Mütterchen Sultan, und Ferhat Hodscha las aus dem Koran. Jeder warf Blumen auf die Tote im Grab, das sich über den Rand hinaus füllte. Wo hatten die Menschen bei so viel Eis und Schnee nur all die Blumen gepflückt? Danach wurde das Grab zugeschüttet, und still stiegen die Trauernden bergab. Am Gipfel blieben nur die sich wiegende weiße Wolke und die drei kreisenden Vögel zurück. Und spät in der Nacht wanderten Schwärme von Sternen hinunter zum Gipfel und tauchten ihn in helles Licht.

»Wach auf, Mütterchen Sultan, wach auf und schau!«

Der Tod Mütterchen Sultans kam den Barden zugute, denn in diesem Trubel dachte niemand mehr an sie, und auch Arif Saim Bey erinnerte sich nicht mehr an seinen Befehl, die Barden allesamt in Haft zu nehmen.

23

Lange bevor der Himmel sich im Osten aufhellt, fallen schon die ersten Sonnenstrahlen auf den Gipfel des Bergs Düldül, tauchen die Zinnen aus weißem Feuerstein in ein Meer von Licht, durchdringen die schäumenden Quellen, Bäche, Flüsse und Bergseen, die so klar aufleuchten, dass man einen Koran, der auf dem Grund der Gewässer läge, lesen könnte.

Der Zusammenstoß fand in der Dämmerung statt. Sie befanden sich unterhalb des Dorfes Sirapinar am Fuße des Düldül. In den Tälern lag der Schnee mannshoch, bedeckte Schluchten, Almen, Hänge und Ebenen; in Wäldern, auf Straßen und durch Pässe war kein Durchkommen.

In diesen Bergen, heißt es, kannst du nicht ein Mal überleben, bevor du nicht zehn Mal gestorben bist.

Ausgestattet mit besonderen Vollmachten und einem verstärkten Regiment Gendarmen, war der Oberst Azmi Bey, auch Sturmwind oder Knochenbrecher genannt, in die Stadt gekommen. Die Einwohner drückten ihn und seine Gendarmen begeistert an ihre Brust, die Agas und Beys ließen zu Füßen der Einmarschierenden unzählige Schafsböcke, Stiere und Kamele schlachten, sodass die Armen in der Stadt, die nur einmal im Jahr Fleisch zu Gesicht bekommen, sich dank dem Oberst Knochenbrecher am Röstfleisch der Opfertiere satt essen konnten. Sogar Molla Duran war so außer sich vor Freude, dass er zum Dank acht Stiere schächten ließ. Die Agas wetteiferten so verbissen in ihrer Großmut, dass der Marktplatz und die Ladenstraßen von geschlachtetem Vieh, das so schnell gar nicht gehäutet werden konnte, überquoll. Denn auch die Gewerbetreibenden, die Schmiede und Schuhmacher, die sich in ihrer Begeisterung nicht lumpen lassen wollten, liefen um die Wette zu den in Blut watenden Schlachtern. Schließlich wurde es Arif Saim Bey zu bunt.

»So kann es nicht weitergehen, Freunde, sonst gibt es in der Çukurova und im Taurus bald kein Schlachtvieh mehr. Ab sofort ist verboten, Tiere zu opfern!«

Nach diesem Befehl tuschelten viele enttäuschte Städter: »Arif Saim Bey ist nur neidisch auf Oberst Sturmwind!«

Oberst Sturmwind blieb mit seinen Gendarmen eine Woche. Währenddessen stellte er in großem Umfang Nachforschungen über Memed und seine Gefährten an, über die Sieben Memeds und Mütterchen Sultan, woher sie kommen, wer ihre Sippen sind seit sieben Generationen! Vor sich eine Landkarte mit den von den Deutschen eingezeichneten Bergdörfern, wusste er bald, wo die Dörfer der Aleviten und die der Sunniten liegen. Er lernte den Charakter und die Gewohnheiten ihrer Einwohner kennen, und auch welche Dörfer, Sippen, Stämme und Personen Memed Unterschlupf gewähren. Bald war er über alles im Bilde. Kopfzerbrechen bereitete ihm nur, was Memed bewogen hatte, Mütterchen Sultan zu töten, was es mit dem Auftauchen der Sieben Memeds auf sich hatte und warum Frauen, Männer, Kind und Kegel ihre Namen geändert und zu Memeds geworden waren. Da ihm in der Stadt niemand eine Antwort darauf geben konnte, und wartete er auch noch ein Jahr darauf, zog er trotz Eis und Schnee mit seiner Streitmacht in den Taurus. Doch ob Bach oder Pfad, Schlucht oder Hang, es gab kein Durchkommen, der ganze Taurus, Wald, Hütte, Hügel und Dorf waren unter dem Schnee verschwunden. Der Schneesturm, der Bora wirbelte durch eine weiße Hölle, in der die Hand nicht vor Augen zu sehen war.

Arif Saim Bey hatte dem Oberst vorgeschlagen, in diesem Unwetter keinen Feldzug in die Berge zu beginnen, den Frühling oder die Schneeschmelze, zumindest das Ende des Schneesturms abzuwarten, doch dieser hatte darauf keine Antwort gegeben. Er sprach auch sonst nicht viel, lachte nicht, bewegte sich mit regungslosem, mürrischem Gesicht und eitel durchgedrücktem Rücken, oder er stand kerzengerade und starr wie ein Stein nur so da.

Arif Saim Bey ärgerte sich über diesen sonderbaren Mann, aber er konnte gegen ihn nichts ausrichten, denn der Oberst hatte seine unbegrenzten Vollmachten unmittelbar aus Ankara bekommen.

»Da haben wir einen zweiten Enver Pascha«, klagte Arif Saim Bey im Kreise der Agas und Beys. »Doch diesmal wird nicht wie damals auf dem Berg Allahüekber an der russischen Front ein Heer von neunzigtausend Mann erfrieren, sondern im Taurus nur ein Regiment. Wir aber werden uns vor der ganzen Welt blamieren. Und das haben wir uns selbst eingebrockt.«

Den Oberst Sturmwind und Knochenbrecher Azmi kannte er. Im Osten, Südosten und im Westen Anatoliens, wo auch immer Briganten auftauchten, walzte er sie nieder. Er brach den Dörflern mit den Knochen auch gleich das Rückgrat, doch befreite er das Vaterland auch von der Brigantenplage. Arif Saim Bey bedauerte aufrichtig, dass solche Menschen immer wieder wie ein grausames Schwert auf das Volk niedergingen. Was im Freiheitskrieg Ethem der Tscherkesse war, wurde nach dem Krieg Azmi Bey. Mit seinem wachen Verstand hatte er mannigfaltige Foltermethoden erfunden, mit denen er sogar seine osmanischen Vorfahren in den Schatten stellte. In Gegenden, wo er Briganten jagte, wuchs kein Gras mehr, in Provinzstädten und Dörfern, durch die er gezogen war, konnten die Menschen, auch wenn sie dem Tode entronnen waren, sich oft jahrelang nicht mehr aufrappeln.

Als Erstes umzingelte und vernichtete er ohne viel Federlesens fünf Banden der Sieben Memeds, die vor ihm auftauchten, ließ die Leichen über ungesattelte Pferde werfen und schickte sie in die Stadt. Jedes Dorf, durch das er kam, verwandelte er in eine Brandstätte, und auch die totgeprügelten Dörfler schickte er, als handle es sich um erschlagene Briganten, auf dem Rücken ungesattelter Pferde in die Stadt. Wer von sieben bis siebzig, Frau, Mann oder Kind, seinen Weg kreuzte, den fragte er nach dem Namen. Wer sich Memed nannte, wurde – auch wenn er wirklich so hieß – halb totgeschlagen am Wegrand liegen gelassen. Bald gab es in den Bergen keine Räuber, keine Fahnenflüchtige und Diebe mehr. Wären Memed und Ferhat ihm nicht zuvorgekommen, Oberst Sturmwind hätte alle Memed-Banden aufgerieben. Memed der Falke ließ seine Boten in den ganzen Taurus mit dem Auftrag ausschwärmen, die Banden sollten ihre Waffen verstecken, ihre Namen ändern und auf ihre Felder zurückkehren. Der Tag, an dem sie sich wieder unter dem Namen Memed erheben, werde bestimmt kommen! Auf dieser Welt müsse man erst tausend Mal den Tod erleben, um aufzuerstehen!

Nachdem die Banden der Sieben Memed, die Briganten und Schmuggler verschwunden waren, hatte Oberst Sturmwind außer

Memed dem Falken niemanden mehr vor sich. Mit Vertrauensleuten der Beys und Agas hatte er ein wirksames Nachrichtennetz aufgebaut, sodass er sofort erfuhr, wenn irgendwo im Taurus, und sei es im äußersten Winkel, auch nur ein Schuss fiel.

In der Hoffnung, auf Memed zu treffen, war der Oberst mit seinen Gendarmen, denen in Eis und Schnee schon Hände und Füße gefroren, im Taurus herumgeirrt, aber nirgends auch nicht auf eine Spur dieses Teufels gestoßen. Er stellte auch an Ali den Hinkenden und Musa den Wind, die er mitgenommen hatte, keine Fragen, lehrte nur die Dörfler das Fürchten und ließ sie unsäglich foltern.

Was den Dörflern von Roter Pass widerfuhr, sollte als abschreckendes Beispiel dienen. Er hatte gehört, Memed sei im Dorf Roter Pass eingekehrt. Sofort kreiste er den Ort ein, trieb alle Einwohner zum Dorf hinaus, ließ jeden Winkel in den Häusern durchsuchen, und als niemand gefunden wurde, nahm er niemanden von der Folter aus, nicht einmal die Kinder in der Wiege. Weil sich danach kein Dörfler mehr auf den Beinen halten konnte, kamen Bauern aus den Nachbardörfern und mussten sie tagelang pflegen.

Aber Oberst Sturmwind gab die Hoffnung nicht auf und zog mit seinen Gendarmen überall hin, wo seine zuverlässigen Späher auch nur die kleinste Bewegung ausgemacht hatten. Er war hartnäckig und erreichte, was er in Angriff nahm. Und er war im Lande so berühmt, dass er sich nicht leisten konnte, aus dem Taurus mit leeren Händen zurückzukehren. Memed überwältigen oder sterben! Außerdem war dies sein letztes Unternehmen, denn in knapp einem Jahr ging er in den Ruhestand.

Im wirbelnden Bora, als sie die Hand nicht vor Augen sehen und die vor Kälte erstarrten Finger die Kolben der Gewehre nicht mehr halten konnten, trafen sie im felsigen Tal Schwarze Eiche am Waldrand auf Memed den Falken. Die Bäume verschwanden fast unter der Schneedecke.

»Ergib dich, Memed, ich bin Oberst Azmi, genannt der Sturmwind! Wenn du dich ergibst, lasse ich dich mit der Mindeststrafe davonkommen. Wie du siehst, ich habe dich von allen Seiten eingekreist, du kannst uns nicht entkommen. Bis jetzt hat sich noch kein Brigant, den ich verfolgte, vor mir retten können. Ergibst du dich, gebe ich dir mein Wort, dich am Leben zu lassen, wie schwer deine Verbrechen auch sein mögen! Und mein Wort ist das Wort eines Kriegers. Vergiss nicht, ich bin Oberst Azmi der Sturmwind!«

Azmi wartete und wartete, doch von drüben kam keine Antwort.

»Memed, du antwortest mir nicht. Ich werde auch versuchen, die Strafe deiner Freunde Ferhat Hodscha, Temir, Kasim, Dursun des Kurden und Şahan zu mildern. Vergiss nicht, Memed, ich werde Oberst Azmi der Knochenbrecher genannt! Kommt es zum Kampf, wirst du nicht lange Widerstand leisten können, ich habe dich mit einem Regiment völlig eingekreist!«

Er wartete und wartete, und noch immer kam keine Antwort. Oberst Sturmwind, außer sich vor Wut, brüllte: »Feuer!«

Zwischen den verschneiten Felsen begannen die automatischen Waffen zu rattern und die Mausergewehre zu knallen. Sofort eröffneten auch die Memeds das Feuer. Sie hatten es auf Azmi Bey abgesehen, die Geschosse regneten nur so auf den Felsen, wo er stand, sodass er sich nicht von der Stelle rühren konnte, wollte er nicht von diesen Scharfschützen getroffen werden.

Der Schusswechsel dauerte bis zum Abend, ohne dass die Männer auch nur einen Fußbreit wichen oder den Kopf hervorstreckten. Vier Gendarmen wurden getroffen, die Briganten hatten keine Verluste. Bei Einbruch der Dunkelheit blies der Bora noch ungestümer.

»In den Wald!«, rief Memed, »wir haben keine andere Wahl. Wenn wir die Nacht durchmarschieren, schaffen wir es vielleicht gegen Morgen bis zu den Dörfern, die hinterm Wald liegen.«

»Wenn wir durch diesen Schnee kommen.«

»Und der Oberst nicht auf den Gedanken kommt, die Gegend dort vor uns zu besetzen«, ergänzte Memed.

»Nicht durch diesen Wald«, meinte Ferhat Hodscha. »Und wenn er es doch versucht, schafft er es mit der schweren Ausrüstung nicht in einer Woche.«

Sie schlugen sich in den Wald. Der Schneesturm war unerbittlich, sie kämpften sich durch den tiefen Schnee, doch weder im Morgengrauen noch spät am Tag waren sie aus dem Wald heraus, und wenn die Dörfler von Gelochter Stein nicht von dem Feuergefecht und der Flucht durch den Wald erfahren hätten, wäre Memed mit seinen Briganten dort erfroren. Oberst Sturmwind hätte nur den Frühling abzuwarten brauchen, um die aufgetauten Leichen, ohne einen Schuss abgefeuert zu haben, in die Hände zu bekommen.

Auf ihren Schneeschuhen war es für die Dörfler aus Gelochter Stein nicht schwer, die alten und die neuen Memeds huckepack aus dem Wald zu schaffen, doch die halb erfrorenen Männer im Dorf zu verbergen, um sie gesund zu pflegen, bereitete ihnen Kopfzerbrechen. Denn im Dorf hatte sich viel verändert, seitdem dieser Oberst Sturmwind in den Taurus gekommen war. Keiner traute dem andern, nicht der Sohn dem Vater, noch der Bruder dem Bruder. Nach langem Hin und Her entschieden sie sich, die so genannte Festungsgrotte oben im Hang aufzusuchen. Alle Dörfler kannten diese Höhle, doch war nicht damit zu rechnen, dass Gendarmen bei diesem Schnee dort hinaufkletterten. Nach langem Marsch kamen sie froststarrend dort an. Trotz des Schneesturms kreisten Adler über den Felsen.

»Wenn die Adler da oben kreisen, müssen hier die Kadaver erfrorener Tiere liegen«, meinte Ferhat Hodscha.

»Oder erfrorene Menschen«, sagte Temir.

»Außer uns schafft es niemand hier herauf«, sagte Memed.

»Wenn Oberst Sturmwind unbedingt will, soll er doch heraufkommen und gegen uns kämpfen«, lache Ferhat Hodscha. »Wie damals Enver Paschas Heer von neunzigtausend Mann bei Sarikamiş werden die Gendarmen des Oberst Sturmwind in einer Nacht zu Eiszapfen.«

»Soll Sturmwind nur kommen«, sagte Dursun und strich sich

über den lang gezwirbelten Schnauzbart. »Wer sich auf den Weg macht, der kann was erleben!«

Die Dörfler zündeten in der Grotte sofort Feuer an. Dichter Qualm breitete sich aus, der sich erst verzog, als die Scheite zu Glut niederbrannten. Die Männer wärmten sich Hände und Füße und trockneten schnell. Dörfler schafften aus ihren Vorratskammern Proviant herbei. Hart gekochte Eier, verschiedene Käsesorten, gedörrtes Ziegenfleisch …

»Hier seid ihr an einem gut gesicherten Ort, und außer uns weiß niemand, dass ihr hier seid. Halil wird euch bringen, was immer ihr braucht«, sagten die Dörfler, nachdem die Männer gegessen hatten.

»Gott segne euch, Freunde!«, entgegnete Memed. »Was ihr uns schickt, ist uns willkommen.«

Mit dichten Tannenzweigen, die sie von den Bäumen brachen, verwischten die Dörfler ihre Spuren und verschwanden im dichten Schneegestöber. Der Schneesturm pfiff und wirbelte so wild, dass die Bäume ächzten und die Felsen bebten.

Die Einwohner des Dorfes Gelochter Stein warteten schon ungeduldig auf die Männer, die sie nach Memeds Bande ausgeschickt hatten und freuten sich, als sie erfuhren, was geschehen war. Die Männer verrieten ihnen aber nicht, wo sie die Briganten versteckt hatten. Es fragte sie auch niemand danach. Schließlich gab es in diesem Schnee nur eine Stelle, die ausreichenden Schutz bot.

Ob es stürmte oder nicht, den Tannenzweig hinter sich über den Schnee wedelnd, schleppte Halil Essen herbei, auch Tee, Zucker, Kaffee, Teekannen und geschwungene Teegläser, dazu Tabak, Zigaretten und Brennholz.

Alle zwei, drei Tage erkundeten die Briganten, die sonst im wärmsten Winkel der Festungsgrotte vor den knisternden Kloben lagen, die Gegend, hielten Ausschau nach Halil, aber auch nach ihrem Feind Oberst Sturmwind, von dem man ja nie wusste, was er im Schilde führte. Dann lagen sie wieder am Feuer, kratzten sich, als seien sie von Räude befallen. Schließlich hatten sie sich seit Monaten nicht mehr ordentlich gewaschen, und ihre

Bärte waren eine Handbreit länger geworden und glänzten fettig vor Schmutz.

Memed seufzte.

»Was bedrückt dich, Junge?«

»Schau uns doch an!«, lachte Memed. »Wir stinken so, dass Oberst Sturmwind, falls er kommt, noch bevor er am Höhleneingang ist, vor Gestank plumps! umfällt und stirbt.«

»Und stirbt«, sagte Temir.

»Und stirbt«, wiederholte Kasim.

»Dieses Ungeheuer verdiente es, an diesem Gestank zu sterben, ein Tod, wie für ihn geschaffen«, seufzte Ferhat Hodscha. »Ich kann nicht begreifen, dass Gott sich die Mühe macht, einen so grausamen Menschen zu erschaffen.« Er schüttelte den Kopf und murmelte ein reuiges Stoßgebet. »Gott verzeihe mir diese Worte, aber ich begreife wirklich nicht, wie der Allmächtige Männer wie Oberst Sturmwind erschaffen konnte, die mit der Erniedrigung der ihnen ausgelieferten Menschen die ganze Menschheit erniedrigen. Wie kann Gott zulassen, dass Folter und Erniedrigung seinem von ihm geschaffenen Diener angetan werden? Das will nicht in meinen Kopf. Ich wüsste nur zu gern, was für ein Mensch dieser Sturmwind ist.«

»Nehmen wir ihn doch gefangen und fragen ihn«, sagte Temir.

»Nehmen wir ihn doch gefangen und fragen ihn«, sagte Dursun.

»Fragen wir ihn, aber ich kann jetzt schon sagen, was er antworten wird.«

»Was wird er antworten?«, fragte neugierig Ferhat Hodscha.

»Er zählt uns nicht zu den Menschen«, antwortete Memed. »Ich weiß es vom Lehrer Zeki Nejad.«

»Und der Lehrer Zeki, der einen Orden haben soll, zählt der uns denn zu den Menschen?«

»Er tat es«, sagte Memed. »Er hat mir vieles erzählt, das meiste verstand ich nicht. Oft gab er mir zur Antwort: Du siehst und weißt viel, ohne es zu verstehen. Und ich frage mich oft, ob das stimmt.«

»Es stimmt«, meinte Ferhat Hodscha. »Dennoch möchte ich Oberst Sturmwind begegnen und von ihm erfahren, was für ein Mensch er ist!«

Der Schneesturm hatte wieder zugenommen, mit an- und abschwellendem Heulen tobte er durch die Berge und trieb den aufgewirbelten Schnee bis zum Feuer. Die Kälte in der Grotte wurde immer eisiger, Hadschi der Stummel und Hamza konnten gar nicht genug Holz heranschaffen, und wurde es ihnen zu viel, halfen Memed und die andern ihnen beim Schleppen der Kloben.

Seit fünf Tagen war Halil nicht gekommen. Sie hatten keinen Proviant mehr und tranken in einem fort frisch gebrühten Tee, der samt dem Zucker auch schon zur Neige ging. Besorgt fragten sie sich, ob Halil unterwegs erfroren war, oder ob Oberst Sturmwind ins Dorf gekommen war, und alle Dörfler bettreif geschlagen hatte.

Am siebten Tag hatten sie auch keinen Tee und keinen Zucker mehr und tranken nur noch in der Teekanne gebrühtes Wasser. Der Sturm legte sich nicht, der Wald ächzte und wimmerte. Weit und breit unterbrach kein dunkler Fleck das Weiß der schneebedeckten Umgebung. Mittlerweile verlaust, kratzten sie sich ununterbrochen und knackten die Plagegeister mit blutverklebten Fingernägeln.

»Mein Leben für eine nach Seife duftende Unterhose, ein sauberes Hemd und frische Strümpfe!«

»Lehrer Zeki Nejad erzählte, in den Dardanellen begannen nach Monaten ihre Strümpfe so zu stinken, dass sie sie um Steine gewickelt wie Handgranaten in den feindlichen Schützengraben warfen.«

»Na, dann kann Oberst Sturmwind, wenn er kommt, ja was erleben.«

Eines Nachts meldete der Wachhabende, dass jemand heraufkam. Vor Hunger hatte keiner von ihnen geschlafen, und so lagen sie im Nu mit ihren Gewehren im Anschlag. Kurz darauf vernahmen sie Halils gedämpfte Stimme, schürten das Feuer, damit es in der Grotte heller wurde. Noch ließen sie die Tannenzweige liegen, die sie aufgeschichtet hatten, damit kein Schnee hereinwehen, kein Lichtschein hinausdringen konnte. Sie warteten ab. Als Halil mit zwei Gefährten näher kam, erkannten sie ihn fast nicht, so dicht lag der vereiste Schnee auf Gesicht, Brauen, Wimpern und Schnauzbart. Jeder von ihnen trug ein gehäutetes Schaf auf den Schultern, das sie unter dem Schnee auf Anhieb auch nicht erkennen konnten. Ohne zu fragen, ja, ohne ein Wort zu wechseln, nahmen sie eines der Schafe, zerteilten es, stocherten im Feuer und legten die Fleischstücke in die aufflammende Glut. Ein köstlicher Duft verbreitete sich in der Grotte. Sie rösteten Fladenbrot und machten sich über das Gebratene her, hockten am Feuer, schauten weder rechts noch links und zermahlten die Bissen mit ihren starken, weißen Zähnen. Kaum hatten sie sich sattgegessen, schlummerten sie schon, wo sie gerade hockten und saßen. Als sie erwachten, stellten sie kopfschüttelnd fest, dass Halil und seine Freunde schon gegangen waren. Ferhat Hodscha machte sich Sorgen und meinte, im Dorf Gelochter Stein gehe irgendetwas vor, und er machte sich auch Vorwürfe, Halil kein Geld gegeben zu haben.

Sich kratzend und mit blutigen Fingernägeln lausend, hatten sie auch diesen Proviant nach einer Woche verzehrt, und bald tranken sie wieder gebrühtes Wasser. Sie warteten noch einige Tage ab. Der Schneesturm hatte sich gelegt, doch blieben sie noch länger hier, würden sie sich vor Schwäche nicht mehr bewegen können, und ohne einen Schuss abgefeuert zu haben, in Oberst Azmis Hände fallen und diesen Mann, den sie so gern kennen lernen wollten, richtig kennen lernen! Es blieb ihnen also nichts anderes übrig, als den Abstieg zu wagen, und mutig stürzten sie sich in den Schnee, unter dem die Krüppeltannen fast verschwanden. Gegen Mittag erreichten sie den Hang über dem Dorf und krochen erschöpft und von Schnee und Eis behangen hinter einen Felsen, in dessen Mitte gleich einem runden Fenster sich ein großes Loch befand. Es fing wieder an zu stürmen, doch weder sahen sie aus den Schornsteinen der Häuser Rauch aufsteigen, noch hörten sie im Dorf einen Hahn krähen, einen Hund bellen, einen Esel schreien, ein Pferd wiehern oder einen Menschen rufen. Misstrauisch und zitternd vor Kälte, drängten sie sich zähneklappernd am Fuß des Felsens aneinander und geduldeten sich, bis es dunkelte. Vom Dorf kam nicht das kleinste Lebenszeichen.

»Mein Gott«, sagte Memed und flog vor Kälte, »wegen dieses Felsens haben sie wohl dem Dorf den Namen Gelochter Stein gegeben.«

»Nein, die Dörfler sind aus dem Stamm Gelochter Stein, deswegen«, entgegnete Ferhat Hodscha.

»Keines von beiden«, widersprach der Alevite Dursun der Kurde. »Ich kenne die Geschichte dieses Dorfes. Eines Tages kam ein Heiliger, um hier zu predigen. Aber die Einwohner lehnten ihn ab und ließen sich von ihm nicht überzeugen. Ihr glaubt mir also nicht, sagte der Heilige und stieg diesen Hang hinauf. Ihm folgten die Steine und Bäume, sogar die Bäche veränderten ihren Lauf und flossen rückwärts hinterher. Und wütend stach der Heilige seinen Finger in diesen Felsen.«

»Eine Legende«, sagte Temir.

»Ein Drache umarmte diesen Felsen, durchbohrte ihn mit seiner roten, gespaltenen Zunge, hängte ihn sich um den Hals und trug ihn hierher. Und die Dörfler, die das sahen, räumten wie jetzt das Dorf und machten sich davon«, erzählte Şakir.

»Eine Legende ist, was du da erzählst«, sagte Kasim.

Und so bezichtigte jeder den andern, Legenden zu erzählen, gab jeder ein Gerücht zum Besten, glaubte selbst daran und verteidigte sich hartnäckig. Sie schrien sich an, erhoben sich, gingen sich an den Kragen, beschimpften sich; fehlte nur noch, dass sie zu den Waffen griffen.

»Schluss jetzt!«, rief Memed und ging dazwischen. »Sind wir verrückt geworden? Was schert uns, ob das Dorf zum Gelochten oder Gespaltenen oder wie sonst noch heißt, solange wir hier ums Überleben kämpfen. Wenn wir über Nacht hier bleiben, erfrieren wir. Gehen wir also ins Dorf hinunter, bevor es ganz dunkel ist!«

Er ging hangabwärts, und die andern folgten ihm. Der Sturm brachte sogar diese kräftigen Männer aus dem Gleichgewicht, sie schwankten, hakten sich schließlich ein, bildeten eine Kette und kämpften sich mit seitlich gereckten Schultern durch den Schnee. Etwa dreihundert Schritt vor den ersten Häusern verharrten sie.

»Gehen wir doch ins Dorf hinein, mein Hodscha, wir sterben ja vor Hunger und Kälte«, sagte Memed.

»Das geht nicht«, entgegnete der Hodscha. »Wir sitzen bestimmt schon in der Falle. Vielleicht haben sie uns schon eingekreist.«

»Das hätten wir gemerkt, mein Hodscha.«

»Vielleicht sind die Häuser voller Gendarmen, die nur darauf warten, dass wir ins Dorf gehen. Ich habe noch nie ein so verlassenes Dorf erlebt. Leere Dörfer sind nicht geheuer. Wenn wir hineingehen, erleben wir bestimmt eine böse Überraschung.«

»Wenn wir uns nicht bewegen, erfrieren wir. Gehen wir doch ums Dorf herum und unterhalten uns!«

Sie umkreisten das Dorf und berieten, im Laufschritt keuchend, was zu tun sei. Memed wollte ins Dorf hinein, die andern hinderten ihn daran. Eine ganze Weile gingen sie so im Kreis, denn Ferhat Hodscha war überzeugt, sie würden in einen Hinterhalt geraten, und außer Memed teilten alle seine Meinung.

»Wie lange können wir denn noch ums Dorf herumlaufen?«, fragte Memed. »Verloren sind wir, wenn wir die Nacht im Freien verbringen. Bestimmt gibt es in der Nähe noch ein Dorf.«

Sie gingen aufs Geratewohl. Kurz vor Morgengrauen sahen sie in einer Senke Licht schimmern. Ein Hund bellte, danach ein zweiter ... Halb erfroren, und ohne an die Gendarmen auch nur zu denken, schleppten sich die Männer in die Senke. Es kümmerte sie auch nicht, dass zu so ungewohnter Stunde in allen Häusern Licht brannte. Sie klopften an die erste Tür, warteten geduldig, doch niemand öffnete. Obwohl sie sich kaum auf den Beinen halten konnten, klopften sie immer wieder. Dann hörten sie leises

Wimmern. Dursun zog seinen Dolch, schob durch einen Spalt den Riegel mit der Klinge hoch, öffnete die Tür, und gemeinsam gingen sie hinein. Um den erloschenen Herd lagen auf wahllos ausgebreiteten Matratzen wimmernde Hausbewohner, die sich unter Filzdecken und Kelims verkrochen hatten.

»Was ist denn mit euch los?«, fragte Memed mit ruhiger Stimme. »Seid ihr krank?«

Ein sehr alter Mann mit langem, weißem Bart hob unter einer Decke seinen Kopf hervor, wollte etwas sagen, lallte unverständlich, und dann fiel sein Kopf kraftlos auf das Kissen zurück.

»Gute Besserung!«, wünschte Memed. Sie verließen das Haus, gingen zum nächsten, auch dort brannte Licht, sie klopften, warteten vergeblich, und Dursun nahm wieder seinen Dolch zu Hilfe. Hier sah es noch schlimmer aus. Auch hier lag nur kalte Asche im Kamin. Der Hausherr versuchte ihnen etwas zu erklären, doch er brachte die Worte durcheinander, sie verstanden nur »Gendarmen, Sergeant Ilyas … Sergeant Ilyas …« Mehr brachte er nicht zusammen. Bis Tagesanbruch klopften sie an sechs weiteren Türen, hörten überall den Namen Sergeant Ilyas, bis sie diesen Mann in einem Haus entdeckten. Der Mann lächelte sie aus seinem Bett freundlich an, auch in seinem Kamin brannte kein Feuer, auch hier wimmerten die Angehörigen.

»Willkommen Memed, welche Ehre für mein Haus! Hauptsache, du bist gesund, mein Junge, auch wenn wir deinetwegen viel ertragen müssen. Denn jeder Dorn in deinem Fuß ist ein Dorn in unseren Herzen. Gut, dass ihr gekommen seid, denn durch diese Gottlosen ist keiner mehr da, der sich um den Kamin kümmern kann. Er hat uns samt Kind und Kegel bettlägerig geprügelt. Ich sehe, ihr seid todmüde, holt Holz aus dem Stall und macht euch Feuer. Haltet aber eure Gewehre schussbereit, dieser Heide ist noch in der Gegend, wer weiß, welches Dorf er gerade über die Klinge springen lässt.«

Hamza und Şahan, als frühere Hirten noch am wenigsten mitgenommen, machten sofort Feuer. Im Nu wurde es überall angenehm warm.

»Den Tee müsst ihr euch selbst brühen!«, sagte Sergeant Ilyas und zeigte ihnen, wo Kanne, Tee, Zucker, Brot und andere Speisen zu finden waren. »In diesem Haus sind Gäste noch nie in dieser Form bewirtet worden, aber ihr seht ja, wie es uns geht.« Und unter ihren Decken hervor schauten die andern peinlich berührt zu, wie die Gäste sich ihren Tee selbst kochten und den Tisch deckten. Sergeant Ilyas überspielte diese Situation, indem er ununterbrochen erzählte und Späße zum Besten gab.

»Dieser Mann ist ein wirklicher Sturmwind. Er hat im Dorf niemanden zurückgelassen, der noch auf den Beinen stehen konnte. Von sieben bis siebzig, ob Frau oder Mann, Mädchen oder Stute, er ließ keinen aus. Hätte er sie erwischen können, wären sogar unsere Katzen aufs Bastonadenholz gekommen. Der Kerl ist wie ein Schneesturm über uns hinweg gefegt. Legt um Gottes willen auch beim Essen eure Waffen nicht aus der Hand! Mir hat dieser Mann Angst und Schrecken eingejagt. Er kann jeden Augenblick vor der Tür sein. Töte ihn, Memed!«

Memed, Ferhat Hodscha und die andern hatten sich ums Feuer geschart, und während das Eis an ihren Brauen, Wimpern, Bärten und Schnauzern schmolz und ihnen warm wurde, verbreitete sich ein scharfer Geruch, der die Nüstern zittern ließ.

»Macht euch nichts daraus«, sagte Sergeant Ilyas mit freundlichem, verständnisvollem Lächeln, als er merkte, wie unangenehm ihnen dieser Gestank war. »Als wir am Berg Allahüekber lagen, stanken wir viel mehr, waren wir noch verlauster. Wenn nicht heute, dann morgen, wird dieser alte Ilyas aufstehen, euch Wasser heiß machen und Seife geben, dann könnt ihr euch auf Teufel komm raus von morgens bis abends schrubben. Als damals meine Wunde im Lazarett geheilt war, seifte ich mich ein und wusch mich stundenlang in der Badestube und wäre drei Tage und Nächte nicht herausgekommen, wenn sie mich gelassen hätten.«

Unvermittelt wandte er sich an Ferhat Hodscha und die andern: »Sie nannten mir Ihren Namen nicht. Du bist doch Ferhat Hodscha, nicht wahr?«

»Der bin ich«, antwortete der Hodscha, und seine Augen strahlten vor Stolz.

»Und du bist Kasim.«

»Der bin ich.«

»Und du der Jürüke Temir.«

»So ist es.«

»Und du Şahan, und du Dursun.«

»Oho, Ilyas Aga, du kennst uns ja alle.«

»Wer kennt euch denn nicht, meine bewunderten, schwarzäugigen Recken.«

Sergeant Ilyas zeigte zur Speisekammer. »Da findet ihr Honig, Käse, Joghurt und Butter. Und morgen wird der alte Ilyas euch zu Ehren einen Hammel schlachten.«

Hamza fand die Speisen auf Anhieb. Er stellte die große Kupferplatte in ihre Mitte, wärmte das Fladenbrot über der Glut, verteilte, und jeder machte sich darüber her, und ihre Kiefer mahlten wie Mühlsteine.

Sergeant Ilyas hatte sich in seinem Bett aufgerichtet und schaute ihnen zu. »Haltet euch zurück, meine Jungs!«, rief er. »Bestimmt hattet ihr seit Tagen nichts zu beißen, da haut euch so schnelles Essen um, und ihr werdet alle krank. Und dann kann euch Sturmwind, oder wie sie diese Giftschlange nennen, wie im Schnee verirrte Rebhühner aufsammeln.«

Lächelnd hielten sie sich zurück.

Als sie satt waren, graute der Morgen. Im Glas war kein Honig, im Krug kein Käse, im Korb kein Brot mehr nachgeblieben. Eine Weile blieben sie hocken und schauten gedankenverloren ins Feuer. Sergeant Ilyas erzählte begeistert weiter, die Männer verstanden gar nicht mehr, was er sagte. Als er sah, dass sie sich nach und nach am Feuer zusammenrollten und einschliefen, wurde er wütend.

»Pfeifen seid ihr«, spottete er. »Und ihr wollt Briganten, wollt Memeds sein! Käme jetzt ein kahlköpfiger Gefreiter mit zwei Gendarmen, er nähme euch alle an eine lange Leine und zöge mit euch davon.«

Er ärgerte sich, weil sie schliefen, und je mehr er sich ärgerte, desto unflätiger beschimpfte er seine Gäste. Doch nachdem er seinem Ärger Luft gemacht hatte, bekam er Mitleid mit ihnen. Wer weiß, sagte er sich, wie die Armen in den Bergen bei Bora, Schnee und Hunger und ohne Schlaf gelitten haben. Dazu auf den Fersen ein Heer von Gendarmen! Seine Augen wurden feucht. »Schwer ist es«, seufzte er, »Brigant zu sein. Da zählt das Leben nicht mehr als ein hartes Stück Brot. Am Ende stehen sie da mit leeren Händen, ist ihre ganze Mühe zu nichts nütze. Zu nichts nütze«, wiederholte er laut. »Und obwohl das Brigantenleben zu nichts nütze ist, werden bis ans Ende aller Tage Räuber mit der Waffe in der Hand durch die Welt ziehen.« Er hob wieder die Stimme: »Durch die Welt ziehen.«

In Gedanken bei der Ehre, die Memed seinem Haus erwies, und die in diesen Bergen nur wenigen zuteil wurde, vergaß er sogar das schmerzhafte Pochen in seinen Beinen und war bald selbst eingeschlafen.

Als die Briganten aufwachten, war Sergeant Ilyas schon auf den Beinen. Er hatte über seine geschwollenen Füße bestickte Strümpfe und übergroße Opanken gezogen und bewegte sich nur humpelnd fort. Aber er lachte ununterbrochen, und seine vor Freude strahlenden hellen Augen blickten liebevoll um sich.

Sich gegenseitig mit einer Kanne Wasser in die hohlen Hände gießend, wuschen sich die Gäste ihre eingeseiften Gesichter. Auch Ilyas des Sergeanten Frau, die Schwiegertöchter, Söhne und Kinder waren schon aus den Betten und taperten wie gerade beschnittene Knaben breitbeinig durchs Haus.

Sergeant Ilyas bat die Briganten ins Gästezimmer. Der geschickte Hamza machte Feuer im Kamin, die Söhne und Schwiegertöchter deckten den Tisch, und sie tranken frisch gemahlenen, duftenden Kaffee.

»Nebenan stehen Kessel mit heißem Wasser bereit«, sagte Sergeant Ilyas. »Ihr könnt zu dritt oder zu viert in die Badestube. Nehmt Seife, so viel ihr wollt und sorgt euch nicht! Ich habe vor kurzem erst aus Maraş einen Sack Honigwabenseife mitgebracht. Wie Bienen werdet ihr duften.«

Sie badeten bis mittags und fühlten sich danach leicht wie fliegende Vögel.

Ihnen zu Ehren ließ Sergeant Ilyas einen mächtigen Hammel schlachten. Seine Frau kochte und briet das Fleisch, dünstete Reispilav und bereitete verschiedene Süßspeisen zu. Jungmänner trugen den Aga des Dorfes ins Haus, mit ihm kamen noch einige Dörfler, die schon aufstehen konnten. Sie nahmen Memed gegenüber Platz und schauten mit Liebe und Bewunderung zu ihm auf. Anders als am Vortag aßen die Briganten jetzt langsam und still, und sie erbaten am Ende des Mahls gemeinsam, der heilige Ibrahim möge das Haus mit Überfluss segnen.

»Ich geriet in Gefangenschaft«, setzte Sergeant Ilyas das Gespräch von letzter Nacht fort. »Und musste mich beim Straßenbau quälen, Schützengräben ausheben und im Steinbruch schuften. Aber einen, der die Menschen so erniedrigte wie dieser Hauptmann Sturmwind, habe ich nie erlebt. Für den sind Menschen keine Menschen, sondern Mistkäfer. Sie sind für ihn weniger als Ameisen, sind nichts als Würmer. Er hat die Augen eines Wahnsinnigen, der zum Zeitvertreib Menschen foltert. So einer muss wahnsinnig sein, denn ein vernünftiger Mann ist gar nicht in der Lage, seine Mitmenschen so zu foltern, so zu erniedrigen. Ich war an vielen Fronten. Neun Jahre lang von einem Kriegsschauplatz zum nächsten. Ich habe viele erlebt, denen die Maultiere wichtiger waren als wir. Aber keiner war wie dieser. Wenn er die Gefolterten brüllen hört, verdreht er verzückt die Augen, läuft ihm das Wasser im Munde zusammen, leckt er sich die Lippen, öffnet er die Arme weit und ruft: Streckt sie, streckt sie noch ein bisschen! Diese Beys und Efendis der Osmanen haben uns ja meistens schlecht behandelt, aber dieser hier … Sein prügelnder Unteroffizier konnte sich nicht verkneifen, auf mich zu steigen und mit seinen Stiefeln meine Brust, mein Gesicht und meinen Bauch zu bearbeiten. Je mehr er trat, desto mehr schäumte er, und je mehr er schäumte, desto härter trat er zu.«

Kaum aus der Stadt, war Oberst Sturmwind mit seinen Gendarmen in das erstbeste Dorf eingefallen und hatte seine zu Prüglern ausgebildete Abteilung zum Knochenbrechen abkommandiert. Als die Gendarmen wieder abzogen, gab es im Dorf keinen mehr, der noch stehen konnte. Und solange Oberst Azmi Bey der Sturmwind Memed nicht aufspüren konnte, ihn verpasste oder Verluste unter seinen Leuten zu beklagen hatte, ließ er seine ganze Wut an den Dörflern aus.

Oberst Azmi Bey der Sturmwind hatte die Dörfler des Taurus in Angst und Schrecken versetzt. Trotz Boras, Eis und Schnee verließen sie ihre Häuser, wenn er sich mit seinen Leuten näherte, und suchten in einem entfernten Dorf, in der Çukurova oder in einer Berghöhle Schutz. So auch die Einwohner des Dorfes Gelochter Stein, nachdem sie erfahren hatten, wie es bei Ilyas dem Sergeanten und anderen Nachbardörfern zugegangen war. Niemand wusste, wohin sie geflohen waren.

Gegen die Angst sind auch hohe Berge machtlos, sagt ein altes Sprichwort. Oberst Azmi Bey hatte vor, diese Ungeheuer von Dörflern so in Angst zu versetzen, dass sie den heiligen Helden Memed eigenhändig überwältigen und ausliefern würden. Denn diese Dörfler waren wohl die feigsten, wenn es aber darauf ankam, auch die beherztesten Menschen.

»Dieses Ungeheuer also ließ Arif Saim in die Berge kommen. Aber was haben wir denn getan? Ich kenne diesen Arif Saim, habe ihn und seine Eitelkeiten erlebt. Wären meine Augen doch erblindet und hätten nie gesehen, wie er auf die Menschen herabblickte, als seien sie Kriechtiere. Seitdem lastet die Erinnerung an ihn auf meinem Herzen wie ein schwarzer Stein. Ich will keinen Menschen töten, und ist er auch ein böses Geschöpf unseres Herrgotts, so ist er doch sein Werk. Ich habe so viele Schlachten erlebt, dass ich das Blut und den Tod nicht mehr sehen kann. Aber diesen Arif Saim Bey brächte ich mit großer Genugtuung um. Er ist die Wurzel allen Übels.«

Sergeant Ilyas war der reinste Zorn.

»Memed, mein Sohn, ich hege nicht den geringsten Groll

gegen dich, auch wenn wir deinetwegen all das erdulden müssen. Gott und der Prophet sind meine Zeugen, dass ich für dich nur Liebe empfinde. Auch als dieser Mann mich so erniedrigte! Du tust, was du tun musst, du hast diesen Weg gewählt, einen anderen gibt es für dich nicht. So oder so wirst du durch eine Kugel oder am Galgen dein Leben aushauchen. Seit es diese Welt gibt, ist noch keiner deinesgleichen furzend im Bett gestorben, wie du weißt …«

»Ich weiß«, lachte Memed.

»Und obwohl du es weißt, ziehst du durch die Berge und tötest die Abdi Agas?«

»So ist es.«

»Aber diesmal scheint mir, gibt es keine Rettung für dich. Oberst Sturmwind nimmt dich in die Zange.«

»Das scheint mir auch«, sagte Memed.

»Denkst du manchmal daran, wie und wo du wohl sterben wirst?«

»Ich denke oft daran.«

»Wer weiß, wie oft du bis jetzt schon gestorben bist.«

»Sehr oft«, sagte Memed. »Sie töten mich jeden Tag.«

»Wenn du in diesen Bergen nicht tausendmal stirbst, kannst du nicht am Leben bleiben.«

»Ein altes Sprichwort, und es stimmt«, sagte Memed.

»Dann hör mir zu, Memed!«

»Ich höre, Sergeant Ilyas.«

»Also diese verlassenen Dörfer. Nur gut, dass ihr das Dorf Gelochter Stein gemieden habt. Nach meiner Meinung sind diese Dörfer Fallen. Oberst Sturmwind lässt sie bestimmt beobachten. Wenn ihr ein vermeintlich leeres Dorf betretet, könnt ihr in einen Hinterhalt geraten. Denn im Dorf ist niemand, der sich hinausschleichen und euch warnen kann. Auch unser Dorf war eine Gefahr für euch, denn hier war ja niemand mehr, der aufstehen konnte, um euch zu warnen … Ab jetzt wird es schwer für dich, denn Sturmwind trocknet deine Quellen aus, damit du wie ein Fisch auf dem Trockenen liegst und er dich nur noch aufklauben muss.«

»Ja, er trocknet meine Quellen aus.«

»Gott schütze dich, Memed! Du bist einen guten Weg gegangen. Den Weg des Rechten.«

»Gott segne dich, Sergeant Ilyas!«

»Als sie hier im Dorf hörten, dass du kommst, vergaßen sie ihre Schmerzen und sprangen aus den Betten. Sie brennen darauf, dich zu sehen.«

»Gehen wir doch auf den Marktplatz!«, schlug Memed vor.

»Aber erst muss ich mich rasieren, damit sie uns so nicht sehen.«

»Ich lasse sofort den Barbier des Dorfes kommen.«

Kurz darauf kam ein junger Barbier. Auch er gehöre zu den Sieben Memeds, flüsterte er Memed ins Ohr, als er ihn einseifte. Er hielt sich nur mit Mühe auf den Füßen, biss immer wieder mit verzerrtem Gesicht die Zähne zusammen.

Nachdem sie alle rasiert waren, brachten sie ihre Kleider in Ordnung, legten ihre Waffen an und machten sich auf zum Dorfplatz. Die Dörfler standen schon dicht gedrängt, und immer noch kamen manche an Stöcken, blieben oft erschöpft stehen, bevor sie sich weiterquälten. Memed und die andern kamen mit gesenkten Köpfen auf den Platz und blieben unter der kahlen, schneebedeckten Krone der mächtigen Platane dicht bei der zugefrorenen Tränke des Dorfbrunnens stehen. Die Dörfler hefteten ihre Blicke auf sie, und sie hoben die Köpfe. Eine ganze Weile standen sie einander still gegenüber.

»So, das ist Memed«, rief Sergeant Ilyas und zeigte mit der Hand auf ihn. Keiner regte sich, keiner sprach ein Wort. Sie hielten den Atem an und schauten.

Dann hakte Sergeant Ilyas sich bei dem verschämten Memed, der den Kopf wieder gesenkt hatte, unter und ging mit ihm zurück ins Haus. Und ohne einen Laut von sich zu geben, ging die Menge wieder auseinander.

Zu Hause entschuldigte sich Sergeant Ilyas bei den Briganten und führte Memed in die Scheune.

In seiner Jugend hatte sich Sergeant Ilyas in diesen Bergen als erfolgreicher Jäger von Rotwild einen Namen gemacht. Er erlegte jeden Hirsch, der ihm vor die Flinte kam. Danach wurde er eingezogen und schoss neun Jahre lang bei den Soldaten, wo er durch seine Treffsicherheit berühmt wurde. Auch wirtschaftlich hatte er Erfolg, züchtete Schafe, Pferde und wertvolle Zuchtstiere.

»Azmi Bey der Sturmwind gehört mir«, sagte er. »Bevor ich sterben muss, hat er mich getötet. Vor Kind und Kegel brachte er mich zum Jaulen wie einen Hund, nahm er mir mein Menschsein.«

Memed wollte etwas erwidern, doch brüsk fiel Sergeant Ilyas ihm ins Wort: »Ich sage es dir nur, damit du im Bilde bist, und als ein Mann von Ehre ...«

»Ich weiß, Sergeant«, unterbrach ihn Memed, »und ich als Mann von Ehre ...«

»Also gehen wir! Und niemand soll von unserem Gespräch erfahren! Ferhat Hodscha ist übrigens ein guter Mann.«

»Er ist ein guter Mann«, nickte Memed. »Er hat ein großes Herz. In meinem ganzen Leben habe ich noch keinen so klugen und großherzigen Mann kennen gelernt. Allein der Gedanke, sie könnten ihn töten, erfüllt mich mit Schrecken. Ich wünschte, er zöge weit weg, übernähme das Amt eines Imam und gründete eine Familie. Tausendmal habe ich ihn darum gebeten, doch jedes Mal verschloss er mir den Mund.«

»Auch er kann vom Brigantentum nicht lassen. Auch er gehört zu denen, die überzeugt sind, nicht leben zu können, bevor sie tausendmal gestorben sind. Wie Köroğlu, Jung Osman und Ali mit dem gegabelten Schwert. Bedränge ihn nicht, quäle ihn nicht! Hätte er gewollt, wäre er schon längst Imam, ja, Mufti mit Kind und Kegel ... Du siehst doch, die Menschen in diesen hohen Bergen, in dieser weiten Ebene und diesem riesengroßen Anatolien weinen blutige Tränen.«

»Aber sie müssen unseretwegen noch mehr Leid ertragen. Ich sah auf dem Dorfplatz, in welchem Zustand sie waren, konnte ihnen nicht in die Augen schauen. Vergangen bin ich vor Scham, habe gefleht, die Erde möge sich spalten und ich im Erdboden versinken!«

»Sie waren voller Stolz. Ist dir denn nicht aufgefallen, wie festlich sie gekleidet und gegürtet waren? Die Frauen mit ihren sorgfältig geknoteten Kopftüchern, verziert mit Flittergold und Pailletten, die Mädchen und Bräute in leuchtendem Rot und die Alten ganz in Weiß?«

Memed lachte erleichtert: »Der Menschensohn ist und bleibt ein Rätsel.«

»Ein Geheimnis«, nickte Sergeant Ilyas.

Sie gingen zurück ins Gästezimmer.

Der Raum war brechend voll. Unter ihnen der Barde Veli der Verrückte mit seiner Saz, warteten die Dörfler schon auf die beiden.

Als Memed zur Tür hereinkam, erhoben sich alle, und wieder wusste Memed vor Verlegenheit nicht, wohin mit seinen Händen. Er konnte nicht verstehen, warum ihn diese Menschen so verehrten, zu ihm so aufblickten, ihn wie einen Sohn, wie einen Bruder liebten.

Nachdem sich alle gesetzt hatten, zog Veli der Verrückte die langhalsige Laute an seine Brust und begann verhalten mit einem Lied über Memed den Falken. Bewundernd verglich er ihn mit dem Adler der Berge, verdammte danach Oberst Sturmwind, verglich Memed mit dem Oberst, indem er beide wechselseitig zu Wort kommen ließ. Memed ehrlich, gut, tapfer und schön, Oberst Sturmwind grausam und böse.

Memed brach der Schweiß aus allen Poren, am liebsten wäre er vor Scham im Erdboden versunken. Er beugte sich zu Ferhat Hodschas Ohr und flehte: »Hodscha, ich küsse dir die Füße, wenn du diesen Barden zum Schweigen bringst!«

»Barde Veli«, wandte Ferhat Hodscha sich in weichstem Ton an den Sänger, »brich das Lied über Memed ab! Sieh doch, wie er in Schweiß gerät, du weißt doch, so viel Lob ist er nicht gewohnt.«

»Ich breche das Lied nicht ab«, widersetzte sich Barde Veli der Verrückte. »Ich werde es nicht abbrechen, denn ich bin nicht der Diener eures Herrn. Ich bin ein Barde und singe, was immer und wo immer ich will. Und wenn ich will, kann ich aus dem Stegreif deinen Memed hier auch verarschen.«

»Ich weiß, du kannst es«, sagte Ferhat Hodscha.

»Und niemand kann es mir verbieten, nicht Memed, nicht sein Meister.«

Das Streitgespräch brachte Memed noch mehr zum Schwitzen, das Blut stieg ihm in den Kopf.

»Barde Veli«, versuchte Sergeant Ilyas den Sänger zu beschwichtigen, »vergessen wir doch nicht, Memed ist unser Gast.«

Wutentbrannt sprang der Barde auf. »In den Erdboden mit solchen Gästen!«, rief er. An der Tür drehte er sich noch einmal um: »Und dieser Winzling sieht Memed gar nicht ähnlich. Hätte ich ihn nur nicht angeschaut! Dieser Mann ist nicht Memed, kann es gar nicht sein. Wer weiß, hinter welchem Berg Memed jetzt gegen den brutalen Feind kämpft. Wenn dieser Zwerg Memed sein kann, kann es jeder sein.« Er eilte ins Freie, schlug sich im Laufschritt durch den Schnee zum Dorf hinaus und murmelte vor sich hin: »Dieser Junge gefiel mir auf Anhieb nicht. In diesen Zeiten wimmelt es in den Bergen nur so von Memeds. Ihr Dummköpfe, kann so ein Däumling Memed sein? Memed ist ein Berg von Recke, ist einer wie der Verehrte Ali, wie Zaloğlu Rüstem, wie Recke Köroğlu. Niemand kann mir dieses Jüngelchen als Memed unterjubeln. Memed der Falke trägt einen eisernen Gurt. Die Erde bebt unter seinem Schritt, die Blumen blühen vor Freude, die Flüsse stoppen achtungsvoll ihren Lauf, die Adler am Himmel ihren Flug, tote Rösser werden lebendig, die Vierzig und die Sieben nehmen ihn in ihre Kreise auf, und der weißbärtige Hizir auf seinem Grauschimmel über den Meeren ist sein Gefährte. Und hinter diesen lila Bergen steht er jetzt im Kampf. Geschwungen sein Schnauzbart, Funken sprühend seine bernsteinfarbenen, großen Augen! Dieser rotznäsige, schielende Junge soll Memed sein? Ein mächtiger Löwe ist, den wir Memed den Falken nennen, ein Sultan der hohen Berge, ein Menschenfreund, der weder Wolf noch Vogel, noch einer Ameise ein Leid zufügt.«

Bis zum nächsten Dorf redete er so vor sich hin, und ein neuer Memed war in seinem Kopf geboren und ein Lied über die nachgemachten Memeds, die keinen Fingernagel des echten Memed wert seien. Kaum im Gästezimmer des Nachbardorfes, beugte er sich, ohne die Anwesenden zu grüßen, über seine Saz und sang ihnen verzückt das Lied vom echten, hinter den lila Bergen kämpfenden Falken, des Armen Brot und Hoffnung. Und er brachte ihnen auch zu Gehör, dass jedermann wissen müsse, nicht jeder sei Memed, der sich Memed nenne, und er vergaß auch nicht, von dem vorgetäuschten Memed im Hause Ilyas des Sergeanten zu singen, zu spotten über den verschämt den Kopf senkenden, vor Angst niemandem ins Gesicht schauenden Mann. Er äffte seine Haltung, sein Sprechen nach und ließ auch an den Dörflern kein gutes Haar. Und kaum hatte er sein Lied beendet, schlug er sich, ohne gegessen, nicht einmal einen Kaffee getrunken zu haben, wieder in die Berge, um seine Ballade im nächsten Dorf zum Besten zu geben. Noch am Text feilend, eilte er wie auf Flügeln davon.

»Nimms Veli dem Verrückten nicht übel, mein Junge!«, bat Sergeant Ilyas. »Er ist wütend geworden, weil er dich mit Memed nicht in Einklang bringen konnte. Denn sein Memed ist ein anderer. Als er vor sich einen so vom Fleisch gefallenen Memed sah, wollte er es nicht glauben, geriet er ganz außer sich. Ferhat Hodschas Worte dienten ihm nur als Vorwand, sich davonzumachen.«

Memed war es gewohnt, er lächelte verlegen.

»Ja, nimms ihm nicht übel! Jeder trägt im Herzen seinen eigenen Memed. Und du ähnelst überhaupt nicht dem Memed von Veli dem Barden.«

»Ich weiß, ich sehe überhaupt nicht aus wie Memed.«

»Und dennoch bist du es. Niemand macht ohne besonderen Anlass jemanden, der es in seinem Herzen nicht ist, zu einem Memed.«

»Wie du meinst«, entgegnete Memed, nur um etwas zu sagen.

Sergeant Ilyas bewirtete sie noch drei Tage in seinem Haus.

Der Schneesturm hatte sich gelegt, Berge, Täler und Ebenen lagen in flirrendem Sonnenlicht. Wohl das ganze Dorf samt Kind und Kegel begleitete die Briganten zum Dorf hinaus. Bevor sie sich verabschiedeten, drückte Sergeant Ilyas jedem einen kleinen, mit gestickten Veilchen, Narzissen und Wildrosen verzierten Beutel in die Hand und sagte: »Von den Mädchen unseres Dorfes. Sie meinten, ihr könntet in den Bergen frische Unterwäsche und Taschentücher brauchen.«

Sie umarmten sich, und Ilyas des Sergeanten kindliche, grasgrüne Augen wurden feucht, seine langen, geströhlten Barthaare von fleckenlosem Weiß bebten, und sein immer freundlich lächelndes Gesicht verdunkelte sich vor Trauer, als er sagte: »Es gibt auch einen Abschied ohne Wiederkehr und eine Wiederkehr ohne Wiedersehen. Drum vergebt denen, die in eurer Schuld stehen!«

»Vergebt auch Ihr, Sergeant Ilyas!«

Aufrecht blickten die Dörfler ihnen nach, bis sie als kleine schwarze Punkte in der weißen Weite verschwanden.

»Hodscha, mein Herz wird schwer, wenn ich sehe, was sie unseretwegen erdulden«, seufzte Memed.

»Und noch erdulden werden«, entgegnete der Hodscha in barschem Ton.

»Sergeant Ilyas wird Oberst Sturmwind töten. Sollten wir nicht, bevor er ...«

»Er wird ihn töten«, unterbrach ihn der Hodscha, »daran ist nicht zu zweifeln.«

»Aber er ist alt, und seine Hände zittern, wie soll er da den Oberst töten?«

»Er tötet ihn«, antwortete Ferhat Hodscha.

»Und wenn es ihm nicht gelingt, und sie ihn überwältigen? Dann ziehen sie ihm die Haut vom Leibe.«

»Es wird ihm gelingen.«

»Einem, der so alt ist und kaum das Gewehr halten kann?«

»Er ist einer, der unzählige Schlachten überstanden, der Sarikamış, Dumlupinar, den Balkan, Schnee und Läuse überlebt hat.

Denkst du denn, es war Zufall oder gar Glück, dass nur er unter Tausenden sein Leben retten konnte? Er wird den Oberst töten.«

»Und wird selbst dabei sterben.«

»Das ist es ja, was er will.«

Und erneut kreiste dieses gelbe, wirbelnde Sonnenlicht über Memeds Kopf, funkelte dieser stählerne Glanz in seinen Augen, und seine Haare sträubten sich.

»Und wenn wir den Oberst vorher töten?«

»Auch dann wird er sterben«, lächelte Ferhat Hodscha hintergründig. »Er wird nämlich vor Wut platzen, weil er diese Scharte der Schmach vor aller Augen nicht selbst auswetzen konnte.«

Memed senkte den Kopf und eilte so schnell dahin, dass die andern nicht Schritt halten konnten. Erschöpft ergriff der Hodscha ihn beim Arm. Er war noch immer in Gedanken vertieft. Sie hockten sich auf einen Felsblock, und der Hodscha öffnete seinen Beutel. Zum Vorschein kam ein Stück duftende rosa Seife, ein besticktes Unterhemd, eine Unterhose und ein großes weißes Seidentuch. Die andern sahen ebenfall nach. Sie hatten dasselbe.

»Die Mädchen haben für uns ihre Aussteuer geplündert«, rief der Hodscha.

»Und was haben wir für sie getan?«, fragte Memed kopfschüttelnd. »Außer dass sie unseretwegen leiden mussten? Ich verstehe das alles nicht.«

»Wenn du in mein Alter kommst, wirst du es verstehen«, antwortete der Hodscha mit freudig erregter Stimme.

Sie erhoben sich und schlugen die Richtung zum gegenüber liegenden Berg ein, an dessen Fuß ein Dorf im Dämmer verschwand.

»Gehen wir dorthin!«, schlug der Hodscha vor. »Das Dorf heißt Sieben Brüder. Mestan, der Turmwächter, wohnt dort. Ein sehr armes Dorf. Sogar das tägliche Brot ist dort knapp, der Boden ist steinig und unfruchtbar. Es sind brave Menschen. Alte Männer gibt es nicht. Von all den Männern, die in den Krieg gezogen sind, ist keiner zurückgekehrt. Im Dorf leben nur alte Witwen, junge Mädchen und Burschen. Auch Kinder sind rar.«

»Wir sollten uns einen Unterschlupf suchen!«, meinte Temir. »Es ist noch zu hell, und die Gendarmen sind uns auf den Fersen.«

»Einverstanden«, nickte Ferhat Hodscha.

Memed war noch immer in Gedanken versunken, und es schien, als sähe er nicht, was um ihn herum geschah, höre er nicht, was gesprochen wurde. Sie stiegen in eine Schlucht hinab, suchten Schutz unter einem Sporn, fegten den Schnee von einem umgestürzten Baum und setzten sich auf den Stamm. Jeder knotete wieder seinen Beutel auf und betrachtete nachdenklich die Geschenke. Memed öffnete das gefaltete, lila bestickte Taschentuch behutsam wie eine Kostbarkeit, roch daran und vergrub sein Gesicht darin. Ja, was haben wir ihnen denn gegeben, außer dass sie unseretwegen gequält und erniedrigt wurden, schoss es ihm wieder durch den Kopf. Was können wir nur für sie tun, was nur? Sterben ist leicht, dem Tod ins Auge sehen noch leichter, schließlich hat der Mensch nur ein Leben, und darüber entscheidet oft nur eine Kugel. Aber wissen, was zu tun ist, das ist schwer.

Als es dunkelte, knoteten sie ihre Bündel und machten sich stumm auf den Weg. Am Dorfrand empfing sie ein kleiner Junge.

»Mestan Aga schickt mich. Das Dorf ist voller Gendarmen, und Oberst Sturmwind ist auch da. Ich soll euch an einen Ort bringen, wohin er nach Mitternacht auch kommen wird. Sie haben ihn schwer geprügelt, er kann nur mit Mühe gehen. Das ganze Dorf liegt im Bett, sogar Babys haben sie totgeprügelt. Ich hatte mich vor ihnen versteckt. Sie wollten zu essen haben. Bei uns gibt es doch gar nichts. Da haben sie die wenigen Hühner und Ziegen geschlachtet. Auch unsere rotbraune Ziege und ihr Lamm haben sie geschlachtet und gegessen. Mestan Aga sagte, ich mache mich nach Mitternacht zu euch auf und werde sie schon finden.«

Der Junge führte sie zu einer Waldhütte in einer Senke und machte Feuer. Sie wärmten sich auf, legten Dörrfleisch in die Glut. Sergeant Ilyas hatte ihre Proviantbeutel prall gefüllt, und sie legten sich eine üppige Mahlzeit vor. Mit Heißhunger fiel der Junge über das Essen her, und die Briganten unterbrachen ihr Mahl und schauten mit Staunen zu, wie der Kleine, ohne hochzublicken, die Bissen in sich hineinstopfte. Er aß, bis sich sein Bauch wie eine Pauke blähte. Dann blickte er um sich und rief: »Was habt ihr doch Schönes zu essen, und wie ich gegessen habe! Woher habt ihr all das schöne Essen?«

»Gott hats gegeben«, lachte Ferhat Hodscha.

»Was habt ihr doch für einen schönen Gott. Unser Gott gibt uns nie so ein schönes Essen. Wenn ihr so einen schönen Gott habt, kann euch niemand schultern, nicht in dieser Welt und nicht in der andern! Euer Gott ist schon toll.«

»Ja, toll«, sagte Ferhat Hodscha.

»Unser Gott ist sehr arm. Unser Gott muss noch ärmer sein als wir.«

»Irgendetwas wird er auch haben«, meinte der Hodscha.

»Gott verzeih!«, sagte der Junge. »Wenn Er etwas hätte, würde Er uns auch etwas geben.«

Zwischen dem Knaben und dem Hodscha entspann sich ein hartnäckiges Streitgespräch. Der Hodscha meinte, dass der Herrgott eines Tages auch dem Kleinen geben werde, der aber hielt dagegen, und die andern lachten. Schließlich gab der Junge mit einem verächtlichen Blick nach und wechselte das Thema. »Soll ich mal sagen, wer von euch Memed ist?«

»Nun rate mal, du Teufelshammer!«, antwortete belustigt Ferhat Hodscha.

»Nimm so ein Wort nicht in den Mund!«, rief der Kleine. »Du hast einen so vollen Bart, da passen solche Schimpfworte gar nicht zu dir.«

»Nimms mir nicht übel, es war Spaß. Hätte ich gewusst, dass du dich so aufregst ...«

»Erledigt«, sagte der Knabe. »Nun weißt du es.«

Der Kleine zeigte mit dem Finger auf Memed: »Der da ist Memed.«

»Woher weißt du es?«

»Ich weiß es eben. Er redet nämlich überhaupt nicht.«

»Was ist denn mit einem Mann, der nicht redet?«

»Wenn er nicht redet ... Nicht redet ... Meine Mutter hat es mir gesagt. Ein Mann, der nicht redet ...«

»Nun, was ist mit ihm?«

»Mutter hat es mir ja gesagt, aber ich habs vergessen. Es reicht ja, dass ich gewusst habe, wer dieser Mann ist.«

Ferhat Hodscha streichelte die borstigen, blonden Haare des Jungen, und das gefiel dem Kleinen.

»Du redest ja viel, aber du bist auch ein guter Mann, auch wenn du einen Arm voll Bart hast, deine Augen blicken gütig, ja, du bist ein guter Mensch. Weißt du, Bärtiger, ich werde auch Brigant. Und dann wird mir euer gütiger Gott auch so viel zu essen geben.«

»Das gibt Er nicht immer.«

»Auch keinen Honig? Weißt du, ich habe schon mal einen ganzen Löffel Honig gegessen. Ich hatte ihn gestohlen. Wenn wir ihn nicht stehlen, gibt unser Gott den Menschen keinen Honig. Hinterher hat mich der Mann aus dem Dorf erwischt und mich so verprügelt, dass ich kotzen musste. Und die Bienen haben mich überall gestochen. Ich war geschwollen wie eine Pauke und so dick wie ein Erwachsener. Sogar die Männer aus unserem Dorf bekamen Angst vor mir. Weißt du, euer Gott wird mir auch Honig geben.«

»Wird er nicht.«

»Den Honig hab ich nämlich sehr gemocht, ich hab den Geschmack noch immer im Rachen ... Ich liebe auch Traubensirup. Gibt er mir auch keinen Sirup, wenn ich Brigant bin?«

»Ich glaube nicht.«

»Gibt er euch denn?«

»Ab und zu gibt er.«

»Dann gibt er mir keinen, weil ich noch ein Kind bin, nicht wahr?« Seine Stimme klang so hoffnungslos, als sei die Welt zusammengebrochen, und das Gesicht dieses fröhlichen Jungen wurde so traurig, dass es dem Hodscha Leid tat.

»Man weiß ja nie. Du scheinst auch ein guter Mensch zu sein, vielleicht wird er auch dir ...«

Der Junge strahlte. »Das heißt, er gibt den guten Menschen. Meine Mutter sagt zu mir immer: Du bist mein guter Sohn mit dem goldenen Herzen.«

»Dann wird Gott dir viel Honig geben«, sagte der Hodscha. »Einem Menschen wie dir gibt Gott Honig, auch wenn er kein Brigant ist. Sogar so viel, dass du ihn in drei Tagen und Nächten nicht aufessen kannst.«

»Schwör es!«, sagte der Junge. »Du bist bestimmt ein großer Hodscha. Sag: Bei Gott!«

»Bei Gott!«, sagte der Hodscha.

Gegen Mitternacht hörten sie von sehr weit her Hähne krähen. Stummel ging hinaus und fragte Şahan, der Wache stand: »Noch niemand zu sehen?«

»Niemand weit und breit.«

»Mestan verspätet sich«, sorgte sich der Hodscha.

»Er ist ein Recke, hab keine Angst!«, versuchte der Junge ihn zu beruhigen. »Er übertölpelt die Gendarmen und wird kommen. Und was für ein Recke, sage ich dir. Aus unserem Dorf sind alle in den Krieg gezogen, und keiner kehrte heim. Nur er konnte sich befreien und flüchten. Er schaut dir in die Augen und sieht, was in deinem Herzen vorgeht. Er wird bald kommen, keine Sorge!«

»Weißt du auch, was im Herzen eines Menschen vorgeht?«

»Viel mehr noch als er.«

»Dann erzähl mal!«

»Ich erzähle dir etwas, Bärtiger, hör mir gut zu! Gott wird mir Honig, so viel Honig schicken, den ich in drei Tagen und drei Nächten nicht aufessen kann. Und ich werde davon auch meiner Mutter geben, und auch sie wird ihn nicht aufessen können, und ich werde auch meinem Vater Honig ins Gefängnis schicken. Dort ist er, weil er immer Pferde klaut. Soll er doch, aber er ist so ungeschickt, ist noch sehr jung, etwas größer als ich, etwa so wie dieser Memed dort, und drum schnappen ihn immer die Gendarmen und werfen ihn ins Gefängnis. Er sitzt seine Zeit ab, und kaum ist er wieder draußen, klaut er noch ein Pferd, und bevor er noch aufgesessen ist, verhaften sie ihn, bringen sie ihn in die Stadt und werfen ihn in den Käfig. Wenn er wieder herauskommt und endlich mal ein gestohlenes Pferd verkauft, bevor sie ihn verhaften, wird er mir Sachen kaufen, sage ich dir, Sachen ... Dein Vater hat überhaupt kein Glück, sagt Mutter, jedes Mal lässt Gott ihn auf frischer Tat ertappen.« Er ließ den Kopf sinken. »So ein Gott ist unser Gott. Er ist – Gott verzeih! – kein sehr freigebiger Gott. Es war dunkle Nacht und es regnete, als ich dort am Bienenkorb stand. Stockdunkel war es, und in der Dunkelheit hat Gott mich den Bienen gezeigt und mich stechen lassen, und mich dann von dem Mann schnappen lassen, also ist er kein sehr lieber Gott. Lässt auch meinen Vater verhaften. Und ich werde meinem Vater den Honig bringen. Er wird sich mit Händen, Füßen und Schnauzbart über den Honig hermachen und ihn aufessen. Mein Vater hat sogar einen riesigen Schnauzbart.«

»Wie heißt du?«, fragte Ferhat Hodscha.

Der Junge lächelte und schaute auf Memed: »Wie er.«

»Also Memed. Erst hinterher?«

»Aber doch nicht hinterher! Mein Großvater, der aus dem Krieg nicht zurückgekommen ist, hieß auch Memed, und sie haben mir seinen Namen gegeben. Die andern Memeds, du weißt ja, die haben sie schwer verprügelt, haben ihre Fußsohlen aufgeschlagen, haben sie Blut pissen lassen, hätten sie fast getötet, und was sollten die Armen da tun, es ging ja um ihr Leben, und da haben sie ihre richtigen Namen genannt. Und denen, die wie ich von Geburt Memed heißen, gaben sie andere Namen. Hinterher werden alle wieder Memed heißen. Alle haben es geschworen.«

»Du hast deinen Namen nicht geändert, nicht wahr?«, wandte er sich an Memed.

»Ich habe ihn nicht geändert.«

»Du bist ein mutiger Mann. Du wirst ihn auch später nicht ändern. Wenn sie dich fangen ... Wenn sie dich kriegen, werden sie dich ganz sicher hängen ... Auch dann wirst du deinen Namen nicht ändern, nicht wahr?«

»Ich werde ihn nicht ändern.«

»Ich auch nicht, und wenn sie mich hängen, und wenn sie mir die Haut abziehen, ich ändere meinen Namen nicht.«

»Du tust gut daran.«

»Jedem seinen Namen! Und hieße ich nicht Memed, und wäre wie sie erst später zum Memed geworden, ich hätte ihn auch nicht geändert.«

»Du hättest gut getan.«

Memed und die andern dösten schon im Halbschlaf.

»Schlaft ihr nur!«, sagte das Kind. »Wer weiß, von wie weit ihr gekommen seid. Und wer weiß, wie die Gendarmen euch gejagt haben. Wie gut, dass sie euch nicht erwischt haben. Sie hätten euch die Fußsohlen aufgeschlagen und euch Blut pissen lassen. Und ihn« – er zeigte auf Memed – »hätten sie gehängt. Wie schade ... Schlaft nur, ich halte Wache!«

Sie schliefen ein, und ohne einen Lidschlag hütete Kind Memed ihren Schlaf, bis unten am Ende des Tals Schüsse fielen.

»Wacht auf!«, schrie Kind Memed.

Schon bei den ersten Schüssen waren sie auf die Beine gesprungen.

»Geh du schon los, Junge!«, sagte Ferhat Hodscha. »Wir werden uns in die Berge schlagen. Es kann auch zum Kampf kommen, und wenn dich eine verirrte Kugel trifft ...«

»Und wenn ihr mich umbringt, mein Freund, ich kann nicht.«

»Warum nicht?«

»Mestan Aga hat mir gesagt, du wirst dich nicht von ihnen trennen. Wenn die Gendarmen dich erwischen, schlagen sie dir die Fußsohlen auf, streuen dir Salz in die offene Wunde, und du hältst es nicht aus ... Ich halte es aus, und wenn sie mir die Haut abziehen, ich werde ihr Versteck nicht verraten, habe ich Mestan Aga versprochen. Wenn ich groß bin, wird er mich verheiraten.«

»Dennoch, du wirst gehen!«

»Ich gehe nicht.«

»Willst du unsere Plage sein?«

»Ich bin eure Plage.«

Die Auseinandersetzung dauerte an, die Schüsse kamen näher. Schließlich ging der Junge zu Memed, ergriff behutsam dessen Hand und sagte: »Sieh doch, Namensvetter, ihr seid fremd hier. In dieser Finsternis findet ihr keine Wege und keine Spuren. Ich werde euch irgendwohin bringen, wo nicht Ali die Echse, schon gar nicht Oberst Sturmwind in eure Nähe kommen kann. Mestan Aga ist bestimmt erwischt oder getötet worden. Denn er ist ein Mann, der Wort hält. Einverstanden?«

»Einverstanden«, antwortete Memed. »Los, geh voraus!«

Kind Memed vorweg, die andern hinter ihm, gingen sie in die Dunkelheit hinein. Der Schatten des Kleinen huschte wie ein Rebhuhn von einem Stein zum andern, der knirschende Schnee unter ihren Füßen spendete ein fahles Licht. Über steile Hänge und schroffe Felsen stiegen sie bergan, und der Junge führte sie über einen Saumpfad zum Gipfel und machte zwischen Gemäuer und Ruinen halt. »Da sind wir«, hörten sie den kleinen Schatten vor ihnen keuchen, »dies hier ist die Schwarze Festung.« Er wartete, bis die Briganten aufgeschlossen hatten. »Hier ist auch ein Gebäude, wo es von Schlangen wimmelt, aber im Winter verkriechen sie sich und sind jetzt nicht mehr da. Wartet hier, ich mach euch da drinnen erst einmal Feuer. Habt ihr Zündhölzer? Ist das eine Kälte! Ihr habt im Dunkeln bestimmt keine Angst, nicht wahr, ihr seid ja Briganten!«

»Ja, wir sind Briganten«, antwortete Ferhat Hodscha. Dieses Kind hatte es ihm angetan, ihm wurde eigenartig warm ums Herz. Er fühlte sich so in seine Kindheit zurückversetzt, dass er auf den Kleinen immer wieder einging.

»Das war aber eine dumme Frage! Hättet ihr Angst im Dunkeln, wärt ihr ja keine Briganten geworden. Wovor solltet ihr euch denn fürchten? Das Dunkel ist nichts als dunkel. Dazu habt ihr auch noch große Gewehre. Im Dunkel sind viele Dschinns. Wenn der Tag anbricht, huschen sie davon, sie verschwinden und kommen erst nachts wieder. Und diese Festung ist das Serail vom Padischah der Dschinns. Es ist aus Kristall. Wir können nicht die

Dschinns und nicht ihr Serail sehen, aber es gibt sie. Aber ihr seid Briganten, und Briganten fürchten sich auch nicht vor Dschinns, nicht wahr?«

»Sie fürchten sie nicht.«

»Und wenn man auch noch betet, flüchten sie doch, nicht wahr?«

»Dann flüchten sie.«

Er trat vor Ferhat Hodscha hin, musterte ihn und sagte: »Du hast einen Bart. Du bist ein Hodscha, eigentlich ja ein Brigant, aber da du einen Bart trägst, auch ein Hodscha ... Du bist der Hodscha der Briganten. Ich werde da hineingehen, kennst du ein Gebet, das die Dschinns verjagt?«

»Ich kenne eins.«

»Eigentlich schade«, fuhr Kind Memed fort, »wir werden in dieser Kälte die armen Dschinns aus ihren warmen Betten jagen, aber wir frieren ja auch, nicht wahr?«

»Ja, wir frieren.«

»Also bete, Onkel!«

Ferhat Hodscha hob ihn hoch, drückte ihn an seine Brust, küsste ihn aus vollem Herzen und setzte ihn behutsam wieder auf den Boden.

»Sag jetzt dein Gebet!«

»Ich sags auf. Wenn du willst, kann auch Hadschi der Stummel mit dir hineingehen.«

»Er soll mitkommen«, sagte Kind Memed. »Vielleicht werden die Dschinns ja wütend, weil wir sie mit Gebeten verjagen.«

»Sie könnten wütend werden«, nickte Ferhat Hodscha.

Mit geschickten Händen klaubte Kind Memed am Fuße des Gemäuers Reisig zusammen und blieb dann vor dem Festungstor stehen. »Komm, Stummel!«, rief er und schob ihn hinein. Kurz danach schimmerte schwaches Licht, und Kind Memed kam wieder heraus. »He, Briganten, nun kommt!«, rief er. »Ich werde euch jetzt ein Feuer schüren, dass es da drinnen warm wird wie im Hamam. Die Dschinns hatten ja schon vorgeheizt. Und habt keine Angst, als ich bete, sind alle davon. Sie sind auch vor dem

Gebet des Bärtigen geflohen. Schutzgebete ertragen sie nicht. Schon gar nicht die Gebete von Bärtigen.«

Er führte sie hinein und setzte sie um den Kamin, aus dem sich der Rauch schon verzogen hatte. Dass hier oft geheizt wurde, war an den verrußten Wänden und der aufgehäuften Asche zu erkennen. Sie hockten sich auf die Platten vor dem offenen Feuer. Die Kälte hatte ihnen arg zugesetzt.

»Keine Angst, ich bin gleich wieder da!«, rief der Kleine. »Die Dschinns sind ja fort, und Gewehre habt ihr auch. Vielleicht lohnt es sich aber nicht, auf Dschinns zu schießen, dann kann der Bärtige ja beten, bis ich zurückkomme.«

Noch bevor das Reisig niedergebrannt war, kam er mit einem trockenen Kloben wieder herein, und in einer knappen Stunde hatte er noch mehr Scheite herangeschleppt und aufgestapelt. »Dann wollen wir mal das Feuer richtig schüren!«, rief er, und unter den erstaunten Blicken der Briganten legte er Holz nach, stocherte er in der Glut, und lodernde Flammen erhellten den Raum. Dann setzte er sich neben Ferhat Hodscha und streckte seine Hände und Füße dicht ans Feuer. Erst jetzt fiel ihnen auf, dass der Junge barfuß war.

»Deine Füße sind ja nackt«, bemerkte Ferhat Hodscha.

»Ja, nackt«, nickte Kind Memed. »In unserem Dorf gehen alle Kinder und Frauen barfuß.«

»Friert ihr denn nicht?«

»Wir frieren schon, mein Aga, aber was kannst du dagegen denn anstellen? Armut ist ein Hemd aus Feuer, und das weiß nur, wer es trägt. Macht euch meinetwegen keine Gedanken! Das ist unser Alltag. Mein Opa Memed war auf der ganzen Welt der beste Pferdedieb. Die Tscherkessen in der Hochebene Uzunyayla hatten schon fast keine Pferde mehr. Und jedes Mal, wenn er ein gestohlenes Pferd verkauft hatte, brachte er meinem Vater aus Maraş einen Eimer Honig und ein Paar Schuhe mit.« Er ließ den Kopf hängen. »Mein Vater ist ungeschickt. Wie mein Großvater stiehlt er auch Pferde, wird aber jedes Mal erwischt. Auf so einen Diebstahl, wonach es immer Gefängnis gibt, pfeife ich! Ich werde meinem Vater das Stehlen verbieten. Wenn der Arme es doch nicht schafft! Bevor ich euch kennen lernte, wollte ich ja Brigant werden, aber, wie schade für euch, jetzt habe ichs aufgegeben.«

»Warum aufgegeben?«

»Jetzt habe ich gesehen, wie es euch ergeht. Tag und Nacht auf der Flucht. Und wohin führt das am Ende? Eines Tages wird euch Sturmwind oder sonst wer mit einer Kugel erledigen.«

»Das wissen wir«, sagte Ferhat Hodscha.

»Natürlich wisst ihrs. Ist das Dorf in Sicht, brauchts den Fremdenführer nicht, heißt es. Aber was ich euch sagen will ...«

»Nun, was willst du uns sagen?«

Memed senkte den Kopf und fuhr mit der Hand durch seine gleich Stacheln eines Igels gesträubten Haare. Er zögerte.

»Sag schon!«

»Also, ich will sagen, so wie dieser Memed«, er zeigte auf ihn, »ist es ja gut, Brigant zu sein. Wenn ihr fragt, warum, nun, die Gendarmen haben unser Dorf in Klump geschlagen, eben seinetwegen«, er zeigte wieder auf Memed. »Sie haben allen die Fußsohlen aufgeschlagen, haben Salz hineingedrückt, und niemand hat auf Memed geschimpft. Jedermann«, er zeigte auf Memed, »betet ihn an.« Er schwieg, senkte den Kopf, seine Hemmungen waren offensichtlich. Von einem Augenblick zum nächsten lief sein Gesicht rot an, wurde wieder blass, dann lachte er lauthals und sagte: »Dieser Memed, sage ich, wenn die Dörfler ihn einmal sähen und wüssten, dass er so groß ist wie ich ...« Er lachte noch immer.

»Nun, was wäre, wenn sie es wüssten?«

Klein Memed hörte auf zu lachen, steckte seinen Daumen in den Mund und schwieg mürrisch.

»Was wäre, wenn sie es wüssten?«, fragte er und sah jeden an.

»Ja, Memed, was wäre, wenn sie es wüssten?«

»Nichts wäre«, triumphierte er. »Gar nichts! Und wenn ihr mich fragt, warum? Weil auch der Recke unter einem groben Mantel ruht, wie wir sagen. Von den Kindern in unserem Dorf haben sogar solche vor mir Angst«, und er zeigte auf Kasim, »die so groß und breit sind wie er. Und so, wie unsere Dörfler sind, da hacke ich mir die Hand ab, wenn sie beim ersten Mal wirklich glauben, dass er Memed der Falke ist. Dann gewöhnen sie sich daran und zum Schluss glauben sie umso fester, dass er es ist. Und nun schlaft! Wer weiß, wie müde ihr seid, ihr Armen, über Berg und Tal immer auf der Flucht … Wisst ihr, dieses Feuer hier kann man von draußen überhaupt nicht sehen, und wenn ihr fragt, warum, weil da draußen noch eine Mauer ist, eine sehr hohe. Mein Opa soll die gestohlenen Pferde hier versteckt haben. Die Dörfler wussten es, erzählten es aber keinem. Meinen armen Vater aber liefert jeder den Gendarmen aus. Aber ihr braucht nichts zu befürchten, unsere Dörfler würden eher sterben, als euer Versteck verraten.« Liebevoll schaute er Memed an. »Wisst ihr, dieser Memed muss einen Hexenzauber haben. Und wir wissen ja, wer einen Hexenzauber hat, dem kann kein General etwas anhaben. Ein Oberst Sturmwind schon gar nicht.«

Er stand auf, setzte sich zu Memed, zupfte ihn am Ärmel und flüsterte: »Ich will dir etwas ins Ohr sagen!« Angst überschatteten seine hellbraunen Augen. Die Lider mit den gebogenen Wimpern, lang wie die eines Fohlens, flatterten leicht. Memed beugte sich zu ihm, hielt das Ohr dicht an seinen Mund, und mit flehender Stimme flüsterte Kind Memed: »Töte Oberst Sturmwind, ja? Er hat alle so gequält. Töte ihn, ja?«

Memed zog den Kopf des Kleinen zu sich heran und flüsterte ihm ebenfalls ins Ohr: »In Ordnung.«

»Versprochen?«

Memed zögerte.

»Versprochen?«, wiederholte der Kleine.

Memed antwortete nicht.

»Hör zu, mein Freund, früher oder später werden sie dich sowieso töten.«

Memed flüsterte ihm wieder ins Ohr: »Ich weiß, sie werden mich töten.«

»Also versprochen?«

»Wie kann ich das …«

Der Kleine erhob sich, ging ans andere Ende des Kamins und hockte sich in eine dunkle Ecke.

»Was ist, Kind Memed, warum bist du Memed böse?«

Der Kleine gab keine Antwort, so wütend war er.

Ferhat Hodscha, Memed und die andern gaben keine Ruhe, redeten auf ihn ein, versuchten ihn aufzumuntern, doch das Kind machte den Mund nicht auf. Nein, er war böse auf sie! Es dauerte nicht lange, sein Köpfchen sank zur Seite, und er schlief.

Sie stellten Kasim zur Wache ab und legten sich auch schlafen.

Kind Memed erwachte bevor der Tag graute. Auf Zehenspitzen ging er hinaus, legte den Zeigefinger warnend auf die Lippen, als er den wachhabenden Kasim im Vorbeigehen grüßte, kam mit einem Arm voll trockenen Holzes aus dem Waldstück unterhalb des Burgturms zurück und blies die Glut unter der Asche des Kamins wieder an. Dann schichtete er die Holzscheite so geschickt übereinander, dass sie nach und nach Feuer fingen. Er schleppte noch einige Arm voll Brennholz herbei, und erst als die Flammen loderten, weckte er Hadschi den Stummel, indem er ihm die Nase zudrückte. Hadschi der Stummel schreckte so entsetzt hoch, dass Kind Memed ins Freie flüchtete und sich vor Lachen die Seiten halten musste. Kasim lachte mit, obwohl er nicht wusste, warum.

Als Stummel mit der verrußten Teekanne Wasser aus dem Bach holte, lachte der Kleine noch immer.

»Warum lacht der so, Hadschi?«, fragte Kasim.

»Warum soll er schon lachen, der Hundsfott. Weil ich beim Aufwachen vor Schreck auf die Beine gesprungen bin«, antwortete Hadschi der Stummel und lachte.

»Lach nicht so laut!«, ermahnte ihn Kind Memed. »Sie liegen noch da wie tot, die Armen. Wer weiß, wie müde sie noch sind.«

Hadschi der Stummel verstummte, und Memed verkroch sich wieder in seine Ecke.

Der Tee begann zu brodeln. Zuerst stand der Hodscha auf, ging hinunter zum Bach, nahm die rituellen Waschungen vor, breitete seine Wollkutte am Boden aus und stellte sich zum

Gebet auf. Danach kamen auch die Übrigen zu zweit oder dritt ins Freie. Kind Memed hockte in seiner Ecke, hatte den Kopf in beide Hände gestützt und dachte angestrengt nach. Nachdem der Hodscha das Gebet beendet hatte, wurde das Frühstück aufgetischt. Hadschi der Stummel füllte Tee in einen verzinnten Becher und reichte ihn zuerst dem Hodscha. Der Hodscha warf drei Stück Zucker in den Tee und verrührte ihn mit einem Kienspan. Als er den Becher ansetzte, stockte er und rief: »Um Gottes willen, unser Gast! Nimms uns nicht übel, wir haben dich ganz vergessen. Oh, mein dummer Kopf! Komm und bediene dich!«

Doch Kind Memed rührte sich nicht. Der Hodscha redete vergebens auf ihn ein, von dem Jungen kam kein Ton. Auch Memed und die andern baten ihn, keiner von ihnen rührte das Frühstück an, sogar der Hodscha hielt den dampfenden Becher noch immer in der Hand, vergebens. Schließlich ging Memed zu ihm, hob ihn hoch und setzte ihn neben Ferhat Hodscha. Doch wie sehr sie sich auch um ihn bemühten, der Junge rührte die Speisen nicht an, weigerte sich auch, den von Ferhat Hodscha ihm hingereichten Becher anzunehmen.

»Kind, was haben wir dir denn getan? Wenn wir etwas falsch gemacht haben, verzeih!«, bat der Hodscha, und an seiner Stimme war zu erkennen, wie Leid es ihm tat.

»Ja, entschuldige uns, Namensvetter, falls wir unbewusst gefehlt haben!«, bat auch Memed, und auch die andern riefen: »Verzeih!«

Kind Memed zog eine Flunsch, seine bernsteinfarbenen Augen umflorten sich, er war kurz vorm Weinen. »Ich«, druckste er, »ich bin ein Esel, sogar der hirnlose Sohn eines Esels.«

»Warum das denn?«

»Weil aus einem Jungen wie mir kein vernünftiger Mann werden kann. Das sagte meine Mutter schon, und ich wollte es nicht glauben.«

»Und warum glaubst du es jetzt?«

»Gestern hab ich euch den Proviant weggegessen, und ihr habt kein Wort gesagt. Ich hab ja nicht nachgedacht und mir gesagt: Mann, Eselskopf, hirnloser Mensch, schaufelt man denn das Essen von Briganten wie ein Büffel in sich hinein? Ich hatte ja Hunger und zu Haus gab es nichts, und euer Essen schmeckte so gut, da konnte ich mich nicht zurückhalten. Jetzt fühle ich mich hundeelend vor Reue. Was hatte mich bloß geritten, dass ich alles aufgegessen hab. Ich habe überhaupt nicht daran gedacht, wo Briganten in diesen Bergen denn ihren Proviant herholen sollen. So dumm!«

Und wieder zog er eine Flunsch und hockte sich in seine Ecke.

Sie versuchten ihn zu trösten, bis schließlich Memed aufstand und sich zu ihm setzte. Er beugte sich dicht an sein Ohr, die beiden flüsterten miteinander, und dann stand Kind Memed auf, setzte sich zu Ferhat Hodscha, nahm ihm den Becher aus der Hand, trank, und begann mit noch größerem Appetit als am Vorabend zu essen. Wie Mühlsteine mahlten seine Kiefer und unter den staunenden Augen der Briganten putzte er weg, was auf der Matte ausgebreitet war. Und weil der Teenapf erst die Runde machte, wurde er schon ungeduldig. Ferhat Hodscha füllte eigenhändig nach, warf fünf Stück Zucker hinein und rührte um. »Dieser Tee ist nur für dich, er ist süß wie Honig.«

Mit großen Augen stürzte Kind Memed den heißen Tee so schnell hinunter, dass er sich die Lippen verbrannte.

»Noch einen Tee?«

»Gott gebe euch im Überfluss, es reicht! So einen guten Tee habe ich noch nie getrunken. Wie gut ein Tee doch schmecken kann. Sein Duft steigt noch immer aus meinem Magen hoch.«

Die Briganten beendeten ihr Frühstück und erhoben sich.

»Es wird Zeit, dass ich gehe«, sagte Kind Memed. »Ich muss wissen, wo Mestan Aga geblieben ist. Er ist nicht wie die andern. Wenn er nicht gekommen ist, obwohl er es versprochen hatte, müssen sie ihn getötet haben.«

Ferhat Hodscha zog ihn in eine Ecke und wollte ihm Geld in die Hand drücken, doch der Junge zog sie so entsetzt zurück, als habe er Feuer berührt. »Von Briganten nimmt man kein Geld!

Und ihr braucht in diesen Bergen viel davon. Sowieso hab ich euren Proviant schon aufgegessen. Auf keinen Fall!«, schrie er.

Der Hodscha stopfte es ihm mit Gewalt in die Tasche, der Kleine holte es wieder heraus und legte es auf die Fensterbrüstung der Festungsmauer. Memed wurde dieser Streit zu lang. »Hodscha, lass mich das machen«, rief er. Memed beugte sich wieder ans Ohr des Kleinen, die beiden flüsterten, der Junge nahm das Geld, steckte es ein, und die beiden lachten, standen sich gegenüber und hielten sich die Seiten vor Lachen. Ihr Gelächter steckte auch die andern an, und sie lachten alle, bis sie nicht mehr konnten.

»Erlaubt mir zu gehen!«, sagte Kind Memed. »Gott schütze euch vor Unheil, Sorgen und verirrten Kugeln! Und jetzt hört mir zu: Wenn ich gegangen bin, werdet ihr sofort verschwinden. Gleich nachdem ich fort bin.«

»Und warum?«

»Weil mich vielleicht die Gendarmen schnappen, meine Fußsohlen aufschlagen, Salz in die Wunden streuen, und ich es nicht aushalte und ihnen sage, wo ihr seid, und sie herkommen und euch töten … Denn sie sind viele und ihr seid in der Minderheit. Und außerdem seid ihr zu Tode erschöpft. Und wenn ihr sterbt, und ich das nicht ertragen kann …« Er stockte, wartete, kam dann zu Memed gelaufen, ergriff dessen Hand, flüsterte ihm etwas ins Ohr, und sie trennten sich.

»Ihr hättet mir das Geld nicht geben sollen«, rief er. »Und ich schäme mich, weil ich euren Proviant aufgegessen habe. Aber was kann man da tun? Es schmeckte so gut, und der Tee war wie Honig. Aber dieses Geld …«

»Du kannst dir doch Schuhe kaufen!«

»Oho, Bärtiger, du hast ja keine Ahnung! Zu Hause fehlt Mehl, sogar Salz. Ich werde es gleich meiner Mutter geben, wird die sich freuen, sag ich dir … Ich werde mir nicht einmal Honig, nicht einmal Tee kaufen. Und dieser Bärtige redet von Schuhen.«

»Lebe wohl, Kind Memed, unser Freund! Es fällt uns schwer, uns von dir zu trennen. Aber so ist nun einmal das verdammte Brigantenleben«, riefen sie, begleiteten den Jungen noch bis zum

Bach, und Memed war, als presse eine Faust seine Kehle zusammen.

»Los Freunde, macht euch fertig, wir gehen! Wir haben es Kind Memed versprochen!«

Sie packten ihre Sachen, zogen von der Festung zu Tal und machten oberhalb des Dorfes Dürre Platane halt. Als Şahan das Dorf sah, fiel ihm ein, dass er dort Bekannte hatte. Vom Dorf hörten sie Lärm, und sie warteten im Zwielicht einer Felsnische unter einer weit gefächerten Platane auf die Nacht. Sie froren erbärmlich. Als es dunkel wurde, schickten sie Şahan hinunter, der kurz darauf wieder zurückkam.

»Da unten wimmelt es von Gendarmen.«

Sie machten kehrt.

»Können wir diese Nacht nicht in der Festung verbringen?«, schlug Temir vor.

Memed antwortete nicht.

Gegen Morgen erreichten sie Mestans Dorf. Tiefe Stille herrschte. Aus dem kleinen Fenster einer Hütte, die außerhalb des Dorfes mit der Rückseite zur Felswand unter einem großen Baum stand, schimmerte schwaches Licht. Sie klopften, eine alte Frau öffnete und freute sich, als sie die Männer erkannte.

»Willkommen, Memed, willkommen in meinem Haus, mein Junge! Kommt herein! Die Gendarmen haben gestern Morgen das Dorf verlassen, haben unsere Herde gelöscht, unsere Dächer eingerissen und sind gegangen, haben Mestan, unseren Recken, getötet und sind gegangen. Seid uns willkommen, ich denke, ihr seid zu seiner Beerdigung hier.« Sie schürte das Feuer, breitete Kelims und Kissen aus und bat, Platz zu nehmen.

Die Briganten wollten ihre Schuhe ausziehen. »Was soll das denn?«, rief die alte Frau. »Ziehen Briganten denn ihre Schuhe aus? Denkt ihr, wir haben noch nie Briganten gesehen? Und legt ein Brigant jemals seine Waffe aus der Hand? Jederzeit können Feinde auftauchen.« Die Frau setzte Wasser auf. Plötzlich ließ sie die Arme hängen und blieb mit traurigem Gesicht vor dem Kamin hocken.

Memed war es nicht entgangen. »Was ist, Mutter, was ist mit dir? Dein Gesicht ist so finster.«

»Ach, mein Sohn, mein Löwe. Da kommst du einmal in mein Haus …« Ihre Stimme klang wie bei einer Totenklage. »Da soll ich doch erblinden, in schwarzer Erde versinken, weil ich für meinen Recken und seine Gefährten keinen Löffel Kaffee, keinen Schluck Tee und keinen Bissen Brot im Haus habe! Mein Leben für dich, mein Junge! Wenn ich da nicht finster blicke, wer sollte es dann?«

»Mach dir nichts draus, schöne Mutter!« tröstete sie Memed. »Dein freundliches Gesicht und deine süße Stimme sind uns genug.«

»Versinken sollen mein freundliches Gesicht und meine süße Stimme! Da kommt einmal Memed in mein Haus … Aber wartet, ich habe etwas für euren Magen. Einen Hahn, riesengroß. Die Hühner haben sie alle geschlachtet, nur der ist noch übrig. Zu eurem Glück! Ich fange ihn sofort ein, ihr schlachtet ihn, und ich mache euch ein Geschmortes, sage ich euch …« Ihr Gesicht hatte sich plötzlich geglättet, und ihre Augen glänzten.

Mit allen Mitteln versuchten die Männer, sie daran zu hindern, obwohl sie wussten, dass es vergebens war. Ihren Hahn nicht zu verspeisen, wäre für sie die größte Erniedrigung.

Hadschi der Stummel schlachtete den Hahn. »Mutter, unterhalte dich mit deinen Gästen!«, rief er. »Ich rupfe und reinige ihn, und du machst ein Geschmortes! Ich habe genügend Zwiebeln, denn ich bin ihr Koch.« Er machte sich an die Arbeit. Langsam hellte sich der Himmel auf, rotes, violettes und rosa Licht fiel auf die schneebedeckten Zinnen des Taurus.

»Mutter, hast du diesen Hahn aber gepflegt«, sagte Hadschi der Stummel, als er mit dem gesäuberten Tier hereinkam. »Der ist ja groß wie ein Hammel, und fett ist er auch noch.«

»Er war mein Ein und Alles«, freute sich die Frau. »Ich habe mir sein Essen vom Mund abgespart. Und seht, Gottes weise Wahl fiel auf meinen Memed! Meine Mutter muss mich in der Nacht der Offenbarung geboren haben, und da hat Gott der Allmächtige in der Morgendämmerung mir dieses unerwartete Glück geschenkt, das nur wenigen zuteil wird.« Die alte Frau setzte einen großen Topf auf und warf den Hahn hinein. Geschäftig wieselte sie hin und her, lachte, lobpreiste ihren Herrgott, und, vom Scheitel bis zur Sohle eitel Freude, plapperte sie drauflos wie ein junges Mädchen. »Als ich euch sah, vergaß ich sogar Mestans Tod. Er war mein Neffe. Tausende Mestans mögen als Opfer Memeds Weg säumen!«

»Mutter, eine Bitte!«, sagte Memed.

»Heraus damit!«, bat die Frau. »Sag, mein Schwarzäugiger, und deine Mutter gibt im Morgengrauen, während das Sonnenlicht auf die Gipfel der Berge fällt, ihr Leben für dich hin! Nun sag schon!«

»Gibt es einen Imker in der Nähe?«

»Ja, mein Falke, den gibt es. Ist dir nach Honig? Da gibt es den alten Abdullah. Gleich da vorne.«

»Wir geben dir Geld, und du gehst mit unserem Şahan einen Krug Honig kaufen!«

»Abdullah hat einen Honig, an dem er niemanden auch nur riechen lässt, von dem er selbst kein bisschen isst. Seit ich ihn kenne, schleudert er Honig. Es heißt, er weiß nicht einmal, wie Honig schmeckt. Der Arme verkauft, was er erntet, verkauft alles, um sich dafür Tabak zu kaufen.«

»Einen großen und einen kleinen Krug, ja?«

»Ich bringe dir so viel Honig wie er hat, mein Augapfel.«

Şahan und die Frau machten sich auf den Weg, der Hodscha stellte sich zum Gebet auf, der Hahn kochte in brodelndem Wasser, und Hadschi der Stummel hackte Zwiebeln und schmorte den Hahn.

Die alte Frau und Şahan kamen mit einem großen und einem kleinen Krug Honig zurück.

»Sogar schneeweißen Wabenhonig, damit mein Sohn Memed zu Kräften kommt und seinen Feinden den Arsch versohlt. Und der verdammte Abdullah hat sich dafür Geld geben lassen, einen Arm voll Geld. Er kann nie genug kriegen. Würde ers wenigstens verprassen, ich hätte nichts dagegen, aber er gibt es für Tabak aus und qualmt Tag und Nacht in die Luft, an seinem Honig riecht er nicht einmal.« Plötzlich wurde sie unruhig. »Ich habe nicht einmal Brot im Haus. Ich hole sofort welches vom Nachbarn!« Sie lief hinaus und kam mit einigen Brotfladen zurück. Dann breitete sie einen alten Kelim aus, schüttete das Geschmorte in eine große, verzinnte Kupferschüssel und stellte sie auf den Kelim. »Du hast ein wunderbares Schmorfleisch gekocht, Hadschi«, lobte sie und schnupperte genüsslich am Topf. »Wie gut würde jetzt Grützpilav dazu schmecken, aber ich habe keine Weizengrütze im Haus.«

»Nicht nötig«, sagte Ferhat Hodscha, »so ist es gut.« Er schüttete aus dem kleinen Krug Honig in eine Schale. »Dieser Honig duftet herrlich nach Heideblüten, da wird dir allein vom Duft schon ganz schwindlig.«

Sie hockten sich um den Kelim, nur die alte Frau blieb stehen.

»Mutter setz dich!«, bat Memed.

Die Frau winkte ab.

»Mutter, wenn du nicht gemeinsam mit uns essen willst, rühren wir deinen geschmorten Hahn nicht an.«

Zögernd nahm die Frau Platz.

Es gab nur einen Holzlöffel im Haus, der nun von Hand zu Hand wanderte. Manche formten die Happen auch mit einem Stück Fladenbrot. Die Frau rührte das Schmorfleisch nicht an, tunkte ihr Brot nur in den Honig und aß es mit verzückt geschlossenen Augen und weit geöffneten, den Duft des Honigs bebend einsaugenden Nasenflügeln.

Als der Honig in der Schale zur Neige ging, wollte die Frau nachfüllen, doch Memed schüttelte den Kopf. »Du hast ja Recht«, seufzte die alte Frau, »in dieser Kälte werdet ihr ihn noch bitter nötig haben.« Rundum satt, hoben sie die Tafel auf. In Schüssel und Topf war außer Knochen kein Bissen übrig geblieben.

Morgen früh werde ich seinen Gesang nicht mehr hören, bedauerte die Frau, doch dann sagte sie sich, für meinen Memed ist mir auch ein Hahn mit Rosenkamm nicht zu teuer, und hätte ich einen ganzen Stall davon, ich würde sie alle für meinen Memed schlachten und vor Freude noch bauchtanzen!

Ja, die Freude war der Frau anzusehen, ihr Gesicht leuchtete wie eine Frühlingsblume, und diese Freude sprang auch auf die andern über.

»Mutter, in diesem Dorf lebt ein Kind namens Memed, ein Junge mit graublauen Augen, klein gewachsen, die Haare struppig wie die Stacheln eines Igels.«

»Ich kenne ihn. Klein Memed, dem haben Briganten gestern einen Arm voll Geld gegeben. Das wart ihr. Wer sonst, außer unserem Memed, würde einem Kind so viel Geld geben? Ich habe nie Kinder gehabt. Mein Mann und meine drei Brüder sind aus dem Krieg nicht wiedergekommen. An meine Tür klopft niemand, ihr seid seit Jahren meine ersten Gäste.« Sie öffnete ihre Hände zum Himmel: »Gott segne euch, mache zu Gold, was ihr in Angriff nehmt, blende eure Feinde und schärfe euer Schwert! Mein Gott ... Ihr habt mich mit eurem Besuch bis an mein Lebensende glücklich gemacht.«

»Leben sollst du, Mutter! Meinst du, dass wir den Jungen jetzt antreffen?«

»Antreffen schon, das Haus ist da unten am Bach, gleich neben der Quelle. Aber sein Vater ist ein Dieb. Sie sind Diebe seit sieben Generationen. Etwas anderes als Diebe kommen nicht aus dieser Sippe. Ihre Hände fassen sonst nichts an. Ich gehe den Jungen holen, er hat doch euer Geld nicht auch gestohlen?«

»Er hat es nicht gestohlen.«

»Dieser Junge klaut einem die Schminke von den Augen. Und er liebt Honig. Voriges Jahr wäre er wegen Honigs fast gestorben. Geht er doch zu diesem gottlosen Abdullah, der für einen Topf Honig einen Arm voll Geld berechnet, und öffnet dessen Bienenkorb. Die Bienen haben den Kleinen so zerstochen, dass er wie eine Pauke angeschwollen ist und weder seine Augen, noch seinen Mund öffnen konnte. Sogar die Suppe mussten sie ihm mit einem Schilfrohr einflößen. Wäre Mutter Fatma vom Dorf Karacali nicht gewesen, hätte dieses Kind nicht überlebt. Sie hat ihm mit Kräutertee das Leben gerettet. Und nun, du Dieb und Sohn eines Diebes, gib Ruhe, nachdem du dem Tode entkommen bist, nicht wahr? Aber nein! Er öffnete die Bienenkörbe noch einmal, und die Bienen fielen noch einmal über ihn her, und Mutter Fatma heilte ihn noch einmal. Aber Memed kann es nicht lassen, und seitdem stechen alle ein, zwei Monate Abdullahs Bienen ihn dick wie eine Pauke. Der Arme hat sich schon daran gewöhnt, er kann nicht anders. Und wenn ihn die Bienen nicht eines Tages töten, wird er noch meisterlicher im Stehlen als sein Großvater und Urgroßvater es je waren.« Sie sprach immer schneller. »Soll ich ihn holen? Wenn er euer Geld gestohlen hat, kommt er nicht.«

»Er hat es nicht gestohlen, er kommt bestimmt.«

»Er ist aber auch ein guter Junge, der niemanden enttäuscht. Er schleppt mir Brennholz von den Bergen, sammelt mir Pilze, wenn sie schießen, bringt mir Kirschen, Birnen, Äpfel und Granatäpfel, wenn sie reif sind, und er pflückt mir Arnika, wenn sie blüht. Er geht jedem zur Hand. So einen Jungen findest du nirgends.« Die Frau eilte hinaus und schrie über den Hang: »Memed, Memed, komm und sieh, ich hab was für dich!«

Sie war kaum in der Tür, da kam Kind Memed schon angelaufen, schaute zuerst überrascht auf die Briganten, lachte dann fröhlich, aber auch ein bisschen verschämt.

»Ich hatte es geahnt«, sagte der Junge, und seine Augen wurden feucht. »Mestan war ein so guter Mann. Nachdem er bei uns war, haben die Gendarmen ihn in die Mangel genommen. Um unser Versteck nicht zu verraten, versuchte er zu fliehen, und da haben sie ihn erschossen. Gott gebe ihm ewige Ruhe, er war ein so guter Mensch! Jedes Mal hat er mich aus den Händen von Abdullah dem Imker gerettet. Sonst hätte mir der Honigmann, ohne Rücksicht auf meine Schwellungen, auch noch die Haut abgezogen.«

Zögerlich ging er zu Ferhat Hodscha und fasste ihn bei der Hand. »Jetzt weiß ich, wer du bist«, sagte er. »Du Schlaufuchs, du!

Lässt es dir gar nicht anmerken. Als ich deinen Bart sah, hätte ich es wissen müssen. Ich Dummkopf! Da spricht der Mann mit dir, wird dein Freund, muss einer da nicht wissen, wer er ist?«

»Wer bin ich denn?«

»Ha, ha, du fragst mich auch noch, wer du bist, du schlauer Fuchs! Bist du etwa nicht Ferhat Hodscha, der Heilige der Heiligen? Hast du Memed nicht mit einem Zauber gegen Kugeln gefeit, bist du es nicht, der Memeds hingerichteten Brandfuchs als einen arabischen Grauschimmel auferstehen ließ, bist du es nicht, der Mütterchen Sultans Mördern das Leben nahm und sie neben Mütterchen Sultans Leichnam unter die Brücke legte, und bist du es nicht, der Memeds Ketten in Mahmut Agas Kerker von Elfen zerbrechen und ihn dann von ihnen entführen ließ? Du hast so viele Wunder vollbracht, dass ich sie gar nicht aufzählen kann.«

»Alles, was du jetzt aufgezählt hast, habe ich nicht getan. Nichts davon ist wahr.«

»Das kannst du meiner Kappe erzählen, du Lügner du!«

»Nennt man denn einen Mann, der so ist, wie du ihn beschreibst, einen Lügner?«

Der kleine Memed ließ die Hand los, seine Augen weiteten sich vor Schreck, er spreizte die Beine, als wolle er durch die Tür entwischen, beugte den Kopf und überlegte. Dann schaute er Ferhat Hodscha treuherzig an: »Gott tut mir doch nichts, weil ich zu dir Lügner gesagt habe, nicht wahr? Er lähmt oder tötet mich doch nicht, nicht wahr? Da habe ich im Vertrauen auf deine Freundschaft Scheiße gebaut.«

»Ich habe dir schon verziehen, Kind Memed. Komm her zu mir!«

Ohne die Augen von ihm zu wenden, ging der Kleine mit unsicheren Schritten auf ihn zu und blieb dicht vor ihm stehen.

»Stummel, bring den großen Krug her und vergiss den Löffel nicht!«

Hadschi der Stummel reichte dem Hodscha Krug und Löffel. Der Hodscha kniete auf einem Bein nieder, tauchte den Löffel in den Krug und zog ein Stück schneeweiße Honigwabe heraus. Kind Memed wollte seinen Augen nicht trauen.

»Mund auf!«

Der Junge schloss die Augen, öffnete den Mund sperrangelweit, und der Hodscha schob den Löffel hinein. Ohne die Augen zu öffnen, schmeckte der Kleine verzückt die Wabe, leckte sich mit der Zungenspitze den übergelaufenen Honig von den Lippen und kaute ganz langsam so lange, bis er auch den letzten Tropfen hinuntergeschluckt hatte. Erst dann schlug er die Augen auf und schaute zuerst den Hodscha und dann einen nach den andern mit verklärtem Blick an.

»Der ganze Krug gehört dir.«

»Der ganze Krug?«

»Der ganze Krug.«

»Wo findet ihr nur so viel Honig?« Der Junge musterte jedes ihrer Gesichter. »Und keinen hat auch nicht eine Biene gestochen.«

»Uns stechen Bienen nicht«, sagte Memed. »Ferhat Hodscha hat uns alle gegen Bienen gefeit.«

»Ihr Lügner, ihr«, rief Kind Memed. »Ihr wollt mich vergackeiern. Schämt ihr euch denn nicht, einen Däumling von Kind wegen eines Topfes Honig zum Narren zu halten?«

Er ging zur Tür zurück, setzte sich auf die Schwelle, senkte den Kopf und zog eine Flunsch. Aber alle Augenblicke hob er unmerklich den Kopf und schielte sehnsüchtig zum Krug hinüber.

Ferhat Hodscha redete auf ihn ein, der Junge stellte sich taub. Dann stand er auf, ging zu Memed, ergriff dessen Hand, zog ihn beiseite und bat ihn, sich zu ihm zu beugen. Anschließend streckte er seinen Mund dicht an Memeds Ohr, und die beiden flüsterten miteinander. Plötzlich war der Kleine mit einem Satz beim Krug, nahm ihn in den Arm, musterte Mutter Zöhre mitleidig und sagte großspurig: »Gib mir eine Schüssel, Mutter Zöhre, damit ich dir ein bisschen Honig gebe. Der ganze Krug ist zu viel für mich!«

»Sie hat selber Honig. Dieser kleine Krug gehört ihr.«

Nunmehr war Kind Memed eitel Freude. Zuerst nahm er Ferhat Hodscha in Angriff. Er küsste ihm die eine Hand, ließ sie los, küsste die andere und nahm sich dann die anderen Männer vor. Zum Schluss küsste er noch Mutter Zöhres Hand, bevor er mit dem Krug im Arm ins Freie schoss. Es war für ihn gar nicht so leicht, den großen Krug zu schleppen, und eine ganze Weile hörten sie noch seine Stimme rufen: »Mutter, komm und hilf mir!«

Ferhat Hodscha übernahm die Wache, und die andern legten sich schlafen. Entspannt gab er sich seinen Gedanken hin. Eigentlich weiß ich gar nichts, grübelte er, nicht über die Welt, nicht über die Menschen. Tumb kommen sie auf die Welt und blind verlassen sie sie. Aber wie ist es mit Memed? Wenn nicht irgendetwas in ihm steckte, würden die Menschen sich doch nicht so eng an ihn drängen! Was es wohl ist, das in diesem Jungen steckt?

Gegen Mittag weckte sie der ferne Gesang von Klageliedern. »Wir gehen zur Beerdigung!«, bestimmte Memed. »Rasieren wir uns, und bringen wir unser Zeug in Ordnung.«

Mutter Zöhre setzte Wasser auf, Hamza zog sein Rasiermesser aus seiner Bauchbinde und zog es auf seinem Ledergürtel ab. Zuerst ging er mit Memed ins Freie, fegte den Schnee von einem Stein, bat Memed, sich zu setzen, seifte ihn ein und rasierte ihn. Danach reihum die andern.

Gehemmt wie ein junges Mädchen, das runzlige Gesicht schamrot, so näherte Mutter Zöhre sich Memed und ergriff seine Hand. »Mein Sohn, dein Schalwar hat überall Risse, zieh ihn aus, damit ich ihn nähen kann! So solltest du nicht zur Beerdigung gehen.«

»Ich danke dir, Zöhre Hanum, ich wollte dich schon darum bitten, schämte mich aber, in langen Unterhosen dazustehen«, sagte Memed und zog ihn aus.

»Hört euch das an, schämt sich ein Mensch denn vor seiner Mutter?« Mit geschickten Fingern fädelte sie eine Nadel ein und begann zu nähen. Die Stimmen der Klagenden vermehrten sich, die Schreie stiegen in den Himmel.

Die Männer reinigten und wienerten ihre Waffen, Patronengurte und Stiefel und machten sich auf den Weg. Draußen stießen sie auf Süleyman den Blinden. Er ritt ein gesatteltes Pferd und hatte zwei beladene Maultiere an der Leine.

»Menschenskinder, vor Suchen schwirrt mir schon der Kopf. Ich hatte keinen Winkel ausgelassen, und wäre mir nicht ein Kind über den Weg gelaufen, ich hätte euch noch immer nicht gefunden. Der Junge brachte mich geradewegs hierher. Während er vor mir her lief, sang er in einem fort.«

»Ein blonder Junge mit Haaren wie ein Igel?«

»Das ist er«, antwortete Süleyman der Blinde. »Er zeigte auf das Haus und rannte davon.«

»Unser neuer Freund«, sagte Memed. »Sein Name ist Memed, schon sein Großvater hieß Memed der Dieb. Sie könnten ihm die Fußsohlen zerschlagen und Salz in die Wunden drücken, er würde seinen Namen nicht ändern, schon gar nicht uns verraten.«

»Ein echter Kerl«, lachte Süleyman der Blinde und stieg vom Pferd.

Memed ging zu Mutter Zöhre. »Wir haben Munition bekommen, können wir sie in deinem Haus verstecken? Die Gendarmen sind ja fort und werden wohl nicht zurückkehren, und wenn, würden sie dein Haus nicht durchsuchen.«

»Hör dir meinen Memed an!«, rief sie. »Sollen sie meinetwegen zwölf Monate in diesem Dorf hocken und zwölf Mal am Tag mein Haus durchsuchen, sie würden keine einzige von deinen Patronen finden.«

»Lade alles vor der Haustür ab«, befahl Memed Süleyman dem Blinden, »und verschwinde sofort, ohne dich noch einmal umzudrehen!«

Süleyman der Blinde lud ab, schwang sich aufs Pferd und ritt davon, ohne noch einmal zurückzuschauen.

»Er hat es noch rechtzeitig geschafft, unsere Munition wurde knapp und mir fuhr jedes Mal der Schreck in die Glieder, wenn ich daran dachte. Süleyman hat Mut, und er ist ein zuverlässiger

Schmuggler. Und ginge die Welt unter, er ließe uns nicht im Stich«, sagte Ferhat Hodscha.

»Diese Erdkugel ruht nicht auf dem Rücken eines Ochsen, sondern auf den Schultern dieser treuen Recken. Soll doch Oberst Sturmwind einmal versuchen, Zöhre Hanum auch nur eine Patrone wegzunehmen.«

Berge und Täler versanken im Schnee, und über diesem endlosen Weiß lag gleißendes Licht. Mit kurzen Schritten kämpften sie sich über den verschneiten Hang zum Haus des Verstorbenen. Unter einem langen Vordach scharten sich die Frauen um den mit weißem Linnen bedeckten Toten. Für einen Augenblick unterbrachen sie ihr Wehklagen, als sie die Briganten erblickten, um es gleich darauf noch lauter fortzusetzen. Die Burschen des Dorfes hockten reihum auf der steinernen Umfriedung eines Schafspferchs nah einer mächtigen Platane mit weit ragenden, blattlosen Ästen, und lauschten mit ernsten Gesichtern und traurigen Augen den Klageliedern der Frauen, die sich von der Platane bis zum Vordach drängten und teilweise im Schnee auf ausgebreiteten Filzteppichen hockten. Als die jungen Männer die Briganten gewahrten, standen sie auf, legten die Hände grüßend auf die Brust, boten ihre Plätze an und gingen mit achtungsvoll verschränkten Armen beiseite.

Eine ältere, starke Frau sang mit kräftiger Stimme vor, danach wiederholten die Frauen gemeinsam mit ihr die Klage und weinten.

Als die große Frau Memed erblickte, reckte sie sich räuspernd, warf sich in die Brust, und ihre Stimme wurde noch stärker:

Hohe Pappeln am Berg Düldül, Rastplätze am Roten Pass! Ich werde dich nicht Falke nennen, reißt du die Konaks der Reichen nicht ein!, sang sie vor, und die Frauen fielen in ihre Klage ein. Ihre Stimmen schrillten durchs Tal, hallten von den Hängen wider. Auch die Zypressen weinen, sie töteten meinen geliebten Mestan, Hunde haben sein Blut geleckt. Die Frau hob den Kopf, suchte Memeds Blick und fuhr fort: Ich weine mit brennendem Herzen, wach auf Mestan, mein Sohn, wach auf und sieh,

Memed kam zu dir! Sie schlug dreimal auf ihre Knie. Ich sage nichts, hat er gesagt, verrate nichts, und sag den Feinden nicht, wo Memed ist ... Die Frau bückte sich, griff nach dem Zipfel des Leichentuchs und legte das Gesicht des Toten frei. Das Schicksal schrieb, das Schicksal schrieb, so hats der Herr bestimmt, dass er vor Freude sterben soll, wenn er des Falken Ruf vernimmt ... Sie behielt den Zipfel des Leichentuchs in der Hand und ließ ihre Augen auf dem Gesicht des Toten ruhen. Er stirbt, der Recke stirbt, sein Licht strahlt in die Welt mit Macht, und seht euch meinen Mestan an, der noch im Tode lacht! Die Frau zog aus einem Bündel Mestans bestickten Umhang hervor und schwenkte ihn in Memeds Richtung. Kugeln haben dich durchsiebt, deine Seele flog dahin, sein ist die Rache, Memed nennen sie ihn! ... Sie griff wieder in den Beutel, zog ein gefaltetes, besticktes, seidenes Taschentuch hervor, ging zu Memed, reichte es ihm und ging zurück. Auf dem Weg zum Roten Pass, brich doch deine Himmelsrose nicht, nun geb ich dein blutiges Seidentuch Memed in die Hand ... Die Frau hockte sich auf ihren Platz und wischte sich die Augen mit den Zipfeln ihres Kopftuchs, und die anderen taten es ihr gleich. Die Frau streckte ihre Faust in die Luft als drohe sie einem unsichtbaren Feind. Gott segne deine Zunge, schlendernden Schritts kommst du daher, und hätte ich noch tausend Söhne, ich gäbe sie für meinen Falken her ... Sie deckte des Toten Gesicht wieder zu. In der Mitte des Roten Passes, den Giftbecher trägt er in der Hand, der unschuldig sein Leben ließ, und der Memeds Weggefährte war. Verflucht sei, der als Sturmwind bekannt, und heimzahlen wirds ihm, der Memed wird genannt. Sterne fallen vom Himmel, auf nackter Erde friert mein Sohn, wach auf, Mestan, wach auf und schau, Memed kämpft ja schon! ...

Die große, kräftige Frau war erschöpft. Eine zierliche Weißhaarige übernahm die Klage, sie sang und weinte, und die Frauen mit ihr. Danach wehklagte eine junge Braut, und ihre Stimme war so anrührend, dass auch die jungen Burschen und auch die Briganten ihre Tränen nicht halten konnten.

Und plötzlich, wie abgeschnitten, verstummte der Klagesang. Die Burschen kamen herbei und legten den Leichnam auf einen Steinblock mit dem Relief von Weintrauben und Widderköpfen. Eine Moschee gab es nicht im Dorf, auch keinen Imam. Ferhat Hodscha wusch sich rituell an der nahen Quelle, und auch die andern wuschen sich. Dann krempelte Ferhat Hodscha die Ärmel hoch und nahm mit schäumender Seife die Waschung des blutverkrusteten Toten vor, trocknete ihn ab, und sie wickelten ihn ins Leichentuch. Anschließend legten sie ihn auf die Totenbahre und trugen ihn auf einen kahlen Hang, wo sie ihn in in schon längst ausgehobenes Grab hinunterließen, mit Myrtenzweigen bedeckten und begruben. Der Hodscha setzte sich danach auf den daneben liegenden Grabhügel und las mit seiner schönen Stimme aus dem Koran. Gefolgt von den Briganten ging die Gemeinde geschlossen ins Dorf zurück, wo in jedem Haus schon für das Totenmahl gekocht worden war, das wiederum gemeinsam im Hause des Verstorbenen eingenommen wurde.

Zur Zeit des rituellen Abendgebets gingen die Briganten zurück in Zöhre Hanums Haus, wo Ferhat Hodscha sich zum Gebet aufstellte, und zum ersten Mal nahm auch Memed daran teil.

»Nanu, Memed, auch du beim Gebet?«, fragte anschließend Ferhat Hodscha.

»Ich habe den Allmächtigen gebeten, dieser Sturmwind, oder wie dieses Stück Gift auch heißen mag, möge in meine Hände fallen.«

»Und wie, meinst du, wird er dir diese Bitte erfüllen?«

»Ich habe darüber nachgedacht, mein Hodscha. Wir werden im Blutigen Pass im Hinterhalt liegen, und wenn er an der Spitze der Gendarmen in den Pass reitet, das Feuer auf ihn eröffnen. Irgendwann in diesen Tagen wird er dort durchkommen.«

»Ja, einen anderen Weg hat er nicht.«

Der Blutige Pass war von hohen Felswänden umgeben und so schmal, dass auf dem Pfad nur ein Pferd Platz hatte, und an dessen Rand ein Steilhang in die Tiefe fiel, wo ein Bach zwischen Felsblöcken dahinströmte.

»Wir müssen Sturmwind am Steilhang hinter den Felsen in die Falle locken und dort in ein Sieb verwandeln!«

»Und was ist mit seinen Gendarmen? Sie können alle Zufahrtswege sperren und uns am Abhang wie Rebhühner jagen.«

»Kann sein, Hodscha, vielleicht fällt es ihnen auch gar nicht ein. Aber wenn wir Erfolg haben, retten wir Ilyas dem Sergeanten das Leben.«

»Du nimmst seine Sprüche ernst?«, lachte der Hodscha. »Der hat doch nicht einmal mehr die Kraft, auf die Beine zu kommen.«

»Da irrst du dich, Hodscha. Sollten wir Oberst Sturmwind in diesen Tagen nicht zur Strecke bringen, wird Sergeant Ilyas ihn töten und selbst dabei draufgehen.«

»Das glaube ich nicht. Aber dort im Hinterhalt liegen, bedeutet für uns den Tod.«

»Wir werden sowieso bald sterben, mein Hodscha, das ist doch offensichtlich. Denkst du denn, dieser Arif Saim Bey lässt locker? Unseretwegen hat er sogar Mütterchen Sultan getötet. Unser Tod ist nah, mein Hodscha.«

»Ich weiß, er ist nah, mein Augapfel, aber ihn bewusst suchen, ist in den Augen Gottes Sünde.«

Sie diskutierten lange, denn Ferhat Hodscha war mit diesem Hinterhalt gar nicht einverstanden. Schließlich schob Memed alle Bedenken beiseite und sagte: »Nimms mir nicht übel, mein Hodscha, aber ich werde mich, koste, was es wolle, im Blutigen Pass in den Hinterhalt legen. Wer will, komme mit, Gottes Segen dem, der bleibt!«

»Schon gut, mein Sohn«, lenkte Ferhat Hodscha ein. »Wenn du so fest entschlossen bist, komme ich mit. Jemand, der bleibt?«

»Wir kommen mit«, riefen alle.

Im selben Augenblick kam Kind Memed mit einigen jungen Burschen hereingestürzt. »Die Gendarmen kommen aufs Dorf zu. Es sind viele. An ihrer Spitze Oberst Sturmwind.«

Der Hodscha zwinkerte Memed zu.

»Nicht hier, mein Hodscha, erst am Blutigen Pass!«

»Dort werden sich die Hemden vieler unserer Recken blutig färben«, meinte der Hodscha.

»Hier noch mehr«, entgegnete Memed. »Hier sind wir ungedeckt, und einen Fluchtweg haben wir auch nicht.«

»Dann brechen wir auf«, nickte der Hodscha, »bevor dieser Jeside ins Dorf kommt!«

Die Jungs hatten ihnen Beutel voller Lebensmittel mitgebracht. Sie verstauten den Proviant und machten sich fertig.

Mutter Zöhre zog Memed beiseite und gab ihm einen alten Ring aus Tulasilber. »Er gehörte meinem Seligen, der gefallen ist. Steck ihn an deinen Finger! Wer ihn mir vorzeigt, dem gebe ich Munition. Verlier ihn ja nicht! Solltest du getroffen werden, gib ihn deinen Gefährten, sonst vergammelt die Munition! Und wenn sie mir die Kehle durchschneiden, ich gebe keine Patrone heraus. Passt dir der Ring?«

Memed zeigte ihr den Ring auf seinem Finger.

»Er passt.«

Dann bückte er sich, küsste ihre Hand, und sie küsste seine Wangen. Und auch die andern verabschiedeten sich.

Kind Memed begleitete sie zum Dorf hinaus. »Hier verlasse ich euch«, sagte er mit weinerlicher Stimme. Dann ging er zum Hodscha und reichte ihm einen Beutel. »Nimm!«, bat er. »Meine Mutter hat ihn für dich gekocht. Ich habe gesehen, wie sehr du Hühnerfleisch magst. Und Gott ist mein Zeuge, ich habe diesen Hahn nicht geklaut. Ich werde doch einem Heiligen Gottes kein Diebesgut zu essen geben. Dieser große, schneeweiße Hahn gehörte uns. Und Fett war er, wie es sich für dich geziemt. Ich habe ihn eigenhändig geschlachtet.« Er senkte den Kopf. »Wenn du mir nicht glaubst, gib Memed den Hahn. Aber wenn du ihn isst, freut es mich sehr. Und wenn du fragst, warum, nun, du magst so gerne Hühnerfleisch, du isst es mit leuchtenden Augen.«

»Ich werde niemandem deinen Hahn geben, Memed, auch nicht, wenn er gestohlen wäre. Auch dann würde ich ihn dir zuliebe mit leuchtenden Augen essen.«

»Leben sollst du!«, rief Klein Memed, und dann gingen er und Memed an den Wegrand, hockten sich auf einen Stein, flüsterten miteinander und lachten aus vollem Herzen so laut, dass es durch das Dunkel hallte. Nachdem sie sich umarmt hatten, drückte auch Ferhat Hodscha den Kleinen noch einmal an seine Brust, küsste ihn, und reihum verabschiedeten sich auch alle andern.

»Zur Hölle mit der Kindheit!«, rief der Kleine noch, »würde ich mich sonst von euch verabschieden?«, drehte sich um und rannte ins Dorf.

Sie marschierten die Nacht durch. Temir kannte jeden Winkel in dieser Gegend und führte sie. Bis zu den Hüften im Schnee, kamen sie doch so schnell voran, dass sie vor Morgengrauen den Wald oberhalb des Dorfes Zur Silberpappel erreichten. Eines der sichersten Quartiere hier war das Haus von Hüseyin das Blauaug.

Temir legte seine Waffe ab und schlenderte wie ein Schäfer ins Dorf. Hüseyin das Blauaug schloss ihn begeistert in die Arme.

»Mir wurde angst und bange, weil ich fürchtete, ihr würdet den Gendarmen in die Hände fallen. Als wir hörten, dass sie sich dem Dorf nähern, zogen wir hinauf zu unseren Almhütten. Die Gendarmen kamen ins leere Dorf, warteten und warteten, und als ihr nicht kamt, verprassten sie all unsere Vorräte und machten sich davon. Dann kamen wir ins kahl gefressene Dorf zurück. Die haben in den Ställen weder Hühner noch Schafe, noch Ziegen, in den Häusern weder Weizengrütze noch Mehl zurückgelassen. Das ist die Lage. Ist Memed bei euch? Hol alle herunter! Ich denke, die kommen nicht noch einmal her.«

Temir lief los und brachte seine Gefährten in das Haus von Korporal Hüseyin das Blauaug. Ferhat Hodscha war bestürzt, als er hörte, was sich zugetragen hatte. Er zählte die Goldstücke in seinem Gurt, nahm einen Teil heraus und bat Hüseyin, die Dörfler zusammenzutrommeln. Korporal Hüseyin schickte den Dorfwächter als Ausrufer durchs Dorf. Danach gingen Memed und die andern auf den Dorfplatz, wo sich die Dörfler schon eingefunden hatten. Beklommen wagte Memed aufzublicken und sie zu mustern.

»Eine Person aus jedem Haushalt soll hervortreten und sich hier aufstellen!«, befahl Hüseyin das Blauaug.

Frauen, Männer, Alt und Jung stellten sich unter der alten Platane in Reihe.

»Wie viele seid ihr im Haus?«, fragte Memed eine alte Frau, die Erste in der Reihe. »Wir sind zu zweit«, antwortete sie, und so ging es fort. Die Goldstücke reichten nicht, und der Hodscha holte auch die restlichen aus seinem Gurt.

»Wir haben kein Geld mehr«, sagte Ferhat Hodscha auf dem Rückweg ins Haus. »Du bist ja dagegen, aber es wird uns nichts anderes übrig bleiben, als noch einige Dulkadiroğlus mit vergoldetem Stammbaum und Ferman an der Hauswand auszurauben.«

»Es muss wohl sein.«

»Sollen wir vielleicht erst einmal das Geld für die ausgeraubten Dörfler von den Beys der Ebene Gündeşli holen und hinterher erst Oberst Sturmwind in die Falle locken?«

»Umgekehrt, mein Hodscha. Wenn wir erst einmal Oberst Sturmwind erledigt haben, ist es ein Kinderspiel, alle Dulkadiroğlus, in den Bergen und in der Ebene, auszurauben.«

Der Hodscha schwieg. Sie betraten das Haus von Hüseyin dem Blauaug, wo seine Söhne einen Hammel brieten, den sie Gott weiß wo aufgetrieben hatten. Als Tafel lag ausgebreitet ein großer Kelim, dessen Muster im Schein der Glut in tausendundeiner Farbe schimmerten.

Nach dem Essen baten sie Hüseyin das Blauaug um einen Hirtenmantel für jeden. In kurzer Zeit wurden im Dorf die Umhänge eingesammelt, ein jeder in Brusthöhe mit zwei orangefarbenen, wie Flammen leuchtenden Sonnen verziert.

»Ein guter Gedanke, mein Hodscha. In diesen Mänteln halten wir es zehn Tage bei Eis und Schnee aus, ohne zu frieren. Diese Schäfer sind klug. Da drinnen wird einem warm wie im Backofen.«

»Wie in einem Backofen«, nickte der Hodscha. »Zum Blutigen Pass also?«

»Zum Blutigen Pass!«

»Ein Brigant, den sie den Krüppligen nannten, hat in diesem Pass den Hauptmann Şükrü in die Falle gelockt und getötet.«

Memed schaute den Hodscha an, als wolle er sagen: »Na also!«

»Der Allmächtige möge unser Helfer sein!«, sagte der Hodscha darauf.

»Inschallah!«, riefen alle wie aus einem Mund.

Nachdem sie ihre Vorbereitungen getroffen hatten, machten sie sich an einem Abend auf zum Blutigen Pass. In Hirtenmäntel gehüllt, legten sie sich auf die Lauer. Sie hatten sich in die Felswände so gut verkrochen, dass von ihnen nichts zu sehen war. Kaum hatten sie sich verteilt, begann es zu schneien, und bald waren sie in ihren Mänteln unter einer Schneedecke verschwunden. Sie warteten drei Tage und Nächte. Tief unter ihnen quälten sich nacheinander drei erschöpfte Kompanien Gendarmen durch den Schnee, und sie hätten die meisten von ihnen samt ihren berittenen Offizieren niederschießen können, aber nach altem Brauch gaben Briganten nur in Notwehr tödliche Schüsse auf Gendarmen ab. Und Ferhat Hodscha würde sogar Oberst Sturmwind laufen lassen, wenn es nach ihm ginge. Aber er konnte sich gegen Memed nicht durchsetzen, und so betete er insgeheim, Oberst Sturmwind möge den Pass meiden. Memed dagegen ließ seine Falkenaugen über Saumpfad und Ebene wandern und lauerte auf die ersten sich aus dem Weiß des Schnees schälenden schwarzen Punkte. Die gelbe Sonne schlug Funken in seinem Kopf, ihm schien, als sehe er den Schimmer des an Zeki Nejads Brust baumelnden goldenen Freiheitsordens, und dieses stählerne Glitzern setzte sich wieder in Memeds Pupillen fest. Nicht einen Lidschlag lang ließ er die Pfade aus den Augen, er rührte sich nicht und hielt seinen Finger immer schussbereit am Abzug.

Und so warteten sie und warteten. Am Ende sagte Memed: »Hodscha, diese Armen haben nun einmal kein Glück.«

»Gehen wir?«, freute sich der Hodscha.

»Mehr können wir nicht tun. Wir haben gewartet und gewartet, doch er ist nicht gekommen. Wer weiß, in welches Höllenloch sich dieser Mann verkrochen hat.«

Sie stiegen den Hang hinunter und hatten gerade den Landweg erreicht, da stießen sie auf ein Regiment Gendarmen. Sturmwind an der Spitze. Er sprang von seinem Pferd so schnell in Deckung, dass Memed zu spät schoss, und die Kugel nur den Vorderzwiesel des Sattels streifte. Es war um die Mittagszeit, und das Gefecht dauerte, bis es dunkel wurde.

Noch in der Nacht erreichten sie im Gewaltmarsch das Dorf Zur Silberpappel. Aber mit den Männern von Sultanoğlu im Nacken und den von Agas und Beys unterhaltenen Räuberbanden auf den Fersen blieb ihnen nicht viel Zeit, auch wenn die Dörfler diese in falsche Richtungen schickten.

»Mein Hodscha«, sagte Memed, »seit Monaten sind wir auf der Flucht und auf der Jagd, wir sind völlig erschöpft. Lass uns von hier geradewegs zum Dorf der Quellen am Berg Düldül marschieren und dort überwintern. Dort vermutet uns niemand. Sollten sie uns dennoch entdecken, können wir uns auf den Berg Düldül retten. Diese Hirtenmäntel sind nützlich. Aber auch die Dörfler dort sind zuverlässig.«

Ferhat Hodscha vor allem, aber auch die andern waren einverstanden, und nachdem sie sich noch einige Tage bei Hüseyin das Blauaug aufgehalten hatten, machten sie sich auf in Richtung Berg Düldül. Unterwegs überfielen sie noch drei Konaks mit torgroßen Fermans und Stammbäumen an den Wänden, erbeuteten viel Geld und konnten damit noch die Armen und Kriegswaisen von fünfzehn Dörfern ausstatten.

Obwohl von einem Hirten vorgewarnt, stießen sie nur eine Zigarettenlänge vor dem Dorf in einem ausgetrockneten, kieseligen Bachbett auf Gendarmen. Das Gefecht begann in der Morgendämmerung und dauerte bis Mittag. Şahan und Temir wurden tödlich getroffen. Besonders Temirs Tod versetzte Memed und den Hodscha so in Wut, dass sie mit jedem Schuss einen Gendarmen von den Beinen holten. Erst als es dunkel wurde, konnten sie den Ring der Gendarmen durchbrechen und sich zum Dorf durchschlagen. Sie ließen ihre Verwundeten dort und zogen sich mithilfe der Hirten in die Berge zurück. Die Dörfler würden die Verwundeten zum Heilkundigen Nesimi ins nahe Dorf Schwarze Rose bringen. Die Hirten behaupteten, er könne sogar Tote zum Leben erwecken und habe sein Handwerk im Hort der Vierzig Augen gelernt.

Gefolgt von den Banden der Agas und Beys, blieb ihnen der Oberst mit seinen Gendarmen bei Wind und Wetter sogar in den Feuersteinfelsen und den Steilwänden des Berges Düldül auf den Fersen. Vorneweg immer die Fährtensucher Ali der Hinkende und Veli der Wind. Doch die Briganten bekamen sie nie zu Gesicht. Und als sie erschöpft wieder abstiegen, hatten einige Männer erfrorene Hände und Füße.

Memed und seine Bande flohen weiter bis zum Berg Konur. Als Oberst Sturmwind das hörte, geriet er außer sich. Bei diesem Schneesturm schafft doch kein Vogel diese Strecke, schrie er. Zum ersten Mal wunderte er sich über Memed, ja, er bewunderte ihn und seine Bande. Und wieder begann eine mitleidlose Verfolgungsjagd. Doch war Memeds Bande eben noch am Berg Berit, hörte man schon einige Tage später aus den Ahir-Bergen von ihr.

Ferhat Hodscha, Dursun und die andern waren am Ende ihrer Kräfte. Auch die vom Heilkundigen Nesim geheilten und mittlerweile zu ihnen gestoßenen Männer konnten nicht mehr. Nur Memed, obwohl selbst erschöpft, war nicht zu halten. Er suchte jede Gelegenheit, um auf den Oberst zu stoßen, doch kreuzten sich ihre Wege, war dessen Schutzring von Gendarmen nicht zu überwinden.

Doch dann schlug eine Nachricht im Bergland hohe Wellen: Oberst Azmi Bey, genannt Der Sturmwind, wurde zu Pferde an der Spitze seiner Gendarmen aus einem Hinterhalt am Blutigen Pass mit einem einzigen Schuss getötet! Dörfler haben es gesehen, sie wissen auch, wer der Schütze war, doch das werden sie nicht einmal sich selbst gestehen!

Nachdem Memed und seine Bande sein Dorf verlassen hatten, gab Sergeant Ilyas sein Vorhaben nicht auf. Er ließ die Wege zum Blutigen Pass beobachten und erfuhr von seinen Spähern in allen

Einzelheiten, was sich in der Gegend tat. Alles stand bereit. Er hatte sein Gewehr geölt, Beutel mit Patronen gefüllt, sein Pferd gesattelt, im Wald von morgens bis abends Schießübungen abgehalten, und nun wartete er auf den, der ihm die Menschenwürde nahm.

An einem frühen Morgen kam der Späher Veysel mit verhängten Zügeln in den Hof von Ilyas dem Sergeanten geritten. Veysel, Sohn von einem seiner Brüder, die aus dem Krieg nicht heimgekehrt waren, sprang vom Pferd und sagte mit trauriger Stimme, Oberst Sturmwind sei auf dem Weg zum Pass. Sergeant Ilyas holte sein schönstes Zeug, die breite Bauchbinde, das goldbestickte Hemd und die Langschäfter aus der Truhe, steckte seine Uhr in die Westentasche, hängte die Uhrkette quer über den Bauch, zwirbelte sorgfältig seinen Schnauzbart, schwang sich aufs Pferd, verabschiedete sich von seinen Angehörigen, dann von den Dörflern, die herbeigeeilt waren, weil sie wussten, wohin seine Reise ging. Dann schulterte er seine Mauser und ritt in gestrecktem Galopp zum Dorf hinaus. Am Berg hinter dem Blutigen Pass band er sein Pferd an einen Strauch, stieg den Steilhang hinunter, legte sich hinter einen Felsblock auf die Lauer, und es dauerte nicht lange, da erschien Oberst Azmi Bey auf vollblütigem Rotfuchs an der Spitze seiner Gendarmen. Ein drahtiger Mann mit grauem Schnauzbart, eingefallenen Wangen, harten Gesichtszügen, der sich in einem fort unruhig im Sattel bewegte.

Bei seinem Anblick wurde dem Sergeanten ganz schwer ums Herz, und dieser Schmerz setzte sich in seinem Innersten fest. Sein Oberst an der Front hatte genau so ausgesehen. Er hatte ganz klare, blaue Augen gehabt. Vielleicht waren Azmi Beys Augen auch blau und klar. Er hatte ihn aus nächster Nähe gesehen, aber in die Augen hatte er ihm nie blicken können. Beinah hätte er sein Gewehr gesenkt und, in Erinnerung an seinen Oberst an der Front, darauf verzichtet, Oberst Sturmwind zu töten. Um sich wieder zu fangen, wiederholte er in kurzen Abständen: »Er hat mir meine Menschenwürde genommen«, und um seinen Zorn noch mehr anzustacheln, flüsterte er: »Er nimmt den Menschen die Würde, nimmt ihnen die Würde.« Inzwischen war Azmi Bey dicht vor ihm aufgetaucht. Schwenk, Kimme, Korn! Die Hand von Ilyas dem Sergeanten zitterte nicht, als er abdrückte, und Azmi Bey der Sturmwind rutschte von seinem Pferd und streckte sich in ganzer Länge mit offenem Mund auf der felsigen Erde aus.

Kaltblütig, als sei gar nichts geschehen, schulterte Sergeant Ilyas sein Gewehr und begann den Hang hinaufzuklettern. Die hinter ihm her schießenden Gendarmen trafen ihn in den Rücken. Der Sergeant stürzte auf einen Felsblock, stand auf, überschlug sich noch drei Mal und kam jedes Mal wieder hoch. Und obwohl die Kugeln auf ihn regneten, schaffte er den Kamm, glitt den felsigen Hang hinunter, quälte sich aufs Pferd, krallte sich in die Mähne, und in gestrecktem Galopp brachte das Pferd ihn zurück ins Dorf und blieb vor seiner Haustür stehen.

Sergeant Ilyas schlug die Augen auf, blickte verwundert auf die herbeigeeilte Menschenmenge, zog den Kopf des blutbefleckten Pferdes herum und lenkte es mit verhängten Zügeln den schneebedeckten, blauen Bergen entgegen, und die Dörfler blickten ihm nach, bis auf den weißen Hängen nur noch ein kleiner, schwarzer Punkt zu sehen war.

Danach hat man von Ilyas dem Sergeanten nie mehr gehört. Trotz langer Suche wurden weder sein Pferd, noch er selbst, weder lebend noch tot, jemals gefunden.

24

Laue Lüfte wehten, Sonne durchflutete Ebenen, Berge und Täler. Alle Geschöpfe waren erwacht, kamen aus ihren Bauen und räkelten sich schläfrig, faul und trunken im wärmenden Sonnenlicht. Krokusse stießen ihre goldgelben Knospen durch den Erdboden, öffneten an den folgenden Morgen ihre Blüten und bedeckten die Erde überall. Dicht am Gesträuch sprossen auf dünnen, grünen Stängeln lila Veilchen, ließen die Köpfchen hängen, und ihr zarter Duft durchzog die Senken. Hyazinthen drängten durch Felsspalten, lagen wie blaue Wolken auf den Hängen. Heckenrosen blühten, und mit dem grünenden Rasen schossen im Nu die anderen Blumen und Pflanzen aus der Erde. Wie neugeboren ging die Sonne über den feuchten, taufrischen Gipfeln der Berge auf. Tausendundein Duft wehte von Süden, Norden, Ost und West. Betört von diesen Düften torkelten goldglänzende Schmetterlinge, flitzten rot und grün gesprenkelte Bienen mit durchsichtigen Flügeln, krabbelten Ameisen und Käfer, hasteten Wölfe, Füchse, Bären, Marder und Igel über Wege und Wiesen. Adler, Falken und andere Greife, Tauben, Pirole und Wiedehopfe glitten wie von Sinnen am Himmelszelt dahin, pfeifend und zwitschernd Kreise und Salti drehend. Berauscht sich reckend, lebte die Erde die schönsten Tage ihrer Fruchtbarkeit.

Eines Morgens bekam Mutter Hürü die Nachricht, Memeds Pferd befinde sich am Berg Ali, und spornstreichs machte sie sich auf den Weg dorthin. Hoch oben auf einem lila schimmernden schroffen Felsen aus Feuerstein entdeckte sie den Hengst. Der Berg selbst war vom Fuße bis zum Kamm mit bunten Blumen bedeckt, und auch das Hochland der Dornen stand in voller Blüte. Die von zarten Gerüchen geschwängerte Morgenbrise wellte Gräser und Blumen, wiegte Berge, Almen und Senken in ihrem Duft. Auf Zehenspitzen und möglichst verdeckt vor den Blicken des Pferdes, begann Mutter Hürü den Felshang, der gleich dem Brandfuchs violett glitzerte und schimmerte, vorsichtig emporzusteigen. Mit klopfendem Herzen kam sie dicht an das Pferd heran und begann mit leiser, kosender Stimme auf das Tier einzureden, noch bevor sie es zu berühren wagte.

»Mein Schöner, mein Recke mit den weißen Fesseln, den apfelgrünen Augen, dem Schopf eines Mädchens. Mein Brandfuchs mit der glänzenden Mähne, wo du auftauchst, kommt das Glück. Bringst du mir Nachricht von meinem Memed, der so tapfer wie Jung Osman und ebenbürtig dem gesegneten Ali ist? Dann sag es mir, und Muttchen Hürüs Leben für dich! Seit sechs Monaten schon bekomme ich weder gute noch schlechte Kunde. Gendarmen haben uns niedergewalzt, haben uns das Rückgrat gebrochen, die Zunge herausgeschnitten, die Glieder zermalmt und unsere Häuser niedergerissen. Aber er ist schließlich mein Memed, und so hat er es jenem Oberst Sturmwind heimgezahlt, und wir konnten unser süßes Leben retten. Ich wäre lieber gestorben, denn nun stehe ich ohne meinen Memed da! Seit sechs Monaten wissen wir nicht, ob er tot ist, ob er lebt. Bist du es nicht, der, nur Haut und Knochen, zum Tode verurteilt und erschossen wurde, bist du es nicht, der unter der Brücke von den Toten auferstand, sich als graues Vollblut aufrichtete und aufbäumend die Vierzig Glückseligen willkommen hieß, der wie eine weiße Wolke zum Himmel stieg, über der Stadt kreiste und wiehernd die grausamen Unterdrücker aus dem Schlaf riss? Und hast du dich dann nicht Köroğlus Grauschimmel angeschlossen? Und Burak, dem geflügelten, frauenköpfigen Reittier des Propheten, das ihn ins Paradies zu seinem Herrgott getragen hatte? Und Düldül, der Mauselin des heiligen, das gegabelte Schwert tragenden Ali? Und dem Vollblut Jung Osmans, der, ohne abzusitzen mit seinem Kopf unterm eigenen Arm weitergekämpft hatte? Ich weiß, du bringst mir gute Nachricht! Ist sie von meinem Memed? Willst du mir sagen, dass er am Berg Ala vor einem riesengroßen Kamin sitzt? Und wenn der Sommer kommt, Gräser und Wiesen höher sprießen und die weiße Wolke über dem Hort der Vierzig Augen hängt, wird mein Memed mit der duftenden Brise zu seiner Mutter Hürü kommen? Los, mein Schönäugiger mit der glänzenden Mähne und den weißen Fesseln einer Gazelle, gib du mir die frohe Botschaft, und ich gebe dir meine trauerschwarze Seele!«

Sie richtete sich vorsichtig auf, streckte langsam die Hand zum Hals des Pferdes, wagte aber nicht, ihn zu berühren, weil sie befürchtete, das Pferd fliege davon, legte dann ihre ganze Liebe in die Stimme und redete noch eine Weile zum Steinerweichen zärtlich weiter, wobei sie es mit den Fingerkuppen behutsam zu streicheln begann. Und, oh Wunder, das Pferd rührte sich nicht von der Stelle. Jetzt machte sie sich gerade und streichelte mit der ganzen Hand den Pferdehals bis hinauf zu den lauschenden Ohren. Das Pferd stand da, schnaubte behaglich und betrachtete sie zutraulich. Doch erst als Mutter Hürüs Finger seine Stirn erreicht hatten und zu streicheln begannen, verflog ihre Angst, es könne noch flüchten. Sie tätschelte die Stirn, das Pferd rührte sich nicht, und Mutter Hürü wähnte, es lächle wie ein alter Freund. Dann streckte es die Hinterbeine, fuhr sein Gemächt heraus und schlug es einige Male gegen seinen Bauch, nachdem es ergiebig gepisst hatte. Mutter Hürü, nun völlig beruhigt, überlegte nur noch, wie sie das Pferd hinunterführen konnte, schaute sich über beide Schultern um, doch sie sah keine Möglichkeit, das Pferd an der Mähne bergab zu ziehen. Den Gedanken, hinunterzureiten, ließ sie auch fallen, denn wie sollte sie sich auf so engem Raum auf den Rücken des ungesattelten Pferdes schwingen.

»Schönes Pferd«, sagte sie schließlich, »nachdem du mir von meinem Memed die gute Nachricht brachtest, er sei am Berg Ala, vielleicht sogar am Berg der Tausend Stiere, lauf hinunter und warte am Fuß des Felsens auf mich!« Sie gab ihm einen Klaps auf die Kruppe, rief: »Haydi!«, und das Pferd trollte sich. Doch kaum unten, schaute es zu ihr hoch und rührte sich nicht. So schnell sie konnte, eilte Mutter Hürü bergab, nahm das Pferd an der Mähne und zog das folgsame Tier bis in den kleinen Stall, wo ihre einzige Kuh stand. Sie legte ihm eine härene Leine um den Hals, band es an die Krippe, streute trockenes Grünzeug auf den Erdboden und Stroh in die Krippe, doch das Pferd fraß nicht. Natürlich frisst es nicht, ist schließlich Memeds Pferd und nach der Auferstehung sogar zum Himmelszelt aufgestiegen, sagte sie sich. Es muss Hafer bekommen, reinen Hafer, ohne Steine und Grannen!

Sie nahm einen Jutesack und ging zum Krämer Darendeli. »Füll ihn mit Hafer, Darendeli«, bat sie, »ich habe einen sehr wertvollen Gast im Haus!«

»Wer ist es denn?«

»Memeds Pferd.«

»Meinen Glückwunsch!«, sagte Darendeli und füllte den Sack mit den Worten: »Mutter, diesen Hafer trage ich ins Heft ein.«

»Ja, schreibs auf!«, entgegnete sie, winkte einen vorbeigehenden jungen Mann heran, hob den Sack auf seine Schulter und sagte: »Bring ihn zu mir nach Haus und leg ihn vor die Stalltür!« Mit wehenden Röcken rannte sie durchs Dorf, öffnete jede Tür, an der sie vorbeikam und erzählte überall das Abenteuer des Brandfuchses, sodass vor ihrer eigenen Tür sich schon die Dörfler drängten, als sie nach Hause kam. Mutter Hürü lief sofort in den Stall und kam mit dem Pferd am Halfter wieder heraus.

»Habt ihr ihn erkannt?«, jubelte sie. »Er brachte mir eine Nachricht von meinem Memed. Er ist in den Ala-Bergen. Dort hat er den Winter verbracht und wird bald in diese Gegend kommen. So hat es mir der Brandfuchs erzählt, und er selbst hat sich den vierzig seligen Pferden angeschlossen, darunter das Pferd Köroğlus, Zaloğlus, Jung Osmans, Alis und Alexanders des Zweihörnigen. Sorgt euch nicht, mein Memed ist gesund und munter. Auch Ferhat Hodscha geht es gut. Das Pferd sagte mir, in Zukunft werden die Dörfler nicht mehr so große Qualen erleiden.«

Mit rasender Kraft barst der Frühling. Auf einmal schossen die Knospen, auf einmal blühten Berge, Schluchten und Ebenen auf, schäumten Flüsse und Quellen plötzlich durchs blühende Land, wehten plötzlich von Duft überschäumende Lüfte, leuchteten plötzlich die Sterne, die Nacht und der aufhellende Osten in überschäumender Pracht. Die Gipfel der Berge funkelten hell. Denn in der Çukurova schäumt wie das Meer auch die Erde, und im Taurus schäumt wie das Meer auch das Licht.

Mit dem Frühling kam auch Arif Saim Bey in die Stadt, in Begleitung des jungen, sehr begabten Oberst Nafiz Bey. Auf Wunsch Arif Saim Beys war Nafiz Bey mit außerordentlichen Vollmachten ausgestattet worden, wurden seinem Kommando mehr Gendarmen unterstellt, als er angefordert hatte. Die Städter empfingen Arif Saim Bey am Bahnhof von Adana mit großem Gepränge und geleiteten ihn mit einem Konvoi von neun Autos in einem noch nie da gewesenen Umzug in die Stadt.

Oberst Nafiz Bey hatte schon immer eine hohe Meinung von diesem Kriegshelden Arif Saim Bey gehabt, doch angesichts dieses Empfangs steigerte sie sich ins Unermessliche, denn nicht einmal Ismet Pascha oder Fevzi Pascha waren je so pompös empfangen worden! Besonders dieser Lehrer, der vom Rednerpult eine glühende Rede schwang, beeindruckte den Oberst. Hielte so ein Talent in Ankara oder Istanbul so eine Rede, würde man ihn sofort zum Abgeordneten der Großen Volksversammlung machen, wo er als Dauerredner alle patriotischen Herzen in Vulkane verwandeln würde und somit das goldene Zeitalter eröffnen, das uns sofort in Augenhöhe mit Europa brächte. Er war kaum vom Rednerpult herabgestiegen, da eilte Oberst Nafiz schon auf ihn zu, umarmte ihn, gratulierte ihm aus vollem Herzen und küsste ihn mehrmals auf beide Wangen. Über diese patriotische Geste waren die Agas und Beys äußerst erfreut. Welch stolze Haltung dieser Oberst doch hatte! Wie ein prächtiger, blonder Wolf sah er aus, wenn er in seinen blanken Stiefeln federte! Einen Obersten, der wie ein stählerner Bogen federte, das hatten sie noch nicht erlebt. Ja, was dem alten Oberst nicht gelungen war, wird dieser Mann vollbringen.

Eine prächtige Festtafel erwartete sie im Hause von Halil Bey dem Überschwänglichen. Aus Alexandrette gelieferte französische Weine, schottischer Whisky, russischer Wodka ... Sie nahmen Platz, während ununterbrochen Gendarmen vorbeimarschierten, die unter Aufsicht des neuen Hauptmanns und des neuen Landrats am Stadtrand lagerten. Die Städter ließen es sich nicht nehmen, die Einheiten mit Blumen zu empfangen. Sogar die Dörfler aus der Umgebung kamen, wie befohlen, herbeigeeilt, klatschten und streuten den Ankommenden auf der staubigen Landstraße Feldblumen vor die Füße.

Nachdem Arif Saim Bey sich mit einigen Gläschen in Fahrt gebracht hatte, erklärte er mit breitem Grinsen: »Diesmal werde ich ihnen das Wasser an der Quelle abgraben, wie es heißt, und der verehrte Herr Oberst ist ganz meiner Meinung.«

»Aber ich bitte Sie, Efendi, immer zu Diensten! Sie geben den Befehl, ich führe ihn aus.«

»Die Dörfler kennen sich im Abgraben des Wassers bestens aus. Besonders die in den Bergen des Taurus. In Bächen, Teichen und anderen Wasserläufen schwimmen viele Forellen, besonders die mit den roten Punkten. So schmackhaft wie nirgends auf der Welt. Aber sie zu fangen ist schwer. Da nützen keine Netze, keine Angeln, keine Reusen. Man kann sie nur mit der Hand in Nischen, unter Pflanzen und Wurzelwerk erwischen, aber auch dann gleitet einem dieser glitschige Fisch oft durch die Finger. Und was tun unsere schlauen Dörfler? Sie graben ihnen das Wasser ab, leiten es um, und die Fische bleiben auf den Kieseln oder in Pfützen liegen und müssen nur noch aufgesammelt werden. Nun, meine Herren, schon morgen werden wir mit der Aktion Forelle beginnen. Wir werden alle Bergler des Taurus hinunter in die Çukurova beordern und sie hier festhalten, bis Memed gefangen ist. Wir graben ihm das Wasser ab, also die Hilfe der Dörfler, und er wird wie eine Forelle auf dem Trockenen von unserem verehrten Oberst am Schwanze gepackt und festgesetzt.«

Kaum hatte Arif Saim Bey seine Rede beendet, brandete donnernder Beifall. Hoch! Bravo! Weder Napoleon noch der zweihörnige Alexander, weder Attila noch Dschingis Khan hatten dieses Genie. Arif Saim Bey plusterte sich. Seine neu entwickelte Strategie würde als Pflichtfach der Militärakademie in die Geschichte eingehen. Stolz hob er zu Ehren der Anwesenden sein Glas.

Weil Arif Saim Bey früh aufstehen wollte, trank er nur bis Mitternacht, zog sich in sein Schlafzimmer zurück und schlief ein, kaum dass sein Kopf das Kissen berührte. Noch vor Tagesanbruch wurde er geweckt. Er zog sich an, rasierte sich, setzte seine goldgerandete Brille auf, hängte seine goldene Uhrkette quer über den Bauch, nahm den Handstock mit dem goldenen Knauf und stellte sich nach einem kurzen Gang kerzengerade auf den

Marktplatz. Die Gendarmen, braun gebrannt und gestählt, die Augen wie Greife geradeaus, die Brust gereckt wie eherne Schilde, zogen rap, rap, rap, rap an ihm vorbei. Jeder von ihnen ein Tiger, bereit, sich auf die Bergler des Taurus zu stürzen, um sie sofort zu zerfleischen. So begann die Aktion Forelle.

Als die Gendarmen nach zwei Tagen die ersten Bergdörfer erreichten, stürmten sie mit aufgepflanztem Bajonett die Häuser, jagten die Dörfler, die nicht wussten, wie ihnen geschah, aus ihren Betten, trieben sie mit ihren Matratzen auf den Schultern an der Straße zur Çukurova zusammen und führten die weinenden, schreienden und Klagelieder jammernden Bergler schwer bewacht die Hänge hinunter. Alle Wege waren von Gendarmen besetzt, ohne ihre Einwilligung konnte keiner weder bergauf noch bergab.

In manchen Dörfern stießen die Gendarmen auf unerwarteten Widerstand. Dann geriet Nafiz Bey ganz außer sich. Er ließ Häuser niederbrennen oder gleich das ganze Dorf dem Erdboden gleichmachen. Manche Dörfler hatten aus Angst schon vorher ihre Sachen gepackt, sich mit Proviant versorgt, die Häuser verlassen und sich in die Çukurova auf den Weg gemacht. Traf Nafiz Bey sie unterwegs, erfüllte es ihn mit großem Stolz, er ließ sich ihre Namen geben und versprach, sie zu belohnen und sie, nach Memeds Gefangennahme, als Erste in ihre Dörfer zurückzuschicken. So manche Dörfler aber räumten ihre Häuser und suchten tief in unwegsamen Wäldern Schutz, wo sie niemand entdecken konnte. Denn sie hatten so ihre Erfahrungen mit diesen Vertreibungen, die oft in Gefängnissen endeten. So war es auch beim Aufstand des Kozanoğlu gewesen, als hunderttausende Bergler und Bewohner der Hochebenen in die Sümpfe der Çukurova, in die Arme der Malaria und anderer Seuchen getrieben wurden. Schon in den ersten Monaten starb wohl die Hälfte der Unglücklichen, und die Überlebenden kauften sich mit ihrem Hab und Gut oder ihren heiratsfähigen Töchtern wieder frei. Zurück in den Bergen, lebten sie weiter, bis irgendein tollwütiger Präfekt erneut ihre Häuser niederbrennen und sie, wie jetzt wieder, in die

Çukurova hinuntertreiben ließ, wo wieder die Hälfte von ihnen in der Hitze an Malaria starb und die andere Hälfte sich mit ihrem Hab und Gut … Noch heute kennen sie die Klagelieder über die Toten des Sumpffiebers und der anderen Seuchen, sie singen sie in Wintermonaten am Kamin, im Sommer an kühlen Quellen und verfluchen Derwisch Pascha, der Kozanoğlu besiegte, und jenen so modern gesinnten Präfekten, der die Berge hasste.

Wie das Meer wellen sich hier die Berge, die Berge schäumen hier wie das Meer.

Über Wege und Pfade drängten sich die in die Çukurova strömenden, flüchtenden, verbannten Menschen, stauten sich die Züge vor Bergpässen und Brücken tagelang. Der Taurus hallte wie zu Tagen des Brunnenbohrers Murat Pascha und Kozanoğlus wider von ihrem Jammern und Wehgeschrei.

Von Memed war schon seit langem keine Nachricht mehr gekommen, doch sein Pferd war da. Die Dörfler im Westen des Gülek-Passes hatten es wie eine rote Flamme vom Gipfel des Demirkazik in die Çukurova gleiten sehen. Wie Flammen leckte sein roter Schatten den Erdboden, und sein Wiehern war aus allen vier Himmelsrichtungen zu hören. Der Grauschimmel, der im Süden auftauchte, stieg wie Dunst aus dem Blau des Mittelmeeres auf, bäumte sich, glitt, einen weißen Schatten werfend, in lichtdurchfluteten Quellwolken zum Taurus empor, und sein Wiehern hallte zurück von den Felswänden aus Feuerstein. Im Osten erschien es als funkelnder Rotfuchs im Lichte des Morgenrots, sein Schatten strömte wie ein gleißender Wildbach durch Schluchten und Wälder, vereinigte sich mit ihm, als es auf dem Gipfel des Düldül stehen blieb und wieherte, dass die Berge bebten. Und im Norden stieg gleich einer schwarzen Rauchfahne das Pferd von der Steppe auf zum Gipfel des Erciyas, glitt von dort zu den Bergen im Süden, sein Schatten höhlte die Felswände aus. Das Wiehern kam mit dem Pfeifen des wehenden Windes und dem Rauschen der Gewässer herüber und blieb am Himmel über der Hochebene der Dornen hängen.

Als Memed und seine Bande im Winterquartier in den Akça-Bergen hörten, was sich zugetragen hatte, machten sie sich so schnell sie konnten zur Ebene der Dornen auf den Weg. Auch unterwegs hielten ihre als Hirten verkleideten Boten sie ständig auf dem Laufenden. Nach Oberst Sturmwind war ein neues Unwetter über den Taurus hereingebrochen, ein Sturm sage ich dir ... Auch die Boten von Ali dem Hinkenden bestätigten das Unglaubliche: Die Dörfer des Taurus werden geleert und alle Bergler in die Ebene getrieben. Arif Saim Bey, der in der Stadt hockte, hat dies ausgeheckt und befohlen, im Taurus weder Mensch noch Vogel noch Ameise zurückzulassen. Und Memed, den die Dörfler an ihre Brust gedrückt und versorgt hatten, wird Oberst Nafiz Bey wie eine reife Birne in den Schoß fallen.

Je mehr Einzelheiten Memed erfuhr, umso wütender wurde er. Blind und taub für alles andere marschierte er, dass die andern nur mit Mühe Schritt halten konnten. An einem frühen Morgen standen sie noch vor Tagesanbruch im Dorf Değirmenoluk vor Mutter Hürüs Haus. Mutter Hürü wusste von ihrem Kommen, und sie hatte mit gespitzten Ohren die ganze Nacht kein Auge zugemacht. Jetzt riss sie die Tür auf, lief zu Memed und umarmte ihn.

»Willkommen, mein Junge, mein Recke! Dein Pferd ist auch hier. Nicht der Grauschimmel, der durchs Himmelszelt zieht, nicht der Rotfuchs, der auf dem Gipfel des Düldül steht, nicht der Braune, der im Westen schimmert und nicht der mit weißen Quellwolken aus dem Meer aufsteigende Schimmel, nein, es ist der Verrückte, der sich wie ein Kreisel dreht, wenn er Feuer wittert. Er kam vor einigen Tagen, ich habe ihn eingefangen und in den Stall gebracht.«

»Er hat sich von dir einfangen lassen? Du weißt, Mutter, auch von Seyran ließ er sich einmal bändigen, aber damals war er schon in einem Stall.«

»Ich weiß, ich weiß, mein Lieber, aber kommt erst einmal herein. Ich wartete schon bei Licht und Kaminfeuer auf euch, und ich werde sofort Lamm und Hammel bringen lassen, ihr sterbt bestimmt vor Hunger.«

»Wenn du es genau wissen willst, Mutter, ja, wir sterben vor Hunger.«

Mutter Hürü eilte hinaus und rief einige Männer herbei, die auch in ihren Häusern auf die Briganten gewartet hatten. Sie schlachteten sofort einige Schafe und einen stämmigen Hammel, den sie schon längst bereitgehalten hatten, schürten Mutter Hürüs Feuer, legten das gewürzte Fleisch in die Glut, und die Briganten aßen sich satt. Der Duft des gerösteten Fleisches und der Schwaden verbrannten Fetts zog durch das ganze, im Morgendämmer liegende Dorf, die Bergler sprangen mit geblähten Nasenflügeln aus ihren Betten und drängten sich in Mutter Hürüs Vorhof. Memed ließ ein großes Feuer anzünden und befahl, so viele Hammel zu rösten, bis alle Dörfler sich satt gegessen hatten. Ferhat Hodscha zog einen Burschen beiseite und zahlte ihm das Geld für die Opfertiere in die Hand.

»Ich habe euch viel Kummer bereitet«, rief Memed, »und jetzt verliert ihr auch noch eure Heimat.«

»Auch das werden wir überstehen, Memed, Hauptsache du bleibst uns am Leben«, entgegneten sie.

»Wann macht ihr euch auf die Reise?«

»Gestern kamen die Gendarmen, heute Morgen ist es so weit.«

»Wartet heute noch ab! Ein neuer Tag kann viel Neues bringen.«

»Wir warten ab, ein neuer Tag kann viel Neues bringen.«

Memed beugte sich zu Mutter Hürü nieder, die zu seiner Rechten stand, und küsste ihr die Hand. »Mutter, wir gehen.«

»Ich weiß«, lachte sie. »Soll ich inzwischen dein Pferd füttern und satteln?«

»Halte es bereit, Mutter!«

Die Männer bahnten sich einen Weg durch die Menge und schlugen den Weg zum Berg Ali ein. Die Sonne strahlte hell, und von den Hängen fächerte der Morgenwind den Duft der Blumen herüber und trug ihn in Wellen hinunter in die Ebene. Bis zur Abenddämmerung warteten die Briganten in einer Schlucht. Den ganzen Tag über waren die Boten gekommen und gegangen. Ein

Dorf nach dem anderen heimsuchend, kamen die Gendarmen immer näher.

»Was hältst du vom Gebirgspass Kardöken, mein Hodscha?«

»Sehr viel, sage ich, sehr viel.«

»Reicht unsere Munition?«

»Wir haben genug.«

»Na, dann los!«

Noch vor Sonnenuntergang waren sie am Pass. Er lag zwischen hohen, schroffen Felswänden und verengte sich talwärts so weit, bis er unten nur noch einen Berittenen oder zwei Fußgänger durchließ.

»Gezielt schießen, mein Hodscha?«

»Das musst du wissen, mein Junge, du eröffnest das Feuer.«

»Ist dieser Mann auch so grausam wie sein Vorgänger?«

»Sie alle sind grausam, sie alle sind aus demselben Holz, aber auch das musst du entscheiden. Sie alle aus der Welt schaffen, wird schwer sein.«

»Sehr schwer, mein Hodscha.«

Kurz vor Sonnenuntergang tauchte auf einem Rotfuchs Nafiz Bey auf. Sein prächtiges, gesundes Pferd tänzelte leicht. Hinter ihm marschierte Hauptmann Ali der Giaur, gefolgt von den Leutnants und dem Gefreiten Asim. Der Gefreite ließ die Felswände nicht aus seinen listigen Augen, er schaute immer wieder hoch, schien dem Frieden nicht zu trauen. Hinter ihm kamen in endloser Reihe die Gendarmen.

Mit unruhigen Schritten, schwingendem Schweif und ruckartig reckendem Kopf war das Pferd schon unter den mit Gewehren im Anschlag lauernden Briganten, als Memed auf den Abzug drückte. Das Pferd stolperte und stürzte samt seinem Reiter. Im selben Augenblick krachten die Schüsse von allen Seiten, begann ein höllischer Lärm.

Ungedeckt die Felsen beobachtend, rannte Gefreiter Asim zum Oberst, zog ihn hinter einen Felsblock und rief: »Sie sind am Bein verletzt, mein Oberst, offensichtlich wollte Memed Sie nicht töten. Ein so hervorragender Schütze wie er hätte Sie bei so kurzer Entfernung …« Dann trabte er wieder aufrecht, als ginge das alles ihn nichts an, zum Sanitäter, ließ sich Verbandzeug und Salben geben und eilte zurück. »Wir haben viele Verletzte, nur gut, dass sie nicht schießen, um uns zu töten, denn es sind mehr, als ich angenommen hatte.«

»Was machen wir jetzt, Gefreiter?«

»Wenn Memed sich Ihnen ergeben würde?«

»Ich sorge dafür, dass er nicht gehängt wird.«

»Soll ichs mal versuchen?«

»Versuchs, es sieht böse aus! Wenn es so weitergeht, kommt kein Gendarm hier heil heraus.«

Kaltblütig kam Gefreiter Asim aus seiner Deckung hervor und rief: »Stellt das Feuer ein, ich habe Memed einige Worte zu sagen!«

Sofort verstummten auf beiden Seiten die Schüsse.

»Hör mir zu, Memed!« Er brauchte nicht zu brüllen, auch im Flüsterton hätte Memed ihn gehört. »Du hast das Leben des Obersten verschont. Auch den Gendarmen trachtest du nicht nach dem Leben. Wir wissen auch, dass nicht du den Oberst Azmi Bey getötet hast, sondern Sergeant Ilyas. Das weiß auch unser Oberst Nafiz Bey. Unser Oberst ist ein aufrichtiger Mann, ein Mann von Wort. Wenn du dich ergibst, wird er dich nicht hängen, vielleicht sogar begnadigen lassen.«

»Du weißt doch, Gefreiter, dass ich mich nicht ergebe. Schon gar nicht diesem Mann, der die Dörfler des riesigen Taurus aus ihrer Heimat vertreibt, damit sie in der Çukurova Blut kotzen, an Malaria sterben und in den Sümpfen begraben werden, nur weil er einen armseligen Briganten nicht überwältigen kann.«

»Nicht Oberst Nafiz vertreibt sie in die Çukurova. So etwas billigt unser Oberst nicht. Er hat den Befehl dazu bekommen. Befehl ist Befehl! Wenn du dich ergibst, musst du dich so einem Mann ergeben. Und koste es seinen Kopf, er wird Wort halten und dich nicht hängen lassen.«

»Wer gab ihm denn diesen Befehl, und warum gehorcht er? Gehorche ich etwa Befehlen? Dabei ist er gebildet, ist ein Oberst, kennt Gott und die Welt. Gehorcht ein Mensch, wenn er Mensch ist, mit diesem Wissen so einem Befehl? Ich glaube ihm nicht, glaube niemandem, der so grausam ist.«

»Arif Saim Bey hat ihm diesen Befehl gegeben. Ich war dabei. Du weißt, dass er in der Stadt sitzt und auf deinen Kopf wartet?«

»Geh aus der Schusslinie, Gefreiter, damit dich keine verirrte Kugel trifft.«

Schlimmer als zuvor flammte das Gefecht wieder auf, und Gefreiter Asim ging zurück in seine Deckung.

Der Oberst war aschfahl geworden.

»Er ergibt sich nicht, mein Oberst.«

»Er hat ja Recht. Auch ich würde mich einem Menschen nicht ergeben, der wegen eines einzigen kleinen Briganten eine ganze Region in die Verbannung schickt. Er hat mich nicht getötet, weil es unter seiner Würde ist, einen wie mich zu töten.« In seiner Ehre zutiefst verletzt, streckte er erregt seine Hand aus. »Heb mich hoch und lass uns ungedeckt gehen. Es ist ja ohnehin unter seiner Ehre, einen wie mich aufs Korn zu nehmen!«

Gefreiter Asim hakte sich bei ihm ein und führte ihn zu den Gendarmen, die sich hinter den Felsen verschanzt hatten.

Das Gefecht dauerte an, hin und wieder schrie ein Gendarm auf, den es am Bein erwischt hatte, doch mit der Abenddämmerung ebbte der Schusswechsel ab, flammte wieder auf, ebbte ab und verstummte.

»Wie lange, mein Hodscha, könnt ihr sie ohne Verluste noch in Schach halten?«, fragte Memed.

»Höchstens einen Tag.«

»Reicht mir diese Zeit?«

»Sie reicht nicht«, antwortete der Hodscha. »Wir müssen weiter standhalten. Die da unten können wir sogar noch fünf Tage festnageln, aber ich nehme an, dass bis morgen Mittag neue Einheiten kommen und uns einkreisen werden. Dann kommt von uns keiner ungeschoren davon.«

»Dann bleibe ich hier«, sagte Memed und ließ enttäuscht den Kopf hängen.

»Du musst gehen, mein Junge!«, versteifte sich der Hodscha. »So eine Unmenschlichkeit können wir nicht auf sich beruhen lassen. Wie sollen wir sonst diesen Dörflern jemals wieder in die Augen schauen? Los, gute Reise! Du weißt ja, um auf dieser Welt einmal zu leben, musst du tausend Mal sterben! Unsere Väter haben das nicht nur so dahergesagt.«

Nachdem er jeden seiner Gefährten umarmt und sich von ihnen verabschiedet hatte, eilte Memed leichtfüßig wie eine Gämse den Hang hinunter, während immer noch Schüsse von den Felswänden hallten, und erreichte gegen Mittag das Dorf Değirmenoluk, wo Mutter Hürü mit gedeckter Tafel schon auf ihn wartete und kurz darauf das dampfende Essen auftrug. Erst nachdem sie gegessen hatten und Mutter Hürü abräumte, stellte Memed fest, dass sie gepackt hatte.

»Was denn, Mutter, du hast gepackt?«

»Was soll ich sonst tun, mein Junge? Sieh doch, ich nehme auch das Bild meines Verehrten Alis mit, denn er hat dir sehr geholfen und dich beschützt. Er wird dich auch weiterhin beschützen. Ich werde mit den Dörflern in die Çukurova hinunterziehen und zu Seyran flüchten. Aber wenn ich an diese Bergler denke, brennt mein Herz. Diesmal laufen sie da unten ins Verderben. Ich weiß nicht, ob die Erwachsenen es durchstehen, die Kinder jedenfalls werden es nicht überleben. Hast du diesmal gesehen, wie sich unsere Dörfler verhalten haben?«

»Ich habs gesehen, Mutter.«

»Keiner von ihnen hat sich beklagt und dem Sohn des Armen Ibrahim vorgeworfen, ausposaunt zu haben, er habe Ali Safa und Mahmut aus Çiçekli getötet. Auch nicht, dass sie seinetwegen in die Verbannung, in den Tod geschickt werden. Sie haben hinter deinem Rücken auch nicht über dich hergezogen. Sie haben Gott gebeten: Nimm einen Teil unserer Lebenszeit und schenke sie Memed! Sie haben dich mit Beifall überschüttet. Sie haben dir vertraut. Es wäre besser gewesen, sie hätten dich beschimpft, als sie aus dem Taurus vertrieben und in die Verbannung getrieben wurden!«

»Ja, hätten sie mich doch lieber beschimpft!«

»Dich verwünscht oder zu töten versucht!«

»Hätten sies doch, Mutter!«

»Sie hätten der Regierung deine Schlupfwinkel verraten können. Aber nichts von alldem. Sie haben dich gekrönt, preisen deinen Namen. Trätest du jetzt vor die Dörfler des ganzen Taurus und sagtest ihnen, stürzt euch diese Steilwände hinunter, sie sprängen, ohne mit der Wimper zu zucken, in den Tod. Und sagtest du ihnen, vorwärts, stürmen wir die Çukurova, stürzen wir uns wie ein Schild aus Fleisch und Blut auf die Gewehrmündungen und Kanonen!, sie täten es. Und nun sag mir, mein Sohn Memed, was wirst du tun? Ich habe den Verehrten Ali angefleht, habe zum Allmächtigen gebetet, lieber Gott, nimm mich zu Dir, bevor ich meines Memeds Niederlage erleben muss!« Sie begann zu weinen und ihre Knie zu schlagen. »Was soll ich nur tun, weder der Verehrte Ali noch der Allmächtige haben mich erhört. Ach Ali mit dem gegabelten Schwert, der seinen eigenen Leichnam zu Grabe trug, ach Ali, ich habe mich auf dich verlassen, und du hast mir nicht geholfen!«

»Beruhige dich, Mutter!«, gebot Memed sehr bestimmt und selbstsicher. »Warte ab, wer weiß, vielleicht …«

Mutter Hürü trocknete mit dem Zipfel ihres Kopftuchs ihre Tränen und lächelte. »Nimms mir nicht übel, mein Sohn, ich bin wohl schon zu alt und kann meine Tränen nicht mehr zurückhalten! Aber ich kann nicht ertragen und will auch nicht schlucken, was sie da treiben, nur um einen Briganten zu fangen. Auch wenn sie mich nicht in die Verbannung schicken, werde ich mich davonmachen zu meiner Seyran.«

»Geh zu ihr, Mutter, und lasse sie nicht allein. Und auch nicht das Kind!«

»Und was ist mit Ferhat Hodscha und deinen anderen Gefährten?«

»Sie kämpfen noch.«

»Wie gut, dass du gekommen bist. Sie werden sie töten. Seit ich mich erinnern kann, weiß ich, dass Briganten so ein langes Gefecht nicht überleben. Sie werden alle getötet.«

»Ferhat Hodscha hält stand.«

»Gott gebe es!«

Sie schliefen schon, als Memed, von Schritten aufgeschreckt, nach seiner Waffe griff und durchs Schlüsselloch linste.

»Wer da?«

»Ich bins«, antwortete eine brüchige Stimme, die Memed sofort erkannte. Er zog Müslüm ins Haus und umarmte ihn. Mutter Hürü war außer sich vor Freude, als sie ihn erblickte. »Ich bleib nicht länger hier«, rief sie, »bring mich sofort zu meiner Seyran! Zur Hölle mit Haus, Bett, Töpfen und Pfannen! Ich lasse alles liegen und nehme nur das Bild meines Ali und das von meinem Memed mit.«

Plötzlich schlug sie sich mit der flachen Hand an die Stirn. »O weh, mein armer, hirnloser Kopf, vergisst ein Mensch denn so etwas?« Sie eilte hinaus und brachte das Bild von Memed über den Wolken auf seinem Pferd. »Schau nur, wie ähnlich, ganz genau wie du! Ich habe es vom Verehrten Meister malen lassen, damit das schöne Gesicht meines Sohnes der Nachwelt erhalten bleibt und sich die Menschen daran erfreuen können.«

Memed vertiefte sich in den Anblick des Bildes, und eine unbändige, strahlende Freude erfüllte ihn.

»Ich habe noch eine Nachricht für euch«, sagte Müslüm mit leuchtenden Augen. »Memed wurde ein Sohn geboren. Schwester Seyran gab ihm den Namen Ibrahim. Memeds Vater soll so geheißen haben.«

Mutter Hürü schluckte und schluckte und konnte kein Wort hervorbringen. Zunge und Gaumen waren plötzlich ganz trocken, und auch Memed konnte nicht sprechen.

Nach einer ganzen Weile stand Mutter Hürü auf und begann im Takt ihrer schnippenden Finger die Hüften zu schwingen. »Meinem Herrgott sei Dank!«, rief sie. »Dank auch dir, meinem Ali, du Recke mit dem zweispitzigen Schwert!« Dann wandte sie sich an Memed. »Ich breche spätestens morgen auf, um meinen kleinen Ibrahim zu sehen. Da kann mich niemand aufhalten. Ich werde ihn auf meinen Schoß nehmen und ihm Wiegenlieder singen. Mit meinen Liedern bringe ich ihm den Duft dieser Berge, ihre Blumen und auch die Wolken mit. Morgen, gleich morgen!«

»Wirst du denn nicht auf mich warten, Mutter? Ich muss noch etwas erledigen und bin schnell wieder zurück. Es wird nicht lange dauern, und danach machst du dich sofort auf den Weg!«

»Gut, mein Kleiner«, antwortete Mutter Hürü und verzog enttäuscht die Lippen.

Memed und Müslüm begannen am Kamin miteinander zu tuscheln. Als Mutter Hürü den Namen Ali der Hinkende hörte, sprang sie auf und stürzte wie ein Greif auf Memed zu.

»Töte den Hinkenden!«, schrie sie. »Ich werde dir nie verzeihen, wenn du es nicht tust. Du hast schon so viele getötet, töte auch ihn! Und wenn du diesen kriechenden Wurm nicht tötest, beauftrage Müslüm damit!«

Erst nachdem Müslüm mit tausenderlei Ausflüchten versprechen musste, den kriechenden Wurm zu zertreten, ließ sie von Memed ab.

»Wir gehen, Mutter Hürü.«

»Noch nicht. Ich mache schnell Frühstück! Tee, Butter, Honig ...« Sie deckte ganz schnell den Tisch, ließ den Tee ziehen, kochte Milch auf.

Nachdem sie hastig gefrühstückt hatten, brachte Mutter Hürü einen Beutel und stellte ihn vor Memed hin. »Nimm!«, forderte sie ihn lächelnd auf.

»Was ist es, Mutter?«

»Granatäpfel Ich hatte sie für dich aufbewahrt. Sie sind rosarot und köstlich.«

Memed und Müslüm gingen hinaus in den eisigen Wind. Der Himmel über den Zinnen des Bergs Ali war voller Sterne.

»Wo ist dein Pferd, Müslüm?«

»Ich habs im Schafskoben untergebracht. Mein Gewehr ist auch dort.«

Mutter Hürü kam mit Memeds Pferd aus dem Stall und gab ihm die Zügel in die Hand. Dass Zügel und Zaumzeug golddurchwirkt und der Sattel ein mit nielliertem Silber verzierter

Tscherkessensattel war, konnte Memed sogar im Dunkel der Morgendämmerung erkennen.

»Leben sollst du, Mutter!« Er beugte sich zu ihr, ergriff ihre Hand, küsste sie und führte sie an seine Stirn, schwang sich in den Sattel und ritt hinter Müslüm her, der sein Pferd aus dem Schafstall holen wollte. Anschließend schlugen sie den Weg in die Çukurova ein. Noch heute wollten sie durch den Wald hinunterreiten und nachts im Dorf des Granatapfelgartens sein.

Es war dunkel, und es nieselte. Um die Strecke abzukürzen und keinem Gendarmen zu begegnen, bogen sie nach Anizli ab. Der Weg war schmal, aber nicht allzu steil. Sie gaben den Pferden die Sporen und verhängten die Zügel. Der scharfe Wind blies ihnen ins Gesicht, der dunkle Wald rauschte wie strömendes Gewässer. Vor ihnen schimmerte ein Bach, und bevor sie die Pferde noch zügeln konnten, hatten die ihn schon durchquert, und sie wurden nass bis zu den Schenkeln. Tief im Süden funkelte ein Stern auf und war ihm nächsten Augenblick verschwunden. Die feuchte Nacht und der dunkle Wald schien mit ihnen im steifen Wind dahinzugleiten. Der funkelnde Stern erschien erneut und verschwand, nachdem er den Himmel von einem Ende bis zum andern versilbernd durcheilt hatte.

»Hast dus gesehen?«, rief Memed.

»Ich habs gesehen«, antwortete Müslüm, »und schau, wie der Morgenstern glitzert!«

Sie ritten durch das ohrenbetäubende Gezwitscher eines Vogelschwarms, das sie noch lange hören konnten. Als es still wurde, kam der Stern wieder hervor und glitt mit einem Silberstreif dahin.

»Ich bin jahrelang in den Bergen gewesen, aber so einen Stern habe ich noch nicht gesehen«, wunderte sich Müslüm.

»Ich auch nicht«, entgegnete Memed. »Der Morgenstern ist es nicht.«

»Ist schon eigenartig.«

»Ja, eigenartig.«

Ihre Pferde trabten durch die nasskalte, dunkle Nacht. Der

Stern kam wieder zum Vorschein, und wie Kanonendonner erschütterte plötzlich Lärm das regenfeuchte Dunkel. Gezwitscher, Gewieher, Gebell, Geschrei, Rufe zum Gebet und Klagelieder vermischten sich. Aus dem Dunkel der Nacht und aus der Richtung, in der im Silberstreif der Stern am Horizont verschwand, taucht eine große, völlig verschlammte und staubbedeckte Menge Menschen auf. Nur die schimmernden Zähne und das Weiß der Augen sind sichtbar. Sie wälzt sich durch Nadelwald und felsiges Gelände, zwischen Platanen und rosa blühenden Oleanderbäumen, über kiesigen Grund lang gestreckter Senken hinunter in die Ebene. Sie ziehen durch Reisfelder, über endlos lange staubige Landstraßen, durch ein von Schlangen wimmelndes, mit lila Disteln bewachsenes, trockenes Flussbett, einen dicht an dicht von goldfarbenen Orangen starrenden Hain und sehen vor sich das schäumende, leuchtend weiße Meer. Der Stern gleitet heran, verharrt funkelnd über der schäumenden Wasserfläche. Ein Duft von Heideblüten verbreitet sich. Schneeweiße Pferde schnellen aus den schäumenden Wellen ans Ufer, fliegen zu den lichtdurchfluteten, sich aufblähenden, langsam zum Himmel emporsteigenden Quellwolken, vermischen sich mit ihnen und jagen dann in die Ebene. Tausende Hufe blitzen auf, verlöschen, blitzen auf, verlöschen, die Ebene wird unter den trappelnden Hufen plötzlich schneeweiß … Vom Giaur-Berg steigen Adler auf, und das ferne Meer breitet sich aus bis zum Fuß des Berges, und vom grünen Gipfelrand löst sich ein rötlich violettes Licht. In den Tälern bäumen sich rotbraune Pferde, strömen wie ein Flammenmeer, schleppen das Licht der Morgenröte mit sich hinunter in die Ebene. Die Menschenmenge wendet sich nach Westen, verharrt vor den Felsen am Gülek-Pass, aus dem wie Flammen schneeweiße Pferde schnellen, das rötliche Licht des Ala-Bergs mit sich schleppend. Die Menge verharrt vor dem Anavarza-Felsen, und Brandfüchse kommen aus dem Norden, aus der Steppe jenseits der Berge und verhalten vor Misis, nah dem schönen, nebelverhangenen, flammenden Berg Erciyas und dem Berg Hasan, und ihr schwarzbraunes Fell glitzert im Schnee.

Flammende Mähnen und Schweife, lila Wolken und blaues Meer, alles verschlingt sich ineinander. Konaks und Häuser stürzen ein. Das Meer schwillt an, weitet sich, färbt sich tiefblau, über ihm eine einzige, mit leuchtenden, ausgestreckten Flügeln kreisende Möwe. Der Wald rauscht, Vogelstimmen lärmen die ganze Nacht. Wiegende Finsternis, nieselnder Regen. Am Ende der Nacht erscheint wieder der Stern, bleibt über dem aufhellenden Gipfel des Berges stehen. Die Menschenmenge, die Pferde, der Heideduft, das Vogelgezwitscher, ein lila Platanenblatt nähern sich der Stadt, Konaks werden zerstört, Fermane der Dulkadiroğlus zertrampelt. Der Verehrte Meister wäscht seine farbverschmierten Hände am Brunnen der Moschee, und der Lehrer Zeki Nejad ist das Minarett emporgestiegen und beginnt zu reden, und gleich Meereswellen schwingen die Menschen, die Pferde, die Sterne und der goldene Orden Zeki Nejads. Der Lehrer steigt vom Minarett herunter, schwingt sich auf einen Grauschimmel und gibt ihm die Sporen. Die Menschenmenge, die weißen Wolken, der Heideduft, die Möwe, die Sieben Memeds, Ferhat Hodscha, Şahan, Temir, Dursun, Kasim, Kind Memed folgen ihm. Der Euphrat fließt hinter jenen blauen Bergen, sein Wasser ist grün, ist blau, ist gelb. Sie gelangen an das Ufer des Euphrat. Von Osten her kommt staubwirbelnd eine Menschenmenge, durchquert die Wasser des Euphrat, die zu verschwinden scheinen, und schließt sich ihnen an. Über ihnen kreist mit gestreckten Schwingen ein mächtiger Adler, vor ihnen marschieren Lehrer Zeki Nejad, Leutnant Şakir und der Brigant Schwarze Schlange. Am Fuß des Erciyas stellen sich ihnen Gendarmen in den Weg. Es sind viele, aber die Menschenmenge ist größer, und die Gendarmen verschwinden im Gedränge und werden nicht mehr gesehen. Und wie aus dem Boden geschossen taucht aus der Steppe noch eine riesige Menschenmenge auf. Wie aus heiterem Himmel kommen, tausenden Wolken gleich, mit wehenden Mähnen und schwingenden Schweifen Pferde vom Berg Erciyas. Aus allen Richtungen drängen immer mehr Menschen in die Steppe, ziehen, in viele Züge geteilt, nach Konya und bleiben am

Stadtrand stehen. Gepanzerte Männer treten ihnen entgegen. Auch sie sind viele. Zuerst stürzen sich die Pferde mit den wehenden Mähnen, dann die Möwe, dann das Meer, dann der Wald und schließlich die Menschenmenge auf sie. Es schneit, die Welt versinkt im Schnee, die Gepanzerten versinken in der Menschenmenge. Die Stadt Konya öffnet ihre Tore, zuerst gehen die Frauen von Vater Ilyas hinein, unter ihnen auch Seyran mit Ibrahim im Arm, danach die Pferde und dann die Menschenmenge. Die Stadt Konya versinkt in der Menge, und plötzlich wiehern alle Pferde. Lehrer Zeki Nejad steigt aufs Minarett, sein goldener Orden funkelt glutrot. Die Frauen stimmen wie das Morgenrot so neue Lieder an, die Herzen der Menschen fühlen sich leicht wie ein fliegender Vogel, und die ganze Welt füllt sich mit fröhlichen Liedern. Die Nacht, der Wald, das Rauschen, alles fließt dahin, am Horizont steht der funkelnde Stern dicht über der Kimm, und über dem weiten, blauen Meer kreist die weiße Möwe, taucht ab und zu durch das Blau, ohne die gestreckten Flügel zu bewegen.

Das Rauschen des Waldes war verstummt, die Nacht schien sich aufzuhellen, die Pferde verlangsamten den Schritt.

»Hier ist es«, rief Müslüm. »Hier ist Hasan Dedes Kuppelgrab.«

Sie zügelten die Pferde und trieben sie rechts in den Wald. Unter einer großen Platane saßen sie ab. Es nieselte und die laue Luft duftete durchdringend nach Heideblüten.

Memed fand nach kurzer Suche einen Heidebusch, und seine Beklommenheit war im Nu verflogen. Helle Freude ergriff ihn, und er fühlte sich wie neugeboren. »Wir warten hier bis Mitternacht!«

»Dann warten wir eben«, nickte Müslüm.

Die Sonne ging auf, sie hockten sich zum Frühstück nieder. Müslüm reichte Memed kleine, gefüllte Kürbisse, die in ein großes Feigenblatt eingewickelt waren. »Das schickt dir Seyran«, sagte er. Memeds Hand zitterte, und seine Kehle war wie zugeschnürt, als er die Kürbisse entgegennahm und die hellgelben

Früchte auf dem grünen Blatt anstarrte. Er wagte nicht, sie zu essen, obwohl er großen Hunger hatte. Seine Augen füllten sich mit Tränen, und er legte das Feigenblatt wie ein kostbares Gut behutsam auf den Rasen. Das Grabmal, in dem Hasan Dede ruhte, erhob sich hinter ihm, er stand auf, ging hin, öffnete die Tür und wich im selben Augenblick zurück. Dicht an dicht hingen kopfunter Fledermäuse in der Kuppel. Memed war der Schreck so in die Glieder gefahren, dass er kehrtmachte und leichenblass zurückkam.

»Was ist mit dir, Memed, dein Gesicht ist ja aschfahl?«, fragte Müslüm erschrocken.

»Nichts ist«, keuchte Memed. »Hol mir etwas Wasser, ich hatte eine Heidenangst.«

Müslüm lief zum nahen Bach, kam mit einem vollen Napf Wasser zurück, und Memed trank.

»Hattest du Angst vor der Grabstätte?«

»Nein.« Memed keuchte noch immer. »Aber das Grab ist voller Fledermäuse.«

Müslüm wendete sich zur Grabstätte, doch Memed verlegte ihm den Weg. »Halt, Müslüm, was tust du da? Bist du lebensmüde? Die krallen sich an Menschen und saugen ihnen das Blut aus. Und schlägst du sie in Stücke, kannst du ihre Zähne nicht mehr aus deinem Fleisch herausziehen.«

»Mit mir doch nicht.« Müslüm warf sich in die Brust und ging weiter. Doch als er sah, wie empört Memed darüber war, gab er es auf.

»Ich leg mich schlafen, und du bleibst dicht bei mir! Und untersteh dich nicht, wegzugehen oder gar das Kuppelgrab aufzusuchen! Wenn doch, kannst du was erleben!«

»In Ordnung«, sagte Müslüm.

Memed häufte sich Laubwerk zu einem Kopfkissen auf und schlief ein, kaum dass er sich ausgestreckt hatte.

Als er mittags erwachte, schaute er sich schlaftrunken nach Müslüm um. »Bist du im Grabmal gewesen?«, fragte er. »Ich habs geträumt.«

»Nein«, lachte Müslüm, »ich bin nicht hineingegangen. Aber weißt du nicht, dass Träume bei Tageslicht nicht zählen?«

»Ich weiß«, murmelte Memed unwirsch.

Um sein Lachen zu verbergen, stand Müslüm auf, ging zum Bach, füllte den Napf und kam langsam zurück. Es fiel ihm schwer, an sich zu halten, und er lief schon hochrot an, als er mit dem Napf neben Memed stand. Doch plötzlich platzte es aus ihm heraus, er barst vor Lachen, hielt sich die Seiten, lachte und lachte, bis Memed schließlich von ihm angesteckt wurde, und sie eine Zeit lang gemeinsam lachten.

»Mensch, hör endlich auf und lass uns essen!«, schimpfte Memed am Ende mit aufgesetzt vorwurfsvoller Miene. Der Proviant wurde hervorgekramt und auf dem Rasen ausgebreitet. Memed brach ein Stück vom Fladenbrot ab, nahm von den gefüllten, gelben Kürbissen, betrachtete sie eine Weile, wickelte sie ins Fladenbrot und begann hastig zu essen.

Als es dunkelte, stiegen sie auf ihre Pferde und waren bald aus dem Wald heraus. Über Felder ritten sie bis zum Dorf des Granatapfelgartens. Bald war es stockfinster, es begann wieder zu nieseln, und sie saßen ab.

Als Ali der Hinkende ihre Schritte hörte, sagte er leise: »Hier bin ich.«

Sie gingen in die Richtung, aus der die Stimme kam, konnten aber nur die Umrisse eines großen Baumes erkennen.

»Ich hatte dir ein Pferd gebracht«, sagte Ali, »ist das Pferd, das du da führst, dieses verrückte?«

»Das ist es«, antwortete Memed.

Sie hockten sich einander gegenüber in den Schneidersitz und schwiegen eine Weile. Ali der Hinkende zog sein silbernes Etui aus der Tasche, reichte Memed eine Zigarette, nahm sich auch eine, zündete erst Memeds, dann seine Zigarette an. Während sie ihre Zigaretten zu Ende rauchten, kam kein Wort über ihre Lippen.

Sie drückten die Zigaretten aus.

»Ich weiß nicht so recht«, begann Ali der Hinkende, und seine Stimme bebte.

Memed verzog keine Miene.

»Also ich weiß nicht ... Dein Mann ist im Hause von Halil dem Überschwänglichen. Heute Abend wird er nicht trinken. Wenn er nicht trinkt, geht er früh zu Bett und liest Zeitung. Ich schlage vor, wir gehen gegen Mitternacht in die Stadt. Ich bringe dich bis zur Tür seines Schlafzimmers. In dieser Aufmachung erkennt mich niemand. Und wenn ich will, hinke ich nicht einmal. Vor der Zimmertür lasse ich dich allein. Genau wie du habe ich in dieser Nacht auch noch etwas zu erledigen.«

»Ich weiß ja, dass dich niemand erkennt und niemand weiß, dass du dich mit uns triffst. Aber sollten wir diese Sache ... Vielleicht noch einmal ...«

»Auf keinen Fall«, schrie Ali der Hinkende.

Memed schwieg.

Als die Mitternachtshähne krähten, stiegen sie auf ihre Pferde. Memed rief Müslüm zu sich, legte ihm Goldstücke in die Hand, sagte: »Du wirst geradewegs zu Seyran reiten! Sie ist dir anvertraut! Und das da gibst du ihr!« Er gab seinem Pferd die Sporen.

»Soll ich ihr nicht noch etwas sagen?«, rief Müslüm hinter ihm her.

»Nein, nichts«, antwortete Memed mit brüchiger Stimme.

Mit straff gezügelten Pferden ritten sie vom Süden her in die Stadt, lenkten sie lautlos in den Hof und banden sie am Fuß der Mauer an einen ausladenden Olivenbaum. Mühelos schloss Ali die Haustür auf, und auf Zehenspitzen stiegen sie die Treppe hoch ins obere Stockwerk.

»Sein Licht brennt da drinnen.«

Ali schlich zur Treppe zurück. Memed öffnete die Tür und ging hinein. Er hatte das Gewehr in der Hand und den Finger am Abzug. Arif Saim Bey lag auf dem gemachten Bett mit goldglänzendem Rahmen und las die Zeitung. Gestört vom Geräusch, ließ er sie sinken, blickte auf und musterte mit verhaltenem Zorn Memed.

»Arif Saim Bey, ich bin Memed.«

Arif Saim Bey zwang sich zu einem Lächeln, doch als Memed

den Gewehrlauf auf ihn richtete, riss er entsetzt die Augen auf. »Was tust du da, mein Junge, was soll das, du wirst doch nicht ... Auf mich ...«, stotterte er und schlug die Hände vors Gesicht. Fünf Mündungsfeuer schossen hintereinander aus Memeds Gewehrlauf, und vom Windstoß der Geschosse flackerte an der Rückwand die große Lampe mit dem bauchigen, mit rosa und blauen Rosen bemalten Glaszylinder und verlosch.

Wie der Blitz nahm Memed die Stufen, schwang sich aufs Pferd und war schon zur Stadt hinaus, als hinter ihm ein lautes Tohuwabohu begann und zwischendurch einige Schüsse fielen.

Gegen Morgen erreichte er das Hochland der Dornen, wo er sich noch einmal von Mutter Hürü verabschieden wollte. Als er am Pass war, der zum Plateau führte, sah er, dass es dort von Menschen wimmelte. Er lenkte sein Pferd auf sie zu, zügelte es und blieb eine Weile vor ihnen stehen. Das Pferd unter ihm war schaumbedeckt und schweißnass, schien noch dunkler geworden zu sein, und das Fell glitzerte im grellen Sonnenlicht. Beider Schatten streckten sich weit über den Rasen, und ein ihm völlig unbekannter Vogel von fleckenlosem Weiß und nicht größer als eine Schwalbe segelte mit spitzen Flügeln über der Menge hin und her durch den Himmel.

Endlich hatte Memed in der Menge ausgemacht, wen er suchte. Mutter Hürü stand mitten im Gedränge. Er trieb sein Pferd an, die Menschen gaben den Weg frei und bildeten eine Gasse. Es war so still, als hätten alle den Atem angehalten. Tausende Augenpaare blickten zu ihm hoch.

Vor Mutter Hürü saß Memed ab, ergriff ihre Hand, küsste sie drei Mal und führte sie jedes Mal an seine Stirn. Und Mutter Hürü umarmte und küsste ihn. Als Memed sich in den Sattel schwang, spitzte das Pferd die Ohren.

»Mutter, erlasse mir alle Schuld, ich habe dir viel Leid gebracht!«

Dann richtete er sich in den Steigbügeln auf und rief in die Menge: »Auch ihr erlasst mir meine Schuld!«

Er setzte sich wieder in den Sattel und verharrte eine Weile mit gesenktem Kopf. Dann streckte er sich noch einmal in den Steigbügel, ließ seine Augen über die Anwesenden wandern, sagte: »Ich werde wiederkommen, ich werde wiederkommen«, gab seinem Pferd die Sporen und verschwand hinter dem Berg Ali.

Und immer mehr Dörfler, die davon gehört hatten, stießen zu denen auf der Hochebene der Dornen. Bayram, Cümek und all die andern Paukenschläger und Oboenbläser kamen mit ihren Instrumenten herbei. Im Nu wurde aus Männertreu, Schwarzdorn, Disteln und Stechginster ein riesiger Haufen aufgeschichtet, den Mutter Hürü anzündete. Bayram und die andern Paukenschläger und Oboenbläser spielten, und mit ihnen tanzten die Dörfler, bis Flammen emporschlugen. Dann sprangen sie herunter, mischten sich unter die Menge, die einen riesigen Reigen bildete. Als der Reigen getanzt war, begannen sie Freudenlieder zu singen. Alle Welt wurde von Freudentaumel erfasst, verwandelte sich in einen Orkan der Freude. Die Flammen sprangen vom Dornenhaufen in die Hochebene, und die verdorrten Distelfelder verwandelten sich in Flammenmeere, die über die Hänge in die Schluchten flossen. Das Rot der Flammen beleuchtete die blauen Berge, die sich in der Helle wiegten.

Von Memed dem Falken hat man nie wieder gehört, von ihm weder Zeichen noch Spuren entdeckt.

Doch heute wie damals legen die Dörfler auf der Hochebene der Dornen, im Dorf Çiçeklidere, im Dorf der Veilchen, in Eklidere, in Yanikören und all den anderen Dörfern des Taurus, noch bevor sie die erste Furche gepflügt haben, ihre Festkleider an, machen sich auf in die Hochebenen, in die Täler und ins Flachland, schichten aus Männertreu, Schwarzdorn, Disteln und Stechginster riesige Haufen. Von den schönsten Mädchen und den stattlichsten Burschen des Dorfes werden sie angezündet, und ein großes Fest beginnt. Reigen werden getanzt, alte und neue Tänze aufgeführt, und Freudenlieder hallen über Berge, Landstraßen, Pässe und Ebenen, verbreiten sich übers ganze Land. Und mit den Liedern springen die Flammen von den lodernden Haufen auf das Hochland, in die Senken und Ebenen.

Sie lecken die ganze Nacht über die Erde, strömen Sturzbächen gleich überallhin, und mit dem Feuer zerbirst auf den Gipfeln der Berge Düldül, Yildiz und Binboğa je eine Kugel aus Licht. Die Gipfel der Berge leuchten dann volle drei Nächte und sind hell wie am lichten Tag.

Yaşar Kemal
»Sänger und Chronist seines Landes«

Yaşar Kemal wird 1923 in einem Dorf Südanatoliens geboren. Sein Vater ist ein wohlhabender, später verarmter Grundbesitzer, seine Mutter stammt aus einer Familie von Räubern und Briganten, die Not und Armut in die Berge getrieben hatte. Mit fünf Jahren erlebt er, wie sein Vater beim Gebet in der Moschee von dessen Adoptivsohn erschlagen wird. Nach dem Tod des Vaters lebt die Familie in großer Armut. Vier Geschwister sterben an Malaria.

Früh beeindrucken ihn die wandernden Volkssänger mit ihren Gedichten und Epen, bald improvisiert er in der gleichen Art Lieder. Um seine Lieder niederzuschreiben und festhalten zu können, lernt Yaşar Kemal Lesen und Schreiben – als einziges Kind seines Dorfes in einer zehn Kilometer entfernten Schule. Später arbeitet er u.a. als Hirte, Traktorfahrer, Schuhmacher und Gehilfe eines Dorflehrers. Als Straßenschreiber in einer Kleinstadt verfasst er Briefe, Bittschriften und Dokumente für analphabetische Bauern.

1951 werden seine ersten Erzählungen in der Istanbuler Zeitung »Cumhuriyet« abgedruckt. Sie erregen großes Aufsehen, denn sie handeln vom täglichen Leben der Bauern und sind in der Umgangssprache geschrieben.

Als Journalist durchstreift Yaşar Kemal zwölf Jahre lang die ländlichen Gebiete Anatoliens. Er schreibt über die Armut, den Hunger, die Dürre und die Ausbeutung durch feudale Großgrundbesitzer. Noch nie sind solche Berichte in der türkischen Presse erschienen. Einige führten sogar zu Debatten in der Nationalversammlung.

Mit dem Roman »Memed mein Falke« wird er 1955 auf einen Schlag zum meistgelesenen Schriftsteller der Türkei. »Memed«

bringt Kemal auch den Durchbruch in die internationale Literatur. Auf Empfehlung der UNESCO und des internationalen PEN-Clubs wird dieser Roman in über dreißig Sprachen übersetzt.

Yaşar Kemal wird mehrere Male von der türkischen Militärregierung festgenommen und gefoltert. Nach zahlreichen internationalen Protesten kommt er frei, um allerdings immer wieder wegen »separatistischer Propaganda« mit Gerichtsverfahren überzogen zu werden.

Yaşar Kemal wurde mit zahlreichen internationalen Preisen ausgezeichnet. 1997 erhielt er den Friedenspreis des Deutschen Buchhandels, 2008 wurde er mit dem Türkischen Staatspreis geehrt. Er starb in Istanbul am 28.2.2015.

Yaşar Kemal im Unionsverlag

DIE MEMED-ROMANE

Wie aus Memed, dem schmächtigen, ängstlichen Knaben, ein Räuber, Rebell und Rächer des Volkes wird.

Memed mein Falke
Die Disteln brennen
Das Reich der Vierzig Augen
Der letzte Flug des Falken

DIE INSEL-ROMANE

Der Romanzyklus einer paradiesischen Insel in der Ägäis, die zum Spielball der Weltpolitik wurde.

Die Ameiseninsel
Der Sturm der Gazellen
Die Hähne des Morgenrots

WEITERE WERKE

Der Baum des Narren
Auch die Vögel sind fort
Salman
Die Ararat-Legende
Der Granatapfelbaum
Salih der Träumer
Zorn des Meeres
Töte die Schlange
Das Lied der Tausend Stiere
Der Wind aus der Ebene
Das Unsterblichkeitskraut
Eisenerde, Kupferhimmel

Mehr über Autor und Werk auf *www.unionsverlag.com*

Türkei im Unionsverlag

AHMET HAMDI TANPINAR *Seelenfrieden*
Der junge Historiker Mümtaz ist der alten Sultansmetropole geradezu verfallen: ihren Bauwerken, dem Basar voller rätselhafter Dinge, der Poesie, der klassischen Musik. Als er Nuran kennenlernt, erwacht in dieser Liebe einen Sommer lang der Zauber der alten osmanischen Kultur zu neuem Leben. Aber das Glück ist nicht von langer Dauer.

AYŞE KULIN *Der schmale Pfad*
Die Journalistin Nevra Tuna steckt in einer privaten und beruflichen Krise. Ihre ganze Hoffnung setzt sie auf ein Interview mit der inhaftierten kurdischen Politikerin Zelha Bora, das ihre Karriere retten soll. Doch zwischen den beiden Frauen stehen nur Vorurteile und Vorwürfe. Dann entdecken sie: In ihrer Kindheit waren die beiden engste Freundinnen.

H. ADAK UND E. GLASSEN (HG.) *Hundert Jahre Türkei*
Zeitzeugen berichten von ihren Erlebnissen und gehen den Fragen nach, die seit je die türkische Gesellschaft umtreiben: sei es der türkische Nationalismus mit all seinen Facetten, der Umgang mit den Nationalitäten, die Stellung der Frau, sei es die Überlegung, wohin die kemalistische Revolution geführt hat. – Eine Geschichte der Türkei aus erster Hand.

TEVFIK TURAN (HG.) *Von Istanbul nach Hakkari*
Die Geschichten sind so gegensätzlich und vielfältig wie dieses Land selbst. In einer literarischen Rundreise führen uns Autorinnen und Autoren aller Generationen von der schillernden Metropole Istanbul in die Welt der ägäischen Mittelmeerwinde, in die jüngere Vergangenheit und Gegenwart ihres Landes.

Mehr über alle Bücher und Autoren auf *www.unionsverlag.com*